HERMANOS

Un libro de
Ariel Mauricio Egber

HERMANOS
Un libro de Ariel Mauricio Egber

Título original: *Hermanos*
Autor: Ariel Mauricio Egber
Producción: Ariel Mauricio Egber
Revisión ortográfica y estilo: Ettel Fontana
Asesoramiento literario: Carolina Alcalá
Diseño: Carlos Gabriel Tamez
Maqueta: Carlos Gabriel Tamez
Ilustración de portada: Antonella Trovarelli
Dibujos e imágenes: Antonella Trovarelli
Marketing: Janett Egber

Proyecto Kickstarter
Producción: Ariel Mauricio Egber
Diseño: Carlos Gabriel Tamez
Video: Carlos Gabriel Tamez
Música: Joycee Egber
Voz: Ariel Mauricio Egber
Marketing: Janett Egber

HERMANOS

un libro de
Ariel Mauricio Egber

Dedicado a Marina Egber, que se nos fue pronto.
Por nuestra infancia de colores.

A mis padres por la guía.
A Janett, Joycee y Hayley.

AGRADECIMIENTOS

Esta historia se empezó a forjar en mi cabeza hace casi diecisiete años, cuando aún vivía en Israel. En esa época, la saga comenzaba a burbujear en mi mente, pero no pensaba todavía en escribirla. Mi primer año en Australia fue muy difícil, caracterizado por un cóctel de idiomas, culturas y estilos de vida diferentes. Mi sistema de autodefensa en este trance que me permitió fortalecerme y encarar el futuro, fue aferrarme a mi lengua de origen, y con ese objetivo comencé a escribir esta novela, total producto de mi imaginación. En ese entonces redacté solamente cincuenta páginas, que permanecieron archivadas durante casi cinco años. Cuando decidí retomarla y logré producir otras cien páginas, el archivo apenas era compatible con los avances tecnológicos, pues Word había avanzado dos versiones. La dejé nuevamente, pero como un fermento que permanecía en mi computadora y en mi cabeza, luego de diez años sin agregar ni una palabra, la luz se encendió en mí y cuando me dispuse a intentar ver qué pasaba, las palabras fluyeron encarnando esas ideas que habían madurado durante todo este tiempo en mi mente. En solo seis meses la novela estuvo terminada.

Los personajes son todos hijos de mi imaginación; algunos fueron perfilados con características que aprecio en personas que conozco, y otros no tanto, pero todos existen de alguna manera en mí. El ambicioso, el osado, el conservador, el pragmático, el decidido y hasta el ansioso son parte de mi ser. Los lugares son reales, existen y algunos están latentes en mis recuerdos; a los restaurantes y cafés les he cambiado el nombre. El conflicto israelí-palestino, marco de la historia, vive en mí, ya que lo experimenté como habitante y aún tengo a mis padres y hermana en esas tierras.

La tecnología y la seguridad informática son mi pasión y actual trabajo. Cuando escribí sobre el virus, sabía que caminaba por un sendero estrecho y peligroso que podía alejarme de los lectores, así que intenté ser llano y lo menos complicado posible para que todo aquel que tuviera la novela en sus manos lograra entender lo que quiero transmitir, espero haberlo logrado.

Deseo profundamente la paz del mundo, pero sé que es difícil. También creo firmemente que si siguen las guerras, las próximas estarán basadas en la capacidad cibernética de cada nación. Si un virus puede reprogramar turbinas o centrífugas (como lo hizo Stuxnet), el futuro es incierto y peligroso. Debo admitir que durante más de tres meses estudié la anatomía y los parámetros de ese *malware* destructivo, que existe en la realidad, y me espanté de su poder aniquilador.

El libro abre muchas facetas y preguntas, muchos aspectos no resueltos. Quise lograr algo diferente, por eso traté de mantener a un lector pensante, que caminase solo por el sendero de su imaginación e intuyese su propio final.

Cuando finalmente terminé de plasmar la historia, sabía que el texto estaba crudo y que necesitaba revisión. Muchas cosas habían cambiado en esos diecisiete años, entre ellas que yo había pasado más de treinta años sin un contexto hispanohablante, por lo que mi riqueza lingüística se había reducido u ocultado. Cuando me sumergí en la primera revisión, reconocí fragmentos y expresiones que no sonaban bien, que no se entendían con claridad. Las correcciones empezaron a dar forma al libro después de la tercera lectura. La trama se convirtió en algo intenso que me mantuvo muchas noches en vela. Luego, llegó el momento de recurrir a alguien profesional y así fue como conocí a Ettel, profesora de español, ella le dio el matiz que le faltaba. La pausa, la puntuación, la ortografía, pero más que nada su opinión y su sabiduría, esencial en la publicación de esta novela. Ella fue la primera en leer el libro y le debo más que gracias y admiración a la vez. Luego llegó el momento de pulir el libro literariamente y fue allí que conocí a la licenciada Carolina Alcalá. Carolina es una erudita en esto de las letras. En el corto tiempo que trabajamos juntos aprendí muchas cosas, ella puso los argumentos, las preguntas, encontró las incongruencias y lo plasmó como una verdadera obra. Su trabajo fue impecable y merece mi reconocimiento.

Como he decidido autoeditar el libro y no esperar a ninguna editorial, necesitaba que alguien hiciera el diseño y la maqueta a este remolino de hojas, allí encontré a Gabriel Tamez. Gabriel me impresionó con su creatividad y flexibilidad para trabajar, sus ideas e imaginación transformaron el libro.

Por último, debo mencionar a Antonella Trovalleri, ella se encargó de toda la ilustración, la de la portada y las imágenes dentro del libro; cuando vi su primer boceto me quedé impactado, era algo más que bonito, sus dibujos describían exactamente lo que yo quería, cada imagen formaba parte del rompecabezas que es *Hermanos*.

El cóctel hispano de Ettel de Uruguay, Carolina de Venezuela, Gabriel de México y Antonella de España, convirtieron un manojo de palabras en un libro y por eso les debo mis gracias.

No hubo mucha gente más involucrada en la creación, pero sí existieron personas que me dieron el espacio necesario y su comprensión, que me acompañaron durante todo el camino para poder llegar hasta el final. Gracias de todo corazón a mi esposa Janett, muchas noches me distraje en esta tarea y la dejé un poco sola, cuando hay tantas cosas que hacer en una casa con dos niñas que están rozando la adolescencia. Ella siempre me acompañó en silencio.

Gracias a mis hijas Joycee y Hayley por siempre interesarse en cómo me iba. Ellas son la luz que me ilumina (y están esperando la traducción al inglés para leerla).

Gracias a todos lo que me quieren y me aprecian.

Su servidor:
Ariel Mauricio Egber.

INTRODUCCIÓN

10 de febrero, 1992

Dos barriletes distintos se elevaron en el aire denso del Medio Oriente. Uno de ellos lucía colores oscuros, negro y gris borrosos; el otro tenía los colores muy vivos como los del arco iris, aunque el rojo y el amarillo brillaban más de lo normal bajo los tentáculos atracadores del sol. El oscuro fue remontado por un pequeño niño en Belén, el otro fue elevado por otro niño en el norte de Jerusalén. De repente, una gruesa cortina de viento arrastró los barriletes cuesta arriba al mismo tiempo. Los niños corrieron y trataron de sujetarlos, pero los hilos se habían resbalado de sus manos. Tras la desazón no les quedaba otra opción que acompañarlos con sus miradas, así que los dos corrieron, cabeza hacia el cielo, para no perderlos de vista, mientras los barriletes seguían alejándose creando formas en el aire. Los niños avanzaban a la carrera, y perdieron el sentido del lugar del que habían partido, por lo que su ubicación les pareció extraña. De repente, el niño de Belén se topó con una barrera humana de soldados de verde que le prohibieron el paso empuñando sus metrallas hacia arriba ante sus ojos perdidos. Al niño de Jerusalén le ocurrió lo mismo, casi al mismo tiempo cuando estaba acercándose a la ciudad occidental donde el paso era limitado. Los dos se quedaron mirando al cielo, y perdieron simultáneamente de vista a los barriletes. No pudieron ver que los papalotes, después de un largo trayecto, se entrelazaron en un nudo arriba del Muro de los Lamentos y terminaron su viaje incrustados en uno de los muros que protegen la ciudad vieja.

Una paloma blanca se desprendió de su bandada y se posó sobre el muro, y al hacerlo se enredó con los hilos finos de los barriletes, de modo que cuando quiso emprender vuelo se atascó y cayó precipitadamente. Sus alas estaban amarradas a los papalotes entrelazados, su cuerpo golpeó con estruendo sobre la superficie de un templo viejo, ubicado en el Camino del Calvario, el mismo que había transitado Jesús rumbo a su crucifixión.

Los dos niños se quedaron contemplando el mismo cielo mientras deslizaban una lágrima.

1

Teherán - Irán
Fines de agosto, 2011

El experimento estaba por comenzar. La turbina operaba normalmente. Había sido instalada hacía exactamente una semana por dos ingenieros industriales rusos. Se controlaron todos los parámetros: presión, temperatura, velocidad. El mismo proceso se efectuó con las válvulas y la tubería. Dos generales de alto rango del ejército permanecían junto a un hombre de traje negro, larga barba y piel oscura, uno de los encargados del servicio de inteligencia iraní autorizado para aprobar esta compleja operación.

Toda la información referida a las variables involucradas se veía en una pantalla mural. Los técnicos rusos asintieron con la cabeza, gesto destinado a Rohan, que estaba sentado enfrente de su computadora portátil. Rohan tecleó algunos comandos, y activó el programa que ya llevaba una semana dormido, estudiando los sistemas de control industrial. En la pantalla de verificación, los parámetros comenzaron a cambiar, primero en forma moderada, luego radicalmente. La turbina empezó a modificar su funcionamiento, su rotor llegó, en quince minutos, a acelerar a 1450 Hz, algo que representaba más de mil millas por hora, para después disminuir su velocidad a 2 Hz por otros quince minutos. Luego de tres ciclos continuados de aceleración repentina y desaceleración, el material dio muestras de que se debilitaba, y pasada una hora y media, la turbina estaba completamente fuera de control. Al cabo de diez minutos más, se incineró frente a los ojos asombrados de los reunidos en el recinto.

—¡Wow! —expresó el Jefe de Inteligencia, mientras observaba como un grupo de bomberos, preparados de antemano, apagaban el fuego lacerante —estoy impresionado, todo indica que estamos preparados.

—Afirmativamente, el programa ofensivo ya está listo, tenemos que finalizar unos detalles en la parte de la encriptación del gusano informático y testear todo junto.

Rohan estaba exultante, su proyecto de vida, como él lo llamaba en los últimos seis meses, marchaba a la perfección.

—Necesito tiempos exactos para prepararnos —indicó el Jefe de Inteligencia.

—Dos meses, máximo tres —informó Rohan.

—¿Necesitas algo más?

—Sí, sería útil contar con expertos en criptografía.

—No te hagas problemas, búscalos, pásame los nombres y yo te los conseguiré. Esta vez no debe haber ningún margen para error; les pagaremos a los sionistas con la misma moneda. Nunca olvidaremos *Stuxnet*[1].

---

1 Stuxnet: gusano informático que afecta a equipos con Windows, descubierto en junio de 2010 por VirusBlokAda, una empresa de seguridad radicada en Bielorrusia. Es el primer gusano conocido que espía y reprograma sistemas industriales, sistemas SCADA de control y monitorización de procesos, y puede afectar a infraestructuras críticas como centrales nucleares. Symantec afirma que la mayor parte de los equipos infectados están en Irán. Los principales sospechosos de inyectar este virus fueron Estados Unidos e Israel.

2

Jerusalén - Israel
22 de octubre, 1982

La neblina tapaba casi totalmente el Monte de los Olivos, una de las grandes cimas de Jerusalén y del mundo entero, pero el hospital Sharei Tzedek emergía en lo alto más allá de la bruma. Parecía que a sus paredes viejas y despintadas les afectaba más la lluvia que el tiempo. Dentro, en el quinto piso de la unidad de maternidad, no era un día normal. Desde la mañana ya habían dado a luz tres mujeres, y solamente eran las diez. Los cuartos estaban repletos y hasta en el corredor se había formado una fila de camas con mujeres esperando parir. En la sala de partos se encontraban cinco parturientas con contracciones, las enfermeras iban de una a otra como abejas en colmena. En el turno solamente trabajaban cuatro y no se daban abasto; uno de los dos doctores presentes en el hospital se dedicaba a cesáreas y el otro a la guardia. David Levi, el médico alto y rubio, masticaba su bronca con su tan singular hebreo-americano. Sabía ya hacía tiempo que el hospital colapsaba, y aunque muchas veces se quejó, las autoridades preferían mantenerse ignotas sobre la situación. Lo que más le molestaba era que había cambiado su turno para asistir a uno de esos casamientos a los que uno estaba obligado a ir. Ante tanto tumulto, sabía que no iba a ser una jornada fácil y esperaba en un cuarto casi oscuro escuchando la radio; era el silencio antes de la tormenta, pensaba, mirando atentamente hacia la ventana. Las vistas de Jerusalén lo animaban y calmaban de a ratos. El locutor del noticiero describía con euforia un nuevo atentado en el Líbano, con resultados lamentables: diez soldados muertos y dieciséis heridos al explotar una bomba al costado de la carretera cuando pasaban los blindados del Tzahal. El ejército estaba operando en la profundidad del pantano libanés buscando a terroristas de la OLP. A diez kilómetros de Beirut se había detenido para reorganizar sus fuerzas. El país estaba como aliado sin quererlo, pensó David, indignado al escuchar las nuevas.

Rachel Mizrachi entró al cuarto con una velocidad poco habitual y sin detenerse en la puerta gritó:

—¡David! ¡Hay dos al mismo tiempo!

David se puso los guantes blancos y salió disparado. En la sala de partos yacían dos parturientas con contracciones aceleradas, una musulmana morruda y de bello color marrón en su piel y una israelí, blanca como la nieve. Los antecedentes decían que eran primerizas, y esto se evidenciaba también en sus caras atemorizadas. La musulmana estaba sola, como era la tradición; a la israelí la acompañaba su marido, más pálido que ella. En un momento de profundo dolor, la joven israelí gritó y apretó la mano de su marido hasta lastimarla; seguramente ella hubiera preferido que no la viera así, tan inerte, indefensa, sumida en tanto padecimiento; el hombre estaba muy confundido y empezó a titiritar dando rienda suelta a sus propios miedos. El doctor se acercó a ambas mujeres y miró entre sus piernas que se encontraban sujetas hacia arriba en la tarima. Lo que vio lo espantó por un momento: las dos estaban en la misma situación, las cabezas ya aparecían en los dos casos, casi como un revés del destino. Las vulvas de las dos estaban dilatadas y rojizas. David respiró hondo e hizo una señal con la cabeza a Rachel. Aunque no lo esperaba, ella entendió que tendría que hacer el papel del médico por unos minutos y atender uno de los partos.

—Yo te controlaré, no temas —le dijo David, tratando de calmarla y de calmarse a sí mismo.

David se dispuso a asistir a la palestina, ya que veía que la dificultad con ella podría ser mayor. Las dos gritaban y gemían de dolor. Mucho habían pasado casi juntas, las dos con contracciones desde las cinco de la mañana, el óxido nitroso, "gas de la risa", ya no surtía efectos ante el dolor lacerante. De cuajo, y tras el empujón forzado, parieron al mismo tiempo, con dolor, como dice la Torá. David cortó el cordón umbilical a los dos y tomó al musulmán en sus manos. Rachel envolvió al judío en las suyas: los dos eran morenitos y con pelo negro oscuro; sus primeros gritos indescriptibles los emitieron casi al unísono.

De repente, otra mujer palestina ubicada en la cama posterior a la ventana, empezó con contracciones aceleradas que le provocaban fuertes gemidos de dolor. Rachel y David dejaron a los bebés en las pequeñas cunitas y llamaron al pediatra, el que, como estaba ocupadísimo en el cuarto de incubadoras, que se hallaba a unos pocos metros de ese lugar, mandó a un ayudante residente a buscar a los niños para revisarlos e higienizarlos. El ayudante no reparó en que faltaban los nombres de los niños en las camitas. Cuando Rachel se percató de su olvido, los bebés ya no estaban. Era su deber poner los nombres e identificar en la sala de partos a los recién nacidos, cosa sumamente importante especialmente en días como ese, en los que nacían tantas criaturas. Se desesperó por su falta, pero la musulmana enfrente de ella y casi sobre sus manos, ya había perdido aguas y reclamaba toda su atención, así que por un instante dejó de pensar en las etiquetas de las cunas.

El pediatra, un joven que había llegado al hospital solo una semana atrás, recibió a los dos bebés de su asistente y con una destreza inusual los revisó, limpió y arropó con gran agilidad, casi automáticamente. Los pesó y la balanza mostró el mismo número: eran exactamente iguales, misma hora de nacimiento, mismo peso… «¡Qué coincidencia!», pensó. Puso los nombres en la camitas y continuó su faena.

3

LEONEL
Tel Aviv - Israel
Fines de agosto, 2011

Fin de verano, sábado en Tel Aviv, un deleite muy difícil de reemplazar. El sol pegaba sobre la arena color oro, las playas explotaban abarrotadas de gente, principalmente turistas, las mujeres se exhibían bronceadas en bikini. La caída del sol ocurría siempre al ritmo de la samba y salsa; las noches eran interminables inundadas de cerveza, música y ritmo, características que dieron nombre a la ciudad: Tel Aviv, "la ciudad sin descanso".

A eso de las cuatro de la tarde dejé la costa camino a mi casa para darme un baño y descansar antes de sumergirme en otra noche de música y alcohol. Solo tres cuadras separaban mi casa del mar. A la altura del Hotel Sheraton, en la calle Mapu, se hallaba mi refugio. Así lo llamaba yo porque se hallaba un piso bajo tierra; tenía solo una ventana, único indicio del día y de la noche. A su lado, una puerta pesada de acero inoxidable daba lugar al verdadero "refugio" que tenía cada residencia en Israel. Los refugios fueron construidos para protección y evacuación en época de beligerancia. Mi casa me encantaba, ya que estaba muy bien ubicada y, principalmente, porque tenía estacionamiento propio, algo muy difícil de encontrar en el centro de la ciudad. Muchas veces la pugna por ese lugar me llevó a discusiones con mis mejores amigos, porque ni bien salía de la casa con mi coche, alguno de ellos me pedía aquel lugar.

Era mi sábado libre y no tenía que trabajar. Mi oficio de guardia de seguridad en un banco me ayudaba para costearme los estudios. Fin de semana por medio lo tenía libre.

Estaba cursando cuarto año en la Facultad de Medicina en la Universidad de Tel Aviv, pero también asistía a un curso avanzado de seguridad de sistemas. Integraba un grupo de interesados en sistemas, y nos juntábamos una vez por semana para tratar de vulnerar un sitio de web, *hacking*, como nosotros lo llamábamos. Lo hacíamos por placer y competencia, ese mundo de códigos indescifrables, encriptaciones y ataques de denegación de servicios (DDoS), constituía todo un desafío que nos apasionaba.

La realidad era que me interesaba estudiar y lo hacía con gusto, pero se hacía muy difícil combinar estudios y trabajo a la vez. Me favorecía que cuando brindaba servicio de guardia en el banco, podía aprovechar y estudiar. Los turnos del banco durante la semana me resultaban a veces muy pesados, pero no tenía otra opción, necesitaba el trabajo para sobrevivir.

Mis padres la luchaban exactamente como yo, y más que ayuda moral, otra no me podían ofrecer en este tramo de sus vidas. En ocasiones, trataba de recordar mi infancia. No podía evocar momentos llenos de felicidad. Mi madre siempre se hallaba afligida y preocupada, y a mi padre lo consumía el trabajo. Nunca entendí por qué la vieja estaba así, quizás el no tener más hijos la afectó. Siempre dio todo por mí y mis cosas, pero esos momentos felices, cándidos, llenos de alegría, no existieron, o quizás se habían borrado de mi mente.

Así y todo me sentía orgulloso del camino que había escogido, aunque esa opción me quitara muchas horas de sueño y también ratos de la vida placentera como los que disfrutaba cualquier joven de mi edad.

En la universidad me las arreglaba muy bien. Me interesaba mucho mi carrera y ya estábamos trabajando tres veces por semana en el Hospital Ichilov de Tel Aviv, lugar donde se encontraba la verdadera acción. Allí, en el hospital, yo sentía que podía aprender y, al mismo tiempo, ayudar al prójimo.

Pero no siempre habían sido estos mis únicos intereses. Cursé los cuatro años de servicio militar en la Unidad 8200 del ejército, una de las más prestigiosas pues, además de ser una unidad de alta seguridad, constituía el cuerpo central de Inteligencia de las Fuerzas de Defensa de

Israel, cuya misión principal era la captación de señales de inteligencia y el descifrado de códigos secretos. En esos tiempos, durante nuestro día a día, manejábamos datos estrictamente secretos. Nos pasábamos jornadas enteras descifrando programas, códigos, mensajes y escuchando conversaciones sumamente comprometidas.

Al terminar mi servicio obligatorio, me ofrecieron un contrato pago por dos años; se trataba de un buen salario y de un trabajo a mi gusto, así que acepté sin dudarlo. En esos tiempos, comencé a estudiar seguridad informática, investigación forense, criptografía y codificación de mensajes. Con estos aprendizajes, mi posición y mi desempeño se consolidaron. Fui premiado dos años seguidos como mejor soldado, y estuve involucrado en muchos proyectos clasificados, especialmente secretos, asuntos de los que no se podía hablar ni siquiera con otros soldados.

Ese tiempo en Tzahal me llevó a enamorarme del espionaje y la investigación. Todo eso me apasionaba, me devoraba los libros de ciencia ficción, así que cuando cursaba mi último año pago, completé mi formación con un curso de investigación personal, que atendía por las noches. En el ejército intentaron retenerme, querían a los mejores. Pero a mí ya no me gustaba la vida de las botas lustradas, del uniforme planchado y de rasurarme todas las mañanas. Así que decidí alejarme.

Un primo lejano me consiguió un trabajo con un viejo investigador de Yafo. Allí participé en investigaciones, aunque casi todos los casos que el viejo me daba, se referían a mujeres y hombres que desconfiaban de sus parejas, a niños extraviados y a algunos perros perdidos. Pronto sentí que no podría vivir de esto toda la vida. Como siempre había sido buen estudiante, y por mi interés en el cuerpo humano, decidí inscribirme en la Facultad de Medicina.

Cuando llevaba ya un año en la universidad, recibí una carta en la que se me proponía integrarme al Mossad, que usualmente detectaba a los mejores reclutas del servicio de Inteligencia del Ejército y los incorporaba a sus filas, pero yo ya estaba tan entusiasmado con los estudios de medicina, que deseché la opción. En ocasiones me vuelve la curiosidad de saber cómo hubiera sido mi vida de haberme presentado.

Estos recuerdos se me manifestaron sin proponérmelo, pero luego pensé que el trajín, y un poco de nostalgia, me habían llevado a recordar todo lo que había vivido.

Al llegar a las escaleras que conducían a mi refugio, me sorprendí al ver que el viejo del primero no se hallaba en su ventana, manteniendo su rutinaria vigilia.

—¿Qué le habrá pasado? —me pregunté.

Bajé las escaleras y me llamó la atención que las luces estaban encendidas. Sentí cierta inquietud, pues yo era el único que vivía en el piso de abajo. Tal vez alguien me habría estado buscando, o algún chico habrá recogido su bicicleta del *miklat*[2] y olvidó apagar la luz.

Abrí la puerta con cautela. Mi gato Jony daba vueltas sobre la mesada de la cocina, una rara costumbre que mostraba cuando alguien se acercaba a la casa. Luego se abalanzó sobre mí haciéndome entender que la hora de su comida había pasado.

En el piso encontré un sobre sin membrete ni identificación. Jony ya lo había pisado y lamido con curiosidad. Lo cogí en mis manos y lo observé mientras pensaba en quién podría haber enviado algo un sábado en la tarde. Saqué la hoja que venía en el interior. Al leer el extraño manuscrito, sentí que mis latidos se aceleraban y me producían como un impacto seco que me dejó sin aire. "El mundo no es el que tú piensas. Si actúas rápido, tendrás la oportunidad de tu vida", decía en letras mayúsculas y desprolijas. Al dorso aparecía un número de teléfono, característica 02, Jerusalén...

---

2 Miklat: refugio.

4

Tel Aviv - Jerusalén
29 de agosto, 2011

Una semana había pasado desde aquel sábado extraño. La facultad me mantenía ocupadísimo; los exámenes de fin de año, el hospital y el trabajo se juntaban. Pero toda mi vida junta se minimizaba al pensar en la inmensidad que encerraba aquella nota. Es increíble cómo lo desconocido, lo inconcluso, puede impactar en nuestras vidas. Pensé diez mil y una veces que quizás fue un chiste de mal gusto, pero ¿de quién? Intenté descubrir si había sido alguno de mis amigos, y estratégicamente los investigué uno a uno, incluidos aquellos con los que no tenía un trato frecuente, pero no obtuve ninguna información o huella del autor del anónimo mensaje. Mientras, mi vida transcurría normalmente. El único posible testigo que podía aportar algo de luz a la investigación, el viejo del primero, que siempre estaba en la ventana, justo había faltado a su rutinario lugar. Casualmente había salido a caminar ese sábado, aunque casi nunca lo hacía.

¿Acaso era una jugarreta del destino? ¿Qué habían querido trasmitirme? ¿Y quién? No quise preocupar a mis padres, ellos tenían sus problemas y yo no contribuiría en nada al acrecentarlos con mi tensión. ¿Por qué no había llamado al número de la nota? Quizás por temor a lo que pudiera encontrar, o por intentar olvidarme del asunto.

Lo cierto es que ese día, mientras cabeceaba con los ojos semicerrados y el libro de anatomía en las manos, me sobresaltó el teléfono que sonó como un relámpago. Me sacudió de la modorra en la hora más crucial del día. Las 9:00 PM marcaba el viejo reloj, regalo de mis viejos cuando decidí irme a vivir solo. Levanté la bocina y una voz ronca de mujer preguntó por mi nombre.

—Sí, soy yo, Leonel. ¿Quién es?

—Soy quien te escribió la nota. No me llamaste... no sé por qué. Quiero encontrarte.

—Pero... —balbuceé— ¿quién es usted?

—Por ahora, no importa quién soy. Lo sabrás en el momento indicado. Vamos a encontrarnos mañana, a las 6:00 PM, después de tu turno en el banco. Nos veremos en Ben Yehuda 106 en Jerusalén, Café Yosi. Estaré vestida de negro.

—Pero... Jerusalén —dije y la voz del otro lado de la línea desapareció instantáneamente.

Ninguna semejanza con Morfeo[3], el mítico dios griego, recuerdo de aquella noche. Un torbellino de sensaciones extrañas me acompañaron; el corazón agitaba sus pasos y las preguntas formaban un surco perplejo. ¿Cómo esta mujer sabía en qué trabajaba y a qué hora terminaba? ¿Acaso me estaba persiguiendo? Todo estaba nublado y no aparecían respuestas. Después de más de un sin fin de vueltas en la cama, y con el calor de fines de agosto evaporando las últimas ideas, decidí tomarme un somnífero. Eran las 3:00 AM cuando lo tragué, luego caí en el mundo de los sueños.

---

3 Morfeo: dios griego del sueño.

5

Tel Aviv
30 de agosto, 2011

A las 4:30 PM terminó mi turno en el banco. Ese día no estudiaba, era el único libre. El aburrimiento de este trabajo a veces me llevaba a esbozar majaderas sensaciones de pesadez, podía morir vegetando tras aquellas puertas de vidrio, que me separaban de la gente, y cuando estas personas se decidían a entrar, había que esbozar una sonrisa forzada.

Siempre pensé que me recibieron en aquel trabajo por mi especial estatura, unos 182 centímetros de altura, y por mi tez oscura; quizás pensaban que con mi apariencia impartiría miedo.

El mundo afuera seguía su rumbo, mientras yo consumía otras ocho horas de mi vida allí adentro. Aquel día, esas horas me sirvieron para cavilar acerca de la cita. ¿Debería acudir? Lo incierto me hacía pensar más de la cuenta, y la curiosidad me carcomía interiormente.

—Vamos, anímate —me dije—. Dale una oportunidad a la aventura.

Encendí mi daihatsu blanco modelo 92. Su lealtad nunca había estado cuestionada, pero un viaje a Jerusalén presentaba un riesgo para cualquier coche viejo. Las subidas a la Ciudad Santa eran precipitadas, las curvas agudas y el motor rezongaba en las cimas. Así y todo, los setenta kilómetros que separan Tel Aviv de Jerusalén trascurrieron tranquilos, aunque bajo un celaje de pensamientos impacientes por lo que iba a suceder.

Ben Yehuda es una de las calles principales del centro de Jerusalén. No hay un habitante en estas tierras que no la conozca, salvo algún *kibutznik* del Golán, pensé. También todos conocen que es una complicación entrar en ese lugar con un auto, es una utopía encontrar estacionamiento, especialmente a las 6:00 PM. Aun sabiéndolo, cometí el misericordioso error, por lo que empecé a dar vueltas buscando un aparcamiento para mi coche. Terminé parándolo muy cerca del Muro de los Lamentos y me dirigí corriendo a mi cita, pues se me estaba haciendo tarde. El Café Yosi era un muy pequeño bar al que acudían los bohemios de esta ciudad bendita. Yo lo conocía de alguna visita anterior. Se trataba de un sitio oscuro, con ventanas cortinadas de negro, sillones confortables y mesas bajitas como para reunión de enanos. En ese momento, el bar estaba totalmente lleno. Me pregunté cómo reconocería a la mujer a la que buscaba, casi todas estaban de negro, color que estiliza la figura, de moda en esos días. Me entretuve en la puerta por un rato, hasta que una mano pesada palmeó mi antebrazo.

—Rachel Mizrachi —dijo la mujer con voz ronca, acercándome su mano en forma de saludo esperando estrechar la mía—. ¿Tú eres Leonel?

—Sí —respondí al saludo con mi mano extendida. La suya sudaba, creo que la mía también.

Sonrió y nos sentamos. El bullicio nos forzaría a levantar la voz, pensé. ¿Por qué habría elegido un lugar tan concurrido?

—¿Quién es usted y a qué se debe tanto misterio? ¿Qué quiere de mí? —disparé las tres preguntas de una vez, como sujetando los nervios.

—Como te dije, soy Rachel Mizrachi, enfermera retirada. Necesito de tus servicios. Sé que tienes experiencia en trabajos de investigación. Moshe Cohen de Talpiot me dio tu nombre y te recomendó.

Moshe Cohen. Por un momento no recordé quién era, pero de pronto mis recuerdos se iluminaron. Uno de mis primeros trabajos como investigador fue seguir a una mujer muy bonita de Ramat Gan, cuyo marido sospechaba que tenía un amante. Un día, esperándola en el estacionamiento del Kenyon[4] Ayalon, cámara en mano, detecté un coche negro detrás del mío. El conductor del coche me estaba espiando hacía ya rato. Yo lo miraba por el espejo retrovisor; no cabía duda de que estaba siguiendo mis pasos. Después de quince minutos, salí del coche y me dirigí directamente hacia el vehículo oscuro. El viejo Moshe Cohen se encontraba allí con una sonrisa burlona dibujada en sus labios.

—Me parece que estamos trabajando en el mismo caso —me dijo

---

4 Kenyon: galería con negocios.

desnudando unos brillantes molares dorados, oro puro yacía en aquella mueca.

—¿Cómo? ¿El mismo caso? ¿Acaso el hombre lo contrató también a usted...?

—No, yo vengo del otro bando, a mí me contrató la mujer. Los dos están en el Kenyon ahora, no pasa nada, ninguno de los dos adultera, ya sabes, son ricos, tienen tiempo y no saben cómo divertirse.

Recuerdo que nos reímos por un rato largo y me contó su historia completa, una saga de treinta años en la policía, institución en la que había pasado por casi todos los rangos, y diez como investigador privado. Tenía intenciones de retirarse. Vivía solo, pero me contó que tenía un hijo, aunque no dio demasiados detalles. Cerramos el caso de aquella pareja con un pacto. Lo volví a ver en una que otra ocasión, en la que nos ayudamos con información. Siempre mantuvimos contacto. Moshe pretendía sacar ventaja de todo, no había nada sin cargo con él. Siempre fue reconocido como una persona no muy confiable en nuestro ámbito.

Especulé por qué el viejo Cohen me recomendaría a esta mujer. ¿Por qué no se ocupó él mismo del asunto? ¿Qué me pediría esta vez? Quizás no quería ensuciarse en algo ilegal... O, quién sabe, tal vez yo estaba equivocado y no conocía tan bien como creía su personalidad.

—Mire, señora, yo no trabajo más como investigador. Ahora estudio medicina y como usted bien sabe, hago turnos como agente de seguridad en un banco, para costearme mis estudios.

Rachel no se asombró de mi respuesta, seguramente ella sabía todo de mi vida y estaba preparada para esta contestación. Apoyó sus manos sobre la mesa formando un triángulo con sus codos. Fue la primera vez que la miré detenidamente. En su frente había dos líneas casi rectas; lucía el cabello ligeramente teñido y bien cuidado; las pupilas de sus ojos desnudaban a una mujer triste, ni el pesado maquillaje ni las cejas levantadas le quitaban aquel aspecto abatido a esos ojos. No se la veía nerviosa. Hablaba pausadamente y eso me impresionó.

—Leonel, no esperaba que me contestaras afirmativamente, conozco tu situación y la entiendo. Pero déjame contarte de qué se trata, y luego podrás decidir. Quiero que sepas que estoy dispuesta a pagar mucho dinero, todo lo que tengo.

—Mucho dinero... —interrumpí.

—Sí, un millón de *shekels*.

Un millón de *shekels*. En ese momento me quise pellizcar para descubrir si estaba soñando. Un calor sofocante me subía del pecho y en la sien comenzaron a acumularse pequeñas gotitas de sudor. ¿De dónde una simple enfermera sacaría un millón de *shekels*?

—Escucha, Leonel. Tengo que encontrar a una persona, más bien a dos, pero vamos a empezar con el más difícil.

—Sí, pero yo... —cuando intenté negarme nuevamente me interrumpió.

—Hace veintiocho años me sucedió algo muy trágico. Me encontraba trabajando en la partería del Hospital Sharei Tzedek. Trabajar como enfermera allí era una de las cosas que más me estimulaba en mi vida. Un día extremadamente pesado teníamos más de una veintena de mujeres en la unidad de partos, cinco de las cuales manifestaban dilataciones avanzadas. En esos momentos, trabajábamos solo cuatro enfermeras y por supuesto nuestros esfuerzos no alcanzaban para atender a todas las mujeres.

Dos de las parturientas, una musulmana y la otra judía, empezaron a parir al mismo tiempo. El obstetra de turno, desbordado también, me pidió que yo me encargara de una de ellas. Yo nunca había atendido un parto, pero ante la emergencia me hice cargo de la tarea con la supervisión del doctor. Extrañamente, las dos mujeres parieron exactamente en ese mismo instante. Los recién nacidos eran muy parecidos, pero al observarlos para ver su estado general, noté que el musulmán tenía un pequeño lunar en la espalda a la altura de la cintura. Justo en el instante en que el doctor y yo caminábamos para colocar a los bebés en sus cunitas, los fuertes gritos de dolor de otra mujer que comenzaba a parir nos alertó, de manera rápida dejamos a los recién nacidos en las cunas y llamamos al pediatra para que se encargara de estos, y así de inmediato y atropelladamente el doctor y yo socorrimos a la nueva parturienta. Fue justo ahí, en esos escasos segundos en que todo ocurrió, que me percaté de un error vital, el cual me empezó a acompañar por el resto de mi vida. Yo había olvidado identificar a esos bebés con sus respectivas etiquetas, algo que era mi sagrado deber en la sala de partos, y cuando angustiosamente volteé para verlos, ellos ya no estaban. En ese momento de profundo aturdimiento para mí, la nueva parturienta perdió sus aguas casi en mis propias manos y requería de total atención. Recuerdo que mientras atendía ese parto, le di un vistazo al pediatra y lo vi ocupado. Supuse que estaría atendiendo a los recién nacidos, pues ya no estaban en sus cunas. En cuanto estuve desocupada, volé a la sala *nursery*, para corroborar que el proceso de identificación había sido correctamente realizado, pero los bebés ya no estaban allí. El pediatra me dijo que se hallaban con sus madres, así que fui directo hasta el cuarto de la musulmana. El tumulto que ocasionaba la familia cubría la puerta de acceso y parecía imposible entrar ahí. Me abrí paso entre la gente y vi al bebé que ya estaba lactando en los brazos de la madre. Me acerqué, la felicité y permanecí junto a ella, y cuando el niño terminó de alimentarse, lo tomé en mis manos argumentando chequeos rutinarios, moví la ropita y lo observé detenidamente. Me quedé casi congelada cuando no vi el lunar. No tenía ninguna duda: ese era el bebé judío.

Sin decir ni una palabra, me dirigí a la habitación de la madre israelí. Allí estaba el bebé disfrutando placenteramente del alimento materno, hice lo mismo que en la otra habitación, la felicité y esperé que el bebé terminara de lactar para sujetarlo en mis brazos y poder revisarlo disimuladamente. El lunar estaba claramente visible. Ese era el bebé musulmán.

Agotada, confundida, mi mente no podía pensar y así quedé petrificada y sin reacción. Mi vergüenza y sentimiento de culpa no me dejaron actuar. Temía por las respuestas de ambas familias y las consecuencias negativas que mi error me podía acarrear en el hospital. Terminado mi turno me fui temblando hasta mi casa. Estaba destruida.

Esa noche, y muchas de las siguientes, no dormí, aunque ingerí pastillas, no lo pude lograr. Al día siguiente, me armé de valor y decidí ir al hospital para comunicarles la verdad a ambas familias, asumiría las consecuencias de mi error; pero cuando llegué la musulmana ya no estaba en su pieza. Pregunté adónde la habían trasladado y me informaron que se había marchado hacía dos horas, que no habían podido retenerla.

En camino a la administración, sitio al que me dirigía para intentar hallar datos para contactarme con la familia musulmana, me detuve en la puerta del cuarto de la mamá israelí. Fue hermoso verla con el bebé en sus brazos, en una calma absoluta. Aunque ese no era su bebé. ¿Debería decírselo? ¿Cómo reaccionaría?

Aceleré mi paso rumbo a la administración. Allí encontré los detalles de la familia musulmana. La madre se llamaba Fátima Asad y vivía en la calle Ararat 30 en Belén. No dudé un momento y busqué en un mapa cómo llegar a Belén, sin pensar en el peligro que suponía entrar en los territorios ocupados. Pero nada de eso me importó, así que emprendí el viaje. Cuando llegué a la ciudad encontré la entrada bloqueada por el ejército. Un soldado me explicó que desde la mañana había toque de queda y que nadie tenía permiso para entrar o salir de la ciudad ya que el ejército estaba buscando a un grupo terrorista, que se sosprechaba estaba atrincherado ahí.

De nada sirvieron mis explicaciones ni mis ruegos para que me dejaran pasar, ni siquiera la mención de que se trataba de un caso de vida o muerte, ni mis credenciales de enfermera. Recién pude volver a la ciudad una semana después, luego de que el grupo terrorista se entregó, pero nunca encontré a los Asad. Localicé la casa, pero los vecinos me dijeron que se habían marchado por un tiempo por la situación, sin dejar dirección ni medio de contacto. En los días que siguieron, intenté hacer todo lo que estuvo a mi alcance para localizarlos, pero nunca lo logré. Tampoco dije a la familia israelí que el que creían su hijo no lo era.

Me ha sido difícil vivir con esta carga tantos años. Ha sido un peso que me impidió una vida normal. Nunca pude aceptar una pareja, mis amistades eran escasas, fui reduciendo mis salidas, mis contactos con la gente. La idea del cambio de los niños nunca dejó de atormentarme.

Hace poco, recibí una herencia procedente de un tío americano que murió sin más herederos que yo. No se había casado, nunca tuvo hijos, y siempre había sentido mucho afecto por mí, hasta considerarme como su hija. Yo no tenía padre, así que su cariño me ayudó bastante. Una novia de últimos días intentó disputarme la herencia, pero tribunales de por medio, el asunto terminó a mi favor. Decidí que todo el dinero de esa herencia, un millón de *shekels*, lo destinaría a hacer saber la verdad a esos dos niños del pasado, que hoy, seguramente serán hombres.

***

Cuando terminó su relato, los ojos de la enfermera lagrimeaban. Le ofrecí mi pañuelo y sentí que sus mejillas se habían acostumbrado al sollozo.

Yo estaba impactado. Cuánto dolor, cuánto tiempo y qué crueldad envolvía esta historia. Me compadecí de esos dos chicos que hoy jóvenes hombres, no sabían sus propias identidades, identidades que conllevaban, además, caracteres tan disímiles. También sentí lástima por Rachel al imaginar su tormento ante los hechos que había narrado.

Rachel se secó los ojos y llevó su mano a su cartera negra. Sacó una chequera, escribió un cheque endosado a mi nombre por 10.000 *shekels* y me lo puso en la mano.

—Rachel yo no puedo... —balbuceé.

—Piénsalo y llámame. Sólo tú conoces esta historia ahora. Sólo tú puedes ayudarme a hacer justicia.

Tomó su cartera, se secó otra lágrima y salió del café rápidamente. Acompañé con la mirada su salida fugaz y me invadió una pena muy honda. El cheque estaba en mi mano y yo permanecí inmóvil por más de diez minutos sin poder asimilar aquel momento.

Durante todo el viaje a Tel Aviv, no dejé de proyectar la historia en mi mente. El rostro de dolor de esa mujer, los dos bebés, las familias y sus costumbres, el enfrentamiento actual entre musulmanes y judíos, todo se me juntaba como un torbellino difícil de conjugar. Había errores e injusticias en el mundo, somos humanos y como tales los cometemos, pero este caso era totalmente diferente. Se les había cambiado la vida a dos personas por una fallida identificación. Traté de cuidar mi cordura poniendo en práctica una de las claves que aprendí en el curso de investigadores privados: no involucrar los sentimientos personales en las cuestiones de trabajo. Pensé si estaría preparado para asumir un caso como ese. Dudé de que mis conocimientos me habilitaran para eso; pero del otro lado se encontraba la codicia, aquel ansiado dinero. Saqué cuentas y concluí que me tomaría muchos años poder tener un millón de *shekels*. Ya diez mil eran casi una fortuna en mi billetera, y solo representaban un uno por ciento de la cifra total. Todavía no eran míos, pues no había aceptado el caso, y probablemente no lo serían, ya que no creía estar en condiciones de trabajar en él.

Cuando llegué a Tel Aviv manejé directamente hacia el puerto. Necesitaba ver el mar, respirar hondo los olores asombrosos de la playa. Contemplé el Mar Mediterráneo y el crepúsculo casi partiéndolo en dos.

Anochecía y una sensación extraña se apoderó de mí. Sin entender qué pasaba, cerré los ojos, respiré y comprendí que me interesaba más el caso que el dinero. En un instante se me borraron la medicina, mi trabajo, la rutina, y mi vida cobró otro matiz. Más calmo, de repente pensé que en todo lo que me había confiado Rachel no existía ninguna fecha exacta, la única referencia relacionada a tiempo eran esos veintiocho años que mencionó al principio, extraño. Necesitaba ese dato, decidí obtenerlo por medio de Moshe, algo dentro mío decía que él sabía más de la cuenta.

6

Tel Aviv
Principios de septiembre, 2011

Los siguientes días fueron distintos. Me había costado decidirme, pero cuando lo hice ya había pasado lo más complicado. Ahora era tiempo de arreglar mis cosas para poder ejecutar mi decisión. Me gustaba la medicina y sabía que al abandonarla iba a decepcionar a algunas personas. Pero el motivo que me movía era como uno de esos llamados que llegan solo una vez y a los que hay que contestar inmediatamente pues si no, se termina perdiendo la oportunidad y esta no vuelve. Lo consideré como una prueba "del de arriba" y aunque no era muy creyente, sentí que por alguna razón desconocida hasta ahora, se me había elegido a mí para esta tarea.

Tenía la opción de detener mis estudios por un tiempo y retomarlos terminado el caso, pero eso sería difícil, ya que tendría que abrir un nuevo cupón en la Facultad de Medicina para inscribirme en esa carrera, cosa prácticamente imposible en Israel, ya que se abrían poco más de cien vacantes por año en todo el país.

Sabía que había solamente una persona que podría ayudarme en esto: el profesor Dr. Jacob Lachman. Él era como un padrino para mí, un hombre de valor absoluto que comprendía y explicaba la medicina de una manera muy humana, con un estilo bastante diferente al de los demás. Su sabiduría nunca estaba a prueba y la manera como la trasmitía nos humanizaba a todos, convirtiéndonos en mejores profesionales y hasta mejores personas. Siempre nos decía que las enfermedades comienzan en nuestra mente y que debemos hablar con nuestros pacientes antes de examinarlos.

Puedo decir que era un verdadero afortunado, ya que el Dr. Lachman me quería y me valoraba. Él sabía que yo no era uno más; conocía cuánto luchaba y trabajaba para sentarme en los banquillos de la Universidad de Tel Aviv. Tuve la suerte de conocerlo cuando cursaba el segundo año, y desde entonces, manteníamos una relación muy especial. En ocasiones comíamos juntos, hablábamos de política y de filosofía; los dos éramos fanáticos del fútbol, por lo que muchas veces íbamos a la cancha juntos y a uno que otro bar a tomar algo.

Lachman tenía ochenta y cinco años. Sus canas y las grietas bajo sus ojos mostraban a un hombre que no había tenido una vida fácil. Se había separado hacía muchos años. Un día de charlas y copas me confesó que nunca quiso otra pareja y con los años se aferró a su soledad. Supe que tuvo un hijo, pero nunca me habló de él, le escapaba al tema. Muchas veces pensé que me trataba como al hijo que había querido tener, o al que había tenido y no veía. Eso sí, siempre guardaba la distancia y se comportaba muy profesionalmente cuando se refería a mí en nuestras clases en la universidad. Jacob era una persona mayor, mas su pasión por la medicina y la enseñanza lo mantenían activo y lúcido, su calidad humana era un aporte invaluable para la facultad, que lo consideraba un profesional de primera, uno de esos seres humanos irremplazables aun con su edad. Pensé en cómo explicarle el asunto de los bebés, pero luego entendí que no podría hacerlo, pues Rachel me había encomendado silencio y secreto absoluto si aspiraba a tomar el caso.

Yo estaba seguro que Jacob entendería la historia que era muy humana, pero el deber de guardar silencio me impedía transmitirla. Así que empecé a pensar en cómo produciría un cuento creíble y cercano a la realidad que convenciera a una persona inteligente como él; cómo le explicaría la razón por la que interrumpiría mis estudios, eso no lo tenía resuelto todavía.

Pensé en diferentes opciones, una fue enfermar a mi madre, pero la deseché rápidamente. Matar a algún pariente también salió del juego, ya que él sabía que casi no tenía familia en Israel y que mis parientes en la Argentina estaban muy distantes. Asignarme alguna enfermedad a mí mismo sería en vano, ya que me obligaría a ser revisado por él mismo. De repente, como un rayo que atravesó mi cabeza, pensé en la historia de una herencia muy grande que se me había asignado y por la que tendría que comenzar averiguaciones en el país, y especialmente en el exterior, para poder recibirla.

Traté de elaborar el concepto y las respuestas ante cualquier eventualidad. Y así, un día, me encontré a comer con el Dr. Lachman en una cantina en la calle Iven Gevirol, en el centro de Tel Aviv. Nos encantaba comer *kebab* allí, el *hummus* era una delicia culinaria muy difícil de describir, una de las especialidades del lugar.

Nos sentamos en una mesa cercana al ventanal que daba a una de las calles más ruidosas de Tel Aviv. Los olores de la carne cocida podrían destruir cualquier dieta o ayuno posible.

Comenzamos a comer y a hablar normalmente. Yo estaba nervioso y esta vez no gozaba de los manjares que usualmente tanto me deleitaban. Lachman rápidamente se dio cuenta de esto.

—¿De qué se trata Leonel? ¿Quieres contarme algo?

—Realmente... sí. Mira, Jacob, voy a tener que suspender mis estudios por un tiempo, tengo un problema, vamos a decir... una complicación, pero es algo que debo resolver por el bien de mi familia.

—Pues, cuéntame, dime qué es eso tan importante que te impedirá estudiar —me dijo atento mostrando rasgos de inquietud.

Titubeé un poco, porque sabía que sería difícil la mentira; Jacob me conocía muy bien y yo tenía que evitar que mis gestos y actitudes me traicionaran. Puse toda mi creatividad en juego.

—Un hermano de mi abuelo ha fallecido en la Argentina, nunca estuvo casado ni tuvo hijos. Tampoco dejó testamento. Nosotros, los parientes, nunca sospechamos que fuera dueño de una fortuna importante. Conocíamos sí que tenía dos casitas y una pequeña fábrica en Entre Ríos, pero no imaginábamos que además de eso poseía mucho dinero y otras propiedades. Sus herederos directos serían mi abuelo, que vive en Argentina, y mi padre, pero hay otros procuradores pujando por el dinero no sé bien con qué excusas. Mi padre me pide ayuda, pues no sabe cómo proceder, me ruega que me ocupe de eso. Y la verdad es que el viejo ya no tiene cabeza para trámites y se trata de mucho dinero.

Sentí un gran alivio al terminar mi relato. Jacob, por su parte, estaba impresionado. La historia tenía muchas debilidades y muchos signos de pregunta, debo admitirlo, pero era creíble.

—¿Cómo te puedo ayudar?

—Jacob, tú sabes que estudiar medicina es todo para mí y eres consciente de cuánto me he esmerado estos últimos años, pero siento que tengo que dedicarme al asunto de la herencia en este momento, especialmente porque la familia me requiere. Además, seamos realistas, esa plata podría cambiar toda mi vida.

—¿No hay ninguna otra opción? ¿No sería mejor contratar a alguien que haga el trabajo? Tú no sabes mucho de temas legales.

—Sí, yo sé eso, pero mi abuelo no está muy bien, su salud es muy sensible, y mi padre tampoco está en condiciones. No es fácil en un país como Argentina encontrar a alguien honesto que se haga cargo de todo. Lo he pensado mucho y creo que lo mejor es que yo asuma el problema.

—Bueno, parece razonable. Pero... ¿cómo podré yo ayudarte? —volvió a preguntar, arqueando sus cejas gruesas.

—Quisiera que la universidad me guardara mi cupo para cuando pueda volver.

Jacob llevó su mano derecha y la puso en su frente en señal de intranquilidad, tomó un sorbo de cerveza y meditó un instante.

—Mira, Leonel, entiendo tu situación y te conozco lo suficiente para creer que evaluaste todas las opciones. No quiero comenzar un interrogatorio; tú bien sabes que en todo lo que es relativo a los estudios y a la universidad yo siempre trato de manejarlo con objetividad y sin amiguismos. Pero te aprecio mucho y valoro tu honestidad, así que trataré de ayudarte, aunque no estoy muy seguro de los resultados.

En ese momento sentí como que una carga de cemento se desprendía de mi espalda, no solo porque sería posible reservar mi cupo, sino especialmente por la actitud de Jacob. Comprobé una vez más cuánto me apreciaba.

Ya estábamos en la calle despidiéndonos, cuando Jacob preguntó:

—Y si no te preservan el cupo ¿te irías a esa misión igual?

No debía dudar, pero lo hice, y Jacob lo percibió. Sentí que, de repente, el cupo se había desvanecido; todo estaba en la nada.

—Sí —dije asertivamente, tratando de transmitir toda mi supuesta convicción.

—Que tengas buenas noches — me dijo Jacob. Y me dio su acostumbrado apretón de manos, pero no era el mismo estrujón que había recibido en otras ocasiones.

7

Tel Aviv
Mediados de septiembre, 2011

Hay decisiones que pueden tomar años: casarse, comprar una casa, tener un hijo. Pero hay otras que solo nos toman segundos y que no son menos importantes. En la cita con Jacob yo había contestado afirmativamente a la pregunta de si continuaría con mi misión si no se me preservaba el cupo en la facultad. Más tarde, pensándolo en frío, sentí que tiraría a la basura cuatro largos años de estudios y de lucha a cambio de una tarea incierta, que no me proporcionaría ningún reconocimiento y en la que tendría, seguramente, muchas dificultades. Pero seguí adelante con mi decisión.

En los siguientes días intenté ordenar mi futuro trabajo. El comienzo era preparar una lista con los datos que necesitaba y que debería consultar a Rachel. Los primeros que vinieron a mi cabeza fueron nombres de personas involucradas, sus desempeños en el hospital el día de los partos y en los siguientes, y sus domicilios. Organicé todas las ideas en la carpeta "Hermanos" que instalé en mi laptop. Una llamada al viejo Moshe Cohen también me abriría un poco más el panorama; quizás el viejo estaba al tanto del caso o había oído de él y me podría ser de ayuda en la investigación. Al fin y al cabo él me había recomendado.

Marqué su número, y cuando contestó, no se escuchó sorprendido por el llamado, teniendo en cuenta el tiempo que habíamos pasado sin hablarnos. Parecía que lo estaba esperando. Acordamos encontrarnos en el restaurante Yootbata, que pertenecía a un *kibutz* en el sur del país. Emplazado en la costa de Tel Aviv, se especializaba en ensaladas y jugos naturales deliciosos. Moshe se retrasó veinte minutos pero yo ya estaba preparado, pues nunca había llegado en hora a las otras citas que habíamos tenido. Se disculpó, lo que constituía parte de su rutina, y nos ubicamos en una mesa en el segundo piso, desde la que disponíamos de una inigualable vista al mar. Era un día espléndido con pleno sol, quizás no el más adecuado para encontrarse con este viejo arrogante.

—¿Cómo andas, Leonel?

—Bien... Espero que tú también te encuentres bien —respondí intentando apurar la cortesía tan innecesaria en este caso—. ¿Sabes por qué te he llamado?

—No. —Sonrió, iluminándome con su diente de oro—. Yo te encomendé a Rachel por un asunto, quizás quieras preguntarme sobre eso...

—Algo así... —respondí—. Pero aclárame algo, ¿por qué no lo aceptaste tú? Supongo que ya sabes que hay mucho dinero involucrado.

—Mira, Leonel, yo estoy retirado. Este caso va a requerir muchas incursiones peligrosas, viajes, y van a surgir dificultades. Yo ya no estoy para eso.

Creí que tal vez no me decía la verdad, pero, indudablemente, había creado una buena excusa que yo no podía cuestionar. También era innegable que él conocía el caso y que había hecho averiguaciones que le permitieron saber que envolvía peligros y viajes.

—¿Cuánto conoces el caso? ¿Qué sabes de esto?

—Mira, lo sé todo. Conozco a Rachel hace más de 25 años, pero, hasta hace cuatro meses, no me había contado nada. Un día me reveló su historia en busca de ayuda. Después de examinarlo y de hacer una que otra pesquisa, decidí que no era para mí.

—¿Porque envuelve peligro?

—¿Has aceptado ya?

—No, todavía no, voy a pensarlo, tú sabes... yo estudio ahora y tengo mis cosas.

—Sí, entiendo, pero esto es enorme y te ayudará en la vida más que la medicina.

Había algo en su forma de hablar que me hizo suponer que me quería transmitir que no tan solo el dinero sería la recompensa.

—Piénsalo bien —aconsejó—, si decides asumir el caso yo te daré más datos. Como es un asunto muy confidencial, hasta que no aceptes, no podré entregarte ninguna información.

Cuando nos estrechamos las manos para despedirnos me dijo:

—Cada persona tiene una oportunidad en la vida, esta es la tuya, no la desaproveches. ¡Ah!... otra cosa: la casi totalidad de la gente se divide en personas que te usan y otras que se dejan usar, pero hay un huequito chiquito poblado de gente como Rachel Mizrachi, ella quiere hacer el bien.

Las cosas no estaban más claras después de mi charla con Moshe. Me aferré a la idea de que era una oportunidad que no debía desperdiciar. Pero me contenía la pérdida de la facultad. En el hospital me acerqué a algunos doctores amigos para averiguar si habían escuchado precedentes de estudiantes que habían suspendido sus estudios y a los que el cupo se les había preservado. No recibí respuesta favorable: casi nadie había escuchado tal caso y nadie creía que el Magistrado de la Facultad de Medicina haría una reserva por tiempo ilimitado.

Ese día me tocó ayudar en la partería. En las prácticas, cambiábamos secciones según las necesidades del hospital, aunque originalmente no tendría que ser así. Más que ayuda, era aprendizaje práctico como yo lo llamaba, porque no podíamos hacer realmente mucho. Esas horas distrajeron mi pensamiento de todas mis ideas anteriores.

En la sala de parturientas había una palestina que tenía dilataciones avanzadas. Yacía allí desde hacía cuatro horas, pujando. Se encontraba sin su pareja y en su ficha decía que tenía dieciséis años. Deduje que estaría casada desde los quince, edad muy común para matrimonios entre los musulmanes. Por su juventud y aparente fragilidad, se ganaba la compasión de las enfermeras. Reparé en ella por un momento: su cuerpo frágil y flaco no parecía poder aguantar el desgarrador dolor que produce dar a luz. Su madre, su abuela y su hermana se hallaban allí, pero no había ninguna presencia masculina en la sala. De repente, la abuela comenzó a gritar algo en árabe. Me acerqué. La joven temblaba, las contracciones le encogían el cuerpo como partiéndolo en dos. El alarido trajo también a una enfermera. Cuando miré la matriz, me espanté: ante mis ojos asomaban unos pequeños piecitos. El bebé estaba atascado y en posición reversa a la de un parto normal, hecho que hacía necesaria una cesárea. Cuando el obstetra la revisó, dio orden de preparar para la cirugía y de trasladarla urgente a la unidad quirúrgica. El doctor me pidió ayudar en el parto, no pensé demasiado, no había tiempo para miedo o nerviosismo. Así que previa higiene y vestimenta reglamentaria en quirófano, estuve junto a la joven. El cirujano tomó el bisturí y rasgó el abdomen en la parte más baja. Insertó su mano dentro del cuerpo de la mujer y hubo un instante de mutismo. El doctor me pidió ayuda para abrir la herida con las espátulas, hizo un movimiento brusco y emitió un grito de "¡¡vida!!" mientras veíamos surgir en sus manos al bebé que, inmediatamente, empezó a hacer oír sus primeros gruñidos. El pediatra lo revisó rápidamente y la enfermera lo arropó y se lo acercó a su madre, que lo acurrucó fuertemente contra su pequeño pecho. Impresionado por lo vivido y con la visión de madre e hijo tan unidos, cerré mis ojos y la imagen de Rachel Mizrachi en aquel día de los bebés canjeados se hizo real y muy verídica para mí. Sin duda, lo recientemente vivido era la estocada final para aceptar la oferta. Estaba allí, frente a mis ojos, tan frágil en una cama, la importancia de la vida, la fortaleza del vínculo madre – hijo alimentada por el sufrimiento y la identidad. Ese caudal de cosas que ocurrieron en un soplo me llevó a la decisión absoluta.

—Empecemos —me dije.

8

Tel Aviv
20 de septiembre, 2011

Pasadas tres semanas de la cita con Rachel, jugaba a las escondidas con el teléfono. Me escapaba de él, daba vueltas y volvía a mirarlo, formando un círculo asimétrico en el departamento que nada más Jony podía interpretar. Al fin tomé la bocina y terminé el martirio. Rachel levantó el teléfono tan rápido que parecía que hubiera estado esperando con él en la mano.

—Puedes contar conmigo —fue lo único que atiné a decir.

—Nunca te vas a arrepentir, te lo prometo —afirmó ella.

—Eso espero. Escucha, necesito todos los datos que hayas conseguido, posibles nombres de los niños, ahora hombres, apellidos de las familias, direcciones en las que ubicarlos o lugares en los que estuvieron...

—Leonel —me interrumpió con un tono suave—, vamos a trabajar a mi manera. He pensado durante muchos años cómo debería proceder cuando llegara el momento, he manejado muchas opciones, y hasta he madurado una especie de plan de acción. Primero quiero hallar al chico de la musulmana, que es el hijo de la mujer judía. Sé que al principio te dije que buscaba a los dos, pero deseo que te ocupes solo de ese muchacho en este momento. Todo lo que quiero es que me lo traigas y yo hablaré con él. Tu trabajo será lograr que llegue a reunirse conmigo. Si necesitas dinero o alguna otra cosa, me lo dices. Debes encontrarlo y convencerlo de que debe hablar conmigo sin decirle el verdadero motivo.

—¿Sabes al menos su nombre?

—Ahmed Asad. Tiene veintiocho años. La última vez que se le vio de la que tengo noticias, fue en Jordania, hace cinco años. Desde entonces perdí todo rastro de él.

—¿Quién te dio esa referencia? ¿Es un dato confiable?

—La información la recibí de un palestino de Kalkilia que tiene buenos contactos, aunque no sé si es muy confiable. Además, pide mucho dinero. Dame tu email así te paso su número por escrito. Aprovecharé para enviarte también otros apuntes que pueden servirte.

Cuando estaba por cortar, luego de saludarla, me dijo con un susurro ronco: —Puedes cobrarte el cheque ahora, el que te escribí hace unos días.

Después de nuestra conversación, un peso enorme se desprendió de mi estómago; hacía más de una semana que tenía como una pesadez acumulada en mi esófago.

Las dudas no habían desaparecido, el peligro parecía seguir existiendo. Todo era enigmas y confusiones, como antes. Igualmente, estaba más aliviado al haber confirmado mi decisión.

Traerlo, pensé, ¿con qué razón? ¿Valía realmente la pena comunicarle la verdad de su nacimiento ahora? ¿Por dónde empezar? El dinero lo puede todo, con plata podría mover cielo y tierra.

—Quién sabe qué es de la vida del joven... ¿y si ya no se encuentra en Jordania? ¿Y si está en Irán o Irak? ¿Cómo podría yo ingresar a estos países? —me encontré hablando solo en voz alta.

Demasiadas preguntas y muy pocas respuestas. En ese momento me arrepentí de no haber asistido a los exámenes del Mossad. Si lo hubiera hecho, quizás tendría más contactos y estaría mejor preparado. Pero era hora de "borrón y cuenta nueva". Tenía que cambiar los libros de la universidad por los libros "de la vida". Abrí mi laptop, chequeé mis emails y, sorprendido, advertí el de Rachel Mizrachi en mi *inbox*. Se hallaba categorizado como importante. Con gran curiosidad lo abrí. El contenido parecía haber sido preparado con mucha anticipación, era como una copia de un documento muy detallado en el que se encontraban los nombres de todos los integrantes cercanos de la familia de Ahmed, algunos amigos, direcciones de la casa en Belén y del último lugar en el que había residido en Jordania. En la mitad de la nota, se destacaba subrayado el nombre de Camel Harish, el posible contacto que residía en

Kalkilia. Era un lugar al que no podría entrar por las ocupaciones. Tal era el riesgo que el gobierno había publicado un comunicado que establecía que cualquier judío que entrara a los territorios ocupados lo haría bajo su exclusiva responsabilidad.

Kalkilia era una pequeña ciudad muy cercana a Kfar Saba. Se encontraba ocupada desde hacía más de treinta años. En ese momento estaba totalmente gobernada por el mandato palestino, el Fatah[5] se hallaba en el poder, pero el Hammas crecía y pujaba por el mando. La muerte de Yasser Arafat había dejado nada más que confusión y dudas entre los palestinos sin liderazgo, semejaban un rebaño sin su pastor.

Recordé las palabras del viejo Moshe Cohen. Me había prometido que cuando tuviera el pacto acordado me proporcionaría datos. Él tenía un gran número de contactos, y era seguro que conocía detalles. Yo también sabía que antes de desechar el millón de *shekels*, Cohen habría averiguado mucho sobre el asunto. Volví a pensar en la negativa de Moshe de ocuparse de la misión, y otra vez me surgieron interrogantes. ¿Miedo al riesgo? ¿Qué cosas raras o dificultades percibió? Si hubiera sido por su imposibilidad de viajar, como él explicó, ¿por qué no subcontratar a alguien para ayudarlo?

Decidí esperar hasta el día siguiente para contactarlo. Necesitaba ordenar mis ideas. Abrí nuevamente la carpeta "Hermanos" en mi laptop y establecí mi primer archivo, el que nombré "Punto de partida".

---

5 Fatah: grupo de la Organización para la Liberación de Palestina.

9

Tel Aviv
21 de septiembre, 2011

Me levanté temprano, más de lo acostumbrado. Tenía turno en el hospital desde las diez de la mañana hasta las cinco de la tarde. Luego, saldría volando para llegar a tiempo a mi turno en el banco, de cinco a doce y media de la noche. ¡Flor de día!, pensé.

Eran las siete de la mañana y el estómago me daba vueltas como pez en ensaladera. Estaba acelerado, pensando a mil, pero vacío de ideas. Necesitaba un pequeño hilo, una pista que me permitiera visualizar por dónde empezar. El teléfono irrumpió como un relámpago, hasta Jony se sobresaltó. Era Jacob Lachman. Temí lo peor.

—Tengo buenas noticias para ti. Conseguí que te conserven el cupo por un año.

—¡Wow! —mi grito mezcló la sorpresa y la inconmensurable alegría. Seguía en pleno delirio cuando Jacob dijo:

—Estoy contento por ti, te lo mereces. Quiero seguir en contacto contigo, tú sabes cuánto te aprecio. Espero que me hayas contado toda la verdad.

—¡Gracias, mil gracias! —murmuré, y no hubo lugar para más.

Lachman colgó.

El brillo de la noticia se opacó ante sus dos últimas palabras. Si le contaba la verdad... ¿perdería el cupo? Y si no se la contaba, ¿se terminaría nuestra amistad, la más incondicional de mis amistades?

Tomé mi cartera y traté de mantener la calma. Me dirigí al Banco Leumi, sobre la calle Ben Yehuda, a depositar el cheque que me había dado Rachel. Quería ratificar la autenticidad del trato y saber si tenía fondos. Por otra parte, mi cuenta estaba en saldo negativo. Seguramente el banco sospecharía, pensé riendo, nunca había entrado tanto dinero en esta cuenta desde que la abrí hacía cuatro años. Diez mil *shekels* no le harían nada mal a mi frágil infraestructura.

Ya adentro del banco, luego de soportar el agobiante camino hacia la cajera, discutiendo con los avivados que no respetaban la fila y que intentaban adelantarse, soportando los gritos y empujones de la marea humana, logré que me atendieran. El semblante de la empleada mostraba su alteración. La última clienta, una viejita desdentada y con dificultades para hablar, la había vuelto loca. Intenté sonreír. La cajera tomó el cheque en sus manos y tecleó en su computadora; le dio vuelta y miró otra vez la pantalla; me pidió mi documento de identidad y mi tarjeta bancaria. Hubo un instante en el que su mirada se detuvo en la computadora por más de un minuto y yo me congelé en el lugar pensando que tal vez el cheque no tenía fondos. En eso, la impresora rompió el silencio con su chillido perplejo y emitió un recibo. Respiré hondo y algo quedó bien claro en ese momento: todo lo que Rachel había dicho era real. Si bien yo nunca había dudado demasiado de la veracidad de la historia, ahora ya la había confirmado completamente.

El día había comenzado de la mejor manera, con una incertidumbre menos.

10

Tel Aviv
Fines de septiembre, 2011

Unos días después llamé a Moshe Cohen. Tenía cinco minutos antes de salir para el hospital. Había decidido suspender mis estudios y mi trabajo en el hospital el fin de semana. Sabía que si llegaba tarde nadie me diría nada, pero quería terminar con "buena letra". Así que llame a Shoshi, la encargada de los estudiantes residentes, para avisarle que llegaría un poco tarde.

Luego llamé a Moshe. El viejo se mostró muy contento cuando le comuniqué que el acuerdo con Rachel ya estaba consumado, más contento de lo que podría considerarse normal. Seguramente obtendría una comisión, o ¿habría otra razón?

Camel Harish era nuestro hombre de contacto. Moshe me aclaró que Camel requeriría encontrarse fuera de Kalkilia. Su nombre no era el de un terrorista buscado por el ejército, pero Moshe me confesó que le había pasado un falso dato a las tropas israelíes hacía un año y, desde entonces, Tzahal desconfiaba de él, por lo que estaba bajo la lupa del ejército. Si lo encontraban en cualquier negocio sucio o ilegal, no lo pasaría bien.

—¿Cómo es el proceso y cuánto es lo que cobra? —Necesitaba más información antes de actuar.

—Llámalo, dile que yo te he mandado. Él te va a decir el resto: lugar de encuentro, cómo vestirte y la forma de transferirle el dinero.

—Pero... ¿es confiable? Me acabas de contar que le hizo una bien fea al ejército.

—Mira, confiable o no es la única fuente que tenemos en este momento y solamente él puede traer los datos que necesitas.

Agradecí la información. Todo se encontraba volando tras una gran nube, el peligro parecía inmediato y difícil de esquivar. Mientras nos despedíamos me resultó extremadamente raro que el viejo Cohen no mencionara nada sobre sus honorarios, dado el tiempo que dedicaba y sus valiosos contactos. Eso no era normal. Tuve la sensación de que estaba involucrado con la causa, pero ¿por qué? ¿Y cómo?

Miré el reloj. Mostraba las 10:00 AM. Marqué el número de Camel y una voz ronca me atendió hablando en árabe. Sin entender lo que sucedía, pedí hablar con Camel, expresándome en hebreo. No obtuve respuesta, "Moshe Cohen de Jerusalén" se me ocurrió mencionar, y entonces, luego de un rato, la voz ronca me indicó otro número. Lo anoté rápidamente para no olvidarlo. Luego lo miré, su característica era 08, código de Kalkilia. Llamé. Luego de insistir por algunos minutos, me contestó Camel en un hebreo casi perfecto. Seguramente la estrategia era que alguien atendía su móvil y daba a quien llamaba un número de algún teléfono público cercano, y allí estaba el contacto. Por eso la demora en atender. Había leído este procedimiento en un libro de ficción de Ram Oren[6].

Camel no me permitió hablar mucho. Le pregunté si tenía información sobre alguien llamado Ahmed Asad y contestó que no lo conocía. Enfatizó que era difícil, pero que podría investigar y luego me llamaría. Su voz era rara, un tanto fina, y me pregunté si no la estaría distorsionando para no ser reconocido. Rápidamente pactó sus condiciones: cinco mil *shekels* por la información inicial con la opción de seguir el vínculo después.

Debería dejar dos mil *shekels* en una dirección en Yafo, una ciudad muy pintoresca pegada a Tel Aviv, donde predominaban habitantes árabes israelíes, pacíficos en su mayoría. La dirección exacta correspondía a un almacén. Inmediatamente después de recibir el dinero, él comenzaría a trabajar y me contactaría.

—A partir de este momento, tú no me llamarás más; aunque lo intentaras, el número de teléfono que tienes ya no funcionará. Yo seré quien me comunique contigo. Déjame tu número. —Luego colgó sin decir adiós.

La plata no me parecía un disparate, el viejo Moshe me había advertido que cobraría bien y consideré que este monto estaba dentro de lo

---

6 Ram Oren: escritor israelí famoso por sus libros de ficción.

razonable. No me había dado mucho lugar a expresarme, y yo entendía su posición de desconfianza.

Al siguiente día saqué el dinero y me trasladé hacia Yafo, que distaba aproximadamente quince minutos de mi casa si no había tráfico, algo que no era normal en este país. Busqué la dirección en un mapa: Hefetz Haim era una pequeña callecita en el límite entre Bat Yam y Yafo, al sur de Tel Aviv. Tomé la calle Yafet, ya que allí podría parar en la Abulafia, un lugar muy conocido por sus sabrosas empanadas árabes, *sambusak*[7]. Me fascinaban las de queso y hongos; los olores que rodeaban esta parte de la ciudad eran tan tentadores que mi auto disminuía su velocidad en forma automática al pasar por allí, los aromas en aquella zona eran difíciles de describir, no solamente los de las empanadas, sino los de pescados las *hummuserias*[8], *shwarma*[9] y *falaferias*[10].

Al llegar al lugar, me encontré con un almacén muy viejo sin vidrieras ni ventanas. Una puerta de hoja pesada parecía mantener en pie las paredes gastadas de aquel sitio. Un cartel de Coca Cola, que había vivido tiempos mejores, era la única señal que distinguía al lugar como un almacén. Entré sin golpear. Un viejo gordo y bigotudo estaba detrás del mostrador y no daba señales de buenos modales.

—Esto es para Camel —le dije.

Me miró con cara de pocos amigos, sin sorprenderse.

—Déjalo sobre la mesa y lárgate.

Dejé el sobre y me fui. Tendría que acostumbrarme a trabajar bajo este manto de sospechas y desconfianza, pensé. Aquí nadie me daría recibo… ¿Llegaría el dinero a Camel? Nadie garantizaba nada, pero yo tampoco tenía nada, solamente el nombre de una persona a la que buscar. No tenía más remedio que confiar. Así fue que me aferré a la esfinge de Camel y a sus polizones.

---

7 Sambusak: especie de empanada de distintos rellenos.
8 Hummuserias: lugar donde venden hummus.
9 Shwarma: carne sazonada, generalmente de cordero, que se asa en un eje vertical, que gira sobre sí mismo y se sirve cortada a tiras, a menudo dentro de un pan de pita.
10 Falaferia: lugar donde venden falafel.

11

Tel Aviv
Fin de septiembre, 2011

El fin de semana fue plenamente dedicado a la familia. Después de dar una que otra vuelta, les conté a mis progenitores acerca de mis planes de dejar la universidad por un tiempo. Yo bien sabía que para ellos era un sueño el tener su hijo doctor, y me dio mucha pena comunicarles mi decisión. Pero les prometí que terminaría, fuera cuando fuera. Mi madre protestaba diciendo que cuando se dejan los estudios nunca se retoman; mi viejo asentía cabizbajo y meditabundo, creo que murmuró un "No lo hagas...", pero le argumenté que necesitaba un año de vacaciones, quizás para dedicarlo a conocer el mundo y para decidir lo que quería realmente de mi vida. Al mirarme fijamente a los ojos, ambos sabían que no decía la verdad, pero no tenían idea de cuál era la razón verdadera.

El viejo trató de preguntar si necesitaba plata, aunque no tenía qué aportarme materialmente. Le contesté que no, que se quedara tranquilo. Me dio pena e insistí en que todo esto duraría solamente un año.

No me fue fácil este engaño velado, ya que con mi viejo mantenía una relación muy profunda. Pero yo sabía que al concretar mi tarea, tendría mucho dinero y así los podría yo ayudar a ellos.

El lunes a la mañana era una nueva persona. No universidad, ni hospital y tampoco banco. Era un hombre libre de horarios, por lo menos por un tiempo. Me levanté más tarde de lo que lo hacía habitualmente. Me tomé un cafecito en el bar de Ben Yehuda y Frishman. Fue entonces cuando recibí en mi móvil un mensaje de texto: "Puedes ir a buscar tu paquete a Yafo, paga los tres mil que faltan. Camel". Estaba impresionado, habían transcurrido tres días y la información, así lo esperaba, ya estaba.

Llegué a Yafo y tuve el mismo ritual con el gordo bigotudo. Esta vez detecté un hombre calvo, de mediana altura, con gafas negras, que daba vueltas. Vi que tenía un tatuaje en su antebrazo izquierdo, muy cerca del hombro, con forma de mariposa o algo parecido. El gordo me dio el paquete, me pidió el sobre y otra vez me dijo que me largara enseguida. Ya en el coche, sentí la extraña sensación de que alguien me miraba. Me di vuelta y vi que el pelado estaba en la puerta del establecimiento, con un pie adentro y otro afuera. Tuve la seguridad de que registraba la placa de mi coche en su mente, enseguida entró. Arranqué y me fui velozmente.

En casa, más tranquilo, abrí el paquete. Adentro había una carpeta marrón muy prolija. Me senté en el sillón, vaso de Coca-Cola en mano y la abrí. Desde el principio me asombré de la pormenorizada información que yacía ante mis ojos: era un álbum de la vida de Ahmed Asad, con fotos fotocopiadas y notas escritas junto a ellas.

Me tomé el tiempo para leer la historia de este joven. Un ping pong de mudanzas, nómada en diferentes ciudades, Belén, Amman, Belén nuevamente, Ramalla, Franja de Gaza. Una vida en una valija, dando vueltas sin los padres desde los doce años. A esa edad dejó su casa absorbido por la calle y las necesidades económicas, y comenzó a mantenerse por sí mismo. Su primer trabajo fue en una construcción en Amman, se trasladó a ese lugar con su primo Rafaq, de dieciocho años. Vivieron en un campamento de refugiados. Rafaq se volvió como un padre para Ahmed, lo protegió, lo cuidó. Luego de un extenso tiempo en Jordania, los dos regresaron a Belén. En Amman sintieron en piel propia la hostilidad hacia los palestinos. Rafaq logró encontrar trabajo con un constructor israelí y trabajó en Kfar Saba. Ahmed, que admiraba a su primo por su valor y osadía, en Israel no podía emplearse pues era menor de edad. Sin embargo, logró comenzar a trabajar en una estación de servicio en Belén limpiando los vidrios de los autos, ocupación en que solo recibía el dinero de propinas. Rafaq se unió al Hammas y trasmitió su odio a Ahmed contándole atrocidades sobre el ejército israelí y convenciéndolo de que los sionistas habían usurpado las tierras palestinas. Rafaq realizó su primera incursión peligrosa en una manifestación violenta en Belén; tres semanas después, Rafaq fue acribillado por tropas israelíes cuando lanzaba una bomba molotov al costado de la ruta que une Belén y el asentamiento Elazar. Tenía solamente veintiséis años.

Ahmed asistió al entierro de Rafaq que se produjo como parte de una manifestación bulliciosa del grupo Hammas en la ciudad de Nablus. El cadáver envuelto en la bandera verde oscuro símbolo del Hammas, fue llevado en andas sin féretro, como trofeo. Ahmed siguió el ritual y se impresionó ante todo aquel movimiento. Allí conoció a Yaser Iben Dabul, uno de los jefes de la guerrilla y uno de los individuos más buscados por el ejército israelí, autor del asesinato de la familia Ben Shimol cuando viajaba en la ruta Jerusalén – Hebrón.

Yaser encontró en Ahmed a un joven osado y dispuesto a todo tras la muerte de su primo. En ese entonces tenía solamente veinte años.

Ahmed fue aceptado como miembro del Hammas; para ingresar al movimiento debió pasar una serie de pruebas que incluyeron participaciones en manifestaciones violentas, con lanzamiento de piedras contra blindados israelíes, uso de horquetas y entrenamiento con armas.

Fue reconocido por el grupo como uno de los jóvenes más brillantes. Después de unos exámenes psicológicos, su inteligencia fue más valorada que su osadía. Cuando cumplió veintiuno, recibió una computadora de parte de la organización, y con ella en sus manos comenzó a destacarse. Se convirtió en un amante de la computación y diseñó el primer sitio web del Hammas que circuló en internet. El grupo reconoció su capacidad en esta actividad, y lo prefirió en la computadora más que en las calles. Ahmed se dedicó a estudiar sistemas de encriptación y decodificación de señales para poder ayudar al grupo en este sector, en su lucha con el enemigo sionista; a la vez adiestraba a un grupo de diez jóvenes.

Con solo veinticinco años, Ahmed diseñó un sistema sofisticado que, a través de internet, facilitaba a los líderes religiosos del grupo contactarse con los jóvenes indecisos que todavía no encontraban su camino en la calle palestina. Esto se sumó a un sistema de codificación especial que permitía a las redes terroristas contactarse sin utilizar los sistemas de la central telefónica israelí, ya que para ese entonces los israelíes tenían casi completamente interceptado todo el sistema de comunicación palestino. Esos fueron sus mayores logros en aquellos tiempos.

Ahmed fue promovido a encargado de un grupo que organizaba toda la sección informática en el Hammas. Su tarea incluía la comunicación entre las diferentes partes de la organización. Sin participar en carne y piel de atentados y sin salir a las calles, Ahmed comenzó a estar involucrado en cada uno de ellos y el Mossad, por primera vez, lo incluyó en su lista negra, por lo que el Shabak comenzó su búsqueda en los territorios ocupados. En esos momentos tenía solamente veintiséis años.

La última hoja del reporte contenía una foto actual y una nota que decía "Recientemente visto en la Franja de Gaza, edad veintiocho años".

Me tomó tiempo digerir que había sido contratado para seguir los pasos de un terrorista miembro del grupo Hammas. También estaba impactado por la información tan bien recopilada sobre Ahmed Asad, aunque lamenté que no incluyera ninguna dirección ni dato preciso sobre su paradero. Tampoco había referencias a lo ocurrido el día de su nacimiento, por lo que pensé que nadie estaría al tanto. No dudé ni un minuto en el paso a seguir: llamé enseguida a Rachel. No estaba dispuesto a continuar en este caso. ¡Yo siguiendo a un terrorista buscado por el Mossad y el Shabak! ¡Ni loco! Además, ¿cómo iba yo a lograr algo que el Mossad todavía no había obtenido? Arriesgaría mi vida. Todas las respuestas estaban auto dirigidas a mi próxima llamada. Rachel contestó relajada y con cortesía, mientras que yo era una bomba de nervios.

—Dejo el caso ahora mismo. Usted me mintió, me engañó. No estoy dispuesto a traerle a un terrorista para que le cuente la verdad sobre su vida.

—¿Terrorista? ¿Hablas de Ahmed? Tranquilo, yo no te mentí; ¡esta es la primera vez que me entero! Yo no tenía pistas de este joven. Hace cinco años recibí información no validada de que había estado en una manifestación violenta en Nablus, pero de ahí a que fuera miembro del Hammas… nada. Pero piénsalo bien, quizás tú puedes convertir algo complicado en simple.

—¿De qué me habla?

—Te digo que tendrías que pensar más detenidamente y con calma en cómo llegar a ese joven. Quizás el Mossad o el ejército como estructuras complejas no pueden lograr lo que un individuo solo sí.

—¡Esto es realmente un disparate!

—Por favor, piénsalo, estoy dispuesta a pagarte más, recapacítalo cuando estés tranquilo. Posiblemente tus estudios de medicina y tu formación en informática te pueden ayudar.

—¿Cómo?

—Madúralo un poco, no te desesperes, tú eres inteligente... —Y se despidió.

Comencé a valorar diferentes opciones, y eso me tomó tiempo. Pensé que Rachel tenía como idea que me registrara como voluntario en un hospital o entidad palestina para encontrar a mi supuesto botín, algo que me parecía descabellado y sumamente peligroso. La situación en los territorios estaba sumamente convulsionada; entrar sería un problema, la estadía sería otro escollo. Agregaba a eso que poseía documentación israelí. Eran conocidas las historias sobre médicos de todo el mundo que se sacrificaban atendiendo en los campos de refugiados o en los atosigados hospitales de los territorios que no daban abasto.

Pese a lo que le había dicho a Rachel, estaba muy lejos de desistir de mi objetivo y de abandonar el caso, aunque cada vez me gustaba menos. Rachel me había engañado al no decirme la verdad, su respuesta de que ella no sabía nada, me parecía tan absurda como la propuesta que me hizo.

Entonces empecé a preguntarme sobre la veracidad de los hechos que Rachel me había relatado. Me di cuenta de que tendría que comprobar la autenticidad de todo lo que ella representaba y proponía. Este asunto podría ser una gran farsa, que tal vez, tuviera otros fines.

Decidí empezar por el hospital donde habían nacido los niños. Conocía las reglas de los nosocomios y sabía que guardaban muy bien los datos sobre cada persona que había pasado por sus muros.

No dudé, y ya que estaba libre de todo, tomé mi cochecito y me dirigí al hospital. Pasadas las tres de la tarde, estaba frente a sus puertas. Durante todo el viaje a Jerusalén pensé cual sería mi excusa para averiguar sobre un acontecimiento ocurrido más de veintiocho años atrás que ni siquiera me tenía a mí como principal involucrado. Enseguida, como un relámpago, se me ocurrió llamar al viejo Moshe Cohen. Recordé que él tenía su carnet de policía y lo usaba siempre que había una puerta difícil para abrir. Este sería el segundo favor que le pedía, así también podría tener idea de cuánto Cohen estaba envuelto en esto. Si él era parte del clan, obviamente no me ayudaría a averiguar sobre la veracidad de la historia de Rachel Mizrachi.

Lo llamé mientras mi daihatsu intoxicaba con sus gases las bellas vistas de las colinas de Jerusalén, tratando de treparlas en segunda y con alaridos desaforados de parte del motor.

Moshe atendió el teléfono y quedamos en encontrarnos en la puerta del hospital. Antes de colgar me dijo que Rachel no mentía y que él me ayudaría a confirmar la historia y así disipar mis dudas. Me tomó de la mano y subimos juntos hasta el quinto piso. Cuando se abrieron las puertas crujientes del ascensor, apareció ante mis ojos la partería. La historia de Rachel se hizo muy real en un instante, ni bien me imaginé las escenas en aquel lugar. Los muros que mantenían los techos y pisos a la vez, se estiraban allí cargados de historias y humedad. Las paredes parecían como pintadas una y otra vez, ya hartas de tantos matices. Las salas estaban llenas, y, al igual que el día de los partos de la historia, las enfermeras se encontraban muy ocupadas. Moshe percibió que yo estaba distraído, como en una nube, pero no me despertó. Una recepcionista obesa y de mal humor nos preguntó qué queríamos. El viejo Cohen se adelantó mostrando su identificación policial como trofeo, al tiempo que agregaba que venía en busca de información.

—¿Qué tipo de información? —La enfermera nos miró con su cara inexpresiva.

—Necesitamos verificar el nacimiento de un bebé que ocurrió hace veintiocho años.

—¡Veintiocho años! —se pasmó la gorda que apenas podía moverse vaticinando que no nos podría ayudar—. No es acá, tiene que ir al séptimo piso, cuando salgan del ascensor verán una puerta a su izquierda que dice "archivos". Busquen a Dana.

Dana nos abrió la puerta. Era una mujer de más de setenta años. La imaginé como ese tipo de reliquias que se olvidan en un sitio como este. Atrás de ella se levantaban unos enormes armarios que parecían de la época del mandato británico, que se hallaban llenos de carpetas empolvadas y amarillentas. Dana se sentó y observé que manejaba una computadora casi nueva con pantalla LCD.

—Necesitamos verificar el nacimiento de un bebé hace veintiocho años —volvió a su frase Moshe.

—¿Y quién es usted?

Moshe mostró su tarjeta identificadora por segunda vez.

—¿Cuál es el nombre del niño y cuándo nació? Si es posible deletréemelo.

—Ahmed Asad, veintidós de octubre, 1982 —informó Moshe, que tenía el nombre y la fecha en su memoria.

La fecha impactó en mi cabeza con un efecto de golpe, era la primera vez que la escuchaba, Rachel no la había mencionado, ese era el día de mi nacimiento y justo en el mismo hospital. Un sudor frío comenzó a recorrer mi frente, mientras que un espasmo caliente se expandía por mi cuerpo. Había pensado en el lunar, me pareció una extraña coincidencia a la que no le di demasiada importancia, pero ahora el día y el escenario, formaban más que una casualidad. Moshe sintió que algo ocurría y me preguntó si estaba todo bien. Decidí tratar de serenarme, para después analizar todo en frío.

—Todo en orden Moshe.

La mujer repiqueteó lentamente en su teclado y se dirigió a uno de los armarios; subió a una escalera de biblioteca y bajó con una carpeta polvorienta y manchada. Moshe verificó el nombre y me la dio. La abrí lentamente.

Nombre: Ahmed Asad
Peso: 3.5 Kg
Hora de nacimiento: 10:12 PM
Nombre de la madre: Fátima Asad
Nombre del padre: Gibril Asad
Dirección: Ararat 30 Belén – Israel
Doctor: David Levi
Enfermera partera encargada: Rachel Mizrachi

No había más datos, solo la aclaración de que había sido revisado y se encontraba bien. Había también una nota diciendo que la madre había dejado el establecimiento antes de lo requerido y bajo su exclusiva responsabilidad.

Moshe me dejó digerir los detalles, estaba calmado, me palmeó el hombro y dijo:

—¿Ves? Rachel no miente.

Yo ya no podía más de la curiosidad; yo sabía que él estaba al tanto de todos estos detalles y que trataba de convencerme. Enseguida decidí confrontarlo, ya que su participación en este asunto me olía raro.

—Ven que te invito a un café —le ofrecí.

—Ok, pero no acá, los hospitales me ponen mal.

Bajamos del Monte de los Olivos y nos dirigimos al hotel Grand Hyatt que se hallaba en el Monte Tzofim[11]. El hotel se encontraba como incrustado en la montaña, y desde allí las vistas a toda la ciudad vieja eran imponentes. Me relajó un poco el paisaje, Moshe sabía escoger y manipular a la gente. Nos sentamos afuera y observé fijamente la mezquita color oro detrás del Muro de los Lamentos. El espectáculo que se desplegaba ante mis ojos me dio el envión para empezar a hablar.

—Dime Moshe, ¿cómo es que tú estás involucrado en todo esto?

Moshe no contestó pero asintió con su cabeza como quien recibe un impacto. Burlonamente sonrió, se acomodó en su lugar, tomó un sorbo de café negro barroso y replicó:

—Leonel, te voy a contar algo porque te aprecio. Rachel siempre estuvo muy cerca de mi corazón, la conozco ya hace más de veinte años, como te dije, y siempre la quise. Tú sabes, yo no estoy casado. Ella trató constantemente de evitarme. Siempre sentí que vivía continuamente perturbada, intranquila. Hace cinco meses se desató en lágrimas y me contó su historia, la misma que tú conoces. Me impacté y atribuí su rechazo hacia mí a su amargura, así que decidí ayudarla. Hice mis primeras investigaciones y supe del riesgo y de todo lo que esto traía involucrado, pero no podía ver a esa mujer seguir sufriendo. Dada mi situación, entendí que no podría ayudarla, ya que la investigación requeriría una energía especial, viajes, caminos y tiempo. Ya no era una aventura para mí, por lo que pensé en ti. Después de hacer una lista de todos los que conocía, decidí que tú eras el adecuado, el mejor, y lo más importante es que eres el que puede traer resultados. Cualquier otro podría tomar el caso y quedarse con el dinero sin llegar a datos concretos. En el estado de desesperación en que ella se encuentra, está expuesta a la estafa. Pero tú eres honesto, confío en que podrás volver con Ahmed.

Las palabras de Moshe despertaron mi sensibilidad. Me pareció que él tenía los ojos llorosos. Se veía que amaba a Rachel, era un hombre mayor, sin familia, con un hijo al que no veía, y sabía lo que quería. Las cosas se me aclararon un poco con respecto a él, quizás siempre estuve equivocado al sospechar segundas intenciones. Y finalmente, con Rachel, el asunto parecía real, absurdo, triste y tonto, pero intensamente verídico.

---

11 Tzofim: mirador.

—¿Tienes idea de qué quiso decir Rachel con eso de usar mis faculta-des médicas para tratar el caso?

—La Cruz Roja, piénsalo, está en todos los lugares y siempre necesi-tan voluntarios con facultades como las tuyas. —Mientras decía esto, me abrazó y se fue apresuradamente. Obviamente estaba demasiado afligido para pagar el café... y yo demasiado inmerso en mis pensamientos.

12

Tel Aviv
Fin de septiembre, 2011

"Cruz Roja", dos palabras. Parecía ser todo muy simple: te anotas, te eligen, y ahí estás trabajando... ¿Qué se creía Moshe? No bastaba con eso. La idea de cazar a un terrorista formaba un surco invisible de inquietudes en mi cabeza. No era fácil digerir todo lo que había ocurrido. Me serené un poco al pensar que este era un extremista moderno, no de armas y piedras.

Ahmed era un guerrillero de troyanos, *cookies* y *spy software*. Su refugio, la web de los verdes del Hammas, era un sitio relativamente seguro. Decidí enfocarme en él, aunque todavía no tenía mucha experiencia en seguridad.

Pensé en llamar a mi amigo Daniel. Él era un erudito en computación, una de las mejores notas en la Universidad de Tel Aviv. El Mossad ya se le había acercado para unirlo a sus líneas. Daniel conocía su potencial y era disciplinado, pero todavía no había aceptado la propuesta. Yo había leído que cuando el Mossad quería a alguien, no existían barreras. Cuando le conté que había elegido aquel sitio para mi trabajo sobre webs porque contenía tecnologías innovadoras para mi curso de seguridad en la universidad, Daniel presintió que yo estaba metido en algo nada simple, pero respetó mi silencio. Daniel era inteligente y asintió con su cabeza, como ignorando mi mentira. Después de una hora de trabajar empleando diferentes programas, me contó que el sitio estaba excelentemente diseñado y muy bien protegido. Casi toda la información relevante, como la base de datos, las formas y otros detalles, estaban encriptados con un nivel casi indescifrable, de -256 Bit. Daniel trató de escabullirse "por una puerta trasera" (RAT), como él llamaba a especiales vías de acceso, pero fue despedido por el cortafuegos del sitio. Trató de insertar una *cookie* y fue bloqueado también. Asimismo, los formularios que completamos nos rechazaron al detectar que la dirección IP de origen pertenecía a Israel. Daniel trató de disfrazar nuestra conexión con una técnica especial de encriptación que usa una llave privada para esconder la dirección IP, pero tampoco tuvo éxito. Mi amigo puso sus manos sobre su frente, su rostro estaba abatido. Revisó el código con que había sido diseñado el sitio y encontró una combinación de dos lenguajes *open source*[12] sumamente complejos.

—Estamos detrás de alguien muy talentoso, que entiende de seguridad de sistemas —dijo ansioso—. Quisiera conocer quién está detrás de este programa.

Me sorprendió, porque nunca había oído a Daniel hablar así de nadie. Naturalmente, los superdotados no regalan adjetivos así nomás, pero este parecía ser un caso aparte. Ahmed resultó ser un erudito en seguridad informática. Daniel se fue de la casa aplanado. Hasta ese momento había profanado cuanto sitio había querido. En el ejército formó parte de la Unidad 8200 junto a mí, pero él estaba muy metido en la sección de mensajes encriptados e información confidencial. En la actualidad estudiaba y a la vez trabajaba para una compañía americana, analizando y procesando datos referidos a asuntos biológicos, mientras en su agenda todavía barajaba la posibilidad de unirse al Mossad.

Yo me quedé mirando el sitio. Traté de imaginarme a Ahmed, su vida pasada y su actual lucha. Pensé cuánta crueldad había en una simple equivocación. Intenté visualizar cómo reaccionaría esta persona al saber su verdadera identidad, un enigma que no pude descifrar en las horas que cerraron aquel día.

La siguiente mañana llamé a la Cruz Roja Internacional. Era un número 1800. No sabía quién me atendería del otro lado de la línea. ¿Sería hebreo o inglés? Una voz femenina pero grave, aparentemente de una mujer madura, habló en inglés. Le expliqué que era estudiante de medicina y que estaba haciendo un proyecto especial como parte del curso para el que necesitaba inscribirme como voluntario en alguna

---

12 Open source: lenguaje de programación abierta.

organización internacional de ayuda médica que funcionara en lugares sumamente necesitados. Le informé que el curso establecía que debía probar mis conocimientos teóricos y prácticos en situaciones adversas, y que, finalizada esa práctica, tenía que escribir un reporte profesional para ser publicado. La elaboración de esta idea-excusa me había levantado temprano aquel día, casi a la cinco de la mañana. Después de escuchar mi historia, Judy, del otro lado de la línea, se presentó. Me preguntó sobre mí, y pareció gustarle la idea de alguien proveniente de una universidad hebrea se presentara como voluntario para trabajar en zonas de conflictos. Subrayó que podía ser un muy buen precedente para otros estudiantes en el futuro. Judy me hizo unas cuantas preguntas y me explicó que necesitaba otros datos para registrar, por los cuales me mandaría unos formularios que yo debía completar. Asimismo, tendría que presentar todos mis certificados y mi constancia de mi trabajo en el hospital. Traté de evitar cualquier posible intervención de Jacob en el cuestionario o en el proceso de verificación. Pedí en la universidad un certificado, y en el hospital el jefe de guardia me escribió la recomendación un poco asombrado, luego de preguntarme si estaba seguro de lo que iba a hacer.

Judy me llamó después de unos días y me dijo que estaba invitado a una entrevista. Estipulamos el día, la hora y el lugar, que sería la sede de la Cruz Roja en el barrio Talpiot de Jerusalén.

Otra subida forzosa para mi cochecito. De primera a segunda se movía la matraca y se quejaba otra vez el pobrecito motor en la elevación de Castel. Llegué a Jerusalén temprano. Las oficinas estaban en un edificio de cuatro pisos cuya construcción era diferente de las de los otros. Le faltaba la clásica piedra que generalmente se usa en Jerusalén. Judy me esperaba en su oficina, un tanto precaria, casi sin muebles. Era una mujer de aquellas que te hacen imaginar que fue muy bonita en su juventud. Impactaban sus grandes ojos de un verde intenso, era muy alta y lucía muy lindas piernas. Se la veía bien conservada, aunque su rostro cargaba con el paso del tiempo. Calculé que tenía unos cincuenta y cinco años. Me trató muy bien y me explicó la misión y todas sus condiciones y reglas. Al cabo de una hora de charla, me informó que podía elegir entre Nablus, Hebrón y Gaza, aclarándome que Gaza estaba muy convulsionada en esos momentos, por lo que era la opción más peligrosa.

Sin dudarlo, enseguida le contesté que optaba por Gaza. No se sorprendió. Acordamos encontrarnos allí en tres días. Pactamos el día, la hora y el lugar; ella se haría cargo del permiso de entrada y de todos los trámites, también me entregó una lista de las cosas que debía llevar para mi estadía. Bajé la cabeza, la saludé y me retiré. Miré hacia atrás y me quedé contemplando aquella cruz color rojo en el frente del recinto, pensé que estaba cerca del ojo de la tormenta y que de aquí no había paso atrás. La vuelta a Tel Aviv estuvo empañada en una manta invisible de incertidumbre y temor.

13

Franja de Gaza
Fines de septiembre, 2011

La complicación de esta cita fue la ubicación del lugar de encuentro, un poco alejado y bastante peligroso a la vez; la Cruz Roja había abierto sus principales oficinas en la Franja de Gaza, lo que había ocurrido ante tanta carestía, y ya que en territorio de Israel existía una organización que cumplía la misma función: el "Magen David Adom[13]". Judy me avisó que me esperaría en el paso Erez[14], que es el límite y una zona que separa la Franja de Gaza de Israel. En tiempos calmos era el paso de mercaderías palestinas a Israel y viceversa. Se edificó en el lugar un área industrial donde funcionaban fábricas israelíes que marchaban con la fuerza de trabajo que en su mayoría provenía de palestinos. Judy me indicó que sería fácil encontrarla, porque iba a estar con una ambulancia de la Cruz Roja, del otro lado del paso. Una vez allí, ella se encargaría de introducirme en territorio palestino. Me solicitó que trajera mi tarjeta de estudiante, ropa y todo lo necesario para, por lo menos, subsistir dos meses. Esto se debía a que nunca se sabía con certeza cuándo el paso estaría abierto o cerrado. Cualquier atentado o sospecha de acción violenta, y todos los territorios se cerraban en un abrir y cerrar de ojos por tiempo indeterminado. Corría el 2011 y la situación era más que turbulenta.

Ensayé una plegaria abierta, rogando para que todo saliera bien. Lo de los dos meses no me gustaba mucho, pero igualmente hice lo que Judy me había sugerido. Lo consideré como una época de reserva de aquellas

---

13 Magen David Adom: Cruz Roja israelí.
14 Erez: paso fronterizo entre la Franja de Gaza e Israel.

que vivía en el ejército. Cuando uno vive en Tel Aviv, los hechos se despersonalizan y las personas se desconectan de los sucesos. Cada tanto se escucha que se cerraron los territorios y ya no se le da importancia, es cosa común. El día a día nos envuelve como un pañuelo y, como es sabido, el ser humano se acostumbra hasta a las peores atrocidades. En ese período, las Katiushas (lanzacohetes) caían como tormenta de verano hostigando a la ciudad de Sderot, una ciudad relativamente grande en el sur del país, a diez kilómetros del paso Erez. El ejército entraba y salía de la Franja rutinariamente en busca de los terroristas. La Franja era un país dentro de otro, y parecía una utopía tener un día sin disturbios o problemas. Y precisamente, a aquel lugar iba yo, con la mente abierta, en busca de mi objetivo y bolso en mano. Dejé mi coche a dos kilómetros del paso Erez y el resto del camino lo hice en un colectivo del ejército que se encontraba atestado de soldados que regresaban a sus bases. Llegué al paso a las once de la mañana. Se había formado una fila kilométrica para entrar, casi todos eran palestinos que se encontraban varados en el lugar ante los bloqueos recientes del ejército. Algunos estaban allí hacía días; venían de trabajar en Israel y querían ver a sus familias, pero, al igual que todos, no sabían cuándo iban a entrar y cuándo iban a partir. La paz, entre comillas, se vivía segundo a segundo, y se podía interrumpir abruptamente. El escenario era delicado y extremadamente peligroso. Los periodistas, que no eran muchos, usaban un pase especial, diferenciado, por lo que se movían rápido adentro de la Franja. Me di cuenta también de que a los palestinos se los desnudaba totalmente y se los palpaba con artefactos tecnológicamente avanzados para controlarlos; en cambio, los reporteros solo mostraban sus carnés y sus bolsas, y pasaban. Entre el tumulto, oí un grito del otro lado del alambrado y vi a la distancia a una mujer alta de cabello oscuro. Reconocí a Judy. Ella pronunciaba mi nombre mientras agitaba sus manos. Me indicó que me pasara a la fila de los corresponsales y que esperara allí. Cuando llegó mi turno, una mujer soldado muy bonita y con unos pechos exuberantes, me pidió mi documento de identidad y mi tarjeta de estudiante de medicina. Todo indicaba que Judy ya había hablado de mí, porque sabía de mi identificación de estudiante. Revisó mi bolso meticulosamente y preguntó por mis pertenencias y por los motivos por los que ingresaba a Gaza. Le conté la historia del proyecto universitario para la Cruz Roja y asintió con la cabeza. A mi lado, una reja me separaba de la fila de los palestinos, que se movía lánguidamente; era una circunstancia embarazosa pasar tan rápido mientras que había gente que había estado allí esperando días para entrar a sus propias casas.

Judy me saludó con afecto y nos metimos rápidamente en la ambulancia de la Cruz Roja. Me quedé asombrado ante su semblante y su forma de desenvolverse. También me impactaron su determinación y su seguridad. Era evidente que conocía los movimientos en el paso Erez y me di cuenta de que era también una persona muy bien identificada por el ejército. La ambulancia era manejada por un hombre con un turbante negro y un bigote de enorme dimensiones. Volaba sobre las calles de tierra con una habilidad notable, Judy me sugirió que me sostuviera con fuerza. Casi no había espacio para intercambiar palabras o hilvanar una conversación entre tanto balanceo; la camioneta se deslizaba velozmente sobre un asfalto picado y desprolijo, lo que afectaba constantemente las partes traseras de nuestros cuerpos, que difícilmente podían amortiguar tanta cantidad de golpes. Judy me presentó a Ravi, nuestro conductor, un voluntario indio musulmán que conocía Gaza como la palma de su mano. De repente, un impacto movió toda la camioneta hasta casi voltearla. Una muchedumbre se había amontonado ante nosotros. Ravi frenó súbitamente. Judy me pidió rápidamente mi documentación y se la guardó en su ropa interior. El grupo rebelde nos sacó de la camioneta. Bullían enfurecidos y enarbolaban banderas verdes que pude reconocer como las del Hammas, pues las había visto en los noticieros y las recordaba del sitio web. Judy conocía a unos de sus líderes. Ravi era conocido también. Entendí que ellos querían saber sobre mí. Judy se desenvolvía tranquilamente, sin mostrar ansiedad. Uno de los guerrilleros me palpó. Judy le dio la mano al líder, intercambiaron unas palabras, nos subimos a la camioneta y nos marchamos de allí apresuradamente. Hubo un silencio total hasta que llegamos a la sede de la Cruz Roja en el campo de refugiados Shaati, una de las ciudades más peligrosas de la Franja de Gaza. Allí la mayoría eran refugiados, pero entre ellos se escondían los terroristas más peligrosos; el lugar era una bomba de tiempo por su superpoblación y su deteriorada infraestructura. Yo conocía este dato de mi época en el ejército. El ejército nunca tuvo buenos resultados cuando entraba a ese barrio.

La sede de la Cruz Roja era un edificio viejo que había sufrido el tormento de metrallas y bombardeos. Era raro ver cómo esas paredes descascaradas se mantenían aún en pie. A su alrededor existía mucha desolación:

calles de barro, casas semiconstruidas sin ningún cuidado arquitectónico y un olor agudo repugnante que se filtraba desde las cloacas y que me acompañaría en toda mi estadía en Gaza. Todo tipo de construcción regular brillaba por su ausencia. En la entrada a la sede, había una familia postrada sobre una manta, dos bebés gateaban en el piso, un niño de unos cuatro años pedía limosna. La escena parecía estar fuera de la realidad posible. La madre cubría su cara con un manto negro y no les prestaba atención a sus hijos. La miseria me golpeó y olvidé por un momento lo que venía a hacer.

Después de este impacto ocasionado por el entorno, me senté con Judy en un cuarto sin ventanas, en el que ella operaba. Una mesa, una computadora y una impresora eran todo el equipamiento. Dos sillas débiles completaban aquel lugar. Judy se presentó formalmente esta vez. Entonces supe que era de nacionalidad alemana. Doctora de profesión, se había unido a la Cruz Roja Internacional hacía cinco años. Los últimos dos los había vivido en Gaza. Ella se encargaba de casi todo: recursos humanos, sanidad y medicina. Me contó que últimamente no eran muchos los voluntarios que querían ejercer en la Franja de Gaza. El grupo asignado al lugar estaba constituido por tres doctores, cuatro enfermeras, dos choferes de ambulancia, dos voluntarios estudiantes de medicina y a partir de entonces, yo. Me miró y sonrió. Me reí también. Nos dimos las manos y me llevó para mostrarme las instalaciones.

El quehacer del día a día era difícil y cansino. No transcurría día sin que ocurriera algo, y allí donde no podían entrar las ambulancias de los pocos hospitales locales que apenas daban abasto, entraba la Cruz Roja, ya que por la leyes de Ginebra, se suponía que debía ser respetada y protegida, Judy me contó que en muchos casos los integrantes de su "grupo" como ella nombraba a su equipo, arriesgaban sus vidas, actuando bajo fuego y metralla, y en muchas ocasiones se habían visto envueltos en manifestaciones violentas. Últimamente, el ejército israelí culpaba a la Cruz Roja de infiltrar terroristas en tumultos o misiones especiales del ejército. Cada vez que partía una ambulancia de la Cruz Roja, iban en ella un doctor, una enfermera y un voluntario. Solamente contaban con dos ambulancias. Aparte del personal médico, se encontraban allí cinco voluntarios que ayudaban con la comida y con otros problemas sociales de la población. Ellos también se veían desbordados ante la gran necesidad de la gente.

Los primeros días fueron explícitamente de reconocimiento y adaptación. Ayudé en tareas rutinarias, como la cocina, higiene de cuartos y utensilios médicos y algunas atenciones básicas a gente con heridas leves.

Luego de unos días, Judy me llamó a su despacho.

—Me gusta tu proyecto, nunca tuvimos un israelí como voluntario aquí, en este lugar tan peligroso. He oído de uno en la Cruz Roja de Nablus. Te trataremos lo mejor posible. No quiero asustarte, pero la situación no es fácil y nuestra misión a veces es sumamente peligrosa. Tú tomarás tu decisión de quedarte o no. Yo te recomiendo que pruebes por un mes por lo menos, luego analizarás y decidirás. Lo que vivas aquí te ayudará mucho en tu carrera, si puedes soportarlo, claro. Acuérdate de que estamos aquí para salvar vidas y dar servicios a una población que lo necesita.

Debo admitir que nada se veía color de rosa, pero la sinceridad de Judy y su actitud me gustaban. De tanto en tanto, cuando mi cabeza se hallaba despejada, jugaba con la idea de calcular su edad. Cada vez la consideraba más joven, y aunque no lo era, siempre se veía arreglada, maquillada y relativamente linda.

En una ocasión en que estábamos los dos tranquilos, lo que no ocurría a menudo, le pregunté por el incidente del primer día en el que ingresamos a la Franja, cuando la ambulancia en la que viajábamos fue interceptada y casi volteada. No habíamos retomado ese tema y yo quería saber cuál era la explicación.

—El Hammas hoy es el dueño de la calle palestina, y lo intenta demostrar en cualquier ocasión posible. Tiene contactos en el paso fronterizo, seguramente vieron a alguien nuevo, tú, y quisieron saber quién eras. Les expliqué que eras un voluntario australiano. Me pidieron tus papeles, pero les dije que el ejército se había quedado con ellos y que te los regresarían cuando abandonaras la ciudad. Me conocen, confían en mí y… me creyeron.

¡Australiano, yo! ¿Cómo se le ocurrió eso? La imaginación de Judy me había convertido en un nativo de la tierra de los canguros, y, la verdad, pensándolo un poco, no me desagradaba la idea.

—¿Me dejaste por lo menos, el mismo nombre? —pregunté

—Sí, Leonel. —Y sonrió.

—¿Sabes? Creo que me convenciste. Haré lo posible por completar un mes aquí, y después decidiré. Estoy aquí para ayudar, así que cuenta conmigo.

14

Franja de Gaza
1 de octubre, 2011

Los tiempos que siguieron fueron una combinación de tensión, emoción y valor. El mismo día que arribé, el ejército israelí había cerrado las fronteras por tiempo indeterminado. La misma noche de mi llegada tres morteros alcanzaron el territorio israelí. Uno cayó en el *kibutz* Ein AShlosha; los otros dos en Sderot. Dos civiles habían resultado heridos y un niño muerto. Esto desató una terrible represalia. El bombardeo fue incesante día y noche. Los aviones parecían rozar los techos. Creo que nunca me sentí tan nervioso. No sé si era miedo o la reacción de ver muy de cerca el impacto de tanto desastre. Todos compartíamos las mismas sensaciones, aunque los demás ya se habían acostumbrado.

Una noche, la ciudad colapsó a causa de tanta artillería. Se cortaron todos los servicios. La ciudad entera se había quedado sin electricidad, incomunicada, sin teléfono ni internet, y hasta el agua no salía fluidamente de las canillas. Nuestra sede era uno de los pocos lugares que contaban con generadores. Nos acurrucamos en un cuarto al que consideraban seguro, aunque a mí no me parecía en nada diferente a los demás. Esa noche conocí a todos los integrantes de la Cruz Roja, uno por uno, no solamente por sus nombres, sino que también supe de sus vidas, de sus expectativas y del porqué se encontraban allí. El estruendo de la lluvia de bombas y de todo tipo de detonaciones extrañas se extendió sin parar durante tres horas. Después las explosiones empezaron a ser más esporádicas. Una lámpara eléctrica y unos candiles nos mantenían visibles entre nosotros. Todos estábamos sentados con las piernas flexionadas hacia adelante, y era muy difícil cambiar de posición, ya que no había suficiente espacio. No los conté, pero como estábamos con asistencia completa allí, puedo decir que éramos dieciséis en total. Me fijé especialmente en Mariana, una joven danesa un tanto bajita, de cabello rubio oscuro. No era una de esas bellezas que llaman la atención, pero cada vez que sonreía su cara se iluminaba. Lo bueno era que lo hacía constantemente. Mariana era enfermera. Ese día intercambiamos miradas, sonrisas y perspectivas sobre el asunto palestino-israelí. Todos estaban convencidos de que yo era australiano, de acuerdo con la presentación de Judy que me recomendó que sostuviera esa idea para evitar inconvenientes que podían surgir aun con mis compañeros.

Después de cuatro días encerrados, y de no hacer más que repartir comida y volver a enclaustrarnos en el cuarto seguro, me di cuenta de que el ser humano se puede acostumbrar a todo. Con muy poca luz, casi sin agua y con escasísimos recursos sanitarios, sobrevivimos y convivimos en un cuarto de cinco por cinco. Al segundo día salí con la ambulancia por primera vez. Como las sirenas no funcionaban, emisarios del grupo Hammas nos habían avisado que un coche había sido bombardeado por un helicóptero israelí. En el automóvil viajaban seis mandatarios de la guerrilla verde. Las ambulancias regulares no podían entrar en acción, ya que todavía había tropas y helicópteros judíos en el lugar. Judy me aconsejó ponerme el chaleco antibalas que mostraba una enorme Cruz Roja en su frente. Todos estábamos equipados. Nos tomó cinco minutos salir con todo el equipamiento. El equipo de rescate estaba constituido por un doctor, Mariana, un voluntario y yo. Ravi manejaba con una destreza envidiable y a gran velocidad. Los rumores hablaban de cuatro muertos y dos heridos graves, pero solo eran rumores. Viajábamos al campo de refugiados Rafiach, uno de los más grandes en Gaza. Constantemente se escuchaba la artillería pesada rugir, pero no se podía detectar exactamente el origen de los disparos o quiénes los perpetraban. Algo impactó en la parte trasera de la ambulancia. No pudimos detectar si había sido una piedra o un disparo. Ravi no perdió la calma y siguió firme al volante, aumentando la velocidad. Adentro del vehículo nos revolcábamos unos encima de los otros. Una multitud alocada nos recibió cerca del lugar del atentado, haciéndonos señales de cómo llegar al sitio exacto.

La gente gritaba enfurecida y se golpeaba el pecho y la cabeza con sus manos, en una especie de extraño frenesí.

Al llegar al lugar, fue desastroso lo que descubrieron mis ojos. El auto estaba completamente destruido, como si una aplanadora pesada le hubiera pasado por encima. En el suelo se había formado un cráter de más de un metro de profundidad. Por mi experiencia en el ejército, la zona no era segura para nadie. Si había explotado ahí una bomba teledirigida, podrían seguir otras detonaciones todavía. Sin embargo, había chicos y mujeres alrededor del gran hoyo, ignorantes del riesgo latente. Traté de calmarme pero no había lugar para eso. Corrimos a socorrer a los heridos, y mientras lo hacíamos, me pregunté quién habría podido salir con vida de un evento de tales características. Las imágenes que siempre recordé eran desoladoras, espeluznantes: cuatro cuerpos incompletos echados a un costado de la zanja, quemados en su totalidad. A tres de ellos les faltaban sus extremidades. No había forma alguna de hacer un simple reconocimiento ni motivo para ello. Los que habían salido con vida, yacían sobre la vereda, rodeados por un tumulto de gente que gesticulaba y gritaba. Intentamos abrirnos paso. Los dos presuntos sobrevivientes no mostraban muchas señales de vidas. A uno le faltaba una mano y al otro una pierna. Mostraban gran parte del cuerpo quemado. El doctor trató de actuar rápidamente, y lo primero que hizo fue inyectarles grandes dosis de morfina. Mariana revisaba los signos vitales de los moribundos. El médico estimó que ninguno de los dos podría soportar un viaje en ambulancia. Uno de ellos murió después de cinco minutos. El otro, al que le faltaba la pierna, recuperó milagrosamente los signos vitales y lo trasladamos al Hospital de Gaza.

De regreso a la sede de la Cruz Roja, hubo un silencio muy hondo entre nosotros. Era un tipo de ritual. No se había hablado mucho durante la operación. Y luego, al regresar, todos sentíamos algo parecido a pena de muerte o alivio de lo que ya pasó. No lo entendí muy bien, pero lo cierto era que estaba enteramente devastado por los hechos. Mariana tomó mi mano al observar mi rostro desencajado. Ravi se hallaba revisando la ambulancia que había sufrido un impacto de bala. Lo observé detenidamente. Sus ojos negros mostraban una terrible aflicción. Entendí que dos años en la Cruz Roja no lo habían endurecido ni lo habían vuelto indiferente. Al día siguiente vivimos una experiencia similar, esa vez a causa de un tiroteo a quemarropa en el medio de la mismísima ciudad de Gaza, entre falanges de la OLP y el Hammas que se debatían por el poder de la ciudad.

Después de cuatro días, el ejército retiró el toque de queda y abrió el paso Erez. Recién entonces yo tomé mi primera ducha y usé mi último calzoncillo limpio, por lo que debería comprar otros urgentemente. En esos momentos, también tomé la decisión de quedarme el mes entero.

Judy se mostró muy contenta cuando le comuniqué mi decisión y me hizo lugar permanente con otros dos voluntarios en un cuarto. Yo empezaba a pensar en Ahmed Asad y en cómo lo encontraría. Lo importante era armar una estrategia que me permitiera usar mi poco tiempo libre para seguir con mi misión. No tenía ningún contacto allí y me daba miedo salir de travesía por la urbe. Mariana y yo comenzamos una relación más cercana e íntima, que escapaba ya de la de dos colegas. La estadía con ella era muy agradable. Mariana era una persona interesante, apasionada por lo que hacía. Tenía principios firmes y bien definidos. Pero más que otra cosa, era una criatura extremadamente dulce. Tuve que improvisar mucho con ella, ya que me preguntaba repetidamente cómo era la vida en Australia, a lo que yo no tenía una mínima idea de qué responder. Me decía, además, que quería visitar alguna vez mi país, algo que yo también tenía ganas de hacer...

15

AHMED
Franja de Gaza
Fines de septiembre, 2011

Rafaq me había dejado el legado de la lucha, y más importante que ese, el de la amistad, el de la compañía y el de todo ese afecto que recibí de él aun siendo tan chico. Me era muy difícil encontrar una figura como mi primo en nuestra sociedad. Cuando murió acribillado, defendiendo una causa para él legítima, su sangre se transformó en sagrada para mí. Rafaq me había criado allí, en Jordania, cuando el pueblo local sólo nos trataba como ciudadanos tipo B y nos daba los trabajos más denigrantes. Consciente de eso, él siempre miró a Jerusalén y a sus territorios con ojos melancólicos. Cuando solía mencionar la mezquita de Omán u otros lugares sagrados de Jerusalén, se le humedecían sus ojos oscuros. Yo me alimenté de ese llanto que me infundió valor; conocí mi pueblo por sus ojos mojados y me entregué a la lucha sagrada, sin saber dónde empezaba y cómo concluiría.

Cuando trasladábamos el cuerpo sin vida de Rafaq, envuelto solamente en una manta verde, que cubría únicamente su cuerpo y dejaba su cara descubierta, la multitud se peleaba por tocarlo y por llevarlo en andas, y me alejaban de él. Yo, desconociendo ese ritual, me preguntaba por qué tanto fanatismo. Fue en esos momentos cuando conocí a Dabul, un joven alto y flaco que se aferró a una de las puntas de la manta y me hizo un pequeño lugar para ubicarme entre la muchedumbre. Desde allí logré tocar las piernas de Rafaq en el afán de sentirme parte del rito sagrado. Ese día quemamos banderas de Israel y de Estados Unidos, lo hice junto a Dabul, que con sus acciones mostraba que ya tenía experiencia en esto.

Mi incorporación a las líneas del Hammas fue efecto de un desencadenamiento lógico y natural. Desde un principio fui reconocido como el primo de Rafaq, y solo por eso ya era parte de la organización, aunque tuve que exponerme a pruebas de rutina en el grupo y a tácticas de "ablandamiento", como ellos llamaban a las pruebas que debía realizar un novato para ingresar en la organización.

La primera vez que salí a una acción de prueba como miembro del Hammas fue con el propio Dabul. Yo no comprendía lo que había encontrado en mí, pero tenía confianza en mi persona. En tan poco tiempo de conocernos yo había descubierto que él era uno de los jóvenes más osados dentro de un grupo reducido que operaba principalmente en Judea y Samaria.

Una semana antes del día fijado para mi inicio, nos mudamos a un pequeño pueblito cerca de Nablus. Durante esos días, merodeamos continuamente el lugar donde íbamos a operar y empezamos a conocer las rutinas, observamos el tráfico en la zona, subimos y bajamos montañas hasta encontrar el punto más indicado para la ejecución.

Una tarde subimos y nos agazapamos en una de las colinas en Cisjordania. El sol caía y las nubes, oscuras como cajas negras, lo cubrían. Acampamos por más de un día. Esa misma noche Dabul me enseñó a activar una bomba molotov, un tipo de botella incendiaria de fabricación casera. Lo fundamental del uso de esta bomba era la velocidad de acción, la rapidez de encender y arrojar, ya que si uno no se apuraba podía morir carbonizado con la botella en la mano. Mi prueba consistía en arrojar esa botella a un coche con chapa judía, perteneciente a un capo colono de la ciudad de Ariel, que sabíamos que pasaba por allí todas las noches alrededor de las ocho. El coche tardó más de lo normal. La ruta que unía Nablus con la intersección Tapuach era sumamente ondulada y alternaba empinadas subidas y las consecuentes bajadas. Y eso complicaba los cálculos. Tuve miedo de que la operación no resultara como la habíamos planeado. Me encontraba detrás de un arbusto. Mi estómago titiritaba, mis manos mojadas por la tensión, temblaban; la botella resbalaba de a ratos de mis palmas. La mecha de trapo y el alcohol estaban preparados. Los fósforos, a mano. Solo esperaba la señal de Dabul, apostado más allá, a unos cinco metros de distancia. Con un largavista él observaba la carretera. Los autos descendían despacio en este tramo de la ruta. Mis ojos seguían las manos de Dabul. Una bajada de puño y me transformaría en un terrorista, e instantáneamente, entraría en la lista negra del ejército israelí. Pensé por un momento en los inocentes y en Rafaq.

En eso, Dabul bajó su mano y yo me quedé sin reacción. Después de 20 segundos de la señal, me levanté como un catapulta, encendí la botella, salí del arbusto y la arrojé hacia el auto que se arqueaba en la curva. Me quedé encandilado, como congelado en el lugar. La bomba golpeó el capó y reventó contra el piso originando un incendio. El conductor y un acompañante salieron disparados del coche. Luego, la bomba explotó e incineró todo el vehículo.

—¡Abajo, cuerpo a tierra! —indicó Dabul.

Yo seguía esas imágenes como si estuviera frente a una película interminable. Los colonos estaban sanos y salvos, aunque uno parecía levemente herido, ya que rengueaba. Dabul me cogió del cuello y nos escabullimos por la montaña, sierra arriba camino a Nablus. Las sirenas de la policía y las estridencias del ejército se podían escuchar a lo lejos. Yo había quedado petrificado. Dabul estaba contento con su nuevo peón, pero, al mismo tiempo, se había dado cuenta de que yo no sería del todo útil en el campo de batalla. Aunque no lo dijo, lo vi en sus ojos cuando huíamos cerro arriba.

Fui premiado por mi osadía en esta operación y legalizado como miembro de grupo Hammas. Tiempo después, en mi cumpleaños, Dabul mismo me premió con una computadora, pues supo que yo era un fanático de la informática. La rapidez con la que empecé a usar el ordenador y con que aprendí a programar fue bien vista por el parlamento honorario del Hammas. Solo me abrí el camino en el mundo de la computación, leyendo libros, descargando programas y practicando. Consumí días y noches frente a mi pantalla, mientras mis compañeros del grupo arriesgaban sus vidas en barricadas, arrojando piedras y participando en operaciones belicosas. Los años pasaron mientras miraba de lejos el conflicto y de cerca monitores de computadoras y sistemas de comunicación; sabía que en un momento podría usar todos mis conocimientos a favor de nuestra causa.

Al principio me pidieron que diseñara una base de datos de la infraestructura y miembros del grupo. En poco tiempo estuvo preparada. La velocidad con que efectué el programa me sorprendió a mí mismo y, por supuesto, también a mis jefes. Me elogiaron y preguntaron qué necesitaba para efectivizar y computarizar todos los sistemas incluyendo el adiestramiento del personal. Hasta me propusieron estudiar en una universidad de Londres. No sabía qué contestar. Lo que me proponían suponía una gran responsabilidad. Pensé un poco. Decidí desechar la idea de mis estudios por dos razones, la esencial era que no me sentiría cómodo estudiando en Europa mientras mis compañeros se jugaban la vida en el campo de batalla; la segunda era que estaba convencido de que podría lograr lo que quisiera por mí mismo. Le contesté a la organización de inmediato, y sin pensarlo dos veces.

—Necesitamos dinero para crear una plataforma y una red privada y segura —dije. Fue lo primero que se me ocurrió. Para todo emprendimiento se necesitan fondos.

La plata no fue el problema, pues llegó rápido y a tiempo. La complicación se hallaba en encontrar a las personas adecuadas y capacitadas para trabajar en los sistemas, que no requirieran mayor formación.

Pedí tiempo. Era lo que más necesitaba. Entendí, mientras estaba inmerso en el mundo colosal de ceros y unos, que nos tendríamos que enfocar en la seguridad de nuestra información. La cúpula del Hammas aceptó, y en tres años hice todo lo que necesitaba para forjarme como un experto en la programación, seguridad de sistemas, criptografía y sistemas de programación *open source*. A la vez escogí diez jóvenes que comenzaron a trabajar y estudiar conmigo, yo era su tutor con solamente veintiséis años. Hasta empecé a entender la sistematización de códigos secretos, cosa que veía esencial para el funcionamiento de la guerrilla, ya que la mayoría de los atentados y operaciones eran impedidos antes de cometerse porque la información se filtraba. Estaba completamente convencido de que necesitábamos imperiosamente un sistema de encriptación de mensajes y de transmisión de caracteres secretos.

Cuando la situación con lo israelíes estaba relativamente calma, decidimos actuar. Mi grupo de diez, como lo llamaban en el Hammas, nos encerramos en uno de los cuarteles secretos del Hammas, y a mediados de agosto del 2011 entregamos un programa detallado diseñado en función de criptografía de códigos y codificación de mensajes, todo para ser implementado en los sistemas de contacto entre nuestras fuerzas. El día en que presenté mi trabajo, yo estaba sentado en un sitio de honor en una larga mesa de madera vieja. La reunión se llevó a cabo en "el sótano", como ellos lo llamaban, que era el cuartel secreto de reuniones donde se tomaban importantes decisiones. Los simples miembros del partido no tenían acceso, tampoco guerrilleros, ni potenciales suicidas. Fui conducido hasta el lugar encapuchado. Recuerdo haber bajado unos dos pisos de escaleras. Dabul me explicó las precauciones que se tomaban para ingresar al sótano y las entendí perfectamente. Un murmullo se escuchó cuando entré. Dabul me acompañó hasta la silla que estaba destinada para mí y, luego de haberme sentado, él dio luz a mis ojos quitándome la capucha negra. El procedimiento por el que había llegado al lugar se me ocurrió similar al de los condenados a la horca.

Mientras ejecutaba mi programa y lo exponía con mi computadora portátil, proyectado en una pantalla móvil, detecté que muchos de los presentes no tenían idea de las funciones simples de una computadora, hecho que conocí con tan solo observar sus rostros. Seguramente nunca habían tenido un ratón o un teclado en sus manos. Supongo que por eso mismo fue que durante toda la presentación no hubo casi interrupciones ni preguntas, más bien asombro. Dabul me dijo susurrando casi que este tipo de reuniones de todos en un mismo lugar era algo que no ocurría seguido; la organización era dispersa, la comunicación entre las diferentes fracciones se hacía por medio de mensajeros humanos que iban de un lugar a otro llevando recados.

En momentos en que presentaba mi introducción, entró un hombre también encapuchado. Luego de destapar su rostro, fue presentado como "el criptógrafo", sin nombre ni apellido. Venía de Pakistán, no tenía la menor idea de cómo había entrado a la Franja y yo no me animé a preguntar. El criptógrafo se sentó sumisamente y no hizo ninguna intervención durante la hora que duró la presentación. Solamente se acariciaba su tupida barba negra, tenía una mirada penetrante, aunque a veces lo notaba un poco distraído y no enfocado en lo que se hablaba. Al terminar mi exposición, todos me aplaudieron. Aparentemente estaban sumamente satisfechos con el programa y con los resultados de la tarea que se me había encomendado.

Entonces, una voz fina se hizo oír.

—¿Y cómo vas a asegurar tus programas y sistemas? Aparte de utilizar los cortafuegos que nombraste...

El criptógrafo no se había movido de su lugar, comprendí que su pregunta evidenciaba su dominio del tema.

—La idea es crear un algoritmo de encriptación propio, y evitar así utilizar productos del mercado. Mi idea es crear un sistema de defensa propio.

—¿Cuánto sabes de encriptación? Sabrás que no se trata de una simple base de datos.

Me tendría que haber ofendido, pero no fue así. Lo tomé como un reto, ya que veía que ese hombre había sido invitado al lugar por alguna razón hasta ahora desconocida para mí.

—No tengo mucha experiencia, pero me siento capaz de aprender rápidamente y hacer todo lo que se requiera para lograr el objetivo.

El criptógrafo se levantó de su lugar y dijo:

—Yo parto mañana para Pakistán. Prepárenlo para que venga conmigo. Pronunció esas palabras dirigiéndose a la congregación.

—¡Espera! —exclamó un viejo que estaba sentado en la cabecera de la mesa.

Era uno de aquellos que yo había creído que no habían entendido mucho de la presentación—. Puede ser que esto no esté del todo completo, pero me parece muy bien lo que hiciste; es un avance enorme que nos va a facilitar la comunicación y la capacidad de operaciones. Es más, yo quiero un programa para poder invadir, desconectar y destruir los sistemas israelíes. Tenemos que atacar en todos los frentes. No lo hemos logrado hasta ahora asumiendo la superioridad informática de los sionistas, pero llegó el momento. Quiero un proyecto detallado, con la explicación de cuáles son las opciones para hacerlo, los costos y demás detalles. No habrá problema por el dinero, nosotros aportaremos lo necesario. Quiero que seamos agresivos. Debemos cambiar nuestra posición y de esta manera lo lograremos; tenemos que usar la tecnología tanto como la usa nuestro enemigo. El joven partirá contigo. ¡Cuídalo y regresen con resultados!

Yo no conocía el nombre del viejito, pero había hablado claro y con decisión. Con aquella enorme túnica negra en su cabeza, parecía ser un líder religioso o espiritual. Me pareció que todos quedaron impactados, por lo que deduje que se trataba de uno de los de más alto rango en la organización. Nadie objetó o realizó acotación alguna sobre lo dicho, no se escuchó ningún murmullo. Luego de que él habló, cerró la junta aun antes de que sonara el golpe de martillo que indicaba que la reunión finalizaba. El criptógrafo se levantó, miró al viejo a los ojos y le dijo:

—En unos días te mandaré la lista de nuestras necesidades.

Yo había quedado abrumado con los eventos. ¡Había sido todo tan especial y tan raro! Al otro día ya estaba preparado junto al criptógrafo en el paso de Rafah, salida de frontera de Israel-Egipto. Tenía un pasaporte en mano que me había entregado Dabul esa mañana. Cuando lo miré, descubrí que me había convertido en Ahmed El Asin, hombre de negocios kuwaití. No me desagradó mi nueva identidad. Pensé en la imagen de esos hombres de negocios de Kuwait, reconocidos por ser millonarios y manejar los mejores autos del mundo. Imaginé que tal vez esta nueva identidad me abriría las puertas de muchos corazones del sexo opuesto, aunque enseguida reaccioné, porque mi cabeza no estaba realmente puesta en eso en estos momentos. Ahora entendía también por qué Dabul me había equipado con un valioso traje negro, zapatos de charol del mismo color de la ropa, camisa blanca, y corbata roja. Parecía un actor de cine francés, pensé, cuando me lo puse frente al espejo. La imagen me recordó aquellas películas egipcias que veíamos los viernes por la tarde en mi casa. El criptógrafo no hablaba mucho, él no iba disfrazado como hombre de negocios y su pasaporte registraba su verdadera identidad.

En El Cairo, abordamos un vuelo de Air Egipto hacia Pakistán. Era la primera vez que volaba, todo estaba pasando tan rápido que parecía desencajado de la vida real.

En el avión, el criptógrafo rompió el silencio y se presentó por primera vez con su nombre real: Reza El Harish. Lacónico e inexpresivo, relató algunos episodios de su vida. Diseñador y arquitecto de sistemas, tenía un doctorado en seguridad de sistemas de la Universidad de Oxford, en el Reino Unido, con una especialización en criptografía. Sus padres habían nacido en Jericó, pero él fue criado en Nablus junto a su hermano, el que murió en una manifestación al ser alcanzado por una bala de goma en el pecho cuando tenía quince años. En ese entonces él tenía apenas ocho y estaba a su lado en el trágico momento. Durante dos años fue tratado por psiquiatras y estuvo medicado por su trauma. Sus padres decidieron dejar esos territorios y se instalaron con unos familiares en Islamabad. Había tenido posibilidades de trabajar en las mejores empresas de computación británicas y alemanas, también estuvo empleado un tiempo por el gobierno pakistaní. Desde hacía un año había decidido entregarse a la causa palestina. Era su camino para vengar de alguna forma la muerte de su hermano al que jamás había olvidado. También me contó que desde entonces empezó su contacto con el Hammas y que había comenzado a instalar y a equipar un laboratorio de desarrollo informático en Peshawar, una ciudad Pakistaní en el límite con Afganistán.

Para mi sorpresa, me confesó que me conocía y que la base de datos que había programado la había testeado él mismo, ya que el Hammas ya había empezado a pensar en un proyecto informático. Hacía tiempo que la organización estaba buscando a alguien como yo para desarrollar sus proyectos, y por fin, lo encontraron. Me aclaró que no le asombró lo dicho en la junta. Sabía que tarde o temprano el Hammas querría atacar de diferentes maneras, e incluso él mismo lo había propuesto hacía tiempo. Indudablemente, en estos tiempos en los que un virus informático podía actuar más rápido que un misil, el movimiento no podía quedarse afuera. Ahora tenía la posibilidad de concretar sus ideas. Había llegado el momento de materializar la propuesta, de programar y desarrollar una infraestructura que permitiera llevarlo todo adelante.

En Islamabad conectamos un vuelo local rumbo a Peshawar. Pregunté por qué había sido esa la ciudad escogida para fundar la base informática del Hammas, y Reza me contó que Peshawar era especial. Allí el orden no existía, las leyes no se respetaban. Era como tierra de nadie. Todo parecía indicar que el gobierno Pakistaní había olvidado a esta ciudad. La mayor parte de la población de esta localidad estaba constituida por afganos que vivían generalmente en campos de refugiados e intentaban constantemente cruzar la frontera para escaparse del cruel régimen Talibán. Los talibanes mismos se estaban instalando afanosamente en la ciudad. Por eso, aprovechando tanta inestabilidad, se había estimado que nadie se fijaría en un laboratorio informático ni cuestionaría su legalidad. En esa ciudad habían encontrado un sitio muy seguro y adecuado.

Peshawar me hizo recordar a Gaza, con sus calles de tierra, el campo de refugiados, el *shuk*[15], muchas casas de barro con techos de chapa y estructuras tambaleantes. Una humareda de arena caliente, permanente, nos dio la bienvenida. Un policía impotente en una diagonal angosta, envuelto en un tráfico denso y nocivo, fue la única señal de seguridad que divisé en medio de una marabunta de vehículos de todo tipo.

Había leído sobre las atrocidades con que los talibanes azotaban a la población afgana. Ahora me daba cuenta del sentido de la negación de todo lo femenino. En estas tierras, las mujeres eran excluidas de todo y se las trataba como seres despreciables. En Peshawar las refugiadas afganas se movían como espectros, transitando las calles enfundadas en sus burkas[16] color negro, que las cubrían de pies a cabeza, costumbre ya muy poco vista hasta en la Franja de Gaza misma. Es cierto que yo no me esperaba un París, pero tampoco este silencio y esta atmósfera tan pesada que me hacía pensar en que estaba atrapado en una ciudad fantasma.

Un taxi nos condujo hacia una calle angosta próxima al centro de la ciudad, que corría paralela al mercado central y a una calle cortada con restaurantes. Llegamos a una casa de madera que no parecía diferente a las demás. En la entrada había un hombre alto que portaba una bayoneta en su cinturón. Se hallaba allí como un Llanero Solitario de los años setenta. Hasta esbocé una sonrisa al verlo. Tenía un bigote de gato, negro. Cuando me tapó la entrada con su cuerpo, se me escapó una sonrisa. El criptógrafo hizo un gesto con la cabeza y el hombre se hizo a un lado de mala gana. Recorrimos un pasillo largo que terminaba en una puerta de acero custodiada por un guardia excesivamente armado, que vigilaba desde una cabina de vidrio. Reza tecleó un código en un panel de control y la puerta se abrió. Unas escaleras empinadas conducían hacia los pisos subterráneos. Bajamos tres. Ante mis ojos se veía una plataforma de paredes blancas, que transmitían un aspecto de hospital. Al final, aparecía una misteriosa puerta corrediza de cristal transparente. Reza pasó su mano por un detector biométrico y la puerta se abrió abruptamente. No podía creer lo que veían mis ojos: un laboratorio enorme con el equipamiento tecnológico más moderno que había visto en mi vida.

---

15 Shuk: mercado.

16 Burka: ropa tradicional usada por mujeres de religión islámica, que cubre el cuerpo y la cara casi por completo.

16

Peshawar – Pakistán
Principios de octubre, 2011

A partir de este momento me volví un fanático por aprender lo más rápidamente posible; todo lo que leía, veía y palpaba lo grababa en mi mente como un tesoro invalorable. Me exigí hasta el máximo, trabajé hasta dieciocho horas diarias para conocer los sistemas y especializarme a fondo en la criptografía. Reza, el criptógrafo, me transmitió su sabiduría, pero lo más importante que recibí de él fueron sus ideas y su manera de pensar y analizar problemas y de desentrañar diferentes desafíos. De los otros técnicos e ingenieros, aprendí mucho sobre seguridad y programación en idiomas de los que nunca había escuchado. La propuesta era original, la creación de un código indescifrable y complejo se veía como algo posible para nosotros. Yo ya había diseñado y presentado el algoritmo madre, así que teníamos una base sobre la que trabajar. El criptógrafo en una semana lo mejoró y como por arte de magia todo comenzó a tomar forma, y después de solamente unos días, teníamos un sistema inicial listo y funcionando. Juntos lo compilamos y le inyectamos un conjunto de archivos encriptados con la llave privada adjunta al programa.

El criptógrafo me felicitó y me dijo que el programa ya estaba maduro para el testeo. Después me confesó que lo último que se dijo en aquella reunión en el sótano, en Gaza, fue una sorpresa para él también. Ese era otro proyecto en el que yo iba a trabajar, cuyo objetivo era desbaratar los sistemas de seguridad israelíes. Cómo hacerlo todavía no se había pensado, pero me aclaró que nadie lo sabía en el laboratorio, y que tres personas estarían en principio en conocimiento de esta misión secreta: él mismo, Samir, un talentoso ingeniero egipcio y yo.

Samir era una persona brillante. No parecía egipcio ni árabe, y mucho menos palestino. Tenía una piel bien blanca, era bajito y calvo. Al contrario de un típico musulmán, Samir tenía un currículo no menos completo que Reza. Había cursado sus estudios informáticos en la Universidad de Yale en Estados Unidos, allí también completó su doctorado en criptografía y sistemas de seguridad; era un tanto sumiso y no le gustaba hablar, pero no le importaba compartir su sabiduría. Todos lo llamaban "el genio" y me llevó poco tiempo entender el porqué.

Éramos diez trabajando en el laboratorio y nos movíamos con extremada seguridad. Siempre se nos unían dos o tres guardias, y generalmente había un coche escoltándonos. Vivíamos en una casa común, similar a tantas otras que existían en Peshawar, con la diferencia que esta tenía una puerta de acero de doble hoja que la hacía más segura. Varias veces pensé que la puerta sostenía toda la construcción, que era muy precaria. La entrada conducía a un patio grande que, a través de un corredor largo, llevaba a la cocina en la que disponíamos de dos hogueras de gas. Una pileta enorme se ubicaba en el centro del espacio. Al fondo, se localizaba el salón donde pasábamos la mayor parte del día, lugar donde habían instalado un televisor que apenas captaba la recepción del canal nacional pakistaní. Dos dormitorios de medianas dimensiones cobijaban a cinco personas cada uno. Dormíamos en colchonetas. Comíamos en el salón, sobre el piso, en una alfombra estilo persa. Cada uno pasaba su tiempo libre en su propio mundo. Yo lo aprovechaba leyendo. No se nos permitía salir sin aviso, cada uno de nosotros era un peligro para la seguridad de la organización. Teníamos instrucciones detalladas de qué decir si nos apresaban las fuerzas nacionales o los talibanes. Cada uno tenía su discurso estampado en su mente. El Hammas se había fortalecido dentro de Pakistán y se hablaba hasta de campos de entrenamientos que la organización poseía en el sur del país.

Mientras Reza y Samir diseñaban un programa para interceptar la infraestructura de sistemas israelíes, yo participaba en las discusiones e ideas, todo a puertas cerradas. Al mismo tiempo Reza me encomendó centrarme en el "sitio verde"; querían que creara y oficializara el sitio del Hammas en la red. Para eso me dieron pautas de trabajo, caracte-

rísticas y contenido que debían aparecer en el sitio y demás especifica-
ciones, todas programadas por Reza. El nuevo sitio sería un mix entre la
web que yo había creado inicialmente y el propuesto ahora. Reza mismo
me facilitó a Radek, un jordano-palestino que era muy hábil en todo lo
referente a diseño gráfico. Yo me encargaría de todo el armado del sitio,
de su contenido y de la seguridad. Reza me supervisaría de cerca y apro-
baría la encriptación y la seguridad de la web.

Un día, a la salida del laboratorio, me topé con el cosaco de la bayoneta
que se encontraba constantemente custodiando la puerta de entrada.
Como era el último en salir, me preguntó si quería acompañarlo. Fue la
primera vez en más de un mes que lo vi esbozar una pequeña sonrisa. Yo
no sabía ni su nombre.

—¿Adónde vamos? —le pregunté.

—Ven, vamos, te llevo a comer a un buen lugar.

—¿Cómo te llamas?

—Asher —contestó.

Nos subimos a la rickshaw, una especie de motoneta con tres ruedas,
que estaba estacionada contra el portón de la casa; yo ya había viajado
en ella pues nos servía diariamente como transporte del laboratorio a la
casa. Pese a la inestabilidad del vehículo, Asher lo conducía con mucha
habilidad entre curvas agudas, calles angostas y baches profundos. Nos
detuvimos en una calle cercana al mercado, el tumulto de gente se sentía
a cada paso. Rumbo al shuk, Asher comunicó a la casa nuestro paradero.
Después comenzó a hablar. En el camino, me charló de un lugar en el
que hacían carnes asadas deliciosas, con arroz a la afganistana, que se
encontraba en el corazón del mercado. Me animé a preguntarle por qué
llevaba la bayoneta como un separatista del siglo pasado cuando nos
encontrábamos en la época de armas de fuego. Temí que mi pregunta
no le agradara, pero sentí que estaba frente a una persona confiable, que
solo era un poco distinta. Soltó una carcajada ante mis comparaciones y
metáforas sobre su aspecto separatista y cosaco.

Asher, que era uno de los tantos refugiados afganos en Pakistán,
me dijo que la bayoneta le pertenecía a su abuelo y que con ella había
defendido a su familia de un *pogrom*[17] de los Yahidim, grupo mayorita-
rio en Afganistán que representaba a más del cuarenta por ciento de la

---

17 Pogrom: matanza, devastación.

población. Se lo conocía por su violencia y salvajismo contra otras razas y grupos. Alrededor de treinta años atrás, con esa misma bayoneta, su abuelo había despedazado a cuatro ladrones Yahidim que querían incendiar su casa y llevarse a sus mujeres. Antes de morir, Asher le prometió que la portaría siempre, y así lo había hecho hasta ese día no solo por su protección, sino también porque le infundía valor, era para él como un espanta fantasmas. Así lo relataba él y al hacerlo, mostraba un enorme orgullo. Asher tenía instrucciones de no preguntarnos ni averiguar nada sobre nuestro trabajo o vidas privadas, y como buen guardia de seguridad era sumiso, de pocas palabras y cumplía su deber y con las órdenes que había recibido.

El mercado envolvía unos aromas difíciles de explicar y definir. Allí se podía encontrar de todo, desde electrónicos baratos hasta cabras y corderos para carnear, desde ropa occidental hasta sastrería con producción de trajes a medida en el mismo día. Y, por supuesto, se elaboraba comida para llevar, envueltas en todos los sabores y aromas. Existía alguna semejanza con el mercado de Gaza, pero este era más completo. Ese día estaba lleno de transeúntes que hacían muy complicado el tránsito por las estrechas callecitas.

En un momento me distraje y, tras detener mi mirada en un negocio de computación, me choqué con una mujer de mediana altura. Al tropezar con ella, su *shador*[18] se deslizó de su cabeza. Nos miramos a los ojos y me quedé anonadado por su belleza. Tenía unos grandes ojos color miel, su piel era blanca como la leche y su sonrisa me hizo perder el control por unos segundos. Permanecimos mirándonos por un tiempo cuya duración no pude precisar. Luego, se llevó otra vez el *shador* a su cabeza y se marchó. Yo me quedé mirando hacia atrás, acompañándola con mis ojos. A eso de cien metros de distancia, ella se dio vuelta dirigiéndome una mirada, y luego siguió su camino. Asher, que se había dado cuenta de la situación, me apuró. Yo estaba completamente sorprendido, no solo por su belleza, sino también por su actitud al devolverme una sonrisa y permanecer en el lugar descubierta por unos instantes. Me hizo reflexionar: una típica musulmana no hubiese dejado pasar esto; ante la caída de la tela, inmediatamente se hubiera tapado el rostro. También me sorprendió la manera en que me devolvió la mirada después de ale-

---

18 Shador: especie de manto con el que la mujer se cubre.

jarse. No sabía cómo podría lograrlo, pero me prometí ver a esa mujer de nuevo.

Nos sentamos en una pequeña posada que estaba dentro de una galería muy vieja. Era un poco atemorizante sentarse a comer allí. Así y todo, el lugar estaba lleno y las comidas olían muy bien. Asher mostrando que había notado mi reacción frente a aquella mujer, me preguntó:

—¿Deseas conocerla?

—¿A quién? —pregunté haciéndome el distraído.

—¿Cómo a quién? —replicó Asher—. A la muchacha que se topó contigo.

—¿Acaso tú la conoces? —quise saber tratando de disimular mi curiosidad.

—No, pero conozco mucha gente en esta ciudad y te puedo conseguir el contacto.

No dudé en decirle que sí. Me sentí muy a gusto con Asher. Habíamos pasado un rato muy placentero en la cena. Además, descubrí que en cierto modo me había elegido a mí entre todos, cuando él me contó que nunca mantuvo hasta ese momento ningún contacto similar con alguien del grupo. Esto en cierta manera me halagó.

Esa noche cambié sueños de HTML, C, VBScript y programas de criptografía, por esa muchacha sin nombre, con ojos color miel y piel transparente, y me esperancé pensando en que Asher me podría conseguir sus datos.

Fue un trance alocado de trabajo, en el que se sumaron otros dos programadores. El sitio web estaba casi terminado, solo faltaban unos pocos detalles para poder subirlo a internet. Al mismo tiempo, la versión antigua sería retirada. Todos los datos que deberíamos ingresar a la base de datos llegaron de Gaza en papeles con tablas incoherentes, algunas hasta sin sentido. Convertimos esa información desordenada en textos computarizados, archivos y bases de datos. Habíamos diseñado un sistema de encriptación muy meticuloso para la información y para toda la base de datos del sitio que, sumado al programa especial desarrollado para aislar el sitio en una burbuja de seguridad, constituían una fusión poderosa.

En resumen el sitio nuevo del Hammas estaba bien protegido por un sistema cortafuegos, desarrollado por nosotros mismos. El detalle fundamental que faltaba era el OK final de Reza, que seguía ocupado con el proyecto principal. Pasada una semana, en la que pensé que aplazaría parte del proyecto, recibí un email codificado con un código básico. Formaba parte de las pruebas a las que siempre nos sometía Reza. Lo imprimí para empezar a descifrarlo. Con bolígrafo en mano se vería más fácil. El texto cifrado era:

Zoqnacn, dwbdkdmsd sqzazin
Qdyz

Empecé a pensar qué habría usado Reza para cifrar este mensaje. Más de una vez yo mismo había utilizado diferentes estrategias y caracteres para codificar comunicados dentro del grupo. No era "ASCI" y no se parecía a ningún lenguaje de encriptación con llave de entrada. Lo que me confundía un poco era la "Z" y "Q" mayúsculas. Luego de observar detenidamente el texto durante cinco minutos, me di cuenta de que se había sustituido cada letra por la anterior. Entonces, la "Z" era "A", y la "P" era la "O". Así el mensaje inteligente había quedado descifrado. Nunca hubiera pensado que Reza elegiría un código que había sido la base del comienzo de la criptografía. Descifrado, el mensaje decía:

Aprobado, excelente trabajo
Reza

Levanté mi cabeza y miré hacia el escritorio de Reza, que estaba una fila adelante del mío, él sonreía. Yo le respondí con un guiño. Estaba alegre, feliz, no había cosa más valorada que ser apreciado después de un buen trabajo.

Durante algunos días no pude verme mucho con Asher porque estuve demasiado ocupado. Por fin, un día a la salida, me puso un papelito envuelto en mi bolsillo y me dijo:

—Esto es lo que te prometí, ¿recuerdas?

Claro que recordaba, pero no quería imponer ninguna presión, más cuando se trataba de un favor.

—Sí recuerdo, no sabes cuánto te lo agradezco.

—De nada. Promesa es promesa, palabra es palabra. Si necesitas más información, ya sabes dónde encontrarme.

Nos estrechamos las manos por primera vez y sentí su mano oprimir la mía fuertemente, señal de que algo bueno ocurría entre nosotros. No era amistad todavía, pero sentí un vínculo de confianza, un lazo muy importante. En la sociedad musulmana en la que vivíamos, no era fácil encontrar a alguien a quien se le podía confiar un secreto o una intimidad.

Desenvolví el papelito. En él estaba escrito:

Nombre: Mariana Asirán
Nacionalidad: Dinamarca
Profesión: enfermera (voluntaria)
Lugar de trabajo: Sede de la Cruz Roja en Peshawar – El Harir
32 Peshawar
Tiempo destinado en Pakistán: 6 meses
Llegó solamente hace 2 días

Todo estaba tan bien detallado que hasta me hacía pensar que Asher era algo más que un simple control de seguridad con sable. Igualmente no me importó entrar en detalles, ya que tenía lo que deseaba. De repente muchas cosas se aclaraban: no era musulmana y solo guardaba el rito de las mujeres de este país para no pasar como diferente y respetar al Islam. Pensándolo bien, quizás se había convertido a la religión musulmana por convicción. Su apellido sonaba como árabe. Era todo un enigma que me gustaba e interesaba cada vez más.

Al otro día le pedí a Asher si me podía llevar al lugar indicado en la dirección, ya que yo no conocía bien la ciudad. Mi gesto terminó de consolidar nuestra relación. Asher estaba más que agradecido de ser mi "compinche", le agradaba la idea, además le pedí que guardara este secreto. Asher se llevó la mano a su corazón y bajó su cabeza. Los gestos valían más que las palabras. El "cosaco" estaba completamente comprometido con mi causa y con nuestra amistad.

17

LEONEL
Franja de Gaza
6-7 de octubre, 2011

Los días que siguieron fueron dedicados a dibujar estrategias en el aire, a pensar y diagramar cómo hacer para encontrar a Ahmed, aunque mi cabeza no estaba en foco; la razón se llamaba Mariana, la dulce danesa había conquistado mi corazón con el correr de las semanas. Hablábamos muchísimo y empezamos a acercarnos y a mostrarnos nuestra atracción con actitudes que iban desde una mirada hasta robarnos un beso cuando la gente no miraba. Muy pronto me di cuenta de que nunca me había sentido así. Luego de un breve tiempo, Mariana se dio cuenta de que yo no era un voluntario normal. Aunque tratábamos de mantener nuestra relación en secreto, el rumor circulaba en los corredores de la Cruz Roja.

Un día, después de la comida, nos quedamos solos en la cocina lavando los platos.

—¿Qué estás buscando aquí?

La pregunta retumbó en la ollas y llegó como un eco a mis oídos.

—¿A qué te refieres? —Traté de ganar tiempo.

—Quizás es bueno para tu proyecto, pero…¿por qué Gaza? ¿Por qué un estudiante australiano prefiere Gaza a otros lugares?

—¿Por qué tú estás aquí? —Tal vez la respuesta a esta pregunta me ayudaría a salir del apuro.

—Creo que ya te lo dije. Mi padre era palestino y mi madre danesa. Él siempre soñó con su tierra libre y yo recibí ese legado invisible, el deseo de realizar algo que él siempre quiso hacer: ayudar a su pueblo y, en general, a los musulmanes necesitados.

—¿Y esa es toda la verdad?

—Sí. Hay personas que nacen, crecen y viven en un lugar en el que no le encuentran el verdadero sentido a la vida, individuos que no conectan con los demás y que necesitan algo que realmente los cristalice como personas, que los haga sentir satisfechos con el día a día. Algunos se ponen un bolso en la espalda y viajan buscando su suerte por el mundo. Otros, se resignan y siguen los pasos que les dictan sus padres: escuela, universidad, buen trabajo y casamiento. Pero hay gente como yo, que encuentra el sentido de su existencia en luchar por una causa, en ayudar a los demás. Quizás no seamos muchos, pero existimos algunos de esos todavía.

—Yo soy uno de ellos también.

Murmuró algo, como un "bla bla bla", y se marchó riéndose.

Me quedé con una sensación parecida a la que siente quien patea un penal y ni siquiera le paga al palo. Mariana palpaba mi mentira, la sentía, pero no tenía idea alguna de la verdad. Entendí que la perdería. La falta de honestidad deterioraría nuestra relación. Pensé en mis planes. ¿Acaso la fe entre dos personas valía más que un millón de *shekels*? No me consideraba un codicioso y no todo lo que me movía era el dinero. Recordé que la decisión no me había resultado nada fácil, así que decidí en los próximos días seguir aferrado a mi plan original.

Una tarde libre salí a la calle a caminar, sabía que era riesgoso, pero necesitaba descubrir si algo o alguien me podía conducir a Ahmed. Observé que la gente se reunía y caminaba hacia el norte de la ciudad, todos en una gran masa humana. Yo me aferraba a mi carné identificatorio de la Cruz Roja que llevaba colgado de mi cuello por las dudas de que alguien se interesara por mi identidad. Se sabía que el Hammas buscaba celosamente infiltrados israelíes en los territorios; estos al ser encontrados podrían esperar una de dos suertes: ser muertos a palos y apedreados por la multitud, o ser llevados de rehenes para después negociarlos a cambio de miles de palestinos recluidos en las cárceles israelíes. Los infiltrados civiles sufrían casi siempre la primera opción, a diferencia de los soldados que generalmente eran llevados prisioneros como trofeos de guerra y armas de negociación.

La marabunta de gente se juntaba y era muy fácil perderse entre la multitud. Podían encontrarse banderas verdes del Hammas, pero también emblemas de la OLP, no parecía una manifestación organizada sino la reacción a algún evento especial. Me hice al costado del camino y seguí a las masas. Chicos con insignias de Hammas repartían panfletos. El árabe era un idioma complejo, especialmente su escritura. Lo había tenido que estudiar durante dos años en el secundario y seis meses intensos cuando militaba en la Unidad 8200 en el ejército. Cogí un folleto caído en la acera y detecté a simple vista que se estaba anunciando el nuevo sitio web de la organización Hammas, algo que ya se había comunicado en Israel hacía un mes, el mismo sitio que yo había visitado y analizado con mi amigo Daniel.

Como hacía ya más de cuatro años que no había tenido contacto con la lengua árabe, me fue difícil entender algunas de las palabras, pero comprendí que se refería a la nueva fuerza informática "verde" (así se les denominaba a los integrantes de la organización), se trataba de una nueva versión, según decía el comunicado. Obviamente había propaganda contra el enemigo sionista, algo relativamente normal en cualquier entrega de panfletos por parte de la organización.

Después de caminar unas cinco o seis calles descampadas, la congregación había llegado a su destino. Cercos improvisados del ejército bloqueaban el camino para dar paso a las topadoras que destruían dos casas presuntamente pertenecientes a terroristas, ese era el acontecimiento que convocaba a la multitud. No faltó mucho para que todo se convirtiera rápidamente en una batalla campal. Aparecieron muchas piedras, disparos de gomas, algunas botellas molotov y gases. Las ambulancias se abrían paso para acercarse al lugar. Yo me había mezclado con unos chicos, trepamos al techo de una casa y desde ahí pude contemplar todo. Uno de los niños, panfleto en mano, me preguntó quién era y de dónde.

—Trabajo en la Cruz Roja como voluntario —le dije mostrándole mi identificación.

—¿Y qué haces aquí? Es peligroso...

—Sí, es peligroso para mí, y también para ti.

—Yo ya estoy acostumbrado, es parte de nuestro entretenimiento diario, pero tú...

—Pienso que es curiosidad, vi gente amontonada y la seguí.

—¿De qué país vienes? ¿Cómo te llamas?

—Me llamo Leonel y soy australiano.

—Australia... ohhh... ¿es verdad que los canguros caminan por las calles en Australia? —preguntó ingenuamente.

Lo cierto es que no estaba seguro, ya que nunca había visitado Oceanía, pero contesté:

—No, eso no es correcto.

—¿Escuchaste de la nueva fuerza informática? —me dijo el pequeño.

—No, ¿de qué se trata?

—El grupo ofrecerá computadoras e internet gratis a todos sus miembros. También se dictarán cursos completamente gratuitos, y lo más importante es que se está preparando un duro golpe informático a Israel.

El chico era incauto y hablaba por demás, algo que me favorecía. Calculé que debía tener nueve o diez años, sus ojos parecían sobresalir de la cara. Vestía una remera verde y llevaba una bandera del Hammas en sus hombros. Me pareció cruel que a tan temprana edad un niño estuviera expuesto a tantos peligros. Conociendo del tema, sabía que este infante servía más que nada como parte de la propaganda anti israelí ya que, en manifestaciones como esta, siempre algún niño salía herido o muerto, entonces los periodistas rodeaban el lugar como cuervos para registrar la escena impactante con la que ocupar la portada de sus diarios.

Hasan se terminó de presentar, saludó y corrió, enarbolando su gomera, hacia el frente de la manifestación. Yo preferí regresar. Pensé en la fuerza informática, seguramente estaría relacionada con mi presa, Ahmed Asad, ya que él había diseñado el sitio web. ¿Estaría en Gaza o en algún otro país? Era obvio que programar y desarrollar cualquiera infraestructura dentro de los territorios ocupados era más que riesgoso, ya que siempre estaría al alcance de la mano del ejército, aunque tampoco vivirían mucho más seguros afuera de Israel, con el Mossad merodeando sus espaldas por el mundo. Era también innegable que el Hammas quería hacer conocer a los israelíes sus proyectos informáticos, si no, no hubiera repartido estos folletos. Necesitaba tiempo para pensar, tenía que analizar el panfleto, conectarme a internet, investigar. El trajín desgastante de la Cruz Roja, los días muertos bajo toque de queda y Mariana, no me dejaban tiempo para concentrarme. Tendría que pedir unos días libres para volver a Tel Aviv y seguir la búsqueda con más aire y nuevas ideas, aquí en la Franja me sería todo extremadamente difícil. Pensé que debía seguir la pista informática. Necesitaba hablar con Mariana, no quería dejar las cosas así. Decirle que no era un verdadero voluntario no aparecía como buena opción, ya que destruiría mi búsqueda y mi relación con ella, si todavía existía.

No pude contactarme con Judy para hacerle conocer mis planes. La Cruz Roja se trasformó en un caos. Después de terminada la manifestación, recibimos a más de diez palestinos heridos. Algunos habían inhalado gases, los demás tenían heridas de balas de goma. Como los hospitales estaban desbordados, las ambulancias los traían a nuestro recinto. Aparte de los diez pacientes, teníamos a todos sus familiares encima, que generaban un bullicio que hacía nuestra labor más que ardua.

Esa misma noche armamos, por primera vez en mi estadía, una mesa campal de operaciones. Mariana y yo fuimos los encargados de esterilizarla como pudiéramos. Un joven de unos veinte años sangraba a borbotones por el estómago, producto de un balazo de goma. Los doctores dijeron que si no se operaba urgentemente, perdería la vida en media hora. Existían problemas básicos para ese tipo de atención; no disponíamos de equipos de transfusión ni sangre para transfundir. Judy llamó al hospital local, pidió sangre del tipo O y un equipo ambulante para transfusiones. Verdaderamente no teníamos muchas esperanzas de que llegara a tiempo, ya que el hospital estaba abarrotado de gente y nuestro caso no era su prioridad. Igualmente, nosotros seguíamos esterilizando el cuarto en el que estaba tendido el joven mientras dos doctores ejercían presión con sus manos sobre la herida. Después de treinta y cinco minutos, en momentos en que el muchacho iba perdiendo el conocimiento, llegó una ambulancia que traía lo que Judy había solicitado. La operación empezó enseguida. Yo ya había participado en algunas cirugías, pero nunca en estas condiciones. La habilidad de estos doctores era notable. La operación duró tres horas. Tuvieron que levantar el hígado, una acción riesgosísima, especialmente en estas condiciones precarias. El joven fue conducido hacia el hospital después de cuatro horas en las que permaneció en estado muy delicado pero estable.

Todos estábamos agotadísimos. Limpiar el cuarto para eliminar la sangre derramada y esterilizarlo nuevamente nos tomó casi otras tres horas. Al terminar, Mariana y yo nos tiramos al piso, exhaustos de cansancio. No había nadie más en el cuarto. Eran las tres y media de la mañana. De pronto, sentí su mano en mi hombro; me dijo:

—Me duele que no me digas la verdad. Me parece que… te quiero.

—Mariana… yo… tienes razón, no te he dicho la verdad, pero necesito un tiempo. Yo también tengo sentimientos especiales por ti y quiero esta relación. —Luego de unos minutos de silencio agregué—: Voy a pedir unos días a Judy para salir de acá, me iré a visitar a unos conocidos en Israel.

—Sé que volverás y te esperaré, pero es importante para mí que vuelvas con la verdad.

Y se entregó sin más palabras. Frágil como un pequeño pollito, apoyó su cabeza en mi pecho y nos abrazamos fuertemente. Le acaricié el pelo y la cara, y nos besamos apasionadamente. Sus labios parecían de papel, indelebles. Esa noche, por primera vez, cerramos la puerta del cuarto y nos amamos hasta que el cansancio nos venció. A la distancia ya se escuchaban emisarios del alba.

18

Tel Aviv - Francia - Pakistán
14 de octubre, 2011

Después de estar enjaulado sin sentencia en Gaza por dos semanas, la libertad y los aires de Tel Aviv eran lo mejor que me podía pasar. De repente me acordé de Jony, mi gato, y me felicité porque un día antes de salir se lo llevé a mis padres. Pensando en ellos, supuse que mis progenitores deberían estar preocupados. Sin embargo, decidí un día para mí sin padres y sin Jony, es decir, sin nadie. No había sido difícil obtener el permiso de Judy ya que entendió el impacto emocional que había recibido en esos días. Preguntó si iba a regresar, y yo le contesté inmediatamente que sí. Lo extraño fue que no hizo ningún intento de averiguar los motivos de mi ida, aunque, cuando yo le había dicho que necesitaba un poco de descanso y tranquilidad, ella había asentido con la cabeza como entendiendo mi petición.

Mi casa olía a encierro claustrofóbico. Obviamente estaba todo como lo había dejado. Luego de un rato adentro, me pareció que el picaporte de la puerta de entrada estaba forzado, extrañamente no me había dado cuenta de eso cuando di vuelta la llave al entrar. Por lo visto, el enorme cilindro antirrobos instalado por el dueño había dado resultado, y resistió el intento de forzarlo. Parecía haber sufrido golpes de martillo o tenaza. Pero... ¿quién habría intentado entrar a la fuerza? Muy pronto me di cuenta de que el olor a encierro no era el normal, parecía tóxico. Empecé a sentir una horrible sensación de ahogo, abrí la ventana y busqué la puerta. Un retorcijón me apretujó el estómago. De repente, luego de una fuerte arcada, vomité; sentí un escalofrío y me desplomé. Logré empujar la puerta desde el suelo, antes de desvanecerme.

Un hilo de luz me encandiló cuando desperté. Me pareció conocer el lugar, pero estaba confundido y la cabeza me martillaba. Escuché mi nombre dos veces. Cerré los ojos y traté de abrirlos nuevamente. Ahora reconocía con certeza el lugar, era el Hospital Ichilov, en Tel Aviv. La enfermera también me era conocida: Marta una argentino-israelí. Habíamos trabajado juntos algunos turnos no hacía mucho tiempo.

—¿Qué me pasó?

—Inhalaste una sustancia tóxica.

—¿Sustancia tóxica?

—¿Recuerdas algo? ¿Cómo te sientes?

—La cabeza me está por explotar —le dije—. ¿Qué me hicieron?

—Un lavaje de estómago y aspiración de gases de los pulmones.

Me tomó la presión y el pulso, me cambió el suero y me suministró dos pastillas de paracetamol fuerte y otra cápsula de un medicamento que desconocía. Estuve grogui por un rato, pero después de veinte minutos, cuando el dolor cesó un poco, me acordé de la escena de la casa, de la puerta y del olor. Estaba desconcertado, ¿quién querría matarme y por qué? Me sentía especialmente temeroso ante el peligro, seguro que no se trataba de gente normal. Indudablemente mi búsqueda de Ahmed, tenía que ver con lo que me había sucedido. Yo nunca antes había tenido enemigos de ningún tipo, por lo menos que yo reconociera como tales.

Creo que me adormecí después de un tiempo indefinido. Cuando desperté, alguien me apretó la mano y me agité. El viejo Cohen se hallaba a mi lado. Su frente estaba ceñida y se le dibujaban tres líneas tipo serpiente, señales de preocupación; hasta su infaltable sonrisa se había extinguido.

—¿Cómo andas?

—Yo bien, ¿no lo ves? Me vine a pasar un fin de semana al hospital —respondí irónicamente.

—Escúchame —me dijo. La voz salió como proveniente de alguien que está por pronunciar un sermón. La policía está custodiando el lugar, seguramente te van a interrogar.

—¡Ah, muy bien! A ver si encuentran a quien me ha querido asesinar.

—Leonel, esto no es tan simple. No puedes descubrir la historia en que estás trabajando porque pondrías en problemas a Rachel y se haría todo público. Eso es muy riesgoso tomando en cuenta que Ahmed Asad es una de las personalidades más buscadas por el Mossad en este momento.

—¿Por qué? ¿Tan brutal es lo que hizo? ¿A quién mató?

—No, no ha matado a nadie, pero él es la principal carta de triunfo de eso que llaman "la guerra digital".

—¿Guerra digital? —Yo estaba realmente sorprendido.

—Sí, no te puedo dar muchos detalles, es todo muy secreto, súper confidencial, pero el Hammas está anunciando un proyecto llamado "la bomba informática" con el que amenaza con destruir los sistemas informáticos israelíes.

Esto me sonaba conocido, recordé el panfleto que recogí en las calles de Gaza y al niño Hasan.

—¿Quién ha intentado matarme?

—No tengo idea, pero he elaborado un plan para encubrirte y liberarte del peso de la policía, los interrogatorios y procedimientos policiales son lo último que necesitas ahora.

—¿Cómo? —pregunté. Todo me parecía una historia tomada de algún libro de ciencia ficción.

—Tengo un plan: cuando te interroguen, tendrás que decir que tú recuerdas haber dejado abierto el gas de la cocina en la casa, que días antes habían fumigado, y que igual quisiste entrar por el asunto del gas, pero como al llegar no tenías la llave, tuviste que forzar la puerta hasta abrirla. Entonces, las sustancias de fumigación y el gas hicieron un inmediato impacto en ti. Agregarás que recuerdas haber vomitado, y nada más..

—Nada más... —Ahora sí me parecía que todo estaba saliendo de los límites de lo normal. ¿Cómo la policía iba a creer una historia así, tan tirada de los pelos?

—No te preocupes, la policía solo quiere cerrar casos. Te interrogarán, recibirán tu declaración que registrarán en tu expediente y caso cerrado.

—¿Y si se complica?

—Mira, yo conozco a la policía como la palma de mi mano. Treinta años estuve allí, ¿recuerdas?

—¿Y cómo te han permitido entrar aquí? Dices que hay un cordón policial y que estoy custodiado...

—He dicho que soy un pariente cercano, y aquí me ves.

Moshe Cohen se hallaba seguro de su plan. Conocía a la policía y quizás ya había movido los hilos antes de estar aquí. Yo me encontraba demasiado aturdido, pero estaba convencido de que no quería ser interrogado ni tampoco salir en los diarios.

Todavía no estaba seguro de si quería seguir encubriendo mi historia sobre la búsqueda de Ahmed Asad, pero las otras razones en este momento eran mucho más poderosas para mí. Le agradecí a Moshe, y él se retiró satisfecho. Antes de irse me dijo:

—Cuídate. Llámame cuando sea el momento oportuno.

—Bien. ¡Ah! —le dije—. Gracias por el contacto de Camel.

—De nada, Camel ya no existe. —Y apuró su paso hacia la puerta.

¿Camel ya no existía? Alguien, supuestamente, lo había liquidado, quizás los mismos que querían deshacerse de mí. Recordé al hombre calvo vestido de negro, en el almacén de Yafo cuando llevé el dinero. Quizás estaba involucrado; esto era lo que me faltaba...

Le pregunté a la enfermera cuándo me darían el alta y me respondió que si seguía así, probablemente mañana me liberarían. Me anunció que cuando me sintiera mejor, un detective de la policía quería hablar conmigo. Le dije que todavía no estaba en condiciones.

—Bueno, yo les diré que no podrá ser hoy. —Y agregó—: Pero tienes que saber que pretenden entrar a la brevedad a hablar contigo, y casi siempre se salen con las suyas.

Asentí con la cabeza, le agradecí y cerré los ojos. Cuando desperté, un agente estaba frente a mí. Sin mucho permiso se había instalado en mi cuarto. Era un hombre alto que rondaría los sesenta años, su cabellera blanca se veía engominada. Se presentó como "Yosi, oficial de la brigada primera de delitos y transgresiones de Tel Aviv". No hizo mención de su apellido.

—¿Cómo te sientes? Me preguntó amablemente.

—Tengo miedo de estar mejor...

—¿Me puedes contar qué recuerdas?

Entendí que no había captado el chiste. Entonces empecé a ensamblar la historia que Moshe me había encomendado, la fumigación, el gas abierto y la puerta forzada, una sucesión de invenciones poco creíbles.

—¿Tú forzaste la puerta de esa manera? ¿Con qué si se puede saber? —preguntó desconfiado, parándose y dirigiéndose hacia la ventana. Instintivamente, miró su paquete de cigarrillos que sobresalía de su bolsillo, pero rápidamente recordó que estaba en una clínica.

Me di cuenta de que mi historia parecía muy poco verídica, y ahora tendría que improvisar una respuesta.

—Encontré un pedazo de barra de metal en la calle y forcé la puerta con eso.

—No encontramos ningún metal en el lugar. ¿Estás seguro de lo que dices?

Distinguí en su semblante gestos que eran los de alguien que no había creído una palabra de mi historia. Tenía que mantenerme calmo y seguir con mi versión inventada.

—Sí, estoy seguro, por lo menos eso es lo que recuerdo.

—¿Tienes problemas… algún enemigo quizás? ¿Pediste algún préstamo últimamente?

—No, soy un simple estudiante que trabaja en seguridad para mantenerse.

—Bueno —dijo—, es tarde. Ya había perdido la paciencia. Además eran las diez de la noche, hora en que no se permitían visitas en el hospital—. Si recuerdas algo más que una fuga de gas y eso de la fumigación, llámame a este número.—Y apoyó su tarjeta sobre la mesita de luz. Se retiró del cuarto furioso, sin saludar. Seguramente yo había ofendido su intelecto con mi historia, y lo podía entender. El cuento de *míster* Cohen quedaba totalmente fuera de cualquier realidad posible.

Al otro día ya estaba camino a mi casa. Me comuniqué con Daniel y le pedí que la ventilara, y que si era necesario, llamara a algún servicio profesional para eliminar aquel gas venenoso del ambiente. A él le vendí la misma historia de la fumigación y del gas, pero sabía que estaría en problemas muy pronto con esta historia. A las doce del mediodía, la hora en que se da el alta a los pacientes, me pasó a buscar por el hospital. Su padre le había prestado el coche.

El viejo de Daniel era uno de los capos en neurocirugía en el Hospital Ichilov y en Israel entero, pero Daniel no le daba la menor importancia a este hecho que hasta lo hacía sentir incómodo en muchas situaciones. El viejo David Samuel hubiera querido que su hijo siguiera sus pasos en la medicina. A veces me parecía que no tenía ni la mínima idea del potencial de Daniel con los números y la computación. Como todo el grupo de amigos estudiábamos y siempre andábamos sin plata, y consecuentemente sin automóvil, el vehículo del viejo Samuel era el coche de la barra, y él lo sabía.

Cuando llegamos a la casa no existían rastros de lo que había ocurrido. Daniel había contratado unos servicios profesionales que limpiaron hasta el aire, y no dejaron rastros de ninguna sustancia tóxica. La puerta también estaba arreglada.

Daniel me aclaró que la policía merodeó por el lugar durante casi seis horas. Le agradecí por todo lo que había hecho, me miró fijo a los ojos y me dijo:

—¿Qué es eso de la fumigación?, ¿desde cuándo fumigas?

—No, no fui yo. El dueño con otros inquilinos decidieron hacer una fumigación total en el edificio. Tú sabes que son todos viejos que se la pasan mirando las hormigas que caminan.

Era propio de Daniel sentir o saber algo y no expresar nada. Me dejó así, y cambió de tema. Era demasiado listo para empezar a interrogar cuando no correspondía. Yo también estaba seguro que él sabía que yo estaba tras algo raro, muy raro.

—¿Qué pasó con ese sitio web que me pediste investigar? —me preguntó desinteresadamente.

—¿A qué te refieres?

—Al sitio del Hammas.

—¡Ah! No terminé el trabajo de la universidad todavía.

Daniel me miró a los ojos firmemente por segunda vez.

—¿En qué andas metido Leonel?

Entendí que ya no podía mentir más. Daniel era mi amigo fiel y más que a nadie lo necesitaba a mi lado, especialmente en estos momentos, con todo lo que estaba pasando. Además, Ahmed estaba involucrado en informática, y Daniel podía serme de gran ayuda.

Le conté la historia detalladamente, y le pedí por favor su confidencialidad, me costó hacerlo ya que estaba violando una de las condiciones que había prometido a Rachel. Pero yo estaba seguro de que mi amigo era absolutamente confiable y guardaría el secreto. Daniel se mostró impresionado, primero con la historia de los niños, y luego por mi decisión de aceptar aquella causa. No me interrumpió, me dejó hablar. De tanto en tanto, abría sus ojos y parpadeaba rápidamente esbozando señales de asombro. Recién cuando terminé me dijo:

—Me gusta.

—¡¿Qué te gusta?!—exclamé destinándole una mirada de asombro.

—El proyecto...es desafiante y mucho más interesante que estar de turno en el hospital o descuartizar cadáveres en la universidad...

—Sí, mira que emocionante es que hasta me quieren envenenar...

Daniel estaba inquieto y tenía una sonrisa nerviosa en su rostro.

—Yo también te quiero contar algo —dijo tenso.

—¿Qué?

—Te acuerdas que te había contado del Mossad..., bueno, no me pude escabullir de ellos.

—Te felicito —le dije lacónicamente —. ¿Desde cuándo?

—Desde hace ya dos meses. Dejé el trabajo y me arreglaron un programa especial para que pueda terminar la universidad.

Era buena noticia, pensé, una persona como Daniel sería un aporte importante en una organización como esa. En otro lugar podría ganar plata, pero perdería su tiempo. Me contó que permanecería a prueba por seis meses y que se ocuparía de la seguridad informática, una sección especial que estaba creciendo, dentro de la organización.

—Tienes que ser lo más discreto con esto, ni mi viejo sabe...

—No te hagas problema, tú tienes mi secreto y yo el tuyo.

—No es todo —dijo con cara de alguien que quiere terminar y sacarse un peso de encima—, estoy trabajando en la "Fuerza Informática".

—¿La Fuerza Informática? —Tardé en comprender.

—Sí, estamos investigando qué se trae entre manos el Hammas, y más exactamente, tu amigo Ahmed Asad; por eso decidí contarte lo del Mossad, si alguien sabe que hablé contigo puedo ir a la cárcel directamente.

—No te hagas problemas, me conoces. Ah, sí, claro, ¡la Fuerza Informática! Recordé rápidamente el panfleto y al niño palestino otra vez, temí por un instante que la intoxicación hubiera perturbado un tanto mi memoria. Daniel me explicó que el Mossad sabía sobre los planes del Hammas de sabotear los sistemas informáticos israelíes, no conocía exactamente de qué se trataba ni cuándo algo de lo anunciado iba a ocurrir, pero estaba trabajando intensamente en eso y mantenía una situación de alerta extrema. El Mossad estaba casi seguro de que Ahmed Asad ya no operaba desde Gaza, y sus agentes lo buscaban en Europa y en los países mediterráneos.

—¿Tú sabes algo? — me preguntó.

—No. Como te conté me uní a la Cruz Roja de Gaza porque ese había sido el último paradero de Ahmed, pero ahora que tú me aseguras que no está allí...

—Mira, no es dato cien por cien confiable, pero piensa que sería muy delicado y riesgoso operar un sistema informático desde la Franja.

Sí, eso ya lo había pensado, pero ¿cómo podía yo continuar con el caso cuando el Mossad estaba tras las huellas de Ahmed? Ellos tendrían mucha más información y medios para encontrarlo, y si lo encontraban antes que yo.... adiós millón. El intercambio mutuo de información con Daniel era riesgoso, pero en este momento estaba en cero, sin nada, y no me quedaba alternativa.

—¿Qué piensas hacer? —me preguntó Daniel.

—Tengo que regresar a Gaza y cerrar algunos asuntos. Quiero terminar bien con la Cruz Roja. —Hasta ese momento no le había mencionado nada sobre Mariana.

—¿No piensas que es un poco arriesgado, y más ahora que sabes que te han querido envenenar?

—Sí, pero... —balbuceé. Era la primera vez que sentía el riesgo de regresar a la Franja —. Lo tendré que pensar de nuevo —le contesté.

Daniel se dirigió hacia la puerta y se despidió rápidamente, argumentando que se tenía que ir a comer a casa de sus padres.

Me quedé pensando en las implicaciones de la relación con Daniel. Se había formado como un pacto tácito entre nosotros. Pensé en la gente que estaba involucrada y que poseía información sobre mi proyecto: Moshe Cohen, Daniel y obviamente, Rachel Mizrachi. No cabía duda de que existía otro componente que no conocía y era el que estaba detrás de mí y había atentado contra mi vida.

De repente, al estar solo, se me ocurrió que sería mejor estar acompañado los siguientes días y salir de mi departamento. Llamé a mi madre y le dije que iba para allá por unos días. La alegría ante la noticia de recibir mi compañía hizo que ni me preguntara el porqué de mi visita. Escogí suficiente ropa para unas semanas e incluí la ropa sucia que mi vieja podría lavarme. Antes de salir de mi casa, llamé a Moshe ya que así se lo había prometido. Él atendió enseguida su teléfono, que apenas sonó dos veces.

—¿Cómo andas? —preguntó cuando escuchó mi voz saludándolo.

—Yo bien, gracias. Me voy a la casa de mis viejos por unos días.

—Buena decisión. ¿Como te trató la policía?

—No creo que el agente se haya creído la historia, pero igualmente me dejó en paz y me dijo que lo contactara si recordaba algo.

—¿Cómo se llamaba el detective?

—Yosi, no mencionó su apellido.

De repente un silencio inundó la línea.

—Yosi, del departamento de investigaciones de Tel Aviv... ¿un hombre en sus sesenta, con pelo blanco, y bien arreglado? —preguntó como para confirmar alguna sospecha.

—Sí, ¿por qué?

—Estamos en problemas —dijo— Yosi no cerrará el caso. Es persistente, odia que le mientan, y, sobre todo, no cierra los casos sin antes investigar a fondo. Además no le gusta que lo perturben. Él y yo nunca nos llevamos del todo bien, aunque no nos tocó trabajar juntos.

—¿Qué me aconsejas? —necesitaba la sabia opinión de Moshe.

—Dame algunos días y volvemos a hablar. Mientras tanto, es una buena decisión que estés con tus padres. Seguiremos en contacto.

Moshe se escuchaba preocupado y yo empecé a sentirme igual. Tener a la policía detrás de mí no era lo más adecuado en esta situación. La casa de mis padres no me ocultaría de la policía, sería el primer lugar adónde me buscarían, pero no disponía de demasiadas opciones.

Me tomé el colectivo dieciocho hacia Bat Yam. Tenía por delante una hora de viaje. Decidí dejar mi daihatsu en la cochera, ya que no sabía lo que me depararían los próximos días. En el colectivo pensé en lo que haría. Pasaría una temporada con mis padres sin salir mucho de la casa. Esperaría la llamada del viejo Cohen. Viajaría de regreso a la Franja de Gaza para terminar mi compromiso con la Cruz Roja y con Judy, compromiso de palabra, solo ético, ya que no existía ningún documento firmado. Y hablaría con Mariana. ¿Qué le diría? ¿La verdad? Eso era imposible, ya que si le contara la verdadera historia y mis motivos, la involucraría en este tejido que estaba resultando muy peligroso. Por otra parte, mentirle concluiría la relación. Pero...¿acaso tenía algún posible futuro esa relación? Ella en Gaza, yo...no sé dónde. Se me generaron muchas preguntas sin respuestas concretas. Algo sí tenía claro: la razón principal de mi viaje a Gaza era Mariana. Quería verla de nuevo, mis sentimientos hacia ella eran profundos y nunca experimentados antes. También reconocía que si sostenía ese vínculo, se levantarían vallas en la búsqueda de Ahmed. Tiempo, ideas y descanso: eso es lo que más quería ahora.

Cuando llegué a la casa de mis padres, el shock fue total. Yosi, el detective, estaba sentado en el sillón, muy cómodamente; a su lado, como formando la foto de la gran familia, mi papá y mi mamá. Hasta tenía un cigarro encendido en su mano, algo que era prohibido en mi casa después de que mi padre había dejado el cigarrillo hacía diez años. El humo formaba siluetas en el aire, era inútil intentar evitar inhalarlo. Apenas los saludé, Yosi se anticipó a mis padres y me dijo:

—Vamos a dar una vuelta, tenemos que hablar.

Mi madre logró exhalar un "¿en qué estás metido?" antes de que Yosi me condujera de la puerta hacia afuera. La tranquilicé y le dije que no pasaba nada.

Habían transcurrido solamente cuatro horas desde que dejé el hospital y Yosi otra vez estaba frente a mí.

En la calle le dije:

—¿A qué se debe esto? —Mi tono de voz expresaba mi cólera.

—Leonel, si hay algo que me repugna es que la gente me mienta en la cara, especialmente cuando la mentira es infantil y tonta.

A continuación Yosi me entregó en la mano una hoja de papel impresa que decía:

Laboratorios de la Policía de Tel Aviv

Dirigida a: Yosi Rechter
Expediente: 34565 — Leonel Cohen - Intoxicación

La sustancias encontradas en el apartamento 1/32 Mapu Tel Aviv constituyen una mezcla de metanol y cloruro de metileno. Por su propia naturaleza, estas sustancias entrañan el riesgo de envenenamiento si entran en contacto con el cuerpo humano.

No se encontraron restos de gas natural ni de otro polvo de uso en fumigaciones.

Atentamente
Alón Cohen
Director de Laboratorio
Jurisdicción de Tel Aviv

—¿Y ahora qué? —se me ocurrió preguntar.

—Y ahora viene el momento en que me cuentas la verdad.

—La verdad es que realmente no sé quién introdujo esas sustancias en mi departamento ni quien forzó la puerta.

—¿Y por qué razón me mentiste antes?

—Para evitar involucrarme con la policía. Como tú ya sabrás yo soy investigador privado y decidí tomarme este caso por cuenta propia.

Yosi meneó su cabeza.

—Parece que no entiendes que atentaron contra tu vida. Dime todo lo que sabes y hazlo fácil para todos.

—Escuche, detective Rechter, yo no sé quién trató de matarme, y le aseguro que me gustaría saberlo quizás más que a usted, ¿no le parece? Así que si puede encontrar a los responsables, se lo agradeceré. Comprenda que no estoy encubriendo a nadie, y que estamos hablando de mi vida.

Me parece que lo impacté cuando levanté mi voz mostrando la firmeza de mis afirmaciones. Yosi Rechter calló y murmuró algo que no entendí, tal como si hablara consigo mismo.

—¿Quieres protección? —me preguntó, después de prender su tercer cigarrillo.

—No la necesito, ya se lo dije; no quiero a la policía lamiéndome los pasos.

—Cualquier otra persona no rechazaría el ofrecimiento...

—Yo no soy cualquier persona.

Yosi se dio vuelta y caminó hacia su ford sierra negro, que lo esperaba estacionado en un espacio reservado para lisiados. La policía lo puede todo, pensé. Antes de marcharse, volvió a repetir las palabras que mencionó en el hospital: "Si recuerdas algo, llámame".

«¡Qué peso!», pensé, este detective no me dejaría en paz. ¿Cómo les explicaría ahora a mis padres lo que había ocurrido? ¿Cómo justificar la presencia del policía en la casa? Las últimas semanas habían sido de pura inventiva y mentiras blancas. Solo necesitaba una más, un esfuerzo más para convencer a los viejos y hacerles entender que no pasaba nada. Pero ellos no entendieron razones. La historia de un escape de gas en mi departamento no los terminó de convencer. Sutilmente les hice entender que si no me dejaban tranquilo, me iría. Mi viejo obviamente tenía el reproche preparado.

—Primero dejas la universidad y ahora estás involucrado en historias policiales —me recriminó.

Me encerré en mi viejo cuarto y desapareció el ruido. La amenaza de mi vida era más fuerte que los regaños de mi padre. Mamá lo calmó y todo siguió en paz. Qué no hace una madre por su hijo, pensé.

Al otro día temprano saludé a mi madre y me fui. Evité encontrarme con mi viejo, pues no estaba para más confrontaciones. Me llevé la ropa limpia, planchada y doblada como me gustaba. En eso mamá era la mejor. Camino al colectivo hacia la estación central de Tel Aviv, mi teléfono móvil sonó como un estruendo. Del otro lado de la línea estaba Daniel. Su voz mostraba una especie de combinación de secreto y susurro.

—Hola, Leonel —saludó. Y en seguida agregó—: te mandaré un mensaje de texto que está encriptado. ¿Te acuerdas de nuestras señales secretas en el secundario?

No me dejó responder y colgó. A los treinta segundos, el móvil descargó una señal de mensaje vía *WhatsApp*, que decía:

1hm2d 2st1 2n P1k3st1n P2sh1w1r

Al principio no lo descifré. Tenía demasiadas cosas volando en la cabeza. Después recordé la señales que habíamos creado en el secundario: las letras consonantes quedaban intactas y la vocales eran números, la A=1, E=2, y así hasta la U.

Lo transcribí rápidamente:

Ahmed está en Pakistán Peshawar.

Estaba desconcertado; era la primera huella de Ahmed y, viniendo de parte de Daniel no cabía la menor duda de que era veraz. El asunto era qué haría ahora. ¡Decisiones, pensé, decisiones! Con el inalámbrico en la mano, lo primero que se me ocurrió fue llamar al viejo Cohen para hacerle saber las nuevas sobre el paradero de Ahmed y sobre mi encuentro con Yosi Rechter.

Me propuso encontrarnos en un café de la zona industrial de Talpiot, en Jerusalén. Sugirió que podría ayudarme.

Si Ahmed estaba en Pakistán, yo tenía que cambiar de dirección rápidamente.

Debía decidir rápidamente qué hacer con Mariana y con Judy. Unos minutos antes de hablar por teléfono con Daniel me había comprometido con Judy a volver al día siguiente. Ella me esperaría en el paso fronterizo. Estimé que no sería difícil cancelar mi regreso y explicarle que todavía no estaba en condiciones de regresar a la Franja.

Pero Mariana se había vuelto un escollo, ella cuestionaba mis sentimientos y quería descubrir la verdad, ya sabía que le escondía algo.

Llamé enseguida a Judy para sacarme un problema del camino, le argumenté que había recibido la noticia de que mi padre se encontraba en el hospital, por lo que tendría que quedarme en Israel por unas semanas. Le agradecí su hospitalidad y le expliqué que mi estadía en la Cruz Roja había sido una excelente lección para mí, pero que ahora necesitaba ocuparme de mi familia. Crucé mis dedos cuando mencioné al viejo, pero era la única forma de poder convencer a alguien en tan poco tiempo. Judy se sorprendió, creo que la rapidez de los sucesos la impactó, me deseó buena suerte y me agradeció por el trabajo que había hecho.

Luego llamé a Mariana pero no la encontré, había salido a una misión. Temí que Judy le trasmitiera las noticias mías a todo el grupo y que Mariana se enterara de esa manera; la fantasía y los sueños con aroma de mujer, se esfumarían si no lograba contactarme con ella antes. En el camino a Jerusalén, intenté repetidas veces comunicarme con ella, pero no lo logré. Por fin, cuando llegué a la estación central de Jerusalén, su voz angelical apareció del otro lado de la línea. Se oía apagada y triste. Temí que Judy ya le hubiera transmitido la noticia.

—Ya lo sabía, no volverás.

—Mariana, tú no entiendes. Tengo asuntos que cerrar aquí. Prometo ponerte al tanto de todo.

—Deja, ya está. No cumpliste y yo no estoy a tu disposición para cuando quieras tenerme. Es obvio que viniste como voluntario por otra razón que no es precisamente la de ayudar... o terminar un supuesto trabajo universitario. Quiero saber la verdad. ¿Te parece que pido demasiado?

—Mariana, tú no entiendes...

—Sí, entiendo... y no sabes cuánto.

El teléfono quedó mudo, como si lo hubieran destruido de un cimbronazo. Con rabia, lo arrojé al suelo. Justo en ese momento había perdido la señal y seguramente Mariana también. Intenté resignarme pensando que lo nuestro no tenía futuro, que desde el principio había sido así, especialmente cuando la relación había empezado con una mentira.

Un ventanal enorme, sellado con madera de bambú, resguardaba el café Sami. Casi todos los clientes del lugar eran trabajadores de las fábricas aledañas. Adentro, las paredes estaban cubiertas con posters de Beitar Jerusalén, el equipo de fútbol más popular de la ciudad sagrada. También había un fabuloso retrato pintado al óleo del cantante sefardí Zohar Argov, firmada con un "Anónimo".

El viejo Cohen estaba sentado en la última fila, a un paso del baño. Fumaba una pipa que no le había visto antes.

—¿Cuándo empezaste a fumar? —le pregunté.

—Un amigo me dio a probar su pipa hace dos semanas y me gustó. Estoy un poco nervioso últimamente y esto me ayuda a relajarme. ¿Te pido un café?

—Sí, un late fuerte con edulcorante. Ahora dime ¿en qué me puedes ayudar?

Moshe se rascó su barba que, por lo menos, llevaba dos semanas sin ver la afeitadora.

—Bueno, con respecto a Yosi Rechter, estamos en un problema. He averiguado un poco y su investigación está avanzada. Hasta pidió colaboración del Shabak. Así que, me parece, no podré ayudar con eso. Se complicó el tema.

—Yo me enteré que Ahmed está en Pakistán. —Fui directo al asunto que me interesaba.

—¿Es un dato verídico?

—Sí —le dije.

—Ya que conoces el paradero de Ahmed, te sugeriría viajar a Pakistán y tratar de ubicarlo.

—Viajar a Pakistán…. Pero ¿cómo podría entrar con pasaporte israelí? Además, es algo sumamente riesgoso. Creo que es un disparate.

—En esos trámites sí te puedo ayudar. Te voy a llevar con un conocido que te preparará un pasaporte extranjero.

—No… esto no da para más. Me cansé de toda esta intriga. Es demasiado. No puedo seguir. ¿Un pasaporte falso? ¡Estás completamente loco! ¿Y si me descubren?

En un instante en que miré hacia afuera, inesperadamente, me pareció distinguir a un personaje conocido que se paseaba frente al ventanal observando con insistencia hacia dentro. Traté de hacer memoria. Sabía que lo conocía pero no recordaba de dónde. Era bajo, calvo y llevaba gafas negras. Súbitamente lo reconocí, se parecía al mismo tipo que había visto en el almacén de Yafo cuando fui a entregar el dinero para Camel. Moshe notó mi distracción. Volví a mirar, pero ya no estaba. Una moto con dos personas a bordo, pasó como una ráfaga frente al ventanal, conduciendo por la acera. Uno de ellos se levantó y, sin quitarse el casco, lanzó un torbellino de balas. El estruendo me hizo caer de la silla y logré arrastrar al viejo Cohen conmigo. Cubrí mi cabeza para evitar los vidrios que llovían por todas partes. Esperé unos minutos mientras escuchaba los gritos y el tumulto de la gente. Levanté la cabeza lentamente y observé que Moshe permanecía con los ojos cerrados. Pensé que quizás alguna bala lo había alcanzado, pero no vi ninguna mancha de sangre. Su pulso era regular y respiraba normalmente. Estaba en estado de shock. Traté de hacerlo reaccionar mencionando su nombre y dándole cachetadas en la cara, procedimiento un tanto rudimentario pero que era el sugerido por los libros de medicina. Luego de unos minutos, volvió en sí, delirante, desconcertado.

Las ambulancias llegaron con una rapidez inusual. Pude distinguir cuerpos desparramados sin señales visibles de vida. Traté de ayudar a los que tenían heridas profundas, a los que se lamentaban, pero, en el momento en que me agachaba para asistir a un hombre gordo que tenía una herida en la mano y otra en el sector derecho de su pecho, Moshe me tomó del brazo y me llevó afuera de un tirón violento.

—¿Qué haces? —pregunté.

—Vámonos rápido.

—¿Por qué? —le pregunté sorprendido ya fuera del local, mientras giraba y miraba hacia adentro, donde algunos todavía luchaban por su vida.

—Esto no fue un atentado como otros.

—¿Cómo? ¡Si tiraron a matar …!

Moshe se mostraba demasiado seguro.

—Me parece que quisieron atentar contra tu vida.

—Mi vida....

Y de repente me volvió como un flash el hombre pelado, bajo y con gafas negras que había creído ver unos minutos antes de escuchar la metralla. Los hechos empezaban a esclarecerse. Moshe lo sabía. Alguien estaba buscando mi cabeza y yo no entendía la razón. Nos alejamos del lugar mientras el alboroto era total. La policía había cercado toda la zona, pero nos pudimos escapar por un camino angosto que no había sido bloqueado todavía. Tomamos un taxi hacia Ramot una pequeña localidad al este de la ciudad. Moshe dirigió al taxista en el camino a seguir. Por lo que yo recordaba, Cohen vivía en el barrio Armon Anatzib.

—¿Te mudaste? —le pregunté curioso.

—No, no vamos a mi casa. Por favor, mantente en silencio.

Lo miré asombrado. Moshe se mostraba como alguien que tenía responsabilidad en los hechos ocurridos y se notaba que sabía lo que hacía.

Cuando bajamos del taxi me dijo:

—Tienes que salir del país, como lo hablamos, y debes hacerlo lo antes posible.

—Salir del país...lo antes posible —repetí como un loro.

—Sí, te ayudaré a viajar a Pakistán.

—¿Cómo? —pensé que Moshe todavía estaba delirando después del atentado en el café.

—Un amigo mío te hará un pasaporte español. Viajarás con esa identidad. Vendrás conmigo ahora. —Moshe había hecho bien los deberes. Identidad española me caía como anillo al dedo. Yo conocía el idioma español, lo había hablado en mi casa desde niño.

Entramos en un edificio viejo de cuatro pisos que formaba parte de un condominio en el que todas las construcciones eran iguales. Subimos hasta el cuarto piso. La puerta de un departamento se abrió antes de que la golpeáramos. Nos esperaba un viejo de barba blanca y anteojos que le cubrían casi todo el rostro. Su abdomen abultado sobresalía de su camisa. Caminaba encorvado y muy lentamente.

—Pasen, pasen. Los estaba esperando. ¿Este es el muchacho, Moshe?

—Sí — contestó el viejo Cohen mientras se dirigía a la cocina.

Era evidente que conocía el lugar. Moshe volvió con una jarra de agua y nos sirvió a los dos. Su rostro estaba desencajado todavía. El ataque lo había perturbado de verdad. Mi estadía en Gaza, las imágenes terribles que allí había presenciado, me iban acostumbrado un poco más a ese tipo de desastres. De cualquier modo, el miedo me tenía atrapado, las manos me sudaban y todo mi cuerpo sentía los efectos de la ansiedad.

El viejo de barba blanca me tomó una foto con una cámara que tendría por lo menos veinte años. Se metió en un cuarto, que supuse era el famoso "cuarto oscuro", seguramente para revelarla. Tardó quince minutos, en los que Cohen y yo tratamos de relajarnos instalados en un sofá de doble cabecera. Hablamos del viaje. Moshe hizo una llamada y luego de veinte minutos teníamos el itinerario hecho: Tel Aviv-París-Islamabad-Peshawar, todo con Air France. El viejo de barba blanca apareció con un pasaporte español con mi foto y mi nueva identidad. Me llamaba Carlos Torres. Traté de asimilar el nombre. No pregunté el motivo de la elección. Aunque la cámara era antigua, la foto estaba perfecta, lo que mostraba la profesionalidad del autor del documento. Solo faltaba mi firma. Moshe me dijo que no tenía por qué preocuparme, la policía y el propio Mossad usaban los servicios de este viejo tan peculiar. Nunca había visto una falsificación tan perfecta de un pasaporte, el símbolo del gobierno español aparentaba ser completamente real.

Nos despedimos del viejo de barba blanca y salimos.

La próxima parada fue una agencia de viajes, un local diminuto ubicado en una calle sin salida que interceptaba Ben Yehuda, la avenida principal en el centro de Jerusalén. Por fuera no tenía aspecto de agencia de viajes. Adentro, definitivamente, tampoco. No había posters de sitios turísticos ni ninguna de esas imágenes con las que se suele ambientar este tipo de negocios. Cuando llegamos, una señora voluminosa nos atendió. Se presentó como la dueña del lugar. La mujer se metió dentro de una pequeña oficina y salió con los pasajes. Los observe, tenían mi nuevo nombre y la fecha del día, el vuelo salía en solamente unas horas. Moshe y ella se abrazaron y entendí que se trataba de una relación que tenía su tiempo. Moshe revisó los tickets y me preguntó si había traído mi chequera o mi tarjeta de crédito. Los tickets habían sido pagados por él, yo debería devolverle el dinero. Este era mi segundo gasto, pero todavía tenía los cinco mil *shekels* que había depositado en el banco. Si algo debía reconocer era la astucia y experiencia de Moshe. Conocía todas las estrategias y artimañas. Había pagado los tickets con su tarjeta para que mi nombre real no apareciera en ninguna lista en el país. Desde ese momento yo era Carlos Torres. En Francia permanecería un día. Allí me encontraría con un contacto que me proporcionaría los datos de una cuenta bancaria a mi nombre, una tarjeta de crédito francesa y además se haría cargo de una licencia de conducir del mismo país. También me orientaría un poco sobre mi ida a Pakistán. Cuando Moshe me informó sobre estos detalles, me di cuenta de que ese contacto sería sumamente importante para mí, ya que en Pakistán estaría librado a mi propia suerte, solo. Allí no tendría a quién recurrir.

Pedí a Moshe que me escribiera los datos de su cuenta bancaria para transferirle el dinero de los pasajes. Le envié un email a Rachel pidiéndole que me depositara veinte mil *shekels*, pues ya casi no me quedaba dinero y tenía que viajar.

Moshe me entregó un libro turístico sobre Pakistán y unas hojas impresas con información sobre Peshawar, que tenía algunas direcciones y el nombre de un hotel que él me recomendaba. Después, me abrazó y me saludó cálidamente.

—Conoces mi teléfono —me dijo—. Sabes que estoy a tu disposición.

En ese momento, recordó que debía entregarme las instrucciones escritas sobre mi contacto en París.

—Es muy importante —me aclaró refiriéndose a otra hoja impresa, mientras me la entregaba. La guardé con especial cuidado.

Entonces, me dejó partir. Me dio antes otro fuerte apretón de manos.

Todo ocurría a tal velocidad que hubiera querido detener la rueda de sucesos por algunos momentos y poder pensar en lo que hacía.

En el colectivo hacia Tel Aviv, escuché que la radio no paraba de comentar sobre el atentado en Jerusalén. El conductor la llevaba a todo volumen y era imposible no escuchar. El saldo de la tragedia que yo había vivido en carne propia, era de tres muertos y catorce heridos. Se discutían versiones de que el ataque podía haberse debido a un ajuste de cuentas de la mafia, ya que el café pertenecía a una de las familias que poseía el monopolio del traslado de drogas desde los territorios palestinos hacia Israel.

Pensé que quizás Moshe Cohen no estaba acertado al atribuir el atentado a mi presencia en el café. Quizás por alguna otra razón me quería sacar del país. Me pareció que Moshe le estaba dedicando a esta misión más de lo que sería normal dado el vínculo que el viejo mantenía, o pretendía tener, con Rachel Mizrachi. ¿Sería realmente el amor que sentía por esa mujer lo que le provocaba la locura de involucrarse de esta manera? ¿Acaso el amor causa esos impulsos?, yo no era quién para juzgarlo, después de lo que había pasado con Mariana.

El aeropuerto Ben Gurión estaba atestado de gente. Era frecuente encontrar la Terminal llena, a pesar de los índices de pobreza que mostraban las estadísticas del país. El reloj marcaba las 13:10 PM. Había llegado a tiempo, ya que el vuelo de Air France despegaba a las 14:55 PM. No había dormido demasiado la noche anterior, los sucesos del día me habían provocado insomnio.

Seguí las noticias sobre el atentado en Jerusalén. La policía había encontrado la motocicleta tirada al costado de la ruta que conecta Ramle y Lod. Todavía no se sabía el paradero de los terroristas. El ajuste de cuentas había quedado descartado, pues el dueño del café Sami apareció en todos los medios desechando esta versión, declarando que su familia ya hacía mucho tiempo que no estaba implicada con la droga.

Procedí con el *check-in* presentando mi nuevo pasaporte. Un escalofrío recorrió los huesos de mi cuerpo mientras la joven policía lo revisaba. Por fin terminó sellando una de sus hojas. Pensé en qué hubiera pasado si algún conocido se hubiera encontrado del otro lado del mostrador. Israel era un país chico, y eso podría haber ocurrido.

Recordé que necesitaba hacer dos cosas mientras esperaba: la transferencia electrónica a Moshe por el ticket que había pagado y llamar a mis viejos para saludarlos y avisarles que estaría afuera del país por un tiempo. Tenía una hora para inventar un motivo, otro más, ya me estaba acostumbrando a la inventiva.

El avión tocó suelo francés puntualmente, según estaba programado. Un día en París sería perfecto para relajarme y cargar baterías.

Durante el viaje me preparé para mi nueva identidad. Carlos Torres sería un ingeniero en sistemas informáticos. Me pareció una buena idea, ya que estos profesionales iban y venían sin cesar por el mundo. Necesitaba, además, un plan. Seguramente mi contacto me proporcionaría alguna idea. Pensé en que la historia de un español que viene de Israel, visita Francia y sigue camino a Pakistán, no era la más creíble. Sospeché que el control de seguridad en el aeropuerto no sería fácil. Sin embargo, la única pregunta que me formularon fue cuál era mi profesión y el nombre de la compañía para la que trabajaba. Mi pasaporte registraba el visado para ingresar a Pakistán, gentileza del viejo barba blanca. La estadía de un ciudadano español en Francia no requería visado. En cuanto a la empresa que me empleaba, inventé que era IBM que estaba desarrollando un proyecto de integración para el gobierno pakistaní. Afortunadamente, el control daba muestras de estar muy cerca de finalizar su turno, miraba constantemente hacia atrás como intentando ver si su reemplazo se acercaba. Sin muchos problemas, me selló el pasaporte y ya estuve libre en tierra gala.

Mi maletín, con mi laptop en su interior, y un bolso de mano constituían todo mi equipaje. Busqué un taxi que me llevara a la ciudad. El conductor parecía ser árabe. Me dirigí a él en español y luego un poco en inglés buscando la forma de que me comprendiera. Le pregunté si sabía de algún hotel tres estrellas y asintió con la cabeza. En el camino, trató de entablar una conversación sin mucha suerte, yo no estaba con ganas de charlar. Me hice el dormido. En el trayecto hasta el hotel, un coche renault 12 se puso a la par del taxi y continuó siguiéndonos todo el camino, a nuestro lado o detrás, según los movimientos del tránsito. Observé que dentro del coche viajaban dos hombres con los ojos cubiertos con gafas negras. Temí que mis perseguidores me hubieran localizado, ¿Sería solo mi paranoia? Sin embargo, el taxista también percibió que nos seguían y apretó el acelerador sin preguntar nada. Al llegar al centro de la ciudad, los perdimos. Cuando me dejó en el Hotel Holiday Inn, el conductor me preguntó si estaba en problemas y le respondí que no, que yo no conocía a nadie en París. Le pagué y agregué una propina considerable. Cuando ingresé al hotel para registrarme, me informaron que no tenían ninguna habitación disponible, y me sugirieron que fuera a una pensión de dos estrellas que se localizaba del otro lado de la calle.

"La Jaque" era un edificio que parecía que caería en pedazos en cualquier momento. Su fachada seguramente había tenido tiempos mejores, pero en ese momento, el cartel con el logo "L J" colgaba ya a punto de desplomarse sobre algún peatón. A pesar del aspecto poco acogedor, entré. Una matrona gorda, despeinada y malhumorada me atendió con cierto desprecio. Con pocas palabras, me asignó un cuarto que estaba limpio y que tenía vista a la calle.

Tan pronto me instalé en él, hice un rápido reconocimiento de sus instalaciones: una cama de doble plaza, un televisor chico, una pequeña mesa y un baño de la época de mi abuela. En la pared principal se veía una pintura barata de una naturaleza muerta, e, infaltable en ambientes como ese, una cruz con Jesús crucificado pendía del muro, arriba de la cabecera de la cama. En el primer cajón de la mesita de luz encontré una Biblia. Perfecto, pensé, la necesitaría.

Cuando me dirigía al baño, escuché la puerta sonar. Me volví pero no vi a nadie. Miré por la mirilla, y nada se veía afuera. Intenté relajarme y pensar que había escuchado mal, que tal vez era un sonido propio de la pensión o de otro cuarto. De pronto, alguien tocó la puerta. Miré otra vez por la mirilla antes de abrir. Una empleada de limpieza estaba allí. Tenía toallas en su mano. Le abrí. Era una joven morruda, de amplias caderas y un busto extra voluptuoso. Por un momento, mi atención se distrajo ante esa figura. El botón de arriba de su delantal estaba abierto, como pidiendo libertad para sus pechos. Mis ojos se adhirieron como un imán a su cuerpo. Me gustaba, no solo por la exuberancia de su figura sino además porque cuando sonrió, afloró una apariencia diferente, viva, plena y hasta linda. Era el tipo de mujer que yo catalogaba de perfecta. Me entregó las toallas y me preguntó si necesitaba algo más. Le agradecí y le respondí que por ahora estaba todo bien.

Confieso que en esos momentos pasaron por mi cabeza distintas ideas vinculadas a esa mujer… Me sorprendí cuando me entregó un papel en el que había escrito su número de teléfono. Agregó que si quería conocer París, ella podría guiarme. Agradecí por segunda vez prometiendo pensarlo. En ese momento, ante todo necesitaba descansar.

Cuando volví al baño para depositar allí las toallas, me di cuenta de que otro set de toallas yacía ya sobre la bañadera.

—Se habrá equivocado —murmuré.

Y pensé que quizás tuviera otras intenciones. Si eran los propósitos que me estaba imaginando, me dejaría muy contento y satisfecho. Pero al mismo tiempo sentía que debía desconfiar de todo en este momento de mi vida. Incidentes como ese, de una mujer hermosa trayendo toallas que no eran necesarias, casi nunca ocurrían. Aunque también podía ser que esa "atención especial" de una mujer bonita que deja su número de teléfono a un huésped, fuera el negocio paralelo de aquel hotel. Se me ocurrió que después de los sucesos que me habían ocurrido la última semana, este podía incorporarse fácilmente a la cadena de desgracias. Me arrojé en la cama y, aparentemente, me dormí por un rato. Cuando desperté, lo primero que hice fue mirar el reloj. Marcaba las nueve de la noche. Había dormido una hora y media.

En la mesita de luz me esperaba y me tentaba el papelito con el teléfono de Silvia, la supuesta empleada de limpieza que había golpeado mi puerta. Recordé que, antes que nada, debía llamar al contacto que Moshe me había proporcionado, cuyo nombre era Amnon. Eso hice, pero nadie contestó. Ni siquiera había contestadora electrónica donde dejar un recado. Volví a mirar el papel en la mesita de luz. Mi instinto masculino venció, levanté la bocina y llamé. Silvia no mostró ningún asombro al escuchar mi voz en la línea. Ni siquiera nos habíamos presentado, pensé, y así y todo me ahorró el rollo de explicarle que era el muchacho del hotel al que ella había llevado toallas y ofrecido mostrarle París. Simplemente me dijo:

—Te paso a buscar a las diez, espérame en la recepción del hotel.

Intenté nuevamente comunicarme con Amnon, pero tampoco esta vez respondió, hecho que me resultaba extraño ya que Moshe me había dicho que él estaba al tanto de mi arribo y de mis necesidades.

Como habíamos acordado, a las diez llegó Silvia a la recepción. Vestía una falda negra, que no dejaba muchos detalles librados a la imaginación, y un pulóver de cuello alto, muy ceñido al cuerpo. Así vestida, sus pechos perfectos se destacaban. Completaban su atuendo unas medias de red negras que terminaban en tacones del mismo color. Su maquillaje era tenue, adecuado para el momento. Con solo mirarla, terminé de convencerme de que había sido un acierto aceptar su invitación. Pronto me di cuenta de que Silvia lo facilitaba todo. Lo más duro de toda primera cita es romper el hielo, eliminar la distancia y encontrar un tema de conversación. Con ella fue muy sencillo. Salimos a la calle después de saludarnos, y, sin mencionar nuestros nombres se me prendió del brazo y comenzamos a caminar como viejos conocidos. Reconocí que ni el inglés, que era el lenguaje con el que nos comunicábamos, ni el francés parecían ser su idioma de origen. Me contó que era rusa y que vivía en Francia hacía cinco años. Trabajaba en la pensión y estudiaba arte. Vivía en las afueras de París. Para quitarme la duda, le pregunté si ofrecía a menudo este servicio de guía turística a los transeúntes del hotel. No tomó a mal ni consideró ofensiva la pregunta, pues esbozó una sonrisa en su rostro.

—No —respondió —simplemente te vi en la recepción cuando llegaste, me gustaste y, como puedes ver, no soy nada tímida... No tengo mucho tiempo para las buenas compañías... y para el juego de la seducción... así que aquí me tienes.

—¿Adónde me llevarás? —atiné a preguntar.

—A San Celishe. Hay una buena zona de bares y pubs por ahí. Aparte, ese lugar me pone muy bien. Supongo que tú, como todos los turistas, querrás ver la Torre Eiffel.

—Dispuesto estoy —dije al tiempo que sonreía.

Me gustaban sus planes, su compañía, todo.

Comimos y bebimos bastante, tal vez un poco más de lo conveniente. Recorrimos el centro de la ciudad. La noche estaba fría, pero París lucía de gala, como siempre, con sus luces y su Torre fabulosa. Subimos hasta el último piso y desde allí contemplamos la ciudad mientras disfrutábamos de un buen vino Chardonnay. La ocasión y el alcohol nos provocaron el impulso de besarnos y de abrazarnos apasionadamente. Y así lo hicimos en ese mundo de altura.

Excitado, y al notar que Silvia también lo estaba, la invité a pasar la noche conmigo en el hotel. Sin dudarlo, aceptó la propuesta. A esas alturas estaba completamente ebria y yo también lo estaba. No habíamos hablado mucho, más que nada disfrutamos de momentos de silencio y de algunas bromas. El buen humor era un rasgo destacado de mi personalidad; yo sabía que si un hombre lograba que una mujer riera, no importaba lo feo que fuera, la seduciría. Como no me consideraba demasiado atractivo, por las dudas, puse el humor en juego.

Esa noche viví las mejores experiencias sexuales de mi vida. Silvia era una experta en caricias y en movimientos. Desde el principio tomó la iniciativa y propuso, e impuso, posiciones y tiempos. Las lenguas se volvieron extensiones de las manos, no nos quedó centímetro de piel sin reconocernos mutuamente. Sus senos erguidos nunca dejaron de mostrar el placer que sentía cuando mis labios los apretaban, sus nalgas redondas se movían, abrían y cerraban hasta volverme loco. Recuerdo como si fuera hoy esa noche de lujuria total, en la que ambos nos ensamblamos de tal modo que el goce fue ininterrumpido y duró lo que la noche entera, en la que existieron breves instantes de relax luego de cada clímax.

Agotados nos dormimos. Lo próximo que recuerdo es abrir mis ojos y ver a Silvia abalanzándose sobre mí con un cuchillo de apariencia filosa. Pude evitar la primera embestida, que rasgó el aire y rozó apenas mi cuello. Comencé a gritarle:

—¿Qué haces? ¿Estás loca?

Y a pesar de mis gritos el segundo ataque llegó. El cuchillo alcanzó mi pierna derecha, y me tiré de la cama. Estaba por lanzarse sobre mí por tercera vez cuando, para mi sorpresa, dos hombres armados con pistolas irrumpieron en la habitación rompiendo la puerta a golpes. Dispararon sobre Silvia a quemarropa. Los silenciadores evitaron que se escuchara el típico impacto de los tiros, pero vi en ella por lo menos cuatro orificios, producto de las descargas de los proyectiles. Silvia se desplomó sobre la cama. Su pecho, antes provocador de amor y excitación, se había convertido en una piltrafa llena de sangre. Su carne se había despedazado.

—Ponte algo, nos vamos rápido —me dijeron los hombres en hebreo.

Calcé mis pantalones y tomé mi bolso. Bajamos por la escalera a toda velocidad y salimos por la puerta trasera, evitando la recepción. Me metieron en un fiat blanco y me ordenaron bajar la cabeza, escondiéndome, al mismo tiempo que enfundaban sus pistolas. El auto volaba por las calles angostas del centro de la ciudad. Luego tomamos una de las autopistas rumbo a las afueras de París. Nadie hablaba. Yo estaba demasiado convulsionado como para decir algo. En algún lugar del camino, uno de los hombres me ofreció agua y me sugirió que me calmara, asegurando que en ese momento estaba seguro.

—¿Quiénes son ustedes? —pregunté.

—Somos agentes del Mossad, tus contactos en París.

—¿Mis contactos en París? —empezaban a aclararse las cosas. Moshe o Daniel, o los dos juntos, me habían arreglado este encuentro con la gente del Mossad. Todavía no entendía cuál de los dos había organizado esto ni el motivo, pero tenía bien claro que me habían salvado la vida.

—Cuando lleguemos a nuestro alojamiento hablaremos. Trata de relajarte. Tenemos una hora de viaje por delante —dijo el que se hallaba al volante, un joven de melena rubia y de ojos celestes. El otro, que parecía más introvertido, tenía apariencia mediterránea y asumí que seguramente tenía menos edad que el conductor. Era bajo y de piel oscura. Llevaba su pelo bien rapado, al estilo del ejército, y sus músculos sobresalían de la remera verde con que se vestía. Los dos usaban lentes negros cuando entraron a la habitación del hotel, pero ahora se hallaban sin las gafas, a cara descubierta.

Sin darme cuenta, miré hacia abajo y vi un charco de sangre que provenía de mi pierna. Parecía que el tajo que había recibido era profundo y se localizaba un poco más abajo del muslo. El hombre más joven me tendió un pañuelo al tiempo que decía:

—Sé que estudias medicina, así que sabrás lo que hacer.

Extendí el pañuelo, me saqué la remera y le pedí al hombre que me estirara la pierna lo más posible. Rápidamente, formé un torniquete sobre la herida y lo apreté bien fuerte hasta morderme la lengua para soportar el dolor. Aunque la hemorragia empezó a detenerse, yo bien sabía que no podía estar sin atención médica y sin medicación, pues corría riesgo de infección. No tenía ni idea de cuánta sangre había perdido ya.

—¿Cuánto falta para llegar al lugar al que vamos? —pregunté al conductor.

—Casi media hora —contestó molesto.

—Necesito que te detengas en alguna farmacia para comprar gasas y alcohol.

—¿Es urgente? ¿No se puede esperar? —preguntó.

—No —respondí—. Si no atiendo bien esta herida se me puede generar una gangrena. También necesito aguja e hilo de sutura.

—Yo soy Yoni y mi compañero es Ben —sorpresivamente se presentó —Conocemos tu nombre de memoria... Ahórrate las palabras.

Dicho esto, Yoni hizo un giro brusco de volante y sacó el auto de la autopista. Nos metimos en un suburbio en las afueras de París. No pude ver el nombre en el cartel de la entrada. Luego de cinco minutos localizamos una farmacia. Yoni bajó y trajo gasa, vendas y alcohol, como le había pedido.

—Está bien, la sutura puede esperar —respondí.

Desaté el torniquete, apliqué el alcohol con la gaza y envolví con las vendas limpias. Cuando el alcohol mojó la carne herida, el dolor fue tal que mi cuerpo sufrió un espasmo. Sentí un sudor frío en mi frente y sentía que pronto me iba a desvanecer. ¡Qué diferente era estar en el rol del paciente! Luego fue todo silencio.

Cuando llegamos a Marsella yo estaba dormido. Yoni me palmeó el brazo y me avisó que habíamos llegado a destino. Nos estacionamos frente a un portón verde que parecía el de ingreso a una bodega. Dimos la vuelta al sitio y entramos por una puerta trasera. Yo apenas podía caminar. Me apoyaba en el hombro de Ben. Caminaba arrastrando la pierna derecha. Las vendas estaban saturadas de sangre, necesita urgentemente suturar la herida, si no, podría morir desangrado.

Cuando entramos, me di cuenta de que estábamos en una bodega. No había paredes ni otras puertas, todo estaba abierto. No había espacios definidos, como cocina o dormitorios, solo el mobiliario marcaba un poco las secciones. No sé si era una estructura moderna o si se debía a escasez de recursos. La equipaban dos sofás, un televisor colgado, dos camas, una heladera, un microondas, una cortina oscura que ocultaba el baño. Las paredes habían sido pintadas de diferentes tonalidades.

No hice preguntas. Solo solicité la aguja y el hilo que había pedido.

—Tengo una aguja, pero no hay hilo —me dijo con displicencia Ben.

—¿Cómo que no tienes hilo? ¿Qué puedo hacer con una aguja si no hay hilo? ¿No entiendes que es imprescindible que suture la herida ahora? Ben hizo un movimiento con sus hombros como indicando que no le importaba mucho lo que yo estaba diciendo.

Me moví un poco por el lugar y vi una sábana gastada sobre una de las camas. Comencé a deshilacharla hasta poder extraer un hilo.

—Necesito fuego —le dije a Yoni.

—¿Fuego? ¿Para qué?

—Tengo que esterilizar la aguja.

Mientras Yoni me traía un mechero, yo pasaba el hilo, que era relativamente grueso, por el ojo de la aguja. Estaba un poco mareado por la pérdida de sangre, pero al fin logré enhebrarla. Expuse la aguja al fuego del mechero para esterilizarla. Luego, le pedí a Ben que me sostuviera la pierna y a Yoni que hiciera lo mismo con mi cuerpo. Necesitaba una mordaza, así que Ben me trajo un trapo que metí en mi boca y sostuve con fuerza entre mis dientes. Quité la venda de la pierna. La sangre empezó a fluir a borbotones. Pedí el alcohol y volqué un chorro sobre la herida. Sentía que me iba a desmayar, pero saqué fuerzas no sé de dónde y clavé la aguja en el punto superior de la herida. Empecé a dar puntada tras puntada, hasta terminar de cerrar el tajo. Nuevamente vertí alcohol y cubrí la zona con una venda. Sentí que Yoni oprimía mi pecho y luego nada más. Me había desplomado nuevamente.

Cuando reaccioné, Yoni me dijo que había dormido tres horas. Miré la herida, la venda estaba casi limpia, respiré profundamente sintiendo algún alivio.

Ben me dijo que teníamos que hablar.

—Yo no entiendo lo que pasa aquí —le dije mostrando mi asombro tras lo sucedido.

—Leonel, nosotros somos del Mossad. Te hemos salvado la vida. Por si no te diste cuenta, esa mujer fue contratada para matarte. Si no llegábamos a tiempo te hubiera degollado. Tuviste suerte de que estuviéramos siguiéndote. Pero eso no es todo: antes de su cita contigo en la noche, esa misma mujer había asesinado a un hombre en el cuarto de su hotel. Sabemos que era israelí y que vivía aquí, en París.

—Cuál era su nombre? —pregunté curioso.

—Era un tal Amnon.

—Amnon... pero... ese era mi contacto aquí en París.

—Ya ves... —dijo Ben.

—Yo no entiendo nada. El Mossad me salva la vida a mí pero no a Amnon. ¿Es que no somos todos iguales? —le pregunté irónicamente.

—No. Tú eres lo suficientemente inteligente para saber que el Mossad tiene mejores cosas que hacer que andar rescatando a cualquier israelí que desea salir del país. Nosotros queremos lo mismo que tú y nos podemos ayudar. Nuestro hombre es Ahmed Asad y sabemos que también tú lo buscas. Nos enteramos que tienes pasajes para Pakistán y que vas tras sus huellas. No nos interesan tus motivos, pero queremos que nos ayudes y que trabajes para nosotros en este caso.

—¿Y qué pasa si no acepto?

—Mira, Leonel —me dijo Ben mucho más serio—. No vamos a amenazarte ni nada por el estilo, pero sabes bien que con nuestra ayuda podrás llegar más lejos en menos tiempo. Nos ayudaremos mutuamente. Te facilitaremos información, soporte y tecnología. Piensa, además, que servirás así a tu país.

Verdaderamente eso es lo último que se me pasaba por la cabeza, servir al país. Por otra parte entendí lo que me decía Ben. Era obvio que estaba en un callejón sin salida. El Mossad sabía que yo quería encontrar a Ahmed y no me permitirían estorbarles en su propia búsqueda. Así que, sin haber pasado los exámenes de inteligencia, ya era parte del glorioso Mossad, hecho que no me disgustaba del todo. La única duda que me torturaba era por qué el Mossad necesitaba de mí para acercarse a alguien, cosa que hacían ellos mismos frecuentemente. Seguramente existía otra razón que yo desconocía y que estaba empezando a preocuparme.

Aún seguía pensando en quién querría borrarme del mapa. La seguidilla de sucesos acaecidos ya no era parte de un "tal vez". Todo lo ocurrido iba tejiéndose patéticamente. En vista de los acontecimientos de los últimos tiempos, el Mossad era mi opción más conveniente, ya que a estas alturas del partido, no me podía bajar, decepcionaría a mis potenciales asesinos, que igualmente me buscarían para matarme, también a Moshe Cohen y en especial a Rachel Mizrachi.

—¿Cuál es el plan? —pregunté.

Yoni tomó la voz de mando en la conversación.

—Al llegar a Peshawar te encontrarás con uno de nuestros katsa.

Él te proveerá de todo lo que necesites: vivienda, comida, ropa y demás. Cualquier arreglo que requieras, él te lo facilitará. También tiene algunas pistas no del todo firmes, pero pistas al fin.

—¿El contacto es israelí?

—No. Es un refugiado afgano al que ayudamos a escapar con su familia del régimen talibán. A cambio nos proporcionó la información de que Ahmed Asad está en Pakistán. Ahora ya trabaja para nosotros.

—¿Y se puede confiar en él? —pregunté con cierto recelo.

—No tenemos otra opción más que confiar. El hombre está muy agradecido porque lo rescatamos del pogrom talibán justo cuando iba a ser ejecutado en el estadio central, frente a los ojos de su familia.

De pronto pensé que me encontraba en manos de un afgano cuyo cometido para conmigo era realmente nulo. Estaba echado a mi suerte. Igualmente pensé que el Mossad sabía lo que hacía.

—Te colocaremos un GPS en la piel. Es un nuevo desarrollo "made in Mossad" que el mundo no conoce todavía. Así sabremos dónde estás en cada momento, conoceremos permanentemente tu ubicación, cosa que te beneficiará también a ti. Si algo anduviera mal, si te encontraras en peligro, siempre sabremos dónde encontrarte —Yoni explicaba detalladamente las precauciones ideadas—. Contiene un pequeño dispositivo de audio que nos transmitirá en vivo tus conversaciones y todo lo que pase a tu alrededor. También te proporcionaremos un artefacto que conectará este dispositivo a internet. —Dicho esto sacó una llave de su bolsillo y me la entregó. Agregó que debía mantenerla siempre conmigo.

La llave operaba en internet en la frecuencia de cualquier país. Era otra innovación del departamento de tecnología del Mossad. No me explicó demasiado, solo que esa llave contenía un dispositivo Bluetooth que se conectaba automáticamente al artefacto metido en mi cuerpo y que tenía un alcance de hasta veinte metros.

—La llave es solo una alternativa, ya que el dispositivo que insertaremos en tu cuerpo tiene conexión directa.

Y siguió diciendo:

—Hoy, antes de tu viaje, te lo colocaremos. No te hagas problema, no es doloroso y no te molestará. Ben y yo ya lo tenemos desde hace más de un año.

Supuse que las investigaciones del Mossad habrían tomado en cuenta las consecuencias de insertar un elemento artificial en el cuerpo humano. No sabía de qué estaba hecho el artefacto para poder estimar cuán peligroso podía ser. La vigilancia constante a la que me vería expuesto me parecía conveniente pues podría salvarme otra vez la vida, pero existía la desventaja de que, de ahora en adelante, tendría a alguien junto a mí, como una sombra constante, como un hermano mayor que me seguiría adonde fuera, pegado a mí. Cada cosa que hiciera o dijera podría ser una prueba, a favor o en contra, pero prueba al fin.

Como me habían anunciado, tres horas antes de partir hacia Pakistán, Yoni sacó no sé de dónde una especie de pistola que tenía una aguja gruesa en un extremo.

—¡¡Eyyy!! —le grité —. Espera un poco. Quiero saber más sobre este artefacto. Me gusta saber qué entra y sale de mi cuerpo, y si es reversible, es decir, si luego puedo sacarlo. Sabes que yo estudio medicina...

Yoni me miró asombrado. Bajó la pistola, como quien busca la paz.

—Leonel, este es un dispositivo que pertenece a la familia de la nanotecnología. "Nano" significa mil millonésima parte de metro; es la escala en la que se mueven algunas moléculas y virus. En esta tecnología se emplea como elemento principal el carbono. Este pequeño módulo contiene nano partículas magnéticas de óxido de hierro que ha sido preparado con un recubrimiento especial. En Estados Unidos se usa esta tecnología para detectar enfermedades, tales como el cáncer, por ejemplo. En nuestro caso, insertamos un chip especial que realiza la conexión satelital y permite la audición.

Bajé la cabeza como signo de respuesta afirmativa. Había leído un poco sobre la nanotecnología aplicada a la medicina, pero no conocía nada de los detalles tecnológicos.

Ben me desinfectó el brazo, Yoni bajó la pistola con la aguja que, al verla tan cerca, parecía más enorme todavía, y me la aplicó rápidamente. Pensé que con eso terminaba, pero no fue así. Cogió otra pistola con la que me provocó como un efecto cicatrizante en la piel y que no me dejó rastro alguno. El procedimiento fue doloroso; empecé a sentir como un calor dentro de mi cuerpo que circulaba por mis venas. Yoni me dijo que era normal. Sugirió que me acostara y tuviera paciencia, ya que pronto el efecto pasaría. Y así fue. Luego de apenas cinco minutos, volví a sentirme normal. Probamos el dispositivo. Era realmente extraordinario. Ben, con un monitor portátil que recibía señal inalámbrica, captaba mis pasos por la casa y los localizaba en un pequeño mapa en el que se movía el símbolo de mi figura. Me pidió que hablara, para testear el sonido. Lo hice y, cuando dije las primeras palabras, estas se hicieron eco en los audífonos del monitor. Estaba impactado. Esto era tecnología muy superior y yo la tenía en mi cuerpo en vivo. Yoni y Ben se mostraron satisfechos por el funcionamiento del GPS. Nos subimos al automóvil y me llevaron al aeropuerto.

En el camino, Yoni me explicó que ellos se comunicarían conmigo, que yo no intentara contactarlos. Me dio una gorra verde y una pulsera del mismo color por las que sería reconocido por mi anfitrión en Peshawar. Me dejaron a cinco minutos del aeropuerto y me indicaron que tomara un taxi para recorrer el resto de la ruta.

No hubo despedidas especiales, solo una señal tibia con la mano.

Tenía idea de que en los cursos del Mossad se trabajaba mucho con los agentes en los temas de confianza y de afecto, para que se habituaran a eliminar los sentimientos y a actuar con cabeza fría, una especie de "crudeza sentimental".

En el Boeing 747 de Air France examiné la gorra y la pulsera verdes. El color me recordó las banderas enarboladas del Hammas con las que había estado involucrado hacía apenas unas semanas en Gaza. Me cuestioné si debería ponérmela o no. ¿Acaso el Mossad tenía algo entre manos? ¿Era esta una simple identificación o el símbolo de algo más? Era inútil tratar de no agregar dudas al torbellino de incertidumbres, quería evitar aturdirme pensando en una simple gorra y en una pulsera. Tantas cosas habían sucedido que mis niveles de estrés comenzaban a preocuparme. Traté de detenerme a tiempo y revisar con calma y sin alarmismos lo ocurrido: mi estadía en Gaza, Mariana, los gases en mi casa, la metralla en el café de Talpiot, la noche lujuriosa con Silvia en ese simple hotel en París, el cuchillo en sus manos y el Mossad irrumpiendo para salvarme y emplearme a la vez. Era demasiado. Estaba agotado. Saqué la caja de pastillas y me subí a mi Air Xanax[19] rosado.

---

19 Xanax: droga de color rosado que sirve para dormir.

19

AHMED
Peshawar - Pakistán
10-17 de octubre, 2011

El 10 de octubre entramos en la Cruz Roja por una puerta trasera a la que me había llevado Asher. En ese momento no había vigilancia, y el lugar parecía descampado. La Cruz Roja ocupaba un edificio en construcción, una de esas obras que fueron iniciadas pero nunca finalizadas, por lo que alguien decidió darle una pintada de cara y unos ajustes sin mucho detalle para considerarla terminada. En el exterior del edificio todavía quedaban carteles que anunciaban "PELIGRO. CONSTRUCCIÓN".

Existían muchos edificios en esa condición en Peshawar. La ciudad sentía el rigor del Talibán.

Después de recorrer un pasillo sombrío, llegué a un espacio abierto, un patio. Allí la vi, Mariana estaba sentada en un banquillo, debajo de una fuente que no mostraba signos de haber distribuido agua en los últimos tiempos. Se había sacado el *shador* y su melena rubia relucía con los rayos del sol. Su belleza impactaba a la luz del día. A su lado descansaban otros compañeros almorzando al aire libre. Mariana me devolvió la mirada, y nuestros ojos permanecieron juntos por un rato que pareció una eternidad, como si fuéramos viejos conocidos. Si los ojos pudieran hablar y actuar, los nuestros se ensamblarían en un beso, pensé. Cuando desperté de ese momento de éxtasis, escuché una voz que preguntaba:

—¿Estás buscando a alguien? ¿Necesitas algo?

La voz provenía de un hombre vestido de blanco que parecía un enfermero o médico. Su bigote espeso revelaba su procedencia pakistaní.

—Tengo que hablar con Mariana Asirán.

—¿Qué quieres de ella?

—Tengo que pasarle un importante recado.

El hombre de blanco frunció su bigote con expresión de pocos amigos y me señaló a Mariana, sentada a unos metros de nosotros. Ella se levantó y se acercó a mí, mientras caminaba acomodaba su *shador* y cubría otra vez sus cabellos. Nos miramos un rato más, hasta que ella interrumpió.

—¿Quién eres?

Usó un árabe fluido. Su voz estaba teñida de una relativa suavidad. De su piel emanaba un aroma que me recordaba a mi niñez, uno de esos olores que uno nunca olvida. Cuando estuvimos más cerca, reconocí el aroma y lo asocié con los verdes eucaliptos que crecían en los valles de Jerusalén occidental. ¿Qué decir?, pensé, no había tiempo para titubear.

—Yo sé que tú no me conoces, pero te vi y me pareció que podíamos ser amigos... como no tengo muchos amigos por aquí...— Y me mordí la lengua de tanto nervio acumulado ante la osadía que había mostrado. Nunca había sido muy escrupuloso o retraído, solía relacionarme con la gente con facilidad, pero en esos momentos una sensación extraña estrujaba mi estómago y no me permitía pensar.

—Yo soy Mariana. ¿Cuál es tu nombre?

—Ahmed —le dije casi sin pensar si sería conveniente esconder mi nombre original. Cuando lo hice, ya era tarde.

Mariana comenzó a extender su mano como forma de saludo, gesto muy común en el mundo occidental, pero se arrepintió y, al mismo tiempo que regresaba su mano a su lugar, se alejó uno o dos pasos de mí, seguramente al recordar que nos estaban observando.

—Tú no eres de aquí. —Las palabras fueron dichas con un tono entre pregunta y aserción.

—No. ¿Cómo lo sabes? Por lo que veo, tú tampoco —dije esto, aunque yo obviamente conocía su origen.

—Yo soy oriunda de de Dinamarca; soy enfermera voluntaria aquí. Mi padre era palestino y mi madre es danesa. Nací y crecí en Dinamarca, pero mi padre siempre me hablaba en árabe, como dejándome sus raíces, y así lo fui aprendiendo.

Mariana sonrió mientras pronunciaba sus últimas palabras. Si hubiera imitado a las películas árabes de los viernes por la tarde en el canal nacional israelí, habría dicho entonces que estaba enamorado; en esas películas el joven osado que venía del campo se encontraba con la bella mujer de la ciudad y se enamoraba a primera vista. Intenté volver a la realidad mientras examinaba mucho más sus actitudes que su semblante. No había tenido experiencia con mujeres, en realidad nunca había estado con una, pero en Mariana todo me parecía fino y delicado, tan fino y delicado que tuve miedo de mirarla excesivamente, como si mis ojos puestos en ella pudieran rasgar esa delicada flor.

En la semana siguiente nos vimos todos los días después de mi trabajo. El lugar donde nos hallábamos estaba lejos de la Cruz Roja, pero algunas veces conducido por Asher en el coche, y otras caminando, llegaba hasta la Cruz Roja.

Entre Mariana y yo se estableció una conexión especial, como si hubiéramos desarrollado un lenguaje que nos acercaba. Yo le conté que también era palestino, pero le escondí mi verdadero trabajo y mi involucramiento con el Hammas, más que nada por seguridad, ya que nuestra labor debía mantenerse en secreto absoluto. Le conté que trabajaba en un proyecto para una compañía internacional que instalaba nuevos sistemas de informática para el gobierno. Ella no estaba convencida de que aquella fuera la verdad, ya que le escondía donde vivía.

Un día fuimos a un parque situado muy cerca de la Mezquita Central. No nos importaba nada, tomados de la mano corríamos como niños. Yo había perdido la noción del tiempo y hasta me había desprendido un poco de mi identidad, de mi situación. Abstraídos por la alegría del momento, nos escondimos detrás de una loma y nos acurrucamos muy juntos bajo las ramas de un álamo enorme. El viento soplaba impaciente y movía las copas de aquel árbol frondoso.

En un momento, moví lentamente el *shador* de Mariana y sellé sus labios con un beso. Nos abrazamos, apretándonos, y nos envolvimos como integrando un solo cuerpo. Cuando reaccionamos, había llegado la noche. Solo la luna nos iluminaba. Por momentos, temíamos que alguien nos descubriera, hecho que a mí me costaría muy caro ya que nos habían prohibido vincularnos con la población local. Con pesar, regresamos por el mismo camino por el que habíamos llegado, colmados de deseos prohibidos, de esos que ocupan el cuerpo y fecundan amores.

Mantuvimos nuestra versión de enamorados a escondidas. Uno de esos días le pedí a Asher si me podía conseguir un lugar seguro para poder estar a solas con Mariana, sin temer que nos descubrieran. Al día siguiente, lo tenía resuelto, nos condujo a una casa de chapa a media hora de la ciudad y me dijo que disponía solamente de una hora. Nunca me sentí tan agradecido. Mariana me halagó con sus caricias, tocar su piel suave y blanca como la leche, fue un placer que nunca había sentido. Tenía miedo de hacerle daño con mis manos ásperas, le besé todo el cuerpo, desde sus pechos pequeños hasta su vientre erguido, nos entrelazamos y nos convertimos en un solo ser, la penetré mientras temblaba, mucho más que aquella vez que tuve una bomba molotov en mis manos. Hicimos una y otra vez el amor, hasta que Asher golpeó la puerta, para retornarnos a la ciudad. Presentía que todo podría acabarse en los próximos días si alguien comenzaba a sospechar, pero cuando estaba junto a ella, todos esos temores desaparecían.

Cuando me encontraba con Mariana, reiteradamente ella mostraba curiosidad por saber lo que hacía, y mis simples mentiras ya no daban abasto.

—Yo sé que no me cuentas la verdad —me dijo—. Si estuvieras trabajando para el gobierno, no esconderías el lugar en el que vives.

—El proyecto incluye seguridad de sistemas, no te puedo decir donde vivimos porque el gobierno nos tiene prohibido revelar cualquier información.

—Si quieres estar conmigo me tendrás que decir la verdad —me dijo.

Unos días después, se empezó a utilizar la segunda versión del sitio web, cuyo antecedente había sido mi diseño, la primera versión. Cuando estuvo terminado y fue publicado, la organización manifestó su orgullo y agradecimiento por el trabajo realizado. Yo había comenzado a trabajar junto a Reza en un proyecto especial que no tenía nombre todavía y que se encontraba en fase de absoluto secreto. Reza me pidió diseñar un virus troyano simple, que se completaría con un programa que él mismo había creado. No pregunté qué tipo de programa era ese. Precisamente, los troyanos están diseñados para permitir a un individuo el acceso remoto a un sistema. Reza sabía que yo no tenía experiencia con troyanos, así que me proporcionó un libro muy completo, de más de doscientas hojas.

—Léelo. Tienes tiempo hasta la semana que viene —me dijo con su tono tranquilo y su voz aguda y apacible.

Cuando vi el libro me quería morir, no tenía cabeza ni ganas de enfrascarme en tantas páginas de analogía informática. Yo estaba volando en otro mundo, un mundo que me gustaba, que me atrapaba. En esa semana pensé mucho en las vueltas de mi vida, en los cambios que había experimentado, y me di cuenta de que nunca me había detenido a reflexionar acerca de lo que realmente quería hacer. Me agradaba la idea de la computación como fuente de trabajo, pero quizás no me seducía tanto volverme un guerrillero informático. Mariana había cambiado algo en mí casi sin querer, solamente con su dulzura y su naturaleza especial. Tenía miedo de perderla para siempre por no contarle la verdad, y estaba elaborando la idea de confesarle todo.

Luego de unos días de estudio y trabajo intenso, ya estaba por empezar a testear mi programa de espionaje troyano. Reza me llamó a una habitación alejada de las demás. No era su escritorio. Noté que se hallaba más serio de lo habitual. Nos sentamos; Reza frunció el ceño mientras jugueteaba con un lápiz.

—Tengo que enviarte nuevamente a la Franja de Gaza.

—¿Y eso por qué? —pregunté asombrado, aunque presentía cuál era la razón.

—Sabemos que te estás viendo con una mujer, y eso es sumamente peligroso para nosotros, ya que una imprudencia tuya puede hacer que nos descubran y desmantelen en un abrir y cerrar de ojos. Recuerda que estamos en terreno ajeno y que nuestra infraestructura es extremadamente valiosa para la organización. Demás está decirte que este proyecto en el que estamos trabajando es especialmente importante y no podemos arriesgar el futuro de nuestra misión informática. Por tanto, continuarás trabajando con nosotros desde la Franja de Gaza.

—Pero… —no alcancé a decir nada más. Reza me entregó un pasaje de vuelo de Air Egipto que partía a las tres de la tarde de ese mismo día con destino a Islamabad, desde ahí volaría a El Cairo. Allí tendría un contacto que se ocuparía de los trámites para pasar por Rafah hacia la Franja de Gaza. Aquel diecisiete de octubre nunca me lo iba a olvidar, el golpe de perder la confianza de Reza y separarme de Mariana en un solo día, me recordarían esa fecha hasta el fin de mis días.

Estaba impactado. Sentí una puntada en el pecho. Había desaprovechado mi ocasión.... ¿ocasión de qué?, me pregunté. Acaso de ser libre y feliz. Miré el reloj, las agujas apresuradas marcaban las doce y media en el mediodía. Reza me informó que los bolsos con mis pertenencias, incluida mi ropa, me esperaban abajo, en el coche. El trabajo había sido hecho a la perfección y sin consultarme nada. Además, me asignaron un agente de seguridad que me acompañaría hasta mi partida.

—Asher te espera abajo, él te llevará al aeropuerto. Por favor, vete sin saludar; no quiero crear revoluciones. Estas disposiciones vienen de arriba, tengo indicaciones exactas. Ahmed, yo te aprecio, comprendo que eres un hombre y en parte te entiendo; pero la realidad es ingrata y muy compleja, y muchas veces cuesta comprenderla. Ya te contactaré.

Luego de decir esto, Reza abandonó la habitación. Yo tampoco atiné a abrir la boca para emitir una palabra. Sentí que le había costado mucho comunicarme esas malas noticias, se leía en su rostro, pero ante todo, él sabía que tenía un deber y lo cumpliría. Empecé a pensar en quién pudo haberme delatado. Asher era el único involucrado, el único que sabía mi secreto. Me arrepentí de la confianza que había depositado en él, me sentía estúpidamente ingenuo.

Abajo, Asher me esperaba con el motor de la camioneta encendido. Revisé el baúl para asegurarme de que mi equipaje estaba en el auto. Me senté y nos miramos detenidamente. Asher se mostraba acongojado y eso que no era frecuente que mostrara sus sentimientos. Se lo veía pálido, como a alguien que le ha caído una bolsa de cemento en la espalda.

—Ahmed, yo no te delaté, te lo juro por mi madre. —Asher volvió su cabeza hacia el camino y puso primera.

Yo le creí. No había misterios ni dobles sentidos en esa cara fruncida. Era como un papel transparente, por lo que sus palabras casi estuvieron demás.

—Te creo, Asher, no te hagas problemas.

—Ahmed, estuviste vigilado desde hace una semana y media. Sospecharon de ti porque no regresabas siempre a la misma hora a la casa y presentabas excusas diferentes y poco creíbles. Yo ya te había advertido que tarde o temprano te descubrirían. Menos mal que tuviste suerte, se ve que te aprecian; además al parecer eres muy bueno en lo que haces, yo asumo que te consideran imprescindible. Sabrás que unos meses antes de tu llegada, ocurrió algo similar con un joven iraní, pero a él lo acribillaron. Yo lo sé porque con estas manos cavé la fosa para sepultar su cuerpo. El problema del iraní no fue de novias, a él le gustaba salir por las noches y consumir drogas...

Vaya aliciente. Fui perdonado de la muerte a la que había sido sentenciado por el simple flagelo de amar a una mujer. La opresión que tenía en mi pecho no era ocasionada por la oportunidad perdida, sino por tener que alejarme de Mariana sin siquiera decirle lo que acontecía. Pensé encargarle a Asher que le explicara lo sucedido, pero luego anulé esta idea y escribí rápidamente una carta para que Asher se la diera en sus propias manos. De este modo, no tendría que usar palabras que quizás lo confundirían todo. En la carta le explicaba que me habían llamado de urgencia a Gaza por razones familiares, que mi madre enferma me pedía que volviera a su lado.

En nuestras conversaciones yo le había contado una parte de mi vida, cosa que nunca había hecho antes a nadie. Le había hablado de mi familia que vivía en Palestina, de mi padre que había muerto hacía diez años de cáncer de pulmón provocado por el cigarrillo y por el polvo de la construcción, ya que el viejo había trabajado en una máquina excavadora durante más de treinta años. Le conté también que mi madre siempre había vivido a la sombra de su esposo y que había sido feliz así. La describí como una mujer muy fuerte que cuidó de su familia a la que había dado todo lo que tenía, hasta el extremo que, en tiempos de crisis, cuando se cerraban los territorios y no había mucho para comer, ella no comía para darnos todo lo que podía a nosotros. Siempre había cedido su lugar a mi papá, y cuando él estaba en la casa, ella permanecía casi ausente, sin hacer notar su presencia, como un fantasma que cocinaba, planchaba y se ocupaba de sus hijos. Esa era su vida y no se quejaba.

También le confesé que no recordaba que mi padre me transmitiera nada; siempre se la pasaba trabajando y era poco comunicativo. Sin embargo, mamá siempre tuvo ese temple para mantenernos juntos y unidos, especialmente después del deceso de papá. Nos crió a los cinco, cuatro mujeres y yo, que era el segundo en la saga de hermanos. Mi hermana mayor se casó con un joven jordano y vivía en Jordania. Las otras tres, más pequeñas, todavía vivían en la casa familiar. Mamá sufrió mucho cuando, después de nacer su hija menor, le extirparon los ovarios por un tumor. Así, de un tirón, perdió la fertilidad y se sintió menos que las demás mujeres. Solo había tenido cinco hijos, mientras que todas sus parientas y amigas tenían por lo menos entre seis y siete hijos. Nunca volvió a ser la misma, su semblante cambió, aunque su devoción por nosotros siguió siendo igual. No quise ser un peso para ella, tenía demasiado con mis hermanas y con su sufrimiento que la disturbaba, así que muy tempranamente aprendí a criarme solo. Después de la muerte de mi padre, mamá se mudó por un tiempo a Jordania con una tía, y se llevó a mis hermanas con ella. Le confesé a Mariana que en ese momento perdí un poco el contacto con mi madre, pero de repente un día decidió volver a su casa, a la misma casa que había dejado, en la que habíamos crecido, en la que yacían una montaña de recuerdos. Entonces, comenzó a escribirme, a buscarme. Sorpresivamente, toda la distancia entre nosotros desapareció. Ella quería saber de mí, nos mantuvimos en contacto permanente y ya no nos alejamos nunca más.

Desde que me había unido al Hammas y recibía un salario, le mandaba la mitad a ella, aunque nunca me lo pidió. Recuerdo que en nuestras conversaciones nocturnas, también había contado a Mariana sobre Rafaq, el que fue como mi padre y tutor en la época más crítica de mi vida. Estos relatos de mi existencia que en momentos de tranquilidad le había confiado, inspiraron la excusa que escribí en mi carta antes de mi partida.

En medio de esos pensamientos, vi que Asher estacionaba la camioneta. Descendió y bajó las valijas. En su cara se notaba el pesar de un amigo que se despide para siempre de otro. Le palmeé la espalda y sentí que él había sido la persona más discreta y sensata que había conocido en esa etapa de mi vida, un verdadero amigo. Y esto era recíproco, lo demostró cuando me apretujó en un abrazo muy poco usual entre musulmanes. Además, me dijo:

—Aunque no lo creas, eres mi único amigo... —. Rápidamente se dio vuelta, se subió a la camioneta y la puso en marcha.

Pensé en este afgano que había pasado tanto para salvar a los suyos, lo difícil que debió haber sido para él sentir afecto por una persona y, luego de que lo había logrado, perder a esa persona. Quizás se sentía culpable por haberme ayudado a conocer a Mariana, quién sabe, yo ya no lo sabría.

El aeropuerto de Peshawar estaba repleto. Los parlantes anunciaban el arribo de un vuelo local proveniente de Islamabad. Mi avión partía dentro de una hora y cuarto. Revisé mi pasaje. Tenía tiempo, que dediqué a observar el flujo de gente que llegaba, casi todos comerciantes o vendedores ambulantes cargados con bolsas y valijas repletas de mercaderías, como si hubieran descendido de un autobús.

Sin saber por qué, detuve mi mirada en un joven menudo, de alta estatura, que llevaba cabellos cortos, iba casi rapado. Lo que me llamó la atención fue que su pierna derecha exhibía una venda enorme que le ocupaba desde el muslo hasta debajo de la rodilla. Cubría su cabeza con una gorra verde y llevaba una pulsera del mismo color, que me recordaron los colores del Hammas. Desde que lo vi, me pareció diferente a los otros transeúntes, aunque no logré explicarme muy bien por qué. Llevaba solo un maletín y un bolso, ni valija ni bolsa changuera, como casi todos los transeúntes. Pensé que el aburrimiento me hacía imaginar cosas mirando a alguien a quien nunca había visto, pero no dejé de pensar que aquella persona tenía como un aire conocido, todo un enigma que no se me ocurrió analizar.

20

LEONEL
Pakistán - Peshawar
17 de octubre, 2011

El aeropuerto de Peshawar es un recinto arcaico y demasiado chico, aunque sus pistas sirven a la aeronáutica doméstica e internacional. La ciudad funciona como puente directo hacia Afganistán y otros sitios geográficos de la región.

Nunca sufrí tanto en un vuelo. El avión se había convertido en un colectivo, el equipaje desbordaba la nave, las bolsas y valijas ocupaban los lugares más inverisímiles de la cabina, desde que lo abordamos en Islamabad, el avión se mecía como un saco de papas, sin haber despegado aún. Vendedores y traficantes de mercancías compraban por uno en Islamabad y vendían por dos en Peshawar. La mayor parte de la gente a bordo del avión, traía bolsas llenas de cajillas de cigarrillos, bebidas alcohólicas y demás productos de fácil reventa. Seguramente el control de aduanas estaba "arreglado", ya que a nadie se le retiraba nada de lo que traía. Me pregunté si la corrupción había llegado también al mundo islámico. Me impresionó el peso con que la gente había subido al avión, y eso que no pensé en lo que habría en las bodegas de equipaje. Temí por un momento que la máquina no pudiera despegar por el sobrepeso, pero, después de una carrera veloz por la pista y de algunos rezongos del motor, el avión levantó vuelo normalmente.

Ya en el aire, los comerciantes empezaron a desfilar por los corredores de la nave como si estuvieran en las calles de la ciudad, algunos hasta aprovechaban la ocasión para vender su mercadería a bordo. La pierna todavía me molestaba y en el vuelo París-Islamabad cambié las vendas más que nada por precaución. Con mi pasaporte español, logré pasar inadvertido el control en Islamabad.

En medio de la "tropa" que descendía del avión, me puse la gorra y la pulsera según lo convenido. Mi contacto me detectaría por estas dos prendas verdes. Como llevaba nada más que un bolso de mano y mi maletín, no tuve que esperar equipaje. Al pasar junto a la banda rodante cargada de valijas, pensé que estos aviones eran más que generosos y permisivos, como lo eran los mismos agentes de seguridad.

Me quedé parado en un costado y esperé. Nadie se me acercaba. El reloj indicaba que ya habían transcurrido quince minutos desde mi arribo. Me preocupaba que no tenía ningún nombre a quién acudir ni dirección a la que dirigirme en caso de que mi contacto me fallara. Empecé a inquietarme, así que salí del aeropuerto para ver si mi anfitrión me localizaba. Un clima sofocante me atrapó, un calor húmedo que podría evaporar a cualquiera, excepto a los habitantes del lugar, que ya estaban habituados a él. Me acordé del *hamsin*[20] israelí, aunque este clima era un poco más seco e intenso. Me metí de vuelta en la Terminal que estaba refrigerada y decidí esperar otros quince minutos. Un vuelo de Golf Air anunciaba su partida hacia El Cairo vía Islamabad cuando alguien me tocó el hombro. Me di vuelta y ante mí se encontraba un hombre de baja estatura, pelo negro rizado y un gran lunar púrpura en su cuello. Me ofreció su mano en forma de saludo y me dijo:

—Soy Alí, tu contacto. Vamos, rápido.

Hablaba un inglés difícil de entender, pero se las rebuscaba para asegurarse de que yo le comprendiera. Quiso llevar mi bolso, cosa que agradecí, y nos subimos en un subaru viejo, de los años ochenta, cuyo aire acondicionado, si lo tenía, no funcionaba. Nos abrimos paso en medio del tráfico hacia el centro de la ciudad con las ventanillas abiertas, de modo que llegué al Hotel Rose, situado a un costado del mercado central, sudado y nauseabundo. El hotel era una combinación de cuatro y cinco estrellas estilo Pakistán, que estaba muy alejado de los estándares del mundo occidental. Los pisos se veían bastante sucios, y el polvo abun-

---

20 Hamsin: es un fenómeno climático causado por los vientos secos del desierto que llegan desde el Sahara a través de Egipto.

daba en los muebles que parecían pertenecer a otra época. No sabía por qué Alí había escogido ese hotel; durante el camino vi otros pertenecientes a cadenas internacionales, tales como el Holiday Inn, por ejemplo. Pedí a Alí que me dejara un tiempo para refrescarme y descansar, quizás hasta dormiría una pequeña siesta.

El Hotel Rose era un edificio de cinco pisos que estaba cerca de todo, del centro distaba unas cinco cuadras y el mercado funcionaba casi sobre sus puertas. Después comprendí que ese punto era una de las intersecciones más populares y bulliciosas de Peshawar. Su estructura edilicia había sido remodelada y pintada de blanco y sus ventanales le daban un aspecto muy peculiar. Abarcaba toda una esquina. En la cúspide, se lucía un cartel rojo con el símbolo del hotel, sus iniciales.

El personal se mostraba muy atento con los huéspedes. Inmediatamente me encontré con Mr. Prince, que me explicó sin que se lo pidiera, cuáles eran los lugares más interesantes de Peshawar. Se le escuchaba tan excitado cuando hablaba sobre la ciudad, que, aun sin haberla visto, me parecía conocerla. Era de esas personas apasionadas por lo que hacen, que se dedican a su tarea con placer. Como no paraba de hablar, decidí explicarle que necesitaba descansar y que más tarde lo contactaría.

Lo mejor de llegar por fin a mi habitación fue gozar del aire acondicionado, aunque el aparato daba zancadas y tosía, como amenazando dejarme sin lo más básico en un lugar como este, el aire fresco. Abrí el mini bar, en el que no encontré bebidas alcohólicas ya que el Islam no las permitía. Un gran letrero sobre la heladera advertía sobre este hecho. La Pepsi que saqué estaba en estado natural, como si la heladera no estuviera encendida. Perfecto, pensé, esto faltaba para completar. Me bañé y me tiré en la cama, pero no pude conciliar el sueño por el ruido de la calle que, en plena hora laboral, era terrible.

Alí me estaba esperando en la recepción. Mr. Prince trató nuevamente de persuadirme con las historias de sus paseos por la ciudad. Parecía que estaba en la recepción al acecho de alguna presa. Alí le dijo algo en árabe, y se alejó sin chistar. Otra vez subimos al subaru que fumaba como un escuerzo, el caño de escape parecía agujereado dado el ruido que producía. El calor saturaba; las moscas, majaderas, no nos dejaban ni un segundo. Con las ventanillas abiertas, el calor y las moscas, el viaje era una pesadilla.

Pregunté a Alí adónde nos dirigíamos y me dijo:

—Te quiero mostrar el lugar en el que vi a Ahmed por última vez.

Alí era muy hábil al volante, lo que se volvía esencial transitando por calles tan angostas en las que los vendedores ambulantes, bicicletas y transeúntes iban a la par de los coches. Lo más impactante del sitio que recorríamos fue ver a los niños mendigando por todas partes y a las mujeres con burkas caminando como espectros, como fantasmas o seres de otro mundo, niños y mujeres, en su mayoría afganos, afectados por el hambre y la miseria.

Alí me prometió que en cuanto tuviéramos tiempo libre, me llevaría a los campos de refugiados afganos, que se localizaban casi sobre la frontera. También mencionó que los talibanes se estaban haciendo más fuertes en Peshawar, hasta el punto de que ya tenían sus oficinas gubernamentales en el centro; desde esas oficinas expedían los visados para visitar Afganistán.

—Son crueles —me dijo Alí—. He visto personas que han sufrido su brutalidad y que hoy viven a la sombra de sus miedos. Es terrible lo que está pasando del otro lado de la frontera, y lo peor es que el gobierno pakistaní está inerte, como resignado a lo que pasa y no hace nada. Se siente inmovilizado, ya no sabe qué hacer, cómo proceder. Pienso que los americanos les han sugerido quedarse quietos, sin hacer nada, para no involucrarse en el conflicto.

Mientras hablaba, Alí le agregaba más que sentido a sus palabras. Cuando mencionó a los talibanes y su salvajismo con las mujeres, se le enrojecieron los ojos de los que pronto brotaron lágrimas. Después me contó que su esposa era una refugiada afgana que sufrió la vejación y la irracionalidad de ese grupo, impactos de los que, seguramente, nunca se recuperaría y él jamás perdonaría.

Debo admitir que el viaje fue emotivo. Cuando Alí detuvo el coche, vi que le estaba costando volver en sí. Le palmeé el hombro demostrándole mi afecto y mi compasión.

—Ves —me dijo señalando la Cruz Roja—, allí lo vi en los últimos tiempos. Venía a visitar a una chica de melena rubia. Por la forma en que llevaba su *shador*, estoy casi seguro de que ella no era pakistaní ni musulmana. Además, en estas tierras, es muy raro ver mujeres rubias. Mira a tu alrededor a ver si ves a alguien rubio —me dijo.

Me quedé congelado mirando el símbolo rojo. ¡Qué jugarreta del destino! La Cruz Roja otra vez aparecía en escena. Ahmed con una joven voluntaria… me sonaba conocida esa historia.

Alí me ofreció regresarme al hotel, pero le dije que me quedaría en el lugar. El mercado estaba cerca, así que aprovecharía para visitarlo. No planeamos nada, pero él prometió contactarme.

Yo no tenía ninguna estrategia para el momento en que encontrara a Ahmed. ¿Qué haría? ¿Qué le diría si llegara a tenerlo frente a frente? ¿Cómo lo convencería para que viniera conmigo? ¿Cómo establecería el contacto con Rachel? ¿Qué papel jugaría el Mossad? ¿Se me habrían adelantado?

Muchas preguntas y ninguna respuesta. Pero, como todavía Ahmed no se había cruzado en persona en mi vida, tenía tiempo para especular. Llegué a pensar que quizás esta vez la verdad fuera la mejor estrategia. La historia de los dos jóvenes cambiados al nacer, seguramente le interesaría pues despertaría en él el interés para buscar sus verdaderas raíces, su origen. Como yo no podría explicarle los detalles, pues argumentaría que no los conocía, le explicaría que lo tenía que llevar con Rachel Mizrachi a Jerusalén, pues ella le daría los pormenores y las pruebas de lo acontecido.

Indudablemente, el hecho de que Ahmed fuera miembro de un grupo terrorista no ayudaba a ninguna hipótesis y, agregado a esto, mi identidad israelí disminuía las posibilidades a cero. Pensé otra vez en el otro joven, en el que siendo palestino se convirtió en judío por la irracionalidad o el error de una enfermera. ¿O había sido todo preparado? ¿Dónde estaría ese joven? ¿Por qué Rachel Mizrachi quería encontrar a Ahmed primero y no al otro? Me di cuenta de que poco me había dicho del otro muchacho, quizás ella ya sabía mucho de él y no quiso involucrarme. Pero todas eran especulaciones, ideas difíciles de corroborar. No había tenido ni tiempo de despejar mis dudas desde aquel día en el hospital, lo tenía demasiado presente en mi cabeza, aunque ahora necesitaba actuar. Abrumarme con esta idea no me ayudaba ahora. Estaba tan adentro de todo, y decidí dejar un poco esto de lado, aunque se me hacía cada vez más difícil.

Eran las cinco en punto de la tarde y el sol continuaba allí como un huevo amarillo en el aire. El cielo estaba gris, pero la estrella mantenía su figura y seguía hostigando a la vieja ciudad.

La Cruz Roja estaba instalada en un recinto viejo en proceso de remodelación, aunque daba la impresión de que los trabajos se habían suspendido hacía rato. Un portón, una puerta al costado y una cruz eso era todo lo que se veía desde la calle. ¿Por quién preguntaría? Como datos, yo solo tenía un nombre, Ahmed, y el color del cabello de la joven que parecía no ser musulmana, de la que me había hablado Alí. Me quedé afuera observando por un rato mientras intentaba generar alguna idea. Los vagabundos iban y venían, un enjambre de mendigos se arremolinaba enfrente de mí en busca de una moneda. Me dije que no podía permanecer mucho tiempo allí. Mi aspecto de turista no era el apropiado para recorrer estas calles, así que preferí moverme y me encaminé hacia el shuk, el mercado local. Como me lo esperaba, el mercado estaba atestado de gente que dificultaba el paso. Era diferente de los mercados israelíes, ya que en este se podía comprar de todo: cabras, perros, artículos electrónicos, computadoras, comestibles; todo estaba allí al alcance de la mano. Los refugiados afganos vendían lo que podían, pero hubo un grupo que me llamó especialmente la atención: se especializaban en jaulas para pájaros. La más pequeña costaba veinticinco rupias, las grandes, sesenta. Los niños ayudaban a fabricarlas.

Una jaula chica consumía medio día de labor, para armar una grande trabajaban toda la jornada. Todos estaban ocupados en la tarea, no había lugar para el haragán. Hasta me pareció reconocer gente que viajó en el mismo avión que yo, que vendía cigarrillos y otras mercancías prohibidas.

De repente, el tumulto se abrió y quedó dividido en dos, como si dejaran paso para una topadora. Tres individuos caminaban por el espacio abierto, vestidos con túnicas blancas y turbantes del mismo color en la cabeza.

Los tres se asemejaban mucho, como si fueran hermanos. Sus bigotes espesos parecían calcados. La gente atemorizada les abría paso. Los tres llevaban, además, palos a modo de bastones. A su paso, los refugiados afganos recogían sus cosas y huían aterrorizados. Aunque no entendía muy bien lo que acontecía, yo me refugié en una tienda de deportes que vendía ropa de marcas internacionales. Al entrar le pregunté al comerciante, que también se veía nervioso, qué pasaba.

—Talibanes —me contestó en un extraño inglés.

Agitado me contó que ellos trataban de imponer su poderío en la ciudad. Cobraban rentas en los puestos del mercado, aunque ninguno les pertenecía, y participaban como testaferros en otras ocasiones, recibiendo coimas y todo tipo de beneficios.

—Mira hacia allí —me dijo mientras apuntaba a un policía pakistaní—. Ellos se hacen los ciegos cuando los talibanes están en los alrededores. Se dice que hasta ellos reciben dinero para ignorar su presencia. Estos bastardos también contribuyen señalando nuevos comercios. Los talibanes echan a patadas a los que no pagan y les cierran el negocio.

Las escenas descriptas no me eran del todo desconocidas. Recordé un documental que registraba el modo en que los talibanes trataban a la población afgana, pero no tenía ni idea de que se habían expandido tanto y mucho menos de que ya empezaban a controlar el territorio pakistaní, aunque Peshawar era una ciudad considerada "tierra de nadie", algo así como un puente entre dos sectores de un territorio dividido, donde se confrontaban mundos sumamente diferentes a ambos lados de una simple frontera.

Volví a la Cruz Roja después de una hora con una estrategia en mente.

Golpeé la puerta y un hombre menudo, con mentón alargado, me atendió. Tenía facciones occidentales. Su piel completamente blanca mostraba un lunar debajo de la boca.

Inmediatamente se dio cuenta de que yo no era lugareño y cambió su expresión volviéndola amigable, hasta esbozó una sonrisa.

—¿Qué se te ofrece?

—Buenas. Soy español, curso el cuarto año de la carrera de medicina y estoy haciendo un trabajo sobre enfermedades corrientes en Medio Oriente. Pensé que aquí me podrían ayudar. Quizás, es posible que hable con algún médico o enfermera con experiencia en estos asuntos. Creo que la gente de la Cruz Roja es la que tiene más conocimiento del tema.

—Efectivamente, tenemos práctica en esos y otros asuntos de la salud humana —me dijo.

Me contó que la población local los tenía completamente atareados, pues, especialmente los mendigos, se enfermaban constantemente, aunque había algunos que abusaban para robar.

—Yo también soy estudiante de medicina —agregó—. Mi nombre es Henrich, soy alemán. Acabo de terminar el quinto año de la Facultad y permaneceré aquí por un mes. Yo te podré ayudar, pasa y te haré conocer al personal.

Recorrimos un largo corredor que terminaba en un patio de buenas dimensiones. Una fuente vetusta se ubicaba en el centro. De repente, desde lejos la vi, inconfundible, con su melena rubia oscura. Un temblor recorrió mi cuerpo. Su *shador* la complementaba. Estaba radiante. Su piel transparente y sus labios rojos consumieron por un rato mis pensamientos. Dudé si sería ella. Si lo era, ¿qué hacía aquí? Estaba completamente confundido

Mientras me dirigía a su lado, vi que estaba atendiendo a un niño que tenía una lesión en su mano. Cuando estuve más cerca, noté que el pequeño aguantaba el dolor mordiéndose los labios; tenía quemaduras. Mi fugaz observación vaticinaba que eran de primer grado. Mientras ella, situada de espaldas a mí, le untaba una pomada, un tal Juan Hidalgo, médico español, se adelantó y se presentó a mí muy cortésmente.

—Me han dicho que eres de mis tierras, chaval. ¿De dónde vienes?

Estaba a punto de responder, cuando Mariana se dio vuelta hacia mí. Tenía un tarro de vaselina en sus manos. Al verme, el pote se le cayó al piso. Se llevó la mano a la boca en señal de sorpresa.

—¿Qué haces aquí? ¿De qué parte de España eres oriundo? —insistió Hidalgo —. Yo soy valenciano.

Lo último que necesitaba en estos momentos era a este gallego metiche, interponiéndose entre Mariana y yo. Estaba tan estupefacto como ella. ¿Qué estaba haciendo aquí? Hacía apenas unos días compartíamos una noche de lujuria en Gaza…

—Ey, chaval, soy madrileño. Con tu permiso, tengo que hablar con la señorita —dije al médico con cara de pocos amigos, haciéndole entender que su presencia estaba de más. Captó mi mensaje y se fue. Cuando se marchaba le escuché decir que no tenía acento madrileño.

—¿Qué haces tú aquí? —pregunté a Mariana.

—Más bien… qué haces tú aquí —Mariana puso énfasis en ese "tú"—. Por lo menos me debes una respuesta, una simple explicación…. —continuó con cara de pocos amigos.

Lo primero que se me vino a la cabeza fue que venía por ella, qué más podría decir; el amor lo podía todo. No había otra excusa mejor y quedaba perfecta para la situación.

Al verla sentí que todo lo que había sentido, y continuaba sintiendo, era amor, amor real. Allí se hallaba mi princesa rubia, con sus cabellos lacios y su carita angelical. Quería tocarla, besarla, hacerla mía, pero eso sería una imprudencia, un paso en falso. Su mirada no mostraba ninguna señal de amor, para nada era la de una chica que vuelve a ver a su novio después de unas semanas. Por el contrario, su rostro evidenciaba rabia, enojo. Mariana estaba demasiado sorprendida, quizás la ira del momento le impedía manifestar otra cosa que desazón y enojo. Al escuchar mi historia, no la creyó, bajó su cabeza y suspiró. Cuando vio que Juan Hidalgo se acercaba por segunda vez para intervenir en la conversación, ella me dijo que este no era el mejor lugar para explicaciones.

Salimos a la calle, yo le prometí al valenciano que regresaríamos en diez minutos. Mariana cubrió su cabeza con el *shador*, hecho que me pareció natural y extraño a la vez, pues en Gaza no lo usaba. Imaginé que su cabeza cubierta, más que una acción de respeto hacia el Islam, era una manera de encubrir sus verdaderos sentimientos.

—Ya lo sé todo, Judy me lo contó todo; eres israelí, me mentiste desde el primer momento. ¿Por qué lo hiciste?

Era el baldazo de agua fría que faltaba. Ya no tenía excusas, Judy me había desenmascarado. Mejor dicho, había expuesto la verdad.

—Mira, Mariana, yo soy un estudiante de medicina, israelí, que realmente vine a trabajar en un proyecto universitario con la Cruz Roja, no te lo conté porque pensé que si alguien descubría mi identidad israelí, correría riesgo. Me sentí preocupado y con miedo. Fue entonces que Judy me propuso una nueva identidad. Como fui presentado con ella a todo el grupo, mantuve esa historia contigo también. Cuando nuestra relación se volvió más... cercana, pensé confesarte la verdad. Entonces, me llamaron con urgencia de Israel y tuve que dejar todo y partir.

En ese momento, ella quitó el *shador* de su cabeza. Estaba molesta, con una expresión iracunda que se reflejaba en sus mejillas blancas, enrojecidas ahora.

—Leonel, sé que hay algo más...¿qué me estás ocultando? Realmente no sé quién eres...

—¿Y tú qué haces aquí? —pregunté.

—Unos días después de tu partida, pedí un traslado, me había cansado de todo, de Gaza, del peligro constante... Quería despejarme. Pensé que me tomaría tiempo encontrar algún otro lugar, pero luego de dos días, Judy me entregó la carta de traslado, fue un milagro.

De pronto aparecieron por detrás los tres talibanes del episodio ocurrido momentos antes en el mercado, los reconocí bien. Venían con dos policías pakistaníes. De un tirón, gritando algo en árabe que no pude entender, empezaron a arrastrar a Mariana. Uno de ellos inmediatamente le cubrió la cabeza con el *shador*, mientras el otro la tiraba de las manos. Ahí comprendí que había violado la norma de la vestimenta femenina en la calle, reglas del mundo Talibán... aunque estábamos en Pakistán. Cuando quise detenerlos, uno de los hombres me pegó un golpe seco en la espalda con un objeto que no pude distinguir. El impacto me hizo tropezar y caer al piso. Volví a gritar en inglés "¡stop!" y recibí otro golpe esta vez del machete de un policía, aquel impacto me dejó tendido. Desde el piso, pude ver el remolino, la multitud y a Mariana conducida a un coche blanco que no tenía ningún símbolo policial.

Comencé a sentir un sudor frío y la cabeza más pesada de lo habitual. El segundo golpe, que me habían asestado a la altura de la nuca, me desbarató. Me di cuenta de que estaba por perder el conocimiento y, después, ya no sentí nada más.

***

Desperté en la habitación del hotel. Alí estaba allí, frente a mí, lo reconocí borrosamente. La cabeza todavía me dolía y todo me daba vueltas. Alí había sido llamado de urgencia por el Mossad que había detectado parte de los eventos por el chip GPS insertado en mi piel, del que me había olvidado antes y que, quizás, ahora me había salvado la vida. Acaso ser una computadora humana no era tan malo.

Alí me contó que me recogió en la calle cuando una multitud trataba de ayudarme.

—Te revisaron en la Cruz Roja y está todo bien. Tienes una contusión en el cuello que aparentemente te hizo perder la conciencia por un rato. Hay un tal Juan Hidalgo, uno de los médicos que te atendió, que quiere hablar contigo. Yo no lo dejé entrar. Está en la recepción esperando.

Sentía como una bolsa de rocas en mi cabeza. Tenía un cuello plástico colocado que no me dejaba articular bien los movimientos. Lentamente estaba volviendo, recordando los últimos instantes, hasta el último golpe, y el nombre "Juan Hidalgo" vino a mi cabeza. ¿Para qué querría verme el español de la Cruz Roja? Alí me explicó también que mientras otros doctores y enfermeras querían llevarme a observación al hospital, Juan dijo que no era nada, que en el hotel yo estaría más cómodo y que él mismo se haría cargo de volver a revisarme. Yo no tenía ganas de verlo, y menos ahora que estaba tan confundido. Le dije a Alí que le explicara que no me sentía bien, que no podía recibirlo ahora. Alí bajó y, después de cinco minutos, golpearon la puerta y esta se abrió. Allí se hallaba frente a mí el mismo Juan Hidalgo. Alí venía detrás de él diciéndome que no había podido detenerlo.

—Le doy mil gracias por su ayuda, doctor Hidalgo; le agradezco mucho lo que hizo por mí, pero ahora prefiero descansar y estar solo —dije esto en un intento de evadirlo.

—Leonel, tengo que hablar contigo a la brevedad. Es realmente urgente. — Su cara era de preocupación.

Yo no entendía cuál era el apuro, pero igualmente decidí escucharlo, ya que veía que no había forma de quitármelo de encima.

—Bueno, pues...dígame qué es eso tan importante que no puede esperar.

—Mi verdadero nombre es Gerard Loung, soy americano, trabajo para la CIA, el servicio de inteligencia de los Estados Unidos. Soy experto en informática y seguridad. Hemos recibido un informe de muy buena fuente que indica que el Hammas está planeando un ataque informático a los servicios de inteligencia israelíes y, como consecuencia, yo estoy aquí para obtener información. La CIA y el Mossad están trabajando juntos en esto. Sé que eres un agente del Mossad.

Las revelaciones que había escuchado me hicieron olvidar por un momento los tambores que sacudían mi cabeza. Juan, o Gerard, habló de corrido sin pensar ni detenerse; parecía que iba leyendo tal como hacen en televisión. Recordé que la primera vez que lo vi en la Cruz Roja había hablado usando muy bien el castellano con acento español. Ahora su revelación la hizo en inglés, pulido y con matiz americano.

Era un hombre alto. No parecía americano del norte, especialmente por su aspecto físico, su piel morena, sus cejas tupidas y unidas en el nacimiento de la nariz. Al observar su apariencia, pensé en cuánto de verosímil habría en la historia. Al mismo tiempo me pregunté por qué Ben y Yoni no me alertaron sobre mi supuesto *partenaire*[21] americano.

—¿De dónde tienes la identidad española? ¿Por qué elegiste la Cruz Roja? —le pregunté intentando obtener más datos que validaran su relato.

—He estudiado toda mi vida el español. Mi madre era española y mi padre americano. Siempre hablé español con mi madre en la casa, y luego lo perfeccioné en la Universidad. He desempeñado unas cuantas misiones en Sudamérica. En cuanto a la Cruz Roja, fue una idea de la CIA, ya que tenemos un contacto aquí adentro. Además, empecé mis estudios en medicina, que interrumpí cuando cursaba el cuarto año y decidí moverme al área informática. Todo eso contribuyó a que se me asignara esta misión. Mira, yo sé que en el mundo en el que nos movemos es difícil creerle a cualquiera, pero te puedo asegurar que estoy de tu lado. Sé que vienes de Francia, que estudias medicina y que estuviste como yo de "voluntario" en la Cruz Roja en la Franja de Gaza. Conozco también que vives en Tel Aviv, más exactamente en la calle Mapu, y que tus ancestros son argentinos. Solo es una pequeña síntesis.

Tenía la boca abierta, pero la cerré rápidamente para disfrazar mi asombro. Este hombre sabía mucho de mí, hasta habló de mis viejos. Me di cuenta de que yo había estado en la mira del Mossad todo este tiempo, quizás desde que Rachel Mizrachi me contactó. ¿Qué sabrían de este contacto?

Intenté calcular la edad de este hombre. Calculé que pasó cuatro años en medicina, otros en la carrera de informática, trabajó en la CIA… sus rasgos fisonómicos no mostraban más de cuarenta, pero eso no venía el caso. Tenía ahora un compañero y debería acostumbrarme a la idea. Realmente quizás existían por ahí muchos compañeros más que todavía yo no conocía. Este juego estaba totalmente fuera de mi control. Me sentí como una marioneta manejada por gente extraña, en un escenario en el cual solo conocía a tres personas, incluido el americano.

Gerard comenzó a relatar su vida, puede ser que crear historias irrefutables fuera parte del entrenamiento de la CIA, ¿por qué tratar de aturdirme ahora, en la situación que me hallaba? Pensé que quizás quería

---

21 Partenaire: palabra francesa que significa persona que interviene como compañero o pareja de otra en una actividad.

obtener credibilidad con lo que contaba: estudios de medicina en la UCLA, tecnología en la misma universidad hasta culminar su licenciatura en informática, especialización en seguridad de sistemas, maestría en seguridad de sistemas de la universidad de Yale unos años después, en la que fue destacado con las mejores calificaciones, invitado luego a pruebas para ingresar en la CIA, sección de sistemas, y comienzo de su trabajo en ese servicio de inteligencia un mes después de finalizados sus estudios. De ahí en adelante su historia se agitaba: dos años en Bolivia en una operación que no me podía revelar; un año en Brasil ayudando a los servicios de inteligencia de ese país, a detectar un fraude en cuentas electrónicas que afectaban a gobernantes de alto rango; vuelta a América del Norte para unirse a la NSA, el departamento de encriptación del Estado, una de las instituciones más secretas y seguras en Norteamérica, allí cinco desafiantes años con proyectos especiales de codificación y esterilización de sistemas. Según dijo, integró el equipo que construyó una de las estructuras decodificadoras más grandes y poderosas de la historia hasta el momento. Finalmente, explicó que hacía tres meses, su antiguo jefe lo llamó para ordenarle que volviera a los cuarteles de la CIA en Colorado, pues lo necesitaban para una misión especial en Medio Oriente.

—Y aquí me ves. —Sonrió. No había lugar a dudas, no se le olvidó ningún detalle.

Si de algo podía estar seguro con Gerard a mi lado era de que no tendríamos problemas de computadoras. Otro detalle importante que percibí fue que Gerard evitó referirse a su vida personal. ¿Acaso se lo había prohibido la CIA?, me pregunté irónicamente, pero dejé de pensar en eso, yo ya tenía demasiado con mi propia vida. Otra duda que me turbó por un momento es que no estaba al tanto de mi relación con Mariana, ¿o acaso estaba jugando un papel?

—¿Y cuál es el plan? ¿Cómo trabajaremos? —se me ocurrió preguntar.

—Estoy aquí desde hace dos semanas. Estamos investigando la estructura informática del Hammas y hemos oído sobre Ahmed Asad, pero lo más importante para nosotros es saber cuál es su plan para destruirlo anticipándonos a él. Tenemos información de que los técnicos especialistas encargados de este objetivo operan en esta ciudad. La semana pasada estuve interceptando correos electrónicos, tratando de decodificar códigos desconocidos que me están llevando lentamente al lugar en que se ocultan. Tú me puedes ayudar con Mariana.

—¿Mariana? ¿Cómo con Mariana? —cada vez me asombraba más ante toda la información que este hombre poseía.

—Sé que últimamente se encontraba con un joven que nos pareció que era el mismísimo Ahmed Asad.

No podía creer lo que oía, y al mismo tiempo, empecé a temer por lo que le podía ocurrir a Mariana. Si estaba involucrada con Ahmed, quizás no fue su *shador* el motivo de su detención.

—Tenemos que encontrarla —dijo Gerard—. Ella era mi clave hasta que llegaste. Estoy instalado en un departamento vetusto que alquilé en el centro de la ciudad, en el que establecí, con ayuda de mis compañeros de la NSA en América, un mini sistema de intercepción de correos electrónicos. Es muy parecido al que tenemos en la NSA para controlar todos los emails que salen y entran en América. Este es una copia exacta, pero en miniatura. Interceptamos, usando un algoritmo filtro, todo lo que llega y sale de Peshawar. Está basado en dos datos: direcciones IP asignadas a esta zona y la definición de nombres de dominio ".com.pk" y ".com", pero también procesamos mucha información que pasa por internet al mismo tiempo. Tenemos en nuestras manos una base de datos enorme, lo que nos facilitó implementar el sistema aquí. Desde la Cruz Roja, en la que me enrolé como voluntario para crear una fachada, vuelvo una vez por día a mi casa para revisar la información procesada por el programa. Hemos tenido que modificar el software para extenderlo de modo que intercepte todo tipo de dominios y direcciones IP, ya que no venimos obteniendo los resultados esperados. Hace unos días vi dos o tres veces a Mariana con un joven, hecho que informé a nuestros cuarteles en América. Me mandaron fotos y comprobé que se trataba de Ahmed Asad.

—¿Y cómo Mariana se vinculó con este joven? —mi pregunta tenía más que ver con mis sentimientos personales que con el trabajo.

—No sé, no tenemos ningún dato sobre eso. En la CIA no conocemos muy bien a Mariana, el Mossad no nos dijo nada sobre ella, recién ayer confirmé que es enfermera, hija de padre palestino y madre danesa, y que trabajó como voluntaria en la base de la Cruz Roja en la Franja de Gaza, desde donde solicitó traslado para este lugar.

¿Pidió traslado? Me pregunté por qué alguien querría mudarse a esta parte del planeta, aunque viniendo de Gaza, quizás se podía considerar una mejora.

Algo extraño sucedía en medio de toda esta telaraña de acontecimientos. Presentía que alguien no me decía toda la verdad y consideré la posibilidad de que todo, absolutamente todo, fuera una gran mentira. A estas alturas no lo podría investigar, ya estaba en el juego, así que debía patear hacia adelante y jugar, sin perder de vista que mi misión era llevar a Ahmed con Rachel, pues solo así podría recibir el ansiado millón. El gran misterio se me había presentado con la sociedad del Mossad con la CIA para desarticular los supuestos planes de guerra informática que el Hammas preparaba, algo que a mí no tenía por qué interesarme pero que ahora me mantenía como involucrado número uno.

Gerard se retiró y me dejó su número de celular. Me recomendó descanso. Al día siguiente él se encargaría de solicitar a la Cruz Roja que averiguara el paradero y la situación de Mariana.

Apenas Gerard dejó el cuarto, Alí entró y me preguntó:

—¿Necesitas algo más?

—No, Alí, gracias. Solo necesito descansar.

—Si me precisas para cualquier cosa, comunícate con la recepción, pide por mí y yo estaré aquí inmediatamente.

Me agradaba la actitud de Alí. No me había preguntado nada sobre Gerard ni sobre la paliza que había recibido. Era reservado, actuaba como alguien en quien se podía confiar. Llegué a pensar que quizás estaba al tanto de todo.

El nombre de Mariana seguía rondando por mi cabeza como un enigma difícil de descifrar. La mujer que amaba, ahora estaba en peligro y tal vez fuera por mi culpa, no lo sabía. Solo me quedaba esperar a que Gerard moviera sus influencias con las autoridades de la Cruz Roja. ¿O sería mejor que yo mismo fuera a la oficina de asuntos exteriores que tenían los talibanes en el centro de la ciudad? Tendría que pensarlo bien. Como una jugarreta del destino Mariana había cambiado mi rumbo. En vez de estar buscando a Ahmed, ella era mi objetivo, hacer todo lo posible por salvarla se había convertido en mi inmediata misión.

Intenté levantarme de la cama decidido a actuar sin esperar, pero, al separar mi cuerpo del colchón, el mundo empezó a dar vueltas; un desagradable mareo me volvió a tirar, por lo que permanecí un tiempo mirando el techo, estático, sin reacción. Retomé mis esfuerzos, me quité el aparato plástico que me habían aplicado en el pescuezo y, casi sin sentirlo, pronto estuve en la calle sufriendo el calor sofocante. Antes de salir, averigüé en la recepción dónde se encontraban las oficinas talibanes y si trabajaban de noche, pregunta que asombró al recepcionista.

—¿Para qué quieres a los talibanes?

Pensé que contarle toda la historia sería complejo y peligroso a la vez, así que inventé que quería visitar Afganistán, para lo que necesitaba el visado talibán que me permitiera cruzar la frontera. El empleado se movió nerviosamente, entró a la oficina, hizo una llamada telefónica y salió. —Tiene suerte, trabajan hasta las diez de la noche—. Luego, me escribió en inglés la dirección en un papel. Se la pedí en árabe, ya que viajaría en un taxi.

Las oficinas talibanes se localizaban en pleno centro de la ciudad, en uno de los edificios más nuevos de Peshawar. Cuando llegué, me topé con dos guardias armados hasta los dientes que custodiaban la puerta. Los dos tenían turbantes blancos en sus cabezas. Parecían gemelos, en realidad, todos los talibanes eran iguales para mis ojos. Me miraron despectivamente y me preguntaron qué buscaba. Respondí que quería obtener un visado para visitar Afganistán. Asintieron con la cabeza y me abrieron el paso. Al final del corredor había un hombre de gran altura con túnica y turbante blancos, y botas negras muy bien lustradas que le llegaban hasta las rodillas. Los rasgos de su cara eran rústicos; sus ojos verdes eran dueños de una mirada penetrante que intimidaba, clara diferencia con los demás en ese lugar. Me dijo algo en árabe que no pude entender, así que le pedí que me hablara en inglés. Con un inglés poco claro, me preguntó qué buscaba. Yo sabía que no me sería fácil entablar una conversación con ese hombre. Después de un rato de intercambios de palabras y mímicas, entendió que una amiga había sido detenida por los talibanes y que yo venía a buscarla. El talibán sacó de un cajón una carpeta negra. Me preguntó el nombre de la mujer que buscaba y empezó a hojear las páginas de la carpeta. No se esforzó mucho, y después de dos o tres minutos me dijo:

—*Not here*[22].

_____

22 Not here: aquí no.

Yo estaba perdiendo la paciencia, así que un tanto exasperado lo increpé:

—¿Cómo que no está aquí? Quiero hablar con el encargado, con alguien que comprenda el inglés.

Mi tono de voz no le gustó nada. Yo sabía que cualquier paso en falso podía meterme en problemas. El talibán se levantó pesadamente de su silla, me miró fijamente, acercó su cara a la mía y gritó:

—*Not here.*

—¡Quiero hablar con tu *manager*[23]! —insistí, enfatizando la palabra "*manager*".

Esto terminó de enojarlo. Empezó a actuar mostrando su enfado. Pero de pronto, salió de otra oficina un hombre menudo, de mediana estatura, con el típico bigote pero sin turbante, cosa que me pareció extraña. Estaba vestido como un occidental, no llevaba la túnica blanca sino pantalones y camisa. Le hizo una señal al otro indicándole que se marchara. Entonces me dijo en un inglés muy pulido, que no había nadie allí con el nombre de la persona que yo buscaba.

—¡Cómo no! La detuvieron hace unas cuatro o cinco horas cerca del mercado. Yo estaba allí y vi todo. Esa mujer trabaja en la Cruz Roja, es enfermera. —Mis palabras salían apresuradas de mi boca.

—Pues yo no tengo ningún dato acerca de ella. —respondió impasible.

Me acerqué a él desencajado. Trataba de controlarme, pero no podía soportar que me mintiera de esa manera en mi propia cara. Además, me vino a la mente una vieja lección que recibí en uno de los cursos: en el ejército nunca aceptes el "no" de una persona que no puede decirte un "sí".

—Mañana tendrás aquí a toda la prensa internacional. Secuestrar a alguien de la Cruz Roja es un delito que el mundo condena. —Traté de intimidarlo.

—¿Y tú quién eres?

—Soy un simple ciudadano español, amigo de la secuestrada.

Se acercó a mí.

—Oye, español, si no quieres meterte en problemas vete de aquí antes de que aquellos dos —señaló a los custodios de la puerta— te den una lección similar a la que recibiste hace unas horas. ¿Acaso esa no te alcanzó?

Su mentira había quedado confirmada y se disiparon mis dudas. La mención de la paliza dejó bien en claro que este personaje diabólico sabía

---

23 Manager: jefe, gerente.

muy bien quién era y dónde estaba Mariana. Me di vuelta pensando en el viejo proverbio "Soldado que dispara sirve para otra guerra", pues no estaba dispuesto a recibir otra tunda que, seguramente, sería más agresiva que la anterior. Mi cuerpo no lo soportaría.

Sin decir nada más, salí de las oficinas.

Volví al hotel y le pedí al recepcionista que llamara a Alí. A los veinte minutos él estacionó la camioneta Peugeot 504 enfrente de la puerta. Yo tomaba una Pepsi helada en el bar de la planta baja. Alí era como mi *muhram*[24], denominación que recibían los guías en estas tierras. Los *muhram* conocían las rutas y caminos, y, lo más importante, tenían contactos que aceleraban los procesos burocráticos. Alí no era la excepción. Le conté mis problemas. Asintió con la cabeza y con su expresión me dio a entender que sabía lo que estaba ocurriendo, pero que nunca se metería si yo no se lo solicitaba. Me mencionó a un contacto que podría averiguar dónde estaba Mariana, pero necesitaba dinero.

—Todo se mueve con dinero aquí —dijo—. Necesitaremos seis mil rupias para poner en marcha a mi contacto.

Mis cálculos rápidos llegaron a un equivalente de cien dólares, cifra que era una fortuna para la realidad local, pero asentí. Le pregunté cuándo podía tener la información y me dijo que en una hora. Deposité el dinero en sus manos y, luego de recibirlo, Alí salió velozmente del lugar. Una hora no era nada, pensé. Acaso su contacto ya estaba preparado con la información en su haber. Por otra parte estimé que seis mil rupias moverían a medio mundo allí, el suceso había ocurrido en medio de la calle, cerca del mercado lleno de gente, a pleno día… no sería muy difícil encontrar la información.

Subí a mi habitación. El recepcionista me arrojó una mirada extraña, como un latigazo visual, y noté que esta era la segunda vez que lo hacía. No sabía qué se traía entre manos, pero no me gustaba. Era como si me vigilara, así que pensé que tendría que cambiar de hotel. Aunque Alí lo había recomendado, yo ya no sabía quiénes eran los buenos y quiénes los malos en esta película de mi vida.

Apenas me senté en la cama, el teléfono sonó alterando la tranquilidad del lugar. El recepcionista me pasó la llamada: Yoni se hallaba del otro lado de la línea. Ya lo habíamos acordado en París, él sólo me daría

---

24 Muhram: escolta, sirviente.

un número que pertenecía a un teléfono público, y yo le devolvería la llamada desde otro teléfono público. Cambiaríamos los teléfonos cada vez que nos comunicáramos.

Bajé y salí a la calle. Junto al bar había una cabina telefónica. Desde allí lo llamé.

—Escúchame bien, Leonel. Abandona todo lo relativo a esa joven.

Por lo visto las noticias corrían muy rápidamente.

—¿Dejarlo? Pero ella es nuestra clave para encontrar a Ahmed, así lo dijo Gerard, el agente de la CIA. A propósito ¿por qué no me dijiste que la CIA estaba también tras la pista del Hammas?

Por un momento la línea enmudeció, pero pronto apareció una erupción nerviosa de palabras.

—¿Cómo la CIA? ¿Y quién es ese Gerard? ¡Un intruso está en nuestro camino!

Le conté toda la historia de mi encuentro con Gerard después de lo ocurrido con Mariana y le expliqué que me había ayudado. Traté de calmar los ánimos explicándole que estaba inconsciente en la cama cuando Gerard irrumpió en mi cuarto de hotel...

—Leonel, tuvimos muchas interferencias con tu artefacto, pero he escuchado una parte en la que hablabas con ese individuo, hazme un favor, por tu bien mantente alejado de ese Gerard por lo menos hasta que haga mis averiguaciones. Aléjate de la muchacha también, es extremadamente peligrosa —me interrumpió.

—Pero... ¿por qué? Dame al menos una razón.

—Porque si los talibanes están metidos en esto, la cosa es grave y duplicaremos nuestros problemas.

—Pero Mariana es mi pista, el único indicio que me mostró Alí.

—Deja ese camino ahora. Necesito tiempo para averiguar. Te mandaré un fax. A eso de las doce de la noche, debes ir a un kiosco ubicado en el número veintidós de la calle Halal. Indícale al vendedor que estás esperando un fax, págale trescientos rupias y él te lo entregará. Adiós.

Miré mi reloj, marcaba las nueve. Me encontraba en el límite de mis fuerzas y no sabía si podría resistir tres horas más. Cuando regresaba al hotel, un bocinazo me despabiló. Me di vuelta y vi que Alí estaba aparcando su camioneta. Me extrañó la rapidez del trámite. O no tenía nada o lo tenía todo...

—Tengo la información —me dijo, aunque su voz no mostraba la satisfacción normal de alguien que ha cumplido con su deber.

—Dime, hombre, dime.

—La cruzaron por la frontera.

—¿Qué quieres decir?

—Se la llevaron a Afganistán, ya no está aquí.

—¿Estás seguro? —le pregunté furioso.

—Seguro cien por ciento; no hay ninguna duda.

No podía entender lo que había pasado. ¿Qué motivo tenían los talibanes para sacar del país a Mariana? ¿Qué beneficio les podía proporcionar? Mi tensión iba en aumento y mi dilema interior también. Yoni me sugería alejarme, pero, adentro de mí Mariana significaba más que un millón de *shekels* y un juego de espionaje.

Con el GPS instalado en mi organismo, yo era como un monitor humano. No podría mentir al Mossad. Había leído historias que relataban que cuando un agente no seguía al pie de la letra las instrucciones, lo eliminaban, pues consideraban que hacía peligrar la integridad de la organización. No quería correr esa suerte.

Alí se retiró sin formular preguntas. En ese momento yo necesitaba un consejo, pero mi único referente se esfumó rápido, como lamentando el golpe que me había provocado al comunicarme la desagradable noticia. Quedamos en que pasaría a buscarme, para llevarme al kiosco a recibir el fax, a las once cuarenta, hora en que yo lo estaría esperando en la recepción del hotel.

Subí a mi habitación con la intención de descansar un rato. Estaba exhausto. Para mantenerme despierto, encendí la televisión, en la que emitían una película antiquísima de cowboys americanos, doblada al darí[25]. Era ridículo ver a John Wayne hablar aquel dialecto árabe. Pensé que si resucitaba y se veía en esta situación, volvería a morir por el disgusto. Otros canales transmitían en *pushtan*[26], otro dialecto local. Parecía que la televisión en este país estaba estancada veinte años atrás. Salvo por los colores, sentí que volvía al mundo en blanco y negro de entrevistas, oradores espirituales y películas del tiempo de mi abuela. Tan aburrido estaba que me quedé dormido con el control remoto en la mano.

---

25 Darí: dialecto hablado en Pakistán.

26 Pushtan: dialecto hablado en Pakistán.

Al no encontrarme abajo, a las once y cincuenta Alí golpeó mi puerta con fuerza. Cuando salí a recibirlo, me confesó que se había asustado pensando que me había sucedido algo. Lo tranquilicé diciéndole que solo era extremo agotamiento.

Volamos hacia el kiosco para llegar en hora. Me pareció entender que Alí conocía esta estrategia de recibir el fax en un lugar desconocido. El kiosco operaba las veinticuatro horas, así que no tuvimos problemas. Alí le aclaró al dueño del lugar que recibiríamos un fax y yo deposité en el mostrador el dinero al mismo tiempo que me paraba junto a la máquina. Eran las doce en punto cuando se escuchó un "bip", señal de conexión, proveniente del fax, pero las hojas se atascaron y el envío se interrumpió. El dueño retiró de la máquina la obstrucción y acomodó el rodillo. Hubo un momento de tensión en el que nada pasó. La máquina permanecía muda y pensé que perdería el mensaje. Después de un minuto que duró una eternidad, el papel comenzó a imprimirse. Lo tomé sin leerlo y le dije a Alí que me llevara al hotel. Lo desdoblé en la soledad de mi cuarto.

Y leí.

Confirmado, el Mossad trabaja con la CIA en el caso "Hammas Guerra Informática", puedes acordar estrategias y acciones con Gerard. Mariana parece ser la clave pero hay que evitar problemas con los talibanes. A Gerard le será más fácil localizarla, ya que él es desconocido para los talibanes. Mientras tanto estamos trabajando en un plan para rescatarla. Hemos recibido noticias de que en este momento está en Afganistán, tenemos un contacto allí. Alí ya te va a pasar los datos sobre él. Hasta que no tengamos algo definido, no hagas nada, espera instrucciones, y sigue mientras tanto en la búsqueda de Ahmed. Te contactaremos en las próximas veinticuatro horas.

El mensaje no me impresionó. Desde el primer momento creí que Gerard pertenecía a la CIA. Lo que me disgustó fue que todo estaba escrito en términos absolutos, a modo de órdenes. Estaba cansado, eran las doce y media de la noche. Yo tenía que tomar una decisión, le debía una chance a mi instinto. El destino me había reunido otra vez con Mariana por alguna razón.

Miré el techo tratando de encontrar alguna respuesta. Una araña tejía la tela para atrapar a sus presas. Una lámpara enorme de estilo muy antiguo pendía sobre mi cabeza. Uno de sus focos jugaba en falso contacto, amenazando dejarme a oscuras. Me acerqué a él porque la intermitencia de la luz me molestaba; de pie sobre mi cama empecé a desenroscar la lamparilla. Fue en ese momento que detecté a su lado una diminuta cámara. Nunca pensé que las produjeran tan pequeñas. La dejé en su sitio y me bajé apresurado. Recogí mi ropa, tiré todo adentro de mi bolso, me aseguré de que mi computadora estuviera en mi maletín, tomé todo mi equipaje y me marché sin mirar atrás. Ya había tomado mi decisión.

21

AHMED
El Cairo - Egipto
18 de octubre, 2011

La duración del viaje que emprendí, que debía ser de solo cinco horas y media, se extendió a dieciséis. El avión se detuvo en Dubái a raíz de un desperfecto y nunca más partió, así que tuvimos que esperar otro vuelo de la empresa que nos condujo a Egipto.

Pasaría un día en El Cairo. Avanzada la mañana del otro día viajaría en micro desde la estación central hacia el paso Rafah, y de allí en taxi hacia la Franja de Gaza. Eran las tres de la tarde y tenía tiempo para conocer un poco esta revoltosa ciudad, en la que el tráfico y el tumulto eran permanentes e intensos. Asher me había dejado en el bolsillo mil quinientos dólares que Reza le había entregado para mí. Pensé que "un día de vida es vida", así que me lancé a la aventura. Hacía mucho tiempo que no dedicaba un día para mí, para hacer algo diferente, sin pensar en nada serio, dueño de mi libertad y del aire puro. Aquellos días con Mariana habían sido fascinantes. Conocerla y descubrir a la mujer que había en ella me transformaron en un ser dichoso. Más allá de los conflictos de cultura que pudieran existir entre nosotros me forjé una cálida sensación de acercamiento, de personas que se conocen desde siempre y que fueron hechas para estar juntas.

El Cairo me impactó con su clima, su gente, los mendigos... Luego de más de una hora en la calle me quedé deslumbrado por la enorme urbe, impactado por su comercio, por sus callejuelas, por los edificios medievales que convivían con los bazares orientales, por su arquitectura islámica. Al mismo tiempo me horrorizaba la contaminación y el ruido, y esa condición constante de pedir limosnas, o utilizar el *bakshish*[27], en cualquier negocio, como allí se denominaba a la acción de mendigar. Muy pronto me di cuenta de que era una costumbre local y aprendí que era mejor dar todo el tiempo poca y constante propina que entregar mucho a uno y negar la dádiva a los otros cien.

Recorrí a pie la ciudad que se recuesta sobre el Nilo azul, de cuarenta kilómetros de longitud, cuna de leyendas recogidas en los libros que tanto había leído. Al verlo me sentí iluminado por la magia. Caminé el gran museo y el cementerio sobre el cual se formó una ciudad. Recordé haber leído que la gente que poseía dinero y difuntos en el cementerio, habían construido espacios para vigilar las bóvedas que con el tiempo se transformaron en viviendas armadas sobre las tumbas. De a poco se formó una ciudad sobre las catacumbas.

Entré en un centro de información con el fin de que me sugirieran un hotel razonablemente barato. Me recomendaron uno que no estaba muy lejos del centro de la ciudad. Tenía tres estrellas, pero la sensación que sentí al entrar en el Hotel Pharaohs Doki fue más que placentera. Su fachada blanca exhibía siete pisos, cuyas ciento dos habitaciones lo convertían en enorme para mis ojos. Un poco después, al pasar por el Sheraton, entendí que estaba equivocado.

El recepcionista me asignó una habitación económica en el primer piso, por la que me cobró cien dólares. No era un precio bajo para mí, pero no tenía la más mínima idea de cuál era la tarifa habitual en un hotel cualquiera. Aparte, los mil quinientos dólares que tenía en el bolsillo me aseguraban que podría pagar esa suma y quizás un poco más.

La acogedora habitación disponía de un baño, un televisor pequeño, un mini bar-nevera, caja fuerte y teléfono con línea directa al exterior; un verdadero lujo, pensé. Pero no tenía tiempo para perder, así que dejé mi bolso sin desempacar y me fui nuevamente a la calle con rumbo al centro de la ciudad. Debía ir a la Terminal de autobús para sacar pasaje hacia Rafah y asegurarme un taxi desde ahí hasta la Franja de Gaza. Tenía los horarios, pero me faltaban los tickets. La Terminal estaba saturada de gente, nunca había visto tantas personas juntas, parecían hormigas;

---

27 Bakshish: coima.

todos iban de un lugar a otro cargados de bultos. El ruido, el movimiento, el tumulto, me ocasionaron un leve mareo. Me senté en un banco junto a una señora que llevaba un bebé en brazos que lloraba sin parar. Deposité mi cabeza en mis rodillas y cerré por un instante los ojos para reponerme del vértigo. Cuando los abrí nuevamente, ya no escuchaba los alaridos del bebé. En lugar de la señora, estaba sentado a mi lado un hombre alto y barbudo, con un impermeable marrón. No tuve ni tiempo para sospechar de él, pues apenas lo vi sacó un objeto punzante y lo apoyó por debajo de su abrigo sobre mi estómago. Sentí el hierro pinchándome la piel. Otro hombre de mediana altura, calvo y con anteojos negros, se paró a mi lado y me dijo susurrando:

—No te muevas si no quieres perder tu hígado. —El barbudo apretaba su navaja contra mi barriga—. Ven con nosotros y no digas nada. Trata de caminar rápido y normal.

Asentí con la cabeza e hice lo que me indicaron. Mientras el barbudo me escoltaba con su cuchillo, el otro caminaba adelante, como indicándonos el rumbo. No sabía quiénes eran ni qué querían de mí. Acaso todo era un plan del propio Hammas para eliminarme, o quizás fuera el Mossad... No tenía las ideas ordenadas, pero traté de calmarme, aunque la situación no era la más indicada para estar sereno. Avanzamos rápidamente hacia la calle lateral a la estación. Un mercedes benz negro y viejo pasó por delante de nosotros y se detuvo abruptamente. El pelado se sumergió en el coche por la puerta de adelante, y el barbudo me empujó adentro por la de atrás. Tropecé y me golpeé la pierna, y entonces recibí otro empujón del barbudo. En un segundo estaba recostado en el asiento de atrás. El hombre se sentó casi encima de mí y cerró la puerta de un tirón. El coche aceleró y salimos del lugar. El barbudo me instó a recostar mi cabeza sobre el asiento y me indicó que no la levantara. Su cuchillo estaba más lejos de mí, pero todavía se veía amenazante. La situación era muy delicada para emprender cualquier escape heroico, por lo que me limité a esperar que sucediera lo que tenía que suceder.

No calculé el tiempo que viajamos pero me pareció infinito, especialmente angustiante por el tráfico y por la brutalidad con que nuestro chofer conducía. Frenada tras frenada, a cual más brusca, recibí toda clase de golpes en mi cuerpo, desde la barbilla hasta las piernas. Cuando me sacaron del coche me sentía como mutilado a causa de tantos impactos. Me llevaron a un departamento extremadamente viejo, situado en el tercer y último piso de un edificio. Otra vez el calvo dirigía la operación. Fue también él quien abrió la puerta cuando por fin entramos en el recinto. Adentro las cosas comenzaron a cambiar. Me ofrecieron asiento en un sillón y trajeron una jarra con agua y otra con té. Los ánimos se apaciguaron. El pelado se acercó y me dijo:

—Ahmed, no tengas miedo, no te vamos a hacer ningún daño.

—¿Quiénes son ustedes? —pregunté.

—Somos parte de la "Revolución Islámica", una secta del gobierno iraní. Tenemos que llevarte.

—¿Llevarme adónde?

—A Irán.

—¿A Irán? ¿Cómo a Irán? Yo soy palestino, soy militante del Hammas.

—Ahmed, te conocemos muy bien. Sabemos sobre ti quizás más que tu madre. El proyecto en el que te embarcarás es súper secreto e importante. Desde ahora en adelante cambiarás tu identidad. Estamos al tanto que tienes pasaporte kuwaití, te lo cambiaremos por uno iraní. Mañana de madrugada saldremos para Irán. Hasta entonces trabajaremos sobre tus rasgos personales.

—¿A qué te refieres?

—Te colocaremos barba, raparemos tu cabello y usarás gafas negras, por lo menos hasta que lleguemos a Teherán.

Me tomó un rato acostumbrarme a la idea de que había sido raptado para emprender otro proyecto. No entendía lo que ocurría. ¿El Hammas me había vendido? ¿Acaso estaba todo preparado por ellos? Los acontecimientos me ponían en una situación incierta. Irán era un país con gran poderío y con una historia de rebeldías contra todo lo occidental, especialmente contra lo israelí y americano. Últimamente se vanagloriaban de su preponderancia nuclear, algo que nos llenaba de orgullo a los musulmanes. Tal vez todo se preparó de esta manera complicada, quizás había realizado un tipo de preparación técnica en el Hammas previa a la misión de ayudar a nuestros hermanos iraníes. O podía tratarse de una alianza. Muchas hipótesis… no sabía si alguna era la verdadera y ahora no importaba mucho. Rápidamente entendí que cuanto menos me opusiera a las órdenes y a mis raptores, mejor la iba a pasar. Ellos estaban muy nerviosos, ansiosos por terminar la misión y depositarme en tierras persas. Consideré que ante cualquier resistencia que creyeran peligrosa para sus objetivos, podrían cometer un disparate.

Me rasuraron el pelo, colocaron la barba y sacaron una foto para el pasaporte. Luego me entregaron unas gafas oscuras. El chofer salió con mi foto de inmediato. Pregunté adónde iba y el pelado me contestó que se dirigía hacia la embajada iraní a preparar mi pasaporte. Cuando escuché eso, me di cuenta de que se trataba de algo de una magnitud extraordinaria. Si el gobierno iraní estaba realmente involucrado, en este proyecto tenía que ser grande, muy importante.

Debo admitir que en la noche me levanté, y pude haberme escapado fácilmente. El pelado y el chofer dormían en diferentes cuartos, con la puerta cerrada. El barbudo, que debía custodiarme, roncaba como un oso, el ruido de un tractor no lo hubiera despertado. Se había dormido en el sillón con el cuchillo en la mano, pero en pleno sueño se le cayó el arma y fue a dar al suelo. Hasta me di el gusto de tomar el cuchillo en mis manos. Tenía al hombre muy cerca, tan cerca que fácilmente podía haberlo degollarlo sin que se enterara. Aunque la puerta estaba bien cerrada, las ventanas eran una buena opción de salida. Pensé en la posibilidad de tomar a uno de los otros como rehén para que me abriera la puerta para huir, pero después de un rato, y con la navaja aún en mis manos, deseché la idea por completo. Si las cosas ocurrían de esta manera, era por algo. Mi desempeño en el Hammas tras haber sido deportado por Reza en Pakistán después de violar los códigos de la organización, no me auguraban un futuro color de rosa ni tampoco una bienvenida en la frontera con trompetas y alfombra roja. Así que dejé el artefacto filoso en el piso y traté de conciliar el sueño.

A la mañana siguiente nos levantamos temprano. Todos estaban ocupados en sus labores y apenas hablaban entre ellos. Me indicaron que me preparara, pues ese día volaríamos. Esa preparación incluía disfrazarme con mi nueva apariencia de barba y anteojos. Claro que mis 180 centímetros de estatura me agregaban cierta distinción y un toque especial. Viajamos en el mercedes negro a la embajada iraní. El chofer nos dejó en la puerta. Como antes, el barbudo seguía escoltándome y el pelado marcaba el camino. Los dos eran reconocidos en la embajada. Los guardias nos condujeron hasta un cuarto al final del corredor. El edificio era uno de los más modernos que yo había visto en El Cairo, al frente flameaba la bandera iraní. Nos sentamos a esperar. El pelado le dijo al otro que saliera de la habitación y esperara afuera. A los cinco minutos nos trajeron un suculento desayuno compuesto de huevos revueltos, café, jugo de naranja, una pita, *hummus* y una rebanada de queso. El pelado me hizo una señal con la cabeza para que comiera. Yo estaba tan hambriento que creo que empecé aun antes de que así me lo indicara.

A los diez minutos entró un hombre de unos sesenta años, de aspecto muy cuidado, que vestía un traje negro impecable y que lucía una cabellera plateada muy arreglada, casi al estilo "mafia siciliana". Me saludó cordialmente y se presentó como el embajador iraní en El Cairo. Yo estaba estupefacto. El pelado abrazó al embajador, mientras yo contemplaba la escena. El embajador me entregó el pasaporte en el que vi mi foto y mi nombre real, Ahmed Asad. Al hacerlo, me dijo sonriendo:

—Bueno, ahora eres iraní. Bienvenido a la República Islámica de Irán.

—Pero yo soy…. —balbuceé.

—Ahora eres iraní. No te hagas problema, todo esto es para tu bien. Ya lo entenderás. Ten paciencia, conocerás cosas que nunca has visto en tu vida. Trabajarás con tecnología de última generación. Te sorprenderás, te lo aseguro.

No tenía palabras. Traté de decir algo, pero no me salía, así que al final murmuré un "gracias" y le di un apretón de manos. El embajador intercambió algunas palabras con el pelado y se retiró. Yo seguía observando mi nuevo pasaporte, mi nuevo yo. Ya no temía; hacía dos minutos estaba agradeciendo a mis raptores y, al mismo tiempo recibí una promesa oficial de que todo era por mi bien.

Literalmente estaba listo para la próxima aventura. Tenía todas las de ganar pues, por lo visto, más allá de que mi reputación se había opacado un poco en Pakistán, los iraníes todavía mostraban interés en mí y eso era un signo muy positivo.

El chofer nos recogió nuevamente y viajamos rumbo al aeropuerto, tratando de esquivar el tráfico pesado. Miré hacia atrás y me detuve en la bandera tricolor iraní que flameaba movida por el viento. Tendría que empezar a coquetear con ella. Al igual que otros palestinos, me sentía un verdadero nómada, de Jerusalén a Belén, de allí a Jordania, a la Franja de Gaza, a Pakistán y ahora… ¡a Irán!. ¿Qué me depararía el final? El chofer nos dejó en la Terminal central y fue a devolver el auto alquilado. El pelado me indicó que me mantuviera calmo en el momento del chequeo de los pasaportes. Viajaríamos en un vuelo de Air Egipto directo hacia Teherán. La cola era interminable. El barbudo se mostraba más amigable ahora, sin el cuchillo por supuesto, pero siempre manteniendo la cercanía con respecto a mi cuerpo. Me sonrió y dijo:

—Ya verás, en Teherán se encuentran las mejores mujeres musulmanas. —Su sonrisa descubrió unos desagradables dientes amarillos, cubiertos de sarro. Sonreí tratando de mostrarme amigable también, y me volvió el eminente recuerdo de Mariana con su sonrisa mágica, aquella dimensión desconocida que había vivido con ella en tan escaso tiempo. Sería difícil reemplazarla. Quería tener noticias suyas, comunicarle cómo me sentía; me moría por saber si Asher le había entregado mi nota.

Cuando llegó nuestro turno, fuimos derivados a otro mostrador alejado de los demás pasajeros. Un policía con cara de pocos amigos nos estaba esperando. Le mostré mi pasaporte, el vigilante lo miró y sin detenerse un instante lo selló con una rapidez inusual. Ese pasaporte no tenía ningún sello registrado, pero el hombre de seguridad le imprimió dos sellados. Todo estaba preparado, así me pareció. Las embajadas se habrían puesto de acuerdo, supuse. Continuaba el enigma. El pelado miró mi cara de desconcierto y sonrió.

El vuelo transcurrió normalmente; viajé sentado en el asiento del medio de una fila de tres. En el de la ventanilla se sentó el calvo y en el pasillo el barbudo, que roncó durante todo el viaje. El avión aterrizó en el horario estipulado.

Ni bien la nave tocó el suelo, observé que unos vehículos con patente extraña la seguían junto a la pista de aterrizaje, manteniéndose exactamente a la par. Cuando nos bajamos, mientras toda la gente marchó hacia el ómnibus que la llevaría a la Terminal, nosotros éramos trasladados a un coche negro que partió a toda velocidad del lugar escoltado por otros dos vehículos. Salimos por una ruta destinada al ejército, reconocí claramente las señales, no hubo control de pasaportes ni espera de valijas, nada de un ingreso normal al país. Un helicóptero nos sobrevolaba como protegiéndonos, miré por la ventanilla polarizada del auto hacia el cielo y distinguí las insignias de la "Fuerza Aérea Unidad Nuclear" en el aparato volador.

22

LEONEL
Pakistán - Afganistán
18 de octubre, 2011

En mi camino a la calle deseché muchas ideas, pagué el hotel y en lo único que pensé fue en escapar del lugar lo antes posible. Me inquietaba la idea de que hasta adentro de la habitación me habían estado monitoreando todo el tiempo. El recepcionista se sorprendió ante mi partida, intentó retenerme un poco más.

—Espere un momento, señor.

—No. Aquí le dejo el dinero. Me esperan.

—Es que le tengo que preparar la cuenta...

—No hay nada que preparar. Me pidió 1500 rupias por día por la habitación, estuve uno, le pago por dos y terminamos. Adiós.

—No... espere...

—Ok —le dije y en cuanto entró a la oficina, dejé el dinero en el mostrador y me marché rengueando rápidamente hacia la calle. Doblé la esquina sin dejar de acelerar mis pasos, aunque la pierna me estaba demoliendo de dolor. No había casi gente, ya que eran aproximadamente las dos de la mañana. Continué mi paso aligerado mientras tuve fuerzas, la oscuridad era absoluta. Cuando ya no pude más, había llegado a un pasillo muy largo que conducía a una calle cortada, aparentemente sin salida. Al final se veía una casa blanca, y aunque la calle estaba oscurísima, unos pequeños destellos de luz, como reflejos, me mostraron que el portón de acero, el acceso a la vivienda, se hallaba entreabierto. Me acerqué y así era, lo abrí del todo y vi muchísimas personas durmiendo en colchonetas esparcidas por el suelo. Pensé que sería algún alojamiento para refugiados y traté de no hacer ruido. Me acurruqué a un costado de la puerta de entrada y pronto sucumbí ante el cansancio y el malestar.

Cuando desperté, dos niños me examinaban como si fuera un ser de otro planeta. Me estremecí sin tener idea clara de dónde estaba. Cuando me vieron levantarme, los niños comenzaron a correr y un individuo con turbante blanco, que tenía un tajo con suturas en su cara, me dijo algo en árabe que no entendí.

—*English, please.*[28]

Creí que esto lo despistaría, pero asombrosamente el hombre comenzó a hablar en un inglés muy claro, mucho más limpio que otros que había escuchado en estas tierras.

—¿De dónde eres?

—Soy español. Perdóname si invadí el lugar, pero llegué a la ciudad muy avanzada la noche y no tenía en dónde parar. Caminé por horas hasta que encontré el portón abierto. Al ver tanta gente aquí, pensé que me podría quedar a dormir un rato.

—No hay problema —la respuesta empezó a tranquilizarme—. Estamos aquí para ayudarnos unos a otros. No importa de qué nacionalidad seas, tienes un espacio en esta casa. Por eso dejamos las puertas abiertas.

Intercambiamos nuestros nombres. Yo preferí seguir con mi identidad española. Él se llamaba Muhammad y dijo ser afgano. Me relató que había escapado hacía tres meses del infierno talibán, con dos de sus hijos. Su esposa y un hijo no habían corrido la misma suerte y fueron alcanzados por los talibanes. Había logrado fugarse con parte de su familia saltando un alambrado de casi dos metros de altura y cavando un agujero para pasar a los pequeños. La tristeza dominaba su cara, al igual que el tajo que surcaba su mejilla izquierda. Me contó que al saltar, una púa del alambre se le había incrustado en la cara. Mis conocimientos médicos me hicieron ver una sutura mal hecha que podía infectarse en cualquier momento.

—¿Dónde aprendiste inglés? —le pregunté.

—Estudié Electrónica en la Universidad de Kabul, y allí lo aprendí.

---

28 English, please: inglés, por favor.

No sé de dónde saqué la confianza en él, pero no tenía muchas opciones, así que le dije:

—Muhammad, escucha, tengo que llegar a Afganistán. Necesito encontrar a una amiga que fue capturada por los talibanes y no sé cómo seguir. Necesito a alguien que me ayude a cruzar la frontera.

Muhammad sonrió por primera vez y la expresión de su cara cambió completamente.

—Yo también quiero volver y encontrar a los míos. Conozco una forma, pero me falta el dinero. Aquí el dinero lo arregla todo.

—Yo soluciono lo del dinero —No te hagas problema por eso. —Pero ¿qué harás con tus hijos? ¿Quién los cuidará?

—Los dejaré a cargo de su tía, en realidad ella ya se ocupa de los niños. Perdió a su marido, lo mataron en la plaza central, ante sus ojos, cuando descubrieron que era un opositor talibán. Allí está. —Y señaló a una mujer— Tengo un primo que todavía vive en Kabul, sobrevive en la clandestinidad. Él nos podrá ayudar en la frontera y llevarnos a Kabul. Cuando estemos allí, yo me ocuparé de buscar a los míos y tú harás lo tuyo. Mi gran problema será localizar a mi primo, ya que constantemente se mueve de un lugar al otro para no ser apresado.

—¿Y eso demorará mucho? ¿Cuándo crees que podríamos partir? Yo estoy muy apurado…

—Trataré de tener todo claro hoy por la tarde.

—Bien.

Pensé que lo primero que debía hacer era interrumpir la comunicación constante que establecía el chip en mi cuerpo, ya que eso me volvía vulnerable y, seguramente, sería perseguido otra vez. No podría dejar Pakistán con ese dispositivo en mi cuerpo. Suponiendo que sus estudios de electrónica lo habilitarían, pregunté a Muhammad si podía anular las ondas del GPS. Tuve que inventar una historia, le mencioné que fui parte de un experimento humano y aunque traté de ser creíble y natural en el relato, me di cuenta de que Muhammad estaba más interesado en ayudar que en descubrir cuál era el verdadero motivo por el cual el dispositivo había sido implantado en mi cuerpo.

—Es muy sencillo —me dijo—. Necesito algo más de dinero, porque no tenemos nada aquí. Para anular la señal del GPS tengo que implantarte un dispositivo que produzca un ruido permanente, un sonido constante a tu alrededor, cosa que lograré creando un circuito electromagnético. Lo adaptaré al cinturón que sostienen tus pantalones así cuando pases un detector de metales, te lo sacarás con el cinturón. Necesitaré el dinero para comprar los circuitos y alguna pequeña herramienta.

—¿Estás seguro de que lo podrás hacer? ¿Cómo funcionará? —Estaba intrigado con la sabiduría de este hombre.

—El receptor GPS funciona midiendo su distancia de los satélites y usa esa información para calcular la posición. Esta distancia se mide calculando el tiempo que tarda la señal en llegar al receptor. Conocido ese tiempo, y en base al hecho de que la señal viaja a la velocidad de la luz, salvo algunas correcciones, se puede calcular la distancia entre el receptor y el satélite. Cada satélite indica que el receptor se encuentra en un punto en la superficie de la esfera con centro en el propio satélite, cuyo radio es la distancia total hasta el receptor. Con la información de dos satélites, sabremos que el receptor se encuentra sobre la circunferencia que resulta de la intersección de dos esferas. Si obtenemos la misma información de un tercer satélite, vemos que la nueva esfera solo corta la circunferencia anterior en dos puntos. Uno de ellos se puede descartar, porque ofrece una posición absurda.

De esta manera ya tendríamos la posición en 3-D. Sin embargo, como el reloj que incorporan los receptores GPS no está sincronizado con los relojes atómicos de los satélites GPS, los dos puntos determinados no son del todo precisos. Con la información de un cuarto satélite se elimina el inconveniente de esa falta de sincronización de relojes. Y es en este momento cuando el receptor GPS determina una posición 3-D exacta, que incluye latitud, longitud y altitud. Al no estar sincronizados los relojes entre el receptor y los satélites, la intersección de las cuatro esferas con centro en estos satélites es un pequeño volumen en vez de ser un punto. La corrección consiste en ajustar la hora del receptor de tal forma que este volumen se transforme en un punto. El campo electromagnético que introduciré en tu cinturón obstruirá la señal entre los satélites. El primero y el segundo se podrán comunicar, pero el tercero y el cuarto perderán la transmisión y así se obstaculizará la triangulación necesaria para obtener una señal válida. Me iré a preparar todo y, cuando regrese, traeré el aparato, junto con la información sobre mi primo.

Estaba impactado. No sabía cómo agradecerle. Era demasiado. Antes de irse me pidió que no me moviera de aquí, ya que en este lugar seguramente el GPS no emitiría señal, o mejor dicho, desde afuera no la captarían.

La tarde me parecía una eternidad. Había percibido algo especial en esos ojos marrones que se movían a toda velocidad y en las expresiones vistosas del movimiento de sus cejas. El afgano parecía un hombre de principios, alguien en quien se podía confiar. Hasta ese momento, la única persona confiable había sido mi *muhram* Alí, pero después de descubrir la cámara en el hotel, sospeché que también Alí estaba involucrado en mi monitoreo. En esas tierras el signo de pesos mandaba, y el que pagaba más *bakshish*, recibía lo que pedía. Quizás Alí también había tenido precio.

A las cinco y cuarto Muhammad estaba nuevamente frente a mí. La sonrisa de su rostro era señal de buenas noticias. Yo había aprovechado las largas horas de espera jugando con sus niños. Fue impresionante ver lo que una pelota de trapo podía lograr en esas criaturas, tan ajenas a las consolas de juego y a las computadoras.

—Mi primo estará en la frontera, en el paso, esperándonos, en la mañana temprano, alrededor de las siete. Escúchame bien. —Muhammad se puso serio—: será complicado, ninguno de los dos tiene visado; pensé que tú podrías pasar como periodista español y yo como tu *muhram*. Tienes que tener preparado dinero adentro de tu pasaporte.

—¿Cuánto? —pregunté consciente de que ya me estaban escaseando los fondos.

—No menos de mil dólares.

¡Mil dólares!, pensé. Yo tenía mil quinientos y algunas monedas.

En el ínterin, pensé que Rachel ya habría depositado los veinte mil *shekels* que le pedí por correo electrónico cuando se decidió mi partida hacia Pakistán. Seguramente ya Moshe Cohen le habría contado todo lo ocurrido en el café Talpiot.

—Ahora dame tu cinturón —me dijo Muhammad mostrándome un circuito redondo con electrodos que formaban un campo de resonancia mutua. Cortó el cinturón en su parte interior con una navaja filosa e introdujo el circuito adentro. Trajo una aguja e hilo y cosió la abertura.

—¿Y cómo sabremos si funciona?

—Si quieres testearlo, podemos ir a una tienda de electrónicos. Si tu GPS sigue funcionando, obtendrá señal de otro GPS. Si quieres lo hacemos, pero puedes estar seguro de que funciona perfectamente. Mi tesis final en la universidad se dedicó a los satélites y sistemas de triangulación.

Muhammad se unió a sus niños pateando la pelota de trapo, una sonrisa iluminaba su rostro, seguramente sentía la luz de la esperanza.

Ni él ni yo sabíamos qué viviríamos el próximo día.

23

Francia
18 de octubre, 2011

Las dos pantallas se tiñeron de un color azul marino.

Yosi y Ben no se preocuparon demasiado, solía suceder que la comunicación se perdiera por inconvenientes en la capacidad de recepción de los satélites que no captaban la señal GPS. Los dos continuaron con la tarea de descifrar unos datos recién llegados de las oficinas del Mossad en Israel. Desde que estaban en Francia ya habían cambiado de dirección tres veces; mudarse no era fácil ya que tenían que trasladar todo el equipo electrónico con ellos. Esta vieja casa ubicada en uno de los barrios antiguos de Lyon era un buen refugio y tenía muy buena recepción del sistema de satélites que el Mossad había instalado en Europa. Los dos esperaban que esta fuera la última fase en el juego de mudanzas. Por seguridad, se movilizaban cada tres meses. Si todo salía bien con Leonel podrían volver a Israel en dos o tres semanas. Se les terminaba la estadía en Europa y seguramente los reemplazarían. Así era la rotación dentro de la organización.

De repente la señal volvió a los monitores, pero el azul de pantalla que indicaba ausencia de recepción fue reemplazado por un blanco que mostraba un cartel en negro que decía "Web connection time out". Yoni le encomendó a Ben revisar la conexión inalámbrica y ajustar la posición de los satélites de transmisión. Ben así lo hizo y todo le pareció normal. Desconectó, volvió a conectar los sistemas y los reinició pero la señal de fondo blanco y letras negras seguía en los monitores, hecho que en muy pocas ocasiones había sucedido.

—Algo ha pasado. Nunca perdemos la conexión de esta manera —dijo Ben.

—¿En qué estás pensando? —quiso saber Yoni.

—Algo está interfiriendo, tengo la impresión de que lo estamos perdiendo.

—Llama a Roger —ordenó Yoni. Roger era el contacto del Mossad en Alemania. Ben le preguntaría si podía detectar en sus monitores la señal de Leonel. Ben telefoneó. Roger, un *kaza*[29] situado en Frankfurt, tenía en Alemania una infraestructura muy similar a la que poseían los agentes en Francia.

—Tardará cinco minutos en conectarse; él me llamará —dijo Ben a Yoni.

Después de diez minutos sonó el teléfono.

—¿Nada? ¿Estás seguro? —preguntó nervioso Ben.

Yoni sudaba mientras seguía la ausencia de señal en sus monitores.

—Roger no logra conexión. Recibe la misma señal que nosotros —Ben se dirigió a Yoni luego de cortar la comunicación telefónica.

—Llama a Israel de inmediato. —Yoni estaba a punto de explotar, caminaba ininterrumpidamente de un lugar a otro formando una huella invisible.

Ben permaneció con el teléfono en la mano durante ocho largos minutos. Luego se volvió y dijo:

—El mismo resultado en Israel.

—¿Alguna recomendación? —preguntó nervioso Yoni.

—Ninguna. Se conectarán ellos mismos con la CIA para ver si lo pueden localizar por medio de Gerard.

Pasada una media hora, el teléfono retumbó en el pequeño apartamento de Lyon. Esta vez Yoni se apresuró y tomó el inalámbrico con las dos manos, de la misma forma en que portaba su revólver. Alguien del otro lado de la línea exclamó "¡Lo perdimos!".

---

29 Kaza: agente del Mossad.

24

LEONEL
Afganistán
19 de octubre, 2011

No había dormido en toda la noche. Un ping pong de pensamientos traicionaron mi descanso. Pienso que logré conciliar el sueño a eso de las cuatro, pero fui interrumpido al sentir una palmada en mi hombro. Apenas podía despegar mis ojos. Cuando logré hacerlo, me sorprendió de pie frente a mí, Muhammad, ya preparado para la partida. En la oscuridad absoluta del lugar, parecía un fantasma con vestido, llevaba un bolso en la mano.

No me alarmé, ya estaba acostumbrado a las sorpresas. Miré el reloj y vi que eran las cinco. La única luz en el recinto era la de mi cronómetro. Salté de la colchoneta, recogí mis cosas y seguí a Muhammad. Me felicité por haberme acostado vestido, como previniendo una huida rápida.

En la calle nos esperaba un taxi cuyo conductor conocía a Muhammad, hecho que me tranquilizó. El afgano se aseguró de que mi cinturón se encontrara en su lugar. Viajamos durante media hora por un camino montañoso y empinado. De tanto en tanto el coche vacilaba y amenazaba con dejarnos a pie; tosía y la humareda que provocaba iba dejando señales claras de que por ahí había pasado un vehículo. Cuando arribó a una cima, el auto se detuvo y allí nos dejó. Muhammad efectuó el pago, se abrazó con el chofer y el coche partió.

El sol todavía no había aparecido. Muhammad sacó una linterna y comenzamos a caminar cuesta abajo, sobre una superficie empedrada que se me ocurrió peligrosa.

—¿Dónde está la frontera? —la pregunta surgió de mi preocupación al caminar en aquella oscuridad y en ese terreno, todo lo cual me resultaba aventurado y riesgoso.

—Todavía tenemos una media hora a pie. Con el taxi era muy peligroso seguir, no solo por las características del camino sino porque por aquí hay muchos bandoleros y ladrones.

Aquella marcha parecía interminable. No veía ningún indicio de frontera alguna. El terreno comenzó a empinarse hacia arriba y la subida complicaba la travesía aún más. Cada tanto, Muhammad consultaba un mapa y una brújula. Pensé que aunque era experto en electrónica y sistemas de satélites, parecía que en la práctica prefería acudir a los instrumentos de la época de mi abuela. Se detuvo varias veces en las que miraba a su alrededor, lo que me hizo sospechar que estaba perdido. Al no poder aportar nada yo me mantenía en silencio y le seguía el paso. Después de unos cuarenta minutos, vimos una luz en la lejanía. El terreno por el que caminábamos era mucho más plano. Muhammad susurró:

—Mira, allí es.

A medida que nos acercábamos distinguí el puesto fronterizo. El tráfico era más intenso del otro lado, en el que unos diez camiones de carga formaban una fila que parecía infinita, con la intención de entrar a tierras pakistaníes. De nuestro lado había solamente dos coches y una familia a pie que tenía aspecto de haber pasado la noche en el lugar.

Nada se movía en el paso, ni para un lado ni para el otro. Yo no tenía idea de si la quietud se debía a que los talibanes eran perezosos o a que empezaban a trabajar después de las nueve.

Muhammad estaba nervioso; me repitió y confirmó el plan detalladamente: el dinero en el pasaporte, mi identidad de periodista español, su rol de mi *muhram*. Tenía que simular que no sabía de la necesidad de un visado para entrar a Afganistán. Todo me lo sabía al pie de la letra, pero Muhammad lo seguía repitiendo como una fórmula, quizás para calmarse él mismo. Una hora y media estuvimos tendidos frente al puesto. Cuando llegó nuestro turno, dos soldados talibanes nos condujeron, mostrándonos sus sables, a un recinto viejo, pintado de blanco. La imagen de estos dos hombres no escapaba al estereotipo que yo tenía del talibán. En el recinto al que entramos había un ventilador a toda marcha. Un soldado alto y con expresión de cansado nos recibió. No hablaba inglés, aunque lo primero que gritó con su voz aguda fue:

—*Passports!*

Yo había acomodado el dinero entre las páginas del documento para evitar que se cayera. El soldado, ubicado detrás del mostrador, miró el pasaporte, y, sin mostrar la menor expresión en su rostro, se levantó al tiempo que nos decía que esperáramos. Muhammad sudaba más de lo normal, las gotas resbalaban deslizándose desde su sien hasta caer en su barba enrulada. Yo tampoco estaba tranquilo, pero por mi experiencia en estas tierras sabía que el dinero todo lo compraba, desde la libertad hasta la muerte, y estimaba que un visado para visitar un país que se hallaba en terapia intensiva también se vendía. Además… ¿quién querría visitar Afganistán en esos momentos?

Los minutos duraron una eternidad hasta que un hombre vestido con traje negro, sin corbata, y carpeta en mano nos pidió que lo siguiéramos. Su apariencia era distinta y mostraba algunos rasgos occidentales. Era el primero que vi, si la memoria no me traicionaba, que no tenía bigote. Muhammad seguía sudando. Le presté un pañuelo, ya que no podía disimular su transpiración en su frente. Entramos en un despacho casi vacío en el que solo existían tres sillas, una mesa y un cuadro con la imagen de un individuo con turbante y bigote estilo mariposa que no supe reconocer. Me extrañó no ver ningún ordenador. ¿Cómo registrarían a la gente?, me pregunté.

El talibán abrió y sacó mi pasaporte. Después, con un inglés bien claro me preguntó:

—¿No sabe usted que necesita visado para entrar en Afganistán? —El talibán marcaba cada una de las palabras mientras ojeaba el pasaporte. El dinero ya no estaba allí.

—¿Visado? No, no lo sabía…

—Bueno, ahora ya lo sabe —agregó. —¿Cuál es el motivo de su visita?

—Vengo a hacer un documental sobre los sitios sagrados en Afganistán.

—¿Para qué red de televisión trabaja?

—Soy *freelancer*, independiente. Usualmente vendo mis trabajos a la televisión estatal española, la TVE. —Temí que me pidiera un carné de algún canal de televisión.

—¿Quién es su acompañante?

—Mi *muhram*, mi guía.

Los *muhram* no necesitaban pasaporte.

—¿Cuál es su nombre? —Esta vez se dirigió a Muhammad.

Él tartamudeó al pronunciar su nombre. Habíamos acordado que Muhammad diría que era un palestino y que no tenía ninguna identificación. Los palestinos eran vistos con buenos ojos por los talibanes.

Cuando terminó el interrogatorio, el talibán nos ordenó esperar. Muhammad ya había empapado el pañuelo. Le expliqué que lo más grave que nos podía ocurrir era que nos devolvieran a Pakistán.

—Tú nunca sabes lo que estos hombres pueden hacer —murmuró Muhammad.

Experimenté una sensación extraña. Había llegado demasiado lejos. Pensar que hacía unas semanas estaba en Tel Aviv, estudiando tranquilamente para mis exámenes en la Facultad de Medicina, y tan poco tiempo después arrojaba mi suerte a un funcionario de segunda, al que yo ya le había depositado una muy buena coima.

El talibán volvió luego de quince minutos con mi pasaporte en sus manos. Me mostró el sellado y me dijo que esta sería la última vez que me dejaría pasar sin visado. Me aclaró que en un lapso de cuarenta y ocho horas tenía que registrarme en las oficinas talibanes de asuntos exteriores de Kabul. Me entregó un papel escrito en árabe con la dirección.

—Si no te registras te buscaremos por todo el país, y serás condenado de acuerdo con las leyes del Estado.

Esto no me sonaba nada bien. ¿A qué país se refería cuando hablaba de "leyes del Estado"? Tendría que haber mencionado las "leyes talibanes" para ser más preciso...

Cuando salimos y pisamos suelo afgano pensé que se habían olvidado de darme el recibo de los mil dólares...

Muhammad tomó las riendas y marcó el rumbo. Sus nervios habían desaparecido. Conocía bien el terreno y la ruta.

—¿Dónde está tu primo? —le pregunté.

—Tenemos que caminar unos veinte minutos más para encontrarlo. Es muy peligroso aparcar cerca del paso fronterizo.

Caminamos al costado de la ruta. El paisaje era desolador. El tráfico había desaparecido, solo se movían algunos taxis que iban con destino opuesto al nuestro, hacia Pakistán. No había indicios de la familia que se hallaba delante de nosotros en la fila. Muhammad asumió que los habían devuelto a Peshawar.

Cuando llegamos al lugar convenido, el primo de Muhammad nos estaba esperando en una intersección, sobre la derecha de la carretera. Solamente ellos dos podrían haber encontrado ese lugar. Se abrazaron intensamente, intercambiaron algunas palabras que no entendí. El primo se dirigió hacia mí ofreciéndome su mano y nos saludamos cortésmente. Usaba gafas negras y su sonrisa radiante relucía. Vestía la tradicional túnica blanca con la que cubría todo su cuerpo.

Su auto era un peugeot 404 wagon. Cuando accedimos a la ruta, dudé de que este vehículo pudiera recorrer la travesía hasta Kabul, aun sin saber la distancia. Nunca imaginé que un coche podía generar semejantes sonidos. El calor era agobiante y, obviamente, la máquina no tenía aire acondicionado. Lo que me seguía impresionando era la habilidad de estas personas para conducir en esas carreteras y con esas condiciones de vehículos y de clima.

El primo de Muhammad nos había reservado un hotel, ya que con el plan de periodista eso era lo más conveniente, el Hotel Spinzar, al que llegamos luego de cuatro horas de marcha. El edificio, localizado en el centro de la ciudad, se hallaba en perfecto estado, algo poco habitual en esos lugares. El personal era sumamente servicial. Registraron mi pasaporte y mi visado; también me recordaron que entre ese día y el siguiente debería presentarme en las oficinas talibanes. Yo ya sentía que me derretía y deliraba. A todo respondía que sí. Aquel viaje había sido una verdadera odisea. Muhammad, en cambio, no sufría como yo pues estaba acostumbrado al clima. El aire acondicionado de la recepción me llegó justo a tiempo, cuando estaba a punto de colapsar.

La habitación que me asignaron también estaba climatizada, lo que ayudó a mi recuperación. Me desplomé en la cama víctima de la deshidratación. Tenía que mantener mi cuerpo frío y tomar la mayor cantidad posible de agua, aunque bien sabía que lo único que me ayudaría era una bolsa de suero. Viéndome mal, Muhammad me preguntó si quería que fuera por ayuda médica. No recuerdo qué respondí, pero sé que me dormí, o me desmayé.

Cuando recobré la conciencia habían pasado cinco horas. Muhammad estaba al borde de mi cama. Miré mis brazos buscando alguna señal de aguja que me indicara que había recibido suero, pero no encontré ninguna. Muhammad me explicó que caí dormido y que me dejó así. Debo admitir que podría haber muerto, pero afortunadamente, mi cuerpo encontró en el descanso las fuerzas para volver a funcionar. Estaba débil, pero me sentía mucho mejor.

Bajamos al restaurante y comimos suculentamente manjares locales que me resultaron demasiado picantes, pero si quería estar bien, necesitaba una buena comida. Eran ya las seis de la tarde.

Muhammad me preguntó cuál era mi plan.

—Te digo la verdad, no sé por dónde empezar. Creo que comenzaré yendo a las oficinas talibanes a registrarme. Ahí trataré de indagar sobre Mariana, mi amiga. ¿Qué te parece?

—Tú sabes que el dinero lo hace todo por aquí; si quieres encontrar a esa muchacha necesitarás dinero.

Sabía que tenía que realizar una transferencia electrónica, y de algo estaba más que seguro, todo lo que decidiera hacer, sin importar qué fuera, tendría que ejecutarse rápida y eficazmente, no había lugar para errores.

—¿Y tú? ¿Qué harás? De aquí en más puedes tomar tu camino y buscar a tu familia. Te agradezco mucho todo lo que hiciste por mí, pero los tuyos son más importantes que todo.

—Mi primo tiene un plan. Igualmente, yo trataré de estar en contacto contigo y de ayudarte en lo que pueda. Estaré de vuelta a eso de las nueve, espero que con los míos. Será mejor que tú permanezcas en el hotel y recuperes fuerzas.

Dijo esto y salió envolviendo en su cabeza un turbante blanco que se había quitado durante el viaje. Cuando se fue pensé en su esposa y en su hijo desaparecidos. El hombre sostenía su optimismo ante toda la adversidad del mundo, rasgo común en los afganos, por lo que iba conociendo.

Subí al cuarto y me desmoroné nuevamente en la cama, casi sin fuerzas. Cuando volví a ver la luz, miré el reloj y constaté que había dormido casi doce horas. No lo podía creer. Fui hasta la habitación vecina para hablar con Muhammad, pero él no estaba. Su cama permanecía tendida y no había indicios de que alguien hubiera dormido en ella. Me preocupé, pero entendí que de poco me serviría esa preocupación.

Me vestí, tomé mi bolso y salí con rumbo a la oficina de asuntos exteriores. El recepcionista talibán me informó que aunque era cerca, lo mejor sería trasladarme en taxi. Me escribió la dirección en árabe y me llamó un taxi que estuvo en la puerta inmediatamente. Ni siquiera tuve que darle la nota al chofer pues ya sabía adónde iba. El negocio estaba hecho, el viaje duró exactamente tres minutos y medio, apenas cuatro cuadras separaban el hotel de las oficinas talibanes. El calor continuaba con su imperio agobiante, como un espectro que se alimentaba de ese aire pegajoso y húmedo. Adentro del edificio talibán no había aire acondicionado. Los agentes de seguridad apostados en la puerta me trataron con relativa calma. Ningún talibán sonreía, pensé. Mostré mi pasaporte y traté de hacerles entender que necesitaba el sellado. El lugar estaba vacío supuse que a causa del horario, ya que recién eran las ocho de la mañana.

Tuve que esperar en una silla situada en un pasillo prolongado. Mientras esperaba observé que en las paredes no había ningún cuadro o símbolo, estaban vacías, pintadas desprolijamente.

Luego de una hora se acercó a mí un hombre de mediana estatura cuya melena negra muy oscura como el azabache, iba perfectamente peinada. Tenía un uniforme blanco y azul que no reconocí. Me condujo a un cuarto sin ventanas y cuando quise empezar a hablar me pidió el pasaporte. Lo revisó y me formuló las típicas preguntas: qué venía a hacer, dónde me alojaba, por cuánto tiempo pensaba estar ahí. Sin atender mucho a las respuestas, empuñó el sello y estampó la goma en mi documento. Entonces, empecé yo a preguntar.

Fui directamente al grano y le pregunté por Mariana, explicando que era una danesa amiga mía.

—Nunca escuché ese nombre. No está aquí —respondió sin mucho entusiasmo.

—¿Cómo la puedo encontrar?

—No tengo idea, no es nuestra tarea encontrar a gente perdida —me dijo de mala manera.

El teléfono sonó y cambió su cara. Habló poco y rápido, tomó mi pasaporte en sus manos y me pidió que esperara. Cuando salió de la oficina, sospeché que la conversación telefónica había tenido alguna relación conmigo. Ahora bien, ¿para qué se había llevado mi pasaporte? ¿Por qué no me había liberado? El tiempo pasaba y mi incertidumbre crecía. Estaba encerrado en ese recinto. Intenté abrir la puerta y comprobé que estaba cerrada con llave.

Después de casi dos horas, el talibán volvió. Abrió bruscamente la puerta. Observé que mi pasaporte estaba en sus manos y que, detrás de él, aparecieron dos agentes de seguridad armados con sables.

No podía creer lo que arrastraban con sus manos.

25

AHMED
Teherán - Irán
19 de octubre, 2011

Al bajar del mundo negro y polarizado del coche, vi que el helicóptero seguía aleteando, nervioso tal como lo había estado en el aeropuerto. Levantaba una humareda de aire caliente y polvo, del que se desprendió un remolino de partículas de tierra ardiente que se alojó sobre mis ojos.

Cuando salí del auto no tenía idea del lugar en el que estábamos, estimé que habríamos viajado unas cuatro horas, siempre con el helicóptero escoltándonos. No entendí por qué no habíamos hecho el viaje en ese aparato, hubiera sido más agradable y corto.

El barbudo roncó sobre mi rostro la mitad del camino mientras que el pelado dormía intermitentemente. En un momento, se apareció ante nosotros un edificio completamente nuevo emplazado en medio de la nada. Un cartel demasiado pequeño indicaba "Planta de Energía Bushehr". Mis conocimientos de la historia no eran muy amplios ni sólidos, pero siempre me había interesado el tema de la energía nuclear y alguna vez había leído que Bushehr era un reactor nuclear construido en los años setenta con ayuda americana. Recordé haberme enterado de que el reactor había sido dañado en la guerra con Irak, y que por los noventa Irán firmó un contrato con Rusia para reanudar la construcción de la planta de Bushehr, utilizando el mismo edificio. Si mi memoria no me traicionaba, Bushehr tenía un reactor de agua a presión que tendría que haber estado listo y funcionando a fines del 2007. Como no había ningún indicio de obras en proceso de construcción, supuse que se habría finalizado a tiempo.

Bushehr era el nombre de una ciudad iraní que distaba cuatrocientos kilómetros de Teherán. Se destacaba por su gran puerto. Había leído una nota que explicaba que el reactor generaba energía que proveía a ciudades como Shiraz; la misma nota sostenía que allí no se enriquecía el uranio, ese proceso se realizaba en otra planta, Natanz, que había sido puesta en la lista negra de los israelíes y americanos en los últimos años.

El pelado marcó el camino mientras el helicóptero se alejaba. Entramos a un edificio blanco situado junto a un enorme generador eléctrico. No tenía la menor idea del motivo por el cual los iraníes me habían conducido a ese lugar, ya que yo no era físico ni ingeniero. En la entrada nos recibió un hombre viejo que usaba un delantal blanco. No se presentó, intercambió solamente una o dos palabras con el hombre calvo. Todos los sistemas, puertas y accesos estaban con medidas de seguridad basadas en la retina, un sistema convencional extremadamente seguro que disponía de una pequeña cámara que leía la membrana del ojo humano. Mientras caminamos por un corredor largo, el veterano abrió tres puertas exponiendo su ojo a la cámara. Mis acompañantes iraníes mostraban asombro ante semejante tecnología, por lo que asumí que nunca habían estado en ese lugar. Llegamos a un pequeña sala con un ventanal; a través del cristal se podía ver un cuarto de control industrial que manejaba un recinto de interminables hileras de cabinas equipadas con servidores y artefactos de comunicación. El sitio donde nos hallábamos estaba casi vacío, lo único que había eran unas mesas y unas sillas giratorias; el viejo se retiró y nos dejó en el cuarto. Yo contemplaba toda la tecnología que se desplegaba detrás de aquel cristal; estaba intrigado, quería saber por qué me habían transportado hasta ese lugar. Después de cinco minutos abrieron una puerta ubicada a un lado del recinto, las dudas se esfumaron, la sorpresa fue total.

26

LEONEL
Afganistán
20 de octubre, 2011

Nos sucede que hasta que no vemos la crueldad extrema no aceptamos su existencia; no les creemos a quienes dicen que la sufrieron, como si necesitáramos ante nuestros ojos imágenes de horror para constatar la verdad de las peores atrocidades. El cuerpo de Mariana colgaba de las manos de los dos agentes talibanes, como si fuera un objeto que escapaba a la ley de gravedad, que no tenía ninguna estabilidad ni peso. Su rostro estaba completamente desfigurado, cerraba y abría los ojos como drogada y su cuerpo había sido cubierto con una manta blanca. Intenté inspirar una bocanada de aire que me repusiera de aquel impacto que me provocó estremecimientos convulsivos, pero una arcada me desplomó hacia adelante hasta dejarme en cuclillas, vomitando. Tardé varios minutos en reponerme y cuando lo logré le pregunté al talibán uniformado qué le habían hecho.

—Nada, la rescatamos de unos bandidos. ¿Te pertenece?

—¿De unos bandidos? Pero si ustedes mismos la trasladaron a Afganistán luego de raptarla... —Sentía una vena en mi sien a punto de explotar.

—No sé de lo que habla, español, si le pertenece, llévesela. Antes, deposite mil dólares por los cuidados que recibió hasta ahora.

—¿Cómo? ¿Qué cuidados? Mírela... la han deformado y mutilado. ¡Y quieren cobrarme por eso! —grité descontrolado.

En ese momento, los dos agentes de seguridad dejaron caer a Mariana al piso y se acercaron a mí. Entendí que de nada valdrían mis quejas; un pueblo entero sufría estas crueldades y nada los había detenido hasta el momento, así que, si quería salir ileso y rescatar a Mariana, debería pagar e irme. El problema era que no tenía ese dinero conmigo. En el bolsillo solo traía trescientos dólares. Expliqué la situación y les propuse que me siguieran hasta un banco para completar la cifra. El talibán jugueteó con el pasaporte en sus manos mientras pensaba, por fin, lo puso en su bolsillo. Me indicó que tenía una hora para conseguir el dinero. Hasta ese momento, el pasaporte y Mariana quedarían con él.

—Pero necesito mi pasaporte para hacer la transacción bancaria —argumenté.

—Tienes razón, español. —Y me tiró el pasaporte sobre la mesa—. Si no vuelves en una hora, la chica no sobrevivirá.

Pensé en qué crueles e ignorantes podían llegar a ser estos individuos. Hacía pocos minutos les echaban la culpa del estado de Mariana a unos bandidos y ahora amenazaban con matarla si no les pagaba. Me retiré rápidamente y sin chistar de aquel sitio. Tenía que hacer un traspaso urgente de dinero de mi banco. Intentar una transferencia de un banco israelí a uno afgano era una utopía, ya que estos países no tenían relaciones, y además temía que me reconocieran como israelí, si así fuera, los talibanes terminarían rápidamente con mi vida. Decidí darle una oportunidad a mi destino y me dirigí a una terminal bancaria en el centro de Kabul. Miré hacia atrás intentando descubrir alguna señal de vida de Mariana. Sus ojos no lograban fijarse en ninguna parte, estaban perdidos, miraban sin dirección. Su cuerpo temblaba.

Tomé un taxi y luego de diez minutos de viaje llegamos al Banco Azizi. El edificio se encontraba deteriorado por marcas de balas, como casi todas las construcciones de Kabul. El banco se hallaba vacío, desolado, no había ni una persona. Hubiera pensado que estaba cerrado si no hubiera sido por un empleado servicial que se abalanzó hacia mí ofreciendo su ayuda. Le expliqué que necesitaba hacer una transacción urgente, transferir dinero desde un banco en Francia hacia esa sucursal. Traté de dramatizar argumentando que se trataba de vida o muerte, lo que al fin y al cabo era real. No tenía idea si mi contacto en Francia había abierto la cuenta, y si lo había hecho, en qué banco. El hombre, vestido con un traje azul muy prolijo que lucía las insignias del banco, me solicitó mi pasaporte y me preguntó sobre mi banco en Francia. Recordé que en el camino desde el aeropuerto hacia París pasamos por el Banco Central de Francia, era todo o nada, debía arriesgarme y dar el nombre de esa institución y probar mi fortuna, no tenía nada en mi poder, argumenté que había perdido todo. Le deposité mi pasaporte y le pedí que se comunicara con el banco.

Se contactó con el banco en Francia. Su inglés recibió toda mi admiración. Mientras esperaba en la línea, cerré los ojos y le ofrecí una plegaria a Dios.

—Señor, el banco francés informa que la transacción tardará una hora.

—¡Una hora! No tengo ese tiempo, necesito ese dinero urgente, ya. ¿Entiende? —levanté mi voz.

—No depende de nosotros, señor…

Tomé de sus manos el teléfono y le expliqué al empleado francés mi urgencia. Del otro lado del teléfono hubo un silencio sórdido.

—Señor, tenemos un proceso… —intentó explicar el empleado del banco francés.

—Deme de inmediato con su encargado, con el presidente del banco, o con quién sea que pueda resolver esta situación —lo interrumpí mostrando todo mi enojo.

Otra vez el silencio del otro lado. La estrategia la había aprendido en un curso de reflexología y meditación que realicé en Israel, en el que un gurú nos había dado algunas sugerencias sobre cómo tratar este tipo de situaciones. Pero yo estaba lejos de entrar en razón. Por fin, una voz apacible se escuchó del otro lado de la línea.

—Señor, soy el encargado de la sucursal. Haremos lo posible para transferir el dinero en media hora. Pásele el teléfono al empleado del banco en el que usted está.

Más calmado, le di el teléfono al banquero y escuché que intercambiaron mensajes relativos a la cifra y a los códigos necesarios. El banquero, atentamente me invitó a sentarme y comenzó a teclear con gran agilidad en su computadora. Después de diez minutos, me ofreció el típico café árabe, barroso y con muy fuerte sabor, en un *finjan*[30] dorado.

---

30 Finjan: vaso, vajilla.

El plazo se acortaba y los nervios se empezaban a manifestar en mi respiración; sentía una sensación de asfixia, justo cuando el banquero se levantó de su silla y me confirmó que todo estaba listo. Enseguida depositó los billetes americanos en mi mano, me hizo una señal de esperar con la suya y tecleó el teléfono.

—¿Qué hace? —le pregunté.

—Le estoy ordenando un taxi y un custodio de seguridad para que lo acompañe. Es muy peligroso que salga a la calle con esa suma de dinero. Es parte de nuestro servicio.

Le agradecí y cuando me retiraba, apareció un hombre de unos dos metros de estatura que me escoltó hacia el taxi estacionado en la puerta. Me abrió la puerta gentilmente y me dijo —cuídate, estás en peligro...

Llegué corriendo a las oficinas talibanes. El hombre uniformado no tardó en aparecer. Le di el dinero, lo contó y me dijo:

—Espera aquí, español.

Después de unos minutos volvió con Mariana; los dos agentes la arrojaron al piso violentamente.

—Español, llévatela rápido, antes de que me arrepienta.

—Ok —respondí.

Como pude, tomé en mis brazos a Mariana. Su cuerpo carecía de peso y se estremecía constantemente. Sentía que su corazón latía muy débilmente; todos los síntomas correspondían a un estado de shock convulsivo. Necesitaba llevarla a un hospital, temía que no resistiría sin la atención adecuada. No veía ningún taxi en la calle, así que, desesperado, empecé a gritar:

—*Help, help!*[31]

Un peugeot blanco se detuvo, rechinando sus frenos. Le grité "¡Hospital, hospital!" con Mariana muriendo en mis manos. El afgano me ayudó a introducirla en el coche. Por suerte, el hospital se encontraba cerca del lugar. Entramos corriendo al sector de primeros auxilios y dos enfermeras y un camillero se acercaron inmediatamente; la acostaron en una camilla y la condujeron rápidamente hasta el final del corredor. Cuando quise entrar en el recinto, me cerraron la puerta en las narices.

---

31 Help, help!: ¡socorro, socorro!

27

AHMED
Irán
19 de octubre, 2011

Reza estaba frente a mí como un fantasma. Si había una persona a la que no esperaba ver en ese lugar era a él. Se lo veía extraño, apagado, como si estuviera allí por obligación y no voluntariamente. Estaba escoltado por un soldado.

El pelado dio una orden meneando la cabeza y todos abandonaron el cuarto, dejándonos a Reza y a mí a solas.

Reza se movió nervioso recorriendo el recinto.

—No pienses que yo estoy aquí por mis propias ganas; nos encontramos en una situación similar: yo también fui secuestrado tres horas después que tú. No sé si llamarlo "secuestro", ya que el Hammas se unió a los iraníes en este proyecto.

—¿De qué proyecto me hablas? Mira donde estamos ¿Acaso construiremos bombas?

—No, seguiremos en lo nuestro.

—¿Qué quieres decir? ¡Dímelo de una vez! —me impacienté.

—Los iraníes están preparando ya hace más de un año un programa tecnológico como el que estábamos empezando a diseñar en el Hammas, pero ellos están ya muy avanzados, lo tienen casi terminado. Quieren que tú y yo lo probemos y le agreguemos la parte de encriptación, para después introducirlo en lugares especiales en Israel.

—¿Qué?

— Sí. Llegué hace dos horas a este lugar, y no sé más que lo que te dije. Lo que entendí es que toda esta campaña quiere hacerle creer al mundo que Irán está preparando su bomba nuclear para encubrir la verdadera "bomba"...

—¿A qué "bomba" te refieres?

—A la bomba informática a la que llaman "El Hiat". Es una especie de virus que está en fase de desarrollo. La meta es que este *malware* logre penetrar en sistemas informáticos sionistas. Todavía no estoy al tanto de todos los detalles y de los lugares físicos donde piensan inyectarlo, pero está todo muy avanzado ya.

—¿Y sabes cómo piensan introducirlo? Es bien conocido que Israel posee los mejores sistemas de seguridad.

—Manualmente.

—Manual... ¿qué?, ¿cómo...?

Cuando estaba tratando de reaccionar ante estas revelaciones, apareció un hombre que usaba un delantal blanco, bien planchado, impecable, al estilo de los que usan en los laboratorios. El hombre era de mediana estatura y mostraba una calvicie avanzada. Se presentó y nos llevó a un salón muy amplio de control y manejo de sistemas PLC. Una pantalla gigante mostraba la representación gráfica del funcionamiento de una centrifugadora nuclear. Observé el logo de la compañía Siemmens en el programa que ejecutaba las imágenes.

—Seguro se estarán preguntando qué hacen aquí. Esta es una típica sala de control de centrifugadoras. Esta máquina que están viendo en el monitor, no es como todas, esta fue averiada por el virus Stuxnet hace seis meses.

Reza me miró con la boca abierta, yo todavía no había cerrado la mía. Recordé que en nuestra estadía en Pakistán habíamos charlado sobre este tema, pero no le dimos mayor trascendencia. Algo habíamos leído del asunto, pero ahora estábamos frente a esa bestia digital que había destruido miles de centrifugadoras.

Nos trajeron una comida suculenta que combinaba arroz, hongos y pollo, y una espesa sopa de arvejas; los alimentos venían acompañados con un té sumamente azucarado, para facilitar la digestión.

Las siguientes cuatro horas fueron tan intensas como interesantes. Primero nos mostraron las diferentes formas de accionar del sistema

PLC, y cómo el virus confundió los sistemas disfrazándose con comandos falsos. Luego, el hombre de blanco reprodujo el virus "live", y el proceso de infección de una simple computadora. A continuación nos demostró la vulnerabilidad que aprovechó el virus, los dos "Día Cero" que usó y los certificados falsos de los drivers adquiridos en Taiwán. Todo fue tan avanzado que me impresionó como nunca nada antes lo había hecho. Ni me di cuenta del tiempo que había transcurrido. Esa mutación endiablada era una verdadera obra de arte, un trabajo impecable. Pensé que esto no era producto de la mano de un solitario programador, sino que había una acción de equipo, de años de desarrollo, de una infraestructura poderosa, de un país.

En ese momento, el pelado irrumpió en el cuarto y nos dijo:

—Bueno, muchachos, debemos marcharnos. Síganme, tenemos un largo viaje hacia Teherán.

El coche negro polarizado se encontraba en la misma posición en la que lo habíamos dejado unas horas antes. Además de Reza y yo, viajarían el chofer, el pelado y el barbudo. Había quedado respondida mi pregunta de por qué me habían llevado hasta allí; ahora lo entendía todo. Cuando se encendió el coche, apareció fantasmagóricamente el helicóptero sobrevolándonos otra vez. No lo pude ver, pero percibí claramente su aleteo y ruidosos motores.

Reza estaba agobiado; la situación no le sentaba bien. Yo empecé a entusiasmarme con la idea de trabajar en un proyecto así, de tener contacto directo con aquel virus. Reza me explicó que el proyecto estaba muy adelantado, casi terminado, que en él trabajaba mucha gente y que el gobierno iraní lo había clasificado como de especial interés y ultra secreto.

¿Por qué Reza y yo? Tuve tiempo de hacerme esa pregunta mientras el chofer movía el auto velozmente. Pensé que Reza era un genio en todo lo relativo a seguridad informática, por lo que su presencia era claramente entendible, pero... ¿qué hacía yo allí? ¿Era el niño prodigio, sin haberlo demostrado todavía, o había otra cosa que no sabía? Pensé que tal vez Reza supiera algo que yo no.

Traté de mostrarme optimista, de no perder la calma con falsos pensamientos, ya que desestabilizarme no contribuiría en nada.

—Tenemos un viaje largo —dijo el pelado descubriendo una sonrisa—. Acomódense señores.

Esta vez me había sentado del lado de la ventanilla, Reza, que viajaba en el medio, no conocía los atributos del barbudo que yo ya había experimentado. Después de diez minutos entendió por qué me esforcé para entrar último en el auto, cuando empezó con sus ronquidos a todo dar.

El viaje duró cuatro horas. Como las ventanillas estaban polarizadas y la cabina de adelante y de atrás se encontraban separadas por una cortina manual de color negro no podía tener ningún indicio de dónde estábamos, pero calculando el tiempo que habíamos viajado, deduje dos posibilidades: o nos alejamos cuatrocientos kilómetros afuera de Irán, o nos encontrábamos en Teherán. Cuando el coche comenzó a disminuir la velocidad y a detenerse periódicamente en lo que deduje eran semáforos, entendí que nos hallábamos cerca de nuestro destino. Entonces, el pelado corrió la cortina y despertó al barbudo que seguía jadeando, dándole órdenes de prepararse, pues ya estábamos por llegar.

Entramos en un edificio color barro. La calle era de tierra, pero no pude captar más detalles. Subimos a un ascensor, y noté que el pelado pulsó el botón que decía "-5". Íbamos bajando como una bola de nieve, a una velocidad increíble. Llegamos al rellano en el que había una puerta automática con un sistema de seguridad en base a retina ocular. Un hombre flaco y con bigotes gruesos nos saludó. Se presentó como "Raji". El pelado y el barbudo se despidieron. Percibí un gesto de alivio en ellos, como cuando alguien finaliza una misión. Raji puso su ojo frente a la cámara y la puerta se abrió. A continuación apareció otra puerta similar, cuyo sistema de seguridad se activaba en forma biométrica, con la yema de los dedos. Cuando entramos, me quedé estupefacto ante tal tecnología, desconocida para mí. Una ráfaga de aire refrigerado entumeció mis pulmones, pero rápidamente me recuperé. Lo que se encontraba ante mis ojos era un conjunto de máquinas súper modernas, el lugar irradiaba la última tecnología.

Todavía tenía la imagen de nuestro laboratorio en Pakistán, al que yo consideraba lo último y más moderno en computación. Claramente, estaba muy equivocado. Aquí cada escritorio tenía una pantalla LCD de 32 pulgadas, cada operador manejaba una computadora/servidor con 16 CPU y 128 gigas de memoria. Lo que más me impresionó fue lo que vi detrás del vidrio transparente, en la *Data Centre*[32]. Cuando entramos, el aire era congelado. En el centro había una caja de acero que producía un ruido ensordecedor de ventiladores. En la parte posterior de la caja que medía unos dos metros de altura, se había instalado un monitor LCD con un teclado y un ratón, y nada más. Alrededor se veían racks enormes con servidores y sistemas de comunicación de alta tecnología.

Antes de que nos explicara algo, mi curiosidad ganó la mano y le pregunté a Raji qué era esa enorme caja de metal. Contestó que ese era el gran secreto.

—¿Gran secreto? ¿Qué secreto?

—Tienes ante tus ojos uno de los servidores más poderosos del mundo. El diseño estuvo a cargo de ingenieros rusos y chinos y terminó de diseñarse hace apenas seis meses. Cuenta con tres mil CPU físicos y 16 terabyte de memoria, 8 tarjetas de comunicación con banda de 100 gigas cada una. Puede procesar cualquier formato de programa en cuestión de milisegundos. Lo inverosímil es posible con esta máquina. Todo lo que puedan imaginar y aún más se puede hacer con este monstruo informático —dijo orgulloso Raji mientras contemplaba la caja mágica. Y continuó —: Este artefacto puede detectar un password de 12 cifras en 4 minutos, generando 300 millones de combinaciones entre las cuales establece cuál es la correcta, algo que a una computadora normal le tardaría veinticinco años. Compilamos programas en segundos, testeamos plataformas enteras en minutos; es algo extraordinario. No hay datos secretos allí, lo utilizamos como un arma procesadora. Nos ayudó a construir en menos de seis meses algo que hubiera tardado mucho más de cinco años. Si todo lo dicho por Raji era cierto, verdaderamente estábamos frente a una máquina muy pocas veces vista.

Los días que siguieron fueron de intenso estudio, aprendizaje y documentación. Nadie nos dio ni la más mínima idea de cuál sería nuestra tarea ni por qué estábamos allí. Tampoco lo preguntamos, ya que todo lo que se palpaba en el aire estaba teñido de secretos. Nuestra curiosidad se fue incrementando, y al decir "nuestra" incluyo a Reza, quien empezó a aflojar su caparazón de misterio y a abrirse un poco más conmigo. Hablamos también del proyecto que teníamos en Pakistán, seguía siendo su

---

32 Data Centre: centro de computación, lugar donde se instalan servidores y equipos de comunicación de redes.

sueño hacerlo realidad, y me confesó que creía en mí y en mi capacidad para llegar a ser el número uno en el rubro. Se disculpó del momento en el que me expulsó del país, y solamente dijo que no había sido su decisión.

Vivíamos y dormíamos, en el piso -7, dos más abajo que los laboratorios. Todo se nos proveía, por lo que no veíamos la luz del día. Compartíamos trabajo y habitaciones con tres rusos, dos sirios y cuatro iraníes. Raji, nuestro tutor, era uno de esos cuatro. Los rusos ni se inmutaban frente a nosotros, no intercambiábamos casi ninguna palabra. Entre ellos usaban su propia lengua. Los demás hacíamos esfuerzos por entendernos y convivir lo más agradablemente posible; empezábamos a conformar un núcleo interesante, aunque todavía no entendíamos nada de lo que ocurría a nuestro alrededor. Nadie hablaba del trabajo, esto se había establecido como un código secreto.

Después de una semana, en la que nos pasamos el tiempo leyendo y documentando material sobre encriptación y seguridad informática generalizada, Raji nos llamó a su despacho. Había finalizado la etapa de adaptación y observación; todos sabíamos que nos habían estado mirando, observando nuestras actitudes y comportamientos, y que seguramente ya se habían armado un perfil de cada uno de nosotros. Todavía no había acabado de entender cuál era la posición de Raji en todo aquel tejido; ¿acaso era el director del proyecto? Todo lo relativo a la logística estaba en sus manos. Cuando comenzó a comunicarse más con nosotros, nos dimos cuenta de que nos habían chequeado todo el tiempo para conocer si se podía confiar en nosotros. Supuse que habíamos pasado sin problemas ese reto.

—Muchachos, debo decir que estoy muy satisfecho con ustedes. Los hemos traído para trabajar en un proyecto de especial envergadura, al que llamamos "la bomba informática". Durante los últimos seis meses, conjuntamente con ingenieros rusos, hemos preparado un programa especial que cuando se introduce en un sistema lo infecta y destruye o viola sus leyes de funcionamiento. No está aún totalmente terminado, pero ya hemos pasado la segunda fase del testeo. Lo más importante es que se recrea, y eliminarlo resultará una utopía para los sionistas, no lo lograrán, porque se propaga y regenera rápidamente. Estamos ahora en la tercera fase, en la que comenzamos a inyectarlo a una computadora en nuestra red local que está conectada a un sistema PLC, esto arrojará un simulacro de ataque a nuestros propios sistemas. Basamos nuestro trabajo en un *copycat*[33] de Stunext, quiere decir que nuestro primer objetivo sería una plataforma de control industrial, aunque no solamente eso; el programa tiene capacidad de atacar cualquier sistema. Queremos poner a Israel en cuclillas. Cuando dijo esto se le notaba el odio en su rostro. Hemos testeado todos los procesos con una turbina eléctrica que se encuentra en el piso dos, y todavía seguimos analizando y solucionando problemas en el programa madre. Algo que no les conté es que "El Hiat" puede procesarse en cualquier plataforma, sea Windows, Unix o MAC. El virus sabe detectar el sistema, sea cual sea la plataforma, sin problemas. Los archivos fueron creados para los tres sistemas operativos, algo que es muy difícil de ver en un código único, pues los programadores solo eligen un sistema operativo.

Nuestra meta es introducirlo en las redes privadas en Israel sin necesidad de inyectarlo por medio de la web pública, es por eso que he mencionado que lo haremos manualmente, eso nos ayudará a vencer a los sionistas. Dado que vía internet es imposible ya que los sistemas de antivirus y cortafuegos rápidamente detectarían y bloquearían cualquier anomalía, necesitamos hacerlo físicamente, manualmente. Será suficiente insertarlo en cualquier computadora de los lugares elegidos para que el virus contagie rápidamente a todo el sistema, hasta explotar en la base central de datos. Ustedes serán parte de la ejecución final del proyecto, la etapa decisiva. Incluye la encriptación del programa y la incorporación de certificados y llaves privadas, para después compilar todo en una memoria USB. Esta correrá en el sistema no como un autorun, sino que cabalgará sobre un proceso DLL del sistema operativo y violará cualquier protección de la computadora personal, así no necesitaremos generar login y poner datos personales a ninguna computadora; bastará con insertar la memoria en cualquier ordenador y marcharse. ¡Ah!... algo que olvidaba: ustedes también serán los que aplicarán la memoria manualmente en los lugares escogidos

—¡¿Cómo?! —exclamamos a coro Reza y yo.

—Como lo oyen. Pero sobre eso recibirán más información y el entrenamiento necesario, no se preocupen.

---

33 Copycat: imitación.

Raji no dejó lugar para más palabras. Simplemente se puso de pie, respiró hondo y dijo: "a trabajar". Su semblante de tez oscura no se inmutó en todo su discurso, salvo cuando mencionó la palabra "Israel" o "sionistas".

—Desde mañana comenzarán a activar "El Hiat" y conocerán el programa madre de la "bomba informática".

En todo su discurso Raji caminó por la cuerda floja, se cuidó extremadamente de mencionar los lugares que atacaríamos, tampoco nos comunicó cuál era el objetivo directo de esta operación. Sabíamos de los sistemas PLC, pero también existían rumores sobre un ataque a una base de datos muy valiosa. ¿Qué es lo que realmente perpetraban los iraníes?

28

Herzliya
21 de octubre, 2011

En las oficinas del Mossad en Herzliya había caído como un baldazo de agua fría la pérdida de comunicación con Leonel. El *kaza* de la organización en Pakistán, que se encontraba regularmente en Islamabad, ya había sido notificado de la situación con carácter urgente y estaba preparando los últimos trámites para ingresar a tierra afgana. Yoni también fue consultado para que brindara toda la información que estuviera en su poder.

Como una bola de nieve que arrasaba con todo, la "bomba informática" ya había pasado por una de las juntas secretas en la Knéset, el parlamento israelí. El caso de Leonel perdido en Afganistán no era algo que tuviera a maltraer a los políticos, pero sí a los altos funcionarios del Mossad. Las últimas noticias presentadas al Parlamento eran que el proyecto se había mudado a Irán posiblemente junto con Ahmed y otro individuo no identificado.

En junta de urgencia, el gobierno pidió aclaraciones al Mossad sobre la situación, y el Jefe de la organización solicitó unos días de plazo para profundizar la información, para lo que reuniría la que tuvieran sus agentes.

Al mismo tiempo comenzaron a filtrarse los rumores, por parte de ciertos miembros del gabinete, referidos al cambio de los dos niños. Las identidades de Leonel y Ahmed circulaban en los pasillos de la Knéset. El Primer Ministro sintió que necesitaba poner fin a este tema; al mismo tiempo, asignaría a alguien para observar el funcionamiento del Mossad en el asunto más caliente en esas horas, la "bomba informática". Después de dos días, el gobierno designó a Eli Regev para estar al frente del caso, en especial para que se hiciera cargo del caso de trueque de identidades. La designación se llevó a cabo en una junta secreta realizada en los cuarteles de seguridad de la HaKirya de Tel Aviv. En el Mossad este nombramiento cayó como un baldazo de agua helada por lo inesperado. El Jefe de la institución presentó su renuncia, la que no fue aceptada. Le explicaron que en ese momento se necesitaba un frente fuerte y poderoso, y que Regev, un comandante en jefe del Departamento de Inteligencia del Ejército, reunía esas condiciones y era la persona adecuada para la misión. Entre discusiones y negociaciones que nunca llegaron a la prensa, todo volvió a una relativa calma.

El Mossad continuaría con sus investigaciones sobre "El Hiat", Regev se enfocaría en el problema de los niños y además, comprobaría el accionar de la organización secreta.

La primera entrevista de Regev con el Jefe del Mossad fue áspera, dura. La información que había requerido el gobierno todavía no estaba lista, por lo menos así lo comunicaba el Mossad. Regev dejó el despacho golpeando la puerta con su puño, casi gritando al salir:

—Parece que aquí nadie entiende la envergadura de este tema. Yo mismo tomaré el timón de este bote.

Regev solicitó una entrevista con Yoni, recién llegado de París, quien había sido el último que había tenido contacto con Leonel. Quería saber más detalles sobre la desaparición del joven y necesitaba datos sobre su contacto en Pakistán. Yoni viajó directamente desde el aeropuerto hasta el recinto de Regev. Le habló detalladamente del asunto del GPS, de la chica de la Cruz Roja, de la CIA y de todo lo demás vinculado con Leonel.

—¿Cómo pudo obstruirse una señal GPS? —preguntó Regev.

—No lo sabemos, nunca nos había pasado antes. Para bloquearla se necesitaría la participación de alguien experto en electrónica.

—¿Saben algo sobre Ahmed?

—Por nuestros contactos sabemos que Ahmed fue deportado de Pakistán y visto en Egipto en las cercanías de la embajada de Irán en ese país. Parece que agentes de inteligencia iraníes lo secuestraron y llevaron a Teherán, aunque esta información no ha sido corroborada todavía.

—¿Por qué razón fue deportado de Pakistán? ¿Por qué habrán querido hacer eso?

—Se estaba viendo con una joven de la Cruz Roja en Peshawar, algo que está prohibido por el carácter secreto del proyecto en el que estaba trabajando. No entendemos por qué los iraníes lo secuestraron, no estamos seguros, pero tenemos pistas que indican que Ahmed es un experto en computación y seguridad informática, y se cree que los iraníes están cocinando algo en esa área. Esa podría ser la razón.

—He escuchado algo de otro hombre, un tal Reza…

—Sí, él trabajaba para el mismo proyecto que Ahmed en Pakistán, más bien era el jefe técnico del proyecto. Tanto Reza como Ahmed pertenecían a un programa iniciado por el Hammas. Con respecto a la captura de Reza, sabemos que se produjo en Pakistán tres horas después de que Ahmed fuera deportado. Se lo llevaron, aparentemente directo a Irán. En cualquier momento tendremos la información de si ambos se hallan en Irán, nuestros agentes están trabajando en eso.

—Quiere decir que un caldo gordo se está preparando en Teherán, y yo me pregunto…¿qué está haciendo el Mossad?

—Bueno… nosotros estábamos trabajando intensamente en el proyecto que tenía el Hammas en Peshawar…

Regev llevó su mano a la cabeza y la deslizó sobre su pelada. Nadie se dio cuenta de que era una forma de despistarnos del verdadero proyecto, pensó.

—¿Hace cuánto tiempo están trabajando en esto?

Yoni tardó en responder.

—Bueno, todo empezó en la Franja de Gaza, cuando descubrimos la célula que quería desarrollar una ofensiva de tipo informático. Por ahí aparece en escena este joven, Ahmed, que rápidamente fue considerado un prodigio, pues armó el primer sistema computarizado para la organización, el sitio del Hammas. Luego siguió el viaje a Pakistán… si cuento todo este tiempo, diría que… unos tres meses.

Regev apoyó sus manos en el escritorio, cerró sus puños y exclamó:

—¡¡Mierda!! ¿Quieres decirme que durante tres meses nos hemos comido el anzuelo que nos tendieron los iraníes? ¡No lo puedo creer! Todo el mundo sospechando de la creación de una bomba atómica, del enriquecimiento del uranio, pensando en las centrales de agua dura… y ellos desarrollando tranquilamente programas computarizados para destruirnos. Seguramente, en conocimiento de que nosotros siempre estamos atrás en la pista del Hammas, se pusieron de acuerdo y nos tendieron la gran trampa. ¡Ve tú a saber en qué parte del proceso se encuentran!

Regev hervía, Yoni se quedó clavado en su sillón no porque fuera confortable, sino porque estaba confirmando todo lo que antes presentía.

—Perdóname, no es contigo la cosa, pero en vez de empezar este caso de cero, me parece que corro con todas las de perder. Gracias por la información. Te puedes retirar.

Regev trató de no perder la calma, debía actuar rápidamente. Su carrera como jefe del Departamento de Inteligencia del Ejército le había mostrado artimañas parecidas para distraer al enemigo, aunque esta era de una envergadura y peligro diferentes. El Estado estaba en peligro, el gobierno le pediría un reporte muy pronto y culparía al Mossad de ineficiencia. ¿Y de qué serviría? Quizás habría un chivo expiatorio dentro de la organización, no sería la primera vez, pensó.

Sin más, tomó el teléfono y marcó el número de un viejo amigo.

29

LEONEL
Afganistán
26 de octubre, 2011

Después de seis días de internación, Mariana comenzó a mostrar seña-les de mejoría. En un hospital normal le hubiera insumido la mitad de ese tiempo. No es que los doctores o el personal de enfermería fueran malos, el problema era que les faltaba hasta lo más básico, desde los instrumentos hasta los medicamentos. Presentaba un cuadro de deshi-dratación aguda, contusiones varias y, más que nada, un estado de shock emocional, que preocupaba. Pasados los dos primeros días de atención, en el nosocomio me comunicaron que el suero escaseaba y que ya no dis-ponían de más para ella; su situación no era considerada crítica en rela-ción con otros pacientes y por tanto, se establecían prioridades. Mariana no lo era. Así que tuve que conseguir suero en el mercado negro.

En esos momentos, no me acordaba ni de Ahmed, ni de mi misión, ni del Mossad. Solo quería volver a Israel y, si era posible, llevarme a Mariana conmigo. Me había acostumbrado a dormir en el suelo, si era un día de suerte lograba un banco. Podría haber escrito en esos días sobre las víctimas de los talibanes, mujeres casi todas, que colmaban día a día el hospital, heridas, desangradas... Hasta hubo alguna ocasión en que ayudé en el pasillo, como podía y con lo poco que tenía a mi alcance.

Al sexto día, Mariana finalmente abrió los ojos y me reconoció. Creo que yo esperaba un abrazo o algún sentimiento cálido, pero ella estaba muy lejos, como en otro mundo y lo entendí. Dos días antes, Muhammad había logrado contactarme por medio del hotel en el que nos habíamos alojado la primera vez. Yo le había dejado allí un recado sobre mi paradero. Lo encontré ese mismo día, muy triste porque desafortunadamente no había encontrado a su esposa ni a su hijo, y no tenía ningún indicio de ellos. Me preguntó por lo mío y le conté lo de Mariana. Me informó que en tres días su primo lo acercaría a la frontera de Peshawar y de ahí se escabulliría por un pozo hacia el otro lado. Me aclaró que tendríamos que caminar por lo menos tres horas y me preguntó si quería ir con él, tenía lugar para dos.

Pensé que Mariana no resistiría ese viaje, ni siquiera estaba seguro de si yo lo sobreviviría, así que deseché la idea. Nos estrechamos en un abrazo y traté de animarlo en el asunto de sus familiares. Reconocí mucha bondad y afecto en ese hombre, y un espíritu envidiable, pues ahora, frente a la adversidad, seguía con su temple inquebrantable. Era la imagen de su pueblo.

Finalmente, decidí recurrir a las oficinas diplomáticas de Dinamarca, situadas en la zona de los embajadores, en el centro de la ciudad. Las embajadas ya no existían, salvo la pakistaní, pero casi todos los países mantenían todavía oficinas de comercio con un representante a cargo. Cuando llegué, un hombre alto y rubio estaba saliendo del lugar. Lo detuve pensando que él era el representante de la embajada. El hombre se asustó y desenfundó una pistola.

—Espere...no se asuste. No soy talibán —le dije alzando mis manos ante la amenaza.

Cierto que mi apariencia no era la mejor para convencerlo; llevaba días sin dormir, sin lavarme, sin ropa limpia.

—Entonces déjeme seguir mi camino —me dijo con voz dura.

—Necesito ayuda... —intenté conmoverlo, y creo que mi inglés lo tranquilizó un poco.

—Pero nosotros solo ayudamos a ciudadanos daneses —explicó.

—Tengo una amiga ciudadana danesa que está internada en el hospital central. —Entonces le conté toda la historia, mencionando su captura y los sucesos de Afganistán, siempre tratando de excluirme de los acontecimientos.

—Vamos al hospital —me dijo.

Me gustó la iniciativa, me parecía una persona en la que podía confiar.

—Si la historia que me cuenta es real, seguramente su amiga no lleva ningún documento encima... ¿Y usted?

—Yo sí. Soy ciudadano español. Aquí tiene. —Y le mostré mi pasaporte. El danés examinó detenidamente mis documentos.

—Debe ser su día de suerte, mañana viajo a Copenhague en un vuelo privado del ejército danés. Si la dejan salir del hospital, puede que los pueda incluir en ese vuelo, aunque entiendo que usted también está en problemas.

—¿Qué problemas? —le pregunté disimulando—. Yo quiero que retorne sana y salva.

—Veo que su pasaporte tiene visado talibán, no podrá salir de este país, le será muy difícil... Debería preguntarle cómo entró, pero me lo puedo imaginar.

—Le agradecería todo lo que pueda hacer por nosotros; como le conté, esa joven no la ha tenido fácil y en este momento se encuentra en una situación muy delicada.

—Tendré que comprobar su ciudadanía danesa; a usted lo pasaré como su pareja. Dígame el apellido de la mujer.

—Mire, yo solo sé su nombre, Mariana. Espero que ella esté en condiciones de proporcionarle toda la información que necesita. Está muy afectada emocionalmente, en una especie de shock.

Cuando llegamos al hospital, Mariana estaba sentada. Compartía su habitación con otras seis personas. Tratamos de llamar su atención hablándole, pero ella se mostraba desconectada, como en otro mundo, manifestaciones típicas de su situación delicada

Luego de más de media hora, el danés me dijo:

—Mire, puede ser que ella tenga todos los rasgos físicos de una danesa, pero sin su apellido y sin verificar su identidad, no la podré llevar. Yo estaré en mi oficina mañana hasta las doce del mediodía; el avión parte a eso de las tres de la tarde. Nunca estos vuelos son puntuales, pero igualmente necesito los datos antes de las doce para poder preparar los documentos. Entienda que tengo que expedir un pasaporte temporario.

Sí, lo comprendía... pero...¿cómo arrancarle una mueca a Mariana en esta situación? Nos quedamos uno enfrente del otro. Nunca en el pasado había pensado preguntarle su apellido. Traté de mirarla a los ojos y de hablarle a su corazón. Me pareció que la única manera de perturbarla era decirle algo que la conmoviera íntimamente.

—Te quiero —le dije, hice una pausa y agregué—: Mira, estamos en peligro. Solo necesito tu apellido para sacarte de aquí, para que nos vayamos juntos, por favor, tu apellido.

Un enorme silencio nos apartó del bullicio del cuarto. Me pareció divisar un pequeño movimiento de sus labios, pero luego creí que era mi imaginación y mi ansiedad. Más silencio y quietud, parecía estar en trance y mantenía su mirada perdida.

Yo no tenía un plan B, y la verdad es que ya me quería marchar de este país, dejar todo, largarme y rehacer mi vida. Ojalá pudiera hacerlo con Mariana... Algo en mi interior me decía que no la podía dejar. ¿La quieres?, me pregunté. Sí, la quería. Así de simple. Salí a tomar aire. Las pocas luces de la ciudad iluminaban intensamente el espacio. Un carro con talibanes pasó patrullando la calle; al verlo dos jóvenes se echaron a correr asustados y yo volví al hospital. Aproveché para hablar con los médicos para averiguar si la dejarían salir. Quedaron satisfechos con la idea de que se fuera, para ellos era una cama disponible y un enfermo menos.

Volví a mi ritual de echarme en el piso junto a la cama de Mariana preparándome para dormir. Cuando estaba cerrando los ojos, escuché un suave murmullo, emitido con muy poca fuerza, que sonaba como un zumbido silencioso:

—Asirán, Asirán...

Me levanté para acercarme pero Mariana ya había cerrado sus ojos. Algo en ella estaba muy vivo allí adentro. Me había dicho su nombre y eso valía más que cualquier expresión de amor. Si todo salía bien, pronto cambiaríamos el calor de Kabul por el frío de Copenhague, pensé.

30

Israel
Jerusalén
Fines de octubre, 2011

Moshe Cohen sabía que había llegado su día. Después de una paciente y larga espera recibiría su deseado trofeo: la mujer que siempre quiso, a la que había dedicado gran parte de su vida. Muchas veces en su imaginación se había dibujado ese momento, había soñado con sus manos palpando su piel, acariciando sus pechos mientras sus labios se apoderaban de su boca... Le apenaba un poco que ese momento no hubiera ocurrido antes, cuando eran más jóvenes. Toda su vida se había tenido que conformar con historias sin amor y con vivir contemplándola y teniéndola solamente como su amiga y no más que eso. Ahora sabía que su deseo se haría realidad, un poco tarde tal vez, pero lo realizaría ya. Él le había conseguido a Leonel y ella pagaría su favor. Por eso, luego de evitarlo por más de un mes, lo invitó a comer a su casa. No preparó nada especial, compró un pollo en el supermercado, calentó unas papas e hizo una ensalada. Se acordó de que tenía un helado dietético en el congelador que serviría para el postre. Suponía que Moshe aportaría una botella de vino, el alcohol era su especialidad.

Se vistió con un vestido negro y unas medias del mismo color que cubrían sus piernas y su ropa interior. Se puso las bragas más sexys que encontró, aunque era muy difícil para ella darse cuenta de si realmente lo eran y buscó un corpiño que combinara. Se sentía extraña, cosa que no debería ocurrirle. No tenía muy claro cómo actuaría llegado el momento.

Frente al espejo, colocó su mano en el pecho y notó que no le disgustaba su sensualidad, solo había olvidado como era sentirse atractiva.

Moshe llegó a su departamento cinco minutos antes de lo pactado. La halagó, como habitualmente lo hacía, con una mirada que la recorrió de pies a cabeza, al tiempo que depositaba en sus manos un vino tinto Carmel Chardonnay de la mejor cosecha.

—Estás hermosa, como siempre. Qué bien te sienta el color negro — le dijo con voz muy cálida.

Rachel estaba acostumbrada a escuchar piropos de boca de Moshe. Sabía que ya no era esa chica delgada y bonita de hace veinticinco años, la edad y la vida le habían dejado un abdomen abultado y hasta várices en las piernas, y, más que nada, unas arrugas acentuadas bajo sus ojos. Igualmente, muchas veces había sentido cómo el viejo la desnudaba con la mirada. Charlaron de cosas triviales mientras bebían copa tras copa. Moshe tomó más de la cuenta y ella lo acompañó, para animarse a lo que le esperaba esa noche. Se acostaría con el viejo Cohen, aunque una leve esperanza apareció cuando lo vio beber lo que a su juicio era demasiado. Quizás se dormiría, pero rápidamente se dio cuenta de que él seguía firme tras su recompensa: la quería a ella.

Cuando terminaron el helado, ella se fue a su habitación, se sacó el vestido negro y volvió a la sala. La esperaba sentado en un sillón. La miró. Ella vestía solamente las medias negras y el corpiño del mismo color. Moshe no podía contenerse, sintió una alegría inconmensurable, estaba en la cima, a punto de satisfacer todos sus deseos. No se apresuró; ella lo tomó de la mano y lo llevó al dormitorio. Rachel se recostó en la cama boca abajo, mientras Moshe se deshacía de su ropa, cosa que hizo con gran rapidez. Se acercó a ella y comenzó por besarle todo el cuerpo, raspándole la espalda con su barba. Rachel se dio vuelta en la cama y lo apresó con sus manos, quería terminar con esto. Moshe la penetró con una erección que había olvidado que podía tener. Ella lo sintió, no con el placer que debería haber experimentado, sino como si un cuerpo extraño hubiera entrado en su vagina. Así y todo, mientras Moshe jadeaba en su ida y vuelta, perezoso, Rachel volvía a sentirse mujer, como si algo despertara en ella, quizás reminiscencias de su juventud. Moshe emitió un alarido, casi ahogado, y terminó entre sus piernas, mientras una sonrisa se le dibujaba en la cara.

Así se quedó dormido. Ella se bañó intentando purificar su cuerpo. Él se marchó a la mañana siguiente mientras ella simulaba dormir, aunque en realidad no había pegado un ojo en toda la noche.

Moshe dejó el departamento a las nueve y media, puteando porque justamente ese día tenía, obligatoriamente, que renovar su tarjeta de vitalicio en la central de policía local en Rishon LeZion. Hubiera querido quedarse... estaba realizándose su sueño.

A las nueve y cuarenta sonó el timbre en el apartamento de Rachel. Ella pensó que el viejo Moshe se había olvidado de algo. Por un rato hizo oídos sordos, le aborrecía la idea de entregarse otra vez, pero ante la insistencia, vistió su deshabillé negro y resignada, fue a abrir la puerta. Por el visor vio a un hombre alto con anteojos negros que no conocía.

—¿Quién es usted? ¿Qué desea? —preguntó sin abrir.

—Vengo a hablarle sobre Leonel, tengo información útil para usted.

La desesperación por saber algo de Leonel pudo más que la prudencia, así que abrió la puerta. Apenas lo hizo, el hombre entró bruscamente, empujando a la mujer que cayó al piso. Entonces, el agresor desenfundó una Beretta de 22 pulgadas con silenciador largo y, fríamente, le voló la cabeza con tres tiros, comprobó el deceso de la víctima, le disparó una vez más, esta vez en el estómago, se quedó unos segundos contemplando el charco de sangre y luego se marchó.

31

París – Francia
28 de octubre, 2011

Ese día de lluvia torrencial, Ben dormía en el viejo apartamento ubicado en las afueras de París. Estaba solo, Yoni se encontraba en Israel, pues había sido convocado para consultas urgentes, cosa que nunca suponía buenas noticias. Días agitados habían transcurrido para el Mossad, especialmente para los agentes que se encontraban en Europa. Todos estaban en alerta máxima, muchos habían sido desviados para concentrarse en la búsqueda de Leonel ante todo el escándalo del caso iraní.

Las luchas internas que se libraban ahora en el Mossad no dejaban a la organización trabajar en paz. Demasiados límites se habían violado cuando el gobierno decidió asignar un miembro de su célula para vigilar un caso que pertenecía completamente al Mossad. Se habían desconocido códigos sagrados de la organización y eso impactó a los altos miembros de la cúpula gubernamental, desmoralizándolos. La estructura estaba al borde del derrumbe total.

En un intento de apaciguar los ánimos, el Primer Ministro salió al cruce aclarando que el asunto iraní requería la acción directa del gobierno, y que no tenía ninguna relación con el funcionamiento del Mossad en el caso. Además enfatizó que jamás puso en duda el accionar del Mossad, repitiendo varias veces que esas ideas habían sido solo mentiras de la prensa.

Un zumbido estridente comenzó a originarse en el comedor. Ben salió disparado, se lanzó como una catapulta de la cama. Sabía que el ruido provenía del monitor GPS que tanto había contemplado en los últimos días sin obtener respuesta alguna. Cuando vio la señal, la reconoció enseguida. Rápidamente, logró localizarla en la escala cartográfica y se sorprendió: no era Pakistán ni Afganistán. Volvió a mirar el monitor, se restregó los ojos, y observó una vez más, no había dudas, el monitor señalaba Copenhague, Dinamarca.

—Puta —exclamó —. ¡¡¿Qué hace allí?!!

Enseguida se comunicó con Israel, estaba excitado, llamaba al móvil de Yoni pero este no respondía. Ben comenzó a sentir la presión y los nervios, llamó al "teléfono rojo" del Mossad destinado a comunicaciones de urgencia con la sala de operaciones. Seguramente ellos se pondrían en contacto con Yoni. Así fue, de modo que a los cinco minutos Yoni se encontraba en la línea comunicándose con Ben.

—¿Qué pasa? ¿Qué es tan urgente?

—Tuve señal de Leonel.

—¡Al fin...! ¿Dónde está?

—En Dinamarca.

Un silencio paralizó la comunicación.

—Está en Copenhague, Dinamarca —repitió Ben.

—¿Cuál es el lugar exacto?

—El hotel "La Ramada" en el centro occidental. ¿Qué hacemos?

—¿Llamaste al hotel?

—Sí, y le dejé un recado pues nadie contestaba en su cuarto, un mensaje muy severo.

—¿Tenemos algún agente allí?

—No, nadie. El más cercano está en Alemania.

—Llama urgentemente a la embajada israelí en Copenhague, pide hablar con el encargado de seguridad y dile que mande a sus agentes a seguir a Leonel. Aclárale bien que no lo toquen, que solo lo vigilen hasta que lleguemos nosotros. Si necesitan confirmación, que se contacten con Eli Regev. Yo partiré hacia Copenhague lo antes posible, asegúrate un vuelo tú también. Nos vemos allí. ¿Tienes todavía la señal?

—¡¡Pucha!!... Espera...ahora... en este instante se cortó. Aparece el mismo tipo de interferencia que antes. ¿Qué será?

—Debe tener un dispositivo bloqueador de señales GPS.

—Sí, puede ser eso...

32

LEONEL
Afganistán - Dinamarca, Copenhague
27 y 28 de octubre, 2011

Aborrecía el frío, así y todo me sentía calmo después de tantos días de tensión. Al aterrizar en Copenhague, una ambulancia esperaba en la pista. Mariana seguía sin respuesta, totalmente fuera del mundo, shockeada. El encargado de negocios danés me dejó el nombre del hospital al que la transportarían y los de otras personas de alto rango. Me dijo que contactara a la embajada de mi país y depositó en mis manos un billete de cien dólares.

Comunicarme con la embajada israelí equivalía a ponerme en contacto directo con el Mossad, lo último que necesitaba en ese momento. Quizás una noche en un hotel, una ducha y una cama como Dios mandaba, me vendrían bien, aunque mi cuerpo ya se estaba habituando a reposar en el piso.

Llevaba mi bolso de mano y vestía ropa harapienta y sucia. Tenía que encontrar un lugar dónde dormir y, más que nada necesitaba un abrigo para estos días. Me quedé adentro de la terminal hasta que apareció el primer taxi.

En todas partes del mundo, los taxistas conocen todos o la mayoría de los hoteles de la ciudad en la que se mueven, solo hay que especificarles qué tipo de hotel uno prefiere pues si no, se corre riesgo de que lo lleven a los más caros que son los que les dan comisión. Me trasladó al hotel "La Ramada" situado al este de Copenhague, a diez minutos del centro de la ciudad. La fachada era toscana y la atención parecía buena. Revisé mis bolsillos: tenía doscientos dólares, incluidos los cien que el danés me había dado. Supuse que eso sería suficiente para pagar la noche. Necesitaba rehacer mis ideas, volver a la vida normal, dormir un poco, simplemente cerrar los ojos y olvidar.

No recuerdo cómo, pero caí rendido. Me despertó un hilo de luz que se colaba entre las cortinas y me apuntaba directamente a un espacio entre los ojos, como si fuera la lucecita roja del arma de un francotirador. Mi estómago hacía ruidos, retorciéndose por la necesidad de alimentos. Una parte de mí se quería quedar enrollada en las sábanas, pero la otra fue más fuerte e impuso sus ansias de comer. Bajé a la recepción como un zombi en busca del desayuno. Cuando pregunté dónde podía desayunar, el recepcionista se rió y me hizo notar la hora señalando al reloj que se encontraba detrás de él, en el que las agujas marcaban la una del mediodía. Me dijo, además, que tenía un mensaje. Cuando me entregaba el papelito enroscado, sentí un impacto que venía de mi cabeza, no era un golpe. Automáticamente palpé mi cintura y me di cuenta de que no llevaba el cinturón, y por tanto, tampoco usaba el artefacto creado por Muhammad que interfería con el GPS del Mossad. Durante los últimos diez días siempre había tenido el cinturón en mi cuerpo. Corrí hacia mi cuarto y lo encontré extendido entre las sábanas. Cuando abrí el papelito, confirmé lo que había pensado: el Mossad estaba otra vez conectado a mí. La nota decía: "Ponte en contacto lo antes posible, si no serán graves las consecuencias".

33

Dinamarca - Islas Feroe
28 de octubre, 2011

Me coloqué rápidamente el cinturón. Un sudor frío recorría mi cara y llegaba a mi mentón. El Mossad conocía mi paradero y no me cabía ninguna duda de que ya estaban detrás de mí; si tenía agentes en Copenhague, seguramente me estarían buscando ya.

Tenía que escapar y alejarme. Algo olía mal y no quería permanecer más involucrado con ninguna causa. Ni el millón de *shekels* ni Ahmed me interesaban. En mi cabeza galopaban vagas secuencias de una vida normal, la vuelta a los estudios y, algún día, recibirme de médico. Mariana aparecía en todas esas postales.

Otra vez comenzaron a rondar en mi mente pensamientos sobre la otra mitad de este asunto. Todos buscaban a Ahmed, pero... ¿dónde estaba el niño que nació ese mismo día al que le tocó, sin quererlo, ser judío? Cada vez me aparecía más frecuentemente en mi cabeza la pregunta de por qué Rachel empezó su búsqueda con Ahmed sin dar ningún dato sobre el otro muchacho. No terminaba de entender este hecho. Indudablemente, era más fácil encontrar a un israelí que a un palestino. Cada vez tenía menos dudas; pero, qué sería de todo si estaba en lo cierto.

Tenía el papel con el nombre del hospital al que habían transportado a Mariana, así que, ante la urgencia del caso y a pesar del hambre que sentía, deseché el desayuno considerando que era un riesgo extremo permanecer en el hotel. Salí a la calle, cogí un taxi y viajé hacia el hospital. En la recepción me guiaron hacia la sección de Traumatología, situada en el segundo piso. Subí por las escaleras, y cuando me acerqué al lugar, pude ver desde un ángulo y a través de un espejo, a dos hombres con trajes negros. Lamentablemente, me habían ganado de mano, el Mossad ya estaba allí, pensé. Sentí un gran pesar por Mariana, la quería ver, pues me importaba de verdad. Si la abandonaba, ¿qué sería de ella? ¿Podríamos volver a vernos? ¿Me perdonaría haberla dejado desvalida y sola? Pero decidí salir.

No sabía qué hacer. Con sesenta dólares en el bolsillo no iría muy lejos. Una neblina fría envolvió mi cuerpo. Escuché la sirena de una ambulancia que, seguramente, ingresaba a urgencias. Pasó muy cerca de mí, tanto que casi me alcanzó al pasar. La neblina lo ocultaba todo. Me alejé rápidamente del lugar; salir por aire sería imposible porque el Mossad ya habría contactado a sus pares daneses alertándolos sobre mí. Necesitaba una ruta para huir de este país y la única posibilidad que se me ocurrió fue el mar. Dinamarca es un país peninsular con generosas costas. Pregunté a un transeúnte dónde se hallaba el puerto y él me indicó amablemente la dirección. Debería recorrer dos kilómetros a pie. Tenía intenciones de reservar el último dinero que me quedaba, pero el frío era atroz y yo venía liviano de ropas, así que cuando vi un cartel que anunciaba un centro de compras, pensé que un abrigo sería mi mejor inversión antes de morirme de una neumonía.

En el shopping los precios de los abrigos superaban mis posibilidades. Afortunadamente, todavía poseía mi tarjeta de crédito, pero yo sabía que si la usaba, el Mossad lograría rastrearla, quizás hasta ya la habían interceptado. Usarla no era buena idea, así que decidí conformarme con dos pulóveres de lana gruesa que compré por cuarenta y cinco dólares en un comercio barato. Enseguida me los puse y me sentí un tanto reconfortado. Estaba ya preparado para caminar. En media hora llegué al puerto. La bruma extremadamente espesa me impedía ver el mar. ¿Y entonces qué? ¿Y entonces…dónde? Pasé treinta minutos yendo y viniendo. Empecé a divisar algunas barcas que parecían privadas apostadas sobre el muelle. Un barco de pasajeros esperaba en la bahía. Averigüé: su destino era Alemania, el pasaje costaba 350 dólares y para adquirirlo necesitaba pasaporte. De pronto escuché una voz que sonaba detrás de mí a unos pocos metros. Un viejo con barba canosa y boina marrón, parecido a un típico personaje de la revista Asterix, aparentemente me balbuceaba algo en danés. Lo acompañaba un perro enorme de color blanco.

—*English, please* —le dije.

—*Work... work...* [34]

—No —dije; no necesitaba trabajo ahora, aunque sí precisaba dinero.

—*Work, boat*[35] —insistió.

Entendí que hablaba de trabajar en un bote. Tal vez me podría llevar a otro puerto, a otro país, clandestinamente. Sin pensarlo mucho me acerqué y le dije:

—*Ok. Where are you going?*[36]

—*What...*[37]

—*Where?* —volví a repetir "dónde", dibujando señas con mis manos.

—Oh... Islas Feroe —dijo al fin.

Me pareció un buen lugar de escape. No había tiempo para pensar.

—*Let's go!*[38] —respondí.

---

34 Work... work...: trabajo... trabajo...

35 Work, boat: trabajo, bote.

36 Where are you going?: ¿hacia dónde va?

37 What: ¿qué?

38 Let's go!: ¡vamos!

34

Israel
Fines de octubre, 2011

Yosi se miró al espejo una vez más esa mañana. Pensó que se tendría que teñir el pelo nuevamente, pues unas cuantas canas color plata habían aparecido en su cabellera casi perfecta. Tuvo cuidado de ponerse la cantidad justa de gomina, ya que la que usaba era un producto en extinción en el mercado y cambiar de marca no aparecía como una posibilidad. Empezó a distribuirla cuidadosamente por el cabello cuando su móvil sonó. La vibración del aparato hizo que se deslizara sobre la mesa y cayera al piso. Cuando lo tomó para atenderlo, ya había dejado de sonar y en su casilla había un mensaje de voz de Randolph; en el pasado había sido un *kaza* del Mossad, instalado en la base de Frankfurt. Nacido en Alemania de madre polaca y padre turco, en ese momento era su nuevo escolta en la unidad de investigaciones de Tel Aviv, ya que había decidido hacer *aliá*[39] con su familia. Hacía unas semanas había comenzado un curso avanzado de decodificación de datos y de encriptación de correos electrónicos. Se había unido hacía poco tiempo a la policía secreta. Era sumamente eficaz.

Buscaba con urgencia a Yosi; en la corta carrera trabajando junto al alemán, Rechter nunca había visto que insistiera de esa manera, jamás le había dejado un mensaje que pidiera una comunicación con carácter muy urgente. Cuando logró localizarlo, estaba viajando en su coche hacia Jerusalén.

—¿Qué pasa?

---

39 Aliá: migración de judíos a Israel.

Me parece que tengo una pista sobre el caso de nuestro muchacho de Tel Aviv.

—¿A quién te refieres?

—A Leonel.

—¡Ah! ¿Y qué tienes?

—¿Te acuerdas de las huellas que encontramos en su casa... las de aquella mujer...Rachel Mizrachi?

—Sí.

—La encontraron muerta hoy en su departamento en Jerusalén.

—¿Cómo lo supiste?

—Me lo comunicó Gonen, nuestro contacto en Jerusalén. Le pegaron tres tiros en la cabeza y uno en el abdomen.

—Supongo que ya estarás en camino a Jerusalén.

—Correcto. Allí te espero. Te envío ahora mismo la dirección en un mensaje de texto.

Yosi sabía ya desde hacía tiempo que el caso de Leonel no tenía que ver con una simple emanación de gas, sino que había sido un intento frustrado de asesinato. Rachel estaba bajo su mira desde tiempo atrás, pues era la principal sospechosa. Aunque no entendía el motivo por el que esta mujer querría matar al joven, las únicas huellas encontradas en la casa de Leonel eran las de ella. Ahora empezaba a sospechar que no había sido Rachel Mizrachi la responsable. Por otra parte, el gas encontrado en la casa de Leonel era muy difícil de conseguir en el mercado; los últimos datos indicaban que lo usaban exclusivamente los agentes del Mossad y tal vez algún que otro mafioso que lo conseguía en la clandestinidad. Aparentemente, los palestinos lo desconocían, aunque uno nunca sabía.

Cuando recibió el SMS con la dirección, se puso su chaqueta negra, tomó su libretita azul y se dirigió a su ford falcon también negro. En el camino pensó en cómo convencer a los agentes de policía de Jerusalén para que lo dejaran intervenir en el caso de Rachel Mizrachi, por lo menos pretendía entrar al departamento de la difunta y observar el panorama. Él bien sabía que aunque en la policía existiera la típica competencia entre departamentos y distritos, competencia cruda y nada limpia, pensaba que probablemente Gonen podría facilitarle la entrada. Gonen era un agente que rozaba los 60 años, como él; lucía siempre su calvicie lustrada. Yosi sabía muy bien que los buenos contactos eran imprescindibles para resolver cualquier caso, y Gonen los poseía en el Mossad y el Shabak, además comía frecuentemente con el Jefe de la Policía. Sin dudas, era el hombre indicado.

Cuando Yosi llegó al lugar, el tumulto era incontrolable. La policía había cerrado con vallas el espacio cercano al escenario del crimen. Gonen estaba junto a Randolph, cerca de las escaleras. Yosi mostró su tarjeta de agente, pero el paso le fue bloqueado cuando intentó acceder al lugar. Cuando Gonen lo vio, se acercó y lo hizo pasar. Yosi le dio un apretón de manos, agradecido.

—¿Qué ha pasado aquí? —preguntó.

—La asesinaron de cuatro balazos disparados a corta distancia.

—¿Algún indicio de quién pudo haber sido?

—No, todavía no, pero tenemos una pista, o quizás más que una simple pista.

—¿Qué pista? —preguntó Yosi sorprendido.

—Encontramos las huellas de un hombre en la casa, en toda la casa, especialmente en el dormitorio.

—¿Se sabe quién es?

—Sí, no lo vas a creer.

—Vamos, dímelo de una vez.

—Moshe Cohen.

—¿Moshe Cohen? —preguntó como si no reconociera el nombre.

—Sí, el del Departamento de Investigaciones del Distrito de Jerusalén.

—Ah, sí, Moshe Cohen, el que se retiró hace un tiempo…

—Correcto.

Yosi recorrió la casa y no encontró nada significativo. Tampoco tenía muchas expectativas. Este parecía el trabajo de un profesional, de un asesino a sueldo experimentado, aunque Cohen era el único que había estado allí, en ningún momento se le ocurrió que el viejo había cometido el crimen. La cuestión era quién había mandado al asesino y por qué. ¿Qué escondía Rachel, para que alguien la asesinara? Por un momento sintió que el círculo se iba estrechando.

Encendió un cigarrillo "Time" corto y anotó algo en su famosa libretita azul. Después se dirigió con tono agudo y afirmativo hacia Randolph.

—Consígueme al viejo lo antes posible.

35

Israel
Rejovot
21 de octubre, 2011

Shmulik Sade pulía su cabeza con su mano izquierda buscando alguna respuesta a este nuevo enigma. En los últimos años había estado estudiando la adaptación de inmigrantes de diferentes procedencias. La investigación mostraba resultados ambiguos. Del millón de rusos que, según sus datos, se habían asentado en el país, más del cincuenta por ciento mostraba un descontento fuera de lo común y eran potenciales desertores en el ejército y candidatos a *yeridá*[40] del país.

Shmulik debería presentar los resultados al gobierno en tres días y tenía que adjuntar recomendaciones y comparaciones entre los distintos grupos de inmigrantes. Era uno de los científicos más galardonados en el país especializado en sociología. Había obtenido un doctorado en Harvard en Filosofía Contemporánea y Ciencias Sociales. Su imperio, que no era chico, se localizaba en el Machon Weizmann[41] en Rejovot; dos pisos bajo tierra estaba su oficina. La seguridad del edificio era máxima y hasta exagerada, según su criterio. Su departamento trabajaba en proyectos de gran envergadura, comúnmente iniciados por el gobierno o por alguno de los servicios de inteligencia. Su línea telefónica permanecía bloqueada, y solo unos pocos privilegiados poseían su número directo. Por eso, cuando sonó el teléfono, se sobresaltó, ya que casi no recibía lla-

---

40 Yeridá: emigrar, abandonar Israel.
41 Machon Weizmann: Centro de Ciencias en Israel.

madas. Su ex esposa se comunicaba por el móvil para arreglar la rutina de visitas de sus hijas, y esto en horarios rigurosamente acordados.

—Shmulik Sade. ¿Quién habla?

—¡Shmulik! ¿Cómo andas, cabrón?

Shmulik se impresionó ante la expresión, pero no reconoció la voz.

—¿Quién es?

—¿Cómo que quién es? ¿Ya no me reconoces? A ver si te acuerdas de cuando perdiste tu virginidad... ¿quién estaba a tu lado? O cuando te casaste... ¿quién te llevó borracho al hotel?

—¡Oh, noooo! ¡No lo puedo creer! Eli Regev. ¿Cómo estás, cabrón, tanto tiempo?

—Bien, muy bien ¿y tú?

—Yo, como siempre, ya sabes, examinando monos, moléculas e inmigrantes. Pero tú has ascendido mucho... ya no te acuerdas de los pobres.

—¿Cómo no? ¿Acaso no fui yo el que te llamó ahora? Te propongo un café. ¿Qué me dices?

—Estoy muy ocupado... tendría que ser la semana que viene.

—No, no. Necesito hablar contigo a la brevedad. Te paso a buscar en media hora. —Su voz sonaba seria al pronunciar esas palabras.

—¿Estás loco...?

—Voy por ti, es urgente. Supongo que estás donde siempre, en el refugio.

—Correcto. ¿Pero esto no puede esperar?

—No. En media hora estoy por ahí.

Shmulik se quedó impresionado por la prisa de este encuentro. No veía a Eli Regev desde hacía más de cinco años. La última vez que se habían encontrado fue en un seminario en el centro de exhibiciones de Ramat Aviv, cuyo tema era "El terrorismo digital ante la irrupción de internet, posibilidades y riesgos". El evento había sido auspiciado por la Secretaría de Inteligencia. Shmulik y Eli habían concurrido, entre unos pocos elegidos. Allí, ubicados en la segunda fila, se habían abrazado después de años sin verse y se pusieron al tanto sobre sus vidas. Shmulik recordó muy bien aquella ocasión ya que muchas de las predicciones hechas en ese seminario se habían hecho realidad, especialmente la del terrorismo digital, que había crecido sustancialmente. Ahora aparecía este encuentro "de emergencia", quién sabía por qué.

Shmulik guardó sus cosas. Eran las 3:45 PM y no pensaba volver a la oficina, no valdría la pena, pensó. Se despidió y le dijo a su secretaria que tenía que salir a buscar a sus hijas, argumentó que lo habían llamado de urgencia de la escuela. Esta semana le tocaba a él ocuparse de las chicas. El acuerdo con su ex mujer establecía que ellas permanecían dos semanas con su madre y una bajo su tutoría, "el dos uno", como lo llamaba él.

Esperó cinco minutos sentado en un banco, en las afueras del Machon Weizmann. Eli Regev apareció con su volkswagen negro. Shmulik se metió rápidamente dentro del coche y partieron rumbo a Tel Aviv por la ruta vieja. Shmulik no había tenido todavía la oportunidad de estrechar la mano de su viejo amigo, cuando este arrancó a toda velocidad; solo alcanzaron a intercambiar una mirada fugaz y una sonrisa.

Shmulik se acomodó en su asiento y lo reclinó. Después lo movió hacia adelante con una mueca nerviosa. Entonces, comenzó el contacto entre ambos, luego del inquietante silencio.

—¿Adónde vamos, viejo amigo?

—Al centro de Tel Aviv.

—¿Y qué hay allí?

—Mi despacho.

Shmulik sabía muy bien lo que eso significaba. Se dirigían a la HaKirya de Tel Aviv. Allí estaba emplazado todo el Ministerio de Defensa y ahí tenía su despacho Eli Regev. Igualmente, tratando de obtener algo más de información, preguntó:

—¿Dónde se encuentra tu oficina?

—En HaKirya... conoces la HaKirya, ¿no?

—Ah, claro que sí. ¿Tienes paso permitido para mí?

—No te hagas...

—¿Por qué tanto misterio y tanta urgencia?

—Ya te lo explicaré. Relájate. Cuando el guardia te pregunte quién eres, di tu nombre completo, como siempre lo haces cuando vienes aquí.

No era la primera vez que Shmulik accedía a aquel recinto. El Machon Weizmann siempre tenía proyectos vinculados con la seguridad del Estado. Los olores de los árboles le eran conocidos y le recordaban viejos y mejores tiempos. La HaKirya era el hogar de la seguridad israelí. Sus murallas estaban fuertemente custodiadas. En los sótanos del edificio al que se dirigían se encontraba "el cuartel de guerra", donde surgían las cruciales decisiones en épocas de crisis. Él lo conocía, había estado allí en el 82 cuando la guerra ardía en el norte y, nuevamente, en el 91 cuando Sadam Husein trató de mostrar músculos ante las fuerzas occidentales.

Cuando el guardia le pidió nombre e identificación, Regev se sorprendió pues Shmulik no tuvo que brindar ningún dato; él poseía una tarjeta especial con acceso a cualquier lugar de la HaKirya. Se miraron y sonrieron.

—Conozco el lugar —dijo Shmulik con una sonrisa astuta.

—Ya veo...

Ya en su oficina, antes de que Shmulik tomara asiento y se ubicara un poco en el ambiente, Regev fue directo al grano y lo encaró.

—Necesito tu ayuda.

Mientras Shmulik se sentaba, le dijo:

—Sí, eso ya lo sé. ¿De qué se trata?

—Hace más o menos veintinueve años, tuve noticias de que estuviste involucrado en un proyecto especial...

—Necesito más datos, he estado trabajando en millones de proyectos, Eli.

—Llegó a mis manos información que sostiene que el Mossad requirió un estudio muy especial sobre el comportamiento de un niño palestino y de otro israelí, para lo que fueron cambiados de familia y de entorno al nacer. Estuviste a cargo de esa investigación, ¿cierto?

Eli hizo uso de su inventiva para poder sonsacarle datos a Shmulik, le hizo sentir a su amigo, que supuestamente sabía que el Mossad estaba detrás de todo esto. Cuando en realidad no tenían ninguna pista todavía.

Shmulik recibió aquellas palabras como un cañonazo de guerra haciéndole recordar aquellos lejanos tiempos. Ese proyecto lo había cambiado como ser humano, como persona. En ese entonces era nuevo en el Machon Weizmann, tenía ambiciones e involucrarse en esa tarea resultaba prometedor para su carrera. Luego de que el proyecto se puso en marcha, y dado que era muy secreto y delicado, Shmulik estuvo desconectado del mismo durante algo más de seis meses. Luego siguió a los dos niños y sus desarrollos, registrando y analizando sus comportamientos. No entendía por qué Eli mencionaba tan asertivamente al Mossad, ya que nadie de esta organización estuvo directamente presente frente a él. Para brindar sus reportes, él se dirigía a un testaferro que supuestamente provenía de las altas esferas. Nunca le revelaron quién recibía estos reportes; todo se realizó bajo un manto amplio de clandestinidad. Por este trabajo recibió buen dinero en efectivo, que le dejaban en su casilla de correos cada dos semanas, a cambio debía mantener un alto grado de fidelidad. Dentro del Machon el único que sabía sobre su quehacer era su encargado, y este tampoco formulaba pregunta alguna.

En un instante cerró suavemente sus ojos, creyó que soñaba. Sus pensamientos se proyectaban como un túnel en el tiempo, recorriendo aquellos casi treinta años. Recordó que en ese momento era joven, ambicioso y ese proyecto era "su bebé" algo que él realmente quería y en lo que creía. Muchas cosas ocurrieron luego... Cuando abrió los ojos sintió que no quería encontrarse allí, enfrente de Regev.

—No puedo hablar del tema —expresó.

—Sí que puedes. —Eli Regev se desplazó en su silla hacia atrás, metió su mano en su portafolio, sacó un papel sellado que expuso ante los ojos de Shmulik.

—Léelo tranquilo. Como verás, me vine preparado.

Era una carta del Ministro de Defensa que llevaba el sello del gobierno y la firma del propio Ministro. Especificaba que Shmulik tenía que colaborar en el caso "Achim", hermanos, volumen 72, módulo 48, barra 37. No cabía duda sobre la autenticidad del documento. Shmulik lo contempló por un rato. Había visto este tipo de escritos en un pasado no muy lejano, el los llamaba "certificados de extorsión". Regev se ubicó cómodo en su butaca, ahora la sentía más confortable que en otras ocasiones. Se preparaba para escuchar. Entendía las presiones que experimentaba Shmulik; sabía que su viejo amigo no estaba feliz con esta situación, pero él tenía una misión y la cumpliría.

—Soy todo oídos, Shmulik.

—¿Qué quieres saber?

—Necesito toda la historia y si existió alguna implicación del Mossad o algún otra organización involucrada.

Shmulik contó a su viejo amigo todo lo que sabía. Cuando culminó su relato, se sintió aliviado. El secreto que lo ahogaba por dentro desde hacía tanto tiempo se había desprendido de él como un pájaro cautivo. Regev terminó de anotar algo en el cuaderno y, todavía asombrado, se levantó, le puso la mano en el hombro y lo acompañó hasta la puerta de su despacho. Estaba verdaderamente impactado por lo que había oído, aunque no había obtenido toda la información que esperaba. Todavía no entendía quién estaba detrás de todo esto, quién pagaba y por qué lo hicieron. Alguien tenía que estar al tanto. Un gran estudio sociológico se había logrado, con notables resultados. Shmulik le confió que durante un largo tiempo se sintió perseguido, pero seguramente cuando comprobaron que podían confiar en él, las cosas volvieron a su lugar.

Al final del encuentro, Eli le preguntó si necesitaba que lo llevara hacia su casa. Shmulik lo pensó y decidió que prefería caminar hasta su domicilio, situado en el norte de Tel Aviv. El aire fresco de medio otoño lo calmaría y ordenaría sus ideas. Cuando salió del recinto del ejército, le echó un vistazo a su reloj. No lo podía creer. Había estado más de dos horas con Regev. La noche lo azotó a la salida. Estaba perturbado. Después de cinco minutos llegó a la intersección de Zabotinski e Iven Gevirol, sitio lleno de luces y de vida nocturna. Cuando el semáforo peatonal marcó luz verde, cruzó lentamente. Un ford negro que doblaba a toda velocidad se lo llevó por delante. Su cuerpo voló más de dos metros en el aire, se estrelló en la acera y se quedó inmóvil. El vehículo no se detuvo, al contrario, se fugó a toda marcha.

36

AHMED
Teherán – Irán
1 de noviembre, 2011

"El Hiat" retumbaba desde hacía unos cuantos días en mi cabeza. La idea de ser parte de la implementación, implicaba tratar de alguna manera de liberar mi tierra madre, Palestina. Pero...¿cómo?, ¿cuándo?, ¿por qué? También sería una manera de volver al lugar donde nací y me crié; así me lo describieron mis pares iraníes, o aquella fue la manera en que trataron de convencerme.

La verdad es que unos días atrás nos reunieron a Reza y a mí en un cuarto y nos explicaron que habíamos sido elegidos para implantar el virus en tierra sionista. Recibimos una especie de "lavado de cabeza", recordándonos e inculcándonos odio por Israel por más de dos horas. Después pasaron a lo práctico, explicándonos cómo se ejecutaría la operación y qué hacer ante posibles diferentes situaciones, aunque muchos detalles quedaron indefinidos y la mayoría de nuestras preguntas, sin respuesta.

Tras aquella reunión, mis ideas se habían quedado de lado pues mis sentimientos habían ganado la partida; confusión, ansiedad, miedo e incertidumbre constituían un cóctel embriagador. Técnicamente, el proyecto estaba más que avanzado, casi listo, y nuestra partida dependía solamente de una decisión de los altos mandos. Nuestra tarea técnica ya había concluido, la encriptación de una parte del programa, y la falsificación de unas llaves públicas y privadas, eran asuntos finalizados y su funcionamiento había sido testeado. Desde el momento en que estuvimos en conocimiento del plan, nuestros guardias fueron parte de nuestras sombras.

El plan consistía en insertar el gusano explosivo con una pequeña memoria USB. La misma llave neutralizaría los sistemas de seguridad al entrar en un puerto USB y, aunque esos puertos estuvieran inhabilitados por la seguridad del sistema operativo u otro similar, la llave descargaría una señal al registro de la computadora abriendo el puerto temporalmente, sin dejar rastro alguno. Ya en la red, el gusano se multiplicaría rápidamente extendiéndose por las líneas en forma de radiodifusión, bloqueando e inundando la red por medio de los protocolos TCP, UDP y http e infectando a otras computadoras por la vía de la red local o por un sistema de propagación "peer to peer". El contenido consistía en una seguidilla de ataques DDoS; el efecto, explicado sencillamente, sería que la red se desplomaría instantáneamente al recibir tantas solicitudes después de la activación.

Todavía no habíamos obtenido información sobre nuestros objetivos, se nos facilitaría cuando estuviéramos en Israel. Otro dato importante fue que no portaríamos todo el programa con nosotros durante el viaje, para evitar riesgos. Tampoco estábamos al tanto de la totalidad del contenido de este *malware*, del que solamente conocíamos algunas características y ciertas partes. Según los rumores, las redes del ejército y del Mossad colapsarían primero y después el país entero se congelaría por un rato, que generaría el tiempo suficiente para permitir emprender un ataque terrestre y aéreo por parte de Irán y de sus socios terroristas. Sobre este plan no disponíamos de información alguna, eran cosas que se decían en el corredor.

El programa entero había sido diseñado por un genio. Verdaderamente era un genio palestino-egipcio llamado Rohan. Comenzó a trabajar a mediados de febrero de 2011, después que Stuxnet ya se había revelado al mundo. Su plan se basó en aquel código inteligente que supuestamente los americanos e israelíes habían insertado en Irán para detener el avance del programa nuclear iraní. El programa infectaba computadoras por vía manual, y solamente lanzaba su ofensiva maligna cuando encontraba sistemas PLC de Siemens, en su séptima fase. Esto causó la destrucción de miles de centrifugadoras en Natanz y Bushier, y su accionar se detuvo cuando fue descubierto por tres alemanes especializados en seguridad de sistemas de PLC conjuntamente con las compañías de Symantec y Kaspersky.

Con esta base, durante seis meses, Rohan trató de crear una mutación que pasara inadvertida por los sistemas antivirus y los cortafuegos, hasta que encontró el gusano que lo pudo lograr. Verlo trabajar me causaba admiración pero también cierta compasión. Parecía un robot humano. Se pasaba catorce o quince horas frente a su computadora y no se entretenía o distraía ante nada. Solo le importaba su programa. Su historia era la de muchos palestinos que escaparon hacia Egipto y allí pasaron a ser refugiados. Su padre y hermano habían sido alcanzados por un mortero israelí que aplastó su pequeña casa. Desde entonces, se había jurado venganza, y en cada línea de código que agregaba a su programa experimentaba la sensación de quien arroja una piedra en una barricada, o de quien lanza una bomba molotov, así él lo expresaba.

Un grupo de seis programadores testeaba paso a paso cada código del programa de Rohan. Muchas veces se quedaban las noches enteras para llegar a la fase final, la de la compilación del programa completo. Una de las partes del programa consistía en una combinación de diferentes métodos de ataque DDoS (denegación del servicio). Esta parte contenía cuatro secciones. La primera correspondía a intervención mediante conexión TCP/IP: el primer código enviaría solicitudes de conexión TCP/IP desde direcciones fantasmas, inexistentes. El servidor aceptaría la conexión y quedaría en espera para recibir respuesta, pero como la dirección IP no existiría, el servidor de origen no recibiría ninguna respuesta. Al realizar miles de peticiones a la vez, se consumirían todos sus recursos y se bloquearía así el servicio entero. La segunda fase consistiría en un ataque volumétrico o por inundación ICMP. Al ejecutarse el segundo código, enviaría paquetes de datos masivos que requerirían la devolución de millones de paquetes de respuesta, consumiendo todo el ancho de banda del servicio de la red privada. El tercer código atacaría mediante inundación UDP en la red, obstaculizando su reensamblado, provocando el enlentecimiento o bloqueo del sistema. El cuarto ataque se haría a las aplicaciones; el último código al ser ejecutado en cadena atacaría vulneraciones específicas de programas conocidos.

Reza y yo habíamos trabajado en esta parte del programa, y si todo esto no era suficiente, Reza había incorporado otros dos códigos que se enlazaban automáticamente, uno llamado "ataque Smurf" y el otro "ataque reflejo de DNS", que amplificaría aún más la potencia del ataque madre.

Diseñar este sistema y crear las llaves de encriptación públicas y privadas había sido nuestra tarea en el programa; más tarde supe que Reza había comenzado ya en Pakistán como parte de su proyecto especial, algo muy parecido, que llegado el momento, no le tardó mucho tiempo implementar. Trabajamos junto a otros tres programadores en un mini proyecto que se extendió por 12 días muy intensos, de turnos de hasta 18 horas. No conocía los otros componentes del código y todo lo ensamblaría cuando estuviera en Israel. No tenía la menor idea de cómo funcionaba el programa en su totalidad, pero estaba al tanto de que un grupo de más de quince programadores, casi todos ellos testeadores, estaban al tanto de las diferentes partes de este rompecabezas.

En los últimos días, al conocer la envergadura del proyecto, Reza había comenzado a comportarse extrañamente. Una noche en su cuarto me confesó que no se sentía preparado para la misión, y que no se animaba a comunicárselo a nadie. Tenía tanto miedo a los iraníes como al Mossad mismo. Siempre le había gustado trabajar en la retaguardia, transformando iniciativas en programas que valían más que las balas y las armas, según su criterio. No le agradaba la idea de estar en el frente, en contacto físico con el enemigo. Yo pensaba igual que él, era un desperdicio enviar a esta operación a una persona con el potencial de Reza. Después de esa conversación, aquella noche no lo vi más, desapareció como un fantasma junto con sus pertenencias. Al otro día fuimos comunicados que había sido derivado a otro proyecto. Nada más se dijo y un gran misterio ocultó el asunto. No se podía preguntar y nadie ofrecía ninguna información.

Rápidamente me di cuenta de que el departamento de inteligencia iraní nos monitoreaba con micro cámaras. Un día, acostado en la cama, mirando el techo, detecté la de nuestro cuarto: estaba incrustada en la lámpara, muy bien oculta. Ante la importancia de la misión, nuestros superiores querían estar seguros de que los integrantes del grupo estaban muy seguros de lo que harían y bien preparados. Nunca dije nada, pero me quedó un gran resentimiento por lo ocurrido a Reza. También quise creer que verdaderamente le habían encargado otra misión, pero la realidad era distinta; pronto los rumores comenzaron a decir que había sido colgado esa misma noche en la plaza central.

En esos días, empezó a ocurrir una suerte de metamorfosis en mi cabeza; ya no estaba seguro de mis sentimientos, pero sí tenía la certeza de que estaba cansado de escapar, de ocultarme, de vivir de esta manera. El último mes me había resultado como un año; no sabía si la lucha en la que estaba involucrado valía la vida de tanta gente e, incluso, me asustaba la idea de perder la mía propia. Pensé mucho en mi familia, en mi primo y en muchísimos sucesos extraños que habían ocurrido en mi entorno, pero no dejé que mis sentimientos se expresaran físicamente, ya que no quería correr la misma suerte que Reza.

Eran las cinco de la mañana de un lunes cuando los golpes en mi puerta me despertaron. No había logrado pararme cuando dos hombres con camperas verdes irrumpieron en mi habitación. Detrás de ellos venía otro de mediana estatura, con una bolsa grande en sus manos. Traté de incorporarme, pero uno de los hombres de verde me apretó el hombro hacia abajo, ordenando que me sentara. El hombre de mediana altura, que lucía una camisa blanca impecable, tenía una mirada atemorizante. Noté que le faltaban algunos dientes delanteros. Se sentó en el pequeño escritorio, tomó la bolsa en su mano y sacó de ella una cabeza que aún derramaba sangre. Desvié la mirada en el mismo momento en que todo se me nubló; parpadeé varias veces y volví a mirar sobre la mesa, donde yacía la cabeza. Una arcada seguida de un vómito violento me sacudió. Era la cabeza de Reza. El hombre de la camisa blanca sonrió.

—No nos gusta hacer estas cosas, pero así tratamos a los que nos traicionan —dijo.

No entendí qué tipo de traición había cometido Reza, yo no estaba enterado de nada.

—¿Qué hizo? —pregunté en voz muy baja, curioso.

—Lo encontramos transmitiendo mensajes con una radio casera, improvisada.

Me quedé atónito, sin palabras. Pensé que todo lo que dijera en ese momento podía jugarme en contra, independientemente de lo que expresara. Entonces, preferí mantenerme en silencio, no podía creer lo que estaba escuchando.

—Solo hemos venido a comunicarte que mañana por la mañana saldrás a tu misión. En la tarde de hoy recibirás instrucciones precisas y… acuérdate siempre de Reza… Tenemos confianza en ti. —Y sonrió nuevamente, esta vez con una mueca forzada que denotaba molestia. Agarró de los pelos la cabeza de Reza y la depositó nuevamente en la bolsa. Unas gotas de sangre todavía fresca se derramaron sobre la mesa, lo que indicaba que Reza había sido decapitado hacía poco tiempo. Me agarraron del brazo y salimos del cuarto.

37

Teherán - París
2 de noviembre, 2011

El avión se desplazó despacio sobre la pista, tan despacio que no sentí esos nervios que aparecen habitualmente cuando se llega a un lugar desconocido y, más aún, teniendo en cuenta la importancia de mi misión. Hubiera querido ser un turista y conocer París de otra manera. La corbata me apretaba y la cara todavía me ardía, especialmente la barbilla, después de haber sido rasurado profesionalmente. Ya hacía cinco años que mi rostro no sentía una navaja tan filosa. Mientras la nave se deslizaba sigilosamente, retornaba a mí lo ocurrido el día anterior. Luego de mostrarme la cabeza ensangrentada de Reza, intimidándome constantemente, me llevaron al cuartel general que se ubicaba en el tercer piso bajo tierra. Era el último hacia abajo. Había estado allí solamente una vez. El mismo hombre que tenía la cabeza en sus manos hacía unos minutos obligándome a mirarla, me llevaba del brazo; me dejó frente a una puerta de acero, no dijo nada y se fue. La puerta se abrió y una voz conocida, con un tono severo, me condujo hacia adentro.

Estaba sentado en la cabecera de una larga mesa en la que un mapa se expandía frente a él. Enseguida lo reconocí, lo había visto en Bushier cuando arribamos. En esa ocasión nos guió en un pequeño tour por la base y nos despidió cordialmente, pero así y todo no recordaba su nombre ni su lugar en la escala jerárquica, hecho extraño, ya que si de algo estaba orgulloso, era de mi memoria. Esta vez, su rostro moreno mostraba preocupación, intriga. A su lado había otros dos hombres, sentados, que eran desconocidos para mí, nunca los había visto.

—Siéntate —me dijo.

Cuando me acomodé en la silla, pude distinguir que el mapa de dimensiones gigantes representaba al territorio israelí. Localidades y barrios se reconocían nítidamente. El que me había hablado sacó una caja con figuras plásticas que representaban edificios, casas, shoppings y bases militares, entre otras estructuras. Uno de los otros comenzó a ubicar las figuras sobre el mapa, mientras el tercero sacaba una mini laptop y una memoria USB tamaño miniatura. Nadie hablaba, todo se preparaba para la presentación. Yo preferí no adelantarme a los sucesos, estaba ansioso pero no sentía miedo. El hombre con la laptop se presentó como Asher. Conectó un proyector diminuto y la imagen se expandió como un relámpago sobre una pared blanca. Entonces, el hombre de Bushier rompió el silencio.

—Mañana sales a tu misión. No será nada fácil, pero te hemos observado durante mucho tiempo y creemos que podrás cumplirla eficazmente. En ese momento, sacó un sobre blanco del cajón y extrajo un pasaporte rojo que tenía estampada la palabra "Bélgica".

—Tu nuevo nombre es Enzo Shiles, recuérdalo, desde hoy eres Enzo y así nos dirigiremos a ti. En este sobre tienes un pasaje hacia Francia. El vuelo parte mañana a las 8:00 AM, es un 545 de Air France. Habrá un coche esperando a las 6:30 AM. No te preocupes, pasarás fluidamente todos los controles. Allí tienes también dinero, no demasiado, pues no queremos despertar sospechas; te alcanzará hasta llegar a tu último destino.

—¿Último destino? —repetí.

—Sí, último destino: Israel, Tel Aviv.

Cuando la manga se ubicó en la puerta del avión, abrí los ojos. Mi cabeza era un torbellino de imágenes del último día en tierra persa: el programa, los sitios, la palabra "Israel". Reza y yo habíamos estado seguros de que nos dirigiríamos a los territorios ocupados. Ahora estaba nervioso, las escasas instrucciones, las preguntas sin respuesta, todo se confundía y movía mi cabeza. Revisé mi pasaporte para corroborar que todo esto era cierto, y ahí estaba mi nuevo nombre, mi nueva identidad.

Realmente, el nombre Enzo no me disgustaba. Me parecía original, genuino, y sentía que me sentaba a la medida. Ahora llegaba el momento de confiar en los iraníes y comprobar si esa falsificación de pasaporte era perfecta. Estaba en manos de gente que no conocía, que había asesinado a mi amigo por tener pensamientos, sencillos y diferentes pensamientos. Yo nunca creí la historia de la radio y sus transmisiones. No aceptaba que Reza fuese un traidor.

El policía observó mi pasaporte, miró mi rostro, se dio vuelta, le hizo una señal a su jefe, giró nuevamente, estampó el visado rápidamente y me devolvió el documento. Todo sucedió muy rápido, como si se tratara de una escena preparada de antemano. El gran salón de salidas estaba lleno, la gente se empujaba camino a sus equipajes que danzaban en ronda progresiva. Yo tenía solamente un bolso de mano, así que seguí mi camino a la salida. Las instrucciones habían sido claras: debía permanecer lo menos posible en lugares donde hubiera autoridades de la policía, así que marché apurado y en un abrir y cerrar de ojos estaba afuera, respirando el frío aire parisino. Pensé en cómo reconocería a mi contacto entre toda esa marea humana; no lo conocía, así que decidí dejarme ver y esperar qué ocurría. De repente, sentí una palmadita en mi hombro: un hombre de poca altura, calvo con una barba tupida y puntiaguda, me saludó cordialmente.

—Soy Omar Nahaf, encargado cultural de la embajada iraní en París, a tu disposición.

Extendí mi mano para completar el saludo, un poco impresionado por el cargo de mi interlocutor, el mismísimo Encargado Cultural de la República Islámica estaba enfrente de mí.

Omar no hacía más que sonreír. Yo ya había aprendido a no preguntar, así que me dejé llevar. Me condujo a una limusina negra con vidrios polarizados. El chofer tenía ya el motor encendido, así que cuando Omar y yo nos sentamos en el asiento trasero, la limusina partió rápidamente del aparcamiento.

Era una sensación extraña la que causaba el mirar hacia afuera sin que los demás pudieran corresponder. Las imágenes de los suburbios pobres de los que no conocía el nombre, me hicieron recordar lugares donde viví. Cuando pasé por un barrio árabe, vino a mi memoria mi niñez con mis padres en Belén, las calles cubiertas de polvo en las que el deporte universal de los niños era alcanzar con una piedra algún coche sionista que pasara por la zona. Cada uno tenía su horqueta, piedras no faltaban y con eso éramos felices, con casi nada. A la salida del colegio nos arriesgábamos a acercarnos a los puestos fronterizos y ensayábamos la distancia que podían alcanzar las piedras lanzadas por nuestras gomeras. Como si lo hubiera vivido recientemente, recordé la primera que tuve en mi poder: mi padre la había armado con sus manos. No lo había hecho movido por el odio hacia los judíos, sino porque sabía que yo verdaderamente la deseaba. Él trataba de complacerme siempre. La nuestra no había sido una familia normal dentro de la realidad palestina. Mi padre nunca fue parte de ningún partido político ni se unía a ninguna actividad belicosa; mi madre igual, no le importaba demasiado las revoluciones, pues entendía que su lugar como mujer era en la casa, atendiendo a la familia. Además, ella sufría su propio tormento al haber traído solo un hijo varón al mundo, un verdadero drama en una sociedad como la musulmana.

Mi padre siempre la acompañó en silencio, sin reprocharle nada. Era un buen musulmán, rezaba cuatro veces al día, iba a la mezquita y trataba de inculcarme los versos de nuestro libro sagrado, pero cuando las cosas se ponían calientes en la mezquita, él se retiraba sin hacer ruido. Para él, lo más importante era mantener su trabajo, pues así sostenía a su familia, razón por la cual valoraba esa rutina de levantarse a las cuatro de la mañana y esperar a que se abriera la frontera para encontrarse con su contratista que confiaba ciegamente en él. Muchas veces, en tiempos críticos, cuando se cerraban los territorios, el israelí se las arreglaba para camuflarlo y hasta lo alojaba en su casa hasta que todo se normalizaba. Nunca pude olvidar que cuando yo tenía nueve años me regaló un barrilete con colores oscuros. Me encantaba remontarlo. Él me enseñó estrategias, como encumbrar el cometa, que hasta ese entonces yo desconocía, juntos corríamos mirando aquella esfinge de tela y madera, cómo adoraba esos momentos. Ese año la intifada[42] irrumpió con fuerza en todos los territorios ocupados y la vida fue diferente. Mi padre ya casi no iba al trabajo y, cuando lo hacía, era en la clandestinidad. Nunca olvidaré esos tiempos. Las calles se volvieron violentas y mi padre no me dejaba salir. Pasamos semanas enteras bajo toque de queda. El ejército israelí patrullaba las calles y controlaba que estuvieran vacías. Todos los días se armaban barricadas y manifestaciones violentas que terminaban con las vidas de gente que conocíamos. Recuerdo las ambu-

42 Intifada: revuelta palestina.

lancias que transitaban como locas con sirena abierta, abriéndose paso entre los heridos.

Me pregunté si tal vez todo lo vivido en mi infancia me había marcado de alguna manera y me había conducido a la situación en la que me hallaba ahora. Nunca pude encontrar una respuesta.

Aunque mi padre fue siempre muy religioso, yo nunca sentí ningún apego al culto, generalmente lo practicaba por deber y por respeto hacia mis mayores. Cuando tirábamos piedras, yo lo hacía más como un juego de niños que por odio a los judíos; no me simpatizaban, pero tampoco los detestaba. Eso sí, a mi primo lo adoraba. Era como un talismán para mí. Él tenía ocho años más que yo, y ya lo había visto manejando un kaláshnikov. Si mi padre se hubiera enterado, nos habría separado, pero por suerte, nadie lo supo. Rafaq era uno de los mejores tiradores de gomera. A los 18 años era un héroe al haber alcanzado a un soldado en el ojo. Yo admiraba su osadía, su bravura, su coraje, pero no entendía mucho ese odio ciego que sentía hacia los judíos. Él me quería a su manera. Yo lo seguía a todas partes y fue por eso que cuando me ofreció huir con él a Jordania por el paso Allenby, acepté enseguida y me lancé a la aventura; solo tenía 10 años. Supliqué a mi padre que me dejara ir, argumentando que la intifada me iba a arrollar, mi primo también habló con él y le prometió que me iba a cuidar. Mi madre desconsolada lloró semanas enteras antes de que partiera, era ese llanto de alguien a quien ya no le quedan más lágrimas. A pesar de que entendía su dolor, yo me quería ir con mi primo. Estaba harto de tanta violencia. Unos días antes de partir, perdí mi barrilete, este era uno de los objetos más valiosos que tenía, ya que mi padre lo había construido con sus propias manos. Un viento salvaje lo barrió y lo llevó camino a Jerusalén. Seguí corriendo detrás de él hasta que los soldados de verde me obstruyeron el paso. En ese momento, finalmente, decidí cambiar mi rumbo y marcharme, era chico pero extrañamente sabía lo que buscaba, quería libertad, quería algo mejor para mí y confiaba en mi primo ciegamente.

Ya en ese entonces sabía que Jordania no era el paraíso para los palestinos, pero pensé que no sería peor que Belén, con la intifada a cuestas.

Recuerdo en aquel entonces haber soñado muchas veces con la ciudad vieja de Jerusalén, me encantaban sus colosos muros, sus olores, sus verdes eucaliptos, sus montañas que parecían proteger a la ciudad sinuosa. Cuando cumplí cinco años mi padre me había llevado al *shuk*, al mercado central de Jerusalén Occidental, en el que mis ojos se distraían endiablados en cada tienda. Nunca había visto tantas mercancías y tantos turistas. Todos nos saludaban al pasar. Comimos *knafe*[43] dulce y una *shwarma* exquisita. Por una de las calles pude ver al pasar el Muro de los Lamentos, que me impactó por su altura y la belleza de las piedras, y, alzándose detrás de él, la Mezquita de Omar, con su casco plateado de oro que se erigía como pidiendo permiso. Esas imágenes quedaron en mi cabeza para siempre.

Un día nublado, en plena intifada, Rafaq, mi primo, y yo huimos por un agujero que él mismo había preparado con anticipación en el alambrado. El hoyo era tan pequeño que recuerdo lastimarme la pierna al pasar. Rafaq, en cambio se escabulló como una lagartija, sin ningún problema. Caminamos un día entero entre los arbustos. Rafaq estaba equipado con un mapa y una brújula. El ejército se esparcía por toda Cisjordania sin dejar muchos espacios sin controlar. Así y todo mi primo logró encontrar el camino para llegar al puente Allenby, único paso terrestre entre Jordania e Israel. Yo miraba totalmente atontado, Rafaq lo tenía todo completamente preparado. Subimos en una camioneta jordana escurriéndonos como ratas debajo de los asientos traseros. Previamente, Rafaq le había entregado un sobre al conductor. Pasamos sin problemas por los dos puestos fronterizos. Después supe que Rafaq había estado planeando todo esto durante más de un año, con gran mesura y detalle. También supe que pagó caro al guía jordano, con dinero obtenido en su trabajo en una de las pocas estaciones de servicio en Belén, en la que lavaba las ventanillas y parabrisas de los autos.

Después de un tiempo nos enteramos de que la casa de Rafaq había sido derrumbada por el ejército; su vivienda se encontraba enfrente de la mía en la misma calle; el hermano mayor de Rafaq tenía allí un arsenal compuesto de armas de toda clase. Su familia había desaparecido. Nunca más vio a su madre, fue como si se la hubiera tragado la tierra. Misteriosamente, su padre fue muerto dos semanas después de haber sido acusado de colaborar con los israelíes, en una apedreada a manos de los propios miembros de la OLP. Después me enteré de que algunos de los supuestos amigos de Rafaq participaron de ella. Mi primo estaba muy triste, su rostro así lo mostraba,

---

43 Knafe: postre dulce típico de la cocina árabe.

pero sus objetivos se impusieron, por lo que logró sobreponerse y seguir adelante. Desde ese entonces me aferré como nunca a Rafaq. En un principio vivimos en un campo de refugiados palestinos muy cerca del puerto de Áqaba, en el extremo sur de Jordania. Era una zona turística; yo disfrutaba corriendo por las playas. Los dos trabajábamos en lo que fuera: cargando bolsas de papas en el mercado, empacando mercaderías que salían en los barcos del puerto. Fueron los momentos más felices. Yo me había olvidado de la escuela, pero como sabía leer y escribir, Rafaq me trataba como a un súper dotado; le ayudaba todo lo que podía.

Cuando escaseó el trabajo, nos mudamos a una aldea también de refugiados palestinos cerca de Ammán, casi en la entrada de la ciudad. Allí me di cuenta de cuánto nos detestaban los jordanos. Había escuchado historias sobre el "Septiembre Negro", en el que tantos palestinos fueron degollados en sus propias casas y aldeas, pero ahora lo sentía en mi propia piel, era casi imposible conseguir un empleo. Ni siquiera los mismos palestinos nos daban trabajo por miedo a perder la confianza de la sociedad local. La frustración era evidente, nuestros propios hermanos musulmanes nos despreciaban. Yo no entendía en ese entonces el porqué de estas actitudes. Todo explotó cuando una noche de verano, en una aldea vecina, ciudadanos locales ingresaron a las casas a tiros de escopeta y realizaron una cruel matanza, degollando y acribillando a niños, mujeres y hombres sin apiadarse de nada ni de nadie. Recuerdo muy detalladamente esa noche. Rafaq me tapó el rostro para que no viera las horribles imágenes cuando tratamos de socorrer a los pocos que habían sobrevivido. Esa misma noche, me tomó del brazo, cogió un bolso con nuestras cosas y nos fuimos; no atiné a preguntarle nada, su cara estaba desencajada, sus ojos húmedos. Yo tenía una confianza ciega en él.

Partimos rumbo al sur; caminamos mucho, comimos poco y dormimos menos. Finalmente llegamos al lugar donde habíamos vivido: Áqaba. Yo estaba muy contento al encontrarme nuevamente con el mar, pero muy pronto me di cuenta de que Rafaq ya no quería permanecer en Jordania; sus palabras no manifestaban odio, pero su mirada lo irradiaba. Un día me dijo que tendríamos que volver a Palestina, nuestra tierra. Para entonces, la intifada había terminado. Él esperaba que yo dijera algo, pero guardé silencio; sabía que si Rafaq pensaba que era lo mejor, así sería. Yo también empecé a sentir el maltrato y a percibir que no éramos bienvenidos en esas "tierras de reyes", como las denominaba Rafaq. Tratamos de juntar algún dinero ocupándonos en changas y una noche nos dirigimos al puerto con el mismo bolso con el que habíamos llegado. Rafaq traía un sobre en su mano. Un hombre gordo con sus brazos cubiertos de tatuajes nos recibió con cara agria. Mientras revisaba el sobre preguntó:

—¿Qué edad tiene el niño?

—Dieciséis —respondió Rafaq, aunque yo todavía no había cumplido los catorce.

—Es muy chico; solo viajas tú —sentenció el hombre.

Rafaq comenzó a discutir y yo, por primera vez, sentí miedo de separarme de él. Pero Rafaq aumentó el dinero entregado al gordo para convencerlo de que me permitiera viajar. Luego de recibir todo lo que teníamos, aceptó. Al llegar a la barcaza me di cuenta de que la nave era sumamente precaria hasta para un adulto.

—Viajaremos a la intemperie —informó el gordo. Y agregó—: Tú eres responsable del chiquilín ¿entendiste?

Rafaq asintió; me dijo que nos dirigíamos a Sharm el-Sheij. Solo mencionó las hermosas playas del lugar. Yo asentí aunque nadie me había consultado; en realidad, nada importaba para mí en ese momento, solo seguir junto a mi primo.

No recuerdo mucho de aquel viaje. El cansancio me venció y me dormí acurrucado junto a Rafaq, solo logro evocar las bonitas playas de Sharm que vi al despertar, cuando, empapados, tocamos tierra.

De ahí en más los eventos se sucedieron muy rápidamente, casi sin dejar recuerdos o quizás, los que surgieron fueron bloqueados por la memoria. En Sharm fuimos tan rechazados como en Jordania, por lo que Rafaq decidió que debíamos cruzar la frontera y volver a nuestra tierra. Subimos hasta el paso de Rafah y nos escurrimos a la Franja de Gaza. Rafaq parecía más tranquilo; encontramos allí changas en un abrir y cerrar de ojos. Empezamos a frecuentar más y más la calle que en ese entonces ardía de militantes de diferentes partidos y organizaciones que intentaron convencernos y enrolarnos para sus causas.

Cualquier joven, no importaba la edad, era un potencial soldado. Día por medio había manifestaciones y marchas violentas, muchas veces se trataba de funerales en los cuales alzaban el cuerpo del difunto envuelto en banderas de la OLP o del Hammas. Muy pronto, las organizaciones se empezaron a disputar el poder y la representación del pueblo palestino, no solo por eso, sino también por el dinero que llegaba de los países ricos del Golfo. Rápidamente Rafaq se sumó al Hammas, el grupo más popular de la Franja y, por tanto, yo también. Recuerdo mi carné juvenil todo verde y con una foto enorme. Nos prometieron que no estaríamos involucrados en ninguna propuesta violenta. Muy poco tiempo después le ofrecieron a Rafaq su primera misión; dos meses más tarde ya vestía el uniforme verde y manipulaba una kaláshnikov en todo acto o manifestación. No hablábamos mucho en aquel entonces, ya no existía entre nosotros el contacto que nos había mantenido tan unidos. Yo retomé la escuela, una pequeña instalación montada en un *mosque*[44] por la organización.

Desde el principio fui el más avanzado, ya que sabía leer y escribir, cosa que no era común. Era muy triste ver a niños que a los once y doce años, por primera vez, lograban tener un libro o una lapicera en sus manos. Las clases se repetían día tras día: una hora destinada a leer y escribir, media hora para las matemáticas, tres horas dedicadas a la religión y una hora dispuesta exclusivamente para hablar de la organización y meternos en la cabeza sus fundamentos y sus ideas. Era un sistema muy rutinario cuya meta era inculcar el odio hacia Israel y los Estados Unidos.

Un día Rafaq no volvió. Esa noche sentí miedo. A la mañana siguiente me encontré ante una multitud cargando su cadáver por las calles principales de Gaza. Yo era "la figura", su único contacto; llegaron a sentarme casi sobre el ataúd. Lo que aparece en mi mente es que no tuve ni la mínima oportunidad de llorar ni de despedirme de él como hubiera querido hacerlo. Solo recuerdo gritos, disparos, rostros desencajados, rabia y su cara demacrada con sus ojos entreabiertos. Vislumbré algunas señales de armonía en esa última expresión. Quizás había encontrado la paz después de tanto tiempo de buscarla. Quizás la muerte había sido su tan deseada paz.

Los olores cambiaron, al igual que las vistas y los paisajes. Estábamos alejándonos de los suburbios y acercándonos a los barrios parisinos. A lo lejos, ya se veía la famosa Torre Eiffel. Nadie hablaba en el coche.

---

44 Mosque: mezquita.

Omar seguía sonriendo como si eso formara parte de su misión. Cuando el lujoso coche se detuvo frente al Hotel Sheraton, Omar me dio un sobre y me saludó, augurándome buen descanso. Cuando abrí la habitación 214 en el piso 14, la ansiedad por revisar el sobre me consumía. Adentro había un pasaje de Air France, vuelo 866 rumbo a Tel Aviv. Volver a Palestina.

38

LEONEL
Dinamarca, Islas Feroe
29 de octubre, 2011

Las olas gigantes producto de un agitado viento, formaban un remolino explosivo para esta pequeña barcaza. Cuando la vi por primera vez creí que apenas podría afrontar unos cuantos baldazos de agua; pero, para mi sorpresa, la pequeña nave resistió bien los embates de las olas y la bravura del mar.

Los tripulantes nos mojamos hasta el alma y nos congelamos en esos fríos de hasta doce grados bajo cero. Levantamos y bajamos la vela al ritmo del viento feroz y hasta nos dimos el gran gusto de pescar. Por fin llegamos a las Islas Feroe con el cometido con el que habíamos comenzado la aventura cumplido: habíamos conseguido una enorme bolsa llena de pescados de todo tipo.

El viejo de Asterix ancló la barcaza al tocar tierra, me agradeció con un movimiento de cabeza y murmurando algo inentendible en su idioma, extendió su mano y puso en la mía una bolsa de lana con monedas de diferentes colores. Yo bajé mi cabeza de inmediato ante su gesto. Indudablemente, él sabía que yo estaba en problemas y por eso había decidido trasladarme a ese lugar. Habíamos compartido veinte horas interminables en alta mar, empapados de sal, vodka y pescados olorosos. El danés intentó convencerme de que el alcohol calienta los huesos. Nunca estuve muy convencido de que lo hiciera; pero, por lo menos ayudaba a olvidar.

El viejo partió rápidamente con su mercancía rumbo al mercado. Tenía que venderla enseguida para aprovechar su frescura. Yo me quedé vagando en el puerto; necesitaba tiempo para pensar, para decidir hacia dónde encaminaría mi vida ahora. La idea de entregarme estaba completamente anulada, pero ¿cuánto tiempo más podría andar oculto, fuera de los tentáculos del Mossad? Mientras seguía vagando ya fuera del puerto, miré mi mano derecha. De algún modo debía deshacerme del GPS implantado bajo mi piel. Pensé en cortar y extraer el dispositivo, pero al mismo tiempo sabía que una herida abierta sin desinfección, con el frío y la humedad del ambiente, podría ser letal.

Me invadió la incertidumbre de saber cuánto dinero me había dejado el viejo. Yo no conocía esas monedas, pero no parecían ser normales. Algunas doradas parecían de oro, las palpé con mis dedos, mordí una y llegué a la conclusión de que verdaderamente eran de ese metal.

Después de una caminata cuesta abajo que se tornó interminable, encontré una cantina vetusta al costado del camino. El paisaje era hermoso; enormes copos de nieve adornaban las copas de los árboles, aunque el frío y la ropa mojada no me dejaban disfrutar de las bellezas turísticas. Entré a la cantina. Unos viejos tomaban cerveza de jarro en la barra del bar. Pregunté a uno de ellos usando más señas que palabras dónde estaba el baño. Se rieron de mi apariencia y señalaron una puerta que había debajo de una escalera de madera. Cuando pasé la puerta, sentí un impacto seco en mi nuca acompañado de un ruido hueco, como de cristales rotos y después, nada más.

Como una suave caricia, comencé a escuchar voces y traté de reconocer el idioma. Abrí los ojos, levanté la cabeza y un dolor agudo en los parietales me inmovilizó por un momento. Me toqué la nuca y no encontré sangre. Había recibido un golpe seco en un punto estratégico, que no dejó rastros, posiblemente fue ejecutado por un profesional. Miré el cuarto y aparte de una cama y una mesa ratona no había nada, ni ventanas ni muebles. Muy pronto reconocí que las voces hablaban en árabe, claramente era árabe. ¿Qué querrían de mí? Lo primero que se pasó por mi cabeza fue que el Mossad había dado conmigo. Palpé mi brazo en mi zona GPS y comprobé que el dispositivo todavía se hallaba allí. Tenía las manos amarradas con una soga, pero llegué a sentir el metal. Si todavía funcionaba, el Mossad me encontraría. Las voces empezaron a acercarse y la puerta se abrió abruptamente. Dos hombres de mediana estatura entraron sin hablar. El que parecía ser el jefe tenía su cabeza rapada, al otro la barba le llegaba casi hasta el centro del pecho. El rapado le ordenó al barbudo que me quitara la ropa para palparme y, cuando lo hizo, mi cuerpo comenzó a temblar sin control. El rapado gritó algo en árabe y el otro me proporcionó un golpe en el estómago mientras me seguía palpando. Cuando rozó mi brazo, detectó el artefacto magnético. Llamó al otro para corroborar su descubrimiento, el pelado apretó esa zona del antebrazo y comprobó el hallazgo. Me dejaron desvestido sobre la cama y salieron súbitamente del cuarto.

Como pude, con mis manos atadas, traté de acercar una frazada vieja que estaba tirada en el piso, pero cuando lo intentaba, los dos entraron nuevamente a los gritos. El rapado traía un cuchillo filoso en su mano y una especie de venda. No estaba seguro de lo que se proponían. Al ver los objetos que traían, comencé a gritar y a sacudirme como un loco. El barbudo me agarró desde atrás y me sostuvo fuertemente contra su pecho sin dejarme oportunidad para ningún movimiento. Entonces, el rapado acercó la hoja del cuchillo a mí; pensé que me iba a perforar el pecho, pero de repente lo dirigió a mi brazo. Sentí el metal perforando la carne, vi un chorro de sangre y después silencio, nada.

Cuando abrí nuevamente los ojos, encontré mi brazo vendado rudimentariamente; una mancha de sangre traspasaba el paño blanco que parecía contener la hemorragia, pero pensé que si no habían desinfectado la herida y la venda, la infección podría causarme gangrena. No tenían noción del tiempo que había transcurrido, eso me preocupaba. Necesitaba ser tratado por un médico rápidamente. Todavía tenía las manos atadas y no podía hacer nada. Comprendí que habían extraído el dispositivo GPS. Empecé a gritar con toda la fuerza que pude. El rapado entró.

—Escúchame, no sé lo que quieren de mí, pero deben llevarme a un hospital —le dije—. Si no, moriré.

—No tan rápido —respondió meneando su cabeza en forma negativa.

—¿Por qué a mí? ¿Quiénes son ustedes?

—Somos tus primos —se rió—; pertenecemos al Hammas. Muy pronto estarás cerca de tu casa.

—¿Qué quieres decir? Necesito un médico ya.

—Calla, calla, ya te cambiaré el vendaje. Ahora relájate, es de noche. Mañana tenemos un gran día.

El dolor no me dejó pensar demasiado, la cabeza dolía y no me animaba a mirarme la herida. Pensé que no podría concebir el sueño. Después de cinco minutos entró el rapado con una jeringa, sin preparación alguna me la inyectó sobre el brazo. Cuando comencé a pensar qué me habían aplicado, ya estaba dormido.

39

AHMED
Francia - Tel Aviv
3 de noviembre, 2011

Mientras el capitán anunciaba el último chequeo de puertas antes de aterrizar, el Air France 866 giró dos veces y dirigió su trompa hacia la pista despejada. Me acurruqué en mi asiento de la fila veintiséis, revisé mi pasaporte guardado en un bolsillo de mi chaqueta. Vi el nombre Enzo Shiles todavía no me acostumbraba a mi nueva identidad. En el mismo bolsillo tenía la memoria USB que destrozaría la infraestructura del Mossad. Allí guardaba también la constancia de reserva en el hotel Plaza de Tel Aviv. Estaba nervioso y las manos me sudaban, pero debía tranquilizarme, me lo dije una y otra vez. Tenía que cumplir esa misión, de lo contrario, sería una presa fácil de atrapar.

Cuando la nave tocó el cemento, un grupo de religiosos con sus trajes negros y *kipás*[45] aplaudieron enfervorizados, el resto de la tripulación se unió a ellos en una especie de ritual que yo nunca había visto antes. Tomé mi bolso de mano y me dirigí al control de pasaportes. En un momento me imaginé que todas las miradas estaban sobre mí. Detrás de los mostradores unas jóvenes judías vestidas con camisas celestes de policías se mostraban muy concentradas en sus computadoras, revisando pasaportes. Cuando llegó mi turno, entregué mi documento a una morena de pelo negro azabache. Ella me miró a los ojos y hubo diez segundos de suspenso; después bajó su cabeza

---

45 Kipá: pequeña gorra ritual usada tradicionalmente por los varones judíos.

dirigiendo su mirada hacia su monitor LCD, tecleó y empezó con la saga de las preguntas.

—¿Cuál es el motivo de su visita?

—*Business*[46].

—¿Dónde se alojará?

—Hotel Plaza. —Mostré mi reservación, pues me pareció que el papel convencería más que mis palabras.

—¿Enzo? —preguntó.

Yo asentí con mi cabeza, mientras ella se preparaba para estampar el visado. Cuando me devolvió el pasaporte, yo tenía mis manos sudadas. Sentí el pasaporte en las yemas de mis dedos y le di el último vistazo al sello. Sin valija por recoger, salí rápidamente en busca de la calle, el aire fresco y la libertad limitada. Mientras pensaba que podía ser un sueño cumplido para cualquier terrorista: ¡estaba nada menos que en Israel! Así y todo yo no sentía nada especial; no existía odio agudo en mí. Estaba allí para concretar una misión y nada más que eso. Estas sensaciones me perseguirían durante los próximos días.

La habitación en el piso dieciocho del Hotel Plaza abría sus ventanas al mar Mediterráneo. Corrían los últimos días de otoño, sin embargo, la costa seguía repleta de jóvenes. Las olas se agitaban movidas por una fuerte brisa proveniente del este. Banderas rojas limitaban las zonas en las que la gente podía meterse al mar.

El reloj marcaba las dos de la tarde y pensé tirarme en la cama doble. Tomé la memoria USB, la puse debajo de la almohada y me dispuse a dormir. Cuando desperté, el sol todavía pegaba sobre las ventanas y se escurría suavemente adentro a través de las cortinas pesadas. Cuando giré la cabeza, vi que un hombre de mediana estatura estaba sentado en el sillón frente a mi cama. Me estremecí, no sabía qué hacer. En inglés, le pregunté quién era.

—No te preocupes —respondió en árabe—. Yo soy tu contacto, así que... relájate.

—¿Cómo entraste?

—Es una larga historia que no tiene importancia ahora —respondió mientras se afinaba su bigote tupido.

—Ok. ¿Por dónde empezamos?

---

46 Business: negocios.

—Cámbiate, saldremos.

Entendí que mi contacto no confiaba en el hotel. Mientras lo observaba, me preguntaba cómo había entrado en mi habitación, pregunta que permaneció como un enigma al que no atribuí más importancia. Luego se tomó unos diez minutos para inspeccionar el cuarto.

Caminamos por la costa de Tel Aviv, una frescura agradable provenía del mar. El sol caía como un huevo enorme, amarillo oscuro, y dejaba sus destellos en el cielo. Había algo en aquella gente que disfrutaba en el mar, en esos jóvenes paleteando en la playa, desafiando al frío de principios de noviembre, algo que no podía definir. Mi contacto caminaba en silencio y observaba constantemente hacia atrás; no se presentó y no quise violar su imagen de incógnito.

—¿Tienes la memoria USB contigo?

—Sí, aquí está —y la saqué de mi bolsillo para mostrársela.

—Escúchame bien: cuando terminemos, vuelve inmediatamente al hotel, paga la cuenta y márchate. Te mudarás, hoy mismo, a un departamento en la calle Arlozorov; el lugar donde te encuentras ahora está cercado, hay demasiada seguridad, cometimos un error en hospedarte allí. Aquí tienes la dirección del nuevo lugar. —Me entregó un papel escrito—. Dame la memoria USB. Escúchame bien —volvió a usar las mismas palabras—: en el apartamento encontrarás una laptop. Estas son las credenciales y las instrucciones para operar y ejecutar el programa. Aquí está el programa madre con el código que descifra el acceso. —Sacó un CD de su bolso y me lo entregó—. Tienes que mantenerte alerta, muy atento. No salgas a la calle. La heladera está equipada para más de una semana. El teléfono está desconectado. Aquí tienes un celular, pero no lo uses. Escucha bien —por tercera vez repitió la frase, hecho que me puso un poco nervioso—: yo te llamaré en los próximos días y te pasaré una cifra IP; tú ejecutarás el programa, insertando ese número.

—Necesito saber el plan completo —me animé a decir.

—Tú ya sabes tu parte en el plan, y eso es suficiente.

—Necesito saber más, no puedo continuar así.

—Calla. Ya lo sabrás cuando llegue el momento. Mientras tanto, espera, estudia las instrucciones que has recibido y practica con el programa, pero no lo ejecutes todavía.

Y así, sin decirme su nombre ni despedirse, se escabulló rápidamente por una callejuela que cortaba la calle Hayarkon. Yo me quedé con un CD, un pequeño papelito enrollado con instrucciones, la llave y la dirección de mi nueva vivienda, además de una incertidumbre terrible: ¿cómo podría sobrevivir los siguientes días, encerrado en un departamento esperando un llamado telefónico, sin saber nada, sin comunicarme con nadie…? Cada momento que vivía perdía más la paciencia y aumentaban mis nervios. Mi motivación no era de las mejores. Todo había empezado con la desaparición de Reza en Irán, siguió después cuando vi su cabeza, y con el tiempo. La idea de perpetrar algo sin saber qué y por qué me revolvía el estómago; pero me había prometido la revancha por la muerte en vano de mi primo en las manos del enemigo sionista e iba a seguir para alcanzar mi objetivo.

40

Tel Aviv
1 de noviembre, 2011

Los papeles estaban desparramados sobre la mesa. Eli Regev apoyó la cabeza en su mano izquierda y su cuerpo en el escritorio. Un dolor de muelas lo atormentaba desde la mañana temprano, se tomó la cabeza tratando de amortiguar esa percepción horrible, en un momento pensó que no había algo peor que esa sensación. La muerte inesperada de Shmulik Sade lo martirizaba aún más, no lo dejaba pensar con claridad. Debía resolver el enigma de los dos hermanos; necesitaba encontrar a estos jóvenes lo antes posible. Las órdenes venían desde arriba, desde muy arriba, pensaba Eli. Los papeles esparcidos en su escritorio mostraban muchos datos curiosos. Aparte, quería resolver la muerte de Shmulik Sade, ya que no creía que hubiera sido un accidente provocado por un loco que no se detuvo, como lo publicaba la policía. Él prefería investigar este caso también por su propia cuenta, pues todo le parecía conectado. Había una mano sobre esto, de eso no tenía duda, pero ¿de quién?

Si este proyecto lo organizó el Ministerio de Defensa y lo ejecutó el Mossad o el Shabak, ¿por qué ahora el Ministerio de Defensa le daba rienda suelta a él y le pedía buscar a los dos jóvenes? ¿Y quién estaría tratando de interrumpir este trabajo? En su mesa repleta de documentos había reportes del asesinato de Rachel Mizrachi, la enfermera que había participado en los partos de los niños que fueron cambiados, otros sobre el atentado contra el joven hebreo y Moshe Cohen en el café de Jerusalén y ahora aparecía la muerte de Shmulik Sade. Tenía que tranquilizarse y enhebrar los hilos para comprender las implicancias y las conexiones de estos sucesos. Además había algo que le sumaba intriga a todo: alguien quería imperiosamente deshacerse de Leonel, en Francia lo había vuelto a intentar. El joven ya había escapado a tres intentos de asesinato.

Lo peor era que nadie sabía nada. Hacía muchos días que se habían perdido las huellas de los dos muchachos. El árabe, que no lo era por nacimiento, se había esfumado de los radares desde que había arribado a Irán, su llegada a territorio persa ya había sido confirmada por el Mossad. Se sabía de un posible plan o complot que preocupaba a las más altas cúpulas de gobierno y ya habían llegado hasta a la mesa del Primer Ministro y del mismísimo Presidente. El otro joven se había perdido en Escandinavia. Su aparato GPS ya no reportaba desde hacía varios días y no había señal alguna de su paradero. Parecía que se había esfumado también.

Eli Regev se rascó la cabeza y volvió sus manos a los papeles. Sus problemas personales desaparecieron por un instante. Desde hacía un largo tiempo, su vida no era normal. Su mujer, que lo había maltratado por años, murió de un cáncer meteórico. Él siempre la amó, pero nunca sintió reciprocidad. Tuvieron dos hijas, las dos vivían en Estados Unidos y mantenían escaso contacto con su padre. Él se había vuelto adicto al trabajo, podía estar días enteros en su oficina, o tirado en el viejo sofá de su departamento en el norte de Tel Aviv, leyendo lo que fuera.

Su rol era un tanto confuso para la gente que lo conocía, en las esferas del gobierno y en el propio Mossad. Ahora era independiente. Su carrera fue en rápido ascenso, de general en el ejército pasó a desempeñarse en el Ministerio de Defensa, donde cumplió diversas funciones en diferentes oficinas gubernamentales, siempre en el área de la investigación secreta. Hacía diez años, el Ministerio de Defensa lo había despedido repentinamente, nadie supo por qué. Una semana después de su destitución, el propio Ministro lo invitó a su despacho en la HaKirya de Tel Aviv, donde le tenía preparada una oficina. Eli no comprendía del todo lo que sucedía; lo reintegraban inmediatamente después de haberlo despedido... El Ministro de Defensa le explicó que no actuaría más para el gobierno, y que tendría un cargo de agente de enlace entre el Ministerio de Defensa, el Mossad y el Shabak. No rendiría cuentas a nadie más que al Ministro mismo o a un enviado de este. Era una situación bastante confusa que Eli no comprendió y que le dificultó el amoldarse a su nueva posición, pero luego entendió las fuerzas en litigio: el gobierno necesitaba más control sobre las dos agencias, el Mossad y el Shabak; quería corroborar que todo se hacía como era debido, que las órdenes se cumplían y necesitaba evitar que cualquier problema o evento se disparara rápidamente a la prensa o a manos peligrosas.

Eli sabía que de todos sus casos hasta ese día, el que lo ocupaba ahora era el más importante, el que marcaría su carrera para bien o para mal. Existían datos que hacían pensar que el Mossad estaba encubriendo algo y el Ministro de Defensa quería saber de qué se trataba. Los jóvenes tenían que aparecer sí o sí, así lo había indicado el mismísimo Ministro quien, además, le había prometido facilitarle los recursos que necesitara y brindarle todo su apoyo. Pero al mismo tiempo, el gobierno estaba muy preocupado con los rumores de una "ciberguerra". El dato más curioso que encontró en la mesa colmada de documentos era el nombre de Moshe Cohen. No terminaba de comprender cómo alguien con su perfil estaba envuelto en todo esto, ni cuál sería su relación con el joven judío. ¿Por qué habían querido atentar contra su vida? ¿O quizás los balazos solo quisieron alcanzar al joven, en el café en Jerusalén?

Decidió que tenía que trabajar un poco más sobre ese misterio para después intentar contactar a Cohen. Necesitaba un poco más de información y datos, así que se dedicó a repasar todo lo que se encontraba en su escritorio. Le llamó la atención que en un reporte de la policía, tras el asesinato de Rachel Mizrachi, apareció otra vez el nombre de Moshe Cohen. El viejo había estado en la casa de la difunta la noche anterior, y hasta había compartido la cama momentos antes de la muerte. Vaya dato, pensó. El reporte no lo mencionaba como sospechoso, ya que tenía una coartada que lo ubicaba en otro lugar en el momento del deceso. La información era muy convincente. Él tampoco creía que Moshe Cohen había matado a Rachel Mizrachi, pero ¿quién había perpetrado ese asesinato? Cerró la puerta y encendió su computadora portátil. Rápidamente, en su base de datos encontró el teléfono de Moshe Cohen. El código era de Jerusalén. Por un momento trató de ponerse en el cuerpo de Moshe. Si hubiera sido él, ya se hubiera escapado de aquel lugar, se hubiera mudado lo antes posible luego del primer atentado y de los sucesos que siguieron, pensó. La conclusión fue que Moshe Cohen seguramente ya no vivía en Jerusalén. Así resultó, pues cuando telefoneó al

02-88612345, una voz femenina grabada en un contestador informó que el número estaba desconectado.

41

Kibutz Metzuba - Norte de Israel
1 de noviembre, 2011

Moshe contó el dinero una vez más, un sobrino cercano había retirado todos los fondos de su cuenta, como se lo encomendó; unos días antes le había entregado un poder que lo autorizaba a manejar todas sus pertenencias. Ahora, con la plata en la mano, estaba solo sentado en su subaru azul, mirando la costa de Rishon LeZion donde había pasado los últimos días. Después de la muerte de Rachel dejó Jerusalén y se escondió en casa de su sobrino. Arrancó y tomó la ruta Hayarkon, camino al norte. Eran las tres de la tarde y sabía que esta vía sería buena para viajar, ya que el tráfico era relativamente leve. Tenía unas tres horas para llegar a Metzuba, un *kibutz*[47] situado en el límite con el Líbano, en el que vivía un buen amigo que lo albergaría hasta que pasara todo ese ruido. Sabía bien que ni aun allí estaría del todo seguro. No comprendía todavía los sucesos que se desencadenaron. ¿Quién le quitó la vida a Rachel y por qué? ¿Quién intentó matar a Leonel en Jerusalén, o el atentado habría sido contra él y no contra el joven? Demasiadas coincidencias, demasiadas preguntas y ninguna respuesta.

Así que decidió desconectarse del mundo por unos días, en el norte. Su nombre aparecía en los diarios. En la farándula policial, todos lo conocían, y, si bien no se había hecho de enemigos, tampoco tenía muchos amigos, y tenía muy claro que más de uno no dudaría en usar un rumor para destruirlo, para aplastarlo como una mosca. Así era ese mundo, bien lo sabía; cada uno se la jugaba por un puesto mejor.

---

47 Kibutz: comuna agrícola israelí.

Él ya estaba lejos de ese juego. Cuando pensaba en los últimos acontecimientos, por su frente le corría un sudor frío. Pensó en Rachel y en su vida, que había sacrificado; revivió la entrega de esa noche en que fue suya, tan entera como siempre había sido. Todavía tenía su figura desnuda enfrente de él, sus labios, sus brazos. Súbitamente un fiat uno blanco se cruzó rápidamente en su camino y lo hizo volver de pronto a la realidad. Lanzó una puteada y decidió concentrarse en el camino.

A las 6:00 PM llegó a Nahariya, y allí se detuvo a comprar un *falafel*[48] en un puesto del camino, pues estaba hambriento. Rellenó la pita con él y se la devoró, ensuciando su camisa con *hummus*. Se limpió un poco y miró hacia la ruta en la que le pareció ver el mismo fiat uno que lo había interceptado a la altura de Herzliya unas horas antes, pero dudó y no le dio importancia. Se tomó una cerveza Macabbi y se relajó en una silla del bar. Se había desecho de su celular desde que escuchó sobre la muerte de Rachel; se sentía libre sin él. Pidió un teléfono en el bar y se comunicó con su amigo del *kibutz*, anunciándole que llegaría en una hora, como habían convenido.

Se dirigió hacia el norte por la ruta junto al mar. Mientras miraba las olas, pensaba en el paradero de Leonel y en cómo podría contactarse con él ahora. Se sentía un fugitivo, aunque no conocía qué había hecho para serlo. Necesitaba tiempo para entender la ecuación y descubrir quién estaba detrás de todo esto. Pensó en cambiar su identidad para poder operar libremente.

Eran las 7:00 PM cuando su subaru hizo el último esfuerzo y trepó la entrada al *kibutz*. En la cima un soldado con escopeta en la mano le pidió sus documentos y los anotó en un cuaderno de visitas. Luego le abrió el vallado manualmente.

Moshe conocía el lugar. Cuando detuvo el coche y contempló los pinos sobre la pileta sintió un poco de paz. Su amigo lo sorprendió desde atrás con un abrazo de oso que lo alarmó. Sorprendido y sin haberle visto la cara, hizo una toma que había aprendido en la policía, con la que derribó al amigo que empezó a gritarle:

—¡Qué haces, cabrón! ¿Estás loco?

—Perdóname... Niv.

48 Falafel: especie de croqueta de garbanzos o habas, muy popular en Medio Oriente.

Niv tenía buena estatura y los músculos de un hombre que día a día trabajaba sus matas, campesino de sangre; igualmente cayó estrepitosamente.

—¿Qué es lo que te traes?

—Perdóname, otra vez…ya te contaré —le dijo, mientras lo ayudaba a reponerse—. Ahora necesito descansar.

—No estarás en problemas…. Ven, te preparé el cuarto con vista a la pileta. Tienes todo el balcón para ti, como siempre te ha gustado.

Moshe subió a su cuarto, dejó el bolso sobre la cama y salió al balcón. Respiró hondo y contempló las colinas del Líbano. En un momento pensó si Ahmed se encontraría en aquel país…

42

Kibutz Metzuba - Norte de Israel
1 de noviembre, 2011

El asesino esperó unas horas en su coche, el viaje había sido largo y su fiat uno estaba recalentado. Hizo una escala en Shlomi, una pequeña ciudad muy cerca de la frontera con el Líbano pues el coche comenzó a echar humo. Decidió detenerse y buscar algún mecánico que lo pudiera ayudar, pues no podía seguir así. La hora era su peor enemigo, a las 8 de la noche la posibilidad de encontrar a alguien que lo auxiliara con su vehículo en esta diminuta urbe era una quimera. Igualmente, recorrió las calles oscuras y paró en un bar a preguntar por un mecánico o persona que lo pudiera ayudar con el automóvil. El empleado del local hizo una mueca que indicaba que no conocía a nadie. Un viejo que saboreaba una cerveza en una mesa cerca del mostrador le llamó la atención y le habló.

—Yo sé de alguien que te puede ayudar; vive a cuatro cuadras de aquí.

—Llévame, por favor.

—Págame una cerveza para el camino —le dijo el viejo que ya había tomado demasiado.

El asesino pagó la cerveza y se fue con el viejo, que tomaba de la botella los últimos sorbos. Comenzaron a dar vueltas por la ciudad y llegaron a una calle desierta en la que se veía un garaje cerrado en cuyo cartel se leía "Mecánico Shuki". El viejo se encargó de ir a buscar al mecánico, que salió en pijama diciendo que a esta hora no lo podría ayudar.

—¡Es muy tarde! —se quejó.

—Por favor, por lo menos deme un diagnóstico —le dijo el asesino.

Shuki meneó la cabeza.

—Te saldrá 150 *shekels* solo chequearlo.

—No hay problemas. Pagaré.

El mecánico comenzó a examinar el coche y muy pronto tuvo el resultado de su pesquisa.

—Tiene un agujero en el radiador —le dijo al asesino.

—¿Lo puede arreglar ahora?

—¿Ahora? ¡Estás loco! Ya te dije que solo miraría para ver cuál era el problema.

—Lo necesito ahora —le dijo el asesino levantando su voz.

—No hay manera de que te lo pueda arreglar ahora. ¡Son casi las 9 PM! Deja el coche, ve a dormir al motel del centro y mañana lo soluciono.

El asesino estaba perdiendo la paciencia, le urgía terminar su trabajo esa noche y ya no podía perder más tiempo. Mientras, el viejo trataba de convencerlo de ir al motel, él mismo lo conduciría al lugar a cambio de otra cerveza.

El asesino hizo un movimiento rápido, desenfundó su arma que tenía un silenciador y se la puso en la sien al mecánico.

—¡Necesito esto ahora, te dije!

—Ey... tranquilo. Baja el arma —dijo asustado Shuki.

—La bajaré cuando comiences a trabajar.

Cuando vio el arma, el viejo borracho comenzó a correr; el asesino no dudó ni un instante: apuntó y gatilló rápidamente. La bala le perforó la espalda sin hacer ruido y el viejo se desmoronó en la acera, junto a una cloaca. El asesino le pidió ayuda al mecánico y juntos lo arrastraron hasta el garaje.

El mecánico abrió el capó del auto y le dijo al asesino:

—No tengo un radiador para cambiarte, pero podré soldar el agujero para que puedas seguir.

—Perfecto, hazlo rápido. No tendríamos que haber llegado a esto —dijo furioso.

Se miraron extrañamente. El mecánico puso una manta en el suelo, se recostó, encendió la mecha y con la máquina comenzó a soldar el agujero. En media hora el coche estaba listo. El piso del garaje se había inundado de sangre que provenía del orificio de la espalda del viejo. El asesino miró al mecánico, por un momento con la pistola en su mano dudó lo qué hacer, luego le tiró quinientos *shekels* sobre la mesa, se sentó en el coche, puso marcha atrás, luego aceleró hacia adelante y se largó del lugar a toda velocidad.

Tomó la ruta camino al sur y después de ocho kilómetros estaba ya en la entrada del *kibutz* Metzuba. Se encontraba ofuscado por los eventos y por su coche, que lo había decepcionado por primera vez y justo en ese momento especial.

Dejó su auto a un costado del camino y sacó unas tijeras de acero de gran tamaño del baúl. La entrada normal se encontraba a unos dos kilómetros, al final de una subida empinada, pero prefirió cortar el alambrado para después escalar y así evitar el puesto de seguridad. Esperó a que se hicieran las 10 de la noche para comenzar a hacer el agujero, ya que sabía que la patrulla pasaba cada media hora. Lo tenía todo registrado, la próxima vuelta sería a las 9:50. Se acurrucó debajo de unos arbustos y después de diez minutos ya tenía el hoyo hecho. Se escabulló y comenzó a trepar. En el trajín, se tropezó y se golpeó la misma pierna que se había lastimado cuando bajaba de la casa de Rachel Mizrachi hacía solamente unos días. La herida estaba fresca, y comenzó a renguear. Estas dificultades le hicieron pensar que había fallado en la cotización de este trabajo. El asesinato de Rachel le había resultado sumamente fácil, pero este se le estaba complicando demasiado.

Después de 20 minutos de andar, estuvo debajo del balcón de la casa de Niv Rozen. Se aseguró de que la pistola estuviera bien cargada y enroscó el silenciador. Pensó en alguna manera de trepar al balcón que no era muy alto, pero creyó que su pierna no lo resistiría. Fue entonces que golpeó la puerta de los Rozen.

Gaby Rozen no dudó un segundo cuando escuchó el golpe en la puerta. Sus amigas del *kibutz* la visitaban a menudo por las noches, muchas veces alguien necesitaba algún comestible o se acercaban a tomar su sagrado té. Cuando abrió la puerta, el asesino arremetió hacia adentro, le tapó la boca y la llevó a la cocina mientras le clavaba el revólver entre la tercera y la cuarta vértebras.

—Silencio —le dijo—. Nada más, silencio.

Niv y Moshe estaban sentados en el balcón en el piso de arriba. No habían sentido el golpe en la puerta ni a Gaby abrirla. Tomaban té de camomila que Niv sembraba en su huerta privada. La noche estaba húmeda, las copas de los árboles apenas se mecían. Hablaban mucho del pasado y muy poco del presente. Moshe evadía preguntas sobre su vida actual; Niv sentía algo raro en su viejo amigo, pero no quería someterlo a ninguna indagatoria indiscreta. Se habían conocido en el ejército en el que los dos eran tanquistas; después compartieron unos años en la misma división de la policía de Jerusalén. Niv detestaba la vida de la ciudad, por lo que decidió dejar todo y mudarse al *kibutz*. Este era su trigésimo quinto aniversario en Metzuba.

El asesino decidió esperar en la cocina a que su víctima bajara; no tenía un plan B; amarraba cada vez con más fuerza a Gaby para que no hiciera ningún ruido.

Moshe se levantó de su hamaca y dijo:

—Quiero descansar, quizás mañana la seguimos.

—No hay problemas, buenas noches —replicó Niv, y comenzó a bajar la escalera que daba directamente al salón. El asesino sintió los pasos y Gaby se movió nerviosa. Muy cerca de la cocina, Niv llamó a Gaby. El asesino salió a su encuentro mientras arrastraba a la mujer con él.

—¿Qué pasa aquí? —dijo Niv al ver al asesino con su mujer.

—Calla o mueren los dos —respondió el asesino susurrando —. Ve en busca de tu amigo y tráemelo. Si das un paso en falso termino con ella; si le dices algo sobre mí la fulmino.

Estaba nervioso y confundido. Todo se había complicado. Tenía el dedo en el gatillo y al ver que Niv se disponía a subir la escalera le dijo en voz baja:

—No subas, llámalo desde aquí.

Niv no sabía qué hacer, pero no tuvo tiempo de pensar, así que comenzó a llamar a Moshe. Le gritó una y otra vez, pero el viejo no bajaba. De repente se sintió un ruido, como de un objeto pesado al caer.

El asesino se dio cuenta de que Moshe se arrojó del balcón. Salió rápidamente rengueando. En el camino, Niv trató de detenerlo interponiendo su pie, pero el asesino lo esquivó y le disparó un tiro en el estómago. Niv se desplomó mientras el asesino se apuraba rumbo a la puerta. Cuando salió, dio vueltas alrededor de la casa y miró hacia la pileta. Después se dirigió hacia el sendero que conducía a la salida. Jadeaba y tuvo un momento de desesperación. Pensó que sería muy fácil esconderse en este lugar y empezó a escapar. Pronto sintió una sirena y vio potentes luces iluminándolo: era la patrulla, un soldado y un *kibutznik*[49] a bordo de una camioneta 4x4. Le gritaron que se detuviera, pero el asesino siguió con paso rápido hacia la colina. Siguiendo el procedimiento, el soldado le gritó nuevamente que se detuviera, disparó al aire y luego apuntó a sus piernas, pero falló. El *kibutznik* se levantó de su asiento y con una ráfaga de metralla terminó con los pasos del asesino.

Moshe Cohen había saltado desde casi tres metros de altura; su pierna sangraba y su coxis, que siempre fue un eterno problema para él, ahora no lo dejaba caminar. Cuando se lanzó del balcón no tuvo la fuerza para correr después del impacto, y se escondió; los arbustos, las madreselvas y un enorme árbol de bamboa ocultaron su figura. Estaba agazapado y se quedó inmóvil allí por diez minutos. Estaba bien oculto. En un instante escuchó tiros no muy lejos de ese sitio y pensó que había ocurrido lo peor. Se arrepintió de haber enredado en problemas a su viejo amigo Niv. Comenzó a alejarse lo más rápidamente posible de la escena, no quería que la policía lo interrogara. Llegó hasta la cima de la colina; sabía que allí abajo, a unos trescientos metros estaba el alambrado. No tenía mucho tiempo. Se enrolló, se cubrió la cabeza con las manos, trató de envolverse en su cuerpo y se tiró hacia abajo. Y así se deslizó como una bola de nieve por el pasto, hasta pegar en el alambrado. Ahora apenas podía moverse. Le sangraban las dos piernas, pero hizo un último esfuerzo y empezó a cavar con sus manos por debajo del alambrado, que estaba bastante deteriorado. Cuando logró un hueco razonable, se deslizó por él y gateó unos cincuenta metros hasta encontrarse con la ruta que conectaba Metzuba con Nahariya. Escuchaba a lo lejos a la policía y veía las luces del *kibutz*. Cuando logró levantarse, trató de que algún auto se detuviera para llevarlo; pero, aunque pasaron varios, ninguno respondía a su pedido. Por fin, una camioneta toyota se detuvo al verlo accidentado al costado del camino. El conductor le preguntó:

—¿Qué te ha pasado?

—Me caí y me lesioné tratando de arreglar mi auto.

—¿Y dónde está tu auto?

—A doscientos metros de aquí.

—No he visto ningún coche en el camino —dijo asombrado el conductor.

49 Kibutznik: habitante de un kibutz.

—No, claro que no… es que se cayó a la banquina, por eso me golpeé.

El conductor de la toyota no quedó del todo convencido de la veracidad de lo que Moshe contaba, pero igualmente llevó al viejo hasta el hospital de Nahariya y lo dejó allí, en la sala de emergencias, esperando que lo atendieran.

Moshe le agradeció y le dijo que se fuera tranquilo, que él se las arreglaría de ahí en más. Cuando el hombre de la toyota se fue, él esperó un poco en la sala de espera y se escabulló del hospital sin que nadie lo viera.

Encontró un motel cerca del lugar y pasó allí la noche. Compró gasas y alcohol en una farmacia de turno, se limpió las heridas y permaneció en vela, pensando qué hacer. A la mañana siguiente, vio que sus heridas no estaban del todo mal, se dirigió directamente al correo y dejó una carta destinada a:

Avi Lifshitz – Yedioth Ahronoth
127 Yigal Allon Street Tel Aviv 67433 Israel

43

LEONEL
Islas Feroe – Egipto – Franja de Gaza
30 de octubre, 2011

Creo que esa fue una de la noches más frías que había pasado en mi vida; ni en mar abierto sentí aquella sensación térmica que calaba mis huesos, quizás habrá sido el vodka que bebíamos hasta perder la cabeza, en altamar. Mis captores me habían dejado una sábana blanca y una almohada, me vendaron los ojos y ataron mis manos. Tanto me moví intentando calentarme, que me caí de la cama, y provoqué una herida en mis manos amarradas. No tenía idea de la hora del día ni del lugar en el que estaba, ni siquiera podía divisar la luz. De repente, la puerta se abrió y entraron los dos hombres, me quitaron la venda y me desataron las manos. Un hilo de luz que procedía de una ventana alta me cegó la vista. Cuando logré abrir mis ojos, observé mi brazo. El vendaje era nuevo, todavía sangraba, pero se veía mejor. La cabeza me daba vueltas como una perinola. El rapado tenía un arma, el barbudo no llevaba artefacto alguno, le alcanzaban sus manos poderosas. El rapado se dirigió hacia mí y me entregó una bolsa.

—Hoy viajaremos en barco; quiero que vistas la ropa que hay en la bolsa y que te pongas los anteojos negros. No intentes ningún movimiento extraño, no dudaremos en terminar contigo. Acabó el juego de espionaje.

—¿Dónde me llevan? Están equivocados... yo no sé nada.

—No te preocupes, estamos al tanto de lo que tú sabes y de lo que no, mantente en silencio y lo más cerca de nosotros que sea posible y nada te ocurrirá.

—¿Adónde vamos?

—Ya lo sabrás. Ahora cámbiate; tenemos que partir.

El barbudo dejó un plato en la mesa; tenía una pita con algo de manteca y jalea, devoré lo poco que había en cuestión de segundos. El lugar en el que estábamos parecía una bodega. Me vestí y salimos; el barbudo iba detrás de mí y el rapado adelante. La calle estaba desierta y el día nublado, una lluvia muy fina logró mojarnos por completo. Pronto se detuvo a nuestro lado un auto volkswagen gris en el que nos metimos los tres por la puerta de atrás. El conductor era un joven con cabellera rubia y aspecto de local. No dijo ni una palabra en todo el viaje. Yo estaba sentado en el medio y no se me ocurría cómo podría escapar, el barbudo me tenía agarrado con su mano, y sabía que el rapado mantenía su pistola en su saco.

***

Después de veinte minutos comencé a ver el mar y entendí que nos estábamos acercando al puerto. Un barco con bandera egipcia estaba anclado a un lado, un tanto alejado de las otras naves. Pasamos un control extraño ya que ni siquiera tuvimos que mostrar nuestros pasaportes ni identificarnos. Un sobre fue depositado en la cabina donde se hallaba el funcionario y un supuesto policía, nadie inspeccionó el auto. Rápidamente llegamos a la puerta de la cabina de una barcaza pequeña, del tipo que usan los pescadores. No logré ver a ningún tripulante. Enseguida me encerraron en uno de los camarotes con la venda en mis ojos y las manos atadas; el rapado entró con el barbudo después de un rato. Uno de ellos me agarró de la mano, de repente vi una aguja e inmediatamente sentí el pinchazo. Luego, no recuerdo nada más.

No tengo idea de cuánto dormí, pero me levanté con un fuerte dolor de cabeza. Recordé que estábamos en un barco, ¿acaso viajábamos a Egipto? ¿Pensé en ese destino por la bandera que había visto al subir a la nave? El barbudo entró, lo reconocí por el sonido de sus pasos al caminar. Dejó un plato en la mesa y me liberó de venda y soga permitiéndome comer. El menú estaba compuesto por aceitunas, queso, tomate, una pita y una taza con algo que se parecía a café pero que no tenía sabor alguno. Igualmente, comí con desesperación, estaba tan hambriento que hasta me tomé todo el líquido negro.

Luego me sacaron de la cabina para que pudiera respirar el aire del mar. Fue allí que vi algunos marineros que hablaban árabe. Nadie se dirigía a nosotros, parecíamos transparentes o invisibles. Después de diez minutos mirando las olas expuestos a un frío catatónico, me regresaron a la cabina, me sentaron en una silla, me vendaron otra vez y me aplicaron otra inyección.

Cuando me levantaron escuché un gran bullicio. El barbudo me ordenó usar las gafas negras; el barco ya no se movía. A salir a la superficie, vi el puerto mas no reconocía dónde estábamos. El rapado permanecía más pegado a mí que nunca. El lugar estaba lleno de gente; me di cuenta de que andábamos por el espacio en el que anclaban los barcos pesqueros, pues los marineros bajaban cajones con pescados frescos algunos de los cuales todavía saltaban intentando escapar. Caminamos unos cien metros hasta que alcanzamos un coche gris que nos estaba esperando. Al girar mi cabeza vi un cartel en inglés que decía "Puerto de El Cairo". El auto estaba ya en marcha, me metieron rápidamente por la puerta de atrás, otra vez en medio de mis dos acompañantes. Viajamos unas cuatro horas sin parar hasta que llegamos al paso de Rafah. Allí nos detuvimos pues todos necesitábamos con urgencia los baños. Hasta en el momento en que descargaba mis fluidos renales fui objeto de una celosa vigilancia. Luego comencé a recibir instrucciones. El rapado me dijo:

—Supongo que sabes adonde estás; toma tu pasaporte español, tienes que pasar como lo que eres, un español. Si te preguntan a qué vienes a la Franja de Gaza, diles que eres un periodista independiente que estás haciendo una investigación sobre la vida en los territorios ocupados. Si tratas de pasarte de vivo te mataremos. Tenemos gente a ambos lados del paso, es bueno que sepas que a los egipcios no les importa demasiado lo que pase contigo.

Asentí con la cabeza y nos preparamos para entrar. Se veía una hilera infinita de comerciantes que trataban de ingresar a Gaza con su mercancía.

Nosotros nos dirigimos hacia una pequeña fila dedicada a gente de negocios. El barbudo iba adelante, yo en el medio y el rapado detrás de mí.

Pasamos sin problemas, sellaron mi pasaporte sin preguntarme nada. Un coche nos esperaba allí, se veía que todo había sido muy bien coordinado. El auto tenía pequeñas cortinas que no me permitían mirar hacia afuera, una especie de cortina negra se extendió también separando los asientos delanteros de los traseros, de modo que tampoco podía mirar por el parabrisas, no tenía visión alguna hacia el exterior. Además, me cubrieron los ojos con un trapo blanco y me amarraron nuevamente. Antes, el rapado volvió a mostrarme su pistola y, mientras lo hacía, noté que movía la cortina y espiaba hacia afuera. Cuando el auto se detuvo, me dejaron en el vehículo por un lapso que no pude determinar; se escuchaba mucho murmullo a mi alrededor, yo había perdido la noción del tiempo.

Me sacaron del vehículo y cuando comenzamos a movernos, recuerdo que bajamos por una escalera tres o cuatro pisos. Me sentía un poco mareado. Me desataron, quitaron la venda de mis ojos y me sirvieron una suculenta comida: papas, arroz y carne. Mientras comía con fruición, miré el lugar. Una pequeña ventana alta cerrada, una cama angosta, una mesa —en la que estaba comiendo— una silla y nada más.

El barbudo me observaba comer mientras se tocaba la barba. Cuando terminé, recogió todo y al salir cerró la puerta con llave. Finalmente, podía hacer uso de mi vista y de mis manos. ¿Qué querrían de mí? ¿De qué les serviría? Por lo menos ahora estaba libre, relativamente libre…

44

Tel Aviv
2 de noviembre, 2011

Una lluvia de cohetes tipo "grad" había caído por la mañana muy cerca de Katzerin, en el norte de Israel. El diario estaba atento a la revolución, así que en su afán de adelantarse a las noticias, los periodistas corrían de un lugar a otro. No hubo víctimas pero dos casas fueron alcanzadas por los morteros de Hezbollah, aviones de la fuerza aérea bombardearon Trípoli y el sur del Líbano y todo indicaba que el clima se calentaba en el norte. El editor de la mañana le encargó a Avi Lifshitz escribir una nota sobre la situación en el norte. Necesitaba un impacto fuerte de tapa, las fotos ya estaban listas.

Sentado frente a su computadora, Avi trataba de enhebrar las palabras adecuadas para introducir la noticia con un toque de sensacionalismo. La secretaria le acercó su correo, empezó a repasar los sobres mientras buscaba ideas. Uno particularmente llamó su atención, pues en su portada su nombre aparecía manuscrito. Cuando lo dio vuelta no encontró nombre de remitente alguno. Lo abrió y empezó a leer. De repente se paralizó, se puso de pie y comenzó a dar vueltas en su pequeña oficina. Miró a su alrededor y decidió releer la carta buscando reconocer rasgos que le dieran algún indicio de quién la había escrito. Al mismo tiempo comenzó a preguntarse por la veracidad de su contenido.

En los últimos diez años durante los cuales había estado trabajando como corresponsal del ejército y encargado de seguridad del Estado en la redacción del diario de mayor difusión en el país, no había visto algo así. Los detalles del texto escrito en esa nota eran una bomba, y alguien que lo conocía quería que él la detonara. De sobra sabía que no podía hablar de esto con Golán Pérez, el editor de la mañana, así que debería esperar a la noche para mostrarle lo que había recibido a Gabriel Pérez, su amigo y confidente. No tenía problemas con Golán, pero lo consideraba demasiado conservador, por lo que daría cien vueltas antes de sacar algo así a la luz.

Guardó la carta en el bolsillo trasero de su pantalón y trató de concentrarse en lo que ocurría en el norte. No sabía qué dirección tomar para escribir sobre ese asunto cuando Golán se acercó para saber cuándo podrían publicar algo en la versión web. Avi estaba tan confundido que comenzó a tartamudear, y Golán, nervioso, le preguntó:

—¿Qué te pasa?

—Nada, perdóname, perdí un poco la concentración.

—¿Te ocurre algo? ¿Te puedo ayudar?

Avi no sabía qué contestar y decidió inventar una excusa.

—Problemas con mi mujer... ya sabes.

—¿Hay algo que pueda hacer por ti? —agregó Golán.

—No, nada, es pura rutina, gracias. En diez minutos tendré todo listo para edición.

—Ok, pero por favor dime si hay algún problema para cumplir con los tiempos, tú sabes cómo es esto, tenemos que ser los primeros. Ah, te quería contar que hay otra noticia, se la di a Moshe London porque no quería abrumarte con tanto trabajo. Lo tuyo es más importante.

—¿De qué se trata, si es que puedo saber?

—Un asesino, aparentemente israelí, mató a un viejo en Shlomi, luego se dirigió a Metzuba, ingresó en el *kibutz* y mató a un hombre.

—¿Saben el motivo?

—No, nada todavía, pero la seguridad del *kibutz* acabó con él. Estamos averiguando; me parece que esa nota va a ser publicada antes que la tuya, ya que por lo menos, en tu caso tenemos claros los hechos y algunas fotos del lugar. Además es mucho más importante.

—¿Y por qué un asesino israelí entraría en un *kibutz* en el norte, cuando se sabe que hay tanta seguridad?

—Por favor, no te detengas con esto, sigue con lo tuyo y termina de una vez tu nota.

Avi estaba perturbado. Volvió a su computadora, mientras Golán se marchaba murmurando algo que no logró entender. Terminó la nota en quince minutos y la mandó inmediatamente al departamento de compaginación, estilo, diseño y corrección literaria. Tenía que aparecer en la web en veintiocho minutos, los ataques habían sido reportados hacía cuarenta y cuatro minutos y lo único que había en la web del diario era un banner que decía "lluvia de cohetes en el norte, dos heridos. Tzahal replicó con un ataque aéreo en el sur del Líbano". Maariv, el diario competencia, ya había publicado información hacía siete minutos. Golán hervía, el diario era su vida, casi todo para él; después que la nota fue colgada, llamó a Avi a su despacho y le dijo:

—La próxima vez, avísame si no puedes completar tu trabajo a tiempo. Todos tenemos problemas, pero esto es un diario, necesitamos las primicias, tú ya bien lo sabes, no eres un novato.

Avi bajó la cabeza y se marchó. Sabía que tenía algo mucho más grande, algo enorme, quizás la noticia más importante que había llegado a sus manos hasta ese momento. Llevaba veinte años luchando por abordar un hecho impactante, y ahora lo tenía con él. Necesitaba tranquilizarse y pensar, y el diario no era el mejor lugar para lograrlo y menos ahora, con todo el revuelo que conmovía el norte.

Le pidió a Golán autorización para irse a la casa temprano aludiendo los problemas con su mujer. Golán le concedió el permiso. Se preparó para enfrentar el tráfico del centro de Tel Aviv. Antes de subirse a su daihatsu llamó a Gabriel a su móvil.

—Necesito hablar contigo.

—¿No puedes esperar a la noche, cuando empiece mi turno? Hoy entro a eso de las 5:00 PM.

—No, no puedo esperar. Te encuentro en veinte minutos en el estacionamiento del estadio de Ramat Gan, donde nos encontramos la otra vez. Hoy me marché temprano.

Gabriel presentía que esto era importante cuando recibió el llamado en su casa, mientras disfrutaba del solcito de invierno en su balcón. La última vez que se encontraron en el estacionamiento del estadio fue cuando Avi había recibido una información anónima sobre la corrupción en el ejército, que perduró como noticia durante dos semanas, hasta que el General de la Marina acusado decidió renunciar. Desde ese momento quedaron en que ese sería el lugar para tratar noticias de envergadura, pues, desde la publicación de la nota sobre la corrupción, los enemigos habían aumentado allí afuera, pero eso era parte del trabajo.

A las 12:25 PM estaban los dos en el estacionamiento del estadio de Ramat Gan. Avi llegó primero y esperó por cinco minutos a Gabriel dentro de su auto. En el ínterin recibió un mensaje de Golán preguntándole si estaba todo bien con él y que lamentaba haber sido un poco duro en la mañana. Avi le respondió que estaba todo en orden, que no se preocupara. Tuvo unos minutos para mirar su nota publicada en primer plano en la web.

Cuando Gabriel llegó, Avi se le acercó y le entregó la carta. Gabriel tardó un poco en reaccionar y cuando terminó de leerla le dijo:

—¿Tienes hambre?

—¿Eso es todo lo que se te ocurre decir después de leer eso?

—Relax, tranquilo, vamos a comer y hablamos.

Avi aceptó con un movimiento de su cabeza. Estaba muy ansioso. Fueron al Shopping de Ramat Gan que se encontraba a unos pasos del lugar y se sentaron en el restaurante Atikva, donde pidieron *falafel*, *hummus* y *shwarma*. A los dos les fascinaba la comida típica israelí. Mientras se abalanzaban sobre las pitas y saboreaban el *hummus* y el *falafel*, Avi preguntó:

—¿En qué piensas?

—Pienso en que hay que tomarlo con calma y calcular muy bien lo que hacer.

—¿Con calma? —Avi se mostraba ofuscado—. ¡Recibo una bomba de este tipo, que nos puede cambiar la vida a los dos, y quieres que lo tome con calma...!

—Hay que investigar primero. Por ejemplo...¿por qué esta carta te llegó a ti? ¿Por qué alguien divulgaría algo así? Y además, tú sabes, tenemos que corroborar la veracidad de todo esto.

—Dime algo que no sepa... —dijo Avi mientras se terminaba su cerveza de un solo sorbo.

—Bueno, te diría que en todo esto hay mucho por perder y no hay lugar para equivocaciones. Un simple paso en falso y tu mujer te llevará flores al cementerio. ¿Tú crees que el Mossad está detrás de todos estos hechos? ¿Te parece que el Mossad jugaría con la vida de dos personas solo para hacer un experimento y que ahora las busca para borrar las huellas?

—Mira, yo no sé si creo o si no creo, pero en la carta se mencionan sucesos que pasaron y que nunca se resolvieron. Piensa en la balacera en Jerusalén, en la muerte de esa mujer, Rachel Mizrachi, y en lo que ocurrió ayer por la noche en el *Kibutz*. Todo está escrito y detallado en este trozo de papel, todo resulta tan verídico... además, los hechos son reales. ¿Qué hace un asesino en Metzuba? ¿Pensaste a quién estaba buscando?

—Es una buena pregunta ¿Cómo lo relacionas a todo lo ocurrido?

—Después de recibir el mensaje, me puse a buscar quién la pudo haber escrito. La única pista en el texto es que lo habrían tratado de asesinar hace tan solo unas horas, en un *Kibutz*. Me fijé en todos los reportes que recibimos en el diario, sobre asesinatos y posibles atentados. Hubo tan solo un incidente en un *Kibutz* anoche. Yo pienso que el asesino buscaba a otra persona, y no realmente al que mató.

—Y... quizás al que escribió la carta —respondió Gabriel.

—Buena observación —agregó Avi mientras contemplaba otra vez la letra del escrito —¿Se te ocurre alguna sugerencia?

—Primeramente, esto no tiene que salir de aquí, de nosotros dos. Tú ya bien lo sabes. Segundo, me parece que tenemos que entender qué sucedió ayer por la noche en Metzuba, presiento que el redactor de esta carta está desesperado y quiere que el tema salga a los medios, me parece que si encontramos una pista allí, podremos descifrar todo lo demás.

—Me voy para el norte. ¿Me puedes cubrir en el diario? —preguntó Avi.

—¿Qué le dijiste a Golán? —preguntó Gabriel interesado.

—Que tenía problemas con mi mujer.

—Perfecto. Yo contaré la misma historia. Puedes partir y mantente en contacto. No hables ni una palabra de esto con nadie.

—Pero... ¿cómo hago en Metzuba? ¿Cómo mantengo el hermetismo? Allí está lleno de policía y ejército. No puedo decir que soy periodista de Yedioth ya que esta nota la está cubriendo London, si él me ve allí se echará todo a perder; seguro que el enano ya está camino hacia el norte.

—Déjame arreglar esto con Golán, le diré que viajarás al norte por lo de los cohetes y que de paso puedes ir al *kibutz*, con eso que tenemos que recortar gastos...

—Entonces la historia con mi esposa hay que cambiarla.

—No te hagas problema, yo me arreglo con Toker y el enano. Tú te haces cargo de la nota en Metzuba.

—Bueno, me parece bien. Ya salgo.

—¡Hey! Otra vez te olvidaste de pagar —dijo Gabriel mostrándole la cuenta. Avi esbozó una sonrisa.

—Tengo que comunicarme con London —dijo, y se apuró rumbo a su auto.

45

AHMED
Tel Aviv
3 de noviembre, 2011

Durante mi estadía en Irán, atendí a la insistente recomendación de aprender inglés. Me pasaba más de cuatro horas al día estudiando en mi cuarto y dos horas más en clase. Después de casi trece días con esa rutina, había logrado ser un usuario competente de esa lengua, no como nativo, pero sí como turista.

Al volver al cuarto, empaqué mis cosas rápidamente, pagué sin decir palabra ante la mirada asombrada del recepcionista y salí a la calle, detuve un taxi y me senté en el asiento trasero. Ahora, en un taxi circulando por Tel Aviv, conversaba en inglés con el chofer sobre la situación del país y el conflicto con los palestinos, que ironía pensé. Cuando llegué a mi departamento de la calle Arlozorov era muy tarde. Tuve que subir cuatro pisos a pie. Introduje la llave en la cerradura, la giré hacia la izquierda y afortunadamente, ya estaba adentro. De pronto, un gato se me vino encima, provocándome un susto que me dejó paralizado. ¿Qué hacía ese gato allí? ¿Quién lo había dejado entrar? ¿Con qué objetivo?

Estaba agotado y sin ganas de más preguntas que igualmente no tendrían respuesta, por lo menos en esa noche. Tenía, sí, una devoradora curiosidad por conocer el programa que tenía en mis manos; había estado en contacto con algunas partes del programa mas no con su contenido entero, secciones completas me eran ajenas, el material de la llave USB era un enigma para mí. Encendí mi computadora e inserté el CD. Al abrir el programa no podía creer lo que veían mis ojos. Necesité tiempo para entender, pero muy pronto comprendí que estaba ante algo gigantesco; todo aparecía muy bien detallado. Cuatro partes infectaban el ordenador, y trabajaban en un bucle infinito hasta que se llenaba la memoria de la red de la computadora invadida; los sitios web, los programas de comunicación, los mensajeros instantáneos y todo lo que se encontraba en el camino era eliminado. Contaba con mil trescientas cuarenta y siete líneas de códigos bien armadas y compiladas. Recordé que un grupo especial había trabajado veintiún días y dieciséis horas en el testeo de cada una de esas líneas. Ahora todo estaba frente a mí; el programa en la memoria USB, neutralizaba el puerto de la PC atacada y activaba el programa madre. Yo tenía la tarea de copiar el contenido del CD en el dispositivo USB antes de mi misión, pero previamente, tenía que probar todo junto. Todavía debía recibir las otras partes con las que se completaría el programa entero, del cual este contenido era solamente el cincuenta por ciento.

Comencé a leer la hoja que me había entregado mi contacto, en la que se hallaban las instrucciones de cómo ejecutar el compilado. La nota me indicaba que en el ropero encontraría un equipo compuesto por un servidor, dos computadoras portátiles con las que ejecutaría el programa en diferentes plataformas, un puerto CAT5 conectado a un *router*, que facilitaría una conexión a internet DSL rápida y segura. Pegado al *router*, se encontraba el usuario y la contraseña de la web.

Me dirigí a la cocina con el gato entre mis piernas. La heladera estaba llena de comida de la mejor, muchos lácteos, *hummus*, pitas y algunos platillos que nunca había probado en mi vida. Calculé que tendría alimentos como para dos meses. ¿Cuánto tiempo pensaban que iba a estar allí? Me fui a dormir con una ensalada de incertidumbres en mi cabeza.

Al día siguiente temprano, seguí las instrucciones. Empecé a ensamblar el sistema y a crear la red simuladora. Disponía de un servidor con sistema barra de control de acceso, un *firewall* de los más sofisticados, una computadora con sistema operativo Windows y otra con Linux sin interfaz gráfica para el usuario. Las dos computadoras tenían bloqueado todo el acceso a los puertos externos y a otras interfaces, tales como la cámara, el conector HDMI e impresora. Conecté los ordenadores y el servidor al *router* generando un circuito cerrado. El *router* poseía una interfaz asolada; conectada a la Internet, era la única conexión externa de la red privada. Tres sitios web estaban configurados y expuestos solamente a la red privada para poder testear la penetración con el virus. El sistema no era accesible desde afuera de la red cerrada, lo que era necesario para probar si el programa bloquearía estos sitios al ejecutarse.

Tardé tres horas en configurar todo el sistema. Me llevó mucho tiempo configurar y verificar la seguridad de la red y de los sitios web. Cuando por fin completé las verificaciones que me aseguraban que todos los puertos USB estaban bloqueados, me preparé para insertar la memoria USB en uno de los puertos. En eso, el timbre sonó; me agité como quien recibe un inesperado balde de agua fría. ¡Justo ahora! ¿Quién sería? El reloj indicaba que eran las 12:30 del mediodía. No había comido ni visto la luz del sol. Esperé un rato, pero mi visitante persistente apretó el timbre dos veces nuevamente. Me acerqué a la puerta y miré por el visor: una mujer de gran tamaño estaba del otro lado. No me quedaba otra que abrir. Recordé de pronto que mi idioma tenía que ser el inglés.

—¿Qué desea, señora? —pregunté.

—Vi que eres nuevo en el edificio y vine a darte la bienvenida —respondió con modales de buena vecina.

Noté algo cubierto en sus manos y me puse en alerta.

—Te traje unas empanadas que hice ayer, así te sientes más a gusto. Yo vivo en el departamento de enfrente. Me llamo Sara ¿y tú?

—Yo soy Enzo —respondí.

—Ah… ¿y de dónde eres? Hablas muy bien el inglés.

—Soy belga, vine por un tiempo por asuntos de trabajo.

Mientras conversábamos la observé. Sara tenía más o menos mi estatura, unos 182 cm, era morruda, con buenas curvas y lindo busto. Se mostraba muy bien cuidada. Estimé que debería estar en los cuarenta, o quizás un poco más.

Me entregó las empanadas mientras me rozaba las manos.

—Muchas gracias —le dije.

—Si tienes alguna duda sobre cómo moverte aquí, en este país de locos, no lo pienses dos veces, toca a mi puerta. Bueno…no te molesto más. Chau, Enzo.

Y se marchó. Cuando se dio vuelta, observé sus bonitas nalgas balanceándose provocativamente, tal vez más de lo normal, que creaban formas invisibles en el aire. Me quedé algunos minutos contemplando aquel movimiento sensual hasta que abrió la puerta de su casa. Después cerré mi puerta. Por un momento había olvidado en qué punto del proceso me encontraba, y que mi religión me prohibía aquellos deseos carnales.

Tardé un poco en relajarme y retomar la concentración. Recordé que el programa había sido testeado por lo menos cinco veces en plataformas con más de cien computadoras y varias redes físicas y virtuales, en servidores de alta tecnología y en sitios web de diferentes formatos, aunque era la primera vez que yo lo haría, ya que nunca había visto el código completo ni los sistemas ensamblados y compilados trabajar juntos. En Irán existía un grupo especial que trabajaba a la par del nuestro y que se encargaba de testear el programa, de analizar los errores y de devolver la evaluación a los programadores. Pero ahora aquí estaba solo yo frente a todo, tenía el honor de presenciar en la práctica a modo de prueba, el evento que en unos días iba a perpetrar.

Solo me faltaba insertar la memoria USB con el programa en una de las computadoras y esperar a que se propagara a las otras. Entonces, me acordé de que antes debía configurar el sistema de monitoreo para poder registrar los resultados. Uno de los componentes de este sistema auxiliar era un rastreador físico, un sniffer, que se conectaba al *router*; este detectaba y reconocía el tráfico en la red y los diferentes paquetes que circulaban por ella. Conecté el rastreador y lo configuré. Ahora sí, todo estaba listo. Un monitor me mostraba todo lo que iba ocurriendo en la red, los servidores y computadoras aparecían en tiempo real, con sus parámetros en la pantalla de mi computadora portátil. Tenía un software que me mostraba cómo se ejecutaba el programa entero, parte por parte, así que en simultáneo podía ver cómo influía cada sección de código en mi plataforma. En el tablero de mando podía controlar el tráfico TCPIP, la situación de la banda ancha, los procesadores del servidor y de las computadoras y el uso de la memoria. Luego incluí en uno de los costados del tablero la situación del cortafuegos en cada paso que el código avanzaba.

Apagué la luz del salón, inserté la memoria USB en la computadora con el sistema operativo Windows, activé el programa con la contraseña y la pantalla de mi portátil mostró que empezó a funcionar. Las líneas corrían rápidamente, el ojo humano apenas podía captarlas. Primero quedó neutralizado el sistema de seguridad de los puertos USB y de otros accesorios; luego empezó a correr el gusano DDoS, tan rápido como mortal, la pantalla del rastreador físico comenzó a llenarse de diferentes tipos de tráfico, algunos provenientes de diferentes IP, y de protocolos UDP, TCP, HTTP. Todo ocurría según lo previsto en la fase 1. Cuando el programa entró en fase 2, los sitios web ya no respondían y la computadora Windows apenas si podía ejecutar un proceso o aplicaciones simples. En medio de la fase 2, la computadora con Windows se reseteó sola; el sistema Linux demoró quince segundos más para que le ocurriera lo mismo. En el inicio de la fase 3, el poderoso servidor ya no funcionaba, y cualquier contacto entre las PC y el servidor ya no existía, se habían desconectado. La fase 4 terminó de desmoronar por completo la red. El *router* se trabó y ya no podía con tanto tráfico. La computadora y el servidor ahora ya en fase 4 se reseteaban cada veinticinco segundos. Al terminar la fase 4 todo era un caos; el *router* dejó de funcionar definitivamente, la red no daba ningún signo de vida, las computadoras se recalentaban, el servidor ardía y el *router* se había anulado completamente. Hasta el rastreador dejó de funcionar, ya que no podía almacenar tanto tráfico. De repente, todo se apagó como con un corte de luz. Un pitido muy agudo impactó mis oídos. Después de tres minutos y cuarenta y tres segundos los sistemas dejaron de funcionar por completo.

Me senté para poder digerir el golpe. Era la primera vez que veía algo así. Estaba mudo y aturdido. Salí a la ventana para respirar un poco de aire y miré hacia abajo. Unos chicos volvían de la escuela y jugueteaban con una pelota. El mundo seguía normal.

Una muchacha rubia cruzaba la calle y me enfoqué en ella. Me acordé, como otras veces, de Mariana, mi Mariana, que seguía viva en mí.

46

LEONEL
Franja de Gaza
2 de noviembre, 2011

Cuatro días habían transcurrido sin que saliera ni viera el sol. A modo de calendario de un preso, había marcado cada jornada con una cruz en la pared, sobre la mesita de luz. La rutina era tan aburrida como inverosímil. Las tres comidas diarias contenían siempre lo mismo: pitas, *hummus*, dos aceitunas, arroz. El tercer día recibí un pedazo de pollo. La bebida era siempre agua, el cuarto día me trajeron té sin azúcar. A esto seguía una sesión de actividad física, en la que caminaba en un patio oscuro, completamente cerrado. Luego me llevaban al *heder*[50], como ellos lo llamaban, un diminuto cuarto oscuro y sin ventanas al que se accedía por una puerta vieja y gris, equipado con dos sillas y una mesa de dos por dos, donde se realizaban los interrogatorios. Las preguntas eran siempre las mismas, y se sucedían en el mismo orden: qué hacía en Gaza trabajando en la Cruz Roja, quién me había mandado, qué hacía en Pakistán, y el porqué de todo. Lo más extraño era que no ejercían violencia alguna en aquellos interrogatorios, de vez en cuando algún empujón o tironeo, todo producto de las características de mis guardias o agentes de seguridad, como ellos los denominaban.

Los primeros días permanecí sumamente ansioso, pues temía lo que podía suceder. Pensaba en que me iban a torturar o a matar; no entendía lo que pretendían de mí, por qué me habían secuestrado ni qué intenta-

---

50 Heder: cuarto, recinto.

ban conseguir conmigo, aunque, cuando el tiempo comenzó a pasar, y la rutina se repitió día tras día, empecé a tranquilizarme un poco. En las noches, igualmente no podía dormir. El miedo y el calor agobiante me provocaban insomnio. Siempre respondía lo mismo a aquella serie de preguntas, nunca me moví de mi libreto: estaba estudiando medicina, quería trabajar en un lugar donde podría ampliar mis conocimientos y la Cruz Roja y Gaza me lo permitirían, nadie me había mandado, en Pakistán estaba buscando a mi novia a la que conocí en la Cruz Roja en Gaza, nos movimos a Dinamarca después de que ella fuera cautiva por los talibanes. Cuando me preguntaron qué hacía en Isla Feroe, dije que estaba escapando de los mismos talibanes que me perseguían por haberme llevado a Mariana de Afganistán. Casi todas las respuestas estaban muy cerca de lo real. Sabía que no podía mencionar que escapaba del Mossad y que había ido a Pakistán en busca de Ahmed.

Percibí que mis captores conocían toda mi verdad, y que me retenían allí para poder canjearme más tarde quizás por algún contingente de palestinos; seguramente por eso me trataban bien. Información útil no iban a obtener de mí, eso lo entendieron enseguida y creo que lo sabían desde un principio.

Una mañana temprano, después del desayuno que sorpresivamente había incluido café con azúcar, medialunas y jugo de naranja, trajeron una cámara, un micrófono y empezaron a arreglar el cuarto de tal forma que se convirtió en un estudio luminoso y vivo. Abrieron la pequeña ventana, enfocaron una luz blanca y cubrieron la pared con una lámina del mismo color, para evitar todo rastro que permitiera identificar el lugar en el que estaba cautivo. Me trajeron ropa nueva, un pantalón marrón y una camisa blanca, permitieron que me bañara sin supervisión, cosa que se me concedió solamente ese quinto día. También trajeron una navaja y uno de los encargados de seguridad me afeitó a la perfección. Pronto estuve limpio y con ropa nueva. En la mesa había un diario en árabe con la fecha del día y adentro habían puesto una nota en la que indicaban lo que tenía que decir. Me ordenaron leerla en voz alta mientras sostenía el diario abierto. La cámara enfocaba mi cara y en especial la fecha del diario; me ordenaron no mostrar emociones y permanecer tranquilo mirando siempre a la cámara. Lo hicimos tres veces sin éxito y, por fin, la cuarta salió como ellos querían.

Yo, Leonel Cohen, soy cautivo del Hammas; me están tratando muy bien, me proveen comida y ropa limpia. Pido al gobierno israelí que haga todo lo posible por liberarme y terminar con esto. Por favor, hagan todo lo que les pida el Hammas.

—Corten —dijo el camarógrafo, un hombre pálido de piel morena y pelo largo—. Felicitaciones. Salió perfecto.

Rápidamente se desmontó el escenario y el ambiente volvió a ser oscuro, negro, como siempre. Me acosté y pensé en que quizás estaría cerca de salir de este calvario. ¿Cuánto más iba a poder resistir esta situación?

47

Norte de Israel – Kibutz Metzuba
2 de noviembre, 2011

Avi Lifshitz apretó el acelerador hasta tocar fondo, estaba en la ruta del mar que conectaba Tel Aviv con Haifa. Sabía que corría el riesgo de ser alcanzado por una cámara de velocidad o por la policía misma, pero la carta que había recibido era un detonador demasiado fuerte que le permitía transgredir cualquier ley que intentara detenerlo. Luego de dos horas y cuarenta y cinco minutos, estaba en la entrada del *kibutz* Metzuba, un récord pensó. Había transcurrido un día y quince horas desde el incidente del intruso, y el sitio todavía era un hormiguero de gente, periodistas, seguridad, ejército y hasta algunos curiosos que no tenían nada que hacer en el lugar.

Sabía que le iba a ser muy difícil superar esa valla de seguridad y más arduo todavía conseguir información. Ante todo esto hizo valer su experiencia. Conocía el procedimiento en estos sucesos: se cerraba todo para cualquier persona que no tenía nada que hacer allí, hasta que el ejército o la policía, según el delito cometido y de quién se sospechara, esclarecían lo ocurrido luego de haber realizado todas las pericias necesarias. Los únicos que podían acceder al lugar eran los voceros del ejército y de la policía, aunque también dejaban entrar a parientes directos de los involucrados. Al final casi siempre se juntaba un contingente de personas ajenas al incidente.

Avi guardaba su tarjeta vieja de vocero y periodista del ejército, que aunque estaba vencida desde hacía quince años, era real. Él le había adulterado la fecha de vencimiento y cambiado la foto. Con el carné en la mano, estaba dispuesto al riesgo de usarla. Un policía alto y con un abdomen voluminoso tomó la tarjeta en su mano y la examinó. En la otra mano tenía su móvil, que, al sonar de repente, distrajo al gordo, que dejó pasar a Avi.

Ya adentro, no era difícil adivinar dónde habían ocurrido los hechos. Una especie de corral formado por cintas rojas indicaba el espacio donde cayó muerto el asesino. Todavía había manchas de sangre en el lugar y tres peritos judiciales trabajaban en la recolección de rastros. Avi decidió alejarse del sitio y buscar la casa de la viuda Rozen.

En la puerta se encontraba un tumulto de personas, mucha gente del *kibutz* y algunos parientes. Avi logró pasar inadvertido ante tanto alboroto. Quería interrogar a Gaby Rozen acerca del sujeto que se había hospedado en su casa. Cuando trató de entrar en su habitación, fue detenido por el tío, que le comunicó que la viuda no quería ver a nadie, que estaba sufriendo una crisis de estrés por lo que los médicos la habían medicado e indicado que no viera a nadie. También las autoridades le habían recomendado no hablar de los sucesos.

Avi sintió que no había mucho por hacer allí, dio vueltas por la casa y trató de imaginar lo ocurrido. Necesitaba datos de alguien que en ese momento no tenía ninguna importancia para la familia. Sabía bien que si descubría la identidad de ese samaritano, la policía no lo dejaría tranquilo. Tenía que hacer su trabajo discretamente y casi en secreto.

Cuando se marchaba, un hombre menudo, pelirrojo, de baja estatura, se le acercó. Tenía sus botas embarradas, regresaba del campo.

—¿Quién eres? —le preguntó.

—Soy corresponsal del ejército.

—¿Y qué tienes que hacer aquí? ¿Acaso no lo saben todo ya?

Avi se encontró con la posibilidad de sacar provecho de la pregunta.

—Sí, tienes razón, ya sabemos mucho, pero hay un rumor de que había alguien en la casa de los Rozen cuando todo esto sucedió, una persona que no era el asesino.

—Ah… te refieres al viejo Moshe Cohen. Me parece que la policía ya lo sabe. ¿No hablaron con ustedes? Él era buen amigo de Niv.

Moshe Cohen. Avi no lo podía creer, no se lo hubiera imaginado jamás. Puso cara de inocente y sorprendido a la vez, dijo gracias y se marchó rápidamente en busca de su auto.

Otra vez apretó a fondo el pedal mientras pensaba en los siguientes pasos. Sabía que la policía ya le había ganado de mano; en la intersección de Haifa y la autopista Ayalon, dobló a la izquierda, para tomar rumbo a Jerusalén. Encendió la radio y sintonizó las noticias. El Hammas había hecho público un video de un joven israelí cautivo en algún lugar de la Franja de Gaza y pedía mil cien palestinos detenidos en las cárceles israelíes a cambio de la libertad de ese muchacho, cuyo nombre era Leonel Cohen. Avi golpeó el manubrio con rabia y exclamó:

—¡Otra vez caímos en la misma con estos terroristas!

No tenía idea de que aquel joven era el mismo al que se refería la nota que había recibido unas horas antes.

48

Jerusalén
2 de noviembre, 2011

La lluvia se hacía sentir en las calles de Jerusalén. Desde su posición Eli Regev podía ver como el Muro de los Lamentos se empapaba, y los únicos que se salvaban de mojarse las cabezas eran los ortodoxos que vestían sus enormes sombreros negros. Eli miraba todo desde su coche estacionado en uno de los lugares más altos del mercado Ben Yehuda. De tanto en tanto le daba un sorbo a su café turco barroso. Tenía una carpeta color madera llena de papeles, y un sándwich de huevo al que le había dado solo un mordisco.

En diez minutos se reuniría con el Ministro de Policía. Cuando se trataba del caso del que estaba encargado, contaba con las posibilidades de alcanzar a los más altos rangos. Ese día había recibido un mensaje del oficial de policía de la zona norte, en el que le informaba que habían encontrado a Moshe Cohen en un hotel en Nahariya. Enseguida pidió una audiencia con el Ministro de Policía, el que canceló dos citas para encontrarse con Eli en sus oficinas en el centro de Jerusalén. Su persistencia e influencia en los altos rangos prevalecieron. Entró cinco minutos antes de la hora establecida, y lo invitaron a pasar directamente al despacho del Ministro, un hombre de aproximadamente sesenta años con destacada reputación en diversos cargos en la policía y el ejército. Regev lo conocía y sabía que era alguien en quien se podía confiar. Se saludaron fríamente. A Eli le pareció que el Ministro estaba bastante más avejentado que la última vez que lo vio. Entre ellos no necesitaban formalidades, pues los dos sabían de qué se trataba. El Ministro llamó a su secretaria y le pidió que trajera a Yosi a su despacho. Unas horas antes de que Regev arribara, el Ministro se había comunicado de urgencia con Yosi para que se hiciera cargo de la molestia que representaba Eli para él; además sabía que Yosi estaba investigando dos casos en los que Regev supuestamente podía colaborar.

Eli Regev pensó en quién sería ese Yosi que el Ministro había nombrado, y cuando lo vio entrar, lo reconoció de inmediato. Tenía el pelo un poco más plateado, pero con la misma cantidad de gomina que siempre. Por un instante Regev pensó si sería beneficioso encontrar ahora a Yosi en su camino.

—¡Tanto tiempo! —exclamó Regev al verlo entrar.

—Lo mismo digo —respondió Yosi arreglándose el pelo.

—¿Habló algo Moshe Cohen? —preguntó Eli sin perder tiempo.

—No mucho, mejor dicho, no lo que esperábamos.

—¿Y qué dijo?

—Que no entiende por qué lo quisieron matar.

—¿No entiende? Él bien sabe que uno más uno es dos —dijo ofuscado Eli.

—No podemos hacer mucho con él; si lo piensas bien, no ha hecho nada… creo que no podemos retenerlo…

—¿Y qué excusa encontraste para mantenerlo cerca?

—Le propusimos seguridad, tenemos dos agentes vigilándolo.

—¿Y no se opuso?

—Sorpresivamente, no. Yo pensé lo mismo que tú, que no los aceptaría.

—El viejo es una hiena, tú sabes, se las conoce todas.

—No tengo ninguna pista para jugar contra él en este momento —dijo Yosi haciéndole una señal al Ministro de Policía, que no intervenía.

—¿Sabes lo que yo pienso? —preguntó Eli preocupado y apoyando las manos sobre la mesa.

—¿Qué?

—Que él sabe mucho y que es la única pista con la que contamos. Quiero hablar con Cohen.

—¿Cómo? —el Ministro estaba sorprendido —¿Y cómo te presentarás?

—Como un investigador de la policía; tengo mi carné todavía. —Lo sacó de su cartera y esbozó una sonrisa—. Nos conocemos desde hace mucho, quizás pueda averiguar algo de la historia de los "hermanos", que es tan importante para todos.

—Bueno, yo no me voy a oponer —dijo el Ministro —. Te daré el teléfono de uno de los agentes que lo está custodiando; pídele datos de su paradero. Mira, más bien yo me comunicaré y te los mando.

—Bueno, gracias, espero con urgencia la información.

Nervioso ya por la situación, el Ministro dijo:

—Todo es "urgente", todos necesitan algo ahora, en este minuto. — Dicho esto se puso de pie, le tendió la mano y lo despidió diciendo:

—Vete ahora, tengo otros asuntos que atender.

Eli no se ofendió, conocía la política de esta gente, algo le molestaba al Ministro, y eso no lo sorprendió. A la policía no le agradaba que alguien se metiera en su camino

—¿Para dónde vas? —preguntó Yosi cuando Eli se marchaba.

—A Tel Aviv.

—Yo también voy a Tel Aviv. ¿Tienes tiempo para un café, antes de partir?

—Sí, vamos.

Se sentaron en Roladina, un café ubicado a una cuadra de distancia del departamento de policía.

—¿Qué piensas de todo esto? —preguntó Yosi.

—Que aquí hay gato encerrado; todo es muy secreto y misterioso — opinó Eli.

—¿Quién quiso matar a Rachel Mizrachi? —Yosi intentó avanzar un poco más

—No tengo idea, de eso me enteré hace unas horas —respondió Eli.

—Sabes que había huellas digitales de Cohen en toda la casa, yo estuve en el lugar. —Yosi mostraba que tenía datos.

—¿Acaso el viejo era el novio? —Regev intentaba armar la situación.

—No sé, pero tiene una coartada; él estuvo en la estación de policía de Rishon Letzion para renovar su carné de policía, lo comprobamos.

Eli pensó unos segundos en las palabras de Yosi, y luego agregó:

—Este asunto fue planeado por un profesional.

—Sí, yo opino lo mismo. —afirmó Yosi.

—Bueno, me tengo que ir.

—¿Puedo pedirte un favor? —preguntó Yosi mientras le daba el último sorbo a su café late.

—¿Qué deseas?

—¿Podemos trabajar juntos en esto? —Yosi entendía que podían ser útiles uno a otro.

—Mira…no sé…déjame pensarlo. Yo no busco justicia, lo mío es confidencial, secreto. Quizás podamos intercambiar información. Ahora tengo que irme. ¡Cuídate!

Yosi se quedó en el café un tanto desconcertado. Sabía que con Regev a su lado podía abrir cualquier puerta y en este momento lo necesitaba.

Eli salió rápidamente del café y se dirigió al mercado Ben Yehuda. Haría tiempo hasta que recibiera información sobre el paradero de Moshe Cohen. Si se encontraba en Jerusalén, se evitaría las idas y vueltas. Sabía que el Ministro actuaría con urgencia en este caso. Hasta le gustaba la situación de tener tanta fuerza y autoridad ante toda esta gente siempre tan burócrata. El Primer Ministro en persona había ordenado a todos los ministros contribuir con él para resolver este caso.

Pasados unos veinticinco minutos, cuando se estaba terminando un sándwich de milanesa, Eli recibió un mensaje de la secretaria del Ministro que decía:

Calle Arohe 29 Ramat Gan, primer piso, departamento número dos.

Sacó la sirena del baúl, la puso sobre el techo del auto y salió disparado hacia la zona centro del país, conduciendo a toda velocidad.

En una hora y cinco minutos, Eli estaba parado debajo de un edificio viejo en la calle Arohe, una avenida central y poblada, con construcción de los años sesenta, que nacía en la calle Bialik y llegaba hasta la Universidad de Bar-Ilán.

La patrulla estaba allí, esperando, la policía había montado un operativo de seguridad de veinticuatro horas bajo la residencia de Moshe. El edificio, como otras viejas estructuras de la zona, estaba construido sobre unas vigas de material enormes que soportaban todo el edificio. Eli saludó a los custodios desde lejos. Ellos respondieron con la cabeza. Miró alrededor inspeccionando la zona y subió al primer piso.

Cuando llamó a la puerta, Moshe tardó en atender. Una cámara había sido instalada en el techo del corredor y estaba focalizando exactamente el sector de la entrada al apartamento. Después de dos minutos, abrió la puerta blindada asegurada con doble cerradura, saludó al visitante gentilmente, sin sorprenderse por su llegada.

—¿Qué haces? ¡Tanto tiempo...!

—Tú ya sabes, de aquí para allá —dijo Eli mientras inspeccionaba con una mirada rápida la casa.

—Siéntate, ponte cómodo —invitó Moshe, señalándole el sofá—. ¿Quieres tomar algo?

—Solo si tú tomas.

—¿Sabes qué? Vamos a tomar whisky hoy, como en los buenos tiempos; necesito levantar el ánimo.

Eli se hizo el que no entendía el comentario.

—¿Qué te sucede, por qué necesitas levantar el ánimo?

—Ah...otra vez... Eli, nos conocemos hace tanto tiempo... ¿Piensas que no sé por qué estás aquí? Tú sabes que hay secretos que en la policía no se pueden ocultar.

—¿De qué me hablas? —Eli seguía actuando, mostrando cara de sorpresa.

—Espera —dijo Moshe, y se fue hacia la cocina arrastrando sus chancletas. Volvió con una botella de Johnny Walker Doble Black etiqueta marrón—. ¡Este es del bueno! —dijo mientras servía la bebida alcohólica en dos vasos con hielo—. Yo lo sé todo, pero ¿y tú? ¿qué haces tú aquí?

Eli sorbió su primer trago, lo saboreó y dijo:

—¿Quién quiere matarte, Moshe? ¿Por qué?

—¿Crees que si lo supiera no lo habría solucionado ya? Sabes que tengo todos los contactos para eso. Esta vez realmente estoy en problemas.

—¿Y por qué querría alguien deshacerse de ti?

—No sé.

Eli empezaba a perder la paciencia. Estaba seguro de que el viejo escondía sus cartas, aunque también reconocía que estaba en un verdadero problema.

—Mira, si no hablas, te sacamos la custodia. ¿Acaso la necesitas?

El viejo se había relajado, ya era su segundo vaso de whisky. Levantó su cuerpo pesado y se dirigió rumbo a la ventana.

—Escucha, Eli, yo ya casi no tengo nada. Perdí a la mujer que quise toda mi vida. Ella me confió un secreto que ya no lo es para ustedes, el de esos niños que fueron cambiados al nacer, historia que tú ya conoces. Rachel estaba al tanto de que esto había ocurrido, pero nunca supo quién lo había planeado ni ejecutado. Es más, ella pensaba que había sido culpa suya en una jornada de gran alboroto y de mucho trabajo en el hospital. Solo quería que esos jóvenes supieran la verdad, pero se fue de este mundo sin lograrlo.

Eli sintió que estaba en buen camino, Cohen, un poco aturdido por la bebida, parecía dispuesto a seguir hablando del caso.

—Dime, ¿cómo me explicas que se tardaron casi treinta años en matarla?, ¿por qué no lo hicieron enseguida?

—Buena pregunta —dijo Moshe —, tal vez los que organizaron todo, antes pensaban que nadie sabía lo que había ocurrido aquel día.

—¿Y cómo de repente se enteraron de que Rachel tenía esa información?

—Quizás porque muchos sucesos comenzaron a desencadenarse después de que ella decidió acercarse al judío, que realmente es un musulmán, para ofrecerle un millón de *shekels* si encontraba al otro niño involucrado en el cambio.

Eli estaba asombrado, pues no conocía esa parte de la historia. Se acercó a la ventana y se ubicó a poca distancia de Moshe, quería verle la cara de cerca.

—¿Y ahora qué? —preguntó.

El viejo se alejó de la ventana, volvió al sillón y respondió:

—El problema no soy yo; ya no importa si me matan o no. El joven que apareció hoy en el video del Hammas es uno de los chicos de la historia. ¿Entiendes eso?

Eli no podía creer lo que escuchaba, estaba al tanto de la noticia sobre el video al que se refería Moshe, pero no tenía ni la más remota idea de que ese joven era uno de los niños cambiados. Permaneció junto a la ventana sin saber qué decir.

Moshe Cohen se levantó con el tercer vaso de whisky en la mano, tomó del brazo a Eli, lo encaró y le dijo:

—Tienen que ayudar a esos muchachos; hay que rescatar de inmediato a Leonel —. Sus ojos estaban vidriosos.

—¿Y el otro? —preguntó Eli —, ¿dónde está?

—No tengo idea, la última vez que tuve noticias de él estaba en Pakistán. El Mossad lo sabe todo.

—Gracias, Moshe, tengo que trabajar en esto de inmediato. Tu ayuda no tiene precio. Vamos a cuidar de tu vida, te lo prometo.

Le apretó la mano y se marchó rápidamente del departamento. Cuando bajó no vio a los custodios, por lo que llamó directamente al oficial de la policía de Tel Aviv que estaba asignado a la tarea de vigilar a Cohen. Cuando este escuchó las noticias, no entendía lo que sucedía.

—Espera en la línea —le indicó a Eli.

Luego de dos minutos volvió y explicó:

—Me informaron que desde el cuartel central de Tel Aviv ordenaron a los guardias marcharse. Pero nadie reconoce haber dado la orden, así que no te preocupes, en media hora otra patrulla estará allí.

—¿Qué está pasando? —preguntó Eli ofuscado.

—No sé, no entiendo —dijo el oficial afligido—. Y tampoco puedo localizar a los guardias que tenían a cargo la custodia.

—Bueno...trata de enviar a alguien de inmediato. Tiene que ser antes de media hora... todo es muy extraño.

—Haré lo posible, sí.

Eli Regev se dirigió a su casa en el norte de Tel Aviv, en el camino comenzó a pensar que debía haberse quedado hasta que la seguridad llegara al lugar. Eran las seis y cuarto de la tarde y el tráfico se movía lentamente, como por un cuentagotas. Estaba en la autopista Ayalon, a la altura de Ramat Aviv. Su cabeza programaba los pasos a seguir. Pensó que tenía que encontrarse con el encargado del Shin Bet[51] y luego, con más información en su poder, establecería contacto con su colega del Mossad. Ellos tendrían que cooperar para desenredar esta telaraña. Todavía estaba preocupado por el asunto de los custodios, aunque trató de calmarse ya que sabía que en ocasiones ocurrían estas irregularidades. Miró su reloj y vio que ya eran las siete, el embotellamiento le había consumido cuarenta y cinco minutos, y apenas se había movido. Cuando estaba por salir de la autopista, encendió la radio para escuchar las noticias:

Un hombre de unos 65 años, fue encontrado muerto con dos disparos en su pecho. El homicidio ocurrió en la calle Arohe de Ramat Gan hace tan solo media hora, la policía está en el lugar e investiga los hechos. El tránsito está cortado. Es

---

51 Shin Bet: Servicio de Seguridad Interior de Israel.

probable que el arma empleada tuviera un silenciador, ya que no se escucharon los disparos. Todavía no han aparecido testigos. La policía ha cerrado completamente la zona.

Eli comenzó a frenar su vehículo, giró rápidamente hacia la banquina. Con una maniobra peligrosa en medio de una cortina de bocinazos, detuvo su auto y golpeó su cabeza con furia contra el volante.

—¿Cómo lo dejaron solo?, ¡mierda!, yo voy a desenmascarar a los que están creando este caos, sea quien sea, el Mossad, el gobierno o la santa policía.

Pensó por cinco minutos con la cabeza gacha y se integró ligeramente al tráfico, presintió que las únicas huellas se hallaban en el recinto donde habían nacido los dos jóvenes. En la salida de Ayalon–Ramat Aviv, en vez de ir a la derecha hacia su casa, dobló a la izquierda y retomó la autopista camino a Jerusalén.

49

Jerusalén
2 de noviembre, 2011

La lluvia se había detenido en Jerusalén, todo el día había chispeado y ahora había vuelto la paz. Eran las 7:30 PM cuando Avi Lifshitz logró superar el tráfico y entró en la ciudad. Puso primera y empezó a escalar camino al Monte de los Olivos, donde se encontraba el Hospital Sharei Tzedek. Cuando llegó, estacionó el coche a dos cuadras del nosocomio. Al abrir la puerta, sorpresivamente una lluvia torrencial se desplomó de nuevo. Se desató, en una razón de segundos, un verdadero diluvio, así que decidió permanecer en el auto y esperar un poco. Encendió la luz interna, abrió la carta y la leyó por segunda vez, para ver si encontraba algún detalle que se le hubiera escapado antes.

> Querido Avi:
> Te he elegido a ti porque siempre pensé que eres el mejor en tu profesión. Quiero contarte una historia que te parecerá inverosímil, pero que es real.
> El 22 de octubre de 1982 dos bebés recién nacidos fueron cambiados en el hospital Sharei Tzedek de Jerusalén. Una familia judía se llevó a un niño musulmán y los padres musulmanes se quedaron con el niño judío. Nadie reparó en eso, con excepción de una enfermera, llamada Rachel Mizrachi, que al día siguiente del suceso intentó reparar el equívoco, pero la familia musulmana ya se había marchado del hospital y fue imposible localizarla.

Ella vivió con este secreto por casi treinta años, hasta que decidió intentar reunir a los dos muchachos. Al que se hallaba en Israel no le fue difícil encontrarlo, yo colaboré en la tarea, pero localizar al otro era asunto más complicado. Más que nada en el mundo ella quería que esos jóvenes se encontraran como "hermanos" para revelarles la verdad, así que reunió los ahorros de toda su vida, más una afortunada herencia que le dejo un tío viudo y sin hijos de Nueva York, y le propuso al joven israelí entregarle un millón de *shekels* si encontraba al musulmán, pero nada le dijo sobre su verdadera identidad, o sobre lo que había ocurrido.

Desde entonces, comenzó una seguidilla de atentados contra todo aquel que estaba involucrado en el secreto. Primero, intentaron intoxicar con gas a Leonel, el joven israelí en su casa, después también trataron de atentar contra él en un café en Talpiot, Jerusalén.. Luego, ocurrió un nuevo atentado contra el chico judío cuando se encontraba en París, en esa ocasión también terminaron con la vida de su contacto en París, toda esta información me llega de un agente del Mossad amigo, que se encuentra retirado, él también me pasa la pista, sobre un tal Eli Regev, que es designado por el gobierno, para investigar los sucesos, ya que la noticia de los hermanos cambiados comienza a inflarse como una bola de nieve e irrumpe en los pasillos del parlamento. A continuación mataron a Shmulik Sade, lo atropellaron después de una cita en la HaKirya, en Tel Aviv con el mismo Eli Regev.

El gobierno, a la vez, también le asigna a Regev la tarea de poner un ojo en el Mossad. El hecho de que el niño musulmán trabaja para el Hammas en la llamada "bomba digital", y se ha convertido en una amenaza para el país, enciende muchas preguntas sobre el funcionamiento de la organización. Todo esto causa estragos, aunque en las altas esferas prefieren mantener todo esto en secreto, ya que admiten que no hay nada concreto todavía.

De toda esta lista de oscuros sucesos, el que más me ha afectado ha sido el asesinato de Rachel Mizrachi hace pocos días; si había una persona que había sufrido por todo esto y no merecía un final así, era ella.

Personalmente, mi vida corre peligro, como la de todos los que sabemos algo de este rompecabezas, de hecho hace un puñado de horas en el *Kibutz* Metzuba han tratado de asesinarme, pero quien realmente terminó cayendo fue un fiel amigo mío, que me había permitido quedarme en su casa.

Si logras descubrir quién organizó el cambio, origen de toda la historia, que bien pudo ser el Mossad o el Shabak, seguramente tendrás una de las notas más importantes de tu vida (o quizás dos notas a la vez, por lo de la guerra digital). Y, quién sabe, a la vez termines con todo este cataclismo.

Un saludo cordial.

La carta era anónima, no estaba firmada. Avi todavía no podía creer lo que tenía en sus manos. El redactor de esta había confiado en Lifshitz para develar todo este complot que tenía mucho potencial como noticia, pero que a la vez suponía un gran riesgo.

La lluvia no cesaba, al contrario, se intensificaba; así que Avi decidió que tenía que salir de una vez, empaparse un poco y seguir. Sin embargo, espero un poco más, mientras escuchaba las noticias de las 8:00 PM. El vocero de Galei Zahal, la radio oficial del ejército, relataba:

Asesinato en Ramat Gan. Se dio a conocer el nombre de la víctima: Moshe Cohen, oficial retirado de la Policía. El asesino forzó la puerta y le disparó dos tiros en el pecho. No se escuchó ruido alguno de disparo. Se presume que el revólver tenía silenciador. La policía de Ramat Gan está encargada del caso. Han cerrado los accesos a la ciudad para buscar al asesino.

Avi levantó su cabeza y después la bajó con furia golpeándosela violentamente contra el volante. Luego salió del coche corriendo hacia el hospital.

Ahora necesitaba alguna excusa para lograr obtener información. Verificó que en el bolsillo trasero de su pantalón tenía su tarjeta vieja de vocero del ejército. Eran las 8:30 PM y le dijeron que no había nadie en Archivos. Además le comunicaron que los expedientes con más de veinte años de antigüedad se encontraban en el séptimo piso, que esa oficina operaba de 8:30 AM a 16:30 PM, por lo que le recomendaron que volviera al día siguiente.

Pero Avi no se conformó con ese "no" de una secretaria de turno que tampoco estaría habilitada para darle el "sí", así que le mostró el carné con el emblema del ejército. La secretaria, una rubia con acento ruso, un poco presionada le dijo:

—Perdona, ahora no te puedo ayudar.

—Pues llama a tu jefe, o al administrador del archivo.

—¿A esta hora?

—Sí. Es un asunto urgente. Necesito unos datos.

—¿Qué datos?

—Entre otros, los nombres de unos chicos que nacieron aquí hace alrededor de treinta años, y también los de sus madres.

—Llamaré al administrador, pero pienso que esa información no estará disponible para cualquiera…

Avi alzó la voz; sintió que podía imponerse de esa manera.

—¿Cómo "cualquiera"? Vengo del ejército, tengo una misión encomendada para la cual necesito esos datos urgentemente…

La secretaria ya no podía mantenerse en calma, por lo que llamó a su superior. Mantuvieron una conversación breve, en voz muy baja, luego de la cual la joven de cabellos de oro le pasó el teléfono a Avi.

Un hombre con voz aguda estaba del otro lado de la línea.

—¿Qué es lo que necesitas?

—Necesito actas de los nacimientos del 22 de octubre de 1982.

—¿Para qué quieres eso? ¿Tienes algún parentesco con alguno de los niños nacidos ese día?

—No, necesito la información para el ejército, es vital en este momento.

—¿Tienes algún papel firmado que certifique que el ejército te manda por esos datos?

Avi otra vez hizo uso de su poder de convicción, todo se podía conseguir, había que saber cómo.

—¿Qué es eso de papel firmado? Tengo un carné del ejército, que es documento oficial. Vengo de Tzahal… ¿te parece que estaría aquí a las 9 de la noche, con esta lluvia torrencial, si esto no fuera urgente?

—Esa información es confidencial —le respondió el administrador.

—Para el ejército no hay nada confidencial, ¿quieres que te comunique con el cuartel central de la HaKirya de Tel Aviv para que hables con el Jefe del Ejército?

—Dale el teléfono a la chica.

Hablaron un rato; Avi no pudo entender la conversación, que era casi un susurro. De repente la rubia le dijo:

—Sígueme.

Fueron al cuarto piso. Ella abrió una puerta y aparecieron infinitas hileras de estantes con cajas de cartón que contenían carpetas.

—Quédate aquí y espera —indicó la rubia.

Después de diez minutos, volvió con una carpeta rosada. Fueron al primer piso y ella comenzó a fotocopiar hoja por hoja. Eran quince en total. Cada hoja describía todo sobre los nacimientos de aquel día: hora, si había sido normal o cesárea, si hubo alguna cirugía anormal. Una hoja con firmas y sellos incluía nombres de los niños, familias, doctor y enfermera a cargo, partera y hasta la secretaria de turno.

Cuando terminó de fotocopiar todo, le entregó todas las copias a Avi y lo hizo firmar en un archivo en el que dejó constancia de lo que se había llevado. Le pidió su documento de identidad y nombre, y no tuvo más opción que escribir su nombre verdadero. Salió contento, como quien recibe un regalo sin ser el día de su cumpleaños.

Empezó a examinar las hojas, buscando a los dos bebés que nacieron a la misma hora. No hizo falta mucho tiempo, las hojas cuatro y cinco eran muy claras: tenían la misma hora de nacimiento registrada. "Leonel Cohen y Ahmed Asad, partera Rachel Mizrachi, doctor David Levy".

50

Jerusalén
2 de noviembre, 2011

Con el último esfuerzo, Eli Regev llegó a Abu Gosh. Eran las 10:20 PM estaba hambriento y agotado. Saludó afectivamente al dueño, un árabe israelí al que conocía desde hacía muchos años. El hombre sabía cuáles eran sus preferencias, así que le sirvió una *shwarma* y un plato de *hummus* con huevo duro, menú que tanto le gustaba. Comió saboreando el *hummus* con las pitas calientes, recién extraídas del horno de piedra; al final se devoró una *baklava*[52] que le dejó un agradable sabor dulce, tomó un café negro barroso y se reintegró rápido a la ruta camino a Jerusalén.

Llegó al hospital emplazado en el Monte de los Olivos a las 10:50 PM, la lluvia que no había parado en los últimos quince minutos se detuvo por un momento. La recepcionista central lo condujo a la misma muchacha rubia que había atendido unas horas antes a Avi Lifshitz en la administración.

Cuando le pidió el registro de nacimientos del día 22 de octubre de 1982, la rubia pensó que le estaban haciendo una broma; no lo podía creer.

—Esto es un chiste ¿cierto? —atinó a preguntar. Y agregó —: Hace dos horas una persona pidió las mismas actas.

—¿Quién? —quiso saber Eli.

—Un vocero del ejército.

—¿Vocero del ejército? —repitió Eli asombrado —¿Quién era?

—Perdone —dijo la rubia desconcertada—, tengo que llamar a mi superior. Esto no es normal.

---

52 Baklava: pastel elaborado con pasta de nueces y bañado con almíbar.

—Llámalo ahora mismo —en ese momento Eli estaba más interesado en quién andaba detrás de la información que en la información misma.

La rubia, desencajada, habló con su encargado al que seguramente despertó. Los gritos se escuchaban desde lejos.

—No me lo digas a mí —decía al teléfono la muchacha, nerviosa—. No sé lo que pasa hoy...¡están todos locos!

Apartó la bocina del teléfono de su oreja luego de escuchar a su jefe y se dirigió a Eli:

—Deberá volver mañana.

Eli mostró su carta del gobierno y su tarjeta, entonces la rubia volvió a hablar al teléfono.

—Tiene una carta con emblema del gobierno y una tarjeta equivalente a la de un ministro.

Eli alzó la voz irritado y le dijo:

—Dígale que no tengo tiempo para burocracia.

La rubia repitió sus palabras, esperó unos segundos, cortó la llamada y agregó fastidiada:

—Sígame.

Se dirigieron al séptimo piso. Ella ya ofuscada, le entregó el reporte entero de todo lo que había ocurrido aquel día en la partería. Bajaron al primer piso donde estaba la máquina fotocopiadora y allí lo dejó solo. Eli fotocopió la carpeta, y un poquito más de lo que necesitaba. Cuando terminó, tomó los documentos con las dos manos, como quien sostiene un tesoro invaluable.

—¿Quién es la persona que estuvo aquí? Tengo que saberlo.

La rubia pensó un momento, pero ya estaba cansada de resistirse, y de molestar a su jefe, quería terminar de una vez con todo y con el día, si se podía, también.

—Un tal Avi Lifshitz —respondió—. Aquí está su firma.

Y le mostró el registro.

Eli salió del lugar mientras observaba el deterioro del hospital y pensaba al mismo tiempo en el nombre que le había mencionado la joven. Cuando estaba por atravesar la puerta, la rubia le gritó:

—Hey... tiene que firmar el registro antes de llevarse el material.

Eli volvió y se le acercó a la joven.

—Fotocopia la nota que te mostré cuando entré y llama al teléfono que allí aparece si quieres saber sobre mí.

—¡Vete ya! —dijo la rubia y se dio vuelta camino a la oficina, dejando la recepción vacía.

Ya en su coche, Eli comenzó a revisar las hojas, hasta que encontró los registros que buscaba. Verificó todo lo que sabía, no había muchos datos nuevos, pero tenía que examinar todo. Los nombres estaban claros. Había tres archivos, un reporte de todo lo que había ocurrido aquel día y un sumario de nacimiento de cada uno de los bebés. Empezar con las familias era algo que había descartado hacía tiempo considerando que no tenía sentido causarles tanto daño ahora.

El nombre de Rachel Mizrachi se hallaba allí, como lo había mencionado el viejo Cohen, pero lo que más le llamó la atención, después del enredo del cambio de los niños, fue que el pediatra de turno ese día, de nombre Rafi Segal, que se había incorporado al hospital una semana antes, tenía un nuevo asistente que también había ingresado en el nosocomio tan solo unos días atrás; y ese mismo veintidós de octubre, el asistente marcó su tarjeta de trabajo manualmente y se retiró mucho antes de terminar su turno. ¿Por qué en un día tan pesado en pediatría, un novato en el hospital había dejado el nosocomio antes de terminar su turno? Rafi y su asistente fueron quienes efectuaron la identificación de los bebés aquel día, pero el nombre del asistente no figuraba en el acta de los bebés, con su firma, solamente aparecía en el sumario del día.

¿Quién era ese Rafi Segal? ¿Y quién era su asistente? ¿Cómo podía ser que el hospital no tuviera datos de ese hombre en un reporte tan importante? Todo le pareció extraño. Los reportes del departamento de partos estaban muy bien detallados, pero claramente faltaba algo...

Sintió que debía investigar qué había ocurrido aquel día, quizás el pediatra o su asistente eran la pista que faltaba.

A Avi Lifshitz lo conocía. El periodista del periódico Yedioth Ahronoth era muy popular por sus notas caracterizadas por la controversia, bien editadas y elaboradas. Sabía que no era amarillista y que no escribiría nada sin fundamento, pero... ¿cómo se había enterado de este asunto? Si se publicara algo, podía destruir toda su investigación y, aún más, podría causar mucho daño al sistema y esto era lo último que necesitaba el gobierno o cualquier otra institución involucrada, en ese momento.

Quizás, la prioridad ahora era hablar con Avi o con su editor.

51

Tel Aviv
2 de noviembre, 2011

Avi calculó que manejando a toda velocidad, respetando el máximo permitido, llegaría a Tel Aviv alrededor de las 10 de la noche y podría encontrarse con Gabriel. Entonces, en la salida de Jerusalén, cuando el coche comenzó a bajar aceleradamente entre las colinas, se comunicó para avisarle que quería verlo a la brevedad. Gabriel estaba en el diario cubriendo su turno, por lo que le indicó que se encontrarían en un café, a una cuadra de las oficinas, para no despertar sospechas. Avi sabía que la mayoría de los periodistas no tenían escrúpulos cuando había una noticia en juego, siempre estaban al acecho. Él muchas veces había tenido que ser parte de aquel juego, aunque, si era posible, prefería la cordura, la verdad y la honestidad. Sabía también que Gabriel era muy parecido a él y que manejaba los mismos valores, por eso trabajaban muy bien juntos.

Mientras conducía a toda velocidad rumbo a Tel Aviv, comenzó a hilvanar los retazos del enigma de estos dos jóvenes intercambiados al nacer. Todavía no tenía ni el mínimo material que se requería para armar una nota, y en esto no podía ser amarillista, necesitaba hechos comprobados y no información prefabricada. Lo que le impactó después de leer las planillas del hospital, fue que estaba seguro de que el nombre "Leonel Cohen" era el mismo que había escuchado en la radio hacía tres horas, camino a Jerusalén. ¿Acaso era la misma persona? Si esto era cierto, los acontecimientos tomaban un rumbo demasiado peligroso; una trama de película, pensó.

Llegó a Tel Aviv como se lo propuso. Estaba debajo de las oficinas del diario a las 10:05 PM. Gabriel ya se encontraba sentado en el café. Se saludaron y Gabriel aclaró que tenía solamente diez minutos. Enseguida fueron al grano.

—¿Qué traes? —preguntó Gabriel un poco ansioso mientras ordenaba un café negro.

—Pienso que demasiado y poco a la vez. Primero: el que me envió la carta anónima fue el viejo Moshe Cohen...

—¿Sabes que fue asesinado hoy? —Gabriel lo interrumpió asombrado.

—Sí, lo escuché en la radio cuando me dirigía a Jerusalén.

—¡Esto es más pesado de lo que pensaba! —exclamó Gabriel—. Y me imagino que fuiste al hospital de Jerusalén a averiguar sobre los niños. —Gabriel conocía sobradamente la forma de actuar de Avi.

—Así es —dijo Avi—, pero mira, hay algo más, todo lo escrito por el viejo Cohen es verídico. El nombre de Rachel Mizrachi está en el acta de nacimiento de los bebés, pero lo que más me preocupa es el niño judío, el tal Leonel Cohen.

—¿Qué te preocupa de él? —preguntó Gabriel con curiosidad.

—¿No escuchaste en las noticias que el Hammas capturó a un civil?

—Sí, claro que sí, lo publicamos hace dos horas y ... ¡el nombre es igual al de la carta, Leonel Cohen....! ¿Acaso estás pensando que es el mismo?

—Y... no creo que haya muchos con el mismo nombre e idéntica edad. Leonel no es un nombre común, su familia es argentina. En el momento que escuché por primera vez la noticia me costó asociar, estaba confundido.

—Ahora me doy cuenta por qué trabajo contigo —dijo Gabriel con una sonrisa—, igualmente no estamos cerca de una nota, creo.

—No, yo pienso lo mismo. Hay que conseguir datos concretos y comprobables —afirmó Avi.

—Estoy de acuerdo, no quiero solo sensacionalismo.

—¿Crees que corremos peligro ocupándonos de este asunto? —preguntó Avi.

—Y... ahora que Moshe Cohen murió, tal vez el único que sabe su verdad seas tú... quizás también alguna otra persona...

—Tendremos que tener cuidado —agregó preocupado Avi.

—Bueno, amigo, en lo nuestro siempre estamos en la mira —afirmó Gabriel mientras terminaba su café.

—Mira, trata de averiguar si los datos del tal Leonel Cohen bebé cambiado coinciden con los del joven raptado, yo voy a tratar de enterarme si hay alguien más que esté al tanto de todo esto y trataré de mover mi contacto en el Shabak para enterarme de quién planeó el cambio de los niños. Necesitaremos dinero...tú lo sabes —dijo Avi.

—Bueno, yo me haré cargo de la información del joven raptado y conseguiré algo de dinero. ¿Cuánto cobrará el cabrón?

—Hace unos meses lo mínimo era tres mil dólares —agregó Avi.

—Bueno, no te hagas problemas, pienso que esta vez no lo podré sacar del pozo que tiene el diario para estos trámites, ya que debería responder a muchas preguntas. Tendremos que ponerlo entre nosotros. Yo te doy dos mil, tú trata de conseguir los otros mil —propuso Gabriel.

Saludó, dejó un billete de veinte *shekels* y se marchó. Desde la puerta del café, dijo sonriendo:

—Ya ves que yo no me olvido de pagar.

52

Tel Aviv - La sede central del Mossad
3 de noviembre, 2011

Como todas las mañanas, el Jefe del Mossad estacionó su coche en el espacio reservado en el primer piso subterráneo que estaba enfrente de los elevadores. Su secretario lo estaba esperando allí desde hacía veinte minutos. Quería darle las noticias antes de que subiera a su despacho. Mientras lo acompañaba, le hablaba al oído, y le contaba los sucesos que habían ocurrido durante la noche.

El Mossad tenía una rutina de filtración de pesquisas; todo lo que recibía de los diferentes tipos de agentes, *katza* o *sayanim*[53], se filtraba o se le imprimía una nota que destacaba su importancia, luego esta pasaba por los diferentes rangos hasta llegar, si era necesario, hasta el Jefe del Mossad. También dependía de la envergadura y de la urgencia de la información y de si la misma arribaba de adentro o de afuera del país. Igualmente, todo era sometido a ese sistema de filtro.

Las noticias que ahora tenía el secretario en sus manos habían circulado por todos los encargados y jefes de las diferentes secciones para llegar al "mandamás" del Mossad, aunque igualmente se había esperado hasta la mañana del día siguiente, ya que se entendió que unas horas no cambiarían mucho las decisiones.

El Jefe, al escuchar las nuevas, se quejó porque no se las comunicaron por la noche. Inmediatamente ordenó una junta en su oficina con los principales de cada departamento, hasta con aquellos que no estaban involucrados en el tema. Cuando pasó lista y verificó que todos estaban

---

53 Sayanim: agente del Mossad que actúa voluntariamente y vive afuera de Israel.

sentados, se puso de pie frente a un pizarrón y escribió "El Hiat está aquí, en Israel". Luego comenzó a hablar con su voz ronca y severa.

—Casi todos ustedes lo saben, esto se estaba organizando desde hace rato, bajo nuestras narices; el tiempo que perdimos en seguir los pasos de Hammas y a ese joven Ahmed en Pakistán fue el tiempo que necesitaban los iraníes para desarrollar el programa cibernético. Lo que planeaban en Pakistán no valía de nada; el sitio del Hammas fue una mentira que nos comimos como idiotas. Después se llevaron a Ahmed y a Reza a Irán. —El Jefe del Mossad iba registrando todo en el pizarrón con un marcador rojo. Y siguió diciendo:

—Quiero al Jefe de Unidad 8200 aquí en media hora, para ver cómo nos protegemos de todo esto. Al mediodía tendré una junta de urgencia a puertas cerradas con el gabinete del gobierno; debo estar preparado.

Los presentes en la reunión estaban al tanto de las noticias y sabían muy bien los detalles de El Hiat; fue así que nadie preguntó nada, todos se mantuvieron en silencio.

Uno de los encargados de Asuntos Internos se puso de pie y preguntó:

—¿Y qué hacemos con el tema de los dos niños? Nos están jodiendo demasiado con eso.

—Quiero aquí, antes del mediodía, a Eli Regev —dijo ofuscado el Jefe del Mossad.

El secretario anotó la petición.

La junta terminó antes de lo esperado. El secretario trató de borrar el pizarrón, pero el Jefe lo detuvo.

—No lo borres hasta que terminemos con esto de una maldita vez.

A las 10:30 AM Eli Regev llegó a las oficinas del Mossad; había recibido una llamada en la que le indicaron que se tenía que presentar en media hora, de lo contrario irían a buscarlo. Eli no dudó dos veces, y allí estuvo enfrente de su viejo conocido; habían sido compañeros en la época del ejército, los dos tenían cargos de generales en aquel tiempo. Eli estuvo encargado de las fuerzas en las fronteras sur del país, y el Jefe había estado a cargo de las mismas en el norte. Tenían sus diferencias, pero se respetaban mutuamente. Eli se sentó sin que lo invitaran a hacerlo y dijo:

—Qué bueno que me llamaste, yo quería hablar contigo.

—Me parece que no del mismo tema —dijo el Jefe del Mossad— ¿O quizás sí? Escúchame bien: no quiero que ahora me digas nada de esa historia de los dos chicos ni de todo ese rollo. Tampoco quiero que nadie de esta organización participe en este momento en ningún interrogatorio. Ya sé que te dieron vía libre y respaldo para que realices tu investigación, pero estamos pasando por un momento muy delicado ahora; tú ya lo sabrás; cualquier cosa que nos distraiga puede tener implicaciones en la integridad de nuestro Estado.

Eli tomó una bocanada de aire y preguntó:

—¿De qué se trata?

—No te puedo dar detalles, pero estamos ante el peligro inmediato de un ataque cibernético que puede paralizar al país.

—¿Del Hammas?

—No te puedo dar más detalles, te he dicho mucho ya. Quiero que detengas tu investigación y que nos dejes tranquilos por ahora. Del otro lado tenemos al Hammas tratando de sobornarnos con ese joven que capturaron.

—Mira, tú sabes que te estimo mucho, pero no sé si puedo atender a tu pedido. Ya he llegado lejos, están asesinando gente ahí afuera y, además, pienso que mi investigación tiene que ver con ese posible ataque cibernético y con el joven secuestrado, que es uno de los que buscamos ¿lo sabes? ¡Además, recuerda que yo fui asignado para supervisar lo que supuestamente tratas de esconderme ahora!

El Jefe del Mossad no quería escuchar más. Tenía los nervios a flor de piel, no estaba acostumbrado a recibir ese tipo de respuestas y no atendió a las últimas palabras de Eli.

—Bueno, ahora puedes marcharte; tomarás tus decisiones solo. Tú sabes lo que pienso, te respeto mucho. Supuestamente, ambos queremos lo mejor para este país.

—Escúchame, quiero estar al tanto de lo que ocurre, ¿comprendes?

—Sabemos que Ahmed, uno de los jóvenes, está aquí, en el país, con el virus informático en su poder. Lo estamos buscando. Hoy tengo una junta con el gabinete. No sé más que eso... ¿Te parece poco?

—Me parece mucho. Bueno...gracias por todo. Trataré de no ocupar de más a tus hombres, pero quiero estar informado todo el tiempo.

Eli salió del despacho; necesitaba pensar, relajarse un momento y reflexionar. ¿Acaso todo lo que se dijo en esa conversación había sido negativo para él? Para nada, pensó, ahora tenía más datos, más información, más piezas del rompecabezas. Escuchar al Jefe del Mossad tratando de convencerlo aludiendo a cuestiones patrióticas no le asombró; los dos eran experimentados y ya estaban cruzando los sesenta, Eli conocía muy bien a los personajes de este juego, podía mantenerse al margen y hacer su trabajo.

No dudaba de que le hubiera contado la verdad, pero él creía que descifrando la ecuación de los niños podría ayudar con la crisis del posible gusano informático.

Le faltó profundizar con el Jefe del Mossad sobre el tema Leonel, que estaba cautivo en manos del Hammas, aunque él bien sabía que este tipo de casos pasaban rápidamente del Mossad al gabinete del gobierno, más cuando la víctima era un ciudadano y no un soldado. Él también quería saber de una vez por todas si el Mossad estaba atrás de los últimos acontecimientos. Estaba seguro de que el Jefe del Mossad negaría cualquier involucramiento de la organización en los asesinatos recientes; tendría que mostrar hechos para poder culpar a quien fuera, principalmente si el responsable de todo había sido el Mossad.

Lo que más le molestaba porque no lo entendía, era la muerte de Shmulik Sade. Seguramente él sabría la historia de los chicos, cómo habían crecido y en qué se habían transformado con los años, pero el trabajo le había llegado a él por medio de un intermediario que nunca se identificó, y que recibía dinero procedente de una cuenta anónima del Banco Leumi, de Israel. Este individuo se encontraba con él una vez por mes para recibir los reportes, y se hacía llamar por un seudónimo, Mark, cosa que descubrió después de la muerte de Shmulik.

Hacía seis años, Mark le había comunicado a Shmulik que su trabajo había terminado. Esta vez le dejaron un cheque muy jugoso en su casillero, muy superior a las nada desdeñables sumas en efectivo que durante años recibió, además le dieron la última advertencia, que nunca, por nada del mundo, debía hablar de ese asunto. ¿Acaso el gobierno sabía que Shmulik Sade estaba comprometido en esto? ¿Por qué lo habían elegido a él y lo habían forzado a no hablar? Quizás el gobierno estaba tratando de salir "limpio" de todo tratando de culpar al Mossad o a otra organización. Estas ideas rondaban e interactuaban en la cabeza de Eli Regev en ese momento. Después del diálogo con el Jefe del Mossad, tenía una pregunta que posiblemente solo Moshe Cohen podía responder, pero el viejo ya no estaba...

53

Reunión de Gabinete HaKirya - Tel Aviv
3 de noviembre, 2011

Una moza bajita, pelirroja y bien arreglada, preparaba la mesa larga del gabinete gubernamental. Había lugar para veinticinco personas, y se había confirmado la presencia de veinte miembros del gabinete. No asistirían los Ministros de Deportes, Salud, Economía, Asuntos Religiosos e Infraestructura. Los demás estarían presentes en la junta y desde muy temprano se encontraban en el recinto, era una estrategia conocida para conocer rumores y armar alianzas. La muchacha entraba y salía trayendo empanadas y facturas de todo tipo, jarras de agua, jugo de limón y de naranja. El café se serviría un poco más tarde, cuando el ambiente se "calentara".

Todos se sentaron. El Primer Ministro se instaló en el centro y a ambos lados se ubicaron el Ministro de Defensa y el del Interior. Además de todos los ministros, estaban sentados en la mesa invitados especiales: el Jefe del Mossad, el Director del Shin Bet, el General de Policía y el Encargado de la Unidad 8200. El General Primero de Tzahal funcionaba como un ministro más en estas audiencias, y estaba ubicado en la cabecera.

La noticia sobre el posible ciberataque y el secuestro del joven judío en manos del Hammas eran los primeros temas de la agenda que se abordarían. El Jefe del Mossad se levantó de su asiento, para exponer la información que se había obtenido hasta ahora sobre la posibilidad de un ataque cibernético. Con un tono tranquilo y mirando de reojo al Ministro de Defensa, comenzó su discurso.

—Tenemos datos comprobados de que un ataque cibernético es inminente; los responsables son los iraníes. Un agente suyo ya ha penetrado en el país con pasaporte extranjero, pensamos que está en Tel Aviv, pero no hemos podido detectar todavía su paradero exacto. Nuestros agentes trabajan las veinticuatro horas para localizarlo. Estamos conectados permanentemente con el Shin Bet, con el Shabak y con la policía de todo el país. El sujeto entró en Israel con un pasaporte belga y con una identidad falsa, su nombre ficticio es Enzo Shiles.

El próximo en hablar fue el encargado de la Unidad 8200, que se ocupaba de la seguridad informática nacional.

—Sabemos que el ataque será una combinación de DDoS (denegación de servicios) y Payload (la carga daño que el virus detonará), la estimación es que el ataque será contra las redes privadas de instituciones sumamente importantes e imprescindibles para el país, pero no tenemos detalles sobre qué tipo de gusano se introducirá, cómo se hará y cuál será el establecimiento objetivo. En los últimos días estamos trabajando en la instalación de un sistema especial de detección y bloqueo. Ya lo implementamos en las Oficinas de Policía, en las del Shabak y entre hoy y mañana haremos lo mismo en los Departamentos del Mossad, en la HaKirya y en Herzliya. Por su parte el ejército comenzó desde ayer a instalar el programa en sus unidades más expuestas. En este momento, lo único que podemos hacer es tatar de cubrir los sitios estratégicos del país. Pienso que en dos días terminaremos.

Todos contemplaron con ojos bien abiertos los gestos del Primer Ministro, que evidenciaban gran molestia mientras escuchaba los reportes.

A continuación asumió la palabra el Jefe del Shabak, quien se levantó y se dirigió a un mapa colocado en el centro de la sala.

—Sobre los sucesos cibernéticos no tengo mucho para agregar. Como se ha dicho, estamos en contacto permanente con el Mossad para buscar al individuo que entró en el país. Tenemos algunas pistas, pero todavía nada concreto. Poseemos toda la documentación generada en el aeropuerto en el momento de su ingreso y sabemos que está en Tel Aviv. En relación con el comunicado de Hammas sobre la captura del joven israelí, verificamos todos los detalles, y tenemos la certeza de que el vídeo es verdadero; el diario es legítimo y muestra la fecha real en que fue publicado. Todo el entorno estuvo muy bien preparado, por lo que

no se pudo distinguir ningún rasgo que permitiera localizar el lugar. Sin embargo, tengo buenas noticias también, nuestros espías infiltrados en Gaza lograron ubicar el lugar pagándole a un *mashtap*[54]. El lugar es aquí.
—Y mostró un punto en el mapa.

En ese momento se levantó el General Primero del Tzahal y empezó a marcar sobre el mapa de Gaza las diferentes opciones.

—Me referiré al caso del joven raptado. Le encomendamos al General de las Fuerzas Especiales planear un rescate. He recibido un reporte suyo esta mañana en el que explica que hay dos opciones. Una es entrar por el mar, ya que el lugar se encuentra muy cerca de la playa. La otra es acceder con un helicóptero, que aterrizaría cerca de la playa. Hay un problema en las dos variantes: el lugar está colmado de gente, de civiles. El joven está en una casa vieja que tiene tres pisos bajo la tierra, permanece encerrado en el tercer subsuelo, en un cuarto con una ventana pequeña que estratégicamente no nos sirve de nada. Además, la puerta está blindada, por lo que habrá que detonarla. Actuar así lleva muchos riesgos, sin mencionar el peligro que corren nuestras fuerzas; el lugar está superpoblado, siempre hay muchísima gente por allí. Por mencionar algo, el edificio vecino a la casa, que tiene seis pisos, alberga a aproximadamente doscientas cincuenta personas. Sería un imposible no lesionar a civiles. Nuestra recomendación es negociar por el momento y esperar, quizás lo trasladen a otro lugar cuyas condiciones sean más adecuadas para una operación. En este momento estamos evaluando la lista de prisioneros cuya liberación reclaman, la de algunos es imposible, todavía tienen sangre fresca en sus manos. De los demás se puede conseguir más información y estamos intentando hacerlo.

El Ministro de Defensa se levantó y dijo:

—Tenemos que ser cautos y no confundir estos dos eventos; si nos desviamos, nuestros enemigos pueden sacar ventaja.

El Primer Ministro hervía tras escuchar al de Defensa. ¿Eso era todo lo que tenía que decir?, pensó. Hacía mucho tiempo que existían desavenencias entre ellos.

El Ministro de Trabajo pidió la palabra. Era un hombre de confianza dentro del gabinete. Se dirigió a los invitados del Mossad y a la Unidad 8200.

—¿Cuáles serían las consecuencias si prosperara un ataque cibernético con las características como las que estamos manejando?

---

54 Mashtap: árabes en Gaza que colaboran con Israel.

El encargado de la Unidad 8200 se dispuso a hablar. Era relativamente nuevo en su cargo, aunque se lo reconocía por su amplia trayectoria en el ejército.

—Depende del epicentro y de cuál sea el blanco preciso por donde se introduzca el gusano que, según versiones confiables, es lo que intentan inyectar. Cuando un virus ataca, lo primero que hace es reproducirse en el menor tiempo posible sin que el dueño del sistema afectado lo advierta. Luego comienza a hacer daño, por ejemplo, robar archivos, tarjetas de créditos o se implanta en el sistema y extrae información secreta, en distintas ocasiones, puede entorpecer sistemas o destruirlos. Si el objetivo fuera el ejército, podría ocasionar la desconexión de unidades que quedarían sin comunicación y, por tanto, no podrían recibir ayuda alguna. Tenemos muchos sistemas que podrían desmoronarse, pero todo dependería del tipo de gusano y del epicentro donde comience a actuar y a expandirse.

El Ministro de Trabajo se arregló la camisa y preguntó:

—¿Probabilidades?

—La probabilidad, según la información actual, es 50-50. Pienso que los sistemas que instalamos, más los cortafuegos, podrían bloquear y mantener los sistemas activos mientras encontramos la solución definitiva. Además tengo la corazonada de que la manera en la que pretenden inyectar el virus es manual, si no, no hubieran mandado a alguien aquí con el *malware*, y aparte los iraníes saben muy bien que el virus no penetraría nuestra defensa externa.

El Primer Ministro terminó su segunda empanada, tomó un sorbo de su café, se acercó al micrófono y dijo:

—Quiero a toda la policía, Mossad, Shin Bet, Shabak y cualquier otra unidad o persona de seguridad que no haya nombrado, afuera las veinticuatro horas hasta encontrar a este terrorista cibernético y a sus contactos, porque obviamente no actúa solo aquí. Tenemos que saber quién es, de dónde viene, dónde nació y cuándo. En este momento necesitamos todo, completamente todo lo que podamos averiguar sobre este individuo. Si realmente los iraníes están detrás de este plan para destruirnos, yo haré una conferencia de prensa para alertarlos. Necesitamos también iniciativa, y con esto quiero decir que debemos formalizar un plan entre el Mossad y la Unidad 8200 que permita injertar uno de los gusanos que estamos desarrollando y utilizarlo antes de que ellos lo hagan. Quiero saber si eso es posible.

Con respecto al joven raptado, estoy de acuerdo con que no podemos hacer nada para rescatarlo ahora. Sería una utopía salir ilesos de algo así. Tenemos que ganar tiempo para que lo mantengan vivo, por lo que convendría comenzar negociaciones, con algún país como garantía. Los alemanes siempre están dispuestos... Volveremos a revisar la lista de los musulmanes cuya liberación solicitan. Designo al Ministro de Trabajo para negociar con el Hammas y al Jefe del Mossad para hacerse cargo del posible ataque cibernético. Dentro de dos días, nos encontraremos aquí, en este recinto. Demás está decir que no quiero ni una palabra sobre el ataque informático en los medios de comunicación. Gracias a todos.

La sala se llenó de murmullos. Los ministros se dispersaron mientras salían. El Ministro de Defensa no había sido elegido para dirigir ninguno de los casos y eso, seguramente, traería consecuencias políticas.

La preocupación se notaba en los rostros de los congregados.

El Ministro de Trabajo solicitó al Jefe del Mossad información exacta sobre Leonel Cohen, curioso por saber quién era y por qué el Hammas lo había elegido.

54

AHMED
Tel Aviv
4 de noviembre, 2011

El llamado esperado llegó cuando estaba en el baño mirándome al espejo y preguntándome de qué parte de la familia vendrían estas raíces castañas. No recordaba a nadie con este color de cabello. El gato jugueteaba con una pelota de papel que había hecho por la noche cuando mi móvil sonó. Una voz que conocía estaba del otro lado de la línea.

—Encuéntrame hoy a las 2:30 PM en la estación de tren de Ramat Gan, al lado de la Bolsa, dile eso al taxista. Yo estaré esperándote junto a la boletería. No me conoces, así que para que me localices fácilmente llevaré un bolso color verde. Trae todas tus pertenencias, y tu laptop, deja el gato, las computadoras y los demás artefactos electrónicos.

No tuve tiempo para reaccionar o decir algo, pues el teléfono se desconectó. La llamada se encontraba marcada por el código de conducta que indicaba que cuando un teléfono estaba comprometido, la llamada debía durar menos de quince segundos, pues, pasado ese tiempo, se podía rastrear. También funcionaba la rutina de encuentros inmediatos.

Eran las 1:37 PM. Busqué en internet cuánto tardaría en llegar en taxi al lugar establecido. A los veinte minutos indicados por la web, le agregué diez más por el tráfico. Mi bolso estaba siempre listo para partir, solo recogí mi cepillo de dientes y otras pequeñas cosas, y a la 1:55 PM dejé la casa. Sentí que alguien me observaba y pensé que era mi vecina, la de las empanadas. Bajé rápidamente y tomé el primer taxi libre. A esa hora había muchos disponibles. A las 2:26 PM estaba en la estación. Hice tiempo, mi estómago empezó a dar signos de revolución cuando vi a dos policías apostados cerca de la boletería y a tres mujeres soldados patrullando y a la vez examinando a los pasajeros. ¿Por qué habían elegido ese lugar?, me pregunté. La estación no estaba demasiado poblada aunque había suficientes transeúntes, muchos de ellos soldados. Era la primera vez que yo veía tantos juntos, todos bien armados, todos bien verdes, con botas y con caras desafiantes o así me parecían. Me di cuenta de que no sentía hacia ellos ni odio ni nada semejante, y eso me molestó, ya que repudiar al ejército había sido un sentimiento que se me había inculcado desde chiquito. Ahora los tenía enfrente de mí y no los aborrecía como se aborrece a un enemigo. Mis ojos se movían rápidamente como un radar, estaba completamente desprotegido en medio de la nada. Mi contacto me tocó el hombro, bolso verde en la espalda, gafas negras, bigote y una kipá en la cabeza. Nunca lo había visto y sentí algo de temor, pero comenzó a hablar en árabe y reconocí su voz.

Caminamos bajo el puente Ayalon, alejados de los autos y del barullo. Allí depositó en mi mano una llave y me dijo:

—Tienes que cambiar de lugar. Los sionistas ya saben que estás aquí. El país se encuentra en estado de alerta. Toma este bolso, aquí encontrarás todo lo que necesitas. Hallarás una memoria USB con el código final del programa. Tienes que compilar todo según las instrucciones. En la memoria también encontrarás un código encriptado que protegerá al algoritmo madre, a ese tú lo conoces muy bien. Ahora debes irte. Mira urgente la nota en tu bolso. Mañana a la tarde será el día cero. Te deseo suerte. —Y descubrió sus ojos negros, oscuros y sin destellos de modo que lo vi por primera vez. Enseguida se puso nuevamente las gafas y se marchó. Leí la nota; mi refugio estaba ubicado en la calle Alía 115, en el sur de Tel Aviv, primer piso subterráneo. La nota establecía que tenía que acudir inmediatamente al lugar. Tomé un taxi y tardé media hora en llegar. El edificio, viejo y descuidado, tenía tres pisos. Estaba rodeado de comercios de venta de ropa, principalmente de telas. La calle era una de las principales de la ciudad; según mi mapa esta avenida era la vértebra central de la urbe. Cortaba toda la ciudad, de sur a norte, primero se convertía en Allenby y luego en Ben Yehuda, y terminaba finalmente en el mar.

Abrí el departamento y encontré allí a mi compañero, el mismo gato que había dejado hacía dos horas en la cocina de Arlozorov. Pronto se dedicó a dar vueltas entre mis pies, como era su costumbre.

En la mesa aparecía todo armado, tal como lo había dejado en la otra casa: un servidor, dos computadores portátiles, un *router* y un rastreador, todo el equipo conectado en una red intacta. A esto le habían agregado dos sistemas cortafuegos muy sofisticados, que todavía estaban sin conectar.

Me senté, me relajé y me dispuse a leer las instrucciones. Hacía rato que pensaba que al programa original le faltaba algo, lo veía muy desnudo, necesitaba un camuflaje que lo disfrazara, lo escondiera para que costara más tiempo y trabajo descifrarlo a los técnicos encargados del sistema atacado. Tampoco había visto antes ningún código encriptado. Es decir, que al sistema le faltaban las instalaciones de seguridad, los códigos secretos, las llaves arbitrarias, las extensiones infinitas.

Pero lo que más me preocupaba era que no había detectado ninguna alternativa en relación con los sistemas cortafuegos, algo que los pudiera neutralizar o evadir, o algún arma que los desmoronara creándoles trabajo extra o confundiéndolos; esa era la única forma de llegar a comprometer la red que íbamos a atacar. En el programa original existía un ataque masivo a una sola capa de un sistema de cortafuegos y neutralización de puertos USB, que, a mi juicio, no era suficiente.

Pero todo lo que había pensado se empezó a aclarar en cuanto inserté la nueva memoria USB en mi laptop. Tenía que compilar los programas, unirlos, y cuando el proceso terminó después de más de veinte minutos, la estructura ya era otra, el funcionamiento había cambiado radicalmente, colmado de montones de algoritmos y con un código huérfano, que nunca había visto. Cuando empecé a adentrarme más y más, pude distinguir que todo estaba escrito en una combinación de programas C y C+.

El código huérfano, consistía en una mutación que no conocía hasta ese momento, no tenía ningún propósito; se lo llamaba de esa manera porque solamente agregaba líneas y comandos sin ninguna analogía. El programa pasó de tener dos mil líneas de código, a registrar casi siete mil. Pensé que sería muy pesado procesarlo, pero entonces descubrí otra sorpresa. Cuando lo ejecuté comenzó a correr y paralizó la red de la misma manera y en el mismo tiempo en que lo había hecho en la prueba anterior. El secreto estaba, seguramente, en que la aplicación reconocía las líneas redundantes e inútiles.

Seguí leyendo las instrucciones. Correspondía a continuación conectar los sistemas cortafuegos a la red, el mecanismo aparecía muy detallado:

> Conectar cortafuegos aparato número 1 al *router*
> Conectar cortafuegos aparato número 2 al *router*
> Configurar los puertos y la conectividad cortafuegos-*router*-red
> Configurar reglas de obstrucción total en los sistemas de cortafuegos (línea por línea detallado)
> Testeo de sistema cortafuegos 1
> Testeo de sistema cortafuegos 2
> Instalación de Base de Datos en el Servidor

No me detuve hasta terminar todo, lo que me llevó tres horas y veinticinco minutos. Cuando terminé, había llegado la noche y yo estaba agotado de escribir comandos y de conectar sistemas.

Lo que me estremeció más fue que se había agregado un trabajo muy complejo de criptografía sobre el código madre, yo estaba familiarizado con lo que habíamos creado Reza y nuestro grupo, pero aquí además aparecían elementos que yo no conocía. El programa madre estaba encriptado con una llave de 256 bits. El único habilitado para descifrarla era yo, ya que tenía la llave en un código apartado. Este estaba conformado por una combinación alfabética y numérica que contenía una clave muchas veces usada por Reza en su trabajo. Me di cuenta de que esto era obra de él, la memoria de mi amigo ahora estaba conmigo, en un código encriptado. No había tenido noticia alguna de que había sido Reza quien había engendrado esta parte crucial del programa.

Ahora solo restaba la última fase, ejecutar el programa nuevamente, tratar de penetrar el sistema de seguridad. Esta vez, incluí la encriptación del programa y probé la contraseña, pero era tan extensa la combinación que la primera vez fallé en la autenticación; en el segundo intento el programa empezó a correr y a descascarar uno tras uno los sistemas de seguridad; tardó casi nada, exactamente veinticinco segundos, en destruir el cortafuegos basado en software que había instalado la primera vez junto a la red; demoró solo doce minutos y veinte segundos en liquidar el *firewall* basado en hardware, cortafuegos número uno; catorce minutos y veintiocho segundos en desmantelar el segundo. Después comenzó a inundar la red hasta destrozarla y dejar la base de datos expuesta a cualquier conexión externa. Ahora un chico de universidad, con una simple conexión a internet y un módem, podía acceder a la base de datos. La red estaba paralizada, sin defensa. Las computadoras conectadas a esa red no funcionaban, pero el acceso externo estaba abierto. El programa había abierto todos los puertos y protocolos de esta red.

Estaba sin palabras, anonadado. Esto era una obra de arte. Me conecté a mi computadora portátil, usé la conexión a internet de mi móvil y en dos minutos estaba adentro de la base de datos que había creado unas horas antes. Espectacular, insólito. Nunca visto. "El Hiat" era una bomba digital más destructiva que cualquier arma.

Ahora tenía la última nota en la que se me brindaban instrucciones de dónde explotaría esta bomba. Cuando la leí, quedé congelado, me costó recomponerme, todo estaba tan cerca y ahora era tan real. Mañana sería, finalmente, mi gran día.

55

Residencia del Primer Ministro
Herzliya Pituach
4 de noviembre, 2011 - 11:50 PM

Un coche con cinco personas irrumpió en la entrada de la casa del Primer Ministro cuando era casi medianoche. El auto pertenecía al ejército. En su interior se encontraban el Ministro de Defensa, el General Primero, el Comandante de la Zona Sur del Ejército, el Jefe del Mossad y el chofer.

El Primer Ministro junto a su guardia de seguridad salió al encuentro de sus visitantes y los cinco se metieron rápidamente en la casa. Un agente de seguridad se quedó afuera y el chofer estacionó el coche a una cuadra de la residencia.

Se sentaron en la mesa de la sala central, que podía albergar a más de veinte personas. Inmediatamente, el General del Ejército abrió la reunión, se lo oía eufórico.

—Tenemos una oportunidad de rescatar al joven.

—¿Cómo? —preguntó el Primer Ministro tratando de calmar los ánimos.

—Nuestro *mashtaf* en Gaza nos comunicó que hoy hay un evento muy importante del Hammas en Haniounes, lugar que dista doce kilómetros de donde lo tienen cautivo. Dos o a lo sumo tres guardias se quedarán en el lugar. Aparte, localizó un sitio especial parcialmente cubierto para que pueda aterrizar el helicóptero. Dos *mashtafim*[55] esperarían ahí y acompañarían a la brigada especial a la casa, emplazada a solo un kilómetro

---

55 Mashtafim: palestinos que colaboran con el estado de Israel.

del espacio de aterrizaje. Tenemos un plan de entrada al lugar: uno de los guardias invitó a dos mujeres con ánimo de divertirse, las que llegarán a la 1:00 AM. Cuando ellas entren, la fuerza aprovechará y arremeterá con pistolas y silenciadores, acabará con los guardias y derribará la puerta del sótano en el piso subsuelo tres. Si todo sale bien, en diecisiete minutos estaremos afuera. Calculamos cinco minutos para llegar al lugar a pie, tres minutos para entrar y eliminar la guardia y otros tres para derribar la puerta blindada; luego seis minutos para volver al helicóptero. Regresaremos con los mashtafim, ya que tendremos que evacuarlos luego de concretada la operación.

—¿Me está diciendo que realizará todo en una hora? Es una locura, necesitamos planear mejor esto. —El Primer Ministro hervía—. Nosotros no improvisamos, no actuamos así sin pensar bien los detalles. ¿Cuáles son los riesgos?

El General de la División Sur tomó la palabra.

—Recibimos esta información a las 4:30 PM. Nuestras fuerzas especiales se encuentran practicando desde entonces. El helicóptero está preparado, así que, un llamado y todo está listo. Los riesgos no son muchos esta vez, pero igualmente, en la entrada podemos perder alguna vida, como en cualquier operación; en el regreso de nuestros hombres al helicóptero estaremos un poco expuestos, aunque todo se hará con silenciadores. Pensamos que dada la hora de las acciones, no habrá pérdidas. La fuerza actuará completamente camuflada simulando guerreros del Hammas. El evento en Haniounes termina a las 2:00 AM así que debemos finalizar la operación rápidamente. Sinceramente, opino que es nuestra gran oportunidad.

Mientras el Primer Ministro examinaba un mapa que se hallaba extendido en la mesa, en el que se habían marcado los puntos de llegada y de partida, la casa en la que estaba el cautivo y algunos sitios de los alrededores, el Ministro de Defensa aprovechó la ocasión para decir:

—Esta situación sería muy favorable para nosotros. Recuperaríamos la confianza de nuestra gente y eso es lo que necesita este gobierno ahora.

El Jefe del Mossad reforzó las palabras del Ministro de Defensa:

—Este es el momento adecuado, Primer Ministro, además no le tenemos que rendir cuentas de esto a los americanos.

El Primer Ministro se había enfurecido; siempre en su carrera le había gustado tener la iniciativa, "tomar las riendas", como decía él. Pero esta vez sentía que le habían preparado un paquete y que no tenía otra opción que acceder a la propuesta. Puso la cabeza entre sus manos y pensó detenidamente en el plan. No le quedaba alternativa, aunque sabía que si trastabillaba en esto, los medios, la oposición y la gente lo crucificarían. Además, en su interior, estaba mucho más preocupado por el ataque cibernético...

—¿Y del ciberataque qué hay? ¿Encontraron algo? —preguntó combativo.

—Estamos en eso —respondió el Jefe del Mossad —. Pensamos que para mañana tendremos a nuestra presa.

El Primer Ministro se levantó, miró hacia el techo abovedado de su casa en Herzliya Pituach, palpó uno de los muros de mármol de su hermosa mansión, una mortaja de aire hizo silencio, luego dijo:

—¡Adelante!

56

Franja de Gaza
5 de noviembre, 2011 - 12:38 AM

El AH1 Cobra Tzefa aleteaba ya hacía varios minutos en la pista desierta. Diez soldados de la Brigada Especial aguardaban para abordarlo. El Coronel encargado pasó revista y les pasó lista uno a uno por última vez. También participarían de la operación un médico, dos enfermeros y un mecánico especialista en estas naves de vuelo. Se habían preparado cuatro camillas y diverso instrumental médico.

Dos helicópteros Apache, equipados con bombas y armamento pesado, estarían en el aire cinco minutos después del Tzefa y permanecerían preparados para cualquier eventualidad. Pasados diez minutos más, un helicóptero ambulancia despegaría para atender contingencias. Estas tres naves se mantendrían en el aire a seis minutos de vuelo del lugar de aterrizaje del Tzefa, casi sobrevolando la costa de la ciudad de Ashkelon en el sur de Israel.

A las 12:38 AM el helicóptero despegó de la base aérea de Palmachim, en Rishon LeZion. La hora estimada para llegar al sitio de aterrizaje eran las 12:52 AM. La nave emprendió vuelo por la costa del mar Mediterráneo, para no despertar sospechas, y a las 12:49 AM estaba frente a la zona costera de Gaza, a unos dos kilómetros de la playa. La orden del coronel sonó fuerte y clara:

—Prepárense para el descenso.

El Tzefa hizo una maniobra aguda de 35 grados hacia la derecha, ahora tenía la trompa enfilada hacia la costa. Los pilotos comenzaron a descender y se dispusieron a localizar a los mashtaf que deberían iluminar el sitio preciso del aterrizaje. A las 12:53 los pilotos distinguieron la luz y bajaron rápidamente. Cuando tocaron tierra, enmudecieron los motores.

Los dos mashtafim condujeron a la brigada hacia la casa-objetivo. La caminata duró unos cinco minutos, y a las 1:01 los soldados se hallaban frente a la edificación. Allí se dividieron en dos grupos de seis, en cada uno de los cuales había un soldado capacitado para atender primeros auxilios. Uno de los grupos se escondió atrás de un arbusto de cincuenta centímetros de altura, en posición "cuerpo a tierra". El otro esperó en la esquina, en cuclillas. Los dos grupos se comunicaban por radio, en circuito cerrado.

Todos miraban hacia la puerta y esperaban la llegada de las chicas. A las 1:04 AM las dos prostitutas golpearon la puerta. Esta se abrió y un terrorista salió mientras las mujeres entraron al lugar. Entonces se dio la orden de avance y las dos fuerzas salieron rápidamente desde sus diferentes direcciones y arremetieron hacia la casa. El Coronel iba al frente, la brigada disparó una ráfaga de metrallas que mató al terrorista apostado en la puerta. El recinto quedó completamente abierto, y ocho soldados entraron inmediatamente, mientras dos permanecieron en el frente. Mientras las mujeres gritaban, aparecieron dos terroristas y comenzó el intercambio de fuego, el combate culminó con dos soldados heridos, uno en la pierna y otro en el pecho, y los dos terroristas muertos. Una de las mujeres también resultó herida. Los oficiales de primeros auxilios se dedicaron a atender a los heridos mientras otro grupo bajó rápidamente al subsuelo piso tres buscando al prisionero. Se enfrentaron a la puerta blindada, pero de acuerdo con lo previsto, y luego de avisarle a Leonel que se apartara y se cubriera, la puerta voló en pedazos detonada por explosivos que eran parte del equipamiento.

Dos soldados sostuvieron a Leonel, que estaba en estado de shock, y comenzaron a subir. Arriba, la mujer herida estaba siendo atendida, mientras que la otra ya estaba atada y amordazada para evitar que hiciera ruidos.

Rápidamente, sin perder ni un segundo, la fuerza dejó el lugar corriendo hacia el helicóptero. En el camino, se toparon con una ráfaga de fuego proveniente de unos terroristas que habitaban en una casa vecina, pero ningún proyectil alcanzó a ningún integrante de la misión de rescate. A las 1:17 AM, el helicóptero levantó vuelo, en medio de una cortina de disparos. A las 1:21 ya se había alejado de las costas de Gaza. En ese momento, y luego de controlar a los heridos, el Coronel se comunicó directamente con la casa del Primer Ministro en la que todos esperaban las noticias:

—Lo tenemos con nosotros.

El General del Ejército preguntó:

—¿Bajas? ¿Heridos?

—Ninguna baja. Dos heridos leves.

El Primer Ministro no podía esconder su alegría.

—Pon al joven en la línea —ordenó.

El Coronel acercó el radioteléfono a Leonel, que todavía estaba conmocionado.

—*Baruch a Shabim!*[56]

—¡Gracias por todo lo que han hecho! ¡No tengo palabras para agradecerles…! —dijo el joven balbuceando.

El Primer Ministro retomó su tono de político y agregó:

—Tenemos una responsabilidad para con nuestros ciudadanos. Solo hemos cumplido con nuestro deber.

El Tzefa aterrizó en Palmachim y allí comenzaron los festejos. Los padres de Leonel estaban en la pista y todos se abrazaron conmovidos.

De pronto, otro helicóptero, más pequeño, aterrizó, y de él descendió el Primer Ministro junto a su comitiva. Allí, en la pista, comenzó la fiesta mediática: fotos del Primer Ministro con Leonel, abrazos con los padres y, minutos después, la conferencia de prensa.

—Esta operación ha sido una muestra de que nunca nos olvidamos de nuestros soldados o ciudadanos, tenemos la responsabilidad de protegerlos a todos, sin importar dónde estén y en qué condiciones —dijo el Primer Ministro orgulloso y con una sonrisa plena. Esta era su noche y no se perdería ninguna pregunta.

---

56 Baruch a Shabim: bienvenidos los que vuelven.

57

Tel Aviv
5 de noviembre, 2011

Eran las 1:48 AM cuando Avi Lifshitz recibió las últimas fotos y el material con las declaraciones del Primer Ministro y del General del Ejército, y también breves frases de agradecimiento de Leonel y de sus padres. Compiló todo y lo mandó a imprenta para la tirada de la mañana; envió también otra versión para el sitio web del diario.

No había mucho qué agregar o comentar. El Gobierno había actuado estratégicamente bien, en el mejor momento, cuando todo se hallaba convulsionado en el área política. Había sido un golpe rápido y certero, todos estaban de acuerdo en eso, no existía lugar para la crítica. Eran tiempos de festejos.

Avi pensó en Leonel, en su identidad errónea. ¿Acaso el gobierno sabía de esto y por eso puso en marcha la operación? ¿Había algo detrás del rescate? ¿Por qué tanta prisa? Calculó que el vídeo del Hammas se había difundido hacía unos pocos días. ¿Por qué no dejar enfriar el asunto como se había hecho en otras ocasiones?

Gabriel Pérez estaba satisfecho con la nota. Aparecía en enormes letras en la portada del diario y en las dos primeras hojas, aparte de ocupar la sección central del sitio web.

Los dos colegas bajaron a la calle para respirar un poco de aire fresco.

—Hoy le pasé la plata a nuestro contacto —dijo Pérez.

—Ah...qué bien. ¿Le aclaraste nuestra urgencia?

—Sí, claro, por la urgencia quería otros 1500 dólares —respondió Pérez.

—¿Y de dónde los sacaste? —preguntó preocupado Avi.

—Le dije que cuando trajera la información le entregaría el resto.

—¿Y aceptó? —Avi sabía que ese contacto siempre quería todo el dinero antes de comenzar su trabajo.

—Sí, y es raro, pero dice que el asunto le parece interesante. Tampoco estaba muy seguro de si podría conseguir la información rápidamente.

—¿Y tú qué piensas? —preguntó Avi.

—Pienso que estamos ante algo muy grande, quizás más de lo que imaginamos. Además me dijo algo muy interesante...

—¿Qué? Dime. —Avi se mostraba sumamente intrigado.

—Y eso me lo dijo gratis... —agregó Pérez aumentando la curiosidad de su amigo.

—Dale, dale. —Avi ya no podía esperar.

—Todo el sistema de emergencia estatal se halla en alerta roja.

—¿Y eso...por qué?

—Se introdujo un terrorista en el país y parece que su misión es ejecutar un ataque cibernético con un virus letal —dijo Pérez disfrutando de la primicia.

—¡Vaya noticia! ¿Y por qué no largamos la nota? —propuso Avi apresurado.

—Porque el gobierno puso censura sobre esto, argumentando que está en peligro el Estado.

Avi estaba confundido e impactado a la vez con la noticia. Conocía que toda información secreta tenía que pasar la censura del gobierno, especialmente cuando se ponía en peligro al Estado. Los diarios y otros medios de comunicación estaban obligados a comunicarse con el vocero oficial del gobierno antes de la publicación de una nota de ese estilo.

Entonces Avi preguntó:

—Y la noticia de los dos hermanos... ¿no piensas que puede ser censurada?

—No, pienso que no. Pero por las dudas, nos arriesgaremos y no la consultaremos con el vocero.

—¿De qué me hablas? —dijo Avi ansioso.

—He pensado en esto... —dijo Pérez—. En esta vamos sin freno, no nos podemos detener, si no se echaría todo a perder.

—Yo estoy cien por ciento de acuerdo. Siempre estuve convencido de que había que arriesgarlo todo y me complace saber que tú opinas lo mismo.

—Aquí me ves, estoy contigo en este asunto, amigo. Vamos, subamos —Pérez cerró la conversación sonriendo—. Prepárate, los días que vienen serán muy agitados.

—¡Espera! Ese joven… no te das cuenta, es el hermano… del musulmán. ¿Te acuerdas de la carta del viejo Cohen? A él se refería.

58

Tel Aviv
5 de noviembre, 2011 - 7:00 AM

El vuelo de Air Finlandia aterrizó media hora tarde. Eran las 7:05 AM y estaba originalmente programado para las 6:35 AM.

Shaul, un agente del Mossad, esperaba impaciente. Su contacto tenía que aparecer en cualquier momento. Ya había arreglado todo para que ingresara al país por la sección privada, habilitada para ministros y agentes del Mossad.

Mariana irrumpió en la sala de espera con su pasaporte israelí en la mano. Su identidad era entonces Shlomit Barak. Estaba demacrada; había permanecido en una clínica especial en Dinamarca por una semana y media, y había logrado recuperarse bajo la celosa vigilancia y cuidados del Mossad. Se sentía aliviada de llegar a Israel. Su pelo rubio estaba arreglado, pero su bello cuerpo había perdido sus formas en estos meses. Estaba pálida y muy delgada al punto que se le notaban los huesos y las venas en sus manos.

Se abrazó con Shaul, y él tomó sus valijas.

—¿Cómo estás, princesa? —Así la llamaba Shaul.

—Tengo miedo de estar mejor…—respondió ella irónicamente.

—¿Cómo te has sentido? ¿Qué tal el viaje?

—Tú ya sabes, estuve muy mal, pero he recibido la mejor atención médica y ya me siento recuperada. Igualmente tengo que seguir con el tratamiento psiquiátrico. En mi valija traigo una colección de pastillas que debo tomar a diario.

—¿Sabes las nuevas?

—¿Qué pasó? —preguntó ansiosa.

—En la madrugada de hoy el ejército rescató a Leonel en Gaza.

—¿De verdad? No me estarás mintiendo...¿no? Dime la verdad...¡No lo puedo creer!

Por primera vez Shlomit sonrió y en su rostro aparecieron aquellos rasgos vivos de su belleza.

—Es la pura verdad. Hasta yo estoy un poco asombrado. Pensé que lo iban a dejar allí olvidado. Creo que todo fue muy político; el país se encuentra muy conmocionado, vieron la oportunidad y la aprovecharon. Ahora todo el mundo está eufórico y el gobierno de fiesta, aunque...

—¿Aunque...qué? —dijo Shlomit viendo la preocupación en el rostro de Shaul.

Él estaba catalogado como uno de los agentes que más había avanzado en el Mossad en los últimos años. Hombre muy inteligente y hábil, provenía de una familia de Generales de rango en el ejército. Era musculoso, moreno, poseía unos exóticos ojos de color verde oscuro. A esto se agregaban sus 185 cm de altura y su cabeza bien rapada. Siempre andaba bien vestido y atraía las miradas de todas las mujeres con las que se cruzaba. Tenía dos *katzas* y cuatro *sayanim* bajo su mandato, que operaban en Europa. Mientras Shaul arrastraba el equipaje de Shlomit le comentó:

—Hay alerta roja en todo el país para las fuerzas gubernamentales. Se sabe que hay un terrorista que pretende ejecutar un ataque cibernético.

—¿Cibernético? —preguntó vacilando Shlomit.

—Sí, informático, algo como un virus. Tienes suerte que ahora estás de licencia, si no, te pedirían también a ti, salir a las calles para buscarlo.

—Y dime...¿sabes algo de Ahmed, de su vida desde que lo perdieron en Egipto?

—Sí, precisamente se sospecha que es Ahmed el terrorista del que hablamos. Se había perdido un poco el foco en él, sabíamos que había partido de Egipto con destino a Irán, pero nuestros agentes allí no lograron detectarlo. No supieron qué hacer, cómo actuar, y al final, aparentemente lo tenemos aquí. Ingresó con pasaporte europeo.

—¿Hay alguna pista concreta? ¿Por dónde van a empezar? ¿Están seguros de que es él? —preguntó interesada Shlomit.

—Lo único que tenemos es sospechas y teorías; pensamos que Ahmed es el terrorista, pero no hay certezas. Sabemos que es un erudito en criptografía y hacking. La foto del aeropuerto está un poco saboteada, tiene bigotes y un corte de pelo diferente… no estamos cien por ciento seguros, pero existen muchísimas posibilidades.

Shlomit se quedó pensando un rato. Subieron al auto y Shaul lo encaminó hacia Tel Aviv; ella no hablaba; permanecía con la mirada perdida. Una revolución ocurría en su cabeza. Al notarla extraña, Shaul preguntó:

—¿Qué te pasa?

—Estoy pensando si… no, no puede ser.

—¿Qué? Dime…siempre has sido buena con las corazonadas —dijo Shaul.

—Esa persona es Ahmed, seguro.

—Shaul pegó un volantazo y detuvo el coche al costado del camino.

—¿Segura? ¿Por qué estás tan segura? ¿Cómo sabes que es Ahmed?

—Si estás hablando de un ataque cibernético, y sabiendo que él es un genio en este rubro, es la persona indicada. Los iraníes siempre preferirían enviar a un palestino para sacarse de encima la culpa. Piensa, un palestino de los territorios no los involucraría. Un iraní sin embargo sería demasiado obvio. Aunque Israel sepa que fueron ellos los que prepararon todo esto, frente al mundo tendríamos un problema, como siempre.

—No había pensado en eso —dijo asombrado Shaul al tiempo que reintegraba el auto al tráfico —. Igualmente, si lo que dices resulta real, aún seguimos sin ninguna pista para encontrarlo. Sabemos que no trabaja solo.

—Tienes razón —dijo Shlomit —. ¿Dónde creen que está? ¿Saben cuál es el objetivo del ataque?

—No tenemos idea de su paradero. En cuanto al objetivo, se están barajando diferentes hipótesis. Una de ellas es la de un ataque a una base del ejército, tal vez a la HaKirya de Tel Aviv; otra de las teorías es la Estación de Energía en Hadera y la última es la base de datos del Mossad. Si se afectara cualquiera de estas organizaciones, sería un desastre. Ahora bien, si te pones en la cabeza de nuestros enemigos… ¿qué es lo que atacarías? —preguntó Shaul mientras se detenía en el semáforo de la intersección de la autopista Ayalon Ashdod y Rishon LeZion.

—Yo no dudaría en atacar primero la base de datos del Mossad —respondió Shlomit —. Aunque sería el lugar más difícil de intervenir, si lo logran, tendrían una victoria de enorme magnitud. Piensa que en más de sesenta años que tiene esta nación, nunca han logrado robar información alguna. En esa institución hay secretos de Estado. Un ataque al Mossad, nos pondría en situación de gran vulnerabilidad. Ahmed es la persona indicada para eso. Cuando toma una decisión y se siente completamente convencido, no se detiene hasta lograr su meta. Tú sabes que yo lo conozco bien.

59

Tel Aviv
5 de noviembre, 2011 - 9:30 AM

A las 9:30 de la mañana Eli Regev tenía todos los reportes organizados formando una hilera interminable sobre su escritorio. Emma, su secretaria siempre tan diligente, los había ordenado alfabéticamente. Regev pensó en el placer de tenerla a su lado, ya habían transcurrido veintidós años de trabajo en conjunto, casi toda una vida. Últimamente estaba preocupado ya que ella había comenzado a tocar el tema de su posible retiro, se estaba acercando a los sesenta y cinco años.

Se hallaban en la pila todos los perfiles de las personas que habían trabajado en el departamento de partos de aquel 22 de octubre de 1982, con datos precisos que incluían hasta sus actividades actuales.

El pediatra a cargo aquel día, todavía ejercía en el mismo hospital, y nada le llamó la atención en sus registros. El doctor David Levi se había retirado parcialmente hacía solo dos años y trabajaba como consultor en el Hospital de Kfar Saba, donde desde entonces vivía. Rachel Mizrachi estaba muerta. Otras dos enfermeras seguían en funciones en el nosocomio, una se retiraría la semana siguiente. El único que llamó poderosamente su atención fue el asistente del pediatra. Su nombre no aparecía en el acta del día 22. Después de investigar mucho y de consultar con Emma, a las 10:45 AM la veterana secretaria ya tenía el nombre del hombre que faltaba, Tal Elad, estudiante de enfermería que nunca culminó sus estudios. El 30 de octubre de 1982 había dejado el hospital repentinamente sin dar explicaciones. Cinco meses después fue reclutado por el ejército tras el estallido de la guerra del Líbano, y había muerto luego de cinco meses cuando el ejército invadía Beirut. En el legajo había una foto suya arriba de un tanque *Merkava*[57]; el mismo artefacto había volado en pedazos en una emboscada cuando era uno de los primeros en entrar a la ciudad de Beirut. Nadie del tanque sobrevivió a la explosión. La corta estadía de Tal Elad en el hospital y el haber trasladado a los bebés desde la partería hasta la *nursery*, lo convertían en el principal sospechoso.

Cuando reflexionaba sobre estos hechos, Emma entró con otros papeles en la mano.

—Este joven pasó los exámenes del Mossad antes de comenzar sus estudios de enfermería, y dos meses después de dejar el hospital, trabajó para el Shabak hasta que entró en el ejército de reserva para combatir en la guerra del Líbano. En la Escuela de Enfermería dicen que era un alumno normal, y en el hospital nadie entendió por qué abandonó súbitamente su trabajo.

—¿Y de la familia de ese tal ayudante qué se sabe? —preguntó Eli.

—Padres separados. El padre trabaja aún en la Universidad de Tel Aviv, rector en el Departamento de Medicina. De su madre no hay datos. Un día desapareció y nunca volvió. Parece que no se encuentra en el país.

—¿Hermanos?

—No tiene hermanos.

—Ufff… esto parece un crucigrama. ¿Por dónde empezamos? —Eli no lograba decidir si valía la pena ir más lejos con la investigación de Tal Elad—. Quizás interrogaremos un poco al padre. ¿Tienes sus datos?

—Sí, aquí están. Doctor Jacob Lachman.

—Mmmm… aparentemente Tal se ha cambiado el apellido.

—Sí, parece que nunca tuvo buenas relaciones con sus padres, eso es lo que me informaron en la Escuela de Enfermería.

—Daré una vuelta por la universidad, me queda de camino a casa. Quizás salgo antes hoy, necesito un descanso —dijo Eli —. ¿Sabes que ayer llegué a mi casa a eso de las 12:30 AM?

Emma lo miró, se dio vuelta y esbozó una mueca de fastidio, mientras se decía a sí misma "Claro que lo sé…si me despertaste a esa hora para ordenarme que tuviera todo el material listo para hoy…".

—¿Le coordino una entrevista con el Dr. Lachman?

—No, mejor no. En estas circunstancias creo que es mejor llegar de sorpresa.

---

57 Merkava: tanque de origen y producción israelí.

60

LEONEL
Bat Yam
5 de noviembre, 2011 - Horas de la mañana

Estaba en el lugar donde crecí, acostado en la misma cama que ocupaba en mi adolescencia. La noche no había sido fácil. Llegamos a la casa a eso de las tres de la mañana, después de aquel festival mediático que me aturdió aún más de lo que ya estaba. Todavía tenía el ruido de metralla repicando en mi cabeza. No pude dormirme con facilidad, mi mente era un torbellino de imágenes, sentimientos, emociones y preguntas. Hacía muy pocos días el Hammas había grabado el vídeo con sus exigencias a cambio de mi liberación y ahora ya estaba en mi casa. Esos quince minutos de acción en Gaza habían pasado tan rápidamente que se asemejaron a una de aquellas películas mudas en las que los personajes no paraban de correr sin emitir ni una sílaba.

No estaba demasiado impresionado de haber visto al Primer Ministro y a su comitiva recibiéndome, sí me emocioné profundamente cuando vi a mis padres allí, en la pista. ¡Hacía tanto que no estaba con ellos, conviviendo! Me di cuenta de cuánto los extrañaba.

Cuando moví el ventanal corredizo que daba a la calle y me asomé, pude ver una multitud esperando mi salida junto a la puerta de la casa. Había muchos fotógrafos con sus equipos preparados y varios vecinos, algunos de los cuales ni me conocían. Todos querían ver, y si era posible tocar, al joven que había vuelto del infierno. Lo que más me impresionó fue que dos guardias estaban custodiando la puerta del edificio y no dejaban entrar a nadie.

Mi padre no había ido a trabajar y seguía mis pasos esperando una conversación, algunas palabras, una señal; mi mamá, en cambio, buscaba acercarse ofreciéndome comida. Todo me parecía extraño, hasta el sabor de los alimentos. Aparentemente tenía que sentirme alegre y eufórico, pero estaba apagado y apenado. Busqué un poco de silencio en mi habitación. Cerré la puerta y miré el techo por un rato, tratando de organizar mis pensamientos. ¿Y entonces qué? ¿Qué era lo que seguía? Mi identidad había quedado expuesta por completo. Aunque los diarios matutinos decían que el Hammas me había atrapado en Egipto ninguno explicaba cómo había llegado hasta ese país. Quizás el hecho de que realmente había sido capturado en las Islas Feroe, estaba censurado a estas horas, ya que yo era responsabilidad del Mossad y allí ellos me estaban buscando.

Varias fotos en las que estaba abrazando a mis padres, saludando al Primer Ministro y abrazando al Ministro de Defensa, se destacaban en las primeras planas de los diarios. Los políticos no habían perdido oportunidad para ganar sus ansiados votos.

Por otro lado no me cabía la menor duda de que el Mossad estaba al tanto de todo. Desde París hasta Pakistán y en la mismísima Dinamarca estuvieron tras mis pasos. Todavía tenía la herida del artefacto GPS que me habían implantado y que los miembros del Hammas extrajeron brutalmente.

En mi techo blanco apareció también Mariana, se dibujó su imagen cuando la dejé en el hospital completamente fuera de sí. No sabía si la vería alguna otra vez en mi vida. Me importaba y seguían existiendo sentimientos por ella, estaba todo muy fresco todavía.

Pensé en conectarme con Jacob y retomar la universidad, me entretuve estimando que mi cuenta de banco ahora me lo permitiría, sin la necesidad de trabajar, por lo menos por un tiempo. La última vez que había revisado el estado de cuenta había constatado que tenía diez mil *shekels*, aunque sentía que debería devolver ese dinero ya que no había encontrado a Ahmed y no tenía ni idea de dónde estaría. Pensé en cobrarme los gastos y devolver el resto a Rachel. Me conecté a internet para controlar nuevamente el estado de cuenta y así decidir cuánto devolvería. Cuando la página se abrió, no lo podía creer. El saldo era de 978.000 *shekels*. La plata había sido depositada hacía dos semanas. No comprendía por qué Rachel me había entregado todo el dinero, ya que no había cumplido mi parte del trato. Además, no sabía nada de ella desde mi partida de Israel. No tenía su teléfono a mano, así que lo busqué en la web. Llamé a su número, pero estaba desconectado. Intenté entonces hablar con Moshe Cohen, pero corrí la misma suerte. ¿Qué ocurría? Quise comunicarme con Jacob, pero su secretaria me dijo que estaba ocupado, así que le dejé un mensaje solicitándole que me llamara lo antes posible a casa de mis padres.

Estaba paralizado y no podía dejar de mirar la cifra que constaba en mi cuenta. Quizás había sido una equivocación del banco; debería devolver ese dinero.

Escuché a mi madre hablando en la puerta. Entró a mi cuarto y me dijo:

—Alguien quiere hablar contigo.

—¿Cómo pasó la seguridad? —respondí con una pregunta.

—Esta gente es del Mossad, me mostró su identificación.

—Yo no hablaré con nadie ahora.

—Mira, me han dicho que es urgente y que no puedes negarte —aclaró mi madre bastante nerviosa—. Nos pidió a tu padre y a mí que salgamos a dar una vuelta mientras hablan contigo. Quieren completa privacidad. Leonel, esto no me gusta nada…—se mostraba temerosa.

—No te preocupes —le dije intentando tranquilizarla.

Mis padres se retiraron de la casa. Salí de mi cuarto y cuando llegué al comedor, me quedé congelado, no salía de mi asombro.

Mariana estaba allí, en mi propia casa, como una estatua sinuosa, acompañada de un tal Shaul. Una lágrima se deslizaba por su mejilla.

El acompañante se puso de pie, extendió su mano y se presentó mencionando solamente su nombre. A ella no le hacía falta presentarse.

61

Tel Aviv
5 de noviembre, 2011 - 12:20 PM

Hacía mucho tiempo que no se vivía una noche así en el diario. Era casi mediodía y la tropa de periodistas todavía estaba atolondrada, había tanto movimiento y noticias a cada instante, que muchos no pudieron descansar. Aparte del acontecimiento del rescate de Leonel en Gaza, a la noche sonaron las sirenas en el norte, pues dos cohetes Sager cayeron en campos abiertos a la altura del Galil, aunque sin causar mayores daños ni humanos ni materiales. Eso mantuvo a Avi dos horas en vela, porque necesitaba saber quién se acreditaría esta ofensiva, pues siempre ocurría de la misma manera: surgía el incidente y luego el reconocimiento de la autoría. Por fin, la Hezbollah se responsabilizó por el ataque y se pudo cerrar la nota.

Avi sentía que el norte era una caldera cuya temperatura había subido en los últimos tiempos; notablemente los autores eran los iraníes que manejaban los movimientos de la Hezbollah a través de esta organización y sin hacerse directamente responsables de los acontecimientos, intentaban calentar la zona. Algo tenía que suceder muy pronto para cambiar la ecuación actual. Veía al país como un sube y baja, momentos de alta tensión se alternaban con remansos que duraban tiempos limitados, hasta que el enemigo se ordenaba, se componía y volvía a las armas. Los iraníes tenían como objetivo encender la frontera norte, no cabía ninguna duda en esto. Cuando se dirigía a su coche sonó su teléfono móvil.

—Avi, ¿cómo andas?

—¿Quién habla?

—Soy yo, un viejo amigo, Eli Regev.

—¿Eli Regev? Ah... Eli... ¿Cómo estás?

—Yo ando bien ¿y tú? Seguro que ocupado con las noticias.

—Sí, ya sabes cómo es esto, me tocó trabajar de noche, así que la tuve completa.

—Entonces, seguro que también fuiste parte de la fiesta mediática del rescate.

—Positivo, pero no en vivo, pues yo estaba en la redacción.

—Necesito hablar contigo —le dijo Eli Regev.

—Mira, Eli, estoy un poco ocupado ahora. ¿Podría ser la semana que viene?

—¡No! No hay tiempo para la semana que viene. Estamos buscando lo mismo, yo te puedo ayudar y tú a mí.

—¿A qué te refieres? —preguntó Avi sorprendido.

—Sé que estuviste hace unos días en el hospital Sharei Tzedek, en Jerusalén.

—¿Y con eso qué?

—No te hagas... te llevaste el acta del día 22 de octubre de 1982. Estás investigando el asunto de los niños canjeados.

Avi sintió que no podía ocultar el tema, estaba sorprendido.

—Correcto —respondió.

—Vamos a tomar un café juntos. Te espero en media hora en el centro de Ramat Aviv Guimel.

—¿Por qué allí?

—Es que después tengo que encontrarme con alguien importante en la Universidad de Tel Aviv, que está ahí al lado.

—Bueno, estaré allí en media hora.

Eli llegó primero; entró en el café Zanzíbar, un lugar muy bonito que tenía vistas al Country Club de Ramat Aviv. Se instaló al lado de la ventana, su lugar preferido, desde el que podía contemplar las canchas de tenis y la pileta de natación olímpica. Avi arribó cinco minutos después. Eli examinó a su conocido. Tenía ojeras que indicaban que no había dormido durante unas cuantas noches, no solamente la de ayer. Vestía zapatillas, jeans y traía un bolso de mano de cuero. Estaba más flaco que la última vez que lo había visto.

—¿Cómo andan las cosas en Yedioth? —preguntó Eli desinteresadamente.

—Hay mucha presión ahora; desde que el sitio web se volvió tan popular tenemos que trabajar el doble. Antes sacábamos una edición por día, ahora trabajamos contra reloj.

—Deberían pagarles más —dijo Eli.

—Díselo a tu amigo Shalev —comentó Avi. Shalev era el dueño del diario.

—Hace mucho que no hablo con él, pero si lo veo, le voy a tirar un elogio para ti —agregó riendo.

—Bueno, vamos a lo nuestro. ¿Qué es lo que buscas? —preguntó Avi tratando de acortar los tiempos.

—Quiero saber lo mismo que tú... ¿Quién cambió a esos bebés? ¿Por qué?

—Estamos en la misma, yo estoy buscando las respuestas a esas preguntas.

—¿Y cómo te llegó a ti la información sobre este asunto? —preguntó Eli.

—Eso no te lo puedo decir.

Eli no esperaba esta respuesta, había supuesto que con Avi no tendría que hacer valer el aval del gobierno. Pero no quería perder el tiempo ni la paciencia, así que sacó el documento con la firma del Primer Ministro y se lo puso adelante. En ese momento llegaron los cafés.

Al ver el papel, Avi comprendió que también el gobierno estaba ansioso por descubrir la verdad sobre lo ocurrido.

—La verdad es que no le debo nada al gobierno y tu carta aquí no sirve, pero te lo diré. El viejo Moshe Cohen me envió una carta sin firma antes de morir asesinado.

—¿Y cómo te diste cuenta que la enviaba él?

—El día que recibí la carta, viajé al *kibutz* Metzuba y descubrí que él había estado allí la noche que mataron al *kibutznik* y al asesino.

—Muy buena decisión —dijo Eli —; eres uno de los periodistas más astutos de estos tiempos, pero lo que más me gusta de ti es tu decencia, algo bastante raro en tu profesión.

—Gracias. ¿Y tú? ¿Has encontrado algo, mejor dicho, algo que puedas compartir? —dijo tímidamente Avi.

—Nada. Tenemos los datos del hospital, pero no he logrado hallar el hilo que conecta las diferentes partes. ¿Crees que el que perpetró el trueque de los bebés puede ser también el responsable de las muertes de Moshe Cohen y de Rachel Mizrachi?

—Y...me parece que tienes razón, algo en común hay, eso es seguro, pero todavía no tengo ni idea de qué.

Ninguno de los dos abría el juego ni le daba pistas al otro. Lo único que había recibido Eli Regev de esa cita era que el viejo Cohen había mandado el mensaje a Avi Lifshitz. Por su parte, Avi se enteró de que el gobierno también quería saber de los involucrados en la historia de los niños.

Eli pensó que había perdido el tiempo. Pagó el café y se despidió cordialmente. Cuando ya se iba le dijo a Avi:

—Tú bien sabes que no puedes publicar nada de esto, antes tendrás que pasar la censura; esta causa está catalogada como "peligro nacional".

—Sí, ya lo sé. No te preocupes.

Avi salió balbuceando puteadas; la situación se estaba poniendo muy difícil; sería complicado pasar inadvertido si algo se publicaba, y ahora había recibido la primera advertencia.

62

Tel Aviv
5 de noviembre, 2011 - 12:49 PM

Como en otras ocasiones, se encontraron en el estacionamiento de la playa Metzitzim de Tel Aviv. El lugar estaba casi desierto. Eran las 12:49 del mediodía de un día invernal. Que los dos usaran gafas negras no era casualidad, nunca se habían visto a los ojos y ninguno estaba interesado en la identidad del otro.

Uno de ellos, que tenía una cicatriz en la frente, seguramente consecuencia de un corte punzante, preguntó:

—¿Qué es lo que quieres ahora?

—Necesito liquidar a tres más.

—Todavía no me pagaste por el del *kibutz* Metzuba. Te dije que primero tienes que pagar. Sin el pago, no trabajo más contigo. Además, esto se está poniendo demasiado denso.

—¿Cuánto esperas que te pague?

—Ya te dije... diez mil *shekels*. Es la mitad de lo que te cobro por los demás. Y eso porque mi hombre falló, aunque pagó con su vida.

—Aquí tienes —. Y entregó un fajo de billetes.

—¿Cuáles son los tres que deben desaparecer?

—Primero te ocuparás de matar a Gabriel Pérez y a Avi Lifshitz. Suelen verse juntos porque son colegas. Podrías hacerlo de una, como en Talpiot con Cohen y el joven.

—Conozco a los dos tipos. Esto va a tener mucha repercusión...son periodistas. No me gusta este asunto...lo tengo que pensar.

—No me importan tus gustos.

—¿Y el tercero?

—El otro es Eli Regev.

—¡Ey…ey! Matar a un político te va a salir mucho dinero. No es fácil encontrar a la persona indicada para hacerlo.

—Dime cuánto.

—Ciento cincuenta mil *shekels*.

—¿Cómo? ¡Estás loco!

—Mira, estos no son casos de gente común, como los de antes. Se trata nada menos que de dos periodistas y un hombre involucrado en la política, y especialmente en los acontecimientos actuales.

—Debes hacerme un precio especial, estos serán los últimos trabajos que te encargaré.

Nervioso, el hombre con la cara marcada, quería terminar con la cita y dijo:

—Aquí no hay precio especial, en este juego no existe la oferta y la demanda. Esto no es el mercado, donde compras las papas, acá se arriesgan vidas y muere gente. Como te dije antes, esta vez el riesgo es enorme. Escucha, no tengo tiempo para negociar. Si lo quieres hacer, déjame la mitad del dinero donde siempre. ¿Para cuándo necesitas el trabajo cumplido?

—Hoy. Lo necesito hoy.

—Estas completamente loco, tú bien sabes que necesito tiempo.

—Bueno, yo cumpliré con mi parte del trato, dejaré el dinero en el lugar acordado esta tarde. Si puedes cumplir, llámame antes de las 6:00 PM.

—Te lo digo de nuevo, esa no es la forma en que trabajamos. Necesito tiempo para planear las cosas, para que salgan bien.

—Tienes hasta las seis. Si no me llamas, buscaré otra alternativa.

Ni se saludaron. Ambos partieron en sentidos opuestos.

63

LEONEL
Bat Yam - Israel
5 de noviembre, 2011 – Horas de la mañana

Me senté enfrente de Mariana. Sus ojos todavía estaban húmedos. No abrió la boca, pero su mirada lo decía todo; el movimiento lento de sus pupilas celestes mostraba una tristeza muy honda.

Shaul nos dio unos momentos en los que simplemente nos contemplamos, y aunque él estaba presente, nosotros nos habíamos trasladado a otra galaxia. De pronto Shaul interrumpió ese estado casi místico.

—Yo trabajo para el Mossad.

Otra vez el Mossad. ¿Qué querrían de mí?

—Me podrían haber dado un día de descanso —se me ocurrió decir.

—No tenemos tiempo, el país está en una situación demasiado peligrosa y te necesitamos.

—¿De qué situación me hablas?

—Tenemos que encontrar a Ahmed.

—¿Ahmed? Yo estoy fuera, ya no quiero involucrarme en ese caso.

—¿Sabes algo de él? —insistió Shaul.

—La verdad es que nunca lo vi; lo busqué en Pakistán hasta que ocurrió lo que ustedes bien saben.

—Necesitamos más información. ¿Quién te ordenó buscarlo? ¿Por qué empezaste a moverte detrás de su rastro?

—Ustedes lo saben todo, me salvaron la vida en París.

—Nosotros recibimos información anónima que indicaba que estabas en París y que ibas en busca de Ahmed a Pakistán, así que alertamos a nuestros agentes en París que empezaron a seguirte.

—¿Información anónima? ¿De qué estás hablando?

—Lo que oíste. Recibimos información anónima con todos los datos sobre tu paradero y tu destino el mismo día que partiste de Israel.

Estaba confundido. Solamente Moshe Cohen sabía adónde me dirigía. ¿Por qué él habría avisado al Mossad? ¿Con qué propósito? ¿Acaso había otra parte involucrada que yo desconocía? No creía que el viejo lo hubiera hecho.

—No puedo decirte quién me envió a buscar a Ahmed ni por qué. Es más, no logré nada útil en ese viaje, solo viví momentos malos desde que empecé con este asunto.

No podía develar ningún indicio sobre Rachel Mizrachi. Ella había depositado en mí toda su confianza, además de un millón de *shekels*.

—¿Por qué, de repente, Ahmed es un peligro nacional? —pregunté interesado ante este nuevo dato.

Shaul se mostraba impaciente, mientras Mariana permanecía en silencio.

—Creemos que Ahmed está en el país y que pronto ejecutará un ataque cibernético de gran impacto. Algo a lo que llaman la "bomba informática"

—Yo no sé nada…eso es nuevo para mí. Lamentablemente no puedo ayudar. Saber quién me encomendó la misión no contribuirá en nada.

Shaul se levantó diciendo:

—Los dejaré a solas. Supongo que tienen que hablar. —Y se dirigió al lavadero, a fumar un cigarrillo.

Mariana extendió su mano y alcanzó la mía.

—¿Cómo estás? —le pregunté.

—Mejor que cuando me dejaste en el hospital.

—Perdóname… tenía que escapar…me estaban persiguiendo.

—Ya lo sé —dijo Mariana bajando la vista.

—¿Cómo que lo sabes?

—Escucha, Leonel. Yo soy una *katza* del Mossad. Estuve todo el tiempo asignada a la misión de seguir los pasos de Ahmed. Lo que pasó con nosotros en Gaza y después en Pakistán fue un error. Me dejé llevar, sentí algo por ti y ahora estoy muy confundida, no logro esclarecer mis ideas, ya que no estoy bien todavía. Por lo tanto, debes perdonarme tú a mí por no ser la persona que pensaste y por no decírtelo. Los dos jugamos el mismo juego. Mi estadía en Gaza y mi traslado a Pakistán fueron motivados por la situación de Ahmed. Todo lo demás, ya lo sabes. He sufrido mucho; todavía estoy enferma y medicada.

—No puedo creer lo que me estás diciendo —le dije atónito—. Yo no jugué ningún juego contigo. He arriesgado mi vida y lo he dejado todo por ti, hasta he interrumpido mi búsqueda de Ahmed para ocuparme de ti.

—Y te lo voy a agradecer toda mi vida —dijo ella entre lágrimas—. Tú me has salvado de la muerte y el Mossad se hará cargo de ti de por vida, si es necesario.

Eso me puso furioso.

—No necesito nada de la mierda del Mossad. Yo lo hice porque te quiero. ¿Tú entiendes lo que es querer a alguien? Yo no pertenezco al Mossad, ellos me interceptaron y me usaron, ¿entiendes?

—Leonel, no hay tiempo ahora para esto. Israel te necesita. Yo no estoy en condiciones de decidir nada sobre mi persona ahora, por lo menos tienes que decirnos quién te mandó a esta misión para que podamos encajar las piezas de este rompecabezas para encontrar una idea, una pista de dónde encontrarlo. Ahmed está aquí y pronto va a ocasionar un desastre nacional.

En un momento pensé que tal vez debería develar el secreto, tarde o temprano si el Mossad se lo proponía, conseguiría esa información por las buenas o por las malas. Se perjudicaría Rachel Mizrachi, porque la indagarían y se vería obligada a confesar su verdad. En realidad, pensé que ella no había cometido ningún delito; si bien había notado el cambio de los bebés, no había sido ella la responsable. No entendía todavía de qué le serviría saber esto al Mossad, en qué ayudarían los detalles sobre Rachel Mizrachi o sobre el mismo Moshe Cohen.

—No entiendo para qué le sirve al Mossad la información sobre la persona que me encomendó encontrar a Ahmed.

—Leonel, cuando estuviste en Jerusalén con Moshe Cohen trataron de matarte a ti, ¿entiendes?, y quizás también a Moshe Cohen. ¿Crees que aquel atentado fue una coincidencia que nada tenía que ver contigo? A Cohen lo mataron hace tres días, y hace una semana también asesinaron a Rachel Mizrachi, que estaba supuestamente involucrada con el caso.

Mi corazón comenzó a latir fuertemente, mis piernas comenzaron a temblar; esas noticias me estremecieron. Necesitaba sacarme de encima al Mossad inmediatamente y acomodar mis ideas. A esta gente no le importaba lo más mínimo que un día antes, solamente un día, yo había estado viviendo un calvario.

—Rachel Mizrachi fue quien me encomendó el trabajo y me ofreció a cambio una significante suma de dinero. —Decidí que ahora que sabía que Rachel estaba muerta, no tenía sentido seguir escondiendo su identidad.

—¿Y por qué lo hizo? ¿Por qué esa mujer estaría interesada en encontrar a un terrorista palestino miembro del Hammas? —preguntó Mariana.

—No lo sé, no me lo dijo —contesté.

—Sí lo sabes —presionó Mariana—. ¿Vienen, te ofrecen dinero y te vas al fin del mundo a buscar a esa persona? Mira, Leonel, no entraré a cuestionar el monto que te ofreció, pero debes ayudarme con esto, es lo último que te pido.

—Ella me habló sobre un cambio involuntario de niños en el que había estado presente cuando era enfermera ayudante de partos; se sentía culpable y quería encontrar a Ahmed para revelarle su verdadera identidad. Después haría lo mismo con el otro joven. Mostraba haber sufrido mucho por todo esto, un sufrimiento que no la dejaba vivir. —Con eso decidí terminar, así que agregué:

—No más preguntas.

—Gracias Leonel, no te torturaré más. Por favor, dame tiempo, estoy destrozada, solo tú sabes lo que yo que pasé —me dijo mientras me abrazaba.

—Yo también quiero tomar unas vacaciones y desconectarme del mundo, pero el país me necesita, nos necesita a todos.

—¿Qué tan urgente es todo esto? ¿De qué peligro hablamos?

—Inmediato y extremo —respondió.

Shaul entró e interrumpió ese momento íntimo en el que nuevamente, y después de tanto tiempo, pude sentir su cuerpo cerca del mío.

—Gracias, Leonel, nos mantenemos en contacto; pienso que nos volveremos a ver pronto —se despidió Shaul.

—Espero que no —le dije.

Cuando se marchaban, Mariana me besó suavemente en la boca. Sus labios estaban intactos, reconocía su textura, conservaban su sabor. Todo lo que vivimos juntos en Gaza de repente volvió a mí.

Me tiré en la cama, el techo era un firmamento lleno de Mariana. Lo miré y tuve una sensación extraña de que algo malo iba a ocurrir, hasta que, finalmente, me dormí.

64

Tel Aviv – Ramat Aviv
5 de noviembre, 2011 – 1:25 PM

Por un momento Eli Regev se sintió como un estudiante en el día de la primavera, tantas jóvenes a su alrededor lo hicieron volver a su juventud. Allí, en esa misma universidad, había conocido a su primer amor, Rebecca Tashbi, con quien se casó luego de un año. Tras una carrera de doce años en el ejército, entró en la universidad. Tenía entonces treinta y dos años. Rebecca tan solo tenía veinticinco cuando lo conoció. Se recibieron juntos y se fueron a vivir a un pequeño departamento en Shenkin, en el corazón de Tel Aviv. Después de titularse en Política y Estudios Internacionales le ofrecieron un cargo en el Ministerio de Defensa. Luego vinieron los hijos. Pensó en todo esto como movido por una ráfaga, mientras contemplaba los bellos jardines de la universidad. Todo había ocurrido tan rápido como en una película de Chaplin. Desde hacía siete años estaba solo, después de veintisiete de estar juntos, se habían separado. Desde entonces, había decidido llenar su soledad con trabajo y más trabajo.

Mientras entraba en la Facultad de Medicina, sintió un poco de nostalgia. A los sesenta y seis años tenía dos nietos y un montón de espacio y de tiempo libre. Sus hijos casi no lo visitaban, pero no sentía ningún rencor. Tampoco se arrepentía de haberse separado de Rebecca, el divorcio había sido de común acuerdo, pues ambos habían entendido que la relación ya no daba para más. Siempre habían sido muy prácticos, así que decidieron seguir con sus vidas cada uno por su lado.

La simpática secretaria de Jacob Lachman lo recibió. Como no tenía cita con el rector, decidió no alargar los tiempos y mostrar enseguida su tarjeta identificadora. Así y todo, Jacob apareció después de media hora, aunque su secretaria le había comunicado la urgencia de la visita.

Se saludaron formalmente y hablaron casi a la misma vez.

—¿En qué puedo ayudar? —preguntó curioso Jacob.

—Perdóname por robarte un poco de tu tiempo, estoy haciendo una investigación muy confidencial y necesito algunos datos que creo que tú me puedes proporcionar.

—¿Qué es lo que deseas?

Eli tenía mucha experiencia en esto de interrogar personas, lo había hecho frecuentemente pues ese era su trabajo específico, cuando en un pasado no muy lejano pertenecía al Shabak. En esos tiempos había tenido contacto con todo tipo de individuos, en su mayoría terroristas que se negaban a hablar.

La noche anterior se había mantenido despierto tratando de armar la historia completa de esos bebés cambiados. Todos los detalles y las fechas confirmaban que Leonel, el joven rescatado por las fuerzas israelíes, era uno de aquellos bebés. Asumiendo aquella teoría, se lanzó a la búsqueda de información. Rastreó los pasos de Leonel desde que dejó la casa de sus padres en Bat Yam. Su expediente mostraba una vida relativamente normal: ejército en la Unidad 8200, invitación del Mossad para integrarse a sus filas, estudios de medicina en la universidad y práctica en el hospital Ichilov de Tel Aviv, vida en solitario en la misma ciudad y trabajo como guardia en un banco para costearse sus gastos. Un dato que cabía subrayar era que en el último mes y medio había interrumpido sus estudios y abandonado su trabajo sin ninguna razón. Recientemente se había enterado de que Jacobo Lachman le había concedido un receso especial que muy pocas veces se otorgaba, especialmente en la Facultad de Medicina. Ese tiempo del receso, coincidía con la ausencia de datos en los últimos cuarenta días. Ante todo esto, esa misma mañana antes de llegar a la oficina, decidió hacer valer su autoridad. Se contactó primero con el Jefe del Mossad, al que encontró viajando en su coche a las 8:45 AM. Enseguida fue al grano y le preguntó si el Mossad estaba involucrado en algún asunto relacionado con el joven rescatado o si tenía alguna información sobre el paradero de Leonel Cohen en los últimos dos meses. El Jefe del Mossad estaba muy preocupado y absorbido por los problemas del ataque cibernético, y su cabeza se negaba a meterse en otro tema.

—Mira, no tengo tiempo para eso ahora, ya te lo dije la última vez que hablamos.

—Sabes que tengo un poder que los obliga a proporcionarme toda la información que tengan.

—Ya escuché todo eso, no me lo repitas —dijo furioso—, mira, me contactaré con Shaul, tú lo conoces. Habla con él. Yo lo llamaré ahora para que te proporcione los datos que necesitas. Espera media hora y comunícate con él.

—Gracias, que tengas buen día —dijo Eli irónicamente.

A las 9:15 AM llamó a Shaul, tal como hacía sido acordado.

—¿Cómo andas, amigo?

—Ah...¿cómo vas? Esperaba tu llamada. ¿Por qué te urge tanto el tema?

Eli estaba consolidando la idea de que el Mossad trataba de ganar tiempo, pero no entendía todavía el porqué, lo que transformaba a la organización en más que sospechosa; pero aún necesitaba hechos concretos, pruebas reales.

—Tengo una cita muy importante hoy y necesito saber qué le ha ocurrido al joven Leonel en los últimos dos meses, por qué lo raptaron, cómo llegó a Egipto, por qué el Hammas tendría interés en este muchacho.

Shaul estaba preparado para contar la historia. Por un momento se enmudeció el teléfono y Eli pensó que había perdido la comunicación. De pronto, Shaul comenzó a hablar sin interrupción, de corrido, como quien lee de un libro.

—Hace menos de un mes recibimos una nota anónima que informaba que había un joven israelí en París que iba en busca de un terrorista palestino que nosotros también buscábamos. Decidimos investigar y corroborar cuánto de cierto había en esa información. Fue así que lo encontramos y empezamos a seguir sus pasos. Los rasgos del joven coincidían totalmente con la información que nos habían proporcionado. Una prostituta en el centro de París trató de asesinarlo, pero nosotros llegamos justo a tiempo para salvarle la vida. Nunca supimos quién había mandado a esa mujer a matarlo. Para no perderle el rastro, le conectamos un chip GPS y le asignamos un contacto en Pakistán, pues habíamos decidido respaldarlo. Allí lo seguimos, pero en un momento lo perdimos porque la señal inalámbrica se bloqueó.

Más tarde supimos que había estado en Afganistán y que el GPS volvió a enviar señales en Dinamarca, pasado un tiempo de estar inhabilitado. Decidimos enviar a nuestros agentes para poder vigilarlo de cerca, pero fue tarde, pues ya no estaba allí. Sabemos que de Dinamarca o desde alguna isla de la región partió rumbo a Egipto, pero desde ese entonces no habíamos tenido ningún dato más. La última vez que escuchamos de él fue cuando el Hammas difundió el vídeo. Y ahora, como sabes, ya está aquí, sano y salvo.

Eli escuchó atentamente la historia, sin perder detalle alguno.

—¿Hay algo más? —preguntó.

—¿Te parece poco? —dijo Shaul.

—¿Por qué el Hammas tenía interés en este joven?

—No lo sabemos, pero pensamos que quizás fueron informados de alguna manera de que él buscaba al terrorista palestino.

—Mmmm... pero...¿quién pudo haber dado esa información?

—No tenemos ni idea —contestó Shaul.

—¿Y a ustedes no les interesó entender lo que ocurría? Es muy extraño...

—Sí, el asunto fue que cuando llegó a Egipto perdimos sus rastros.

—No, no me estás contestando lo que te pregunté. ¿Quién le pasó al Hammas los detalles del paradero de Leonel en Dinamarca?

Shaul no tenía respuesta para esta pregunta, y en ese momento estaba junto a Shlomit y no podía hablar, pero se le generó una duda que no pudo disimular. Se quedó en silencio. Él recordaba haber perdido las huellas de Leonel, pero no entendía cómo el Hammas había recibido los detalles sobre su paradero.

—Shaul, ¿estás ahí?

—Sí, perdona; mira, no tengo más que decirte.

—¿Estás seguro? —insistió Eli.

—Sí, eso es todo. Ahora tengo que colgar.

—Espera, una pregunta más. ¿Investigaron alguna vez por qué un joven común y corriente se lanza a una misión así? ¿Saben quién lo mandó?

—Eso es lo que estamos investigando —agregó Shaul tratando de sacarse de encima de una vez a Regev.

—Gracias por todo, Shaul, no te ofrezco un café porque ya sé que estás muy ocupado.

—Correcto —dijo Shaul y se desconectó de la línea.

Shaul sabía que Eli representaba un dolor de cabeza para el Mossad, todo el asunto era como una bola de nieve que cada vez se hacía más grande y podía poner en serios problemas a la organización. El Jefe del Mossad le había encargado este caso, pero también existía el peligro informático que acosaba al país, y la prioridad en este momento era esa.

Eli, por su parte, había clarificado varias dudas que tenía pendientes. Ahora se encontraba enfrente de Jacob, dispuesto a finalmente corroborar que uno de los bebés era Leonel Cohen. Se impresionó ante la figura de ese hombre mayor, pelo plateado, vestido con un delantal como los profesores de los años sesenta.

—¿Usted conoce a un estudiante de nombre Leonel Cohen?

—Sí, claro que lo conozco... y ahora todos lo conocen —contestó Jacob sin titubear.

—Hace un mes y medio dejó la universidad. ¿Cuáles fueron las razones que argumentó? ¿Por qué la universidad le concedió el tiempo de licencia, cuando hay tan pocos cupos libres en la Facultad de Medicina?

—No fue fácil lograrlo. Leonel era muy buen estudiante; realmente tenía una vida dura, se costeaba los estudios trabajando como guardia de seguridad en un banco y además hacía turnos en el hospital; le tengo un gran cariño.

—¿Pero cuál fue la razón que esgrimió para solicitar que se le reservara el cupo?

—Que tenía que recibir una herencia para lo que necesitaba hacer averiguaciones en el exterior; necesitaba tiempo libre.

—¿Y usted le creyó la historia?

—En verdad, no, pero... ¿qué le podía decir? Me pareció que pasaba por una situación difícil y decidí apoyarlo. Pienso que este joven es un prodigio en computación y muy bueno en medicina también. Aún no entiendo por qué eligió la medicina, entre las dos opciones; pensé que brindarle apoyo era la única forma de retenerlo en la facultad; hasta lo consulté con el Rector de la Universidad.

—Hábleme de su hijo; sé que cayó en la guerra del Líbano.

—Mire, no quiero hablar de eso. Perdóneme... y respete mi deseo. —Jacob bajó su cabeza y apretó sus puños sobre la mesa.

Eli sintió que lo había afectado, que le había tocado su punto sensible, pero sin perder de vista su meta continuó:

—Lo entiendo y lo respeto; sé bien lo que es perder un ser querido. Pero tengo una misión y un documento que ordena colaboración de todo el mundo. Así que... Dígame, ¿su hijo trabajó en el Hospital Sharei Tzedek en octubre de 1982? ¿Tiene algo que contarme de aquella época?

—Recuerdo que estaba cursando enfermería y que estuvo un corto tiempo en un hospital, pero no nos llevábamos bien en ese entonces, no sé los detalles de por qué abandonó. Luego lo llamaron a la reserva por la guerra del Líbano y ahí ocurrió la tragedia. Eso usted ya lo sabe.

Eli tenía tanta experiencia en la dinámica del interrogatorio que entendió enseguida que Jacob Lachman le estaba diciendo la verdad. Decidió hacer el último intento para sacarle algunos detalles más.

—¿Sabe algo de su época en el Shabak?

—No, la verdad es que no sé nada.

—¿Y en el Mossad... sus exámenes?

—Supe de eso después de que murió. Jacob se levantó de la silla en su despacho, se acercó a Eli y le dijo:

—No tengo nada que encubrir y creo que no lo puedo ayudar. Tampoco sé lo que busca, pero estoy convencido de que yo no tengo lo que usted quiere.

Eli sintió que a partir de ahí perdería su tiempo, pero igualmente decidió mantener a Jacob en su agenda.

Lo saludó cordialmente y le agradeció su colaboración. Cuando estaba saliendo, Jacob preguntó:

—Dígame ¿mi hijo hizo algo grave?

—No lo sé, doctor, estoy tratando de esclarecer un enigma y el nombre de su hijo aparece en él.

—Mire, Eli. No sé si este detalle le servirá de algo, pero recuerdo que el que le propuso el trabajo en el hospital fue un tal doctor David Levi.

—¿Y usted cómo sabe eso?

—Después que mi hijo dejó el hospital, alguien me llamó y me preguntó si sabía dónde estaba, fue una llamada un tanto misteriosa. Sentí miedo por él, así que decidí contratar a un investigador privado para saber qué le había ocurrido, por qué había dejado súbitamente la práctica en el hospital.

—¿Y cuál fue el resultado de la investigación?

—Ninguna. Nunca tuvimos respuesta. Lo único que el investigador pudo descubrir es que ese tal David Levi se vinculó con mi hijo y luego le ofreció el trabajo. Todo sucedió muy rápido hasta que dejó el hospital.

—¿Alguna vez el investigador trató de interrogar al doctor Levi?

—Sí, cuando mi hijo desapareció habló con él, pero no le dio ninguna pista.

Eli saludó cordialmente a Jacob, le agradeció su ayuda y le prometió mantenerlo informado si se enteraba de algo nuevo relativo a su hijo.

Jacob le dijo que también quería mantenerse al tanto sobre Leonel, y Eli Regev asintió con la cabeza, vio una persona muy noble y sufrida en aquel educador. Después pensó que el doctor David Levi se merecía una visita también.

65

Jerusalén
5 de noviembre, 2011 - 3:00 PM

A gritos en los pasillos de la Knéset, a las 15:00 PM, el Primer Ministro pidió a toda la comitiva reunirse urgentemente en el salón principal. Estaban presentes el Ministro de Defensa, el Jefe del Ejército, el Encargado de la Unidad 8200, los Jefes del Shabak y del Mossad, que llegaron juntos. El Primer Ministro no podía ocultar su cólera.

—¿Cómo puede ser que todavía no hayan encontrado al terrorista cibernético? —vociferaba.

Media hora antes, con sus asesores y el Ministro de Defensa, habían decidido una operación a la que llamaron Operación "Jod a Arie". En la reunión se decidió comunicar el plan de la operación, que incluía:

· Reclutamiento de reservistas para fortalecer la frontera norte.
· Reclutamiento de reservistas para fortalecer la Unidad 8200.
· Contacto con las universidades y compañías para solicitar ayuda con personal experto en seguridad, que estarían bajo el mando de la Unidad 8200.
· Movimiento a alerta roja especial en todo el país, sin incluir a la prensa y a los civiles en esta fase. Solamente fuerzas del ejército y gubernamentales.
· Distribución de la Unidad 8200 en cuatro centros neurales: oficinas del Mossad, Central de Energía Eléctrica de Hadera, Divisiones del Ejército apostadas en el norte del país y la HaKirya de Tel Aviv.

La comitiva salió conmocionada de la reunión. El Primer Ministro se marchó a su despacho después de comunicar las órdenes, sin dar explicaciones.

A las 15:40 PM decidió hablar con su par de Estados Unidos para pedir ayuda a la NSA, que estableció contacto directo e inmediato con la Unidad 8200.

El país estaba en armas y se había decidido hacer todo para contrarrestar al enemigo, fue la respuesta que dio el Primer Ministro al Jefe del Mossad cuando este le cuestionó el llamado a Washington.

A las 4:00 PM toda la comitiva salió con rumbo a sus respectivas oficinas y cuarteles, casi todos se dirigían a Tel Aviv. El Encargado de la Unidad 8200, en su camino hacia Tel Aviv, desde su coche, manejado por su chofer, comenzó a ocuparse de convocar a sus reservistas; los quería a todos en la HaKirya en Tel Aviv a la hora 6:00 PM.

Los reservistas en Israel eran convocados una a dos veces al año y permanecían en funciones por un período de dos a cuatro semanas. En situaciones de emergencia nacional el gobierno podía decidir reclutarlos y, cuando lo hacía, generalmente volvían a desenvolverse en los mismos cargos que habían ejercido en el servicio obligatorio. Este era uno de esos momentos en que el país los necesitaba.

La central de la Unidad 8200 pertenecía al ejército y a ella servían miles de soldados. Sus instalaciones se localizaban en la base de Urim en el Négev, al sur de Israel, a unos treinta kilómetros de Beersheva. Naturalmente los reservistas se reunían en esa base cuando se los convocaba para alguna misión, pero esta vez no había tiempo, ya que los necesitaban en el centro y norte del país.

A las 4:30 PM, mientras viajaba en su coche, ya muy cerca de Tel Aviv, el Encargado de la Unidad recibió la confirmación que esperaba, el noventa por ciento de los reservistas habían sido contactados por teléfono y se había confirmado su llegada. Él mismo se había encargado de hablar con algunos de ellos. Tenía en la cabeza a alguien especial, con el que todavía no se había comunicado.

66

Daniel Brodsky estaba terminando de ejecutar algunos de sus programas. Había pasado toda la mañana intentando sin éxito encontrarle la vuelta a un error que abortaba la compilación. Tras dos horas de poner en práctica diferentes opciones, había logrado ver en su pantalla que el programa se estaba procesando como esperaba, y sonreía complacido. El Mossad estaba desarrollando un software especial para dispositivos móviles y la seguridad de estos artefactos.

Cuando sus ojos se movían tan rápidamente como las líneas de código, su celular sonó. Estaba muy concentrado pues quería ver sin interrupciones el programa compilado, por lo que al principio lo ignoró. Pero el teléfono móvil volvió a sonar, así que decidió atender el llamado. Una voz femenina le comunicó que debía presentarse con urgencia en las HaKirya de Tel Aviv, a la hora 6 PM.

—¿6 PM de hoy? —preguntó.

—Sí, hoy 6 PM en la HaKirya, por la entrada norte. Es urgente, recibirás un email con los detalles en cinco minutos. Por favor confirma.

En sus siete años de reservista, nunca lo habían llamado con tanta urgencia. Normalmente lo citaban por lo menos con una semana de anticipación, por lo que le pareció que esta urgencia obedecía a un caso extremo. Reenvió el email a su jefe y se lo comunicó telefónicamente; este manifestó cierto disgusto, pero no tenía opción, en algunas situaciones hasta el Mossad debía ponerse a disposición del ejército. No se trataba de una situación normal ya que en el ejército Daniel pertenecía a la Unidad 8200 y con esta sección las reglas eran diferentes. Le pidió que le mandara lo que había terminado y le deseó suerte.

Daniel tomó su bolso, envió su programa sin fijarse si funcionaba correctamente, cerró la computadora, y se dirigió a su casa a recoger su uniforme y un poco de ropa, ya que no tenía idea de cuánto tiempo se prolongaría su ausencia.

En el camino decidió hacer algo que tenía planeado desde la mañana temprano: hablar con su amigo Leonel. Sabía que quizás no lo atendería, pero quería intentarlo. No lo había hecho por la noche para no abrumarlo; había seguido los sucesos desde muy cerca y sentía ganas de comunicarse con él. Lo echaba de menos y estaba ansioso de saber qué le había ocurrido.

La llamada fue atendida por la madre de Leonel, que lo saludó cordialmente. Lo conocía desde niño. Le explicó que Leonel estaba acostado y le pidió que esperara, que iría a avisarle a su hijo. Fue hasta el dormitorio, golpeó la puerta y entró. Leonel dormía desde hacía unas cuatro horas. Cuando ingresó a la habitación susurró su nombre para saber si dormía.

—¡Leonel!, ¡Leonel!

67

LEONEL
Bat Yam
5 de noviembre, 2011 - 4:15 PM

Estaba yo en un momento culminante de mi sueño: me hallaba acostado desnudo en un campo de frutillas, bajo un cielo celeste limpio y con un sol radiante. Mariana llevaba un vestido blanco transparente y comenzaba a sacárselo. Mientras la miraba disfrutando la imagen, escuché mi nombre. Creí que era Mariana. Parpadeé y cerré bien los ojos apretando los párpados, pero el sonido de la voz que me llamaba se hizo más fuerte y me obligó a abrirlos. Allí, en la puerta, distinguí la figura de mi madre.

—¿Qué pasa? —atiné a decir.

—Nada, quería saber si estabas durmiendo.

—Claramente... ya no —dije rezongando.

—Está Daniel en el teléfono ¿vas a atenderlo?

Ya había salido de la modorra y del sueño y consideré que sería muy bueno hablar con mi viejo amigo para ir volviendo a la realidad.

—¿Cómo estás, león?

Me hizo bien escuchar finalmente una voz amiga y desinteresada.

—Bien, tengo miedo de estar mejor —respondí.

—Tú siempre tan cínico.

—No tengo otra...hay que seguir.

—Escuché que paseaste un poco por el mundo y que ahora ya conoces bien Gaza, por lo menos... Cuéntame un poco.

—Esto se merece un encuentro —le dije.

—Uff...pienso que no tendré tiempo hasta la próxima semana —explicó Daniel.

—¿Qué pasa? ¿Alguna mujer?

—Sí, la puedes llamar "mujer". Me llamaron de urgencia a la Unidad.

—¿De urgencia? ¿Qué quieres decir?

—Me llamaron a eso de las 4:00 PM para avisarme que tenía que presentarme a las 6:00 PM en la HaKirya.

—¿Qué? ¿Acaso estamos en guerra? ¿Tendrá algo que ver mi rescate?

—No sé —respondió Daniel —, hay algo urgente y súper secreto. Te comenté lo de la reunión porque supuse que a ti también te habían llamado. Mantenlo en reserva. Sabes que no podemos hablar de estos asuntos.

—No te preocupes —lo tranquilicé —, seguramente tuvieron un poco de consideración conmigo...

—Ni bien salga de esta te llamo y nos vemos —prometió Daniel y se despidió.

Volví al cuarto para poder recuperar el sueño, quería instalarme en la misma escena con Mariana en un lugar descampado, solos. Cuando me estaba acomodando en la cama, el teléfono nuevamente sonó, lo oí desde lejos. Me tapé los oídos, pero escuché a mi madre hablar y entendí que era para mí. La vieja entró nuevamente en el cuarto con el teléfono en la mano.

—¿Qué ahora? —pregunté de mal humor.

—Un hombre, dice que es urgente, y que no puede esperar.

Urgente otra vez, la pucha, esta vez me quedé en el cuarto acostado y cogí el teléfono, mirando el techo.

—¿Quién es?

—Leonel, ¿cómo estás? —me dijo la voz detrás de la bocina.

Lo reconocí inmediatamente, tenía una de esas voces que uno no olvida: el Encargado de la Unidad 8200. Lo había conocido un año atrás durante mi período anual de reserva; era relativamente nuevo en su rol, pero una persona muy humana y flexible además de una eminencia en todo lo relativo a la seguridad de sistemas y especialmente en criptografía.

—¿Cómo andas? —le contesté entusiasmado al escuchar su voz nuevamente.

—¿Me reconoces?

—Claro que sí —respondí.

—Escuché todo lo que te sucedió y créeme que lo siento. Mira, no tengo mucho tiempo para hablar ahora, pero quería proponerte algo, puedes aceptar o negarte, pero me gustaría que me dijeras que sí.

—¿Qué es lo que necesitas?

—Quiero que te reintegres a la reserva hoy mismo. Tenemos una emergencia. Si me dices que no, te comprenderé, pero si sientes que tienes fuerza, me alegraría que nos ayudaras. Si decides venir, te mandaré a mi chofer personal a buscarte. Creo que estar junto a nosotros en este momento te ayudará a despabilarte.

Muchas imágenes se me pasaron por la cabeza, mi cuerpo deseaba un descanso, mi mente necesitaba distracción, y en casa no iba tener ninguna de las dos cosas.

—¿Cuándo me necesitas?

—Te mando mi chofer en media hora, estate preparado.

—Muy bien, me preparo ya.

—No sabes cómo te lo agradezco —me dijo y cortó.

Empecé a preparar mi bolso para unos cuantos días; escuchaba a mi papá y a mi mamá murmurar. Mi viejo tomó valor y entró en mi cuarto.

—¿Dónde crees que vas?

—Tengo un asunto urgente, me llamaron del ejército.

—¿Cómo? ¡No tienen ninguna consideración…volviste hace menos de veinte horas! ¿Qué es esto?

—Mira… no me obligaron, me lo pidieron, pero yo siento que me necesitan y si no voy no podré tener paz. Es una situación delicada y secreta.

El viejo estaba triste. Pensó que íbamos a pasar unos días juntos y hasta había tomado vacaciones en el trabajo. Cuando salí con el bolso en la mano, mamá lloraba.

—No hagas tragedia de esto —le dije— todo va a estar bien. Necesito despejar mi cabeza y participar en una misión será lo mejor. Tú sabes que yo no voy al frente.

—Sí, pero…

—Mami, relájate. Nos vemos pronto. Los llamo.

Cuando me marchaba, mi viejo me siguió hasta el ascensor, me tomó del hombro y me dijo:

—Cuídate, hijo. La vida no es un juego, ya te lo ha demostrado. Con todo lo que ya pasaste, ¿necesitas más?

Sentí que me quería decir algo más, pero calló y me dejó ir.

68

Tel Aviv
5 de noviembre, 2011 - 4:15 PM

Shaul dejó a Shlomit en el Hotel Panorama, en la calle Hayarkon, vía del corazón de Tel Aviv. En el camino se sentaron a comer en un restaurante italiano en la galería Ópera, un edificio en forma de triángulo de 23 pisos que tenía vistas imponentes a la costa y se hallaba a unas cuadras del hotel, mientras él deleitaba su pasta boloñesa, ella sin mucho apetito, le pasó los detalles exactos de su conversación con Leonel. Shaul todavía tenía presente en su cabeza lo que le había dicho Eli Regev: el Mossad nunca entendió quién delató a Leonel cuando estaba en Isla Feroe, alguien le facilitó información al Hammas para secuestrarlo. ¿Quién podía haber sido? La organización no tenía a nadie en aquel país, y dudaba que Hammas tuviera algún representante allí. La única que permanecía relativamente cerca en ese momento era Shlomit, aunque también sabía que ella no estaba en condiciones para ser interrogada, para hablar o expresarse; por otra parte, se hallaba recluida en un hospital en Dinamarca. Además, ella era una de las espías más fieles del Mossad, había tenido a su cargo múltiples operaciones secretas. Shlomit reportaba a Shaul desde hacía ya tres años; nunca había pesado sobre ella ni una sospecha, tampoco se había suscitado problema alguno. Había estado en Gaza, Irak, Siria, Pakistán y por toda Europa. Jamás se le hubiera ocurrido sospechar de ella, pero ahora estaba en una encrucijada: el protocolo del Mossad establecía que no debía confiar en nadie, sin excepciones.

Había algo más que le llamó la atención. El Mossad le propuso vacaciones hasta el mes siguiente y ella había decidido volverse veinte días antes sin haber recibido aún el alta del hospital.

—¿Por qué ahora? —se preguntó.

Detuvo su coche frente al Hotel Hilton, a unos 200 metros del Panorama. El hotel estaba junto a la costa. Trató de inhalar un poco de aire fresco mientras miraba el mar. Observó las banderas rojas que indicaban mar revuelto. Dos gordas en bikini se movían como ballenas mar adentro. Tomó su teléfono móvil y llamó a la oficina. Unos días antes, su jefe le había asignado un agente de origen americano que estaba ahora en el país cursando una capacitación. Su nombre era Gavin. Era joven, nuevo y con muy poca experiencia, pero se mostraba muy ambicioso y ávido de aprender. Eso era lo que necesitaba ahora, alguien con hambre de gloria. Lo llamó.

—Quiero que se intercepte el móvil de Shlomit y su teléfono en la habitación del hotel. Además, quiero dos agentes las veinticuatro horas siguiéndole los pasos.

—¿Estás seguro? —preguntó Gavin.

—No, pero tengo que hacerlo.

—Mira que no tenemos mucho personal disponible ahora. Casi todos están afuera buscando al terrorista.

—Considéralo parte de la alerta, atenderemos esto ahora —explicó Shaul, asombrado de que el joven cuestionara su decisión.

—¿Cómo lo explicas?

—Necesito la información, después te lo podré explicar o lo entenderás solo. Gavin, si no hay personal, ve con tu coche y párate abajo del Hotel Panorama, en Tel Aviv.

—No hay problema, Shaul, ya hablo con los muchachos de comunicaciones y después me voy para allá. Espero que estés detrás de algo concreto.

—Contáctame enseguida si escuchan o ves algo extraño.

Shaul se fue a la HaKirya. Quería estar lo más cerca posible del Jefe del Mossad. Tenía que comunicarle los detalles de su cita con Leonel y su conversación con Eli Regev, aunque todavía no pensaba contarle nada de su corazonada sobre Shlomit, no hasta que encontrara una prueba concreta y real. La idea de desconfiar de ella le causaba dolor de estómago.

69

Tel Aviv
5 de noviembre, 2011 - 5:00 PM

Gavin ubicó su toyota corolla azul en un estacionamiento pago, justo enfrente del Hotel Panorama. Enfocó su mirada en la puerta de la recepción del hotel, y después de diez minutos, llamó a la unidad de telecomunicaciones del Mossad donde preguntó si ya habían interceptado el teléfono de la habitación de Shlomit y su móvil. Le contestaron afirmativamente, explicándole que desde hacía cinco minutos estaban grabando todo lo que pasaba por esas líneas.

A las 5:00 PM Shlomit salió del hotel. Gavin, sorprendido, se bajó del coche y la siguió, aunque caminaba por la vereda de enfrente, manteniendo una distancia de unos treinta metros. Como la calle Hayarkon estaba llena de turistas, le fue fácil confundirse entre la gente. Shlomit caminó dos calles y en la intercepción de Hayarkon y Mapu, dobló a la altura del número cinco de Mapu. Desde un teléfono público ubicado en ese lugar hizo un llamado que duró dos minutos y medio, y enseguida regresó al hotel.

Gavin reportó enseguida a Shaul lo ocurrido, y su jefe dio la orden de interceptar todos los teléfonos públicos ubicados en los alrededores del hotel.

—Si llamó una vez, llamará de nuevo —dijo Shaul.

Gavin abrió un mapa digital en su tableta IPAD en el que estaban localizados todos los teléfonos públicos cercanos, y marcó los situados a unos tres kilómetros del lugar. No podían darse el lujo de perderse la próxima llamada. Con un lápiz digital escribió sobre la pantalla táctil los puntos cardinales de esa especie de plano donde se hallaban los teléfonos públicos de la zona, convirtió el registro en un documento, lo archivó y lo envió al departamento de telecomunicaciones con instrucciones de interceptarlos con urgencia. Gavin sabía que intervenir estos aparatos llevaba más tiempo que hacerlo en los móviles o fijos privados, pero pidió que se procediera lo más urgentemente posible.

Pasada media hora, recibió confirmación de que los siete teléfonos públicos cercanos al hotel ya estaban bajo la lupa del Mossad.

A las 5:49 PM Shlomit salió nuevamente del hotel, esta vez fue hacia el mar, camino opuesto del que había elegido la primera vez. Gavin no le perdió pisada. Con una cartera negra colgada de su hombro, caminó casi dos kilómetros y medio en dirección a la marina de Tel Aviv, a un sitio llamado "Tel Aviv Chica", muy famoso por sus restaurantes y su vida nocturna. Antes de llegar a la costa, al lado de un quiosco, se detuvo en un teléfono público. Gavin había rezado para que Shlomit no extendiera más la caminata, ya que la próxima cabina estaba fuera de los tres kilómetros marcados inicialmente, temía que nuevamente no la interceptaran.

Shlomit miró a su alrededor y procedió a llamar. La comunicación duró quince segundos según el cronómetro de Gavin, quien, luego de mirar su IPAD, llamó a telecomunicaciones.

—Punto cardinal 333 barra 42, llamada efectuada hace alrededor de dos minutos —fue todo lo que dijo.

—Espera un momento —fue la respuesta.

Luego de un tiempo, que le pareció una eternidad, escuchó:

—Aquí está la grabación.

—Escucho ansioso… —agregó inmediatamente Gavin. Y oyó grabada la voz de Shlomit que decía:

 —*Activación del programa "el Hiat" a las 11:00 PM, repito ejecutar hoy a las 11:00 PM.*

Gavin se comunicó urgentemente con Shaul, estaba exultante. Por fin un dato importante, pensó.

—Shaul, tenías razón, Shlomit hizo un llamado hace diez minutos. Van a ejecutar el programa hoy a las 11:00 PM.

—¿Alguna pista que permita saber dónde?

—No, nada.

—Síguela, no la pierdas de vista ni un minuto. Yo ya salgo para allá. Entra en la recepción del hotel, asegúrate de que no te vea, y espera allí hasta que yo llegue.

Shlomit subió a su habitación. Gavin entró al lobby del hotel y a los 20 minutos apareció Shaul agitado. Venía corriendo. Los dos se dirigieron inmediatamente a la recepción. Dos empleadas atendían a unos turistas franceses. Shaul sacó su tarjeta identificadora y Gavin alejó a todos del mostrador, al tiempo que los franceses se quejaban.

—Necesito la llave de la habitación de Shlomit Barak.

La recepcionista estaba aterrorizada. Le temblaban las manos mientras miraba su pantalla. Al fin dijo:

—No hay ninguna persona con ese nombre.

—Entonces busque a "Mariana".

La muchacha volvió a la búsqueda en su monitor.

—Tampoco hay nadie con ese nombre.

—Busca a todas las personas que hicieron *check-in* alrededor de las nueve de la mañana de hoy. La mujer que busco es rubia y viaja sola. Tal vez recuerdes a alguien así…

—A esa hora se registró solo una mujer alemana, de nombre Sheila Kuntz.

—¿Sheila Kuntz? Dame la llave de su habitación, rápido.

La recepcionista entró en estado de pánico y entregó la llave de la habitación número 9 del piso 24.

Cuando Shaul y Gavin llegaron, llamaron a la puerta, pero nadie contestó, por lo que Shaul decidió usar la llave y entrar. Antes, desenfundaron sus pistolas. No vieron a nadie en el cuarto, y Shaul se dirigió al baño.

—¡Mira! —gritó Gavin —. ¡En el balcón!

Shlomit estaba parada en una silla, un pie se mantenía apoyado en el asiento y la otra pierna estaba en el barandal. Shaul se acercó y le gritó:

—¡No lo hagas!

Ella no dudó un instante y de una zancada se zambulló en el vacío. Shaul y Gavin se asomaron inmediatamente para ver la escalofriante caída y observaron cómo su cuerpo delgado tomaba velocidad con la gravedad. Finalmente vino el impacto y estalló sobre la losa junto a la pileta, cuya agua rápidamente se tiñó de rojo.

En la mesa del balcón había una nota:

> Perdóneme; lo hecho, hecho está, nunca pensé que podía ser
> tan cruel.

Shaul salió sumergido en su enojo, mientras le decía a Gavin:
—Quien iba a pensar que era una doble espía. Acuérdate de lo que te dije el primer día: "no confíes en nadie, ni en tu propia sombra".

70

LEONEL
HaKirya - Tel Aviv
5 de noviembre, 2011 - 6:00 PM

A las 6:06 PM se abrió el vallado de la entrada norte de la HaKirya. Junto al chofer del Encargado de la Unidad 8200 recorrí el camino hacia el estacionamiento de la base militar en un peugeot 204 marrón claro. Antes de atravesar el portón, el coche fue sometido a un control de seguridad muy minucioso. Desde allí los dos nos dirigimos a la sala de conferencias que llevaba el nombre del prócer "David Ben Gurion", ubicada en el subsuelo 2. Imaginaba que todos mis compañeros de la reserva se hallarían allí, y así fue, todos estaban sentados. Cuando entré en la sala comenzaron a aplaudir, hecho que me emocionó. En el pizarrón estaba escrito "Bienvenido Leonel".

El Encargado de la Unidad 8200 me dio un abrazo ante todos, al tiempo que decía:

—En otra ocasión tendremos tiempo para festejar tu regreso, tú sabes yo no me olvido.

El Oficial 1º Ronen, subordinado del Encargado de la Unidad 8200, comenzó a hablar. Delante de sí, tenía una computadora portátil conectada a un proyector.

—Bienvenidos a todos. Trataré de ser breve, ya que tenemos poco tiempo. Fueron citados hoy porque existe un alerta muy confiable que indica que seremos atacados cibernéticamente, y queremos estar preparados para anular definitivamente ese ataque antes de que ocurra. Necesitamos a todos online si esto sucede. Esperamos que los sistemas cortafuegos existentes, que fueron reforzados recientemente, puedan bloquear el ataque. Nos dividiremos en cuatro fuerzas que serán distribuidas en puntos específicos en los que ya hay soldados de esta Unidad; la intención es reforzar nuestra presencia con gente de mucha experiencia, como ustedes. Durante todo el día de hoy hemos potenciado el programa de alertas ante cualquier evento que amenace la seguridad. Un oficial estará a cargo de cada grupo. Cuando los nombre, pónganse detrás de su correspondiente encargado.

Cerca de Ronen se veían cuatro oficiales con letreros.

1. Oficial Gaby. Planta de fuerza eléctrica – Hadera
2. Oficial Moshe. Base central Ramón – Galil Alto
3. Oficial Alon. Base central HaKirya – Tel Aviv
4. Oficial Tomer. Oficinas del Mossad – Herzliya

Comenzaron a escucharse los nombres. Daniel se acercó y me dio un abrazo, muchos me palmearon la espalda y me sentí bien, me invadió una sensación de pertenencia, esta era mi gente. Pensé que mi decisión de venir había sido la correcta.

Mi nombre y el de Daniel aparecieron al final. Debíamos alinearnos detrás del Oficial Tomer destinado al Departamento Central del Mossad. Conté ocho reservistas por lugar.

Pasados veinte minutos salimos de la sala, nuestro grupo fue el último. Nos metimos en una camioneta militar y viajamos hacia Herzliya, a media hora de Tel Aviv. Nos escoltaba un patrullero policial encargado de abrir el camino ya que el tráfico era denso a esa hora. Deberíamos llegar al lugar a las 7:00 PM. El grupo que partió rumbo al norte, lo hizo en un helicóptero de carga perteneciente al ejército, ya que también disponían de poco tiempo.

Cuando llegamos a las oficinas del Mossad tuvimos que someternos a una revisión muy meticulosa. A cada uno se le tomó la imagen táctil de su mano, ese era el código para acceder al edificio y a las distintas oficinas. Además, una máquina cúbica registró nuestras retinas. El sistema de ingreso al sector del servidor central y base de datos, era una combinación de imagen táctil y de retina. Nos explicaron que entraríamos al lugar acompañados.

Todo el proceso fue rápido y eficiente y quedó autorizado nuestro ingreso a los espacios dónde operaríamos. Daniel, Rubén, uno de los reservistas seleccionado junto a nosotros, y yo nos dirigimos a la sala de la computadora central. Ubicamos nuestros ojos y manos en los dispositivos correspondientes y las puertas se abrieron. Cinco minutos más tarde llegó Tomer, el oficial, los otros cinco compañeros se distribuyeron en las distintas oficinas. En el interior se distinguían cuatro nodos en los que se ubicaban los operadores del Mossad y el refuerzo de soldados de la Unidad 8200. Nos asignaron al nodo Nº 4, que estaba vacío. Cada uno disponía de una computadora. Tomer nos encomendó revisar inmediatamente lo sistemas cortafuegos capa por capa y conectarnos a los rastreadores para controlarlos constantemente. Nos entregaron una hoja que tenía escrita nuestra clave para autenticarnos en el sistema. Tomer nos mostró la estructura instalada hacía unos pocos días por nuestra Unidad, le agregaba una capa extra de seguridad al cortafuegos, por lo que pasó a tener seis, cosa que yo nunca había visto. Para violar la seguridad instalada en estos sistemas, un virus debería ser de una magnitud extraordinaria.

Detrás de los nodos se encontraba la computadora central. Nos explicaron que era una de las más potentes en Oriente Medio y Europa. Poseía un procesador con una fuerza inimaginable, solo superada por la de la NSA, en América. La computadora estaba cubierta por una cúpula de acero. Yo la miraba desde la ventana ya que no teníamos acceso a ese espacio al que solo accedían físicamente dos personas. Una de ellas apareció en nuestro nodo. Era un hombre delgado, con anteojos y barba blanca. Caminaba lento. Movió su cabeza dirigiéndola al epicentro en el que reinaba la gran cúpula y dijo:

—Vengan conmigo. Les mostraré lo que vinieron a proteger —y esbozó una sonrisa.

Introdujo un código en un dispositivo numérico, luego metió su mano en una ranura de madera y enfocó su ojo a un pequeño orificio de la pared. La puerta se abrió. No había ningún sonido en el lugar, ni siquiera se oía el ruido de la computadora. Dos generadores de electricidad yacían en el subsuelo y se conectaban a la cúpula de dos metros de altura.

Lo único visible era una gran manopla que abría manualmente la cúpula. Nuestro guía aclaró que casi nunca se usaba, se había instalado como recurso de emergencia por si algo extraordinario ocurría. Todo el control de la computadora central se hallaba en el nodo N° 1. Este espacio estaba equipado con muchísimas pantallas que permitían visualizar diferentes controles, alarmas y parámetros de performance de la máquina central. En el nodo N° 2 se encontraba el control operador de la seguridad de sistemas. Los monitores mostraban los sistemas rastreadores y de seguridad; seis pantallas diferenciadas permitían observar el estado de cada capa del cortafuegos. En el nodo N° 3 se hallaba el sistema de control de toda la red interna del Mossad, allí trabajaban seis operadores que disponían de nueve pantallas de cuarenta pulgadas cada una. El nodo N° 4 estaba destinado a criptografía. Habían trasladado a sus encargados a otro sitio, y el lugar había sido destinado a nosotros. Nuestras computadoras se conectaban a rastreadores y podíamos controlar constantemente el estado de los cortafuegos y el flujo de tráfico en la red. Todo el equipamiento que allí existía era muy superior al de la Unidad 8200. Y era lógico, pues allí se hallaba el centro de datos más confidencial y secreto del país. Sentía que mi cuerpo se estremecía ante todo aquel despliegue informático.

A las 8:00 PM recibimos un comunicado que informaba que todos los reservistas habían llegado a sus bases y estaban preparados.

Tomer nos dio un código especial para entrar en un sistema de circuito cerrado que nos permitiría interactuar con los otros grupos y con la Unidad 8200 en Uber, que era nuestra central ubicada en el sur del país.

Todo estaba preparado. A las 8:30 recibimos la noticia de que el ataque sería a las 11:00 PM. A las 9:30 se decidiría si se interrumpía la conexión a la red de todos los sistemas, en especial, internet.

Daniel y yo nos miramos; no lo podíamos creer. Esto era por lo que habíamos trabajado tanto desde la secundaria, durante todos estos años, y por fin nos encontrábamos en el ojo del huracán. Si los reportes eran ciertos, en dos horas y media tendríamos frente a nuestros ojos la prueba de nuestras vidas.

71

Tel Aviv
5 de noviembre, 2011 - 4:30 PM

Eran casi las 4:30 PM cuando Eli Regev llamó a Emma a la oficina. Mantenía su coche encendido pues estaba por emprender el camino a su próximo destino. Eli no reparó en el reloj cuando hizo la llamada.

—Necesito información urgente sobre el doctor David Levi.

Emma estaba que hervía del enojo. En quince minutos tenía que salir de la oficina, pues era el día en que recogía a su nieto en el jardín de infantes. El llamado había llegado en el peor momento; ya había apagado su computadora y preparado su bolso.

—¿David Levi? La información está en la carpeta que te entregué en la mañana.

—Perdona, no me fijé... Necesito saber lo que hace ahora y dónde vive; no tengo la carpeta conmigo.

Emma apretó los dientes fuerte para contener su ira y fue en busca de la información.

—Aquí dice que en la actualidad sigue ejerciendo la medicina, aunque solo asiste dos veces por semana al Hospital Meir de Kfar Saba. También vive allí; está casado y no tiene hijos.

—Gracias, Emma. Por favor, envíame su dirección actual en un mensaje.

Eli volvió a agradecer a Dios que tenía a Emma a su lado. Qué haría sin ella, se preguntó. Cuando recibió el mensaje con la dirección, partió a toda velocidad rumbo a Kfar Saba, sabía que era el peor horario para viajar ya que con el tráfico intenso podía tardar hasta una hora y media para llegar a la ciudad, pero Eli siempre disponía de alguna alternativa, así que sacó una sirena que le había proporcionado la policía en la época en que trabajaba para el Shabak y que conservaba en el baúl del auto, y la puso sobre el techo del vehículo, como lo había hecho en otras ocasiones. En segundos, el coche comenzó a desplazarse sin obstáculos en medio del tumulto de autos que le abrían paso al escuchar el sonido agudo. Llegó a Kfar Saba en cuarenta minutos.

Cuando llegó a la entrada de la ciudad, su móvil comenzó a vibrar. Tenía un mensaje en la pantalla central:

Tengo que encontrarte urgente. Yosi.

Trató de ignorar el mensaje. Todo el mundo quería algo "urgente", pensó, hasta él usaba esa estrategia, aun más en las últimas dos semanas. Cuando se detuvo en el primer semáforo, su móvil sonó nuevamente. El nombre de Yosi aparecía en la pantalla táctil, esta vez no se trataba de un mensaje sino de una llamada. Decidió que no tenía tiempo para el policía ahora, pero ante la insistencia consideró que quizás valía la pena escucharlo; recordó la propuesta de trabajar juntos que le planteó cuando se encontraron en Jerusalén... Quién sabe...Acaso tenía alguna pista. Y atendió.

—¿Cómo andas? —le dijo Yosi con una voz iluminada con cierta algarabía.

—Bien ¿y tú? ¿Cuál es la urgencia por la que me has llamado dos veces?

—Necesito hablar contigo ya. De verdad, es urgente.

—¿Urgente? Bueno, mañana en mi despacho.

—¿Dónde estás ahora?

—En la entrada de Kfar Saba.

—Oh... Bueno... yo estoy a veinte minutos de allí, en la salida de Ramat Hasharon. Te encuentro a las 5:40 PM en la galería nueva, en el acceso norte, que es la entrada principal.

—No puedo ahora.

—En veinte minutos estoy ahí. Te conviene escuchar lo que tengo. Sé quién ha cometido los asesinatos, uno de ellos te sorprenderá. Vas a ser el primero en saberlo, pero eso solamente si estás dispuesto a trabajar conmigo en esto.

Eli trató de decir algo más, pero la línea quedó muerta. Yosi no le dio lugar a eludir la cita.

La galería estaba colmada de gente, las familias se estacionaban en filas en los locales de comida. Eli esperó en un café en el que aprovechó a tomar un capuchino sin azúcar. El tiempo pasaba y Yosi no aparecía. Seguramente se habría topado con el tráfico de la hora pico, pensó. Esperó hasta las 5:50 PM y, pasada esa hora, lo llamó por teléfono, pero no contestó. Luego de unos minutos insistió, pero no obtuvo respuesta alguna, así que le dejó un mensaje de voz explicándole que no podía esperar más. Le pareció extraño que Yosi no lo contactara. Se había mostrado muy insistente en esa cita a la que había catalogado de "urgente" y no era persona de dejar pasar una entrevista que le podía rendir frutos.

Dejó el lugar y se enfocó en lo que había venido a hacer. Se encontraba frente a un edificio nuevo, de ocho pisos, ubicado en Arlozorov 178. La fachada estaba revestida con una combinación de piedras de Jerusalén y de madera marrón oscuro, una mezcla rara pero bonita. El departamento al que se dirigía era uno de los tres pent-houses que se hallaban en el octavo piso. Eli contempló la entrada por unos minutos, después decidió tocar el timbre del intercomunicador. Una mujer atendió:

—Necesito hablar con el doctor David Levi.

—¿Quién lo busca?

—Soy un agente del gobierno y necesito hacerle una consulta.

—El doctor trabaja hoy en el hospital, regresará en unos veinte minutos.

—Está bien. Lo espero aquí.

—¿Es urgente?

—Sí lo es, pero no se preocupe.

Eli decidió no esperar. En ningún momento se le ocurrió pensar que la mujer mentía, pues había actuado muy naturalmente. Estaba a cinco minutos del Hospital Meir, así que se dirigió directamente al nosocomio a buscar al doctor Levi. El factor sorpresa era imprescindible en la estrategia que había elaborado. Cuando preguntó en la recepción por el doctor, le informaron que su consultorio estaba en el quinto piso, en Obstetricia.

Subió y habló con la secretaria, que le comunicó que ese día el doctor Levi se había marchado un poco antes de lo habitual.

—¿A qué hora se fue? —preguntó Eli

—Hace unos...cinco minutos —respondió la mujer.

—¿Tenía alguna consulta, algún paciente que atender?

—¿Quién es usted? —preguntó la secretaria.

—Soy de la policía —declaró Eli para simplificar.

La secretaria asustada explicó:

—Tenía que atender a una paciente, pero él mismo canceló esa consulta.

—Gracias. —Eli cerró la conversación.

Decidió no regresar a la casa del doctor. Obviamente el médico se había escapado quizás después de recibir el llamado de su mujer, lo que indicaba que ocultaba algo. Aceleró su vehículo y se dirigió a la autopista camino a Tel Aviv. Por el espejo retrovisor pudo ver un volkswagen polo negro que lo seguía desde hacía por lo menos cinco minutos. Comenzó a ponerse nervioso. Dobló para confirmar que realmente lo seguían y, efectivamente, el polo negro permanecía detrás de él. No dudó en decidir que tenía que llegar lo antes posible a la ruta; como esta estaba iluminada, se sentiría más seguro. Al final de la calle se distinguía la salida a la autopista y apretó el acelerador hasta tocar fondo. Calculó que tenía por delante tres calles más. Después de pasar la segunda esquina, una camioneta subaru blanca se le cruzó y obstruyó el camino. Eli frenó su coche de golpe y miró hacia atrás. El polo negro ya no estaba. De pronto, un hombre encapuchado bajó de la camioneta con una pistola, se acercó a diez metros de su coche y disparó tres tiros a quemarropa; las balas impactaron contra su parabrisas. Luego, el individuo se subió al vehículo en el que había llegado y escapó.

Eli sintió aterrorizado cada impacto, afortunadamente el vidrio antibalas que había colocado algunos días antes, le salvó la vida. Pensó en si había sido intuición o destino lo que lo había impulsado a blindar el coche. Después de la muerte de Shmulik había solicitado esa protección al gobierno y se la habían concedido. Su cabeza se golpeó violentamente contra el volante y el impacto abrió un pequeño tajo en su frente. El coche seguía encendido, pero se dio cuenta de que no podía continuar conduciendo su auto. La gente del lugar empezó a agruparse a su alrededor y lo ayudaron a salir. Enseguida llegó la policía. Todo el mundo estaba sorprendido de que no le hubiera ocurrido nada. El vidrio mostraba las marcas de las tres balas, aunque se conservaba entero. Eli estaba conmocionado. La policía comenzó a hacerle preguntas y una ambulancia lo trasladó al Hospital Meir de Kfar Saba.

Argumentando que trabajaba para el gobierno, que se hallaba en una misión especial, Eli solicitó al oficial que lo dejara ir. Le prometió además que colaboraría con la policía en la investigación sobre el tiroteo, le dio sus datos mientras le mostraba el documento con el sellado gubernamental. Un médico lo revisó y sugirió que permaneciera en observación por media hora. Luego lo autorizaron a irse. Eli le agradeció al oficial que lo llevó a su casa en Ramat Aviv.

En el camino, el oficial intentó obtener algún indicio de lo que había sucedido.

—¿Por qué alguien querría matarlo? —preguntó a Eli, luego de identificarse como Ronen Rotem.

Eli decidió decir que no sabía, pensaba que la policía no podría hacer mucho contra estos asesinos contratados, y él necesitaba ganar tiempo y ordenar sus ideas. No tenía ninguna duda de que el atentado había sido el trabajo de un profesional. También sabía que necesitaba encontrar lo antes posible al doctor David Levi, pues intuía que posiblemente algo tenía que ver en el asunto.

72

Ramat Gan
5 de noviembre, 2011 - 5:45 PM

Gabriel Pérez llegó al estacionamiento del estadio Ramat Gan a la 5:45 PM; a las 8:00 PM comenzaba su turno de la noche en el periódico. Estaba alterado, muy turbado luego de la cita con su contacto, que había cumplido, como siempre y con creces. Pérez había invertido casi todos sus ahorros para recibir esa información. Sabía que Avi estaba en problemas por su divorcio, pero no tenía dudas de que cuando tuviera dinero saldaría la deuda. Ahora esperaba a su amigo apoyado sobre el capot de su fiat uno nuevo que le habían dado en el trabajo, cosa que en el diario era considerado un privilegio.

Avi llegó tarde. Eran las 5:55 PM. Se quejó del tráfico a la salida de la HaKirya de Tel Aviv, le había parecido extraño tal atascamiento en ese sitio en el cual, si bien el flujo siempre era intenso, nunca llegaba a tanto. Aparentemente algo había ocurrido.

—¿Qué te pasó? —le preguntó Gabriel.

—El tráfico no se movía en la HaKirya, marchábamos como tortugas. Había un gran despliegue de seguridad, coches abriéndose camino con sirenas, dos helicópteros aterrizaban al mismo tiempo... ¿Estará pasando algo en este país que no sabemos los propios periodistas?

—Sí, algo ocurre. Tengo buenas noticias —dijo Gabriel entusiasmado.

—Cuéntame.

—Bueno, mi contacto esta vez se pasó, me aclaró todo.

—¡Ya dime! —Avi levantó la voz, casi perdiendo la paciencia.

—Es verdad que los dos niños fueron cambiados y que los dos están involucrados en todo lo que está pasando ahora aquí. Leonel, el que fue rescatado ayer, es el niño que nació de la musulmana y fue entregado a la familia judía. El otro es Ahmed, con ese hay una historia escabrosa, como nos habían dicho. Ya sabes que el gobierno ordenó alerta roja en todas sus unidades, y muy especialmente en la Unidad 8200 porque, supuestamente, Irán prepara un ataque cibernético. Sabes eso ¿no? Bueno, pues Ahmed está en este país para ejecutar el ataque, para concretarlo. Ingresó con la identidad de un hombre de negocios belga, un tal Enzo…algo… lo tengo escrito por aquí.

—¿Y? ¿Necesitas invitación para seguir hablando? —intervino Avi impaciente.

—Todo el gabinete de seguridad, Mossad, Shabak, Shin Bet, policía, ejército y demás, están buscando a este hombre por todo el país. Saben que está en Tel Aviv y, aparentemente, el programa de ataque será activado hoy mismo.

—¡Ah! Por eso todo el lío en la HaKirya… quizás estaban reclutando y distribuyendo a los reservistas.

—Nadie sabe nada, lo tienen todo súper secreto. No quieren que el pueblo entre en pánico. Según entendí, llamaron solamente a los reservistas de la Unidad 8200, pero, como bien sabes, esto no puede ser noticia publicable, ya nos censuraron —explicó Pérez.

—¿Quién cambió a los niños? ¿Tu contacto te dio algún dato?

—Vamos, entremos a mi coche —dijo Gabriel.

Cuando ingresaron al auto, Gabriel le entregó un sobre a Avi.

—Aquí está todo lo que buscábamos. Valió la pena todo este tiempo en esta maldita profesión que nos mata de hambre. Por fin tenemos una noticia de gran envergadura. Será mejor que lo leas a que yo te lo cuente. Está bien narrado, con muchos detalles, como para armar la mejor nota del mundo. Esto aquí quizás no sirve de mucho y no pasaría la censura, aunque queramos, no podremos publicarlo, pero piensa en el New York Times…ya estuve averiguando, podría pagar millones por una noticia como esta. Ahora léelo.

Avi sacó tres hojas del sobre y sus pupilas comenzaron a moverse rápidamente avanzando renglón por renglón. Estaba atrapado con la lectura. Después de la primera hoja, sonrió y miró a Gabriel como quien ha descubierto una dimensión desconocida y goza de ella. Continuó ansiosamente con la segunda hoja, estaba regocijado, jubiloso. Toda la vida se había esforzado para tener lo que ahora estaba en sus manos.

De pronto, un ruido feroz de motoneta los interrumpió. No divisaron de qué dirección venía ni le prestaron demasiada atención, hasta que súbitamente el ruido se hizo más intenso y la vieron delante de sus ojos. Dos hombres con las caras cubiertas iban a bordo. El de atrás, desenfundó una Uzi y a quemarropa acribilló al fiat uno sin detener ni bajarse de la moto. Descargó dieciocho impactos de bala apuntando al vidrio frontal y luego al motor. La moto con los ocupantes se largó sin mirar atrás mientras el auto estallaba en llamas.

Cuando llegaron la policía y los bomberos, encontraron a dos hombres carbonizados. Estaban abrazados.

73

Ramat Aviv
5 de noviembre, 2011 -7:30 PM

Eli Regev se sentó en su sofá preferido, uno de esos combinados con mecedora. Mientras se hamacaba suavemente, miraba la televisión. El sórdido ruido de las balas todavía retumbaban en su cabeza.

"Noticias de último momento", dijo muy serio un periodista joven que llevaba su cabello bien arreglado. Detrás de él aparecían imágenes atroces de un auto totalmente quemado.

Dos periodistas fueron asesinados hoy alrededor de las 6:00 PM en el estacionamiento del estadio de Ramat Gan. Las víctimas son Gabriel Pérez y Avi Lifshitz, ambos trabajaban en el diario Yedioth Ahronoth. Los ocupantes de una motoneta todavía no localizada, dispararon desde muy corta distancia contra el fiat uno en el que se encontraban los periodistas, provocando el incendio y la muerte instantánea de sus pasajeros. No se conocen las razones del siniestro. La policía está investigando. El diario Yedioth Ahronoth ordenó el cierre de sus oficinas sumándose así al duelo de las familias.

Gabriel Pérez era Jefe de Turno del diario. Vivía con su esposa y una hija. Avi Lifshitz era el periodista encargado de temas de seguridad. En el pasado fue periodista vocero del ejército. Vivía con su esposa y dos hijos.

Y pasamos a otro incidente recientemente acaecido. Un vehículo que transitaba por la ruta Ramat Hasharon - Raanana, cayó a la banquina y se estrelló contra un árbol. El único ocupante del vehículo era Yosi Rechter, un agente de policía de alto rango. Falleció al instante. Todavía no se han esclarecido los pormenores de este accidente. La policía de Hasharon investiga, no hay más detalles hasta el momento.

Eli no podía creer lo que sus oídos escuchaban, y se quedó petrificado por un momento. Casi a la misma hora en que atentaron contra él, mataron a Avi Lifshitz, a su compañero y a Yosi. Todos sabían del cambio de bebés. Además, Yosi tenía una primicia que había prometido contarle. Había algo en común a todos esos atentados y muertes; a alguien le estaba molestando mucho esta investigación.

Se levantó y fue hacia la cocina, necesitaba un café. Se preparó un expreso y, mientras lo tomaba, palpó sus bolsillos y encontró la tarjeta del policía que lo había llevado a su casa luego del hospital, oficial Ronen Rotem. Se sentía muy solo e inseguro en estos momentos, así que pensó que quizás debía contactar a este hombre que lo había tratado bien, que no había insistido en la indagatoria. No tenía nada que perder, sabía que su vida estaba en peligro y que necesitaba confiar en alguien.

Tuvo un flash en su cabeza que le hizo valorar la posibilidad de hablar con su contacto en el gobierno, pero desistió pues no tenía hechos para transmitirle, solo teorías, y los políticos solo atendían noticias respaldadas con pruebas concretas. Aunque los recientes asesinatos y su propio atentado eran mucho más que hipótesis, decidió por ahora no envolver a nadie del gobierno, así tendría más espacio y un poco más de oxígeno para trabajar.

Terminó su café y decidió llamar a Rotem.

—Hola, oficial Ronen, soy Eli Regev, ¿me recuerda?

—Sí, como no lo voy a recordar, hace solamente una hora que lo dejé en su casa. Tiene suerte... ¿sabe?

—¿Por qué lo dice? —preguntó Eli interesado en esa supuesta fortuna.

—Estoy debajo de su edificio. Lo vine a ver. Usted me dijo en el hospital que contribuiría con la policía...

—Eso es bueno. Pase y suba, piso noveno A.

Eli calentó agua para su segundo café. Ronen entró y se sentó en la sala, frente al televisor. Las paredes estaban adornadas con pinturas antiguas, algunas conocidas y otras no tanto. Ronen no vio fotos familiares ni tampoco señales de niños en aquella casa.

—¿Por dónde empezamos? —preguntó el oficial mirándolo profundamente a los ojos.

Eli intentó esperar para ver cómo se desenvolvía la conversación antes de contar toda la historia.

—Comencemos con que alguien quiso asesinarme.

—¿Por qué?

—No lo sé.

—¿Qué estaba usted haciendo en Kfar Saba?

—Estaba buscando al doctor David Levi.

—¿Tenías alguna cita con él?

—No, quería hacerle unas preguntas.

—¿Hablo con él antes? ¿Lo encontró en su casa?

—No. Su mujer me dijo que volvería del trabajo en veinte minutos, así que me fui directamente al Hospital Meir.

—¿Y lo encontró allí?

—No, se había ido ya.

—Me imagino que cuando habló con su mujer le habrá preguntado quién era...

—Correcto.

—¿Y qué respondió?

—Le dije mi nombre y le expliqué que venía de parte del gobierno de Israel en una misión de investigación. Agregué que lo esperaría abajo.

—¿Y por qué se fue directamente al hospital?

—Porque pensé que la mujer lo llamaría y que él no volvería a la casa.

—¿Por qué pensó que no volvería? ¿Tenía algo que ocultarle?

—Puede ser.

—¿Qué? —insistió Ronen.

—No estoy seguro, pero puede ser que Levi esté detrás de este atentado y de algunos asesinatos también.

—¿¡De algunos asesinatos!? ¿Cómo es eso? ¿Cuál es el origen de todo esto? Mira, Eli, perdóname que te tutee, podemos estar la noche entera aquí y si no quieres colaborar no llegaremos a nada. Si tú trabajas para el gobierno, bien lo debes saber. Si alguien está tratando de atentar contra tu vida, volverá a intentarlo hasta que desaparezcas. ¿No te parece? Habrás visto que hoy casi a la misma hora atentaron contra dos periodistas del Yedioth Ahronoth que tuvieron menos suerte que tú y murieron incinerados.

Eli se levantó, fue hacia la ventana y volvió.

—Lo que voy a contarte es estrictamente confidencial, secreto, si algo se filtra puede terminar todo muy mal y mucha gente morirá.

Eli se sirvió un whisky y le ofreció también a Ronen, pero este lo rechazó. Luego del primer sorbo, comenzó a relatar toda la historia que comenzó el 22 de octubre de 1982 con los sucesos que habían acontecido hasta ese día. Habló de las sospechas sobre el Mossad y sobre el doctor Levi. Eli detalló los atentados que supuestamente estaban asociados al evento del 22 de octubre de 1982.

- Escape de gas en el apartamento de Leonel en el centro de Tel Aviv.
- Tiroteo en el café de Talpiot en Jerusalén. Moshe Cohen y Leonel estaban adentro y salieron ilesos.
- Intento de asesinato a Leonel en un Hotel en París, por parte de una prostituta.
- Asesinato de Rachel Mizrachi en Jerusalén.
- Shmulik Sade fue atropellado en el centro de Tel Aviv, después de estar en mi oficina unos minutos antes.
- Intento de asesinato a Moshe Cohen en el *kibutz* Metzuba.
- Asesinato de Moshe Cohen en su domicilio cuando estaba bajo custodia, unos minutos antes yo lo había interrogado.
- Atentado contra mi vida en Kfar Saba.
- Asesinato de los dos periodistas hoy en Ramat Gan, estos seguramente sabían algo de lo ocurrido el 22 de octubre.
- Accidente del agente Yosi en la ruta Kfar Saba - Raanana, Yosi tenía información urgente para comunicarme, nos estábamos por encontrar.

Eli sintió como si se hubiera sacado una bolsa de cemento de su espalda. Ahora fue el turno de Ronen de levantarse y caminar hacia la ventana. El agente buscaba aire, estaba impactado con lo que había escuchado.

—Si hay lógica en lo que me constaste... ¿quiere decir que tú eres el próximo?

—Así parece, aunque espero que no —respondió Eli.

—Es tan difícil investigar cuando se trata de asesinos contratados... no dejan rastro, son profesionales. Yo estuve, de alguna manera u otra, involucrado en cuatro de los eventos que enumeraste, en ninguno fue posible encontrar ni siquiera una huella. Y ya que hablamos de secretos, hoy se suicidó una mujer en un hotel de la costa de Tel Aviv, en momentos en que dos agentes del Mossad entraban en su habitación.

—¿Cómo?

—Se tiró del piso 24.

—¿Quién era? ¿Cómo se llamaba?

—Shlomit Barak.

—No me suena el nombre. —Eli trató de esforzar su memoria mientras fruncía la frente.

—Mira, lo del Mossad me parece un poco utópico, y si es el cerebro de todo esto, nos va a ser muy difícil comprobarlo. Tendremos que destruir puentes y mitos hasta descubrir la verdad —dijo Ronen tratando de anular esa opción.

—Tenemos que ir por el doctor Levi. Tengo la corazonada de que él está implicado en esta causa —propuso Eli.

—Si el doctor está enredado en el caso, a esta hora ya se habrá sumergido en la clandestinidad.

—Bueno para eso tenemos a la mejor policía del país —dijo irónico Eli.

Ronen sonrió y fue la primera vez que los dos se sintieron a gusto.

—Ven conmigo —invitó Ronen—, igualmente no podrás dormir esta noche...

—¿Adónde iremos?

—A la Estación Central de Policía en Tel Aviv.

—Espero que no esté detenido... —agregó en broma Eli.

—Si te quedas en casa, te perderás el desenlace —dijo Ronen y se rió.

—No bromees —dijo Eli.

—Tengo la corazonada de que esta noche nadie va a dormir...

—Vamos entonces... —sugirió Eli mientras recogía su chaqueta y su bolso de mano.

74

AHMED
Sur de Tel Aviv
5 de noviembre, 2011 - 6:00 PM

El llamado esperado llegó a la hora acordada. Mi cabeza no cesaba de pensar que aquella voz en el teléfono me era conocida, pero como me encontraba en una cabina pública, los ruidos de la calle, intensificados por un colectivo que pasaba justo en ese momento, no me ayudaron a reconocerla. Cuando atiné a preguntar algo, la voz femenina se había desconectado de la línea, como lo marcaban las reglas, las llamadas no deberían durar más de diez segundos.

La hora 11:00 PM era la indicada. Miré el reloj, faltaban por lo menos cinco horas, así que empecé a pensar en qué ocuparía ese tiempo para que no aumentara la ansiedad que ya sentía. De acuerdo con las indicaciones, todavía me faltaba recibir instrucciones que me permitirían saber si el programa o gusano ya estaba en los sistemas objetivos del ataque. Por lo pautado en el último mensaje, en media hora esas instrucciones estarían en mi poder. En el camino de regreso, vi a un patrullero de la policía, así que decidí meterme en un negocio de telas. Cuando entré, el dueño me preguntó qué deseaba, a lo que contesté que estaba mirando algo para mi esposa. Cuando el rugido de la sirena policial desapareció, me fui corriendo a mi refugio. Entré rápidamente en el departamento y me senté frente al ordenador esperando la señal.

El último mensaje detallaba como objetivo principal a la computadora central del Mossad, en Herzliya; yo había tenido una corazonada de que así sería, ya que cuando estaba en Irán, esos siempre fueron los rumores que circulaban. Mientras revisaba una vez más el plan de cómo se insertaría el virus, mi asombro aumentaba. El espía iraní en Israel había estado siguiendo a una agente del Mossad que trabajaba en Herzliya. La mujer, de nombre Hanna Benyoun, trabajaba como operadora de los sistemas de la computadora central del Mossad. Se desempeñaba en diferentes turnos: tres días de mañana, dos después del mediodía y uno de noche. Habitualmente, cuando terminaba el turno de la tarde se encontraba con sus amigas en un bar de Ramat Hasharon, que distaba quince minutos de las Oficinas del Mossad. Siempre llegaba directo del trabajo y llevaba su computadora portátil. Los días en los que trabajaba mañana, tarde o noche variaban en la semana, pero después de seguirla por dos meses el espía se dio cuenta de que existía una rutina periódica: si una semana trabajaba el lunes a la tarde, la siguiente lo hacía el martes por la tarde, y así se sucedía su turno cada semana. Un miércoles en que a Hanna le correspondía el turno de la tarde el espía procedió. Ella llegaría a eso de las 7:30 PM al bar Sisro en Ramat Hasharon. En sus frecuentes merodeos y visitas al bar, unas semanas antes, el espía había logrado conectarse con uno de los mozos árabes que trabajaban en el lugar. Había acordado con él que le sacaría una fotografía al bolso de Hanna, tarea por la que le prometió mil *shekels*. Luego de una semana, el espía iraní tenía la fotografía en su poder. Entonces compró un bolso exactamente igual y luego de una semana, volvió al bar con él en cuyo interior había puesto una computadora portátil. Le encomendó al mozo intercambiar los bolsos en el momento en que tomara la orden. Él esperaría afuera, inyectaría el virus con la llave USB en la computadora de Hanna, y el mozo volvería a cambiar los bolsos a la hora de los postres. El mozo pensó un poco, pero no pudo resistirse a los diez mil *shekels* que el iraní le ofreció.

Estimé que, según el plan, el virus debió ser instalado el día anterior y por tanto, ya estaba en la computadora de la mujer. Ese jueves, día del ataque, según la rutina habitual, Hanna debía trabajar en la noche, entraría a las 6:30 PM en punto. Cuando Hanna se conectara a la red, yo recibiría una señal del virus en mi pantalla; esperaría a que se propagara silenciosamente en la red y lo activaría puntualmente a las 11:00 PM.

A las 6:20 PM escuché un ruido que provenía de la puerta. Me alarmé y corrí hacia la entrada. Un sobre blanco había sido deslizado por debajo.

Lo abrí y me encontré con otra sorpresa. Reconocí enseguida la letra, era la de mi colega iraní. Me comunicaba que el ataque tenía otro objetivo: la Planta Eléctrica de Hadera y, por tanto, toda la red eléctrica del país. El virus se hallaba allí hacía una semana... ¿Por qué no se me había informado esto antes? Todo estaba diseñado y armado de tal manera que cada uno de los miembros de este complot sabía una parte del plan, pero eran muy pocos los que conocían todo, "de A a Z". El espía iraní era uno de ellos, él sabía bien cuáles eran los objetivos. En lo que tenía relación con el virus, el egipcio en Irán y un grupo de tres que operaban el testeo principal del *malware*, entendían el código y cada una de sus líneas en su totalidad. Ahora, supuestamente, yo conocía el objetivo y en unos momentos también conocería totalmente el programa.

El espía explicaba en la nota cómo se injertó el virus en la Central Eléctrica. Había usado un sistema de captación de señales RFID[58]. Estos sistemas disponen de un dispositivo electrónico muy delgado con conexión inalámbrica tal como el que se usa en las tarjetas que abren puertas de un acceso restringido en algunos lugares de trabajo o estacionamientos. Todo el sistema RFID se compone de un interrogador de base que lee y escribe datos en los dispositivos, y un transmisor que responde al interrogador. El iraní siguió la pista de uno de los empleados de limpieza cuando salía de su turno en la Central Eléctrica de Hadera y se le acercó en el colectivo. En su bolso tenía un dispositivo de captación RFID que leyó la tarjeta del empleado con conexión wireless. Ya en su laboratorio casero, usó un sistema de reproducción de tarjetas RFID para copiar la misma identidad del trabajador. Una mañana en la que el hombre debía ir a trabajar, el espía también entró en la fábrica vestido de empleado de limpieza usando la tarjeta clonada e insertó una memoria USB en una de las computadoras de la planta eléctrica, luego de unos minutos se largó del lugar. Después de leer esto me quedé asombrado de cómo todo lo vinculado a la tecnología estaba expuesto a ser vulnerado.

El virus se mantendría dormido por una semana. En ese lapso estudiaría los sistemas de control industrial de la Central, para luego interceptarlos e introducir comandos erróneos. A mí me pareció que no era extenso; el código alteraría la velocidad de las turbinas y el accionar de las válvulas y tubería, y todo el funcionamiento cambiaría radicalmente

---

58 RFID: sistema de radiofrecuencia de conexión wireless.

después de penetrar los sistemas. A las 6:40 PM el virus tenía que reportar y sería activado a la misma hora que el otro, exactamente a las 11:02 PM. Dos minutos después del *malware* del Mossad.

Ahora sí, las cosas comenzaban a tomar forma, pensé.

75

Herzliya
5 de noviembre, 2011 - 6:30 PM

Hanna Benyoun se detuvo con su coche en la entrada de las oficinas del Mossad en Herzliya; eran las 6:20 PM y su turno comenzaba a las 6:30 PM. Una larga fila que habían formado sus compañeros de turno, esperaba para entrar al recinto. Nunca había visto antes que esto ocurriera. Se bajó del coche para averiguar qué sucedía y vio que el control era diferente esta vez. Normalmente, dos agentes de seguridad atendían el ingreso a la planta, pero ese día contó cinco guardias en la entrada y dos policías más escoltando. Un guardia revisaba todo el coche, como siempre, otro a la persona, dos agentes controlaban las computadoras y las chequeaban con un programa aparentemente nuevo antes de autorizar el ingreso. Este programa controlaba el antivirus y también supuestamente detectaba si a la computadora había accedido alguna persona que no fuera su dueño, o si algún puerto había sido comprometido.

Cuando llegó el turno de Hanna, los guardias procedieron como con todos los demás funcionarios, controlaron su coche, a ella y a su computadora. El testeo no arrojó ningún resultado negativo, así que siguió camino. Entró sorprendida, aparcó su coche y fue directamente al subsuelo, lugar donde trabajaba. Su tarea consistía en operar la computadora central y atender a su seguridad y funcionamiento. Se sentaba en el nodo 1. Preguntó a sus compañeros del nodo si sabían qué sucedía y ellos le contaron que existía alerta roja ante un posible ataque cibernético. Además, una amiga le explicó:

—Sabes, hoy tenemos visitas en el nodo 4. Hay tres miembros de la Unidad 8200.

Hanna, que era soltera en sus treinta, le bromeó:

—Voy a usar mis buenos modales y mis estrategias de seducción y me voy a presentar inmediatamente, luego de que me conecte a la red... una nunca sabe... —Y rió mientras ponía manos a la obra.

Después de acomodarse y cuchichear con sus compañeras, conectó su computadora portátil a la red y accedió al sistema central introduciendo sus contraseñas. Notó que luego de la contraseña numérica que era parte de la doble autenticación, la computadora tardó más de lo habitual en otorgarle el acceso.

—¿Qué pasa que tarda tanto la red hoy? —preguntó a su amiga.

—La verdad... no sé. Yo accedí enseguida.

Hanna pensó que sería por los programas con los que la habían controlado en la entrada. Por fin, luego de dos minutos leyó en su pantalla: *acceso autorizado*. Y por fin pudo comenzar su turno.

76

Central de Policía - Tel Aviv
5 de noviembre, 2011 - 8:30 PM

Un escándalo infernal, compuesto por barullo y griteríos en todos los tonos, reinaba en la Estación Central de Policía de Tel Aviv. Prostitutas, drogadictos y rateros de segunda se movían como hormigas en los corredores, todos esposados y con un policía escoltándolos. Ronen miró el rostro de Eli y sonrió.

—¿Qué...? ¿Nunca estuviste aquí?

—Sí, pero claramente me he olvidado de tanto lío. Esto parece un manicomio.

—Vamos, no te hagas el sofisticado. No todo son rosas de donde tú vienes.

Se dirigieron al piso dos, en el que se encontraba la Unidad de Investigaciones Especiales.

—Siéntate —le dijo Ronen al entrar a su despacho. El lugar estaba casi vacío. Sobre su escritorio se veía una foto de su familia, una computadora y una pila de papeles. Dos sillas simples completaban el equipamiento. En una de las paredes, cercana a la ventana, asomaba una fotografía enorme en blanco y negro del prócer David Ben Gurión.

—Yo también lo admiro —dijo Eli refiriéndose al cuadro.

—La verdad es que estaba aquí cuando llegué a esta oficina. Nunca me tomé el tiempo para sacarlo o analizar si me gusta.

Un oficial exaltado entró en el despacho sin tocar la puerta.

—Encontramos a los sospechosos de la motocicleta. Dejaron la motoneta tirada en la salida de Raanana, pero alguien que los vio llamó a la Policía local. Los encontraron camino al norte por la ruta vieja en un subaru color crema del año 82.

—¿Están seguros de que son ellos?

—Sí, cuando la policía trató de bloquearlos, intentaron escapar. Los siguieron por tres kilómetros y allí los encerraron entre tres patrulleros.

—¿Dónde están ahora?

—Llegan en diez minutos.

—Gracias. Tráelos aquí enseguida.

Ronen sonrió, miró a Eli y le dijo:

—Te dije, no muchos van a dormir hoy…

—¿Por qué? ¿Qué piensas?

—Pienso que si todo es como tú lo contaste, estos dos nos van a dar la pista que necesitamos.

—Puede ser… pero ¿te parece que hablarán tan fácil? Estos casi nunca "cantan".

—Quién sabe… Seguramente hablarán cuando en lugar de ir de por vida a la cárcel les ofrezca diez años.

—¿Diez años? —Eli estaba asombrado.

—Piensa, podemos cerrar cinco o seis casos de un tiro. ¿Sabes lo que eso implica para la policía? Vale mucho más que dos tontos podridos en la cárcel de por vida, a los que tú y yo tenemos que mantener. Quizás hasta te puedan esclarecer tu caso también.

—Si es así, vale la pena. Tienes todo mi apoyo.

Acompañados por cuatro policías, esposados de pies y manos, llegaron los supuestos asesinos al recinto. Uno era joven, tendría unos veinte años; el otro parecía un poquito mayor. Extrañamente, no tenían antecedentes en la policía y eso hacía más difícil el proceso. El arma que habían usado aún no había sido hallada.

Llamaron al fiscal de turno y él y Ronen se encerraron en un cuarto de interrogación con los criminales. Primero los interrogaron solos, y luego juntos casi por una hora. Los supuestos delincuentes no tenían experiencia en esto y estaban aterrorizados.

Media hora después de comenzado el interrogatorio, se descubrieron indicios que imputaban a ambos. Uno tenía despedazado el pantalón y sus restos se encontraron cerca de la moto; el otro tenía una herida con sangre en el codo, la misma sangre que se encontró sobre el asiento trasero de la motoneta. A las 9:50 PM, tras una ardua negociación, dieron el nombre de la persona que los había contratado, a cambio se les prometió una reducción de treinta y cinco por ciento del tiempo en la cárcel. Con este anzuelo, "cantaron" los dos casi al mismo tiempo.

El contratista era Hanan Jalfon, un mafioso que tenía una carpeta llena de actuaciones en la policía. Estaba libre desde hacía ocho años, luego de haber permanecido en prisión diez por contrabando de drogas y por la muerte de otro mafioso de Ramat Gan, un tal Rafi Atia. Se había adelantado su liberación por buena conducta.

Enseguida Ronen ordenó a la policía rastrear aeropuertos y fronteras, y alertó a todos los puestos limítrofes sobre Jalfon. Al mismo tiempo distribuyó su más reciente foto en todos los pasos fronterizos del país.

A las 10:15 PM llamaron de urgencia del aeropuerto Ben Gurión, en Lod. Habían detenido a Jalfon cuando intentaba dejar el país con pasaporte falso, en un vuelo con destino a Roma.

Lo trasladaron con medidas especiales de seguridad a la Unidad Central de Tel Aviv, a donde lo esperaban el oficial Ronen y el fiscal de turno para interrogarlo. A las 10:42 PM la camioneta de la policía arribó con Hanan Jalfon a bordo. Ronen lo conocía, o mejor dicho, estaba al tanto de su profuso expediente. Jalfon era un hombre de baja estatura y pelo completamente blanco. Tenía unos cincuenta años. Se lo veía tranquilo; no levantó la voz ni tuvo actitudes violentas. Parecía experimentado en situaciones como las que estaba viviendo. Su apariencia era la de un hombre que estaba por hacer un negocio, y no la de quien pasaría el resto de su vida tras las rejas.

—Este va a ser más difícil —dijo Ronen a Eli Regev, que estaba eufórico tras la seguidilla de sucesos.

—¿Quieres que entre con ustedes? Tengo mucha experiencia en esto —se animó a preguntar.

—No, mejor mantente afuera por ahora.

Al mismo tiempo, otros agentes comenzaron a preparar material de los atentados mencionados por Eli, intentando trazar la conexión con Jalfon.

Eli salió a la calle por un rato a tomar un poco de aire y un café. Eran las 10:45 PM y el cansancio le estaba ganando la batalla, pero sentía que Ronen tenía razón cuando decía que esta era una noche en la que mucha gente no iba a dormir. Los hechos se habían sucedido demasiado rápido y ahora tenían al mayor imputado en la causa, aparentemente al hombre que mandó matarlo unas horas atrás. Si este decidía hablar y descubrir al que le había pagado, quizás su misión terminaría pronto.

Pensó que el Mossad no necesitaba contratar los servicios de un hombre clandestino con tal colección de antecedentes registrados en la policía, aunque él había conocido historias que decían que en el pasado lo habían hecho. Decidió llamar a Emma, su secretaria a su casa. Sabía que no era la hora apropiada, pero, como siempre, la necesitaba.

—¿Emma? ¿Cómo estás?

—¿Has visto la hora que es? —contestó ella.

—Perdona, yo sé que no es horario de trabajo, pero necesito urgente más datos sobre el doctor Levi.

—¿A esta hora?

—Sí, quiero saber si tuvo algún problema con la ley o algo turbio en su trayectoria, o cualquier cosa que lo haya alejado del Hospital en Jerusalén.

—¿No puede esperar hasta mañana?

—No. Mira, si consigues esta información ahora, mañana puedes tomarte el día libre.

La línea quedó muda unos minutos; a Emma le encantó la idea del día libre.

—Te llamo en un momento.

77

Tel Aviv - Herzliya
5 de noviembre, 2011 - 8:50 PM

Reinaba un clima apacible en el subsuelo uno de las oficinas del Mossad. El Encargado de la Seguridad junto con el Jefe de Sistemas estaban conformes ya que el cambio de turno había sido fluido y sin problemas.

Tras revisar una por una las computadoras que entraron al edificio, se decidió controlar intensamente la red por media hora. Cuando el rastreador finalmente finalizó, arrojó el mensaje en el monitor central, una pantalla de cuarenta pulgadas que se encontraba en el centro del nodo 1: ningún virus detectado.

También se chequearon las capas cortafuegos y se comprobó que estaban en perfecto estado; el tráfico interno y externo, este último desde internet hacia adentro de la red privada, fluía sin problemas y todos los paquetes de protocolos TCP/UDP examinados estaban intactos, sin indicios de un posible *malware*.

Las autoridades centrales se habían establecido en la HaKirya de Tel Aviv, allí se hallaban el Ministro de Defensa, el General Encargado de la Unidad 8200, el General Primero del Ejército, el Jefe del Mossad y su par del Shabak. El Jefe de Sistemas les comunicó que todo estaba normal después del relevo de personal. Lo mismo se había reportado desde la Planta Eléctrica en Hadera, desde la HaKirya de Tel Aviv y también desde la Base Norte del país. El Ministro de Defensa quería saber si existía algún indicio sobre Ahmed, alguna huella o dato. Desde el Shabak y el Mossad respondieron negativamente. La policía tampoco tenía información alguna sobre el terrorista.

Se decidió entonces intensificar las operaciones y se mandaron más fuerzas de seguridad desde otras ciudades hacia el centro de Tel Aviv.

Eran las 8:50 PM cuando Shaul recibió una llamada urgente mientras se dirigía en su vehículo a las oficinas del Mossad en Tel Aviv. El llamado provenía de la Unidad de Telecomunicaciones de la organización.

—Hemos logrado identificar el teléfono público que recibió la llamada de Shlomit hoy a las 6:00 PM.

Shaul sabía que eso era difícil de lograr si los dos teléfonos no se habían intervenido a la vez.

—¿Cómo lo hicieron?

—Trabajamos en combinación con la empresa telefónica nacional Bezek. Tomamos la lista completa de llamados que se hicieron a esa hora desde todas las cabinas públicas en Tel Aviv, y luego de analizar las combinaciones y posibilidades, la lista quedó reducida a un solo número.

—¿Dónde se encuentra ese teléfono?

—En el sur de Tel Aviv, exactamente en la calle Ha Alya al 180.

Shaul llamó enseguida a los jefes en la HaKirya y comunicó la noticia. En diez minutos se decidió allanar todas las viviendas del área y bloquear el tránsito en esa zona. Fuerzas especiales de la policía fueron enviadas al lugar, y un grupo comando del ejército hizo camino hacia el sitio.

78

AHMED
Sur de Tel Aviv
5 de noviembre, 2011 - 6:49 PM

A la 6:49 PM me desvelé. Sin habérmelo propuesto, estaba cabeceando en el sofá. La primera sensación al despertar fue de hambre, necesitaba comer. Estaba frente de mi monitor, habían pasado ya casi treinta y cinco minutos y no había ninguna señal del gusano. Mi conexión a internet era por intermedio de mi teléfono móvil. Entonces, decidí torcer la pantalla 180º para ubicarla de frente a la cocina y me fui a preparar un sándwich. Saqué el *hummus* y dos pitas y comencé a devorarlas. La heladera estaba repleta de alimentos que no conocía y que en este momento no estaba dispuesto a probar. De reojo miraba el monitor que todavía no daba señal alguna. Empecé a impacientarme, ya que había pasado la hora en la que la señal debería estar activa. Cuando iba por la tercer pita, sentí un suave chillido en la sala y vi que el monitor cambiaba sus colores. Eran las 7:06 PM. Tres puntos aparecieron con nitidez, luego se le agregó otro y, tras dos minutos de espera, se completó la línea de puntos. Un nuevo comando se sumó y en el monitor apareció escrito:

`Conexión establecida Mossad`

Esperé un rato más la señal desde la Central Eléctrica de Hadera. La pantalla se llenó de puntos y espacios, cosa muy rara. Mi impaciencia iba en aumento. Súbitamente, todo se tornó blanco en la computadora portátil y pensé que se había dañado o colgado, ¿o acaso estaba infectada? Cuando me preparaba para reiniciarla, apareció por fin el mensaje:

```
Conexión establecida Hadera
```

Sentí una mezcla de emoción y nerviosismo. Según las indicaciones, recibiría otra contraseña que indicaría que el virus estaba preparado para activarse, pero ese mensaje no aparecía. Dejé el *hummus* y las pitas y me acerqué a la computadora. El monitor se cubrió nuevamente de puntos, las líneas se completaban rápidamente como si algo estuviera interfiriendo en la comunicación. Miré el reloj, ya habían transcurrido seis minutos desde el primer mensaje. Paciencia, me decía. Empecé a dibujar en mi mente diferentes posibilidades tratando de mantenerme en calma. Pensé otra vez en reiniciar la computadora, quizás todo se debía a problemas de funcionamiento de la PC, pero dudé. Súbitamente, los puntos se detuvieron, el color de la pantalla cambió y surgió el mensaje esperado:

```
Gusano insertado, activación pendiente, Mossad y Hadera
```

Respiré hondo, todo estaba en regla; sentí un alivio especial al saber que se acercaba el momento de atestarle un golpe mortal al enemigo sionista. Luego de tantos meses de trabajo y de esfuerzo, sentía que todo había valido la pena, y por un momento me consideré privilegiado de estar allí, encargado de la ejecución, a punto de tocar el cielo con las manos.

Decidí que ese lugar ya no era seguro para mí. Guardé mi portátil en mi bolso, la activación la podía realizar desde cualquier lugar, ya no necesitaba el equipo de testeo. Abrí la heladera y dejé que el gato se hiciera su propio festín.

Salí a la calle y me dirigí hacia la costa. Con la ayuda del GPS de mi teléfono móvil, descubrí que estaba solamente a unos dieciocho minutos a pie del mar. Decidí que necesitaba relajarme un poco, estirar mis piernas y ver el agua y las olas, a la vez me relajaría caminar. Además estando allí era una presa fácil de acorralar. Elegí marchar por las callejuelas chiquititas del sur de Tel Aviv y así pasar inadvertido. Me puse mi gorro y mis anteojos de sol.

Quería estar frente al océano abierto, cuando activara el programa, quería ver cielo, tierra y agua en ese momento letal. A las 11:00 PM estaría preparado para terminar con todo.

79

LEONEL
Herzliya
5 de noviembre, 2011 - 9:00 PM

A las 9:00 PM se acercó a nuestro nodo una joven; vestía un pantalón ajustado y una blusa negra con un escote respetable. Dueña de un cuerpo perfecto, sus curvas se enfatizaban en su jean sumamente apretado. Llevaba su cabello castaño oscuro recogido, bien peinado y arreglado. Los ojos verdes se destacaban en el fondo de la camisa negra. Se la veía muy coqueta. Por fin una presencia fresca, atrevida y llena de vida en medio de esta olla de presión, pensé.

Se presentó con una hermosa sonrisa. Iba acompañada por una compañera de su nodo. Rubén y Daniel se quedaron también impresionados y dejaron por un momento los rastreadores de lado.

—Hola, muchachos, ¿qué tal les va? Vengo a presentarme: soy Hanna Benyoun y trabajo en el nodo 1.

Rubén y Daniel comenzaron a balbucear, así que decidí tomar la iniciativa.

—¿Cómo estás? Es un gusto conocerte, aunque es un poco inusual la situación. Te presento a mis amigos Rubén y Daniel. Yo soy tu servidor, Leonel Cohen.

—¿Leonel Cohen? ¡¿No serás acaso el que rescataron de Gaza...?! —Afirmativo —dije.

—¿Y ya estás aquí? —preguntó sonriendo—. En este país no te dejan un minuto tranquilo.

—Así es —dije—, pero fue mi elección.

—¿Y elegiste venir a mirar pantallas y códigos complicados, en vez de descansar en tu casa, con tu novia o esposa?

—Oh no, ni novia, ni esposa, libre como una mariposa. Te confieso que en casa, con mis viejos, sentí necesidad de distraerme. Después de pasar solo medio día con ellos, ya no soportaba más —le respondí sonriendo.

Luego de este intercambio de palabras y sonrisas, ella comenzó a tocarse el pelo. Sentí que se había establecido una buena onda entre nosotros. Me gustaba su presencia, era muy agradable estar cerca de ella. Pasamos diez minutos hablando de nada. Después tomamos un café juntos en la cocina y me contó un poco de su vida. Entonces, le dije:

—Tengo una propuesta: si salimos con vida de esta, te invito a comer.

Se rio y respondió:

—Tú sabes que nada quedará luego de las 11:00 PM.

—Por eso te invito ahora —agregué tratando de poner algo de humor.

—Nunca tuve suerte con los hombres —dijo y su cara dibujó una mueca muy dulce—. Y cuando finalmente encuentro a alguien que aparenta ser inteligente, que me cae bien, que me gusta... se nos viene el fin del mundo.

Nos reímos juntos por un rato. Aunque fue corto, el momento que compartimos fue muy placentero, como un oasis saludable en medio de esas semanas cargadas de sobresaltos y temores. Nos saludamos y cada uno volvió a su nodo.

A las 10:00 PM se realizó una junta en una de las salas de conferencias. Habíamos sido convocados cinco miembros de la Unidad 8200, agentes de seguridad interna del Mossad y dos expertos del Departamento de Criptografía. La reunión tenía como meta evaluar las diferentes opciones de respuesta si el ataque anunciado se concretaba. Yo formulé la primera pregunta:

—¿Cuáles son las implicaciones de desconectar la computadora central?

El Jefe de Seguridad de puso de pie frente a un pizarrón y comenzó a explicar.

—El banco de datos del Mossad suminista alrededor de 1000 conexiones RDSI y más de 688 conexiones directas por internet, punto a punto o red privada virtual. La base de datos está construida de tal manera que el suministro eléctrico está garantizado, tanto en caso de accidente como de ataque cibernético. Ustedes han visto la cúpula, muchos sistemas de seguridad para la conexión a internet o telefónica y para el propio suministro eléctrico están sepultados en contenedores subterráneos de acero reforzado y alimentan los sistemas interiores. Ahora, respondiendo concretamente la pregunta, desconectar la computadora central que contiene una de las más grandes bases de datos de este país, implica una compleja serie de confirmaciones y protocolos. Comparativamente, puede ser mucho más complicado que organizar el lanzamiento de misiles nucleares desde un submarino. Además es necesario entender que activar de nuevo la base de datos tardaría más de ocho horas. Tendríamos que confirmar nuevamente todas las conexiones y protocolos y asegurarnos de que todo funciona normalmente. Tenemos una procedural de más de trescientos comandos.

No entendí muy bien si lo que decía este individuo era real, o estaba exagerando, pero su comparación me hizo comprender que apagar esta máquina era nuestro último recurso

—¿Y qué pasa si solamente desconectamos las conexiones a internet y RDSI? —pregunté.

—Esta es una opción no menos complicada. Nos desconectaríamos completamente de nuestros agentes en el mundo. Algunos sistemas del ejército están conectados vía internet a esta computadora. El pánico sería total. Las dos opciones que presentas tienen casi las mismas consecuencias.

Comprendí que era muy difícil recibir un opinión objetiva de alguien que tenía tanta pasión por estos artefactos, pero igualmente traté.

—Entiendo, pero de las dos ¿cuál es la que impactaría menos?

—Creo que desconectar la conexión a internet, aunque esto no resolvería el problema si tenemos el virus ya instalado en la red privada. En este caso, ese *malware* infectará igualmente la computadora central.

—¿Con esto quieres decir que tenemos que realizar las dos procedurales?

—Correcto —respondió.

—¿Tenemos gente en este edificio que puede ejecutar el proceso? —pregunté.

—Creo que sí... —dijo dubitativo.

—¿Cómo que "crees" que sí? —pregunté enfatizando el "crees". ¡Necesitamos esa gente ya aquí y ahora! —exclamé alarmado.

—¿No estaremos inyectando pánico sin motivos?

—¿Pánico? Más de sesenta reservistas de la Unidad 8200 se alistaron y se presentaron en dos horas, todo el gabinete está reunido, los sistemas del ejército se encuentran en alerta roja... ¿y tú me preguntas si inyectamos pánico? Por favor, llama ya a la gente adecuada que tiene la capacidad de ejecutar los comandos necesarios, para llevar esto adelante.

—Está bien, tal vez tengas razón. Así lo haré.

—¿Cuándo estarán aquí?

—En cuarenta y cinco minutos —dijo el Jefe de Seguridad.

—Trata de que sea en treinta —le dije. Y allí disolvimos la reunión.

Daniel me preguntó si no había sido demasiado duro con mis comentarios; le respondí que no, que teníamos que estar bien preparados para eventualidades y emergencias, y una de ellas era desconectar los sistemas. Si nos atacaran y el virus lograra activarse y propagarse ¿qué haríamos? No tendríamos tiempo de resolver esa emergencia o de crear un programa que contrarrestara al virus. Teníamos que tener previsiones que permitieran tomar decisiones rápidas en caso de ser necesario.

—Esperemos pasar una noche tranquila —dijo Rubén mientras bostezaba.

—Lo mismo digo —agregué.

A las 10:27 PM, Ofer, uno de los reservistas asignado a la Central de Fuerza Eléctrica en Hadera, se comunicó al nodo 4. Quería hablar con nosotros; no estaba demasiado perturbado, pero necesitaba consultar algo. Ofer era alguien muy cercano, un "niño prodigio", un fenómeno. Estuvimos juntos en el ejército y nunca terminaba de sorprenderme. Trabajaba en la compañía Symantec que se dedicaba a la seguridad de sistemas personales y empresariales; se especializaba en virus de toda clase. Los virus de tipo "Día Cero" lo apasionaban por su complejidad, y era uno de los pocos en el país que casi siempre les encontraba la vuelta o, al menos, una alternativa. La Unidad 8200 aspiraba a tenerlo en sus filas de por vida, pero como a otros, entre los que me incluía, a Ofer la vida del ejército no le calzaba del todo bien.

Cuando se comunicó conmigo, presentí que había encontrado algo. Lo pusimos en conferencia.

—¿Cómo andan las cosas por allí? —preguntó Ofer.

—Tranquilo todo aquí, hasta conocí a una chica bonita —le dije.

—¡Qué suerte tienes! En este lugar son todos hombres, y algunos no tan lindos...

—¿Encontraste algo anormal, Míster "Día Cero"?

—Mira, no sé si es algo serio, pero hay una rutina muy rara que está corriendo en casi todas las computadoras desde hace dos horas, un tráfico lineal que no produce nada y no deja huellas, pero que es bastante extraño.

—¿Qué es lo raro?

—A estas horas los empleados de la Central ejecutan un proceso donde mandan comandos a las turbinas para convertir el gas en electricidad...

—Sí...¿Y qué hay con eso?

—Empecé a comparar los comandos ejecutados ayer y los de la semana pasada, en todo lo que se refiere al manejo de los sistemas de control industrial, y veo que se ha añadido un código muy pequeño a este torrente de líneas, parece que otros comandos se han colado de alguna manera. El problema es que no puedo detectar este tráfico, pienso que se disfraza detrás de un DLL y se mete en la memoria. Estoy un cien por ciento seguro de que no trabaja en la capa de la aplicación, lo que lo hace mucho más difícil de detectar.

—¿Has preguntado si hoy se está procesando la misma rutina de siempre?

—Sí, he consultado con el Encargado de Sistemas. Miércoles, jueves, viernes, sábado y domingo producen energía a base de gas. Los días restantes lo hacen con carbón. Los programas y la maquinaria son completamente diferentes en uno y otro caso. El cincuenta y cinco por ciento de la energía se produce con gas natural, y el resto con carbón. Lo más preocupante es que todas las centrales energéticas están conectadas en red y procesan los mismos programas. Lo único que cambia es los días de producción. En Haifa, por ejemplo, producen electricidad con gas y carbón todos los días; la de Riding en Tel Aviv utiliza casi exclusivamente gas.

—¿Crees que es un virus "Día Cero"?

—No lo sé. Tú bien sabes que conocer los detalles lleva tiempo. Hace solo dos horas que estoy aquí. Aparentemente no muestra características de ese tipo de virus, aunque casi siempre así empieza, al principio no muestra rasgos y luego termina siéndolo, puede ser que no sea nada, pero no tengo completa seguridad, por eso te llamo. Quiero que te fijes si hay algún proceso que se realice a estas horas en el Mossad en el que se haya incrementado el tráfico en la red privada. Trata de enfocarte en procesos rutinarios, en programas que corren para abstraer datos.

—Bueno, no hay problema. Lo chequeo y te llamo en diez minutos.

No tenía la menor duda de que Ofer estaba detrás de algo grande. Daniel comenzó a rastrear el volumen del tráfico en la red, Rubén lo empezó a analizar, y yo me fui al nodo 1 para conseguir una copia o alguna estimación del tráfico de la red a esta hora del día. Me dirigí directamente al escritorio de Hanna, que me recibió con una enorme sonrisa.

—¿Ya me extrañabas?

—Sí, qué le voy a hacer… no siempre uno se enamora a primera vista. Necesito algunos datos estadísticos.

—¿De qué?

—Del tráfico en la red. ¿Hay alguna rutina que esté funcionando ahora y que la podamos comparar con la de ayer o la de la semana pasada?

—En este momento estamos compilando y analizando la información que nos llegó del exterior, de fuera del país. Es complicado, ya que el tráfico no es lineal ni uniforme. Los volúmenes de datos cambian día a día, y a todo esto hay que sumar el proceso de compresión y de duplicación.

—¡Vaya, qué tareíta! ¿Y has notado algo diferente, particular, hoy?

—Te he visto a ti. —Y otra vez mostró su hermosa sonrisa—. No, ahora en serio, la verdad es que no. Aunque…ah…espera… no creo que sea nada grave pero hoy cuando llegué, después del chequeo en la entrada, la autenticación para ingresar a la red me tomó más de dos minutos, cuando habitualmente es casi instantánea.

—¿Preguntaste a los demás si les había ocurrido lo mismo?

—Sí, pregunté a mis compañeros del nodo, y me respondieron que el acceso había sido normal para ellos. ¿Piensas que tengo mi computadora infectada?

—No lo sé —le dije.

La saludé y me marché rápidamente, mientras ella me acompañaba con su mirada. Por su parte, Daniel y Rubén no habían encontrado nada ilógico ni raro en los paquetes de tráfico en la red.

Llamamos a Ofer. Esta vez lo noté muy ansioso del otro lado de la línea.

—¿Encontraron algo? —preguntó nervioso.

—No, en realidad es muy difícil encontrar una repetición en el tráfico que aquí se procesa. Se trata de compilación de datos informáticos y textos, que después se almacenan, pero esos datos varían día a día. Lo único extraño que percibió una de las empleadas de operaciones es que su computadora tardó más de lo habitual en entrar al sistema, pero solo le pasó a ella.

—Quizás su computadora está infectada.

—Pero se la revisaron hoy, cuando ingresó.

—No creo que un rastreo común pueda detectar un gusano como el que nos amenaza.

—¿Ahora lo llamas gusano? —le dije curioso.

—Estoy seguro de que hay algo, la computadora que tardó en autenticarse puede ser otro dato que confirme mi teoría. En el proceso de identificación se invocan muchos comandos DLL. Si el virus es como yo pienso, aparentemente cabalga a través de un proceso que se presenta como normal, aunque después de ejecutado se filtra en la memoria y de ahí se propaga a otros sistemas.

—¿Y qué podemos hacer?

—Yo tengo a toda la Unidad Antivirus de Symantec trabajando en esto desde hace más de 10 minutos. Tenemos que encontrar qué vulnerabilidad explota y lo que produce.

—¿Tienen alguna pista?

—Pista...no... pero sí una corazonada. Creo que el gusano está "dormido", que se está propagando y que solo falta una activación.

—Pero la activación tendrá que hacerse online vía internet —opiné.

—Sí, yo sé lo que estás pensando —me interrumpió Ofer—. No podemos desconectar internet aquí porque eso dejaría al país entero sin electricidad.

—¿Me estás diciendo que no hay nada qué hacer?

—Tendríamos que conocerlo más. Generalmente nos toma días y hasta semanas neutralizar diferentes tipos de virus. Debemos esperar la activación y ver cómo responden los sistemas cortafuegos internos.

¡Esperar! No podía creer lo que escuchaba. Era cierto que no existía ninguna prueba, nada seguro… ¡pero esperar!

—Deberemos avisar a la cúpula —le dije.

—¿Y qué le diremos? ¿Que creemos que algo está sucediendo pero que no tenemos nada concreto, ninguna prueba para demostrarlo? ¿Acaso hay alguien que pueda resolver esto mejor que nosotros? Mejor déjales que tomen las decisiones cuando exista un peligro real y visible.

—Pero tenemos que anticiparnos al peligro real —insistí.

—Leonel, escúchame, tenemos que entender lo que está pasando para poder combatirlo. ¿Sabes otra cosa?

—¿De qué se trata ahora, maestro?

—Creo que si realmente existe, el virus es del tipo que tiene un Root-Kit. En eso estoy bastante seguro, pues trabaja como Stuxnet.

—¿Qué quieres decir?

—Que lo que vamos observando en nuestras redes estaría indicando que puede haberse insertado por medio de una memoria USB. Es sumamente difícil con todos los sistemas que tenemos en estos lugares que haya provenido de internet. Nuestros cortafuegos externos son los sistemas más seguros que yo he visto, las políticas de seguridad son también muy estrictas.

—¿Estás diciendo que crees que alguna computadora fue afectada y que desde ella se propaga a la red entera?

—Correcto. Eso creo. Tú mismo me dijiste que esa joven trajo su laptop desde afuera y que tardó en conectarse en los sistemas… eso es una señal de este tipo de virus. Ey… mira… hay una cosa muy pequeña que podemos hacer que no será difícil y que, quién sabe, quizás pueda ayudar, aunque no tengo grandes esperanzas.

—Dime —pregunté con gran curiosidad.

—Podemos bloquear en los dos lugares, el tuyo y el mío, el tráfico de internet que nos conecta con el resto del mundo, esto no es muy complicado. Para ello pondremos en una lista negra todo lo que provenga de sitios de afuera del país o, lo que es lo mismo, permitiremos solamente el tráfico que proviene de adentro del país. Algo así como bloquear todo lo que es ".com" y permitir solamente ".co.il", pero en Symantec creamos algo más sofisticado.

—Pero hay muchos sitios web o dominios en el país que usan ".com".

—Podemos poner en marcha una estrategia algo más inteligente y rastrearlos por su dirección IP, de esa manera por lo menos bloquearemos a quien active el programa desde afuera del país.

—Tienes razón, tenemos que hacer eso, es lo mínimo que podemos intentar ahora. Deberíamos pasar este mensaje a los otros sitios; yo voy a hablar con el Jefe de la Unidad para que él se encargue. Bueno, esperaremos hasta las 11:00 PM, como acordamos. Mantente en contacto, y estate ahí.

—Te aseguro que no arreglé ninguna salida para esta noche...

80

Sur de Tel Aviv
5 de noviembre, 2011 - 9:20 PM

Shaul se dirigió al sur de Tel Aviv, no dudó un instante que tenía que estar allí, anticipándose a los hechos. Él nunca tuvo confianza en el trabajo de la policía. En el lugar lo esperaba el oficial primero Shuki Ben Hamo, un hombre delgado y de alta estatura que contaba con una trayectoria de treinta años en la policía. Estaba encargado de la operación. Ben Hamo tenía un currículo en la fuerza policial signado por la honestidad y el compromiso, aunque nunca tuvo a su cargo ninguna misión extraordinaria.

Cincuenta agentes a su cargo se dispersaron en una zona de cinco kilómetros y comenzaron a ingresar a cada casa preguntando con cierta prepotencia si alguien había visto alguna persona nueva en el barrio. Cada policía llevaba la foto de Ahmed. Shaul habló con Ben Hamo para comunicarle que permanecería en los alrededores y le pidió que lo contactara en caso de encontrar lo que buscaban. Se había decidido no difundir afiches con la imagen del terrorista para no generar pánico en la población.

El sur de Tel Aviv era una zona sumamente vieja que nunca había despegado desde el punto de vista arquitectónico; el área se caracterizaba por inmuebles antiguos y por negocios de todo tipo. Habitaba el barrio mucha gente joven, inmigrantes sin papeles, mafiosos y prostitutas. Después de visitar uno por uno los edificios de una calle entera sin ninguna pista del terrorista, Shuki llegó al de la calle Alía 115. Era una construcción de cuatro pisos. Subió al primero y tocó la puerta. Una mujer rusa, de aproximadamente treinta años, lo atendió en camisón. Ben Hamo pensó que era una de esas mujeres que trabajaban en el lugar.

La joven se cubrió el pecho y mostró signos de cierto temor al ver a Shuki acompañado de tres policías en su puerta. Shuki le aclaró que no venían por ella y logró que se tranquilizara. Comenzó entonces con las preguntas que venían formulando desde que comenzaron la búsqueda en el lugar.

—¿Has visto a alguien nuevo en el edificio en los últimos días?

—No, no —dijo la muchacha apurando el trámite para que la dejaran tranquila. Luego recapacitó: —Pensándolo bien, sí, hay alguien. Creo que ayer llegó un nuevo inquilino que ocupa el piso subterráneo al lado del refugio.

—¿Lo has visto? ¿Es este? —Y le mostró la fotografía de Ahmed.

—La verdad es que no lo he visto. Una o dos veces escuché la puerta abrirse y cerrarse, pero nada más.

—¿A quién pertenece esa casa?

—El dueño es un árabe de Yafo, muy simpático el hombre.

—¿Tienes su dirección, teléfono, nombre...?

—No, no tengo nada de eso. En algunas ocasiones lo he visto, y me ha parecido muy cordial y amable.

—¿Usa tus servicios? —preguntó uno de los jóvenes policías que permanecía detrás de Ben Hamo.

—No —respondió la chica—. ¿Necesitan algo más?

—No, gracias —contestó Ben Hamo.

Los cuatro se dirigieron al piso de abajo. No había tiempo ahora de pedir llaves o de averiguar quién era el dueño y dónde se hallaba. Golpearon la puerta y no hubo respuesta. El lugar parecía desierto. No se distinguía ninguna luz ni rastros de personas.

Ben Hamo decidió llamar a Shaul antes de entrar a la vivienda. No quería que su intervención creara problemas con el Mossad. Shaul llegó luego de cinco minutos y preguntó por qué todavía no habían abierto, indicó a los policías que se apartaran, tomó carrera corta y volteó la puerta de un golpe seco con su pie. Cuando entraron, vio a un gato vomitando y una heladera abierta. Al girar su cabeza, observó toda la infraestructura informática sobre la mesa: computadoras, servidores, *routers*, rastreadores, todo estaba conectado a dos pantallas. Dejó el escenario intacto, pensó, y dijo:

—Aquí estuvo el terrorista.

Ordenó a Ben Hamo y a su unidad extender la búsqueda por todo el centro de Tel Aviv. Ben Hamo respondió:

—Necesitamos un permiso especial y más agentes.

Shaul perdió los estribos cuando escuchó ese comentario.

—Dame el teléfono. ¿Con quién tengo que hablar? ¡Marca su número ya! ¿No entiendes que el país entero está en peligro? ¿"Alerta roja" te dice algo? ¡Y me vienes con trámites burocráticos!

Shuki se echó para atrás y habló con su jefe que le ordenó seguir con el rastreo. Le prometió que en quince minutos llegaría una fuerza especial para acompañar el movimiento. Las instrucciones eran moverse estratégicamente desde el sur hacia el centro. Alguien se comunicó y avisó que las patrullas especiales del ejército ya estaban en la zona. Shaul propuso centrarse en la zona de los hoteles emplazados junto a la costa. Ben Hamo murmuró que esa misión era como buscar una aguja en un pajar. Shaul, cuyo enojo y nerviosismo aumentaban, se dio vuelta, se acercó tanto al oficial que sus narices casi se rozaban y le dijo:

—¡Haz tu trabajo!

81

LEONEL
Herzliya - Oficinas del Mossad
5 de noviembre, 2011- 9:50 PM

Llamé enseguida al Jefe de la Unidad 8200, que estaba reunido con los otros jefes en la HaKirya. Le expliqué que pensábamos que sería apropiado desconectar internet y bloquear todo lo que proviniera de sitios de afuera del país, identificando direcciones IP. De esta manera, por lo menos podríamos evitar una posible activación del virus desde un sitio remoto. El Jefe aceptó la idea y envió a su subalterno de confianza a comunicar a los cuatro puntos en riesgo las medidas resueltas.

—¿Sugieren esta medida porque encontraron algo? —me preguntó.

—Nada concreto. Tendremos que esperar a las 11:00 PM para saber… por ahora solo se trata de estar prevenidos.

—¿Qué es lo que tú piensas? —volvió a la carga.

Decidí que no debía ocultar ninguna teoría ahora.

—Encontramos un tráfico extraño en uno de los sitios, pero todavía no tenemos una pista concreta. No entendemos la rutina, así que se la pasamos a Symantec Israel para que la analice.

—¿En qué sitio está ocurriendo?

—En la Central Eléctrica de Hadera.

El silencio mostró que el Jefe estaba analizando consecuencias.

—Pueden ocasionar la desconexión de la electricidad en todo el país. ¿Imaginas lo que eso significaría? —su voz encarnaba su preocupación.

—Sí, lo sé, o me lo imagino.

—¿Cuál es la rutina? ¿De qué se trata? ¿Cómo se percibe en los sistemas?

—Vemos comandos agregados, que en este momento no tienen ninguna influencia en la funcionalidad de la infraestructura industrial, pero tememos que se haya dormido en la red, listo para activarse.

—Todo lo que me dices se asemeja a Stuxnet.

—Aparentemente hay algo similar. Suponemos que el virus fue introducido físicamente y que se esconde atrás de archivos DLL. Pensamos que después de violar una vulnerabilidad "Día Cero", se aloja en la memoria de la computadora y no en el sistema operativo, pero como dije antes, no hay nada seguro, lo estamos estudiando. Y será extremadamente difícil descifrar algo antes de su activación.

—Bueno, organizaré una videoconferencia en la que participarán todos los sitios. A ver... A las 10:55 PM los quiero a todos conectados. Supuestamente, la activación está planeada para las 11:00 PM. La cúpula también va a estar presente, por supuesto. Veremos cómo se desarrolla todo.

Traté de relajarme un rato, me conecté a internet y entré al sitio web del diario Yedioth Ahronoth. La portada mostraba el espeluznante homicidio de los dos periodistas ocurrido en el estacionamiento del estadio Ramat Gan, había una foto del coche carbonizado y se informaba que los dos hombres habían tenido igual destino. Eso fue lo último que el diario publicó, pues luego inició una huelga y una manifestación contra el atentado. El mundo está loco, pensé.

Cuando seguí rodando mi ratón hacia abajo, la vi. La nota decía:

Muerte dudosa en un hotel en Tel Aviv. Una mujer se suicidó arrojándose desde el balcón de una habitación del piso 24. La policía investiga.

La mujer aparecía identificada con un nombre alemán. Habían publicado dos fotos que acompañaban el texto: la primera que retrataba a la mujer luego de la caída, en un charco de sangre en la pileta del hotel. La otra era de Mariana o Shlomit Barak, la misma que había estado junto a mí hacía solo unas horas. Me estremecí al verla. Sabía que padecía trastornos psiquiátricos luego de los sucesos de Afganistán, pero yo pensaba que se estaría rehabilitando. ¡Habíamos estado juntos hacía tan poco! Me fue difícil ver esas fotos y leer lo que se decía de ella, especialmente me asombró que el diario acotaba que la víctima era supuestamente una agente del Mossad, esto violaba las reglas de censura. Yo a pesar de todo estaba afligido, aún sentía algo por esa mujer, algo que hasta ahora me era difícil definir. Experimenté mucho dolor y tristeza, pero más que nada, rabia. La nota no explicaba los detalles del suceso; nada más mencionaba que la policía investigaba. A mí me pareció extraño, pero pensé que como pertenecía al Mossad, no darían a conocer ninguna información.

Tomé aire y me fui al baño. Estaba acongojado, no lograba creerlo. Hacía mucho que no lloraba, pero allí, frente al espejo, dejé que unas lágrimas que pugnaban por salir, aparecieran. Me prometí averiguar lo que había sucedido. Respiré profundamente, me lavé la cara y volví al nodo 4.

—¿Todo bien, macho? —me preguntó Daniel.

—Sí, todo en orden.

—¿En serio? ¿Seguro que no te pasó nada? Soy tu amigo, sabes que puedes confiar en mí —insistió Daniel dándose cuenta de mi angustia.

—Ya lo sé, pero no te preocupes. Todavía me dura un poco el trauma del cautiverio. Ha pasado solo un día… No es fácil de olvidar.

—Sí, claro, te entiendo. Estamos muy contentos de que hayas decidido venir y pasar esta crisis junto a nosotros.

82

AHMED
Sur de Tel Aviv
5 de noviembre, 2011 - 08:10 PM

Las calles estaban oscuras, un estremecimiento producido por el miedo recorría mi cuerpo cada vez que un auto pasaba a mi lado. El GPS de mi móvil y mi paso apurado me hicieron llegar en veinticinco minutos hasta la costa de Yafo. Transitaba por la calle Jerusalén, una de las centrales de Yafo, según el mapa. Una multitud de transeúntes y tráfico automotor pesado, combinación de colectivos y coches, estancaba el espacio. A lo lejos vi a la policía y aceleré mi paso. Corrí dos cuadras hasta llegar a la playa. El GPS indicaba que estaba en el límite entre Yafo y Tel Aviv.

Solamente un grupo integrado por cuatro personas se veía en la costa. El invierno y las bajas temperaturas no hacían propicio el paseo por la playa. Subí a la marina y busqué un lugar donde pudiera sentirme seguro. Estaba lejos de la calle y bastante distante de la orilla. Encontré un sitio viejo y abandonado, llamado Dolfinarium, el cartel con el nombre yacía al frente, descascarado y a punto de caerse. El lugar se componía de una serie de galerías comunicadas; el sector que daba hacia el mar estaba cubierto por un ventanal enorme, demolido por el tiempo y el abandono. En el centro de las galerías había una gran pileta, hogar de los delfines en sus buenos tiempos. Mi memoria me permitió identificar el lugar enseguida, porque un terrorista del Hammas se había inmolado allí unos años atrás, matando al mismo tiempo a unos jóvenes de origen ruso. Examiné el espacio y me metí un poco más adentro. Mientras más me adentraba más seguro me parecía.

Encendí mi computadora, la conecté a internet vía mi móvil y entré al sitio web de Al Jazeera para enterarme un poco de lo que ocurría en el mundo. En la portada estaba el rostro de Mariana y en la misma nota aparecía otra foto que mostraba a una mujer tirada en un charco de sangre, junto a una pileta. El título decía:

> Doble espía se suicida arrojándose del balcón de un cuarto
> del piso 24 del Hotel Panorama, en Tel Aviv.

No pude seguir leyendo. No había dudas de que la foto era de Mariana, de mi Mariana, de la mujer que no había olvidado, a la que todavía amaba. Temblaban mis manos, cuando decidí continuar con la lectura. Haziza Malem, una periodista egipcia, relataba su versión de los hechos:

> Cerca de las seis y media de la tarde del día de hoy, en el Hotel Panorama, situado en la calle Hayarkon en el centro de Tel Aviv, se suicidó Shlomit Barak, alias 'Mariana', arrojándose desde el piso 24, cuando dos agentes del Mossad entraban en su cuarto. Fuentes confiables confirmaron que Barak era una doble espía que servía al Mossad y al Hammas simultáneamente. Era hija de dinamarqueses de origen árabe. Barak había trabajado para el Mossad en Europa durante más de cinco años. En los últimos dos, comenzó a cooperar con el Hammas en la lucha para la liberación de Palestina. Se dice que Barak fue quien filtró la información al Hammas por la que fue capturado el joven Leonel Cohen, liberado ayer en una operación sorpresa de rescate ejecutada por las fuerzas especiales israelíes. Un miembro del grupo Hammas confirmó que Barak estuvo tras las huellas de Ahmed Asad, el experto en informática miembro de la organización, cuando él se hallaba en Pakistán cumpliendo una misión secreta. La misma fuente confirmó que en ese momento el Mossad supo por Barak el paradero de Asad.

A medida que avanzaba en la lectura, sentía una opresión en el pecho que me provocó la falta de aire; cuando logré tranquilizarme un poco, una lágrima rodaba por mi mejilla y, aunque quise, no pude contenerla. No recordaba cuándo había llorado por última vez. Sentía un dolor inmenso por su muerte y una gran tristeza porque la quería. El poco tiempo que pasé junto a ella fue una de mis mejores épocas. Mariana ha sido la única mujer de mi vida. Jamás dudé de su honestidad. Al mismo tiempo me invadió la furia y empecé a sentirme asqueado de todo. Cerré la computadora de un golpe y traté de concentrarme en mi misión. De pronto se me ocurrió que la voz que me contactó desde el teléfono público había sido la de ella e imaginé que la habían descubierto y por eso el suicidio. Quizás a estas horas los israelíes sabían cuándo se iba a perpetrar el ataque, pero de nada les serviría. El gusano *malware* ya estaba instalado muy adentro de los sistemas, en unas horas le daría vida y todo terminaría. Si hubiera podido acelerar el tiempo, ejecutaría el ataque en ese mismo momento.

¿Y después qué?, pensé. Tenía que esperar instrucciones y esconderme hasta que pudiera volver a los territorios y, quizás, nuevamente a Irán, algo que no me agradaba para nada. Los pensamientos se cruzaban y acentuaban los latidos en mi pecho. Llegué a cuestionarme mi propia decisión, y me pregunté si realmente esta era la vida que yo quería, una vida en la que estaba tirado en cualquier lugar, esperando, librado a mi propia suerte, muerto de frío y a punto de cometer un atentado. Quizás era el momento de dejar todo, de largarme, pero era muy tarde ya.

Escuché a lo lejos el sonido de las sirenas que cada vez se hacía más fuerte, indicando que se acercaban más y más a mí.

Yo era una simple presa y poseía solo un arma: el código de activación.

83

Tel Aviv
5 de noviembre, 2011 - 10:50 PM

Cuando Emma escuchó la propuesta de día libre, no se detuvo ni un instante. Inmediatamente comenzó a trabajar en el archivo del doctor David Levi. Tenía casi todo recopilado desde la mañana. Solo le faltaba hacer dos llamadas de urgencia para obtener unas referencias con las que completaría el expediente. Su eficiencia y contactos eran cruciales, en ocho minutos tenía todo el material en sus manos y se lo envío a Eli por email. Luego de hacerlo, lo llamó. Eran las 10:56 PM.

—Eli, te mandé todo lo que me pediste. Lo tienes en tu email.

—¡Ah...Emma! ¡Muchas gracias! Espera un poco, quiero chequear que lo recibí. ¿Podrías, mientras tanto, darme una síntesis?

A Emma le molestaba que Eli siempre quería todo digerido y allanado, pero el día libre merecía el esfuerzo, pues le brindaba la oportunidad de visitar a su nieto y eso era invalorable para ella. Así que, de muy buena manera, le respondió:

—Sí, no hay problema. Lo que creo que te va a interesar más es que el mismo año que nacieron los niños cambiados, Levi estuvo dos meses en tratamiento psiquiátrico a causa de una crisis sentimental y por esta razón dejó el trabajo en el hospital; esto fue en abril de 1982. Es información reservada, por tanto no se ha difundido. Volvió al hospital el 30 de mayo del mismo año. Durante esos dos meses permaneció dos semanas hospitalizado en un psiquiátrico en Jerusalén, en el que se le suministraban grandes dosis de Lithium y antidepresivos potentes.

—¿Y todo eso por una crisis sentimental? ¿Será así? ¿Te parece…? —preguntó Eli asombrado.

—Eso es lo que aparece, pero no pude obtener más detalles de la causa de su enfermedad. Sin dudas, algo muy crítico le ocurrió. Lo raro es que en noviembre de 1982, inesperadamente y sin aviso anticipado, se tomó veinticuatro días de vacaciones y regresó al trabajo a fines de diciembre de ese año. Una parte importante de sus antecendentes es que en febrero de 1980 se relacionó con una enfermera que trabajaba con él con la que se casó un año después. En ese momento, él tenía treinta y seis años, y ella era cinco años menor. Nunca tuvieron hijos. Hace dos meses y medio dejó Jerusalén, ciudad en la que vivió toda su vida, y se mudó a Kfar Saba, donde compró un piso en Arlozorov en el centro de la ciudad. Comenzó a trabajar en el Hospital Meir solamente algunos días por semana.

—¿En qué condiciones abandonó el Hospital Sharei Tzedek? ¿Hay algún dato?

—Me han dicho que se retiró por voluntad propia, sin problemas de ningún tipo. En el hospital todo el mundo estaba sumamente sorprendido, pues se creía que terminaría su carrera en ese nosocomio. Siempre fue muy buen profesional, había mantenido una excelente relación con el personal y una reputación intachable. Con su currículo, no tuvo inconveniente ninguno para ingresar en el Hospital de Kfar Saba.

—Hay algo extraño en todo esto… ayúdame a analizarlo rápidamente —le pidió Eli.

—Lo que a mí me parece raro es lo de la crisis emocional y que haya abandonado Jerusalén después de toda una vida en esa ciudad, precisamente cuando podía haber trabajado hasta el final en el hospital en el que se desempeñó siempre. No es frecuente que la gente que ha vivido una vida entera en Jerusalén se cambie de ciudad sin razón en la edad adulta.

—Yo encuentro unas cuantas inconsistencias más, Emma, aparte de las que tú mencionaste. La crisis le ocurre a mediados de abril del 82, desde enero a octubre, mes en que nacen los bebés, pasan nueve meses, que justo es el tiempo de gestación de un embarazo normal. Luego vuelve al hospital y se toma vacaciones en noviembre, una semana después de nacidos los niños. En los hospitales son muy rigurosos con las autorizaciones para vacaciones. Es necesario agendarlas con mucho tiempo de anticipación, porque los cargos deben quedar cubiertos por sustitutos, y en este caso no fue así. Quizás, lo no planeado fue otra crisis o la aparición de algún hecho inesperado. Lo que también llama la atención es que hace dos meses se mudó a Kfar Saba, coincide con el período de la seguidilla de atentados y con la época en que Rachel Mizrachi le encomienda a Leonel Cohen encontrar a Ahmed, para lo que le promete un millón de *shekels*.

—Sí, tienes razón... demasiadas coincidencias. ¿Me quieres decir que sospechas que el doctor Levi está involucrado en esta historia?

—Quizás más que solamente involucrado, Emma. Bueno, te dejo por ahora. Tengo que saber qué está pasando con la policía. Parece que encontraron al responsable de los atentados. Acuérdate de que mañana tienes el día libre.

—Gracias, Eli —respondió Emma, aunque no necesitaba que le recordaran el asueto.

Eran las 11:00 PM. Eli subió al segundo piso. Quería conocer más detalles de lo que ocurría con Jalfon. Quizás él uniría los puntos, aportando datos que faltaban para resolver de una vez el enigma.

Encontró a Ronen en la escalera, estaba ofuscado, fue la primera vez que lo vio fumar.

—¿Qué pasa? —le preguntó Eli.

—Lo de siempre, no quiere hablar. Pidió a su abogado. Pone un millón de condiciones.

—¿Y tú qué piensas?

—Que será duro sacarle algo, el hombre no es del tipo al que se compra bajándole unos años. No es un novato en el sistema carcelario ni en el judicial.

—¿Y tienes alguna estrategia?

—Tenemos que encontrar su punto débil, Eli. Existen algunas opciones que no queremos usar todavía, como, por ejemplo, ofrecerle que trabaje para el Estado.

—Pero tú sabes que hay urgencia. ¿Quién podría tomar la decisión hoy?

—Necesitamos un juez para que expida la orden de detención. Eso está en camino, a cargo del magistrado de turno.

—Mira que si necesitas mover algo allá arriba me tienes a disposición —ofreció Eli.

—Gracias, pero ahora, déjame. Tenemos toda la noche por delante y si no me fumo un pucho tranquilo, reviento.

—Perdóname, Ronen, no tenemos toda la noche. ¿Sabes qué hora es? ¡Las 11:00 PM!

84

AHMED
Sur de Tel Aviv
5 de noviembre, 2011 - 10:50 PM

Bramidos de sirenas y silbidos agudos era todo lo que se escuchaba. La policía estaba tan cerca que podía sentir su desplazamiento en el área. Palabras en hebreo se cruzaban en mis oídos rebanando el aire de mi refugio como a una manzana. Me asomé un poco: en la calle Hayarkon, paralela al Dolfinarium, vi allí apostada una hilera de carros de policía. La calle estaba cerrada, no se veían coches de civiles. Las fuerzas de seguridad estaban aproximadamente a quinientos metros de mi escondite.

Decidí meterme un poco más adentro de mi guarida y me acurruqué enfrente de la pileta abandonada, pensé que alguna vez este sitio habría albergado a los delfines, épocas de alegría y felicidad, pero ahora era solamente una piscina vacía en cuyo interior había restos de agua estancada y podrida. Se escuchaban las olas muy a lo lejos, y preferí concentrarme en ese sonido proveniente del mar para apaciguar mi temor. A las 10:51 PM abrí mi laptop nuevamente y la conecté a internet a través del teléfono. Chequeé la batería de ambos dispositivos: la computadora marcaba 60% de carga disponible y el teléfono 41%. Tenía que actuar rápida y eficazmente.

Abrí mi aplicación con el programa de activación y enseguida controlé la comunicación con los sitios, cosa que ya había verificado en el departamento. Los datos que recibía el programa iban al sitio web www.hiatligthson.com, desde donde se redirigían por DNS a un sitio local por si el tráfico externo se bloqueaba. Este sitio tenía el mismo nombre, aunque utilizaba siglas y una dirección IP locales. Abrí la web y en la pantalla apareció:

Hadera Central de Electricidad
Comunicación establecida

Mossad Oficinas Centrales
Comunicación establecida

El *malware* se propagaba sin necesidad de conexión a internet, usando la forma P2P (peer to peer), mecanismo por el que se compartía información en el cual la comunicación entre computadoras no necesitaba de un servidor central. Decidí ponerme al tanto de lo que ocurría en cada sitio objetivo del ataque, para saber exactamente cuántas computadoras ya habían sido infectadas por el virus.

Hadera Central de Electricidad
346 computadoras, 49 servidores

Mossad Oficinas Centrales
183 computadoras, 29 servidores

¡Fantástico! Con estas estadísticas el programa no podía fallar, la activación del virus terminaría con la infraestructura de esos lugares y los paralizaría. El volumen de tráfico que el programa produciría después de ser activado, sería muy difícil de neutralizar.

La única opción que les quedaba a los sionistas era desconectar la red privada y la computadora central. El virus estaba durmiendo muy profundamente en las memorias de las computadoras, esperando la activación para despertarse y demoler todo. Mi estimación era que en instalaciones como las de Hadera, una vez activado tardaría treinta o cuarenta minutos para arrasar el sistema. Quizás el tiempo de trabajo fuera menor en el Mossad, aunque la computadora central allí sería más difícil de vulnerar, por lo que concluí que los tiempos serían los mismos para ambos sistemas. Calculé que, a más tardar, alrededor de las 11:50 PM los dos centros neurálgicos de Israel estarían paralizados. Las consecuencias: intermitentes apagones de luz y desconexión del suministro de electricidad en casi todo el país, especialmente en puntos estratégicos. La última nota del espía iraní decía que según las probabilidades analizadas en Irán, el norte de Israel permanecería sin energía eléctrica por más de quince minutos, tiempo que tardarían los generadores en ponerse en funcionamiento. No tenía conocimiento del objetivo final pero asumí, que Irán y Hezbollah aprovecharían este tiempo para lanzar un ataque masivo de cohetes y para poner en marcha ataques terrestres en ese breve lapso, aunque yo pensé que si los generadores se activaban antes, quizás se podrían extender los tiempos con energía.

La central de base de datos del Mossad se desconectaría para sus usuarios y estaría expuesta a hackers que con un simple módem o conexión a internet, podrían penetrar en los archivos y enterarse de los secretos más grandes del país, ya que el cortafuegos interno no existiría.

El mismo programa comenzaría a descargar los datos almacenados en la computadora central, y los cargaría en el sitio www.hiatligthson.com hasta que la máquina fuera desconectada, si es que eso ocurría. Otra vez el hecho de no conocer el plan en su totalidad me hacía suponer cosas. Pensé que en el Mossad no eran tontos, en cuanto detectaran un virus amenazando la red privada y poniendo en peligro su base central de datos, desconectarían inmediatamente las conexiones a internet.

Algunos perros comenzaron a ladrar. Me asomé y los vi. Eran perros de la brigada policial. Me acurruqué en mi lugar, tirado en el piso y empecé a moverme lentamente hacia lo que años atrás había sido un salón de fiestas. Dejé la zona de las piletas y pensé que en el salón estaría más protegido. Temía que me hallaran antes de activar el ataque; ya no podía esperar, mi instinto me incitaba a despertar el virus ya, en definitiva, ¿cuál era la diferencia de unos minutos antes o después? Pero recordé que el último mensaje que recibí enfatizaba el cumplimiento de los tiempos con exactitud.

Ya tenía todo preparado para la activación, solo necesitaba suerte y teclear el código secreto.

85

Tel Aviv – HaKirya
5 de noviembre, 2011 - 10:50 PM

El técnico de comunicaciones sudaba. Hacía cinco minutos que intentaba conectar el sistema de videoconferencia sin éxito. La audiencia estaba conformada nada menos que por el Ministro de Defensa, el Jefe de la Unidad 8200, su par del Mossad y el Encargado del Shabak. El General Primero del Ejército avisó que llegaría a las once en punto. A las 10:52 PM, al fin vio una luz cuando uno por uno los sitios fueron conectándose al sistema y las cámaras empezaron a registrar los rostros de los asistentes. Al verse, los reunidos se saludaron rápidamente, y los menos conocidos se identificaron. Cuatro personas más los técnicos representaban a cada uno de los cuatro sitios implicados. En la Oficina Central del Mossad estaban presentes el Oficial de la Unidad 8200, Tomer, acompañado por Daniel, Leonel y el Encargado de Seguridad Informática del Mossad. En el resto de los sitios, el esquema era el mismo: estaba el Oficial principal, dos reservistas y el Encargado de Seguridad. La pantalla mural gigante los abarcaba a todos. Cada sitio añadió también la situación de sus sistemas de seguridad a la conferencia, esto implicaba que en la pantalla principal que todos veían había ocho ventanas.

Se puso de pie el Jefe de la Unidad 8200 y dirigió su pregunta a todos los convocados.

—¿Algo nuevo?

Tomer, el Oficial de la Unidad 8200 en el Mossad, respondió:

—Estamos esperando la hora exacta, las 11:00 PM.

La misma respuesta dieron los demás.

—Quiero que en cinco minutos me den las opciones que han pensado para el caso de un ataque, comenzando por la base del norte del país.

Una voz grave se hizo oír, era la del Oficial Moshe, desde la Base Ramón en el Galil.

—La red privada está conectada a la *network* central de Tzahal, pero nuestra base de datos tiene una rutina especificada de desconexión y puede funcionar independientemente. Esta es la primera opción. La segunda es cortar el suministro eléctrico a todos los sistemas, tardaría más tiempo y tendría diferentes consecuencias, por lo que es definitivamente nuestra opción número dos.

El Oficial Alon, Encargado de la Unidad 8200 en la HaKirya de Tel Aviv se adelantó para aprovechar la similitud de sus opciones con las de Moshe.

—Actualmente tenemos casi las mismas opciones aquí en la HaKirya, aunque existe la diferencia de que el proceso de desconectar el sitio de la red central es más complicado, ya que los servidores centrales están en el *bor*[59], tendríamos que activar el proceso de "recuperación de desastres"; el camino sería disociar la red y pasarla a un centro de datos en el sur del país. Esta acción podría demorar entre dos y tres horas.

A la cúpula no le cayó bien que el proceso de "recuperación de desastres" (DR) se demorara tanto. Desconectar la red de Tzahal era una de las opciones que todos estaban considerando seriamente como la más adecuada.

Llegó el turno del Oficial Gaby, un hombre alto de unos treinta años, cuyo aspecto mostraba un cansancio avanzado. Con voz delicada y bastante aguda, habló de las implicaciones y de las medidas a tomar en la Estación de Energía. Explicó:

—Cualquier proceso aquí es crítico. Podemos utilizar las dos opciones enumeradas por los compañeros, pero ambas podrían traer serios problemas por las desconexiones de electricidad, ya que los generadores no soportarían la producción de energía eléctrica para todo el país. Si el virus ha entrado en la red, ya se habrá esparcido en las otras centrales de energía también. Después de Hadera, las más críticas son la de Haifa y la de Tel Aviv. La interrupción de la energía de la Central de Haifa por más

---

59 Bor (agujero): es uno de los lugares más secretos del ejército, en el centro del país, en el que se ubica la red central.

de media hora, impondría oscuridad a todo el norte, hecho sumamente crítico. Cortar la red de comunicación sea, tal vez, una opción más factible, pero esto también afectaría la producción eléctrica. Como ven, la situación aquí es muy compleja.

El Ministro de Defensa estaba muy nervioso. Los tiempos y las indecisiones le molestaban. Miraba a los ojos al Jefe de la Unidad 8200 que estaba ubicado frente a él.

Tomer, un joven que todavía estaba cursando su servicio obligatorio y al que se visualizaba como una de las promesas de la organización, se acercó al micrófono.

—Las mismas opciones existen aquí en el Mossad, aunque desconectar la computadora central ocasionaría un fuerte impacto que podría extenderse por horas. Perderíamos el contacto con agentes que están por el mundo y que necesitan continua ayuda. Por otro lado, cortar el suministro de electricidad es posible, pero recuperarlo llevaría más de seis horas, ya que habría que reconectar más de dos mil líneas y testear miles de programas. La acción más factible que hemos discutido con nuestros pares de Hadera, sería desconectar las conexiones a internet, basadas en direcciones IP. Esto podría prevenir el robo de información si el virus lograra penetrar la seguridad y llegar a la computadora central.

El Ministro de Defensa se puso de pie y miró a todos en la sala. Luego dirigió sus ojos a la cámara y comenzó su discurso improvisado con una voz alta y clara.

—¿Qué es lo que me dicen? Después de todo lo que pasa hoy en el mundo, con todos los avances de la tecnología y nuestro supuesto potencial cibernético, con destacadas organizaciones de defensa como la venerada Unidad 8200 y el Mossad, nos encontramos un cierto día del 2011 completamente expuestos... ¿Es esto lo que me quieren decir? ¿Que todo es tan complicado? ¿Que los procesos posibles tardan horas en ejecutarse?

Casi todos bajaron sus cabezas y nadie se atrevió a contestar. El Ministro explotaba de la rabia, su rostro se hallaba desencajado. Si algo ocurría ¿cómo le explicaría al Primer Ministro que nada había podido hacerse, que el país no estaba preparado para esta eventualidad?

A las 10:58 PM salió de la sala de videoconferencias a fumar. Todos se miraron. La pantalla mural mostraba caras largas y preocupadas los sistemas no revelaban ningún virus o *malware* activos, todavía...

86

AHMED
Sur de Tel Aviv
5 de noviembre, 2011 - 10:58 PM

Los minutos parecían décadas, eran las 10:58 PM y el frío sacudía. Los perros se acercaban, sus ladridos se escuchaban cada vez más próximos. Decidí moverme nuevamente y bajar las escaleras para llegar hasta un ambiente que estaba cerrado. Ratones y ratas desfilaban ante mis ojos sin inmutarse por mi presencia; mugre y suciedad era el escenario que reinaba en aquel pequeño espacio. Controlé la recepción de mi celular y constaté que era la misma que en la superficie.

Abrí mi computadora, eran las 10:59 PM. El programa estaba corriendo como lo dejé, en modo terminal, verifiqué la conexión a internet. La terminal verde brillaba, entonces comencé a insertar los comandos.

```
Admin>conexión
Admin>conexión establecida
Admin>activación
Admin>código de activación
```

Miré la hora en la computadora y en mi reloj: 23:00:05 PM. Las manos me temblaban y se resbalaban en el teclado; en un momento, pensé que no podría controlarlas. Fijé mis ojos en el monitor:

```
Admin>XXXXXXXXXX
```

Cada carácter que escribí me pareció una tortura, pero la decisión ya estaba tomada, ahora había que esperar la confirmación, y el proceso entraría en acción. Los ruidos se intensificaban en la superficie, y yo esperaba temblando la maldita señal.

```
Admin>activación autorizada
Admin>programa activado
Admin>...............................................
.....................................................
.....................................................
.....................................................
.....................................................
...................
Admin>programa inicializado Central Eléctrica Hadera
Admin>...............................................
.....................................................
.....................................................
.....................................................
.....................................................
Admin>programa inicializado Mossad Oficinas Centrales
```

Estaba hecho. Respiré hondo. Ahora solo me quedaba esperar. Escuché el sonido de un perro jadeando, que provenía de la superficie, obviamente alguien rondaba el lugar. Las ratas huyeron asustadas y yo me quedé inmóvil, no tenía dónde ocultarme. En esas condiciones, lo único que podía hacer era rezar. Mi misión ya estaba cumplida.

87

Tel Aviv – Estación Central de Policía
5 de noviembre, 2011 - 11:07 PM

A las 11:07 PM llamaron de urgencia a Ronen, que fumaba mientras tomaba un café en la cantina ubicada enfrente de la Estación de Policía. Ese era el lugar en el que se juntaban los uniformados y pasaban su tiempo libre. Era uno de los pocos locales en la zona en los que se permitía fumar. Cuando el dueño del lugar pronunció su nombre, Ronen salió como despedido rodeado de una nube de humo. En la Estación, corrió directamente hacia la sala donde estaban interrogando a Jalfon. Al llegar distinguió al juez de turno sentado junto al fiscal. Estaba contento con el juez, era un joven muy atrevido que no le tenía miedo a nada. Le gustaba cerrar casos y odiaba estirar los asuntos más de lo necesario. Eli Regev también lo conocía y le dijo unas palabras al oído antes de entrar. El joven juez tenía anteojos, traje negro, camisa blanca y corbata azul. Llevaba los zapatos bien lustrados. Su cabello negro lucía sumamente arreglado para estas horas. Tenía aspecto de tímido, pero era eficiente y rápido.

Jalfon estaba fumando, aunque esto no se permitía en ese recinto. Se lo veía tan tranquilo como si estuviera en el jardín de su casa.

—¿Para qué me llamaron de urgencia? —preguntó Ronen en voz baja.

—Jalfon está preparado para confesar.

A solicitud de Ronen, él, el fiscal y el juez salieron de la sala para hablar.

—¿Cómo es que de repente decidió cantar? —preguntó Ronen asombrado.

El juez sacó un legajo compuesto por hojas escritas a máquina y respondió:

—Jalfon tiene un expediente profuso, de aquí a la China. Entre otros delitos, lo encontraron saliendo del país ilegalmente y está acusado de unos cuantos atentados en los que mandó a matar por dinero.

—¿Pero...así, de repente...? Antes de irme a fumar empezó con que quería ver a un abogado. ¿Cómo es que cambió su posición?

—Le estamos ofreciendo mucho —dijo el fiscal—. El Mossad nos ordenó cerrar el caso lo antes posible, sin importar los costos.

—¿Y el Mossad qué tiene que ver? —Ronen estaba furioso.

—No lo sé —contestó el juez—. Lo que sí sé es que tenemos que terminar esto. Nos aclararon que es asunto de gran envergadura, caso de seguridad nacional. Yo mismo hablé con el Jefe del Mossad.

—¿Y qué recibe Jalfon a cambio de su confesión?

—Ocho años adentro, con suerte y buena conducta estará afuera después de cinco —explicó el fiscal.

—¿Esa fue la oferta? ¿Solo eso? —insistió Ronen.

—Luego trabajará con nosotros.

—¡Ah!, me lo temía —exclamó Ronen—. Bueno, entremos, quiero saber quién le encargó todos los atentados.

Entraron. Jalfon seguía fumando como un escuerzo. Cruzó sus pies y preguntó:

—¿Qué quieren saber?

—Queremos saber quién te envió a matar a toda esa gente.

—Ante todo —aclaró Jalfon— quiero ver el documento con lo que me ofrecieron y confirmar su validez junto al juez y a mi abogado... no me apures.

—¿Llamaste a tu abogado? —preguntó el fiscal.

—Sí, seguramente está por caer.

Ronen salió nuevamente y le comunicó a Eli Regev que Jalfon estaba por confesar.

—Yo sabía que ese juez era muy eficiente —dijo Eli.

—No se trata de un logro del juez, Eli. El Mossad le hizo una propuesta increíble a cambio de la información.

—¿El Mossad? ¿Cómo están metidos en esto? ¿Cómo saben que estamos aquí? ¿Tú les hablaste? —preguntó iracundo mirándolo a los ojos.

—Tranquilo, Eli. Yo no hablé con nadie. Yo tampoco lo entiendo y me gustaría tener las respuestas a esas preguntas tanto como a ti. Lo importante ahora es que va a hablar. Ven, entremos.

A las 11:19 PM llegó el abogado de Jalfon, un viejo como de sesenta y cinco años; estaba despeinado y se veía como alguien que había sido arrancado de la cama a bofetadas. Llevaba una cartera de cuero marrón.

El abogado se calzó unas enormes gafas y comenzó a leer el contrato. A las 11:23 PM dijo:

—Firmemos, está todo bien.

Jalfon firmó, su abogado rubricó el documento y al final también lo hizo el juez, quien lo legalizó y selló.

—¿Quién te mandó matar a tanta gente, Jalfon? —preguntó Ronen ansioso.

Jalfon miró otra vez el papel que tenía enfrente. Nunca había firmado un trato tan bueno en su vida. Sin ese trato, se hubiera llevado dos cadenas perpetuas y hubiera terminado sus días en la cárcel. Pero ahora hasta veía un futuro por delante.

—No tenemos tiempo —intentó apurarlo Ronen—, ¿quién te pagó por todos esos crímenes? —le preguntó señalando con su dedo la segunda hoja del documento.

—Fue el doctor David Levi.

—¡Lo sabía! —dijo Eli exultante.

Ronen salió del recinto acompañado de Eli y llamó de inmediato a la policía de la zona de Hasharon. Al mismo tiempo envió un refuerzo de la brigada especial de Tel Aviv para buscar urgentemente al doctor David Levi. Después se comunicó con Shaul, ya que ese era el contacto que le había dado el Jefe del Mossad.

—Shaul, habla Ronen, del Departamento de Policía de Tel Aviv.

—Sí, dime.

—Tenemos el nombre de quien encargó todos los atentados.

—¿Quién es?

—El doctor David Levi.

—¿Has mandado a un comando a buscarlo? ¿Dónde piensas que está?

—La última vez que lo vieron fue en Kfar Saba. Ya salió en su búsqueda una fuerza especial.

—Ey, Shaul, ¿cómo estás? —bruscamente se apoderó del teléfono Eli Regev.

—¿Quién habla?

—Tu amigo Eli...

—Ah...¿qué quieres?

—Dime...¿cómo es eso que el Mossad hace arreglos para que este mafioso confiese?

—Sabes, Eli... no tengo tiempo para eso ahora. El país está en peligro, ¿entiendes? ¡Peligro! —gritó y cortó la comunicación.

88

LEONEL
Oficinas del Mossad - Herzliya
5 de noviembre, 2011 - 11:08 PM

Tropezando con un tacho de basura y sin golpear la puerta, Hanna entró agitada a la sala de videoconferencias. Estaba pálida, apenas podía controlar su respiración, cuando dijo ante todos:

—Hay un enorme flujo de tráfico en la red interna.

—¿Qué tipo de tráfico? —preguntó Daniel.

—Es una combinación de TCP/IP y UDP. Se me ocurre que es un ataque de "Denegación de Servicio Distribuido", DDoS. No entiendo cómo se expande, ya que tenemos protección estricta contra todo tipo de variación de este virus. Los sitios webs internos están por desmoronarse, hay procesos que corren a esta hora en la red: *http*, *https*, *eximd*, *ftp*... casi todos están siendo afectados. Esos son los que he podido reconocer hasta ahora.

Ofer interrumpió bruscamente a Hanna:

—Tenemos lo mismo aquí en Hadera, nos están bombardeando la red interna, los sitios web se están cayendo uno tras otro, miren en la pantalla mural —mientras hablaba mostraba como ejemplo uno de los servidores atacados mandando dos comandos *"Netstat"*.

```
netstat -ntu | awk '{print $5}' | cut -d: -f1 | sort | uniq -c
| sort -nr
```

```
netstat -np | grep SYN_RECV | awk '{print $5}' | cut -d. -f1-4
| cut -d: -f1 | sort -n | uniq -c | sort -n
```

IP Servidor: 192.168.0.3 IP
Atacante: 192.168.0.5

```
tcp  0   0 192.168.0.3:80      192.168.0.5:60808 SYN_RECV
tcp  0   0 192.168.0.3:80      192.168.0.5:60761 SYN_RECV
tcp  0   0 192.168.0.3:80      192.168.0.5:60876 SYN_RECV
tcp  0   0 192.168.0.3:80      192.168.0.5:60946 SYN_RECV
tcp  0   0 192.168.0.3:80      192.168.0.5:60763 SYN_RECV
tcp  0   0 192.168.0.3:80      192.168.0.5:60955 SYN_RECV
tcp  0   0 192.168.0.3:80      192.168.0.5:60765 SYN_RECV
tcp  0   0 192.168.0.3:80      192.168.0.5:60961 SYN_RECV
tcp  0   0 192.168.0.3:80      192.168.0.5:60923 SYN_RECV
tcp  0   0 192.168.0.3:80      192.168.0.5:61336 SYN_RECV
tcp  0   0 192.168.0.3:80      192.168.0.5:61011 SYN_RECV
tcp  0   0 192.168.0.3:80      192.168.0.5:60911 SYN_RECV
tcp  0   0 192.168.0.3:80      192.168.0.5:60758 SYN_RECV
```

El Jefe de la Unidad 8200 preguntó si había alguna anomalía en la
Base Ramón y en la HaKirya de Tel Aviv.

—Ninguna anomalía aquí —dijo Moshe.

—Tampoco aquí —agregó Alon.

El Jefe del Ejército solicitó a su asistente que investigara en todas las
bases de Tzahal si habían detectado algún proceso maligno en sus redes.
Después de siete minutos, el emisario volvió con una respuesta negativa.
El Jefe del Shabak también reportó negativamente. Se decidió continuar
llamando a lugares estratégicos, entre los que estaba la Central de Telecomunicaciones Bezeq, las Reservas de Gas y la Compañía de Agua del
Estado.

—Tenemos que aislar la infección —dijo el Ministro de Defensa.

A las 23:20 PM se confirmó que los únicos lugares afectados hasta el
momento eran la Central Eléctrica en Hadera y las oficinas del Mossad.
El Oficial Gaby agregó en su reporte que también las Centrales Eléctricas

de Reading, en Tel Aviv, y de Haifa, estaban infectadas ya que se hallaban conectadas a la red interna y eran víctimas del mismo flujo de tráfico nocivo. —Ofer nos presentará una reseña de lo que está sucediendo —dijo Gaby.

Ofer se puso de pie y comenzó a dibujar en el pizarrón; la cámara lo seguía y todas las personas participantes en la videoconferencia lo miraban atentamente. Ofer había hablado con los técnicos de Symantec durante diez minutos para conocer en detalle el evento que afectaba los sistemas. Conjugó los datos que obtuvo del Symantec con lo que él mismo había encontrado.

El Jefe de la Unidad 8200 se comunicó con el Encargado General de Symantec para ordenar que nada saliera del país por ahora y le dejó bien en claro que si no obedecía lo sancionaría. Mientras terminaba de representar gráficamente las características del *malware*, Ofer empezó a hablar. Antes aclaró que por el poco tiempo que había tenido todo lo que presentaría era una tesis todavía no confirmada, después explicó que la generalidad de las compañías tardan hasta dos semanas en descubrir este tipo de gusanos. Entonces dijo:

—Como pensábamos, el virus parece haber sido insertado físicamente en una de las computadoras que se conecta a la red. Es muy factible que se haya usado una memoria USB para hacerlo; aunque los puertos USB están bloqueados para todo uso, este virus los evita. No corre ningún programa "autorun.exe", sino archivos DLL, cabalga por encima de programas que usan archivos DLL del sistema operativo, en este caso Windows. Luego, detecta una debilidad de un driver y se queda en la memoria de la computadora. Por eso, es inútil resetear el sistema, pues el virus se borrará pero volverá a actuar, ya que es un RootKit. Después de estar alojado en la memoria de la computadora, el virus fue activado y comenzó a lanzar un ataque de denegación de servicios DDoS que se divide, por lo que podemos ver, en tres rutinas.

Una, es el ataque mediante conexión TCP/IP: el virus envía peticiones de conexión TCP/IP desde direcciones falseadas o inexistentes. El servidor acepta la conexión y queda en espera para recibir respuesta, pero como la dirección IP no existe, no recibe ninguna. Al realizar miles de peticiones a la vez se consumen todos sus recursos, bloqueándose el servicio.

Otra, es ataque Volumétrico o por Inundación ICMP: el virus envía paquetes masivos de datos que requieren la devolución de un paquete de respuesta, consumiendo todo el ancho de banda del servicio.

Y la tercera es el ataque mediante Inundación UDP o Fragmentación: el virus envía fragmentos de mensajes UDP a la víctima, dificultando su re-ensamblado, haciendo que el sistema se ralentice o se bloquee.

El Ministro de Defensa había escuchado demasiado y movía su cabeza nerviosamente. Estalló diciendo:

—¿Cómo puede ser?

Después preguntó:

—¿Cuánto tardaríamos en limpiar ese virus?

Por primera vez me enojé, no había tiempo para ese tipo de expresiones. Me levanté de mi asiento con intención de irme del lugar, pero un gesto de Hanna me hizo volver a la realidad. Entonces decidí intervenir.

—Aquí no se trata de limpiar el virus. En una infección de la magnitud de la que tenemos es imposible hacerlo a la brevedad, podemos tardar días. La cuestión aquí es desactivarlo para que no llegue a la computadora central y así evitar que se detengan los sistemas de generación de electricidad. Este virus es un programa que contiene un código de activación y el mismo código lo desactiva. La desactivación lo detendría instantáneamente.

—Pero ¿cómo conseguiremos esa contraseña? —preguntó el Jefe de la Unidad 8200 desde su lugar en medio de la cúpula de la HaKirya.

—El camino es encontrar a la persona que lo activó. La activación se hizo online desde algún lugar dentro del país. Este virus se inyectó bajo nuestras narices, salió de nuestras entrañas. El código estuvo dormido en nuestros sistemas por varias horas aquí en las oficinas del Mossad hasta que fue ejecutado. El *malware* esquivó los sistemas de detección y ahora se dirige directamente hacia la computadora central. En este momento está invadiendo computadoras, servidores y *routers*. Según mi opinión, el próximo paso es devorarse una tras otras las capas internas del cortafuegos. Hay que ver cómo estas reaccionan. Deberíamos cortar toda conexión a internet de la red privada, para que los datos de la base no se escapen del país; como habíamos dicho, imaginen las consecuencias que eso traería. Tenemos que hacerlo, no hay otra opción. Lo haremos sin el procedural, porque desconectar una por una las conexiones externas nos llevará dos o tres horas.

El Encargado de Seguridad del Mossad movía sus manos, manifestando su descontento.

—Eso es un suicidio. Para reconectar cada línea demoraremos días, quizás semanas —dijo.

—Si no lo hacemos, la consecuencia será perder los datos alojados aquí y que han sido parte de la información reservada de este país por más de cincuenta años —expliqué.

El Jefe del Mossad interrumpió los argumentos.

—¡Corten internet ya! Llamen a los ingenieros de la telefónica Bezeq y háganlo con ellos. No se preocupen por los agentes en este momento. Esa base de datos no puede ser violada, vale más que cualquier otra cosa.

El Ministro de Defensa lo miró y asintió con su cabeza. No le tenía mucha simpatía pues en el pasado no muy lejano, habían tenido demasiadas diferencias que los llevaron hasta a pelearse en público. Esta vez el Ministro sintió que tenía que ponerse de su lado. Esa base de datos le pertenecía al país entero, no era momento para desquites y represalias. Todos acordaron que eso se haría y la orden fue dada. En relación con la Central Eléctrica de Hadera se decidió que no había razón para desconectar de internet a la red privada, ya que allí no había que preservar ningún secreto.

En un instante, todos dirigieron sus miradas a la pantalla mural para observar el estado del sistema de cortafuegos. El virus estaba destruyendo la primera capa de protección en los dos sitios a la vez. Le había tomado tan solo tres minutos arrasarla; era la capa que protegía el protocolo FTP, el *firewall* casi no opuso resistencia ante el *malware* voraz.

El Jefe de la Unidad 8200 dijo:

—Estamos ante un problema gravísimo. ¿Cuánto tiempo tenemos? —preguntó.

Ofer, que había estado callado y miraba su computadora para intentar ver algo más de ese demonio que arrasaba con todo, fue quien respondió.

—Si tenemos suerte y mis cálculos no me fallan, no más de media hora. El virus aquí tiene otro objetivo; los archivos que he analizado muestran que fue insertado en los sistemas hace una semana y estuvo dormido los últimos siete días, yo creo que lo que hizo fue estudiar las rutinas de los sistemas industriales, pienso que cuando acabe con la resistencia del cortafuegos, empezará a mandar comandos erróneos a la turbinas, válvulas y tuberías hasta detener la producción eléctrica. Repito, estas son especulaciones mías, pero este virus tiene algo muy conocido en su manera de actuar, si es lo que yo pienso, el problema es enorme. No tengo más que decirles.

89

Tel Aviv - Estación Central de Policía
5 de noviembre, 2011 - 11:20 PM

A las 11:20 PM, la policía de la zona Hasharon se distribuyó por Kfar Saba, Raanana y Ramat Hasharon en busca del doctor Levi. Había recibido refuerzos de una fuerza del Mossad y de otra del Shabak.

Alrededor de las 11:25 PM se repartió su foto en toda el área. La operación estaba coordinada entre todos los bandos que reportaban a la Estación Central de Tel Aviv. Cada cinco minutos Shaul, que se hallaba en el centro de Tel Aviv buscando al terrorista, se contactaba con Ronen.

Por su parte, Eli Regev recibió un llamado de emergencia de un agente cercano al gobierno que le informó lo que estaba ocurriendo en el país y que le solicitó que abandonara la investigación por el momento.

—¿Qué me quieres decir? —preguntó fastidiado Eli.

—Que tienes que dejar todo. El país está en una situación muy complicada.

—¿Qué está ocurriendo?

—Un terrorista insertó un virus letal en las Oficinas del Mossad y en la Central Eléctrica del país.

—¿Y se sabe quién es?

—El terrorista es Ahmed.

—¿Qué Ahmed?

—Ahmed, el joven de tu historia.

—¿Por qué tengo que dejar mi deber?

—Porque estás resultando un obstáculo. Ahora abandona todo eso, deja a la policía y al Mossad en paz, son órdenes que vienen de arriba.

Conociendo la terquedad de Regev, el mandatario del gobierno le reiteró su petición.

—Promételo, Eli. Si sigues adelante, todo se irá al carajo.

—Prometido —dijo Eli que todavía estaba perturbado por lo que había escuchado.

A las 11:29 PM un anciano que paseaba con su perro llamó a la Policía de Herzliya y le indicó que había visto a David Levi caminando por la Estación Central de Herzliya.

A las 11:33 PM la policía bajó al médico de un micro que recién había abordado, en el que marcharía rumbo a Haifa. El colectivo estaba por partir; Levi no se resistió, estaba abatido, con su ropa sucia y en estado de shock; fue llevado de inmediato a la Central de Policía de Tel Aviv.

Ronen recibió la llamada.

—Lo cazamos —le dijo el Oficial Primero de la Central de Herzliya—. Vamos para allá.

—¡Qué bien! Gracias. Apúrense, lo necesitamos aquí lo antes posible. Si quieres, les abrimos camino.

—No, no es necesario. Tengo dos patrulleros. Estaremos allí en trece minutos.

Ronen estaba exhausto; se dio vuelta, miró a Eli, esbozó una sonrisa y le dijo:

—¡Encontramos al doctor!

90

AHMED
Sur de Tel Aviv
5 de noviembre, 2011 - 11:28 PM

Los ruidos se sucedieron, la voces comenzaron a acercarse y los perros ahora ladraban sin cesar. En un momento, vi claramente las luces de las linternas formando figuras sobre mí. La policía estaba en la superficie. Lo único que me separaba de ellos era un muro y una escalera. Si decidían bajar hacia el refugio, no tendría salida. Solo podía quedarme en el lugar e implorar que nada ocurriera. Miré mi móvil y vi que ya no le quedaba batería, igualmente no tenía a nadie que me pudiera socorrer. La policía estaba ahora en la zona de la pileta, lindera al salón de fiestas. Qué ironía, pensé. Antes un lugar de lujo y ahora todo completamente destruido.

—Podemos irnos, aquí no hay nadie —escuché decir.

Las ondas de sonidos se empezaron a alejar y con ellas el miedo, pero mis manos todavía temblaban. Pronto no escuché más voces, por lo que pensé que estaba a salvo. Mi teléfono móvil comenzó a emitir el ruido indicador de batería descargada y, entonces, escuché un ladrido que me espantó. Un perro bajó la escalera y comenzó a acosarme. Rugía como un tigre, bramaba, gruñía. Atiné a cubrirme la cara, y el perro clavó sus fauces en mis pantalones. Los movía furiosamente sin soltarlos mientras yo pataleaba desesperadamente, pegándole con la otra pierna. Con los golpes, el animal comenzó a aullar con más intensidad. Inmediatamente llegaron los agentes.

Dos uniformados me tomaron de los hombros, calmaron al perro y un tercero me esposó. Luego recogió la computadora y mi bolso, y me quitó mi teléfono. Estaban satisfechos, habían cazado a su presa. Uno de ellos habló por radio:

—¡Lo tenemos! Estamos en el Dolfinarium. Comuníquenselo a Shaul urgente.

El tal Shaul arribó al lugar apenas cinco minutos después. Estaba exaltado. Se presentó como agente del Mossad y me preguntó mi nombre. Callar, no hablar, no revelar nada, así me habían instruido, y eso hice.

Shaul me miró a los ojos, su semblante estaba desencajado.

—No te haremos nada, te necesitamos, sabemos muy bien quién eres y lo que hiciste.

No hablé, permanecí en silencio. Era extraño, dejé de temblar, ya no sentía temor, tenía la sensación de que estaba a salvo, de que lo peor había quedado atrás. Miré mis pantalones y vi que estaban manchados de sangre, pero nada me dolía.

Me ataron los pies y con las manos esposadas me metieron dentro de una patrulla. Shaul dio la orden de llevarme a la Estación Central de Policía de Tel Aviv.

—Vayan a toda velocidad, no se detengan por nada, tenemos que estar allí lo antes posible.

En el coche mientras miraba las bonitas luces de Tel Aviv, mi cuerpo era un remolino de sensaciones, mi cabeza por un momento se olvidó del virus y comencé a pensar qué sería de mí ahora.

91

HaKirya - Tel Aviv
5 de noviembre, 2011 - 11:30 PM

A las 11:30 PM llegó el Primer Ministro al salón de videoconferencias de la HaKirya de Tel Aviv. El Ministro de Defensa había decidido llamarlo con carácter urgente, ya que sentía que alguien tendría que tomar decisiones importantes esa noche.

Cuando se sentó, el Primer Ministro se vio inmerso en un ambiente convulsionado. La pantalla mural mostraba el estado de los sistemas cortafuegos. El virus estaba venciendo sin problemas la segunda capa de protección en las Oficinas del Mossad y no había cómo pararlo. La red estaba inundada de tráfico, los servidores se reseteaban uno tras otro, los *routers* se recalentaban y dejaban de funcionar. La producción de energía de la Central de Hadera comenzó a mermar, lo mismo ocurría en Haifa y Tel Aviv. El Encargado de la Central manifestó que en diez minutos tendría que conectar los generadores para estabilizar el suministro de energía.

El Primer Ministro preguntó cuáles eran las opciones y no le gustó la respuesta que recibió del Ministro de Defensa. Entonces empezó a vociferar y en pleno ataque de ira gritó:

—¿Cómo puede ser que en el 2011 estemos así expuestos? ¡Un país como Israel!

Nadie dijo nada, todos callaron, ya habían escuchado un reclamo por el estilo hacía muy poco tiempo.

El Jefe del Mossad intentó calmar un poco los ánimos, se levantó y dijo:

—Desconectamos todas las líneas de internet de la red local, esperamos que con esta medida ningún archivo se pueda escapar del país.

En ese momento, el Jefe del Mossad recibió un llamado urgente y dejó el salón de conferencias para atenderlo.

—Tenemos a Ahmed con nosotros, tenemos al terrorista.

—¡Esa es la mejor noticia que he escuchado en mucho tiempo! ¿Dónde está en este momento?

—En camino a la Estación Central de Policía de Tel Aviv.

—Shaul, lo necesitamos para que desactive el virus.

—Por ahora, no habla —dijo Shaul.

—Mira, Shaul, tiene que hablar, necesitamos la clave para desactivar el virus. Él es el único que puede ayudarnos, lo dejo en tus manos. Llámame cuando llegue a la estación. Tenemos menos de media hora.

Shaul no dijo nada. Su cabeza se concentró en la estrategia para hacer hablar a Ahmed, tenía que darles la clave. El tiempo jugaba en contra, solo contaba con menos de media hora, parecía una misión imposible.

Tenía experiencia y adivinaba cómo se comportaría el joven: guardaría silencio y extendería el tiempo lo más posible. Solo si conociera su lado sensible, algo que le tocara el corazón, tal vez tendría una oportunidad. Colocó la sirena en su coche privado y se dirigió a toda velocidad a la Central de Policía. En el camino pensó en la historia de Eli Regev: Ahmed era uno de los niños cambiados. Quizás Eli Regev tuviera alguna idea de cómo convencer al joven.

92

LEONEL
Oficinas del Mossad - Herzliya - Central de Energía Hadera
5 de noviembre, 2011 - 11:39 PM

A las 11:39 PM se sumaron a los presentes en la sala de videoconferencias un criptógrafo del Mossad, un experto en claves secretas que pertenecía a nuestro grupo y Hanna, que se especializaba en monitorear los sistemas. Los mismos técnicos se incorporaron en la Central Eléctrica de Hadera. Los equipos de infraestructura chequearon minuciosamente las copias de seguridad de los datos almacenados en las computadoras centrales. Todas las copias estaban en orden y se hallaban protegidas en otro sitio a más de cincuenta kilómetros del lugar. Existía la rutina de sacar la copias de seguridad todos los días del recinto a un lugar distanciado. Aun así el temor principal no era perder los datos, ya que había copias, sino que estos fueran descargados y cayeran en manos enemigas.

Lo que más preocupaba era que no se tenía idea certera de cuál sería la carga explosiva del virus, el *payload*. El mercado estaba lleno de *malwares* y de diferentes virus cuyo objetivo principal era robar identidades, tarjetas de créditos, hacer operaciones bancarias fraudulentas o simplemente presentarse y crear pánico; pero en este caso, lo único que habíamos visto era una cantidad infinita de tráfico DDoS destinado a derribar todo lo que estaba en su camino y cuya misión especial era destruir la defensa de la computadora central.

El primer impacto ocurrió cuando, a eso de las 11:42 PM, las turbinas generadoras de gas en Hadera comenzaron a disminuir significativamente su velocidad y su producción. Cuando los técnicos de los sistemas industriales comenzaron a investigar la razón, encontraron que los sistemas de control estaban mandando comandos erróneos. En algunos casos se había aumentado la velocidad de vueltas del rotor de la turbina (RPM); en otros, la temperatura había cambiado y no era la normal; a eso se agregó que algunas válvulas no se abrían y cerraban a tiempo, como deberían hacerlo, y todo esto junto provocó que varias turbinas generadoras de electricidad se quemaran y dejaran de funcionar, en otras el proceso destructivo era más lento.

La central de Hadera contaba con seis turbinas gigantes, dos de las cuales ya no funcionaban y una se hallaba en llamas; los bomberos acudieron al instante. En Tel Aviv empezaron los apagones cuando una de las turbinas de la Central de Reading se detuvo, esto afectó también el área de Hasharon y la zona de Jerusalén Oriental. El sur se mantenía gracias a que solo una turbina había sufrido averías en la Central de Hasharon. Los apagones eran intermitentes y se expandieron a las zonas de Eilat, el Galil y el Golán.

Cuando el norte, en Haifa se unió a la ola de apagones, después de que dos turbinas se detuvieran y otra se incendiara, el gabinete decidió accionar los generadores de urgencia, que suministrarían electricidad constante durante la siguiente media hora. Eran las 11:42 PM, y un experto en energía aseguró que entre los generadores de emergencia más las turbinas que todavía funcionaban, se lograría sostener el abastecimiento eléctrico hasta las 00:24 AM. Luego el país entero quedaría a oscuras y expuesto. La tensión crecía y las decisiones estaban a cargo directamente del Primer Ministro.

Hanna comenzó a mostrarme en su pantalla que el virus se estaba apoderando ya de la tercera capa del cortafuegos, sin frenarse ante el sistema antivirus y la plataforma protectora de tráfico. Su rostro había perdido el brillo que yo había conocido hacía pocas horas atrás; estaba ansiosa y muy alterada.

Los criptógrafos opinaban que el programa estaba repleto de claves privadas que tenían sus llaves en el programa mismo. Se mostraban asombrados de su estructura y de su calidad. Rubén, por su cuenta, comenzó a tratar de descifrar el código de activación, pero era un imposible, ya que después de mucho calcular y de trasladarlo a nuestro algoritmo de probabilidades, el programa nos lanzó una respuesta que no era la que queríamos obtener.

—Hay más de sesenta millones de variaciones posibles en este código —dijo Rubén.

El Ministro de Defensa le encomendó al General Primero del Tzahal que en veinte minutos diera la orden de poner en acción a dos escuadrones de aviones, treinta naves en total, que deberían patrullar el espacio aéreo del país. También ordenó tener helicópteros listos para iluminar los cielos del norte con luces de bengala.

Había una profunda preocupación por lo que pudiera suceder en esa zona, por la tensión con Hezbollah e Irán. No había ahora tiempo para saber quién era el autor del ataque, aunque todo apuntaba a que Irán estaba involucrado.

El Primer Ministro se alejó un momento de la sala y se comunicó por el teléfono rojo con su par de Estados Unidos, y este puso a los expertos de la NSA a disposición de Israel.

A las 11:47 PM se envió una copia del *malware* a los departamentos informáticos de la NSA, en Texas. El Primer Ministro volvió a la reunión y anunció que a las 00:07 AM emitiría un comunicado especial al pueblo que sería transmitido en cadena nacional por todos los medios de comunicación.

De pronto, Hanna llamó mi atención mientras miraba su pantalla.

—Mira, está comenzando a apoderarse de la cuarta capa. Quedan solamente dos y después la computadora central estará a merced de cualquiera.

Rubén seguía encaprichado con la clave, ya había bajado las probabilidades a cincuenta y tres millones; los criptógrafos continuaban intentando dilucidar cómo estaba armado este monstruo virtual, y cada vez se asombraban más con la perfección de algunos algoritmos y comandos que descubrían.

A mí me costaba creer lo que estaba viviendo. Por todos lados se sentía pavor e impotencia. Increíblemente, en veinticuatro horas había pasado de un calvario a otro.

93

Tel Aviv - Estación Central de Policía
5 de noviembre, 2011 - 11:49 PM

Era grotesco ver a dos policías de relativamente baja estatura transportando al doctor David Levi y sus dos metros de estatura. Lo conducían directamente al segundo piso del Departamento Central de Policía de Tel Aviv. Eran las 11:49 PM cuando asomó su cabellera blanca en el despacho de Ronen. En el momento en que iba a entrar, se cruzó con Jalfon que salía de la sala de interrogatorios con una sonrisa ganadora. Los cómplices se miraron y Jalfon le dijo:

—Te advertí que ya era demasiado.

Un policía lo arrastró y le dijo:

—¡Vamos!

El doctor no dijo nada y masticó su bronca. Jalfon lo había delatado y seguramente habría hecho su buen negocio, pensó. Sabía desde un principio que no podía confiar en gente de la talla de Jalfon.

Ronen sabía que el tiempo no estaba a su favor y había llamado diez minutos antes de la llegada de Levi al abogado defensor de turno, asumiendo que el doctor solicitaría uno antes de confesar. Ronen se presentó ante Levi y lo trasladó hacia el cuarto de interrogatorios. Allí estaba el abogado defensor, el juez de turno, el fiscal y Eli Regev.

David Levi se sentó junto a su representante legal; cuando vio a Regev se estremeció, pues no estaba al tanto de que el atentado en su contra había fracasado.

Todos se presentaron en la sala, y cuando llegó el turno de Eli, este dijo:

—Yo soy al que trataste de asesinar hace pocas horas.

El doctor ya había visto su foto, estaba derrotado y se mantuvo en silencio. Bajó su cabeza y asintió. Apoyó sus manos sobre la mesa. Se lo notaba debilitado, extenuado.

Ronen preguntó:

—Doctor, ¿puede contarnos por qué mató o intentó matar a toda esta gente? —le mostraba un documento que contenía la lista de todos los atentados ocurridos en los últimos meses.

El abogado defensor le susurró algo al oído y Levi asintió enseguida. Entonces, se levantó y dijo:

—Quiero hablar con el juez y el fiscal a solas.

De mal humor, Ronen y Eli Regev salieron de la sala.

—Esta es la noche de los negocios —susurró Ronen.

—¿Qué quieres decir? —preguntó Eli, aunque vislumbraba la respuesta.

—Que el doctor solo hablará si se aceptan sus condiciones, tal como sucedió con Jalfon y como pasa con tantos asesinos.

—Entiendo —respondió Regev—. Creo que es obvio que van a ceder, aunque con todo lo que hizo...

—Mira, nosotros estamos para imponer la ley, pero más que nada para resolver y cerrar casos. Hay hechos que lo imputan, pero si se queda callado no nos beneficiaremos en nada.

—Yo pienso que este hombre guarda un gran secreto.

—Ojalá tengas razón y podamos esclarecer todo este lío de una vez.

Shaul llegó corriendo y cuando vio a Ronen le preguntó:

—¿Dónde está?

—El doctor ya está aquí, negociando su declaración.

—¡Ahmed!... ¡¿dónde está Ahmed?!

—No está aquí... ¿lo encontraron?

—Sí, llama urgente a la patrulla 323 y pregúntales dónde están... ¡lo necesitamos ahora!

Ronen se conectó por radio con el patrullero.

—En tres minutos estamos allí —le respondieron.

Shaul recibió esta respuesta y mientras esperaba eligió el despacho de Ronen para hablar con Eli Regev y Ronen al mismo tiempo.

—Escúchenme bien. En un instante llegará el terrorista. Hace una hora activó un virus que está afectando las centrales eléctricas en todo el país y las Oficinas del Mossad. En menos de media hora, el país entero estará sumido en la oscuridad y la base de datos más secreta del Estado quedará expuesta al alcance de cualquiera. El único que puede detener esto es Ahmed, él lo activó y tiene el código para desactivarlo. Obviamente, con él no habrá negocio por hacer, tenemos que forzarlo a hablar. No hay tiempo para torturas ni nada por el estilo. Necesitamos encontrar su lado sensible, algo que mueva su corazón, sus sentimientos. Estaba pensando que tal vez podríamos usar la historia de los niños cambiados para conmoverlo. Sabemos que Ahmed es uno de ellos y que el otro es Leonel, que en estos momentos está en las Oficinas del Mossad combatiendo el virus. ¿Qué piensan ustedes?

A Regev se le estaba armando el rompecabezas, ahora la nación lo necesitaba.

—Mira, sigo pensando que la clave está en el doctor David Levi, estoy seguro de que él sabe cosas que pueden ayudar a desenredar todo.

—¿Cómo qué? —preguntó Shaul.

—Si él fue el responsable del cambio de esos niños y luego inició una seguidilla de atentados, tiene que tener alguna razón; si lo hizo porque se volvió loco, seguramente hay algo que detonó semejante locura. Piensa un poco en la familia de Ahmed…

A las 11:51 PM salió el joven juez con el fiscal, los dos tenían una sonrisa en sus rostros. Shaul se abalanzó sobre ellos.

—¿Y? ¿Va a hablar?

—¿Qué te parece? —preguntó irónico el fiscal.

—Mira, no tengo tiempo para sortilegios.

—Sí, va a confesar —respondió el juez.

Shaul se dirigió a Eli Regev.

—Tú serás el encargado de interrogarlo, no pierdas tiempo, ve directo al grano. Tenemos solo hasta las 00:05 AM para actuar.

—No te preocupes, ya entro.

El patrullero 323 llegó a toda marcha, se subió a la vereda y se detuvo en las puertas de la Estación de Policía. Dos agentes salieron del auto sosteniendo a Ahmed que estaba esposado. Lo condujeron directamente al segundo piso. Shaul lo vio y pidió una sala en el tercer piso para separar al terrorista del doctor Levi.

Eli Regev se dirigió al juez y le preguntó:

—¿Cuál fue el pacto con el doctor?

El juez que ya quería terminar con todo, mientras miraba su reloj le dijo:

—No fue difícil. Él quiere limpiar su nombre y aclarar la historia. Prefiere no ir a juicio y recibir la pena y un trato digno. El abogado defensor estaba impresionado, pues se había preparado para sacar provecho de un trato mejor, pero el doctor está muy afligido y quiere terminar con todo esto. Su nombre es muy importante para él. Una de sus condiciones es que los medios no se involucren. Solicitó, además, consideración a la hora del veredicto.

—¿Cuánto le dieron?

—Le prometimos que no recibirá condena de perpetuidad, y que con buena conducta podría estar libre luego de un encierro de entre doce y quince años.

—Acá hay gato encerrado —susurró Regev—. ¿Cómo es posible que a un hombre que atentó contra tanta gente le den tan poco tiempo de prisión?

A las 11:52 PM entraron los tres, el fiscal, el juez y Eli Regev, a tomarle la declaración al doctor David Levi. Adentro, ya estaba organizado el sistema de sonido, todo había sido preparado para la grabación. Eli miró la sala vetusta y gris, sabía que estaba a punto de escuchar algo que lo cambiaría todo.

94

LEONEL
Oficinas del Mossad - Herzliya
5 de noviembre, 2011 - 11:53 PM

Salí a tomar un poco de aire. El ambiente en la sala de videoconferencias estaba que ardía por la presión. Adentro de aquel recinto me resultaba difícil concentrarme y entender completamente el impacto que estaba causando este virus. Me parecía que eso les ocurría también a mis compañeros. Se trataba de una de esas situaciones en las que los jefes y encargados exigen soluciones rápidas y eficientes sin entender nada del tema.

Cuando regresé a la sala, le pedí a Tomer que nos sacara de la videoconferencia a Rubén, a Daniel y a mí, así juntos podríamos mirar más de cerca cómo trabajaba la bestia. Concedió el pedido, así que nos reunimos.

Los tres estábamos de acuerdo con que el virus había sido insertado físicamente por medio de una memoria USB, que no actuaba normalmente creando un archivo "autorun.inf", sino que creaba tres archivos ".lnkl" que tenían una terminación completamente desconocida y se encontraban encriptados. Acordábamos también en que las claves privadas se hallaban en el mismo programa, que no era lineal por lo que las llaves podían encontrarse escondidas en otro comando que podía ejecutar otro procedural.

Esta colección de archivos se colaba vía un DLL del sistema operativo y después atacaba una vulnerabilidad de uno de los drivers de Windows; el equipo de Symantec pudo corroborar que explotaba los drivers del ratón y esto producía un "Día Cero", embate que residía en la memoria de la computadora. Al mismo tiempo, luego de su activación manual, el virus mandaba un ataque sistemático de denegación de servicios, no solamente para derrumbar los sitios webs sino para ahogar la red y todo lo que se encontraba en el camino. Su accionar resultaba en terminar con la protección de las capas del cortafuego interno.

Los tres nos miramos y pensamos en algo similar, ocurrido no hacía mucho tiempo, y simultáneamente exclamamos "¡Stuxnet!". Tenía casi las mismas características, entre ellas que estos archivos se llamaban ".lnkl" y los de Stuxnet ".lnk". Teníamos que estudiarlo y repasar todas sus líneas pero era seguro que existía similitud, aunque el que los atacaba ahora enviaba una embestida DDoS feroz contra la red y Stuxnet, en cambio, afectaba solamente sistemas PLC Siemens, en las otras computadoras el virus se mantenía dormido sin causar ninguna consecuencia.

Ofer en Hadera escuchó nuestra explicación y expresó que él pensaba lo mismo, pero agregó que esta mutación tenía dos objetivos o payloads. Uno era atacar la computadora central del Mossad, meta que cumpliría después de deshacerse del sistema de cortafuegos que la protegía, para luego dejarla expuesta y abierta al mundo; los archivos estarían completamente al azar, de cualquiera que deseara descargarlos. Ofer también sospechaba que el programa mismo intentaría descargar la información secreta de alguna manera. El segundo objetivo eran las centrales eléctricas. El programa atacaba el sistema Electra Inc que operaba las turbinas TR11 y TR12; de alguna manera que todavía no podía terminar de descifrar, el código aumentaba y disminuía la velocidad rotativa, hasta apagarlas totalmente, producir su destrucción o incinerarlas.

Algo estaba claro para el grupo: los iraníes habían aprendido mucho de Stuxnet, quizás demasiado y habían contratado a los mejores profesionales del Medio Oriente.

Hanna salió de la sala. Su rostro estaba blanco como la leche. Nos miró y dijo:

—El Primer Ministro los quiere a todos adentro. El virus está acelerando su ataque. ¡Ya destruyó cuatro capas del cortafuegos y comenzó a aniquilar las dos restantes, además averió quince turbinas en todo el país en los últimos siete minutos!

Con todo el equipo reunido nuevamente en la sala de videoconferencias, el Primer Ministro alzó su voz otra vez y se dirigió con vehemencia a los asistentes.

—Quiero utilizar la opción de desconectar la computadora central del Mossad. No entiendo de computación, pero no podemos permitir que toda la información reservada quede desprotegida. Hay allí informes y documentos que son el fundamento de esta nación. No me interesa cuánto tiempo llevará volver a ponerla en funciones. Lo único que me importa es proteger esos datos, en manos de nuestros enemigos pueden ocasionar un desastre nacional. Cuando quede funcionando solo una capa del cortafuegos, tenemos que desconectarla.

Sentí que el Primer Ministro estaba más preocupado por la información de la computadora central que por la falta de energía en el país. Me levanté y me dirigí al Jefe del Gobierno.

—Quiero repetir que en esta situación lo único que ayudará será desactivar el virus.

—Ya lo escuché, Leonel —se dirigió severo hacia mí utilizando mi nombre de pila —, pero como Estado necesitamos otras opciones. Ya atrapamos al terrorista y estamos trabajando para obtener el código, pero es mi responsabilidad proteger los datos que alberga esa computadora. Todos deben tenerlo claro. ¡Esto es una orden, no una petición!

95

La confesión
Estación Central de Policía - Tel Aviv
5-6 de noviembre, 2011 - 11:54 PM

Ronen trajo una jarra con agua y seis vasos, y se sumó a la sala de conferencias del piso dos, cuyas paredes exhibían cuadros añejos, entre los que se encontraban retratados próceres del Estado de Israel, Ben Gurión, Golda Meir, Shimon Peres, Yitzhak Rabin y el actual Primer Ministro en formato mural. Las paredes estaban pintadas, pero el techo se descascaraba cada día un poco más y perdía su entereza.

Eran las 11:54 PM cuando el doctor David Levi tomó un sorbo de agua y dijo que estaba preparado. Ronen revisó nuevamente el sistema de grabación y exclamó:

—¡Listo!

El fiscal comenzó con el interrogatorio.

—¿Nombre?

—David Levi.

—¿Fecha de nacimiento?

—5 de enero de 1945.

—¿Profesión?

—Médico obstetra.

—¿Dirección actual?

—189 Arlozorov Kfar Saba.

—¿Dirección entre los años 78-84?

—76 Trumpeldor Armon Anatzib Jerusalén.

—¿Trabajo y dirección de trabajo entre los años 78-84?

—Obstetra en el Hospital Sharei Tzedek de Jerusalén, código postal 878923.

Shaul entró en el recinto, se trajo una silla y se sentó en un costado. El fiscal prosiguió con las preguntas.

—¿Cuál es su matrícula de médico?

—Un momento, la tengo aquí, debe ser esta... acá está: 35M98B2333.

Shaul perdió su paciencia demasiado rápido.

—Eli, puedes empezar con tus preguntas. No tenemos la fortuna de disponer de tiempo.

Eli tomó la palabra.

—Doctor, ¿me puede narrar qué ocurrió el 22 de octubre de 1982? Empiece en el momento en que usted está en la sala de partos del hospital, a eso de las diez de la mañana.

Levi tomó otro trago de agua, carraspeó su garganta y comenzó su relato.

—Alrededor de las 10:00 AM creo, entró la enfermera Rachel Mizrachi a la sala de médicos. Estaba agitada, recuerdo que aquel día faltaba personal y la partería estaba colmada de parturientas. Rachel me dijo que tenía que ir urgente, ya que el obstetra de turno había tenido que atender una cesárea en quirófano. Cuando entré en la sala, la recorrí para observar el estado de las embarazadas. Había tres mujeres con la dilatación completa. Casi al mismo tiempo, dos de las mujeres comenzaron a dar a luz, una era musulmana y la otra judía. Podía ver las cabezas de aquellos dos niños asomando al mismo tiempo. Me puse los guantes y comencé a ayudar a la musulmana, que parecía tener un poco más de dificultad; le pedí a Rachel que se encargara de la judía. En síntesis, las dos parieron exactamente en el mismo instante. Algo completamente inusual.

En ese momento se detuvo, terminó su vaso de agua y se puso las manos en la frente. Le costaba hablar.

—¿Y qué pasó, doctor Levi? —insistió Eli.

—Como les dije, las mujeres parieron en el mismo momento, mientras eso sucedía yo sabía que desde afuera de la sala de parto todo estaría siendo monitoreado por Tal Elad, el asistente de pediatría con el que yo previamente había llegado a un pacto monetario. Desde un principio ese joven se mostró temeroso, pero carente de dinero. Recuerdo haber cogido al musulmán y Rachel hizo lo mismo con el judío. Rachel era quien habitualmente se encargaba de identificarlos con pulseras que llevaban sus nombres, pero dada la situación de colapso y premura... no lo hizo... y en parte porque, de inmediato, la tercera mujer empezó a parir. De forma veloz llamamos al pediatra; estaba a pocos metros, pero ese doctor estaba igual de colapsado que nosotros; dejamos a los bebés en las cunas y justo en ese instante vi los ojos atormentados del asistente que ya se acercaba hacia la sala, entendí que mi vida no sería igual desde el momento en que se consumara lo que yo mismo había planeado. Volteé rápidamente y mientras atendía a la tercera parturienta, pude ver como entraba Tal Elad y se llevaba a los bebés. Rachel ni cuenta se dio. Pobre infeliz, desde un inicio me percaté que se sintió culpable de todo. Pero no. Aun ella hubiese hecho bien su trabajo, todo iba a suceder, pues así yo lo había decidido. Los cambié, sí, lo hice. El asistente solo cumplió mis órdenes y los llevó al pediatra... Y eso fue todo... Después seguimos trabajando con normalidad.

—¿Por qué lo hizo, doctor? ¿Por qué alguien decide cambiar la vida de dos seres humanos, dos familias, dos mundos? ¿No temió que alguien lo estuviera observando?

El doctor pidió más agua con un gesto, levantando su vaso. Se movía en su silla como un gato enjaulado. El agua le daba algunos segundos para pensar y reponerse, mientras en la sala nadie le quitaba los ojos de encima.

—A fines de noviembre de 1981, Ana Cohen entró en mi consultorio en el Hospital Sharei Tzedek de Jerusalén para un control de rutina. No sé cómo explicarlo... hubo una atracción instantánea y algo comenzó entre nosotros. Con mi ayuda, ella obtuvo un trabajo como enfermera voluntaria en el mismo hospital y su marido, un inmigrante argentino que había venido con ella a este país, se empleó en un hotel.

Para enero, las cosas comenzaron a cambiar, en ese entonces ya la veía todos los días. Me enamoré locamente de esa mujer. Tuvimos un romance muy intenso que duró cuatro meses. En marzo me avisó que estaba embarazada. Ella estaba segura de que el niño que esperaba era mío, pero para confirmarlo dispuse un análisis especial de ADN, para el que tuve que mandar las muestras a Estados Unidos, ya que aquí recién habían comenzado a hacerse y no eran confiables. A fines de mayo recibí el resultado del análisis: el niño era mío. Le di a Ana esta noticia y le pedí que abortara, pues yo estaba casado y sostenía una muy buena posición en el hospital, no quería arruinar ni mi matrimonio ni mi nombre. Ella se negó, quería a aquel bebé y decidió que lo criaría con su esposo. Eso ocasionó frecuentes y fuertes peleas y discusiones, que llevaron a que un mes antes del parto, ella me anunciara que era mejor que no nos tratáramos más. Argumentó que quería a ese bebé, que amaba a su marido y que seguiría adelante con esa familia. Yo no podía conformarme con el hecho de que ese niño creciera sin su padre verdadero, pero al mismo tiempo temía por lo que dirían de mí en el hospital y de la reacción de mi mujer.

En esos días empecé a sufrir ataques de ira y de pánico. Sé que lo que pasó el día de los partos fue una locura, lo sé bien. Pero yo estaba fuera de mis cabales. Unas semanas antes de la fecha que yo había estimado para el nacimiento, armé el plan. Como ya le dije, le ofrecí una suma de dinero al asistente del pediatra para que hiciera el cambio. Aunque no confiaba demasiado en que lo ejecutaría, yo sabía que aquel joven necesitaba dinero. También aproveché el hecho de que el pediatra era novato en el hospital, y en un día de tan ardua faena ni se daría cuenta del cambio.

Cuando vi al niño nacer, al marido de Ana, y tanta alegría en sus rostros, no pude pensar, estaba perturbado, paranoico, y seguí adelante con el plan. Entregué al niño a una musulmana para que estuviera lo más lejos posible de mí. Luego de eso, me volví casi loco. Estuve internado en una clínica psiquiátrica y logré rehabilitarme, pero nunca pude olvidar aquel día. Estaba incrustado en mi mente, en mis huesos, cada mañana me despertaba viendo la fotografía de aquel día.

—¿Y por qué mandó matar a tanta gente? —A Eli le faltaba cerrar el círculo.

—Pasaron muchos años y siempre supe que la única que percibió todo lo ocurrido fue Rachel Mizrachi, además, claro que fatalmente cayó en la guerra del Líbano meses después. Siempre me mantuve al tanto de lo que la enfermera hacía y cuando se retiró hasta contraté un investigador privado para seguir sus pasos. Sus investigaciones mostraron que Rachel se había reunido con uno de los niños cambiados al que había ofrecido una gran suma de dinero para que encontrara al otro, a Ahmed. Según la opinión del investigador, le había revelado a Leonel el episodio del cambio de los bebés. Leonel, también comenzó a ser un peligro en mi vida, así que intenté eliminarlo en su casa de Tel Aviv. El investigador me recomendó los servicios de Jalfon, y a partir de entonces, él empezó a ser el encargado de borrar de mi vida a la gente que las investigaciones mostraran como peligrosas para mí. Era como si un demonio se hubiera apoderado de mí. Había surgido un círculo que nunca acababa de cerrarse. Así fue que matamos a Rachel Mizrachi y a Moshe Cohen.

Más tarde, las cosas empezaron a complicarse, aparecieron los periodistas, usted, además el dinero comenzó a escasearme. Me metí en deudas y arruiné por completo mi vida. Mi mujer nunca supo nada. Ella quería hijos y yo no se los pude dar. Igualmente, siempre me fue fiel y hasta el día de hoy sigue conmigo.

Eli estaba aturdido después de escuchar este testimonio. La historia se había completado y se habían llenado los huecos vacíos. Sin embargo, cuando revisó mentalmente su lista de dudas, constató que le faltaba un dato importante.

—¿Por qué mandó a matar a Shmulik Sade, el profesor del Instituto Weitzmann?

—Yo nunca escuché ese nombre, no sé de quién me habla.

—Entonces... ¿quién lo mató?

—No lo sé. Ya le dije que nunca oí ese nombre.

—¿Y el oficial de policía Yosi, le suena?

—No, no sé quién es.

Shaul impaciente, interrumpió la conversación.

—¿Tiene algo más para declarar?

—No, eso es todo.

—¿Sabe cómo podemos encontrar hoy a esas dos mujeres, a las dos madres?

—No tengo ni idea; desde aquel día no tuve contacto con ninguna de las dos.

Uno de los detectives de la policía bajó del piso tres, entró en la sala y pidió hablar con Shaul urgentemente. Salieron acompañados de Eli invitado por Shaul.

—Ahmed no quiere hablar —dijo el agente—. Probamos todos nuestros métodos, con excepción de la violencia, claro. Está encerrado en su mundo, como ausente. Me parece que lo han preparado muy bien para afrontar esta situación.

Eran las 11:59 PM. En pocos minutos Shaul debería informar al Jefe del Mossad las novedades de la pesquisa. Shaul se encerró en el despacho de Ronen con el detective y Eli.

—Aquí hay una sola salida...

—¿Cuál? —preguntó Eli.

—Debemos traer a las dos madres. Los hijos siempre escuchan a sus madres en situaciones extremas. Les diremos la verdad. No tenemos nada que perder. Quizás sea nuestra única posibilidad.

—Pero... ¿hay tiempo para eso?

—Vamos a lograrlo. Averigua ahora mismo dónde viven esas mujeres —dijo mientras se dirigía al detective—. Espero que la musulmana todavía viva en los territorios ocupados y no haya migrado del país. ¡Vamos, aprovecha cada minuto!

El detective salió corriendo para cumplir la orden.

Shaul se sentó en una silla giratoria, se puso a observar el cuadro de Ben Gurión, aunque su mirada estaba fuera de allí. Eli le preguntó:

—¿Cuál de las dos piensas que nos ayudará?

—La mejor pregunta de la noche. Si yo fuera Ahmed, solo hablaría con la que me crió. A la otra no la conoce.

—Entonces ¿vale la pena traerlas a las dos? Posiblemente no sea útil divulgar el secreto.

—Debemos terminar con todas estas intrigas —dijo Shaul.

A los cinco minutos regresó el detective con la información. Tenía las direcciones y había averiguado que ambas mujeres estaban en este momento en sus casas. El problema era que la musulmana residía en Belén, un territorio que Israel no controlaba.

Shaul se comunicó enseguida con el Jefe del Mossad y le comunicó las noticias. Luego de una consulta con el General Primero de Tzahal, se decidió enviar un comando en helicóptero en busca de la madre musulmana. El reloj marcaba las 00:03 AM y no había margen para ningún error.

A las 00:06 AM la Policía de Bat Yam ya tenía a Ana Cohen en la patrulla, camino a la Estación Central de Tel Aviv. Cuando le dijeron que la llevarían por un asunto vinculado con su hijo Leonel, no dudó un instante y subió al auto.

A las 00:11 AM, un helicóptero Tornado aterrizó en un baldío de una calle cerrada, a doscientos metros de la casa de la familia Asad. Una brigada se dirigió hacia la casa número treinta. La oscuridad era absoluta, y aunque los agentes poseían luces infrarrojas, era muy difícil ver claramente la numeración. Las viviendas eran bajas y se hallaban agrupadas una tras otra. El comandante poseía un satélite navegador especial por medio del cual logró localizar el lugar. Se decidió entrar por la fuerza, ya que de otra manera se tardaría más tiempo y la operación correría riesgo.

Sacaron a Fátima de la cama. No había ningún hombre en la casa, solo se escuchó la voz de una joven que gritaba, pero la tropa siguió con su tarea y rápidamente se marchó del recinto. A las 00:16 AM la brigada despegó rumbo a Tel Aviv, en medio de una balacera de algunos vecinos.

Una bala impactó en la nave, pero no logró averiarla. Fátima iba en la parte trasera del aparato volador.

96

LEONEL
Oficinas del Mossad - Herzliya
6 de noviembre, 2011 - 00:15

A las 00:15 el virus había machacado la penúltima capa del cortafuegos. A Hanna le temblaba la mano cuando me mostraba la pantalla. Rubén desechó la idea de descifrar el código luego de reducir el número total de probabilidades a cuarenta y cinco millones. Había usado un programa especial que él mismo creó. Yoel, el Jefe de Seguridad del Mossad, se acercó a nuestro nodo y nos llamó a los tres para que lo siguiéramos:

—Vengan conmigo.

—¿Adónde? —preguntamos en coro Daniel y yo.

—Tenemos que prepararnos para desconectar la máquina.

—¿Lo vamos a hacer?

—¿No escuchaste acaso al Primer Ministro? Sus órdenes fueron muy claras.

Yoel era una persona muy seria que había crecido con la organización. Trataba a cada objeto en el lugar donde trabajaba como si fuera de su propiedad, rasgo característico de muchos de los que se formaron en el Mossad y en él permanecieron todo el tiempo.

Estaríamos directamente frente a la gran computadora, a la que hasta ese momento solo habíamos podido ver a través de un enorme ventanal. Yoel apoyó su mano sobre una plataforma magnética, luego acercó su retina a una lente infrarroja y finalmente digitó una clave. Entonces se abrió la puerta pesada que nos separaba de la gran bestia. Cuando entramos, una ola de frío se apoderó de mi cuerpo. El sistema de refrigeración mantenía una temperatura constante de doce grados Celsius. Yoel nos ofreció camperas especiales para entrar en el lugar.

La cúpula que albergaba a la computadora central se iluminó. Era un espectáculo impresionante que se asemejaba a una escena de una película de galaxias lejanas y naves espaciales. La superficie era tan espejada que podíamos ver nítidamente nuestras caras en ella. Yo seguía sin entender dónde estaba el acceso. Yoel tomó un dispositivo y succionó una de las plaquetas del piso, algo así como una baldosa gigante de un metro cuadrado. Introdujo la llave en el suelo y la giró dos veces. La cerradura crujió y dio paso a una escalera de cinco peldaños. Rápidamente bajamos hacia el piso subterráneo. El rellano estaba ocupado por rampas que conectaban cables de fibra óptica, y en el medio reinaba un rack con los equipos informáticos. Calculé que mediría dos metros de altura y dos y medio de ancho, aproximadamente. El rack estaba completamente cerrado. Lo más asombroso fue una manopla enorme en el centro de aquella caja. Un panel de luces que cambiaban su color continuamente de verde a amarillo y a rojo estaba instalado arriba del rack. El frío en ese subsuelo era más intenso. Los teléfonos móviles se bloquearon al entrar allí, así que Yoel portaba una radio para conectarse con sus colegas instalados en la superficie.

Según mis estimaciones, el virus tardaría entre seis y ocho minutos en llegar a la computadora central. Yoel giró la abrazadera de mariposa dos, tres, cinco veces de izquierda a derecha. En un momento perdí la noción de los giros que Yoel realizó con esa manopla. Cuando por fin se abrió, quedamos anonadados. Miré a Rubén y a Daniel. Su asombro era idéntico al mío. Nunca había visto tantos equipos funcionando en simultáneo. El ruido era ensordecedor y ahora que la capa de metal había sido abierta, aturdía. Era asombroso como el rack lograba aplacar todo aquel estruendo. Nos tapamos las orejas, mientras Yoel nos mostraba el interruptor central. Nos explicó que esa manopla se abría solo una vez por mes para realizar el mantenimiento, y aclaró que solo tres personas tenían acceso a ella.

—Creo que esto es un error, no deberíamos hacerlo —manifestó.

Entendí que había desarrollado sentimientos hacia esa máquina.

—Yo creo lo mismo —le dije para consolarlo—, pero no hay otra opción.

—Tardaremos más de una semana en revivirla, en reconectar todo este sistema, y luego deberemos rezar para que todo trabaje normalmente.

Su radio sonó y Yoel se abalanzó sobre ella. Mientras escuchaba las noticias su semblante cambiaba, su ceño se frunció y unas líneas quebradas se marcaron en su rostro.

—¡Tres minutos para apagar la computadora central! —dijo. La radio se cayó de sus manos y nuestros ojos se enfocaron en el interruptor.

97

HaKirya - Tel Aviv
6 de noviembre, 2011 - 00:20 AM

Tras haber decidido la desconexión de la computadora central del Mossad sin consultar a nadie, el Primer Ministro ahora tomaba las riendas involucrando a sus aliados. Llamó al Presidente de los Estados Unidos, ya que aún le faltaba un plan alternativo para solucionar el problema energético. Después de consultas y conversaciones, el dilema tuvo solución.

Los gobiernos de Grecia y Alemania ofrecieron generadores de electricidad, con sistemas diferentes a los que se usaban en Israel. La instalación se haría con ayuda de un equipo técnico especializado que vendría de fuera del país. El proceso tardaría unas tres horas. Se decidió aceptar la propuesta de Grecia, pues el transporte de los equipos se realizaría en menos tiempo. Estados Unidos aportaría dos Hércules para el traslado, los que partirían de un portaviones establecido en el Mediterráneo. Los generadores independientes llegarían a Israel aproximadamente en dos horas. Uno se instalaría en la Central de Haifa y el otro en la de Ashkelon. Los expertos analizaron cuánto tardaría toda la operación y calcularon unas seis horas desde la salida del puerto de Pireos.

Dos Hércules despegarían desde una base en el Négev donde se hallaban siete enormes proyectores de luz con generadores propios, que serían estratégicamente instalados. Uno se ubicaría en el Golán, otro en la frontera con Siria; dos en el Galil, en la frontera con Líbano; uno en el paso que unía Allenby con Jordania, uno frente a la Franja de Gaza y el restante en Jerusalén Occidental, muy cerca del muro de lo lamentos.

El Departamento de Informática de la NSA había encontrado una nueva dificultad y en el reporte enviado informaba que el virus tenía programado más de un ataque "Día Cero", algo que muy pocas veces se había visto. Los expertos habían llegado a la conclusión de que el virus inyectado en las Oficinas del Mossad y el de la Central Eléctrica eran el mismo, pero atacaba de diferentes maneras, según las características de los sistemas. En resumen, necesitaban más tiempo para encontrarle un antídoto a este *malware*, y aún más para desentrañarlo por completo. Argumentaron que para entender Stuxnet se tardó más de seis meses.

Eran las 00:20 AM cuando el Primer Ministro reunió a los periodistas y realizó declaraciones por televisión nacional. Antes de comenzar con sus palabras, aclaró a los presentes que su discurso sería breve y que no habría espacio para preguntas.

Acomodó el micrófono para disponerlo a su altura y se dirigió al pueblo de su nación.

Quiero dirigirme al pueblo de Israel en estas horas difíciles. Mi intención es comunicarles que estamos siendo víctimas de un ataque informático que afecta al suministro de energía y a otros sistemas secundarios. Nuestros mejores profesionales están trabajando para contrarrestar este embate. Afortunadamente, contamos con la ayuda de Estados Unidos y de Grecia, que nos proporcionaron generadores y proyectores de luz independientes para paliar el problema. Públicamente quiero agradecer a todas las naciones que ofrecieron su ayuda, entre ellas Alemania.

Tengo gran confianza en nuestros expertos y espero que todo se solucione en las próximas horas. Aún no poseemos información precisa de cómo se perpetró este ataque, pero sabemos que los iraníes están involucrados. Quiero dejar muy claro que todo aquel que trate de invadir nuestra nación y violar nuestra autonomía, lo pagará muy caro.

Gracias.

Los periodistas se lanzaron como hienas en busca de su presa, formulando mil preguntas todos a la vez, con los micrófonos, teléfonos y demás artefactos de grabación, pero el Primer Ministro no los atendió y se retiró rápidamente del recinto.

98

AHMED
Estación Central de Policía - Tel Aviv
6 de noviembre, 2011 - 00:22 AM

Mientras una bonita enfermera de pelo rojo y con lindas curvas me cortaba el pantalón para curarme la herida, dos agentes seguían ametrallándome con preguntas. Los sionistas pedían desesperados la contraseña desactivadora, eso quería decir que el programa estaba produciendo estragos en los blancos escogidos. En un momento dejaron la sala equipada con sistemas de audio y cámaras, aunque un policía permaneció en la puerta, vigilando. Me quedé solo con la enfermera, mientras el guardia se encontraba con una pierna adentro y otra afuera de la sala. Mis manos estaban aún esposadas, no había lugar para actos heroicos.

La herida que me había producido la mordida del perro era grande. En un momento, la enfermera me dijo:

—Te va a doler un poco ahora. —Y empezó a embadurnarme la herida con una crema rosada. Luego me vendó, sacó una jeringa y preparó la inyección extrayendo un líquido transparente de un pequeño frasco.

—Date vuelta y déjame quitarte los pantalones, por favor.

—¿Qué me vas a hacer? —le pregunté.

—Tengo que vacunarte contra la rabia.

Después del procedimiento me preguntó con voz cálida:

—¿Cómo te sientes?

—Bien.

—¿Te dolió?

—¿Qué? —pregunté.

—La inyección, si te dolió la inyección. Traté de ser suave contigo.

—Ni la sentí —le dije.

Ella se sonrió, tomó su maletín y se despidió.

—Que tengas suerte.

—¿Cómo te llamas? —quise saber.

—Aliza —respondió sonriendo y se retiró de la sala.

Su presencia había sido como un paréntesis de calma entre tantos días de agitación, miedos, huidas y nervios. En el momento en que estaba con ella, me dejé llevar por esa imagen, por sus ojos marrones que se detuvieron en los míos. Me hizo bien, me alejó de la pesadilla que estaba viviendo y hasta me hizo olvidar que tenía mis manos amarradas.

Cuando los detectives regresaron, volví de un tirón a la realidad.

Tenía muy presente el entrenamiento que había recibido en Irán. Estaba entrenado para comportarme en situaciones como esta. El silencio fue mi única respuesta a todas las preguntas. Las primeras se referían a mi familia, mis contactos con el Hammas, mi viaje a Irán, mi identidad falsa. Después vinieron otras vinculadas al programa informático, al virus y su estructura. Uno de los agentes me amenazó con que si no hablaba estaría de por vida entre barrotes, sometido a las peores condiciones que pudiera imaginar. El otro desempeñaba el rol de agente bueno y me decía que si declaraba y los ayudaba con la clave, estaría libre muy pronto. Mi respuesta: el silencio acompañado de un gesto de negación que realizaba con la cabeza.

De pronto, la sala quedó casi en penumbras, la luz había disminuido notoriamente hasta casi dejarnos a oscuras. Pasados algunos segundos, la potencia volvió y nuevamente descendió luego de un minuto. Miré el reloj en la pared, las 00:22 AM, esto significaba que las turbinas estaban deteniéndose y los generadores comenzaban a actuar.

Los detectives se hablaron al oído, al mismo tiempo escuché un golpe en la puerta. Cuando se abrió, me derrumbé. No podía creer lo que estaba viendo. Comencé a lagrimear como hacía mucho tiempo que no lo hacía.

99

Estación Central de Policía
6 de noviembre, 2011 - 00:17 AM

A las 00:17 AM llegó el coche de la policía con Ana Cohen a bordo. En el segundo piso la estaban esperando Eli Regev y Shaul. Habían acordado contarles la verdad a las dos mujeres y presentarles al doctor Levi, responsable de aquella atrocidad. Esperaban así convencer a la musulmana de que salvara a su hijo. Le ofrecerían perdonar los delitos a Ahmed y así mantenerlo fuera de la prisión, con una nueva identidad y continua protección. Otra opción, aunque menos realizable, era que quizás su propio padre lo convencería, pero nadie tenía la más mínima esperanza de que esto fuera posible.

Ronen convocó un traductor para comunicarse con la musulmana. Para no perder tiempo, invitaron a Ana a entrar en la sala donde se hallaba el doctor David Levi. Eli y Shaul la acompañaron. El fiscal y el juez ya se habían ido. Cuando Ana y Levi se miraron a los ojos, los dos se estremecieron. Ana comenzó a gritar:

—¿De qué se trata esto? Me dijeron que me traían por Leonel.

El doctor permanecía como congelado y no lograba abrir la boca. Eli tomó la iniciativa.

—Efectivamente, la trajimos por Leonel, para que sepa la verdad sobre su hijo.

—Yo ya sé que ese que está ahí es el padre, pero nunca lo voy a reconocer; su verdadero padre, el que se ocupó de Leonel desde que nació, está ahora en Bat Yam.

El doctor se levantó de la silla. Tenía sus manos inmovilizadas.

—Ana, escúchame, yo no me considero el padre de ese niño ni intento que se me reconozca como tal. El hecho es que cometí un delito grave que te implica; tú y Leonel merecen conocer la verdad.

—¿De qué me hablas? —lo increpó Ana.

—Yo...yo cambié a tu hijo aquel día.

—¿Cómo? ¿Qué dices?

—Sí...lo cambié por un bebé que había nacido de una mujer musulmana. Tú criaste al niño de la madre musulmana y no al que pariste.

Ana entró en shock, un policía la contuvo por un momento.

—¡Eso no es verdad, no es verdad, no puede ser verdad! —repetía—. ¡Mentiroso, siempre fuiste un farsante y esta es otra de tus mentiras! ¿Qué pretendes con esto?

Eli se puso de pie nuevamente y mirando a Ana asintió con la cabeza.

—Eso es cierto, Ana.

—Criminal, eres un criminal —empezó a gritar abalanzándose contra Levi, mientras Regev intentaba contenerla.

—¡Criminal, hijo de puta! ¿Cómo pudiste hacerme eso? Me arruinaste la vida —gritaba mientras tiraba manotazos.

Shaul, Eli y Ronen procuraban detenerla, pero estaba incontrolable. La sacaron del recinto a la fuerza. La enfermera Aliza, presente en el lugar, midió su presión que estaba descontrolada. Temiendo un ataque severo, le colocó una pastilla bajo la lengua y le inyectó un sedante.

A las 00:20 AM aterrizó el helicóptero en el techo del Departamento de Policía. Dos oficiales de la brigada bajaron con Fátima al segundo piso. Inmediatamente la condujeron a la sala donde se hallaba el doctor Levi. Entraron también Eli, Shaul, Ronen y el traductor.

Fátima era una típica madraza; había criado cinco hijos casi sola. Su cuerpo había perdido las formas de la juventud, en su cara las arrugas se acentuaban bajo los ojos. Llevaba su cabello negro envuelto en un pañuelo gris. Toda su vida se había dedicado exclusivamente a criar a su clan y a atender su casa. Sus hijos eran todo para ella, su vida entera, hacía tiempo echaba de menos a su único varón. Su marido había muerto hacía siete años de un ataque al corazón. Él había pasado su vida trabajando como obrero en Israel para un contratista, y alternativamente, migraba a Jordania cuando el clima se complicaba entre israelíes y palestinos. Desde que había quedado sola, cocinaba para otra gente para sobrevivir, aunque periódicamente recibía algún dinero de su hermana que vivía en Dubái. Todavía quedaban tres hijas mujeres viviendo con ella en la casa, una de veinte, una de dieciocho y la más pequeña de dieciséis. La mayor, que tenía treinta y dos años, se había casado y vivía en Nablus.

A Fátima le costó trabajo reconocer al doctor, pero cuando lo hizo, sorprendida, se dirigió a él.

—¿Qué hace usted aquí? —le preguntó.

El doctor se quedó mudo. Su rostro demacrado mostraba las huellas del terrible día que estaba viviendo. Se encontraba conmovido, afectado por lo que se le había venido encima. Quería terminar de una vez con todo, hasta con su vida, si era posible.

—Estoy aquí para contarte algo —le dijo.

—¿Qué? —preguntó Fátima cada vez más asombrada.

—Tu hijo, el que realmente diste a luz, fue cambiado al nacer.

—¿Qué quiere decir? ¿Dónde está mi Ahmed?

—Cuando tu bebé nació fue cambiado con un bebé judío que nació en el mismo momento que el tuyo.

—¿Qué? Pero…¡¿cómo es posible?! —dijo y agregó algo que el traductor no quiso repetir.

—Fue mi responsabilidad. Yo los cambié. Estaba loco. Me había enamorado de la otra madre… tu Ahmed es mi hijo biológico, el tuyo, el que pariste, se llama Leonel Cohen y creció como judío.

—¡No, esto no es posible! ¡Es mentira, es una gran mentira! ¡Una gran mentira de ustedes, sionistas! —Fátima gritaba al tiempo que el traductor trataba de calmarla, aunque sin éxito—. ¿Cómo me hicieron eso? ¿Cómo usted fue capaz…? —seguía gritando y se abalanzaba sobre Levi en un intento de alcanzarlo con sus manos. En un descuido de todos, tomó una lapicera que se encontraba sobre la mesa, hizo un giro rápido y súbitamente se movió con fuerza hacia adelante incrustándole a Levi la pluma en el tórax, mientras el doctor se caía al suelo. Sobre él, ella siguió presionando una y otra vez la lapicera contra su pecho con una fuerza inusual, hasta que Eli Regev y el traductor lograron separarla de Levi. Ronen se lanzó desesperadamente y cubrió con su cuerpo al doctor para protegerlo. Borbotones de sangre brotaban de su cuerpo. Ronen no lo podía contener. Aliza fue llamada inmediatamente. Trató de reanimarlo, de tapar el orificio, le hizo respiración boca a boca, pero Levi ya había perdido mucha sangre. Luego de unos minutos murió. Un médico que fue llamado de urgencia, constató su deceso.

Fátima, que seguía incontrolable y conmocionada, fue apartada del lugar. Todavía tenía en su mano la birome que chorreaba sangre. Apretaba aquel objeto como quien sostiene una pistola o un cuchillo en su mano. No fue fácil sacársela de su puño.

Shaul y Eli estaban paralizados ante las consecuencias de su plan, Ronen estaba absorto con lo que había visto. Había sangre derramada por toda la sala. Pronto llegaron los paramédicos para llevarse el cadáver.

Ana, que estaba en el corredor acompañada de un policía, no entendía nada.

—¿Qué pasó... qué pasó? —gritaba.

El caos era total. A nadie se le había ocurrido un desenlace como ese.

Eli preguntó a Shaul:

—¿Y ahora qué?

—Tenemos que seguir —respondió Shaul, mirando a Ronen que asintió con su cabeza.

Eran las 00:24 AM cuando súbitamente se apagó completamente la luz y la Estación de Policía quedó en sombras.

Shaul recibió un llamado del Jefe del Mossad.

—¿Qué pasa allí? ¿Cómo van? ¿Algo nuevo con Ahmed?

—Estamos a oscuras —comenzó diciendo Shaul.

—Sí, estamos tocando fondo. En dos minutos se restaurará el suministro de la electricidad; están encendiendo ahora la última fila de generadores. Tendremos unos diez minutos más de electricidad. Necesitamos la clave, no hay posibilidades de detener este virus sin esa maldita clave.

—Te llamo en menos de diez minutos —dijo Shaul.

—No diez, tienes exactamente siete minutos.

Cuando volvió la luz Shaul no esperó ni un segundo. Ordenó a los policías que trajeran nuevamente a Fátima y a Ana Cohen a la sala de interrogatorios. Permanecían junto a las mujeres tres policías, dos muy cerca de Fátima y uno junto a Ana. También estaban allí el traductor, Eli Regev y Ronen. Ana estaba sedada todavía y eso se notaba en todas sus actitudes. A Fátima también le habían inyectado un tranquilizante. Su camisón gris estaba completamente cubierto de sangre. Las dos madres se miraron adormecidas.

Shaul se paró entre ellas.

—Escuchen, las dos saben que fueron víctimas de una acción criminal. El cambio de los bebés ocurrió y está completamente comprobado. Creo que hoy, después de veintinueve años de ocurridos esos sucesos, luego de que los muchachos crecieron, no hay mucho para hacer, nada se puede cambiar del pasado. Pero entendimos que era lo mejor que ustedes y sus hijos supieran esta historia. El único que no se merece nada, que ya no está entre nosotros, es el que cometió este delito, aunque su muerte no era el desenlace que esperábamos.

—¿Qué quieren de mí ahora? —preguntó Fátima dirigiéndose a su traductor

—Ya me arruinaron la vida…

—Fátima, escucha, tenemos a tu hijo aquí. Ahmed está en este edificio.

—¡Quiero verlo! —la mirada de Fátima se animó.

—¿Y mi Leonel? ¿Dónde está mi Leonel? —Ana levantó la voz intentando hacerse oír también.

Eli Regev la calmó.

—Leonel está muy bien, no te preocupes. Haremos un encuentro entre todos y se terminarán los engaños y las mentiras.

Shaul se acercó a Fátima, quien tenía al traductor a su lado.

—Tu hijo Ahmed cometió un terrible crimen.

—¡No, no es posible, mi hijo no es un criminal!

—Sí, Fátima, lo hizo, y terminará su vida en una cárcel. La única que lo puede ayudar eres tú. Además, tú misma acabas de asesinar a un hombre e irás directo a una celda, exactamente como él, ¿eso lo sabes, no?

Mientras Shaul le hablaba y el traductor le explicaba, la cara de Fátima cambiaba de colores como un camaleón. Si ella no estuviera, ¿qué harían sus hijas solas?, ¿quién las cuidaría?

Shaul sintió que era su momento y fue al fondo del asunto.

—Si nos ayudas, te concederemos inmunidad, los dos serán libres y estarán protegidos para siempre por el Estado de Israel. Ah… me olvidaba, y también serán mantenidos económicamente.

—¿Qué ha hecho mi hijo? —preguntó Fátima.

Shaul trató de hacer la historia breve y explicarle con palabras simples la situación. Cuando terminó de hablar, el traductor proseguía. Se fijó que el reloj mostraba las 00:29 AM. Luego de escuchar la historia, Fátima abrió su boca y rápidamente la tapó con su mano.

—Necesitamos la clave para desactivar el ataque y pensamos que tú eres la única persona que puede convencer a Ahmed de que la entregue. Explícale a tu hijo las consecuencias de la negativa, háblale de tu situación y la de sus hermanas si tú fueras encarcelada.

Shaul no quería perder tiempo. Eli le dijo:

—Vamos, llevemos a las dos mujeres al tercer piso. Cuando vea a su hijo podrá digerir mejor todo esto.

Cuando Fátima entró en la habitación donde se encontraba Ahmed, eran las 00:30 AM. En cuanto se vieron, los dos comenzaron a llorar desconsolados.

Ante esa imagen, Shaul llamó de inmediato al Jefe del Mossad que estaba con el gabinete en la HaKirya.

—Necesito a Leonel Cohen en videoconferencia en dos o tres minutos. Que esté preparado. Solamente lo quiero a él conectado.

100

LEONEL
Oficinas del Mossad - Herzliya
6 de noviembre, 2011- 00:31 AM

El reporte de Hanna indicaba que la última capa del cortafuegos todavía se resistía como un gladiador y parecía ofrecer más obstáculos al *malware*, aunque poco a poco empezaba a descascararse. Para nosotros era una sorpresa que la computadora central todavía estuviera protegida. Yoel nos propuso pedir a los jerarcas en la HaKirya una extensión de tiempo para la desconexión y nadie se opuso. El Primer Ministro discutió el asunto con el Jefe del Mossad y concedió seis minutos más, que en la situación del momento nos parecía una eternidad.

La radio de Yoel volvió a sonar, eran las 00:31 AM. Me comunicó que yo tenía que subir y dirigirme con urgencia a la sala de videoconferencias. Uno de los asistentes bajó para buscarme y me condujo a una sala vacía, que tenía instalado un sistema de videoconferencias. Estaba solo y me dijo que esperara, que alguien iba a establecer la comunicación desde una oficina remota. No me dio más detalles y se marchó.

De pronto la pantalla se llenó de color y de gente. Shaul se identificó rápidamente y empezó a actuar de interlocutor. Mi madre apareció allí y al verme se puso a llorar. Yo no entendía qué sucedía. La cámara rotativa se detuvo en un muchacho esposado y custodiado por un policía, lo reconocí enseguida solo por haber visto sus fotos: ese era Ahmed. Shaul confirmó ese dato pronunciando su nombre. La cámara me mostró entonces a una mujer árabe, con una especie de camisón salpicado de sangre, y

Shaul la presentó como Fátima. Ella también tenía sus manos esposadas y se encontraba vigilada por un agente.

En ese instante todas mis sospechas se disiparon. Mi madre, Ahmed, una mujer árabe que muy posiblemente era mi progenitora. Entendí de inmediato que los cuatro teníamos mucho en común. Una gran opresión en mi pecho que no me dejaba respirar me hizo comprender que finalmente el círculo se había cerrado.

Shaul volvió a asumir la voz de mando y a él se sumó quien se presentó como Eli Regev, que se definió a sí mismo como *sheliach*[60] del gobierno.

—Hace veintinueve años, algo atroz sucedió. Todos los aquí presentes, incluyéndote a ti, Leonel, estuvieron involucrados sin saberlo en la práctica abominable de un hombre que se aprovechó de su profesión para echar a andar un plan producto de su locura. Ese hombre fue el doctor David Levi, un obstetra que el 22 de octubre de 1982 atendió a estas dos madres en el hospital. Ese hombre decidió hacer juicio por sus manos y cambió a los bebés que recién habían nacido. Es así como lo escuchan. Ahmed, en realidad tú naciste de madre judía, y tú, Leonel, de madre musulmana. Yo no estoy aquí para resolver nada que tenga que ver con sus vidas personales ni con sus familias, eso seguramente ustedes lo harán luego. Estoy aquí para decirles que este país los necesita ahora.

Shaul hizo una pausa. Yo, aunque lo venía digiriendo desde que había conocido a Rachel, estaba paralizado, no podía o no quería procesar lo que mis oídos escuchaban. Mis viejos en realidad no eran míos. Mi madre y la mujer musulmana se deshicieron en llantos. Ahmed tenía la mirada perdida... Sin dudas, un torbellino étnico en un momento crítico.

Shaul aprovechó el momento y retomó la palabra.

—Ahmed, tu madre acaba de matar al doctor David Levi en un ataque de ira al escuchar este secreto de su propia boca. Tú bien sabes que necesitamos tu ayuda para desactivar el virus que hace poco más de una hora pusiste en funcionamiento.

Un silencio profundo se apoderó de la reunión, solo interrumpido por el doloroso gemir de las madres. Yo me sentía extraño. Empezaba a darme cuenta de que había vivido toda mi vida envuelto bajo un manto de mentiras. Pero no podía estar irritado con mi madre, con mis madres, ellas tampoco supieron de esto antes. Una lágrima recorrió mi mejilla y

---

60 Sheliach: enviado.

llegó hasta mi barbilla, quizás provocada por ver el llanto desconsolado de mamá. Ahmed seguía encerrado en su propio caparazón y se negaba a salir de él. Su madre lo miraba intentando lograr alguna reacción. Movió su cabeza de lado a lado, en señal de negación.

El escenario fue aprovechado por Shaul, quien como un maestro de orquesta, siguió jugando con palabras que valían tiempo y vidas para la nación.

—Ahmed, tú y tu madre irán a prisión de por vida. Tú por atentar contra el Estado, ella por la muerte del doctor Levi. Puedes salvarla a ella y salvarte a ti. Los protegeremos a los dos. Pero tienes que responder ahora, ya que el programa avanza. Piensa que nosotros desconectaremos las computadoras, reemplazaremos las turbinas y generaremos electricidad de una u otra manera, pero tú y tu madre se pudrirán en una mugrosa cárcel.

Sentí que Shaul había terminado. No tenía más cartuchos, había usado toda la munición, se había quedado sin argumentos. Mi madre me miró y me dijo:

—Tenemos que hablar a solas, hijo.

—Por supuesto, tranquila, así lo haremos —le aseguré.

Shaul sacó a todos del lugar y dejó solos a Fátima y a Ahmed. Desconectó el sistema de videoconferencias y me ordenó que fuera a la sala central, en la que se encontraban todos.

Shaul les dio tres minutos a Fátima y Ahmed para hablar a solas. Les dejó también un ultimátum: luego de ese tiempo, tenían que salir con una resolución.

101

AHMED
Estación Central de Policía - Tel Aviv
6 de noviembre, 2011 - 00:34 AM

La puerta se cerró. Ambos estábamos esposados. Vaya ironía del destino, encontrarme con mi madre en esta situación, pensé. Me dolía ver a mamá en esa posición en la que ni siquiera nos podíamos tocar. Traté de mantenerme ajeno a la manipulación de Shaul. ¿Quién sabía si toda esa historia era cierta o si la habían inventado como única salida que los sionistas encontraron para poder vencerme?

—¿Es verdad que has matado a ese doctor Levi?

—Sí, hijo. Cuando me contó la verdad, entré en cólera, me abalancé sobre él con una lapicera, que era lo único que encontré a mano y maté a esa rata. No sé qué me pasó… nunca me había sentido así en mi vida. Una sensación horrible se adueñó de mí y perdí el control. Lo maté, sí, lo hice. Él no merecía vivir.

—¿Sabes que irás a la cárcel?

—Sí.

—¿Y quién cuidará de mis hermanas?

Mamá se quedó muda, se tomó un respiro y me preguntó:

—¿Tú has hecho todo eso del virus?

—Sí, mamá, yo soy el responsable —le dije.

—¿Y eso es lo que quieres… terminar tus días en la cárcel?

—Yo ya no sé lo que quiero, tenía una misión y la cumplí.

—¡La misión de destruir tu vida! —exclamó mamá y se puso a llorar nuevamente—. No quiero esa vida para ti. Debes ser libre. Los sionistas te protegerán. Mírame, mírame a mí, yo soy tu madre, nunca lo dudes, no importa ahora lo que ha ocurrido en el pasado. Tú creciste y te hiciste un hombre con nosotros. No vaciles en eso. No me importa ir a una prisión si decides seguir tus ideales, pero tú bien sabes que yo nunca creí en los terroristas. Ellos mandan a otros a sacrificarse.

—Yo sé que tú eres mi única madre, nada ha cambiado para mí.

En eso, Shaul entró en la sala y nos avisó que se había agotado el tiempo. Sacaron a mi madre del recinto.

Sentí muchas emociones juntas, pero tras escuchar a mi madre, entendí que era la única vez que se me estaba dando la posibilidad de elegir. Era tan simple pero tan importante: tenía ante mí las herramientas para decidir mi futuro.

El tiempo seguía corriendo. Según mis estimaciones el sistema eléctrico del país seguramente trabajaba ahora con generadores, y la computadora central del Mossad posiblemente ya estaba a merced de cualquiera que quisiera vulnerarla.

Shaul me pidió una repuesta.

—Quiero saber ya la clave desactivadora.

—Te la voy a dar, pero tengo mis condiciones.

—¿Cuáles?

—Primero, mi madre y yo libres, luego protección y mantenimiento para mí y para mi familia. Yo quiero una nueva identidad hasta que decida qué hacer.

Shaul me miró, yo sabía que no estaba en situación para consultar negociaciones.

—Hecho —me dijo—. Te conectaremos con Leonel para que desactives los programas. ¿Cuánto tardarás?

—Es inmediato. Necesito conexión a internet y mi computadora.

Eran las 00:36 AM cuando Shaul que estaba a mi lado, llamó a su jefe para comunicarle las noticias. Súbitamente hubo otro apagón, luego volvió la luz, y a las 00:37 un nuevo corte, que parecía permanecer indefinidamente.

102

HaKirya - Tel Aviv
6 de noviembre, 2011 - 00:38 AM

La sala de videoconferencias en la HaKirya de Tel Aviv parecía un campo de batalla. La pantalla mural mostraba la situación desastrosa de los sistemas cortafuegos, las centrales eléctricas no tenían ninguna protección desde hacía más de trece minutos. Las turbinas estaban completamente averiadas, algunas apenas rotaban todavía. El virus había arruinado dieciocho turbinas, cuatro de ellas se habían quemado en distintas partes del país. La pantalla permitía ver el desastre:

- Central Eléctrica Ashkelon - 5 turbinas fuera de funcionamiento, 1 desacelerada, total producción 6% - Tiempo restante de generadores: 5 minutos.
- Cobertura: Zona sur Beersheva, Mishor Ahof, Ashkelon, Ashdod, Eilat, Yavne y Franja de Gaza.
- Central Eléctrica Reading Tel Aviv - 4 turbinas fuera de funcionamiento, total producción 0% - Tiempo restante de generadores: 4 minutos.
- Cobertura: Zona Gush Dan, Rishon LeZion, Tel Aviv, Ramat Gan, Givataim, Bat Yam, Holon.
- Central Eléctrica Hadera Sede - 5 turbinas fuera de funcionamiento, 1 desacelerada, total producción 5% - Tiempo restante de generadores: 4 minutos.
- Cobertura: Hadera, Natania, Jerusalén, Zona Jerusalén, Zona Central, Kfar Saba, Raanana, Herzliya, Ramat Hasharon, Hod

Hasharon, Samaria, Nablus y Mishor Ahof to Haifa.
- Central Eléctrica Haifa – 4 turbinas fuera de funcionamiento, 1 desacelerada, total producción 5% – Tiempo restante de generadores: 5 minutos.
- Cobertura: Zona Norte, Galil Elion, Galil Tachton, Haifa, Golán, Tiberias, Kriot, Carmel, Tzfat, Cisjordania, Jericho y gran parte de la frontera con Jordania.

Tel Aviv estaba en penumbras, en algunos pocos barrios todavía funcionaba la electricidad, pero la mayoría ya no disponía del servicio. Lo mismo ocurría en Jerusalén. La HaKirya estaba en marcha con generadores desde hacía veinticinco minutos y se estimaba que se mantendría durante unos diez o doce minutos más, ya que dependía de un generador poderoso y autosuficiente.

El Primer Ministro iba y venía escuchando continuamente los reportes. El Ministro de Defensa discutía con el Jefe del Mossad sobre el estado de las negociaciones con Ahmed. Por fin, recibió las buenas nuevas de que el terrorista iba a cooperar y, con suerte, la catástrofe se terminaría muy pronto.

Los cortafuegos de las centrales eléctricas cayeron devastados alrededor de las 00:16 AM, desde entonces el payload del virus fue aniquilando turbina tras turbina. El sistema de seguridad del Mossad era más resistente y su última capa todavía luchaba, aunque según la estimación de Yoel, solo sobreviviría entre tres y cinco minutos.

El Primer Ministro recibió la información de que los primeros Hércules que portaban las nuevas turbinas ya estaban en el aire y llegarían al país en una hora.

A las 00:38 AM hubo un gran apagón en el norte, a las 00:40 AM una llovizna de Katiushas cayó sobre el Galil. Nunca se vieron tantos cohetes disparados a la misma vez. Su origen era el sur del Líbano, Siria y hubo diez procedentes de Irán. El norte hervía y la población recibió instrucciones de permanecer en los refugios, que se hallaban a oscuras.

Los aviones de la fuerza aérea israelí atacaron el Líbano e iluminaron el cielo de Beirut; un escuadrón de aviones sobrevoló y atacó el sur de Siria.

La sala de videoconferencias se dividió en dos, y el Gabinete de Guerra entró en operaciones. El Primer Ministro, el Ministro de Defensa y el Jefe de Tzahal ordenaron a los tanques acercarse a la frontera con el Líbano y estar preparados para entrar en el sur de ese país.

La otra parte de la cúpula, compuesta por el Jefe del Mossad, su par del Shabak y el Encargado de la Unidad 8200, seguían de cerca el impacto del virus y los avances con Ahmed.

El Primer Ministro decidió hacer un llamado al pueblo y activar a los reservistas. "El país está en armas", declaró.

103

LEONEL
Oficinas del Mossad - Herzliya
6 de noviembre, 2011 - 00:40 AM

Todavía estaba muy aturdido, no me había repuesto de ver llorar a mamá en esa situación, tan desvalida. Sin embargo, me convencí de que este dolor que estábamos viviendo como familia, nos ayudaría a enfrentar la verdad. En mi cabeza estaba la imagen de la mujer musulmana, que había hecho justicia con sus propias manos, por su hijo… por Ahmed.

Cuando volví a la sala de videoconferencias el pánico era total y la gente se movía de un lugar a otro sin ningún objetivo aparente.

Shaul me llamó y me pidió que estuviera preparado en dos minutos. Ese tiempo era todo lo que le quedaba al último cortafuegos, luego, según lo que mostraba el monitor, se desmoronaría. Ahmed había aceptado desactivar el *malware* y necesitaba su computadora y una conexión a internet. También requería conectarse con el sistema de las Oficinas del Mossad.

Le advertí que eso era muy peligroso, ya que si establecíamos la conexión y él decidía no cumplir el acuerdo, él mismo u otros de sus cómplices quedarían en condiciones de descargar la información reservada y eso sería fatal.

—¿Qué tan seguro estás de que nos va a ayudar a desactivar el virus? —le pregunté preocupado, mientras le ordenaba a Yoel pensar en cómo restablecer la conexión a internet de la red privada.

—Creo que no tenemos ninguna opción. El país está entrando en guerra y se halla sin electricidad... ¿no escuchaste lo que está ocurriendo en el norte?

—No...¿qué es lo que pasa?

—Nos están bombardeando desde el norte, por supuesto que los atacantes tenían todo bien planeado. Después del apagón, comenzaron a llover cohetes desde todos los frentes.

—De acuerdo. Yo me hago cargo de la conexión, devuelvan a Ahmed la computadora que le confiscaron.

Pensé en qué haría yo si estuviera en los zapatos de Ahmed. Ese hombre tenía la oportunidad de ser un héroe o un villano, aunque si se decidía por la última opción pasaría su vida en una celda y su madre sufriría la misma suerte. Todo dependía del "lavado de cabeza" que había recibido. Si tenía un poco de humanidad y le importaba el futuro de su familia y el suyo propio, desactivaría la bestia digital. Pero yo no era Ahmed, así que... ya veríamos.

—En un minuto y medio estamos listos —me informó Yoel—. Te preparamos un chat y una aplicación de videoconferencia directa a la Estación Central de Policía en Tel Aviv, podrás ver la consola cuando él inserte los comandos.

Hablé de inmediato con Shaul, sentí que me temblaba la mano. Estaba enfrente de la computadora y en un minuto estaría observando el infierno o la salvación.

104

Oficinas del Mossad – Herzliya – Estación Central de Policía de Tel Aviv
6 de noviembre, 2011 - 00:42 AM

Hanna anunció que la última capa del cortafuegos dejaría de existir en unos dos minutos. La pantalla mural se pobló con puntos blancos, ante los que Hanna exclamó:

—¡Nunca vi cosa igual!

Acudió al manual del cortafuegos y en la página 213 leyó que esto ocurría cuando la protección se estaba por desconectar de la red.

Yoel permanecía con Leonel en la misma sala donde había tenido la videoconferencia unos minutos antes. Le informó que la computadora ya estaba conectada a internet, pero todavía no había sido activada, esperarían hasta último momento para hacerlo.

En la Central de Policía en Tel Aviv, un ingeniero técnico estableció la conexión a internet directa con las oficinas del Mossad; un policía le sacó las esposas a Ahmed. Shaul y un guardia se hallaban con él. Conectaron su computadora a internet y empezaron a controlar. Luego de dos minutos, estaba todo listo; le habían instalado un pequeño programita de conexión según informó el técnico. Shaul le pidió que estuviera presente controlando los comandos que Ahmed escribía.

El programa lo conectaría con Leonel del otro lado de la línea, el ingeniero le mostró cómo usarlo. El virus incluía un mecanismo de seguridad que exigía conexión a la red infectada para ser desconectado. Se discutió si se transportaría a Ahmed a los sitios atacados para detener el virus, pero esta idea se descartó rápidamente, ya que para ir desde Tel Aviv hasta Herzliya tardaría veinte minutos, y a Hadera otros quince más.

En Herzliya mientras tanto, después de recibir la señal de Tel Aviv, Yoel miró a Leonel y le dijo:

—¡Puerto activado! Chequea tu internet.

Leonel contestó:

—Internet activada.

—Conéctate a @PoliceTLV.

—Conectado.

En la pantalla de Ahmed apareció:

—Hola.

—Hola —tecleó Ahmed.

—Dime lo que tengo que hacer para desactivar el programa.

—Verifica que estás conectado a la red privada.

Leonel ejecutó unos comandos / PING//Telnet y respondió:

—Verificado.

—Conéctate a Telnet @#ElHait!: 84567.

—Ok.

—User: Root

—Password: @ElHait!#&?84567!J2W

—Hecho.

Leonel estaba adentro del diabólico virus ahora, Ahmed se lo confirmó diciéndole:

—Bueno, hermano. Ahora estás adentro del programa.

Hanna golpeó la puerta y anunció:

—Ya casi no hay protección. El cortafuegos está a punto de desconectarse.

Yoel calculaba el tiempo y monitoreaba la conexión a internet.

—Ya estuvimos un minuto conectados. Tenemos que terminar esto.

—Pásame el comando de desactivación, hermano —dijo Leonel.

Ahmed se detuvo, el ingeniero a su lado lo miró y luego dirigió su vista a Shaul.

Yoel informó que había aparecido un flujo de tráfico desconocido que intentaba ingresar en la red, que provenía de una fuente no especificada que escaneaba los puertos de la red local. Todavía el sistema de seguridad abortaba las peticiones, pero en un minuto esto ya no ocurriría.

—Pásale el comando, Ahmed, ¡ya! —ordenó Shaul.

Ahmed cerró sus ojos y empezó a escribir. Todas las miradas estaban en la pantalla y en esos dedos que se movían rápidamente.

—Admin>Activate /d key code: RFR33D0M19NWAR48P3AC3

—¿Estás seguro? ¿"Activate"?

—Muy seguro.

Hanna y Yoel permanecían junto a Leonel y miraban con impaciencia la pantalla. Las manos del joven temblaban mientras escribía lo que podía ser el último comando de su vida. Cuando terminó, pulsó "enter" en el teclado, cerró los ojos y pronto los abrió: el programa no mostraba ningún mensaje en la pantalla. Pasaron treinta y cinco segundos eternos y, súbitamente, apareció escrito en rojo vivo y mayúsculas:

`PROGRAMA DESACTIVADO`

Hanna corrió a la sala central de videoconferencias. Leonel se sentía aliviado, pero todavía no sabía con total certeza si el mensaje de desactivación era veraz. Yoel seguía controlando el tráfico en internet en su laptop.

Luego de un minuto, Hanna regresó gritando feliz. El virus se había neutralizado. La última capa del cortafuegos se estaba recuperando. El flujo de tráfico DDoS se había detenido completamente. Ahmed estaba inmóvil. Shaul preguntó:

—¿Qué pasa allí?

—El virus se ha detenido —respondió Leonel y esbozó una sonrisa.

—Hermano —le dijo Ahmed —, haz lo mismo en la Central Eléctrica de Hadera.

—Hermano, ¡gracias! —exclamó Leonel, que tomó una bocanada de aire, suspiró y le guiñó el ojo a Hanna.

Leonel se comunicó con Ofer y desactivaron juntos el *malware* de los sistemas de las centrales eléctricas.

A las 00:52 el virus estaba completamente paralizado. Las turbinas que habían resistido, comenzaron a acelerar su funcionamiento y a generar electricidad y los generadores se fueron apagando. A las 1:02 AM todos los sitios estaban generando energía propia, algunas centrales en forma reducida, pero suficiente para mantener la luz en sus zonas. Tres segundos después volvió el suministro de energía estable a todo el país. Aunque las turbinas incineradas, cuatro en total, debían ser cambiadas.

Los tanques de Tzahal entraron en el sur del Líbano a las 1:22 AM, y barrieron con doscientos terroristas y su infraestructura de cohetes que se extendía a lo largo de la frontera norte. La fuerza aérea destrozó las bases terroristas en Quneitra, Siria. Un bombardeo masivo de veinticinco minutos, arrasó con un sistema de cohetes en la frontera Jordania-Siria.

A las 2:30 AM los americanos, junto con los rusos y chinos, lograron el cese del fuego.

A las 2:45 AM llegaron los aviones de Grecia con las turbinas y los proyectores prometidos. El Primer Ministro agradeció a su par griego y a los americanos, y les informó que el ataque informático había sido neutralizado. A las 2:50 AM el Primer Ministro abortó el reclutamiento de reservistas.

Quince segundos después, apareció como un pavo real frente a la prensa en cadena de televisión nacional para comunicarse nuevamente con el pueblo de Israel. Se abrazó públicamente con el Ministro de Defensa y comenzó su discurso:

Hemos vivido una jornada muy difícil, pero triunfó nuestro pueblo, representado por nuestros expertos y nuestro ejército. La unidad y la perseverancia ganaron la batalla otra vez. No dejaremos actuar al enemigo.

El mundo debe saber que todo aquel que intente atentar contra nuestro Estado y nuestra gente, será severamente castigado. Ese es nuestro deber y lo cumpliremos una y otra vez.

No hay tecnología ni ejército en el mundo que pueda contra nuestros ideales. Gracias.

105

Shaul deliraba de la alegría que sentía. Su perseverancia y su actitud habían dado sus frutos. El Jefe del Mossad lo llamó para felicitarlo. Lo convocó para que estuviera al día siguiente al mediodía en su oficina. Muy pronto se dio cuenta de que había conseguido lo que siempre soñó. Esta operación seguramente le valdría un ascenso significativo y esta vez nadie se lo iba a impedir.

Ahmed fue llevado por dos policías a una celda especial, destinada a gente de la alta sociedad, en la que pasaría la noche. Se le prometió que al día siguiente, o al otro, quedaría libre. Antes, debería responder a un interrogatorio y recibiría indicaciones precisas de cómo actuar. Se le asignaría también una protección de veinticuatro horas.

Fátima, su madre, fue trasladada a Belén en una camioneta blindada del ejército.

Eli se acercó a Shaul y lo palmeó en la espalda.

—Buen trabajo, amigo.

—Gracias. Tú me ayudaste mucho, gracias a ti también.

—Cuesta creer lo que hemos vivido hoy.

—Es cierto, parece mentira —acordó Shaul.

Eli también le agradeció a Ronen por su perseverancia. Eli todavía no estaba del todo tranquilo.

—Yo sigo un poco preocupado, porque todavía no he terminado con mi misión —dijo.

—¿Qué es lo que te preocupa? —preguntó Shaul.

—Shmulik Sade. No he cerrado el círculo con él. Cuando lo entrevisté, él me confesó que constantemente informaba sobre el crecimiento de los niños a alguien, pero no sabía quién recibía sus reportes. Incluso recogía buenas cantidades de dinero en efectivo, cada dos semanas, en la casilla de su correo, a cambio de su absoluta discreción sobre el tema. ¿Quién pudo haber atentado contra él si no fue el doctor Levi?

—Por lo que yo sé, nunca se descubrió si fue un crimen o si accidentalmente alguien lo atropelló y luego huyó.

—Si hubiera sido así, es raro que nunca encontraron al conductor, tenemos los suficientes recursos para eso, tenemos unas de las policías más equipadas del mundo.

—No sé qué decirte. Quizás podamos tratar este asunto, puedo ayudarte si quieres.

—Te agradeceré esa ayuda que ofreces. ¿Sabes? También la muerte del policía Yosi fue muy extraña. Su coche cayó a la banquina cuando venía a encontrarse conmigo. Nadie, ni la policía, habla de eso.

—Bueno, ahora vete a dormir. ¡Mira la hora! —le dijo Shaul mostrándole su reloj que marcaba las 3:20 AM—. Hasta el Primer Ministro debe estar por acostarse...

—Sí, me voy. Nos vemos. Te llamo mañana quiero sacarme eso de la cabeza.

Eli salió del recinto. Ronen lo siguió y le agradeció su colaboración en esta noche. El policía había escuchado muy atentamente la conversación que había tenido con Shaul hacía unos minutos y también estaba preocupado. Le preguntó sobre Shmulik Sade, había escuchado sobre este individuo por segunda vez, durante la confesión del doctor y cuando Eli lo mencionó en su casa, unas horas atrás, mientras le relataba sobre la secuencia de asesinatos, ahora quería entender qué rol cumplía el científico, Ronen estaba tratando de completar el rompecabezas. Eli le contestó que ahora estaba demasiado cansado, que lo llamaría para hablar del asunto.

Dos prostitutas y un borracho estaban detenidos en la recepción. Eran los mismos que había visto hacía unas siete horas. Estaba agotado, apenas si podía moverse. Caminó por la calle buscando un taxi. Como estaba en Dizengoof al 200, sabía que encontraría uno rápidamente. A las 3:24 un taxi se acercó y le ofreció llevarlo.

Se sentó atrás, se desparramó en el asiento. Iba hacia Ramat Aviv, a diez kilómetros del lugar en el que estaba. El taxista siguió derecho por Dizengoof rumbo al norte. Llegó al barrio Tel Baruch, junto a la costa, se metió en una calle oscura, pasó una rotonda poblada de prostitutas y siguió derecho hacia el mar por un camino de arena. Eli venía cabeceando y cuando miró por la ventanilla para ver dónde estaba, se dio cuenta de que no conocía la zona. Le preguntó al conductor:

—¿Dónde estamos?

—¿Tú eres Eli Regev? —preguntó el taxista.

—Sí, ¿cómo lo sabes?

Repentinamente, el taxista desenfundó una beretta calibre 22 con silenciador largo, giró rápidamente y le disparó dos tiros en la cabeza desde distancia cero. Después abrió la puerta del auto y arrastró a Eli Regev hasta los médanos. Sacó una pala del baúl, cavó una fosa de un metro y medio de profundidad y arrojó el cadáver al pozo. Cubrió el hoyo apresuradamente y se escapó del lugar.

106

LEONEL
Encuentro - Ahmed-Leonel
Tel Aviv
10 de enero, 2012

Elegí mi restaurante favorito, el mismo que frecuentaba con Jacob, en Iven Gabirol, Tel Aviv. La *shwarma* daba vueltas y regalaba ese aroma que siempre hacía que volviera al lugar. Los *kebabs* se asaban en el fuego y el *hummus*, ¡ah..qué *hummus*!, ya estaba en la mesa aderezado con aceite y paprika, esperando que la pita lo acariciara suavemente para convertir todo en un gran festín.

Pensar que ya hacía más de dos meses me hallaba cautivo en Gaza, y que un día después de mi liberación, lidiaba con un virus y con un secreto difícil de digerir. Todo pasó tan velozmente como el tiempo. Desde aquellos eventos había decidido dejar la Facultad de Medicina para sumergirme de lleno en el mundo de la seguridad informática. En un año terminaría mi diplomado.

Una idea genial de Ofer, nos juntó a Rubén, a Daniel y a mí para crear un StartUp especializado en la seguridad de sistemas industriales. La idea estaba aún en desarrollo, buscando inversionistas y armando programas y herramientas para salir al mercado.

Aquel día terrible en Herzliya, casi todo terminó bien, y pensé en ese "casi", porque después de cuarenta y ocho horas, Eli Regev apareció asesinado en la playa de Tel Baruch, al norte de Tel Aviv. Había desaparecido la misma noche del ataque, luego de la desactivación del virus. Pensé unas cuántas veces en eso, pero decidí borrarlo de mi memoria por mi propio bienestar y porque sabía que el terreno por ese lado todavía estaba pantanoso.

Hace unos meses falleció Jacob Lachman de un infarto masivo, unas semanas después que todo esto explotó dejó la universidad y se puso depresivo. Me dejó una carta muy emotiva, pidiéndome perdón por lo que había hecho su hijo, qué ironía… le tenía un gran afecto.

Mi madre tuvo un tiempo muy difícil después de la revelación del secreto. Ella había parido a Ahmed y él era el hijo del doctor David Levi. Mi padre, como siempre, la perdonó y yo hice lo mismo. No había razón para mirar hacia atrás. Pero ella siguió sufriendo por eso, era algo que tenía que resolver por sí misma.

Me intrigaba especialmente mi casi mellizo Ahmed. Quería saber qué lo había llevado a cometer tal delito, a involucrarse con el terrorismo, pero más que nada me interesaba preguntarle cómo se encontraba, qué había sentido aquella noche, por qué había entregado la llave para la desactivación del virus. Quería conocer a fondo la razón y la genialidad que encerraba el programa.

No sabía qué esperar. Quizás Ahmed no tenía intenciones de comunicarse conmigo ni de hablarme de su intimidad. Tal vez, no se sentiría cómodo. Pero tenía la intuición de que podíamos encajar y compartir experiencias. Cuando lo contacté por medio de Shaul y le propuse encontrarnos, aceptó enseguida y, cuando me atendió, me repitió eso de "hermano", algo que empezaba a sonarme bien.

AHMED

Mientras viajaba en el taxi camino a Tel Aviv, abrí la ventanilla del coche. Me gustaba respirar ese aire libre, aunque fuera invierno. La frescura me entraba por los poros de la piel y le hacía bien a mi cuerpo.

Todavía tenía muy fresco lo que había sucedido hacía tan solo dos meses. Desde entonces, había pasado por muchos interrogatorios, y entré y salí de las Oficinas del Mossad en incontables ocasiones. Durante estos meses me han escoltado constantemente por un agente de seguridad y, algunas veces, por dos. Estaba relativamente contento en la ciudad en donde me instalé, Raanana. Me gustaba el verde, los parques y las plazas, y allí había un poco de todo.

También me ocupé de encontrarme con mi madre. Por razones de seguridad nos veíamos en mi casa, no en Belén. Una vez trajo a mis hermanas con ella. Nunca más hablamos de aquel secreto, de aquella noche. Yo sentía que no había otra madre para mí. Estaba orgulloso de ella, de su valor y entereza.

A través del Mossad encontré un trabajo en una compañía de seguridad informática, trabajo que había empezado a desempeñar hacía una semana. Mis compañeros eran muy simpáticos, aunque todavía no había establecido ninguna amistad o algo por el estilo.

Todo iba bien con mi vida, pero algo me faltaba, no podía explicar qué. Me sentía libre, pero a la vez confundido. El Mossad me contrató un psicólogo y decidí darle tiempo al tiempo.

Estaba conforme con la decisión crucial que había tomado aquel día. Si hubiera estado solo, posiblemente hubiera reaccionado diferente, pero al imaginarme a mamá tras las rejas y a mis hermanas abandonadas al azar, el mundo se me vino abajo y decidí lo que creí que era lo mejor. Seguía pensando que había sido para bien.

Nunca supe si realmente tuve ideales propios, creo que siempre otra gente decidió por mí. No tuve noticias de nadie vinculado con mi pasado ni de las consecuencias de la desactivación del virus para los ideólogos del ataque. Durante estos meses traté de borrar esa parte de mi vida.

Me impactó, sí, la revelación del secreto guardado por veintinueve años. Algunas veces, cuando le daba espacio a mi mente y la dejaba volar, pensaba que todo pudo haber sido muy diferente. Pero luego reaccionaba y me decía que eran solo especulaciones, ideas imaginarias, y que era inútil y demasiado tarde para pensar en el pasado. Pero algo en mí, quería saber más, ¿acaso solamente el doctor había estado involucrado o hubo alguien más, desconocido hasta el momento? Cuando me enteré de la suerte que corrió Eli Regev, me di cuenta de que mis pensamientos se distorsionaron un poco, así que empecé a tomar con más cautela todo lo que se me decía en el Mossad.

Cuando vi por la ventanilla del coche que atravesábamos el puente Hayarkon, pensé en Aliza, la dulce enfermera que me atendió en el cuartel de policía, pues días atrás habíamos estado allí, navegando por el río, riendo mucho. Recordé sus cálidas manos y su cabello lacio, tan suave al tacto. Hacía dos semanas había averiguado su teléfono y habíamos empezado a salir. Estar con ella era un remanso entre tanta locura.

Me gustaba Tel Aviv, sus calles, sus lugares para comer, su vida las veinticuatro horas. Cuando el coche se detuvo y localicé a Leonel en una mesa frente al ventanal del restaurante que daba a la calle, experimenté la sensación de que nos habíamos conocido toda la vida. Su rostro me era muy familiar, quería saber de él, de su vida, de lo que pensaba de los incidentes que nos habían marcado. Por eso había aceptado su propuesta de encontrarnos. Teníamos mucho en común, entre lo que se encontraba el día de nacimiento y los hechos que se desencadenaron aquel 22 de octubre de 1982.

ENCUENTRO

Ahmed entró en el restaurante e inmediatamente se sintió a gusto con la fragancia del lugar. Leonel lo vio y levantó su mano, para indicarle dónde estaba. Cuando estuvieron cerca y se disponían a saludarse hubo un momento de dudas que culminó con un largo y emotivo abrazo que rompió el hielo entre ellos.

Los dos estaban hambrientos y ordenaron rápidamente. Comieron con las manos, Ahmed se sintió como en su casa. Cada vez que untaban el *hummus* en la pita se sonreían como dos niños. Después, comenzaron a hablar, y con una cerveza en la mano de por medio, todo se hizo más cálido y ameno.

—¿Cómo te encuentras? ¿Te vas adaptando? —preguntó Leonel.

—Voy paso a paso; todavía me cuestan algunos hábitos, pero lo llevo sin apuros y dándome tiempo. ¿Ves ese coche azul estacionado allí enfrente? —Ahmed señaló con su mano a la calle —. Él es mi acompañante.

—Qué bien. ¡Qué más quisiera yo que me llevaran y trajeran! —replicó Leonel con una sonrisa.

—No, no es mi chofer; él me sigue como una sombra, pero no tenemos contacto. Algunas veces pienso que su misión es más espiarme que protegerme, no es fácil vivir así, con alguien pegado a tu espalda.

—¿Y dónde vives?

—En Raanana. Es muy lindo el lugar; me gusta el aire libre, no soy un tipo de la urbe. Centros, galerías y bullicio no están en mi agenda.

—¿Cómo quedaron las cosas con tu madre? —Leonel quería saber las consecuencias de la historia.

—Estamos bien, nunca se me hubiera pasado por la cabeza que ella no fuese mi mamá biológica. Pero no me importa el haber nacido de otro vientre. ¿Me entiendes, verdad? —dijo Ahmed—. ¿Y en tu caso? ¿Cómo reaccionó tu familia?

—Me pasó casi lo mismo que a ti, me crié judío y así sigo. Mi madre sufre porque tuvo que dar cuentas a mi padre de que el niño no era suyo, pero mi viejo la perdonó muy pronto, quizás más rápido de lo que ella esperaba. ¡Han pasado tantos años!

—¿Y tus cosas? ¿En qué te ocupas? —quiso saber Ahmed.

—Estudiaba medicina, pero decidí abandonar la facultad y empecé a estudiar seguridad de sistemas. Con unos amigos tenemos la idea de instalar una compañía de seguridad. Si quieres un trabajo... —dijo Leonel y se sonrió—. El virus era una obra de arte. Recién hace dos semanas le encontraron la vuelta.

—Sí, me enteré, y eso después de que estuve dos semanas explicando cómo operaba el gusano.

—¿Cómo lo crearon? ¿Cuál fue la idea detrás del *malware*? ¿Puedes hablar de eso?

—Pienso que a ti te lo puedo contar. —Ahmed tomó un sorbo de cerveza, miró hacia la calle y comenzó a relatar la historia.

—Los iraníes nos capturaron en Pakistán a mí y al que era mi jefe. Estábamos trabajando en un proyecto interesante. En Irán, nos llevaron directamente a la Base Nuclear de Natanz donde nos mantuvieron durante un día entero. Cuando llegamos, no entendíamos por qué nos habían conducido a ese lugar. Te haré corta la historia: después de Natanz, nos pasamos una semana entera estudiando Stuxnet, el virus que supuestamente ustedes y los americanos inyectaron en las plantas nucleares, que destruyó miles de centrífugas. Los iraníes querían vengarse pagando con la misma moneda. Antes que nosotros, había llegado un grupo de criptógrafos, programadores y expertos en seguridad de todo el Medio Oriente. Estudiaron el virus muy de cerca, lo desintegraron y se pasaron meses para entender toda su estructura. Mi jefe y yo en una semana no acabamos de visualizarlo completamente. Los iraníes trajeron dos ingenieros rusos expertos en automatización industrial que se dedicaron a los sistemas PLC, SCADA, usados por los israelíes en sus plantas de energía. El virus siempre fue uno; no existían dos variedades ni mutaciones como pensaban los expertos del Mossad. El programa tenía incorporado un comando que detectaba si las computadoras locales tenían algún software PLC. Si lo encontraba descargaba el payload, un programa especial que provocaba el mal funcionamiento de las máquinas, lo hacía ocultándose en uno de los archivos DLL más importantes del sistema. Cuando los iraníes encontraron ese DLL, lo copiaron y lo diseñaron para que manejara la velocidad y la temperatura de las turbinas y la presión de algunas válvulas. Al tener control sobre esos mecanismos, poseían todo lo que necesitaban. Redujeron y aumentaron la velocidad en frecuencias de tiempo muy cortas, aumentaron la temperatura y las turbinas comenzaron a dejar de funcionar y a quemarse. Por supuesto que antes de eso, existía una fase que llamábamos "el gusano" con la cual se concretaba la instalación del programa en los sitios objetivo. Los iraníes compraron unos programas "Día Cero" de una compañía europea. Existían tres "Día Cero" en el programa, que alcanzaban para introducir el *malware* sin problemas. Uno atacaba el driver del mouse, otro una vulnerabilidad en el puerto USB, y el último un agujero que encontraron en el Internet Browser.

Los sistemas se infectaron a partir de los puertos USB de dos computadoras portátiles que ingresaron en la red local de ambos lugares, cuya violación no fue detectada. La llave USB no obraba como todas las memorias corriendo un "autorun", sino que contenía un archivo ".lnk1" de gran tamaño que se desgranaba en una cadena de DLL que formaban parte del programa central. Todos estos archivos aparecían encriptados y las llaves y códigos privados estaban incluidos en el programa mismo. Cuando el virus atacaba las vulnerabilidades "Día Cero" de los tres "agujeros", el *malware* se instalaba en la memoria de esa computadora y desde allí mandaba un ataque DDoS inusual que estaba destinado a demoler los cortafuegos, generando un enorme flujo de tráfico que no solo derrumbaba los sitios webs, sino que también enviaba millones de solicitudes en la banda ancha que ocasionaba la desconexión de la red privada. Al mismo tiempo, se producía la debilitación de los sistemas cortafuego, los escudos se desplomaban al no poder atender tanto flujo de tráfico. Los iraníes sabían que en las Oficinas del Mossad no había muchas posibilidades de que el virus tuviera éxito y no crearon ningún programa o payload para que explotara en ese lugar. Ellos estaban concentrados en los sistemas de electricidad, ya que planeaban que los grupos terroristas atacaran Israel cuando el país quedara a oscuras.

Ahmed se terminó su vaso de cerveza y fijó sus ojos en Leonel, que estaba fascinado con lo que escuchaba.

—¿Y tienes alguna idea de por qué te eligieron a ti para que activaras el programa?

Eso nunca lo supe, en realidad, no había mucho lugar para preguntas. Si expresabas dudas, los iraníes te liquidaban. Mi jefe que era mi mejor amigo murió así. Siempre pensé que lo hicieron porque éramos palestinos y no querían estar involucrados directamente.

—Es increíble todo lo que has vivido... Pero dime, ¿cómo te sentiste con esta misión?

—Creo que nunca entendí la envergadura de esta operación ni tomé conciencia de lo que me podía ocasionar a mí en lo personal. Los iraníes nunca me dijeron qué pasaría conmigo después del ataque, ni me indicaron cómo escapar de este país. En mi situación no podía decir que no, me estaban siguiendo, me vigilaban las veinticuatro horas también aquí, en Israel. Los iraníes tenían aquí un agente que fue el que colocó el virus en las computadoras. Ahora me doy cuenta de que me dejaron solo y al azar.

—¡Uffffffffff! ¡Qué historias las de nuestras vidas, hermano! ¿Tienes planes? ¿Qué piensas hacer de tu vida ahora?

—Bueno... como te dije comencé a trabajar y veré cómo me va. Trataré de hacer buena letra.

—Esa es la actitud, hermano.

Había llegado el momento de pagar la cuenta y de salir.

—Deja que yo pago —dijo Leonel.

—Gracias, hermano.

Leonel sacó su billetera, le entregó su tarjeta de crédito al mozo y puso un cheque de quinientos mil *shekels* en la mesa, delante de Ahmed.

—¿Qué es esto? —preguntó asombrado Ahmed.

—Eso es tuyo.

—¿Qué quieres decir?

—Lo que dije. Es tuyo. Es una larga historia que algún día quizás te cuente. Tienes que recordar un nombre toda tu vida: Rachel Mizrachi.

—¿Quién es esa mujer?

—Era una de las enfermeras que atendió nuestros partos, ella notó que nos cambiaron, pero no pudo hacer nada. Vivió toda su vida con una gran culpa y me pidió a mí que te encontrara. A cambio me ofreció este dinero. Nunca me dijo que yo era uno de aquellos niños, pero lo empecé a comprender mientras investigaba más sobre ti.

—No puedo aceptarlo, este dinero es tuyo.

—Eso es nuestro, hermano, esto era lo que ella quería, juntarnos.

Se quedaron mirando sin hablarse hasta que Ahmed recogió el cheque.

De repente apareció Hanna y Leonel hizo las presentaciones.

—Hanna, este es Ahmed. Ahmed, ella es Hanna.

—Encantado —saludó Ahmed extendiendo su mano.

Hanna estaba sorprendida. Había quedado con Leonel en encontrarse allí, pero no sabía que Ahmed estaría presente.

—Hermano, tengo que decirte que gracias a ti conocí a este pimpollo. Hanna trabaja en el Mossad y estuvo en escena en esa noche especial.

—¡Vaya! —exclamó Ahmed sorprendido—. ¿Y cuál es tu apellido?

—Benyoun, soy Hanna Benyoun —contestó ella.

—¡Ahhhhhh!

—¿Qué ocurre? —preguntó Leonel asombrado por la reacción de Ahmed.

—Nada… —respondió Ahmed nervioso.

—Vamos… hermano. Dime qué es… —insistió Leonel.

—A ella fue a la que le infectamos la computadora.

—Noooo, ¿de verdad? —dijo Hanna—¿Cómo fue?

—La verdad es que no tengo muchos detalles ya que no fui yo quien lo hizo, pero me parece que ocurrió en un restaurante al que concurres con cierta frecuencia.

—No lo puedo creer —dijo Hanna—. Recuerdo un día en que me encontré con una amiga para comer… seguramente traía mi laptop conmigo. Creo que fue el día anterior al 5 de noviembre, con razón el día del ataque tuve varios problemas cuando conecté mi laptop a la red.

Todos estaban asombrados y se mantuvieron en silencio mientras salían a la calle.

—Bueno, tema cerrado ya —dijo Leonel mientras abrazaba a Hanna—. Afortunadamente todo ya pasó. No te sientas mal, si no hubiera sido a ti, lo hubieran insertado por medio de otra persona.

—Sí, tienes razón. Mejor vámonos —dijo Hanna.

—Hermano, me voy a despedir de ti —dijo Leonel. Hay una protesta organizada de un grupo de izquierda que va pasar por aquí en quince o veinte minutos, es mejor que abandones el lugar antes, pues en un rato habrá mucho tráfico y tendrás dificultades para volver. No es para preocuparse, son pacifistas.

Los hermanos se fundieron en un abrazo de despedida. Hanna observaba, mientras Ahmed la veía, él y ella se dieron fríamente las manos.

Ahmed quedó mirando el auto que lo vigilaba del otro lado de la vereda y se puso a observar algunas vidrieras, saliendo y entrando de los negocios sin mayor interés. Su custodio comenzaba a perder la paciencia y decidió salir del vehículo.

De repente dos coches policías comenzaron a cortar la calle. Una multitud marchaba pacíficamente entonando estribillos de paz. Portaban banderas israelíes y palestinas, y carteles que decían "un país, dos pueblos". Todos iban abrazados o de la mano.

Aprovechando la muchedumbre, Ahmed se perdió entre la aglomeración de gente. El agente empezó a buscarlo desesperado, llamó a su compañero instalado a unas cuadras de allí. Los dos comenzaron a correr intentando abrirse paso en la marcha. Habían perdido a su presa. Estaban como locos.

Ahmed había corrido durante los últimos cinco minutos entre las calles pequeñas del centro de Tel Aviv. Cuando llegó a la esquina de Rotchild y Marmorek, entró en un Banco Leumi a depositar el cheque. Sabía que no le darían el dinero y que, tal vez, sospecharían de él, así que decidió colocar una gran suma en la cuenta de su madre que él mismo había abierto hacía unas semanas para enviarle dinero mensualmente. Se llevó diez mil *shekels* en efectivo.

Salió a la calle, miró hacia todos lados temeroso, se dirigió caminando hacia el mar. Cuando llegó a la rambla, se paró sobre una baranda para poder observar mejor dónde se hallaba, giró su cabeza hacia al norte y vio el hotel Panorama, y recordó que en ese lugar se había suicidado su querida Mariana; se dio vuelta ciento ochenta grados, hacia el sur, y a lo lejos pudo distinguir el Dolfinarium, allí había pasado aquella noche crucial de noviembre. Aquellos dos lugares parecían dos polos ahora, de un lado el recuerdo de un amor, del otro la hecatombe. Decidió marchar hacia el sur, allí había dejado algo substancial, que no lo dejaba tranquilo desde entonces.

107

Tel Aviv
10 de enero, 2012

Los agentes estaban enloquecidos, no podían entender lo que había ocurrido. Solicitaron refuerzos, que se esparcieron por toda la ciudad. Luego de dos horas de búsqueda decidieron que era hora de comunicar al jefe lo sucedido.

—Hola ¿Shaul?

—Sí, ¿cómo estás?

—No muy bien.

—¿Qué pasó?

—Lo perdimos.

—¿Cómo?

—Sí, lo perdimos.

Shaul se tomó la cabeza, no podía creer lo que había escuchado, su promoción estaba planeada para la semana que viene, ahora debía volver a empezar.

108

Jerusalén
12 de enero, 2012 – 8:33 PM

G llegó a la cinemateca de Jerusalén un poco más tarde de lo pactado, usaba una boina negra que le tapaba su calvicie y que lo protegía del frío, eran las 8:33 PM. Por el carácter reservado de la conversación, S le había pedido que lo encontrara afuera del restaurante que periódicamente frecuentaban. S estaba arropado con una campera de cuero negra y usaba unos anteojos también negros, un poco extraños. G casi no lo reconoció. S se lo llevó a caminar; mientras marchaban, miraban las murallas imponentes que envolvían la ciudad vieja. A lo lejos se hallaban las luces del Muro de los Lamentos.

G preguntó el porqué de la urgencia. S se quitó las gafas y luego contestó.

—Hay que eliminar todo.

—¿Eliminar qué?

—Todo el material de Shmulik Sade.

—Son años de trabajo... es información muy relevante.

—Hay que terminar con todo eso, tengo órdenes y las cumplo. Tú completa tu parte.

—Es imposible, sabes lo que eso significa... mucha gente murió, arriesgamos demasiado y ahora que todo pasó, dices que tiremos todo a la marchanta...

—Escucha lo que te digo y hazlo, debemos deshacernos de todo lo relacionado con "Achim". Quemar, incinerar, carbonizar o cualquier otro sinónimo posible. ¿Qué más quieres que pase? ¿Que siga muriendo gente, que esté en peligro la integridad de un país entero? Ya está, ya pasó. Hay gente allí afuera que nos puede destruir.

—Yo nunca olvidaré lo que ocurrió.

—Empieza a hacerte a la idea de que será mejor que lo hagas, si no terminarás como Shmulik Sade y Eli Regev.

—¿Y qué me dices de Yosi, el policía? Eso nunca se terminó, será muy difícil encubrirlo, eso va a traer olor.

S se le acercó, hasta llegar a distancia nariz contra nariz, desenfundó su beretta de caño largo y apuntándole a la cabeza le dijo:

—Olvídate de todo, elimina lo que ha quedado en el camino, nada ha pasado, recuérdalo, absorbe o limpia la sangre derramada hasta que no queden rastros, ¿lo entiendes o necesitas que apriete el gatillo para que puedas recapacitar y volver a la realidad?

SOBRE EL AUTOR

Ariel Mauricio Egber
(1969 – Presente)

Arquitecto de sistemas y licenciado en computación. Experto en sistemas virtuales, seguridad y cibernética.
Nace el 1º de febrero de 1969 en la ciudad de Buenos Aires. Desde muy niño, desarrolla un gran interés por la literatura, especialmente por la narrativa. Durante la adolescencia se distinguió por sus producciones literarias y capacidad de redacción.

Su infancia transcurrió en Argentina, país donde vivió hasta los 15 años. En 1984 emigra con su familia a Israel. Allí termina la secundaria y posteriormente estudia Ingeniería Aeronáutica. Decide entonces servir en la Fuerza Aérea del Ejército, en la que se desempeña por tres años. Finalizado su servicio militar obligatorio, estudia computación, y cuando completa sus estudios, comienza a trabajar en el ramo.

En 1998 se casa con Janett Warzawski, con la que tiene dos hijas, Joycee (15) y Hayley (12), y pasa a residir en Melbourne, Australia, en donde vive actualmente.

Sus grandes pasiones son la escritura, la lectura, la seguridad de sistemas y su familia. Crecer en una burbuja multicultural lo convirtió en un ciudadano del mundo con tres nacionalidades: la argentina, israelí y australiana. Su familia se encuentra esparcida en los tres continentes. La combinación de experiencias, idiomas y culturas le inyectaron el entusiasmo y la fuerza para expresar sus ideas y darle vuelo a su fructífera imaginación.

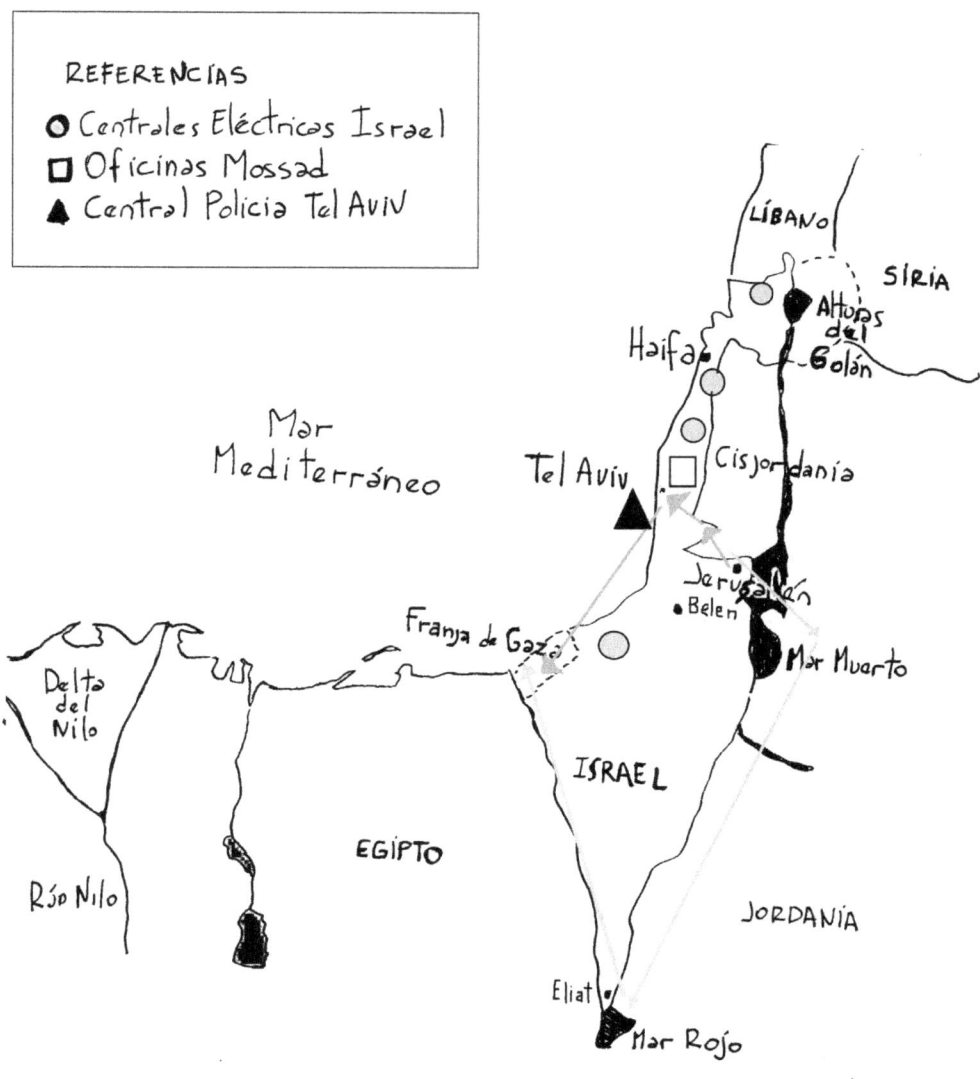

REFERENCIAS
- ⬭ Centrales Eléctricas Israel
- ☐ Oficinas Mossad
- ▲ Central Policia Tel Aviv

LÍBANO

SIRIA

Altuas del Golán

Haifa

Mar Mediterráneo

Tel Aviv

Cisjordania

Jerusalán
• Belén

Mar Muerto

Franja de Gaza

Delta del Nilo

ISRAEL

EGIPTO

Río Nilo

JORDANIA

Eliat •

Mar Rojo

Trayectorias:
Ahmed: Jerusalén, Belén, Amman, Áqaba (Jordania), Franja de Gaza, Pakistán (Peshawar), Irán, Israel.
Leonel: Jerusalén, Tel Aviv, Franja de Gaza, Francia (París), Pakistán (Peshawar), Dinamarca (Copenhague), Islas Feroe (Dinamarca), Tel Aviv.

GLOSARIO TECNOLÓGICO

Cibernética: la cibernética estudia los flujos de información que rodean un sistema, y la forma en que esta información es usada por el sistema como un valor que le permite controlarse a sí mismo: ocurre tanto para sistemas animados como inanimados. La cibernética es una ciencia interdisciplinar, y está tan ligada a la física como al estudio del cerebro y al estudio de los computadores.

Guerra informática: el concepto de guerra informática, guerra digital o ciberguerra, hace referencia al desplazamiento de un conflicto, que toma el ciberespacio y las tecnologías de la información como campo de operaciones. Se ha demostrado que actualmente en una guerra es más factible derrotar al enemigo atacando su infraestructura informática, que empleando cualquier otro tipo de ataque físico. Esta estrategia ha sido empleada en diversas situaciones, ya sea en ofensivas militares de un país contra otro, de un grupo armado en contra del gobierno, o simplemente ataques individuales de uno o varios hackers.
Es decir, que ahora las armas son los virus informáticos y programas especiales para penetrar la seguridad de los sistemas informáticos y los luchadores son los expertos en informática y telecomunicaciones. Generalmente los blancos de los ataques son los sistemas financieros, bancarios y militares, aunque se han visto numerosos casos donde se ven afectados los sistemas de comunicación.

Virus informático: es un programa o software que se auto ejecuta y se propaga insertando copias de sí mismo en otro programa o documento. Un virus informático se adjunta a un programa o archivo de forma que pueda propagarse infectando los ordenadores a medida que viaja de un ordenador a otro. La inserción del virus en un programa se llama infección, y el código infectado del archivo (o ejecutable que no es parte de un archivo) se llama hospedador *(host)*.

Los virus son uno de los varios tipos de *malware* o *software* malévolo. Algunos virus tienen una carga retrasada, que a veces se llama bomba. Por ejemplo, un virus puede exhibir un mensaje en un día o esperar un tiempo específico hasta que ha infectado cierto número de hospedadores. Sin embargo, el efecto más negativo de los virus es su auto reproducción incontrolada, que sobrecarga todos los recursos del ordenador.

Malware: tipo de programa *(software)* malintencionado.

RootKit: es un programa *(software)* diseñado para esconder de facto qué sistema operativo ha sido comprometido, alguna veces cambia archivos vitales. RootKit le permite al virus o *malware* esconderse del sistema de protección de la computadora (antivirus). Para instalar un RootKit, el atacante necesita obtener las claves de administrador del sistema.

Ataque Día Cero: es un ataque contra una aplicación o sistema que tiene como objetivo la ejecución de un código malicioso, gracias al conocimiento de vulnerabilidades que, por lo general, son desconocidas para la gente y el fabricante del producto.

Ataque DDoS (Ataque por Denegación de Servicios): tiene como objetivo imposibilitar el acceso a los servicios y recursos de una organización durante un período indefinido de tiempo. Por lo general, este tipo de ataques está dirigido a los servidores de una compañía, para que no puedan utilizarse ni consultarse.

Generalmente se dividen en dos clases:
- Las denegaciones de servicio por saturación, que saturan un equipo con solicitudes falsas para que no pueda responder a las reales.
- Las denegaciones de servicio por explotación de vulnerabilidades, que aprovechan una vulnerabilidad en el sistema para volverlo inestable.

Cortafuegos: es una parte de un sistema o una red que está diseñada para bloquear el acceso no autorizado, permitiendo al mismo tiempo comunicaciones autorizadas. Se trata de un dispositivo, o conjunto de dispositivos, configurados para permitir, limitar, cifrar, descifrar, el tráfico entre los diferentes ámbitos sobre la base de un conjunto de normas y otros criterios.

TCP/IP: es un conjunto de protocolos en los que se basa internet y que permite la transmisión de datos entre computadoras. En ocasiones se le denomina conjunto de protocolos TCP/IP, en referencia a los dos protocolos más importantes que la componen, que fueron de los primeros en definirse, y que son los dos más utilizados de la familia de protocolos:
 · TCP: Protocolo de Control de Transmisión
 · IP: Protocolo de Internet

FTP: es un protocolo de red para la transferencia de archivos entre sistemas conectados a una red TCP, *(Transmission Control Protocol)*, basado en la arquitectura cliente-servidor. Desde un equipo cliente se puede conectar a un servidor para descargar archivos desde él o para enviarle archivos, independientemente del sistema operativo utilizado en cada equipo.

HTTP: es un protocolo de transferencia de hiper-texto, que es muy popular porque se utiliza para acceder a las páginas web.

Telnet: es el nombre de un protocolo de red que nos permite viajar a otra máquina para manejarla remotamente como si estuviéramos sentados delante de ella.

RDS: es un protocolo de comunicaciones que permite enviar pequeñas cantidades de datos digitales, inaudibles para el radioescucha, con la señal de una emisora de radio FM; parte de dichos datos se ven presentados en una pantalla del aparato receptor.

Criptografía: son técnicas de cifrado o codificado destinadas a alterar las representaciones lingüísticas de ciertos mensajes con el fin de hacerlos ininteligibles a receptores no autorizados. La criptografía actualmente se encarga del estudio de los algoritmos, protocolos y sistemas que se utilizan para dotar de seguridad a las comunicaciones, a la información y a las entidades que se comunican. El objetivo de la criptografía es diseñar, implementar, implantar y hacer uso de sistemas criptográficos para dotar de alguna forma de seguridad.

RDSI: es una red que procede por evolución de la red digital integrada (RDI) y que facilita conexiones digitales extremo a extremo para proporcionar una amplia gama de servicios, tanto de voz como de otros tipos, y a la que los usuarios acceden a través de un conjunto de interfaces normalizados.

Red privada: es una red de computadoras que usa el espacio de direcciones IP especificadas, que no tienen acceso a internet. A los equipos o terminales puede asignárseles direcciones de este espacio cuando deban comunicarse con otros terminales dentro de la red interna, pero no con internet directamente.

Stuxnet: es un gusano informático que afecta a equipos con Windows, descubierto en junio de 2010 por VirusBlokAda, una empresa de seguridad radicada en Bielorrusia. Es el primer gusano conocido que espía y reprograma sistemas industriales, en concreto sistemas SCADA de control y monitorización de procesos, y puede afectar a infraestructuras críticas como centrales nucleares.
Stuxnet ataca equipos con Windows empleando cuatro vulnerabilidades de Día Cero de este sistema operativo. El gusano ha ido expandiéndose por distintos países:

País	Ordenadores infectados
Irán	62,867
Indonesia	13,336
India	6,552
Estados Unidos de América	2,913
Australia	2,436

www.ingramcontent.com/pod-product-compliance
Lightning Source LLC
Chambersburg PA
CBHW051634050726
47502CB00011B/97